Diogenes Taschenbuch 21401

W0407606

Jules Verne

Die großen Seefahrer und Entdecker

Eine Geschichte der Entdeckung der Erde im 18. und 19. Jahrhundert
Mit Illustrationen von Philippoteaux und Benett sowie 125 Karten und Faksimiles (nach alten Dokumenten) von Matthis und Morieu

Diogenes

Der vorliegende Band
umfaßt eine Auswahl aus den
1868 und 1880 bei J. Hetzel, Paris,
erschienenen Originalausgaben
›Les grands navigateurs du XVIIIe siècle‹
und ›Les voyageurs du XIXe siècle‹
Die Illustrationen sind
diesen Werken entnommen
Die Übersetzung folgt
der deutschen Erstausgabe
Auswahl und Redaktion von
Claudia Schmölders

Veröffentlicht als Diogenes Taschenbuch, 1986
Alle Rechte an dieser Ausgabe vorbehalten
Copyright © 1974
Diogenes Verlag AG Zürich
www.diogenes.ch
20/11/8/3
ISBN 978 3 257 21401 7

INHALT

Erster Teil
Die großen Seefahrer des 18. Jahrhunderts

Erstes Kapitel
Die Reisen des Kapitän Cook

Zweites Kapitel
Französische Seefahrer

Drittes Kapitel
Asien und die beiden Amerika

Zweiter Teil

Die großen Entdecker des 19. Jahrhunderts

Erstes Kapitel

Das Morgenrot eines Jahrhunderts der Entdeckungen

Zweites Kapitel

Die Erforschung und Kolonisierung Afrikas

Erster Teil

Die großen Seefahrer des 18. Jahrhunderts

Erstes Kapitel

Die Reisen des Kapitän Cook

I

Anfang seiner seemännischen Laufbahn – Er übernimmt das Kommando über die ›Endeavour‹ – Ankunft in Tahiti – Sitten und Gebräuche der Einwohner – Auffindung anderer Gesellschaftsinseln – Ankunft in Neuseeland – Die Entdeckung der Ostküste Australiens – In der Botany-Bay – Strandung der ›Endeavour‹ – Rückkehr nach England

James Cook wurde am 27. Oktober 1728 als neunter Sohn eines Knechts in Yorkshire geboren. Kaum acht Jahre alt, half der kleine James schon seinem Vater bei den schweren Landarbeiten auf dem Gute Airy-Holme in der Nähe von Ayton. Seine Gewandtheit und Arbeitslust erregten die Teilnahme des Besitzers, der ihn lesen lernen ließ. Mit dem 13. Lebensjahr kam er in die Lehre zu einem Krämer in Staith, wo sich ein kleiner Hafen befand. Dem jungen Cook gefiel es jedoch nicht im mindesten, in einem Laden zu sitzen. Er benutzte jede freie Stunde, um mit den Seeleuten am Hafen zu plaudern.

Mit Zustimmung seiner Eltern verließ er denn auch bald den Krämerladen, um sich als Schiffsjunge bei den Reedern John und Henry Walker zu verdingen, deren Schiffe an den Küsten Englands und Irlands Kohlen beförderten. Als Leichtmatrose, Matrose und später als Befehlshaber machte sich Cook bald mit seinem neuen Beruf vollständig vertraut.

Im Frühjahr 1755, als zwischen Frankreich und England die ersten Feindseligkeiten ausbrachen, lag das Schiff, auf welchem Cook diente, eben in der Themse vor Anker. Die Kriegsmarine rekrutierte ihre Mannschaft damals durch ›Pressen‹ der Matrosen. Cook versteckte sich anfangs noch; aber bald heuerte er aus eigenem Antrieb auf der ›Eagle‹ an, einer Fregatte von sechzig Kanonen, die damals unter dem Befehl des Kapitäns Sir Hugo Palliser stand.

Intelligent, tätig und mit allen Arbeiten vertraut, zog Cook bald die Aufmerksamkeit der Offiziere auf sich, die ihn auch dem Befehlshaber empfahlen. Gleichzeitig erhielt der letztere ein Schreiben des Parlamentsmitgliedes für Scarborough, das ihm den jungen Cook warm empfahl, worauf ihm denn auch bald die Stelle des Maats anvertraut wurde. Am 15. Mai 1759 schiffte er sich auf der ›Mercury‹ mit der Bestimmung nach Kanada ein, wo man sich dem Geschwader anschloß, das zusammen mit General Wolf Quebec belagerte.

Hier fand Cook zum ersten Mal Gelegenheit, sich auszuzeichnen. Mit der Sondierung des St. Lawrence-Stroms zwischen der Insel Orleans und dem nördlichen Ufer betraut, führte er diese Sendung mit großem Geschick aus und konnte trotz der Schwierigkeiten der Unternehmung sogar eine gute Karte des Kanals entwerfen. Seine hydrographischen Aufnahmen erwiesen sich als so genau, daß er den Befehl erhielt, die fahrbaren Stellen des Stromes unterhalb Quebec aufzunehmen. Er unternahm diese

Untersuchung mit so viel Sorgfalt, daß seine Karte auf Veranlassung der englischen Admiralität gedruckt wurde.

Nach der Einnahme von Quebec ging Cook an Bord der ›Northumberland‹, unter dem Befehl von Lord Colville, und benutzte seinen Aufenthalt an der Küste von Neufundland dazu, sich dem Studium der Astronomie zu widmen. Im Jahre 1764 zum Marine-Ingenieur für Neufundland und Labrador ernannt, wurde er drei Jahre mit hydrographischen Untersuchungen betraut, die ihm die Aufmerksamkeit des Ministeriums einbrachten und nicht zuletzt zahllose Irrtümer auf den Karten von Amerika korrigieren halfen. Gleichzeitig reichte er bei der Königlichen

Gesellschaft zu London eine Denkschrift über die Sonnenfinsternis, welche er 1766 in Neufundland beobachtet hatte, ein, die später im Druck erschien. Cook sollte bald die Belohnung erhalten für so viele verdienstvolle Arbeiten, die desto anerkennenswerter waren, als er sich ohne Hilfe eines Lehrers hatte vorbilden müssen.

Eine wissenschaftliche Frage von hoher Bedeutung, der für 1769 vorhergesagte Durchgang der Venus vor der Sonnenscheibe, erregte damals das Interesse der gelehrten Welt. In der Überzeugung, diese Erscheinung könne nur in der Südsee mit Erfolg beobachtet werden, hatte die Regierung beschlossen, eine wissenschaftliche Expedition dahin abzusenden. Zum Leiter wurde James Cook ernannt, der damals vierzig Jahre alt war.

Dies war sein erstes Kommando in der königlichen Flotte. Die Mission verlangte sehr verschiedenartige Eigenschaften, die man recht selten in einem Seemann vereint findet. Wenn die Beobachtung des Venus-Durchganges auch der Hauptzweck der Reise war, so war dies doch nicht der einzige, denn Cook sollte gleichzeitig eine Entdeckungsreise im Pazifischen Ozean unternehmen. Der Sohn eines Bauernknechts aus Yorkshire sollte sich dieser schwierigen Aufgabe aber auch vollkommen gewachsen zeigen.

Während man mit der Ausrüstung der ›Endeavour‹ beschäftigt war, achtzig Mann Besatzung auswählte, für achtzehn Monate Proviant und zehn Kanonen nebst zwölf Steinböllern mitnahm, kehrte Kapitän Wallis eben von seiner Reise um die Erde nach England zurück. Über die günstigste Örtlichkeit für die Beobachtung des Venus-Durchganges befragt, bezeichnete er eine von ihm entdeckte Insel, die er Georg-III.-Insel getauft hatte und die von den Eingeborenen Tahiti genannt wurde. Hier sollte Cook also seine Beobachtungen anstellen. Mit ihm schifften sich ein: Charles Green, Assistent der Sternwarte in Greenwich, dem der astronomische Teil der Arbeit zufiel, Doktor Solander, ein schwedischer Arzt, als Botaniker, und endlich Sir Joseph Blanks, der nur seine Tatenlust befriedigen und seinen Reichtum ehrenhaft verwenden wollte. Nach seinem Studium in Oxford hatte dieser Weltmann Neufundland und Labrador besucht und bei dieser Reise Interesse an der Botanik gewonnen. Er brachte auch noch zwei Maler mit, den einen für Landschaften und Porträts, den anderen für naturgeschichtliche Gegenstände, ferner einen Sekretär und vier Diener, darunter zwei Neger.

Am 26. August 1768 verließ die ›Endeavour‹ Plymouth und ankerte am 13. September vor Funchal auf Madeira, um frische Lebensmittel einzunehmen und einige Untersuchungen anzustellen. Die Expedition fand eine sehr ehrenvolle Aufnahme. Bei einem Besuch, den der Stab der ›Endeavour‹ dem Kloster der Klarissinnen abstattete, baten diese armen und unwissenden Nonnen dringend, ihnen zu sagen, wann es donnern würde und wo sich auf dem Gebiet des Klosters eine gute Trinkquelle vorfinden möge. So kenntnisreich sie auch waren, konnten doch weder Banks, Solander oder Cook auf solche naiven Fragen Antwort geben.

Von Madeira bis Rio de Janeiro, wo die Expedition am 13. November ankam, verlief die Reise ohne jeden Unfall; nur der Empfang, den Cook bei den Portugiesen fand, entsprach keineswegs seinen Erwartungen. Während der ganzen Zeit seines Aufenthaltes hatte er mit den ewigen Nörgeleien des Vizekönigs zu kämpfen, der ziemlich unwissend und jedenfalls nicht imstande war, die wissenschaftliche Bedeutung der Expedition zu begreifen. Doch konnte er den Engländern wenigstens die frischen Nahrungsmittel, die sie notwendig brauchten, nicht verweigern.

Am 14. Januar 1769 fuhr Cook in die Lemaire-Straße ein.

Cook durfte sich übrigens beglückwünschen, diesen Weg gewählt zu haben, denn er brauchte nur dreißig Tage, um Feuerland von der Lemaire-Straße bis drei Grad nördlich der Magelhães-Straße zu umschiffen. Zweifellos hätte es ihn sehr viel mehr Zeit gekostet, die vielfach gewundene Magelhäes-Straße zu passieren. Die außerordentlich genauen astronomischen Beobachtungen, die er in Verbindung mit Green anstellte, sowie auch die Anweisungen, die er über diese gefährliche Meeresgegend ausarbeitete, haben seinen Nachfolgern mannigfache Erleichterungen gewährt.

Vom 21. Januar, dem Tage, an dem er das Kap Hoorn umschiffte, bis zum 1. März beobachtete Cook auf einer Strecke von 660 Seemeilen keine bemerkbare Strömung. Er entdeckte inzwischen mehrere zu den Tuamotus gehörende Inseln, denen er die Namen Lagon, Bonnet, Are, Groupes und ›Insel der Vögel‹ sowie ›Ketten-Insel‹ beilegte. Die meisten waren bewohnt und mit Pflanzenwuchs bedeckt, der Seeleuten, welche seit drei Monaten nichts als Himmel und Wasser und die übereisten Felsen von Feuerland gesehen hatten, leicht als recht üppig erscheinen konnte. Später erreichten sie die Insel Maitea oder Mangareva und am Morgen des 11. Juni kam endlich Tahiti in Sicht.

Zwei Tage darauf warf die ›Endeavour‹ in dem Hafen von Matavaii Anker, wo Wallis ehemals einen Kampf mit den Einwohnern zu bestehen hatte. Unterrichtet von diesen Ereignissen, suchte Cook eine Wiederholung um jeden Preis zu vermeiden. Das glückliche Gelingen seiner Beobachtungen hing ja sehr wesentlich davon ab, daß er durch nichts gestört wurde. Er verkündigte seiner Mannschaft also gleich zu Anfang gewisse Verhaltensmaßregeln, deren Übertretung mit den strengsten Strafen bedroht wurde. Er erklärte, daß er mit allen ihm zu Gebote stehenden Mitteln die Freundschaft der Eingeborenen zu erwerben wünsche; dann bezeichnete er ausdrücklich diejenigen, welche den notwendigen Proviant einkaufen sollten, und verbot jedem anderen, ohne seine Erlaubnis einen Tauschhandel zu beginnen.

Die an Land geschickten Leute sollten ihren Posten unter keinerlei Vorwand verlassen, und wenn sich ein Arbeiter oder Soldat Werkzeuge oder Waffen entwenden ließe, sollte ihm der Wert derselben an der Löhnung gekürzt werden. Zum Schutz der beobachtenden Gelehrten gegen Angriffe beschloß Cook auch noch, ein Fort zu errichten, in dem sie sich im Schußbereich der Geschütze der ›Endeavour‹ aufhalten könnten. Er ging also mit den Herren Banks, Solander und Green an Land, fand bald eine geeignete Stelle und zeichnete sofort und vor den Augen der Eingeborenen das Terrain, welches er in Anspruch zu nehmen gedachte. Ein gewisser Owhaw, der auch zu Wallis in guten Beziehungen gestanden hatte, überbot sich förmlich in Freundschaftsbezeugungen. Nachdem er den Plan des Forts gezeichnet hatte, ließ Cook dreizehn Mann nebst einem Offizier zurück, um die aufgeschlagenen Zelte zu bewachen, und begab sich mit seinen

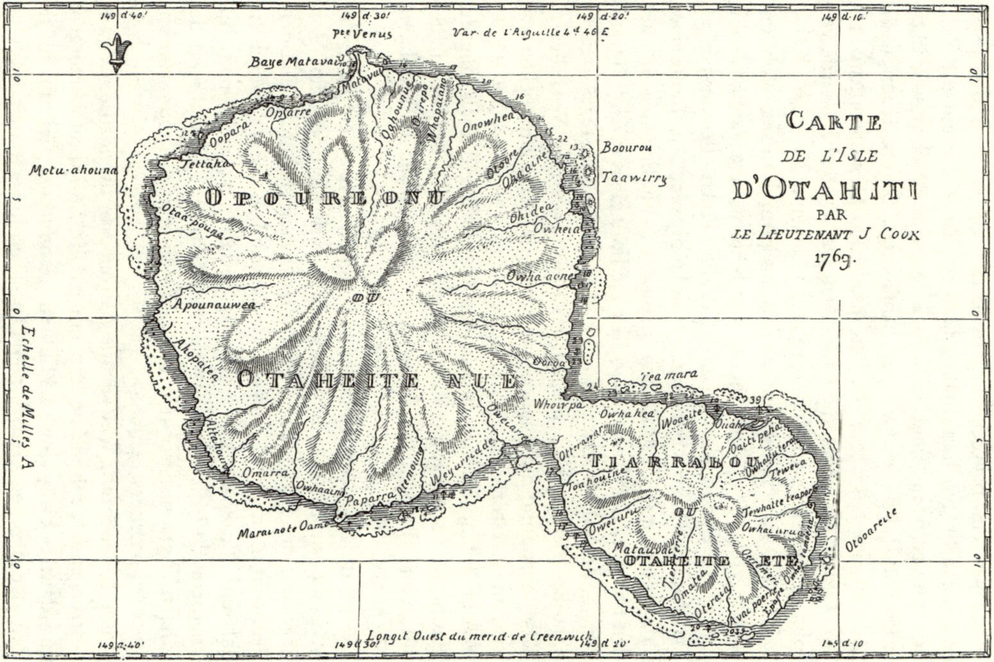
CARTE
DE L'ISLE
D'OTAHITI
PAR
LE LIEUTENANT J COOK
1769.
149 d. 40'
149 d. 30'
149 d. 20'
149 d. 10'
Pte Venus
Var. de l'Aiguille 4d 46 E
Baye Matavai
Matavai
Oparre
Oopara
Tettaha
Motu-ahouna
Oghounue
Whapaiano
Onowhea
Boourou
Taawirry
OPOUREONU
Otaa pouna
Ohidea
Owheia
Owha aene
OU
Apounauwea
Ahopatea
OTAHEITE NUE
Ooroa
Tea mara
Whoirpa
Owhahea
Woaeite
Oaiti peha
Tewera
Owecarre
Attahourou
Omarra
Owhaaine
Paparra
Atemouno
Weyurridde
TIARRABOU
Toahouine
Teewhatte teaponie
Oweturu
Owhai uru
Matauvae
OTAHEITE ETE
Omatea
Oteraia
Avai poerre
Otooareite
Maraenote Oame
Echelle de Milles A
Longit Ouest du merid de Greenwich

Begleitern in das Innere der Insel. Da rief ihn das Knattern von Flintenschüssen plötzlich zurück.

Es war ein peinlicher Zwischenfall eingetreten, der leicht ernsthafte Folgen hätte haben können. Einer der um die Zelte herumlungernden Eingeborenen hatte einen Wachtposten überrascht und sich des Gewehrs bemächtigt. Sofort feuerten die anderen eine Salve auf die herumstehende Menschenmenge ab, zum Glück ohne jemand zu verletzen. Der Dieb aber wurde verfolgt, eingefangen und mußte mit dem Leben büßen.

Die dadurch entstandene Aufregung kann man sich wohl unschwer vorstellen. Cook mußte alle Künste aufwenden, um die Eingeborenen zu besänftigen. Er bezahlte ihnen alles, was er zur Errichtung des Forts brauchte, und erlaubte nicht, auch nur einen Baum ohne ihre Zustimmung anzutasten. Endlich ließ er auch den Fleischer der ›Endeavour‹, der die Frau eines Häuptlings mit dem Tode bedroht hatte, auspeitschen. Diese Maßregeln trugen dazu bei, den peinlichen Eindruck dieses traurigen Vorfalles zu verwischen, und die freundschaftlichen Beziehungen blieben von jetzt an ungestört.

Allmählich näherte sich nun der Zeitpunkt zur Erfüllung des Hauptzwecks der Reise. Cook sandte einen Teil der Beobachter mit Joseph Banks nach Eimeo, einer Insel in der unmittelbaren Nachbarschaft.

Vier andere suchten sich einen geeigneten, von dem Fort hinreichend entfernten Standpunkt aus, während Cook den Vorübergang des Planeten im Fort abzuwarten beschloß. Die dem Beobachtungstage vorhergehende Nacht ließ zwar befürchten, daß die Witterung sich ungünstig gestalten könne, am 3. Juli leuchtete aber die Sonne in hellstem Glanze, und während des ganzen Tages hinderte kein Wölkchen die Wahrnehmung der seltenen Himmelserscheinung.

Die Beobachtung war für die Astronomen im höchsten Grade anstrengend, denn sie begann um 9 Uhr 21 Minuten morgens und dauerte bis 3 Uhr 10 Minuten nachmittags, fiel also in die Zeit der drückendsten Hitze. Das Thermometer zeigte bis zu 49° Celsius. Cook berichtet, und das erscheint sehr glaubhaft, daß er sich selbst über den Zweck seiner Beobachtung nicht mehr recht klar gewesen sei. Unter derartigen Wetterbedingungen verliert eben der menschliche Organismus immer an Leistungsfähigkeit.

Bei der Berührung des äußeren Sonnenrandes verlängerte sich scheinbar die Scheibe der Venus, als würde sie von dem mächtigen Gestirn angezogen. »Alles in allem«, sagt Cook, »gelang die Lösung unserer Aufgabe gleich gut im Fort wie im Osten der Insel. Vom Aufgang der Sonne bis zu deren Untergang schwebte nicht ein einziges Wölkchen am Himmel, und wir alle, Green, Doktor Solander und ich, beobachteten den ganzen Venus-Durchgang unbehindert. Greens Teleskop war ebenso stark wie das meinige, das des Doktor Solander noch etwas größer. Wir bemerkten rings um den Planeten eine leuchtende Nebelhülle, welche die Bestimmung der genauen Berührungszeit schon am äußeren, vorzüglich aber am inneren Rande etwas beeinträchtigte, wodurch unsere Beobachtungen mehr als man erwarten sollte voneinander abwichen.«

Bevor sie die Anker lichteten, wollte Cook noch den Gesamtumfang der Insel bestimmen, den er auf etwa dreißig Meilen schätzte. Bei dieser Fahrt machten sie mit den Häuptlingen der verschiedenen Distrikte Bekanntschaft und sammelten reiche Erfahrungen über die Sitten und Gebräuche der Eingeborenen.

Eine der auffallendsten Gewohnheiten z. B. bestand darin, die Zersetzung der Leichen in der freien Luft vor sich gehen zu lassen und nur die trockenen Gebeine zu beerdigen. Der Kadaver liegt dabei etwas erhöht unter einer fünfzehn Fuß langen und elf Fuß breiten Hängematte in einer Art Schuppen; nur dessen eine Seite steht offen, die drei anderen sind durch Weidenflechtwerk geschlossen. Das Brett, auf dem der tote Körper ruht, befindet sich etwa fünf Fuß über dem Erdboden. Hier liegt der Leichnam ausgestreckt und mit Stoffen umhüllt, Keule und Steinaxt an der Seite. An der offenen Seite des Raumes hängen einige rosenkranzartig verbundene Kokosnüsse; eine im Innern des Raumes stehende, halb geteilte Kokosnuß enthält Trinkwasser, und an einem Pfeiler hängt ein Sack mit gerösteten Brotfrüchten. Ein solches Grabmal heißt ›Tupapow‹. Man weiß nicht, wie sich dieser seltsame Brauch, die Toten bis zur Verwesung aller Weichteile über der Erde aufzubewahren, einst eingebürgert haben mag. Cook bemerkte nur, daß die Eingeborenen ihren Friedhö-

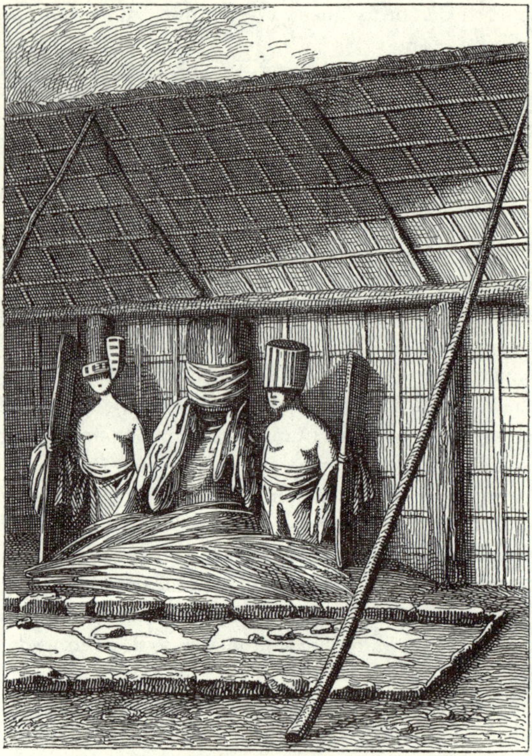

fen, in der Landessprache ›Moraï‹, eine Art religiösen Kult weihten und jede Annäherung der Fremden mit großer Unruhe betrachteten.

Vom 7. Juli an bereitete man sich zur Weiterreise vor. Da kam einer der Eingeborenen, der mit den Europäern immer auf bestem Fuße gestanden hatte, mit seinem Diener, einem Knaben von dreizehn Jahren, an Bord der ›Endeavour‹. Er hieß Tupia, war früher erster Minister der Königin Oberea und gehörte jetzt zu den vornehmsten Priestern von Tahiti. Er verlangte, mit nach England gehen zu dürfen. Verschiedene Gründe bestimmten Cook, ihn mit an Bord zu nehmen. Infolge seiner hohen Stellung war dieser Eingeborene über Tahiti allseitig gut unterrichtet und auch imstande, die verläßlichsten Auskünfte über seine Landsleute zu geben und umgekehrt diese gleichzeitig der europäischen Zivilisation zugänglicher zu machen. Außerdem hatte er auch die benachbarten Inseln schon besucht und kannte die Schiffahrt in diesen Gewässern.

Am 13. Juli gab es an Bord der ›Endeavour‹ großes Gedränge. Die Eingeborenen kamen, um von ihren englischen Freunden und ihrem Landsmann Tupia Abschied zu nehmen. Die einen vergossen in stillem, aufrichtigem Schmerz reichliche Tränen; andere schienen sich überbieten zu wollen, wer am erbärmlichsten heulen könne; ihr ganzes Benehmen erschien aber eher künstlich.

In Tahitis unmittelbarer Nähe befanden sich nach Tupias Aussage vier Inseln: Huahine, Raiatea, Tahaa, Bora Bora, wo es leicht sein sollte, sich wilde Schweine, Geflügel und andere Nahrungsmittel zu verschaffen, welche während der letzten Zeit des Aufenthaltes in Matavaii etwas knapper geworden waren.

In Sicht von Huahine näherten sich der ›Endeavour‹ mehrere Pirogen, deren Insassen sich erst nach Verständigung mit Tupia herbeiließen, an Bord zu kommen. Der König Oree, der sich unter ihnen befand, zeigte sich über alles, was er auf dem Schiffe sah, höchlichst erstaunt. Durch den wohlwollenden Empfang seitens der Engländer bald zutraulich gemacht, ging er sogar so weit, seinen Namen mit dem Cooks vertauschen zu wollen; er nannte sich selbst von da ab nur Cookee und bezeichnete den Befehlshaber dafür mit seinem eigenen Namen. Der Anker fiel in einem schönen Hafen, und das Offizierskorps ging sofort an Land. Überall fand man die gleichen Sitten, dieselbe Sprache und genau die gleichen Produkte wie in Tahiti.

Sieben bis acht Meilen von hier im Südwesten liegt Raiatea. Cook ging hier ebenfalls an Land und ergriff von dieser Insel nebst den Nachbarinseln feierlich Besitz. Er benutzte auch die Zeit seines Aufenthaltes zu einer hydrographischen Aufnahme der Küsten, während ein Leck unter der Pulverkammer der ›Endeavour‹ ausgebessert wurde. Nachdem er dann noch einige kleinere Eilande besichtigt hatte, gab er der ganzen Gruppe den Namen ›die Gesellschaftsinseln‹.

Am 7. August ging Cook wieder unter Segel. Sieben Tage später entdeckte er die Insel Rurutu. Das feindselige Auftreten der Einwohner verhinderte die ›Endeavour‹, sich hier aufzuhalten, und so segelte sie bald weiter nach Süden.

Am 25. August feierte die Mannschaft den Jahrestag der Abfahrt aus England. Am 1. September wurde das Meer infolge eines heftigen Westwindes sehr erregt; die ›Endeavour‹ mußte nach Norden wenden, um vor dem Sturm zu flüchten. Bis zum 3. hielt das schlechte Wetter gleichmäßig an, erst dann gestaltete es sich so, daß man wieder einen westlichen Kurs einhalten konnte.

Während der letzten Tage des Monats kündigten verschiedene Anzeichen, wie treibende Holzstücke, Wasserpflanzen und Landvögel, die Nähe einer Insel oder eines Kontinents an. Am 5. Oktober nahm das Wasser eine andere Färbung an, und am Morgen des 6. kam eine Küste in Sicht. Je mehr man sich ihr näherte, desto ausgedehnter schien sie zu sein. Der allgemeinen Ansicht nach war der so lange gesuchte, von den Kosmographen für ein notwendiges Gegengewicht gegen die anderen Weltteile erklärte Kontinent, die ›Terra australis incognita‹, nun endlich aufgefunden. In Wahrheit hatte man hier nur die Ostküste der Nordinsel von Neuseeland vor sich.

Bald beobachtete man auch Rauch an verschiedenen Stellen des Ufers, dessen Einzelheiten nun deutlicher hervortraten. Die Hügel schienen meist mit Wald bedeckt, und in den Tälern sah man sehr große Bäume. Später zeigten sich kleine, aber nette Häuser, und dann kamen Pirogen und endlich auch Eingeborene auf dem Strande zum Vorschein. Auf einer Anhöhe bemerkte man eine hohe Palisade, die den ganzen Gipfel des Hügels umschloß. Die einen hielten sie für die Umzäunung eines Tierparkes, die anderen für ein Gehege für Haustiere, ohne eine Menge ebenso scharfsinniger Deutungen zu erwähnen, welche sich später alle als falsch erwiesen, als man erfuhr, daß es ein ›I-pah‹ war.

Am 8. gegen vier Uhr nachmittags fiel der Anker in einer Bucht an der Mündung eines kleinen Flusses. Auf jeder Seite derselben türmten sich weiße Felsen empor, im Hintergrunde breitete sich ein dunkles Land aus, das etagenförmig aufstieg und mit

einer weit im Innern verlaufenden mächtigen Gebirgskette zusammenzuhängen schien.

Nachdem die Marinesoldaten das Land betreten hatten, ging Cook mit seinen Begleitern auf die Eingeborenen zu. Tupia sagte diesen, die Engländer kämen mit friedlichen Absichten und wünschten nur Wasser und Proviant einzunehmen, wofür sie mit Eisen bezahlen würden, dessen Gebrauch er ihnen erklärte. Man sah mit großer Befriedigung, daß die Angeredeten ihn vollkommen verstanden, da ihre Sprache nur einen besonderen Dialekt der auf Tahiti herrschenden bildete.

Nach mehrfachem Hin- und Herreden kamen etwa dreißig

Wilde näher. Man schenkte ihnen einige Gegenstände aus Glas und Eisen, die sie nicht sonderlich zu beachten schienen. Als es aber einem von ihnen gelungen war, sich das Bajonett Greens durch List anzueignen, nahmen auch die anderen wieder eine drohende Haltung an, so daß man auf den Dieb Feuer gab und ihn schwer verletzte, wonach die übrigen eiligst flohen.

Diese Versuche zur Anknüpfung von Handelsbeziehungen mit den Eingeborenen waren so unglücklich ausgefallen, daß Cook nicht weiter darauf bestand, sondern einen anderen Wasserplatz aufzusuchen beschloß. Inzwischen bemerkte man zwei Pirogen, welche an das Ufer zu gelangen suchten. Cook traf Anstalten, ihnen den Weg zu verlegen. Die eine entkam mit Hilfe der Ruder, die andere ward abgefangen; doch trotz Tupias Versicherung der freundschaftlichen Absichten der Engländer griffen die Eingeborenen zu den Waffen und schritten sogar zum Angriff. Eine Gewehrsalve tötete vier von ihnen, drei andere, die ins Meer gesprungen waren, wurden nach lebhafter Gegenwehr gefangen.

Cooks Äußerungen über diesen traurigen Zwischenfall sprechen so sehr zu seiner Ehre und weichen so auffallend von der damals leider gebräuchlichen Handlungsweise ab, daß wir nicht umhin können, sie hier wortgetreu mitzuteilen.

»Ich kann mir nicht verheimlichen, daß mich alle gefühlsvollen Menschenseelen tadeln müssen, weil ich auf die armen Indianer habe schießen lassen, und wenn ich das ruhig überlege, mache ich mir auch selbst die bittersten Vorwürfe. Sie verdienten den Tod gewiß deshalb noch nicht, daß sie meinen Versicherungen keinen Glauben schenkten und es abschlugen, an Bord zu kommen, wenn sie auch keine Gefahr vor Augen sahen; die Natur meines Auftrages zwang mich jedoch, ihr Land kennen zu lernen, was nicht zu erreichen war, wenn ich es nicht entweder durch Gewalt erzwang oder das Zutrauen der Bewohner gewann. Den Weg der Geschenke hatte ich vergeblich eingeschlagen; in dem Wunsche, jeden Zusammenstoß zu vermeiden, suchte ich nun einige derselben auf mein Schiff zu locken, das einzige Mittel, sie zu überzeugen, daß wir, weit entfernt davon, ihnen ein Leid zuzufügen, vielmehr ihnen nützen wollten. Bis hierher wäre wohl an meiner Handlungsweise nichts auszusetzen, freilich hätten wir in dem unerwarteten Kampfe ebenso vollständig siegen können, ohne jenen vier Indianern das Leben zu rauben, man bedenke aber wohl, daß jeder, der sich in ähnlicher Lage befindet, wenn der Befehl zum Feuern einmal gegeben ist, die Folgen nicht mehr abzuwägen vermag.«

Am Morgen des 11. Oktober verließ Cook diese unwirtliche Gegend. Er gab ihr den Namen Poverty Bay, weil er von allem, was er nötig hatte, nichts anderes als Holz zu erlangen vermochte. Unter 38° 42′ südlicher Breite und 181° 36′ westlicher Länge gelegen, zeigt diese Bai die Form eines Hufeisens und bietet einen guten Ankerplatz, obwohl sie allen Winden offensteht.

Cook folgte nun der Küste weiter nach Süden, taufte die hervorragendsten Punkte und nannte z. B. eine Insel Portland wegen ihrer Ähnlichkeit mit der gleichnamigen Insel im Ärmelkanal. Die Beziehungen zu den Eingeborenen gestalteten sich nie günstiger, und nur die beispiellose Geduld der Engländer ließ es nicht zum offenen Kampfe kommen.

Da Cook auch bis zum 17. Oktober keinen geeigneten Hafen fand, glaubte er hier viel Zeit zu verlieren, die er mit der Besichtigung des nördlichen Ufers besser ausfüllen könnte; er ließ also wenden und steuerte den eben zurückgelegten Weg wieder zurück.

Am 23. Oktober erreichte die ›Endeavour‹ eine Bai, Tolaga genannt, in der sich nicht der geringste Wellenschlag bemerkbar machte. Das Wasser war ausgezeichnet und auch Proviant leicht zu beschaffen, zumal die Eingeborenen hier ein freundliches Entgegenkommen zeigten.

Am 30. Oktober, nachdem er genügend Holz und Wasser gefaßt hatte, ging Cook wieder unter Segel und folgte der Küste nach Norden.

Die Bay of Plenty liegt im Grunde der langen, vielfach eingeschnittenen Halbinsel, welche von Osten nach Nordwesten verläuft und den nördlichsten Teil Neuseelands bildet. Am 15. November, gerade als die ›Endeavour‹ diese Bucht verließ, ruderten mehrere Kanus gleichzeitig auf das Schiff zu.

»Zwei derselben«, heißt es in dem Bericht, »welche gegen sechzig bewaffnete Männer führten, näherten sich so weit, daß man einander hören konnte, worauf die Eingeborenen ihren Kriegsgesang begannen; als sie aber bemerkten, daß man ihnen wenig Aufmerksamkeit schenkte, fingen sie an, die Engländer mit Steinen zu bewerfen. Bald schienen sie sich auf unsere Reisenden stürzen zu wollen, während sie sich gegenseitig durch ihre Gesänge ermutigten.« Ohne aufgefordert zu werden, machte ihnen Tupia lebhafte Vorwürfe und sagte ihnen auch, daß die Engländer Waffen besäßen, welche geeignet seien, sie augenblicklich zu vernichten. Ihre Antwort darauf lautete: »Kommt nur an Land, so werden wir euch alle umbringen.« – »Gut«, antwortete Tupia, »doch wie kommt ihr dazu, uns auf dem Meere zu belästigen? Uns liegt nichts daran, mit euch zu kämpfen. Das Meer ist für unser Schiff ebenso frei wie für euch!« Eine so überzeugende Redeweise hätte niemand Tupia zugetraut. Auch Cook und die übrigen Engländer waren davon wirklich freudig überrascht.

Am 30. Dezember umschifften die Engländer einen Landvorsprung, den sie für Tasmans Kap Maria-van-Diemen hielten; hier trafen sie aber so widrige Winde, daß Cook in drei Wochen nur zehn Meilen zurücklegen konnte. Zum Glück hielt er sich die ganze Zeit über in gehöriger Entfernung vom Ufer, sonst wären wir heute kaum in der Lage, seine Abenteuer zu erzählen.

Nachdem er eine ganze Anzahl hervorragender Punkte der Westküste mit Namen bezeichnet hatte, kam Cook am 16. Januar 1770 in Sicht eines mächtigen, schneebedeckten Bergriesen, den er Mount Egmont nannte. Kaum gelangte man über diesen hinaus, als man die Küste in einem großen Bogen vor sich ausgestreckt liegen sah. Dabei erschien sie durch kleinere Landspitzen mehrfach geteilt, und in eine der dadurch gebildeten Reeden beabsichtigte Cook einzulaufen, um sein Schiff kielholen und ausbessern zu lassen, sowie um neue Vorräte an Holz und Wasser einzunehmen. Er landete in einer kleineren Bucht, wo sich ein Bach und Bäume im Überfluß vorfanden, da der Wald erst dicht am Meeresstrand, dort wo ihm der Erdboden fehlte, aufhörte. Cook benutzte die guten Verhältnisse, die sich hier mit den Eingeborenen entwickelten, um sich zu erkundigen, ob sie jemals schon ein ähnliches Fahrzeug wie die ›Endeavour‹ gesehen hätten, überzeugte sich aber, daß man hier von Tasman nicht das geringste wußte.

In einem Korbe der Neuseeländer fand man zwei abgenagte Knochen. Von einem Hunde schienen sie nicht herzurühren, und bei näherer Betrachtung erwiesen sie sich als menschliche Überreste. Die darüber befragten Eingeborenen gaben auch ohne Scheu die Antwort, daß sie ihre Feinde meist zu verzehren pflegten. Einige Tage später brachten sie sogar sieben Menschenköpfe mit an Bord der ›Endeavour‹, an denen noch Haare und Fleisch festsaßen, woraus sie aber das für einen besonderen Leckerbissen gehaltene Gehirn schon entfernt hatten. Das Fleisch war weich und durch irgendein Mittel offenbar gegen die Fäulnis geschützt worden, denn es verbreitete noch keinen widerlichen Geruch. Banks konnte einen solchen Kopf nur mit Mühe käuflich erwerben, vermochte aber den Greis, der sie mitgebracht hatte, auf keine Weise zur Abtretung eines zweiten zu bewegen, wahrscheinlich weil die Neuseeländer dieselben als eine Trophäe und einen Beweis ihrer Tapferkeit ansehen.

Die nächstfolgenden Tage verbrachte man mit der Besichtigung der Umgebung. Bei einem Ausfluge bestieg Cook einen Hügel und konnte von demselben aus sowohl den ganzen, von ihm so benannten Königin-Charlotte-Kanal (die heutige Cookstraße) überblicken, als auch die jenseitige Küste, deren Entfernung er auf vier Meilen schätzte. Der Nebel hinderte ihn, weiter nach Südosten zu sehen. Er hatte aber genug gesehen, um zu der Überzeugung zu gelangen, daß dort die große Insel, welche er fast vollständig umschifft hatte, endete. Es blieb ihm nun also die Erforschung der weiter im Süden gelegenen Insel übrig.

In der Nähe fand Cook auch Gelegenheit, einen I-pah zu besuchen. Auf einem schwer zu ersteigenden Felsen errichtet, stellt ein I-pah nichts anderes als ein befestigtes Dorf dar.

Meist haben die Eingeborenen den natürlichen Schwierigkeiten noch künstliche Hindernisse hinzugefügt, die den Zugang noch gefährlicher machen. Mehrere solche von den Engländern besuchte Anlagen waren von einem zweifachen Graben mit Brustwehr und doppelten Palisaden umschlossen. Der zweite Graben hatte nicht weniger als vierundzwanzig Fuß Tiefe. Innerhalb der engeren Palisade erhob sich eine gegen vierzig Fuß lange und sechs Fuß breite Plattform auf etwa zwanzig Fuß hohen, starken Holzpfeilern. Hier nahmen die Verteidiger des Ortes Stellung und konnten andrängende Feinde mit den für diesen Fall aufgehäuften Wurflanzen und Steinen überschütten. Diese Befestigungen sind für die Eingeborenen so gut wie uneinnehmbar, wenn sie die Besatzung nicht durch andauernde Belagerung zur Ergebung zwingen.

»Es erscheint wunderbar«, bemerkt Cook, »daß Leute, deren Scharfblick und Sorgfalt hinreichten, fast ohne Werkzeuge derartige zur Verteidigung so zweckmäßig angelegte Werke zu errichten, nicht darauf verfielen, sich außer der mit der Hand geschleuderten Lanze irgendeine andere in die Ferne wirkende Waffe herzustellen. Sie kennen jedoch weder den Bogen noch die Schleuder, was um so mehr auffallen muß, als die Erfindung der Schleuder, der Bogen und der Pfeile doch weit einfacher erscheint als die der Festungswerke, die diese Völker erbauten, während man jene beiden Waffen fast in allen Teilen der Erde und selbst bei den wildesten Völkerschaften antrifft.«

Am 6. Februar verließ Cook die Bucht und segelte nach Osten in der Hoffnung, vor der zurückkehrenden Flut leicht in den Eingang zur Meerenge einfahren zu können. Um 7 Uhr abends wurde das Schiff von einer heftigen Strömung bis in die Nähe einer kleinen Insel außerhalb des Kap Koamaru verschlagen. Hier erhoben sich sehr spitze Felsen aus dem Meeresgrund. Jeden Augenblick wuchs die Gefahr. Nur eine Kabellänge weit trieb die ›Endeavour‹ noch vor den Riffen, da ließ man bei fünfundsiebzig Faden Wasser den Anker fallen. Er griff gut ein, und die Strömung, die, nachdem sie sich an der Insel gebrochen hatte, eine andere Richtung einschlug, drängte das Schiff von dem nächsten Riffe ab. Es konnte jedoch nicht für gerettet gelten, denn es befand sich noch immer in der gefährlichen Nachbarschaft der Felsen, und die Strömung legte fünf Meilen in der Stunde zurück.

Erst als die Flut nachließ, konnte das Schiff sich frei machen, und da gleichzeitig auch ein günstiger Wind aufsprang, gelangte es schnell nach der schmalsten Stelle der Meerenge, die es nun glücklich passierte.

Die Nordinsel von Neuseeland, die in der Ursprache Kaheinomauwe heißt, war indessen noch nicht in allen ihren Teilen erforscht; etwa fünfzehn Meilen ihrer Küste hatte man noch nicht besichtigt. Daraufhin behaupteten mehrere unerfahrene Offiziere, im Gegensatz zu Cook, daß sie nicht eine Insel, sondern einen Kontinent bilde. Obwohl des Kommandanten Ansicht längst feststand, so hielt er doch einen solchen Kurs ein, daß sich seine Offiziere von der Irrigkeit ihrer Anschauung überzeugen konnten. Nach zweitägiger Fahrt und nach Umschiffung des Cap Palliser fragte er sie, ob sie sich nun bekehrt hätten. Auf ihre bejahende Antwort hin verzichtete Cook darauf, bis zum äußersten, schon von der Ostseite aus gesehenen Ende von Kaheinomauwe weiterzusegeln, und beschloß, an der Küste der Südinsel entlangzufahren. Das Ufer der Südinsel erschien meistens wenig fruchtbar und unbewohnt. Übrigens mußte er sich stets vier bis fünf Meilen entfernt halten.

In der Nacht des 9. März glitt die ›Endeavour‹ über mehrere Felsen hinweg und man erkannte am nächsten Morgen, daß sie in großer Gefahr geschwebt hatte. Diese Klippen erhielten den Namen ›The Traps‹ (die Fallen), weil sie den allzu vertrauensvollen Seefahrern gleich solchen in den Weg gelegt scheinen.

Am selben Tage entdeckte Cook auch noch die Spitze, die er für das südlichste Ende Neuseelands hielt und deshalb Südkap taufte. Es war jedoch ein Teil der Steward-Insel. Da von Südwesten her große Wogen gegen das Schiff anspülten, setzte Kapitän Cook voraus, daß in dieser Richtung kein Land mehr liegen könne. Er schlug den Weg nach Norden wieder ein, um mit der Westküste die Umschiffung Neuseelands zu vollenden.

Ziemlich am Ende dieser Küste entdeckte man eine Bai, welche den Namen Dusky-Sound erhielt. Diese Gegend ist unfruchtbar, zerrissen und mit Schnee bedeckt. Der Dusky-Sound umschloß mehrere Inseln, hinter denen ein Schiff sicheren Schutz gefunden hätte. Cook hielt es aber nicht für geraten, sich hier aufzuhalten, da ein geeigneter Wind, um aus diesen Gewässern wieder herauszukommen, nur einmal im Monat wehte. Hierin stimmte er übrigens nicht mit seinen Offizieren überein, die die späteren Nachteile eines längeren Aufenthaltes übersahen.

»Vom Dusky-Sound bis 44° 20′ Breite«, sagt Cook, »erstreckt sich eine in gerader Linie verlaufende Hügelkette, die sich vom Meeresstrand erhebt und mit Wäldern bedeckt ist. Hinter diesen Hügeln erblickt man Berge, die eine zweite, höhere Kette bilden und aus steilen Felsen bestehen, außer den Stellen, wo sie mit Schnee bedeckt sind ... Man vermag sich kaum einen trostloseren und erschreckenderen Anblick zu denken als dieses Land, denn soweit das Auge trägt, gewahrt man nichts als Felsenspitzen, die so nahe beieinander aufstreben, daß sich zwischen ihnen an Stelle der Täler nur schluchtartige Einschnitte vorfinden.«

Von 44° 20′ bis 42° 8′ wechselt das Bild; die Berge treten zurück, und das Meer ist von Hügeln und fruchtbaren Tälern begrenzt.

Von 42° 8′ bis 41° 30′ erstreckt sich eine steile, mit dunklen Waldungen bedeckte Küste. Übrigens segelte die ›Endeavour‹ zu fern vom Ufer, und die Witterung war zu trübe, als daß man Einzelheiten der Küstenlandschaft hätte erkennen können. Nachdem man das ganze Land umschifft hatte, steuerte das Fahrzeug wieder in den Königin-Charlotte-Kanal zurück.

Cook versorgte sich hier mit Holz und Wasser; dann beschloß er, die Rückreise nach England anzutreten, ohne die Frage nach der Existenz eines südlichen Kontinents gelöst zu haben. Jetzt konnte er freilich weder um das Kap Hoorn noch um das Kap der Guten Hoffnung zu segeln wagen. Sein Fahrzeug war, mitten im Winter in so tiefer südlicher Breite, voraussichtlich nicht imstande, diese Fahrt auszuhalten. Es blieb ihm also nichts übrig, als nach Ostindien zu gehen und zu diesem Zwecke nach Westen zu steuern.

Bevor wir jedoch die Vorfälle dieses zweiten Teiles seiner Reise schildern, dürfte es angemessen sein, hier einen Rückblick zu tun und die Beobachtungen kurz zusammenzufassen, die die Reisenden in Neuseeland gemacht hatten.

Außer Tasman im Jahre 1642 war nie ein Europäer nach Neuseeland gelangt. Was man davon wußte, war so lückenhaft, daß man es für einen Teil des südlichen Festlandes hielt, der von Tasman den Namen Staatenland empfangen hatte. Cook kommt die Ehre zu, die Lage der beiden Inseln genau bestimmt und deren Küsten vollständig umschifft zu haben.

Die Südinsel war gebirgig, unfruchtbar und erschien nur schwach bevölkert. Die Nordinsel zeigte einen lieblichen Anblick mit ihren Hügeln, Bergen und walderfüllten Tälern, durch

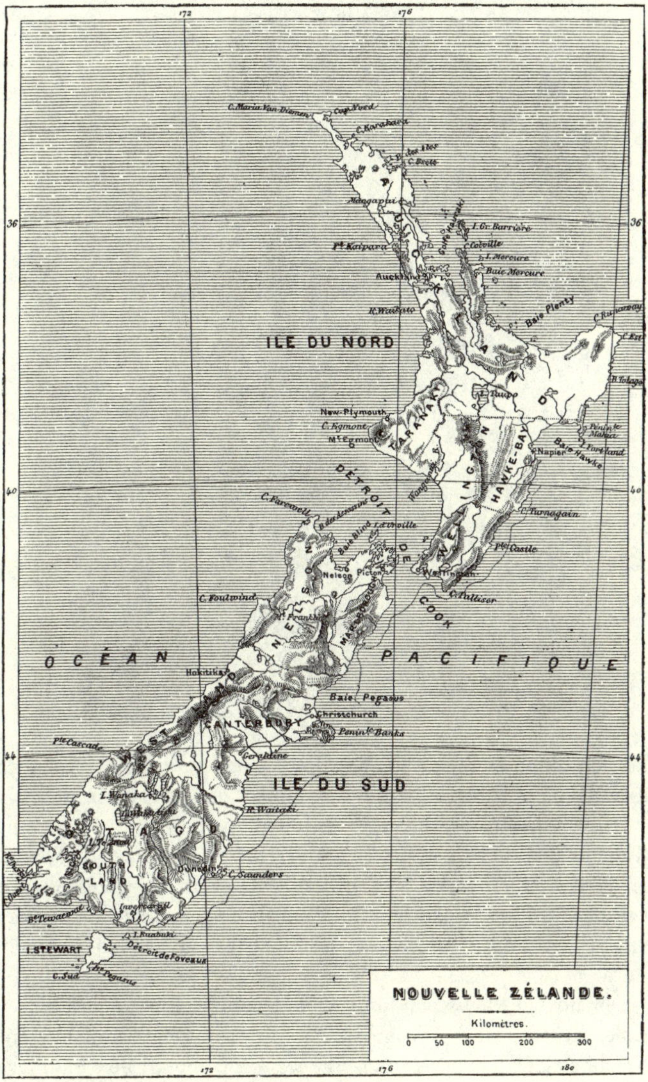
NOUVELLE ZÉLANDE.
Kilomètres.
0 50 100 200 300
172
176
180
36
40
44
ILE DU NORD
ILE DU SUD
OCÉAN
PACIFIQUE
DÉTROIT DE COOK
C. Maria Van Diemen
Cap Nord
C. Karakara
Mangapai
I. Gr. Barrière
Golfe Hauraki
Pt. Kaipara
Colville
I. Mercure
Baie Mercure
Auckland
R. Waikato
Baie Plenty
C. Runaway
C. Est
B. Tolaga
L. Taupo
New-Plymouth
C. Egmont
Mt. Egmont
TARANAKI
Wanganui
HAWKE-BAY
Napier
Baie Hawke
Portland
C. Turnagain
Pte. Castile
Wellington
C. Palliser
C. Farewell
B. des Assassins
Baie Blind
Nelson
Picton
C. Foulwind
Hokitika
Baie Pegasus
Christchurch
CANTERBURY
Penin.le Banks
Pte. Cascade
Geraldine
L. Wanaka
R. Waitaki
Dunedin
C. Saunders
SOUTH LAND
Invercargill
Bt. Tewaewae
I. Ruabuki
Détroit de Foveaux
I. STEWART
C. Sud
Pt. Pegasus

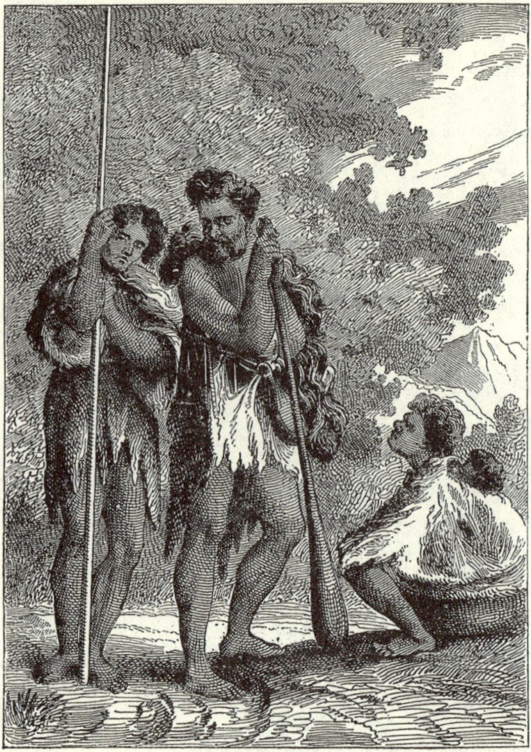

die sich muntere Bäche schlängelten. Cook faßte seine Angaben über Klima und Boden dahin zusammen, daß, wenn die Europäer hier eine Niederlassung gründen wollten, es sie wenig Mühe kosten würde, in großem Überfluß alles zu erzeugen, wessen man bedurfte. An Vierfüßlern gab es auf Neuseeland nur Ratten und Hunde, letztere nur zum Essen gezüchtet. Neben der Armut der Fauna besaß das Land aber eine um so üppigere Flora.

Die hochgewachsenen und wohlgebauten Einwohner waren flink, kräftig und gewandt. Die Frauen zeigten nicht jene Weichheit der Körperformen, die sie sonst überall den Männern voraushaben. Da sie sich ganz wie die Männer kleideten, konnte man sie nur an dem Ton der Stimme und der größeren Beweglichkeit der Physiognomie erkennen. Die Angehörigen ein und desselben Stammes lebten untereinander zwar in den friedlichsten Verhältnissen, waren aber unerbittlich gegen ihre Feinde, denen sie keinen Pardon gaben und deren Leichen ihnen zu gräßlichen Festmahlen dienten, welche sich durch die Kargheit an tierischen Lebensmitteln vielleicht erklären, wenn auch nicht entschuldigen lassen.

»Es erscheint vielleicht auffallend«, sagt Cook, »so häufige Kriege in einem Lande zu finden, wo ein Sieg so wenig Vorteile verspricht.«

Alte Sagen melden, daß die Maoris vor etwa dreizehnhundert Jahren von den Hawaii-Inseln eingewandert seien. Man darf das für ziemlich verläßlich halten, da die polynesische Rasse fast alle Inselgruppen des unendlichen Pazifischen Ozeans bevölkert hat. Von der Insel Haouaïki, dem heutigen Hawaii, ausgegangen, hätten die Maoris demnach die Ureinwohner zurückgedrängt und fast ausgerottet.

Wirklich haben die ersten Ansiedler unter den Eingeborenen Neuseelands zwei vollkommen verschiedene Typen gefunden; der eine, und zwar der überwiegende, erinnerte unwillkürlich an die Bewohner von Hawaii oder der Marquesas- und Tongainseln, während der zweite eine auffallende Übereinstimmung mit der melanesischen Rasse zeigte. Dies stimmt vollständig mit Cooks Angabe überein, daß Tupia sich als Eingeborener von Tahiti mit den Neuseeländern ohne Schwierigkeit zu verständigen vermochte.

Heutzutage sind die Polynesier dank dem Fortschritt der Anthropologie besser bekannt; zur Zeit Cooks besaß man darüber nur Vermutungen, und er war vielleicht der erste, durch den einige Kenntnis von jenen alten Überlieferungen verbreitet wurde.

»Alle glaubten«, sagt er, »daß ihre Voreltern vor langer Zeit aus einem anderen Lande gekommen seien, das Heavise hieß.«

In jener Zeit ernährte der Boden also keinen anderen Vierfüßler als den Hund, und auch dieser war eingeführt worden. Die Neuseeländer besaßen zur täglichen Nahrung nur eine kleine Auswahl Pflanzen. Zum Glück erwiesen sich die Küsten als ziemlich fischreich, ein Umstand, dem die Bewohner es verdankten, nicht Hungers sterben zu müssen.

Aus ihrer Gewohnheit, beständig Krieg zu führen und in jedem Fremden einen Feind zu sehen, der für sie noch dazu den Wert eines Schlachttieres hatte, erklärt sich die Neigung der Eingeborenen, die Engländer anzugreifen. Sobald sie aber von der Macht ihrer Gegner überzeugt waren und eingesehen hatten, daß man es vermied, die todbringenden Maschinen mit ihrer entsetzlichen Wirkung gegen sie anzuwenden, behandelten sie die Seefahrer als Freunde und benahmen sich gegen sie stets überraschend ehrlich und offenherzig.

Besaßen die bis jetzt besuchten Inselbewohner keine Idee von Anstand und Scham, so war das nicht der Fall bei den Neuseeländern. Ohne so reinlich zu sein wie die Tahitier, welche sich schon wegen ihres wärmeren Klimas weit öfter baden, verwandten sie doch ziemliche Sorgfalt auf ihre persönliche Erscheinung. So pflegten sie auch das Haar entweder mit Fischtran oder Vogelfett einzusalben, das aber bald ranzig wurde, so daß sie dann einen fast ebenso unangenehmen Geruch um sich verbreiteten wie die Hottentotten. Ferner herrschte die Sitte des Tätowierens, was mit geschickter Hand und einem bewundernswerten Geschmack ausgeführt wurde.

Was die Leute zu leisten vermochten, verriet vor allem die Konstruktion ihrer Pirogen. Die Kriegsboote konnten alle vierzig bis fünfzig bewaffnete Männer aufnehmen, und ein bei Ulaga gemessenes hatte eine Länge von achtundsechzigeinhalb Fuß. Sie waren mit Schnitzereien und mit schwarzen Federfransen prächtig verziert. Nur die kleinsten hatten Ausleger. Die Fischerboote trugen an Vorder- und Hinterteil eine menschliche Figur mit heraushängender Zunge und abstoßendem Gesicht, dessen Augen aus weißen Muscheln hergestellt wurden. Nicht selten pflegte man zwei solcher Pirogen aneinanderzukoppeln, wobei allerdings wiederum nur die kleinsten mit Auslegern versehen waren, um das Kentern zu verhüten.

»Da Unmäßigkeit und vernachlässigte Körperübung die einzigen Ursachen von Krankheiten sind«, sagt Cook, »kann es nicht überraschen, daß diese Völkerschaften sich einer fast vollkommenen Gesundheit erfreuen. Stets, wenn wir in ihre Dörfer ka-

men, umringten uns Kinder und Greise, Männer und Weiber und starrten uns an; nie kam uns aber ein Kranker zu Gesicht, und selbst bei denen, die wir ganz nackt sahen, haben wir wirklich weder Ausschlag noch Spuren von Pusteln oder Beulen gefunden.«

Am 31. März 1770 verließ Cook Neuseeland, um nach Westen zu steuern. Am 19. April traf er auf Land, das sich unter 37° 58′ Breite und 210° 39′ westlicher Länge von Nordosten nach Südwesten hin ausdehnte. Gestützt auf die Angaben in Tasmans Karten betrachtete er es als das Land, das Tasman Van-Diemens-Land getauft hatte.

Diese Gegend von Australien war bergig und hier und da mit Bäumen besetzt. Einzelne Rauchsäulen ließen zwar erkennen, daß das Strandgebiet bewohnt war, aber die nur dünn gesäte Bevölkerung hatte nichts Eiligeres zu tun, als zu entfliehen, sobald die Engländer Anstalten trafen, ans Ufer zu gehen.

Die ersten Eingeborenen, die sie erblickten, waren mit langen Spießen und einem Stück Holz bewaffnet, das in der Form etwa einem türkischen Säbel gleichkam. Dies war der berüchtigte ›Boomerang‹, eine Wurfwaffe, die in den Händen der Eingeborenen ebenso gefährlich, wie in denen der Europäer harmlos ist. Das Gesicht dieser Wilden schien mit einem weißen Puder bedeckt, ihr Körper war mit breiten Streifen von derselben Farbe überzogen, die, schräg über die Brust verlaufend, den Schulterriemen der Soldaten ähnelten; auch hatten sie gleiche Streifen rings um die Ober- und Unterschenkel, die man aus einiger Entfernung hätte für Strumpfbänder halten können, wenn sie nicht vollständig nackt gegangen wären.

Bei einem Ausflug fanden Cook, Banks und Solander auch die Fußspuren verschiedener Tiere. Sehr schöne Vögel gab es in großer Menge. Die vielen Pflanzenarten, welche die Naturforscher in dieser Gegend fanden, veranlaßten Cook, ihr den Namen Botany-Bay zu geben. Holz und Wasser waren gleichfalls leicht zu erlangen.

»Die Bäume hier«, sagt Cook, »erreichen fast dieselbe Höhe wie die Eichen Englands, ja, ich sah auch einen, der ihnen sogar sehr ähnlich sah. Es ist dies derselbe, der ein rotes Harz, ähnlich dem ›Drachenblut‹ ausschwitzt.«

Jedenfalls ist hier von einer Eukalypten-Art die Rede. Unter den mancherlei Fischen, welche sich in großen Scharen umhertummeln, ist besonders der Nagelrochen hervorzuheben, von dem ein ausgeweidetes Exemplar noch dreihundertsechsunddreißig Pfund wog.

Am 6. Mai verließ Cook die Botany-Bay und segelte längs der Küste nach Norden, wobei er sich stets in einer Entfernung von zwei bis drei Meilen hielt. Die Fahrt verlief einförmig. Interessant waren eigentlich nur die Klippenreihen, die man aber vermeiden mußte.

Bei einer späteren Landung überzeugten sich die Reisenden,

daß dieses Land viel karger war als die Umgebung der Botany-Bay. Der Boden bestand nur aus Sand, und die Hügelabhänge waren mit verstreuten Bäumen bedeckt, doch ohne jedes niedere Buschwerk. Die Matrosen erlegten aber eine junge Trappe, die sie für das beste Stück Wild erklärten, das sie seit der Abreise aus England gegessen hätten. Aus diesem Grunde erhielt die Stelle den Namen Bustard-Bay. Hier fischte man ferner eine Menge Austern jeder Art, darunter vorzüglich kleine Perl-Austern.

Vom 31. Mai bis 10. Juni ging die Fahrt in gleich eintöniger Weise vonstatten. An diesem Tag aber sah sich die ›Endeavour‹, welche an dieser Küste eine Strecke von etwa 1300 Meilen mitten durch Klippen und Untiefen ohne jeden Unfall zurückgelegt hatte, plötzlich der bisher schlimmsten Gefahr ausgesetzt.

Cook, der zwei niedrige waldbedeckte Inseln gerade vor sich sah, gab den Befehl, sich während der Nacht auf offener See zu halten, um die in dieser Gegend von Quiros entdeckten Inseln aufzusuchen, einen Archipel, den einige Geographen fälschlich für den Teil eines großen Landes gehalten haben. Von neun Uhr abends ab zeigte die Sonde von Viertelstunde zu Viertelstunde eine stetig abnehmende Tiefe. Alle verweilten auf Deck, und der Anker war schon bereit, als die Wassertiefe plötzlich wieder zunahm. Man schloß daraus, daß das Schiff nun die letzten bei Sonnenaufgang beobachteten Sandbänke passiert habe, und freute sich, daß die Gefahr überstanden sei. Da die Tiefe noch weiter zunahm, begaben sich Cook und die Offiziere, die keine Wache hatten, ruhig in ihre Kabinen.

Um elf Uhr nachts aber zeigte die Sonde, welche eben erst fünfundzwanzig Faden Wasser gemeldet hatte, plötzlich nur siebzehn, und ehe man dazu kam, sie nochmals auszuwerfen, streifte die ›Endeavour‹ schon den Meeresgrund und stieß mit dem Hinterteil auf die Spitze eines Felsens.

Die Lage war ziemlich ernst. Von einem Wellenberg über den Rand einer Klippe gehoben, war die ›Endeavour‹ nun in eine Aushöhlung derselben gesunken. Schon sah man um das Schiff einen Teil des falschen Kiels und einige Planken der zweiten Umkleidung umhertreiben.

Ohne Zeit zu verlieren warf man sechs Geschütze, Fässer, Tonnen und den eisernen Ballast über Bord, um das Schiff zu erleichtern. Die Schaluppe wurde ins Wasser gesetzt, Rahen und Stengen abgenommen, das Sorrtau des Fährbootes über Steuerbord ausgelegt und der Täuanker an derselben Seite hinabgelassen, da man bemerkte, daß das Wasser hinten mehr Tiefe hatte. So kräftig man sich aber auch am Gangspill abmühte, es gelang doch nicht, das Schiff wieder flott zu machen.

Der anbrechende Tag zeigte das Entsetzliche der Lage. Vom Lande lag das Fahrzeug über acht Meilen entfernt; dazwischen keine Insel, auf der man hätte Zuflucht suchen können, wenn das Schiff, wie zu erwarten war, in Stücke brechen sollte. Obwohl man eine Last von über fünfzig Tonnen entfernt hatte, hob es sich bei der Flut doch nur um anderthalb Fuß. Glücklicherweise ließ der Wind nach, sonst wäre die ›Endeavour‹ bald nur noch ein Wrack gewesen. Das in den Raum eindringende Wasser stieg jedoch immer mehr, obwohl zwei Pumpen mit dessen Beseitigung beschäftigt waren.

Wurde das Schiff flott, so lag die Befürchtung nahe, daß es sinken würde, sobald es von dem Felsen nicht mehr gehalten wurde; blieb es fest sitzen, so zerstörten es ohne Zweifel die Wellen in kurzer Zeit. Die Boote reichten aber nicht hin, die ganze Besatzung an Land zu schaffen.

Die Kräfte der an den Pumpen nicht beschäftigten Leute wurden vorsichtig aufgespart bis zu der Zeit, wo sich das Los aller entscheiden würde. Man traf dabei so geschickte Anordnungen, daß alle Mann am Gangspill angriffen, als die Flut den höchsten Stand erreicht hatte, und – es gelang das Schiff flott zu machen. Mit großer Freude bemerkte man, daß es auch ohne Unterstützung des Felsens nicht mehr Wasser schluckte als vorher.

Die seit vierundzwanzig Stunden in Todesangst schwebenden Matrosen waren aber nun am Ende ihrer Kräfte. Alle fünf Minuten mußten die Leute an den Pumpen gewechselt werden, da sie erschöpft zusammenbrachen.

Nun kam ein Offizier namens Monkhouse auf einen vortrefflichen Gedanken. Er ließ an der Seite des Fahrzeuges ein gerefftes Beisegel hinab, das man mit Kabelgarn, Wolle und Exkrementen der an Bord befindlichen Tiere vollgestopft hatte. Auf diese Weise gelang es, das Leck größtenteils auszufüllen. Augenblicklich dachten die Leute, welche vorher die einzige Rettung darin sahen, das Schiff auf den Strand zu setzen und aus seinen Trümmern ein anderes Fahrzeug herzustellen, das sie nach Ostindien bringen könnte, nur noch daran, einen brauchbaren Hafen zu finden, um es frisch zu verkleiden.

Den ersehnten Hafen entdeckten sie wirklich am 17. Juni an der Mündung eines Wasserlaufes, den Cook den Endeavour-Fluß nannte.

Die notwendigen Arbeiten zur Ausbesserung des Schiffes wurden ohne Zögern in Angriff genommen und so sehr als möglich beschleunigt. Die Kranken brachte man an Land, und die Offiziere begaben sich wiederholt dahin, um für die Skorbutkranken etwas frisches Fleisch zu erlangen. Tupia bemerkte ein Tier, das Banks, seiner Beschreibung nach, für einen Wolf gehalten zu haben scheint. Mehrere Tage später erlegte man jedoch einige andere, welche mittels der beiden Hinterfüße sprangen und wahrhaft erstaunliche Sätze machten. Das waren Känguruhs, große Beuteltiere, die sich nur in Australien finden und die bis jetzt noch kein Europäer erblickt hatte. Die Wilden zeigten sich hier weniger scheu als an jedem andern Orte. Man konnte sich ihnen nicht nur nähern, sondern sie verweilten auch, von den Engländern freilich stets freundlich behandelt, mehrere Tage bei ihnen.

Als er aus dem Endeavour-Flusse herauskam, konnte sich Cook hinlänglich von der Schwierigkeit der Schiffahrt in diesen Gewässern überzeugen. Auf allen Seiten drohten hier Klippen und Untiefen. Am Abend mußte man sich entschließen, vor Anker zu gehen, da es unmöglich schien, während der Nacht durch dieses Labyrinth von Riffen weiter zu segeln. Ganz draußen, am Horizont, schien das Meer mit großer Heftigkeit über eine solche Felsenkette zu branden. Als Cook nach fünf Tagen unter fortwährendem Kampfe gegen widrige Winde dahin kam, entdeckte er drei Inseln, welche vier bis fünf Meilen weiter im Norden lagen. Noch immer umringten das Fahrzeug niedrige und dicht beieinanderliegende Eilande, zwischen die man sich kaum hineinwagen durfte. Cook fragte sich auch, ob es nicht besser sei, zurückzukehren und eine andere Fahrstraße aufzusuchen. Die durch einen solchen Umweg verursachte Verzögerung hätte ihn aber am rechtzeitigen Eintreffen in Indien gehindert. Gegen ein

derartiges Projekt sprach auch noch ein anderes Hindernis: das Schiff besaß jetzt Proviant nur noch für drei Monate.

In dieser verzweifelten Lage beschloß Cook nun, sich so weit als möglich von der Küste zu entfernen und die äußere Klippe zu umschiffen. Bald fand er auch einen Kanal, der ihn in kurzer Zeit in das offene Meer führte.

Wenn wir bei den Zufälligkeiten dieser Reise etwas länger verweilten, so geschah es, weil sie in bisher unerforschten Meeren und mitten zwischen Klippen und Strömungen vor sich ging, die jetzt, wo man genaue Karten davon besitzt, noch gefährlich genug für den Seefahrer sind, es aber noch mehr sein mußten, wenn man, wie Cook es von der Küste Neuseelands aus tat, mitten durch unbekannte Hindernisse vordringt, die auch mit der Sicherheit des Blickes und mit dem Instinkt eines Seemannes nicht immer zu vermeiden sind.

Noch harrte eine letzte Frage ihrer Lösung. Bildeten Australien und Neuguinea nur ein einziges Land? Sind sie durch einen Meeresarm oder eine enge Wasserstraße voneinander getrennt?

Cook näherte sich also dem Lande und folgte der Küste gegen Norden. Am 21. August umschiffte er die Spitze von Australien, der er den Namen Kap York gab, und drang in einen Kanal mit vielen Inseln in der Nähe des Festlandes ein, woraus er die Hoffnung schöpfte, endlich eine Durchfahrt nach dem indischen Meere gefunden zu haben. Darauf landete er noch einmal, hißte die englische Flagge, nahm feierlich für König Georg III. von der ganzen Ostküste Besitz, gab dem Lande den Namen New South Wales und ließ, um die Zeremonie würdig zu beschließen, drei Kanonensalven abgeben.

Jetzt drang Cook in die Torres-Straße ein und steuerte auf die Südküste von Neuguinea zu, der er, ohne landen zu können, bis zum 3. September folgte.

An diesem Tage ging Cook mit elf bewaffneten Personen, darunter Solander, Banks und seine Diener, ans Ufer. Kaum hatten sie sich eine Viertelmeile vom Schiffe entfernt, als drei Wilde mit großem Geschrei aus dem Walde hervor- und auf sie zustürzten.

»Der uns zunächst befindliche«, sagt der Bericht, »schwang irgend etwas mit der Hand, das er vorher an der Seite hängen hatte und das wie Kanonenpulver brannte; doch hörten wir kein Geräusch dabei.«

Cook und seine Begleiter sahen sich genötigt, auf die Eingeborenen zu feuern, um das Boot wieder erreichen zu können, von dem aus sie diese nun bequem betrachten konnten. Sie glichen vollkommen den Australiern, trugen wie sie die Haare kurz und gingen ganz nackt; nur schien ihre Haut etwas weniger dunkel, wahrscheinlich weil sie nicht so schmutzig waren.

Nach kurzem Aufenthalte gelangte die ›Endeavour‹ nun nach Batavia, wo sie wieder möglichst gut instandgesetzt wurde. Nach so vielen glücklich überstandenen Gefahren sollte jedoch diese Rast in einem ungesunden Lande mit endemischen

Fiebern der ganzen Reisegesellschaft verderblich werden. Banks, Solander, Cook und die meisten Matrosen erkrankten; mehrere starben auch, darunter der Schiffsarzt Monkhouse sowie Tupia und der kleine Tayeto. Nur zehn Mann blieben vom Fieber verschont. Am 27. Dezember stach die ›Endeavour‹ wieder in See.

Die Krankheiten, welche unter der Mannschaft herrschten, nahmen nun einen noch ernsteren Charakter an. Dreiundzwanzig Personen erlagen ihnen, darunter auch der Astronom Green.

Nachdem er am Kap der Guten Hoffnung angehalten hatte, wo er einen ausgezeichneten Empfang fand, ging Cook wieder in See und warf am 11. Juni, nach einer Abwesenheit von nahezu vier Jahren, wieder vor der Themse Anker.

CARTE
de la côte orientale
de la
NOUVELLE HOLLANDE
d'après Cook.
Equateur
Iˢ de l'Amirauté
Nˡˡᵉ Hanovre
Nˡˡᵉ Irlande
Canal Sᵗ George
Passage de Dampier
Nˡˡᵉ Bretagne
NOUVELLE GUINÉE
I. Carteret
I. d'Egmont
Iˢ de la Reine Charlotte
Iˢ du Pᶜᵉ de Galles
Iˢ d'York
DÉTROIT DE L'ENDEAVOUR
Baie Shelburn
C. Grenville
Bᵉ Temple
C. Weimouth
Canal de la Providence
Iˢ de Direction
Cap Flattery
R. Endeavour
C. de Bedford
Iˢ de la Trinité
C. Tribulation
C. Grafton
C. Sandwich
Iˢ Palmes
Bᵉ Rookingham
C. Cleveland
Bᵉ Hallifax
C. Glocester
Bᵉ Edgcumbe
Iˢ Cumberland
Pᵗᵉ Conway
Iˢ Northumberland
Cap Manyfold
Cap Capricorne
Manicolo
ou
Espiritu Santo de Quiros
DÉCOUVERTE EN 1770
Bᵉ de l'Outarde
C. Sandy (de sable)
Bᵉ d'Hervey
Bᵉ Large
Bᵉ de la Verrerie
Cap Morton
Bᵉ Morton
Pᵗᵉ du Danger
Cap Byron
Mont Warning
Iˢ Solitaires
AUSTRALIE
Nˡˡᵉ GALLES MÉRIDˡᵉ
Cap de la Fumée
Cap Hawke
Port Stephens
PORT JACKSON
C. Banks
BAIE DE LA BOTANIQUE
Pᵗ Solander
Cap Sᵗ George
Bᵉ Bateman
Cap Dromadaire
Cap Howe
Pᵗᵉ Hicks
Terre de Diemen
Déc. en 1642
OCÉAN PACIFIQUE
Cap Farewell
C. Foulwind
Pᵗᵉ Cascade
Nˡˡᵉ ZÉLANDE
Cap Ouest
I. Solander
Cap Sud
les Trapes
140
150
160
170
0
10
20
30
40
50

So endete Cooks erste Reise, »bei welcher er«, sagt Kippis, »viele Gefahren überwand, viele Länder entdeckte und häufig genug den Beweis lieferte, daß er eine hervorragende Befähigung besaß, derart gefahrvolle Unternehmungen durchzuführen und aufreibende Anstrengungen auszuhalten!«

II

Auf der Suche nach dem südlichen Kontinent – Fahrt im Packeis – Zweiter Aufenthalt in Tahiti – Besichtigung der Tongainseln – Zweite Kreuzfahrt im südlichen Ozean – Besichtigung der Osterinsel – Besuch auf den Marquesasinseln – Der Tuamotu-Archipel – Entdeckung der Neuen Hebriden – Entdeckung von Neukaledonien – Südgeorgia

Die von Kapitän Cook erzielten ansehnlichen Erfolge waren aber immer noch nicht vollständig, wenigstens insofern, als sie den Glauben an einen südlichen Kontinent noch nicht zerstörten. Immer noch lag diese Chimäre den Gelehrten der Zeit am Herzen. Da sie nun zugeben mußten, daß weder Neuseeland noch Australien einen Teil dieses Festlandes bildeten und daß die ›Endeavour‹ doch in Breiten gesegelt sei, in denen sie den Südkontinent hätte auffinden müssen, so behaupteten sie, dieser liege noch weiter im Süden, und zählten alle Konsequenzen auf, welche dessen Entdeckung nach sich ziehen müsse. Die Regierung beschloß also, diese schon so lange schwebende Frage nun endlich zu lösen und dazu eine neue Expedition auszusenden, über deren Anführer kein Zweifel bestehen konnte. Die Natur dieser Reise erforderte besonders konstruierte Fahrzeuge. Da die ›Endeavour‹ schon wieder nach den Falklandinseln unterwegs war, erhielt das Marineamt Befehl, zwei Fahrzeuge zu kaufen, die ihm für diese Aufgabe am geeignetsten schienen.

Cook antwortete auf eine Anfrage, daß diese sehr fest sein müßten, nur geringen Tiefgang, dagegen hinreichend Raum haben sollten, um entsprechend der Zahl der Bemannung und Dauer der Reise Proviant und Munition aufnehmen zu können. Die Admiralität kaufte zwei in Whitby gebaute Schiffe von demselben Schiffserbauer, der auch die ›Endeavour‹ geliefert hatte. Das größere maß 462 Tonnen und erhielt den Namen ›Resolution‹. Das zweite faßte nur 336 Tonnen und hieß ›Adventure‹. Cook übernahm das Kommando der ›Resolution‹, und Kapitän Tobias Furneaux wurde mit dem der ›Adventure‹ betraut.

Ein Landschaftsmaler, William Hodges, zwei Naturforscher, Johann Reinhold Forster und dessen Sohn Georg, nebst zwei Astronomen, W. Wales und W. Bayley, wurden mit den besten Instrumenten versehen und auf den Schiffen untergebracht.

»Am 25. Juni«, sagt Cook, »erhielt ich von Plymouth meine Instruktionen. Nach diesen sollte ich mich auf kürzestem Wege zu der Insel Madeira begeben, dort Wein an Bord nehmen und zu dem Kap der Guten Hoffnung segeln, wo die Mannschaften ausruhen und ich weiteren Proviant einkaufen konnte. Dann war mir vorgeschrieben, nach Süden zu gehen, womöglich das Kap aufzusuchen, das Bouvet unter 54° südlicher Breite und etwa 11° 20′ östlich von Greenwich entdeckt haben sollte; wenn ich es fände, mich darüber zu unterrichten, ob es zu einem Festlande gehöre oder nur eine Insel bilde; alles zu beobachten und aufzuzeichnen, was für die Schiffahrt und den Handel von Nutzen oder für die Fortschritte der Naturwissenschaften von Bedeutung sein könnte.

Man empfahl mir ferner, auf die geistigen Eigenschaften, das Temperament, den Charakter und die Anzahl der Bewohner, wenn ich solche anträfe, ein Auge zu haben und alle ehrlichen Mittel anzuwenden, um mit ihnen einen Freundschafts-Vertrag abzuschließen.

Weiter schrieben meine Instruktionen vor, im Osten oder Westen, je nach dem Punkte, wo ich mich befände, auf Entdeckungen auszugehen, mich dem Südpole so weit als möglich zu nähern und dort so lange zu verweilen, als das der Zustand der Schiffe, das Befinden der Mannschaft und der Vorrat an Lebensmitteln erlaubten; aber immer dafür zu sorgen, daß noch so viel Proviant vorhanden sei, um einen bekannten Hafen zu erreichen, wo ich mich mit frischen Vorräten zur Rückkehr nach England versorgen könne.

Endlich ward ich beauftragt, wenn das Kap zu einer Insel gehöre, oder ich es nicht aufzufinden vermöchte, im ersten Falle deren Lage genau zu bestimmen, in beiden Fällen nach Süden aber so weit vorzudringen, als ich hoffen durfte, das gesuchte Festland zu finden; dann nach Osten zu steuern, um dieses weiterhin zu suchen und die Inseln anzulaufen, die sich in jenem Teile der südlichen Halbkugel finden könnten, immer aber so nahe als möglich dem Pole, bis ich ganz um diesen herumgekommen sei; mich endlich nach dem Kap der Guten Hoffnung und von da an nach Spithead zurückzubegeben.«

Am 13. Juli lichtete Cook im Kanal von Plymouth die Anker und kam am 19. desselben Monats in Funchal auf der Insel Madeira an. Dort besorgte er sich das Nötige und segelte bald darauf nach Süden weiter.

Am 23. desselben Monats bemerkte Cook, als sich wegen heftiger Winde alle hatten auf dem Deck aufhalten müssen, die ersten verderblichen Folgen der Feuchtigkeit in heißen Klimaten, und er befahl deshalb, stets bemüht, seine Leute bei guter Gesundheit zu erhalten, das Zwischendeck zu lüften. Er ließ sogar Feuer anzünden, um es schneller zu trocknen, und ergriff überhaupt Maßregeln, die ihm seine Erfahrungen von seiner ersten Weltumsegelung her eingaben.

Dank dieser Vorsorge hatte die ›Resolution‹, als sie am 30. Oktober am Kap der Guten Hoffnung anlangte, nicht einen einzigen Kranken. Begleitet von Kapitän Furneaux und den beiden Herren Forster begab sich Cook sofort zu dem holländischen Gouverneur, Baron von Plettemberg, der ihm zuvorkommend alles zur Verfügung stellte, was die Kolonie nur bieten konnte.

Am 22. November wurden die Anker gelichtet, und die beiden Schiffe brachen nach Süden auf. Bald nahm die Temperatur merklich ab und Cook ließ an seine Matrosen warme Kleidungsstücke austeilen, die er von der Admiralität erhalten hatte.

Vom 29. November bis zum 6. Dezember wütete ein entsetzlicher Sturm. Die Fahrzeuge wurden aus ihrer Route weit nach

Osten verschlagen. Eine weitere Folge dieses schlechten Wetters und des plötzlichen Übergangs von der Hitze zur strengen Kälte war der Verlust fast aller am Kap eingeschifften lebenden Tiere. Zudem behinderte die Feuchtigkeit die Matrosen dermaßen, daß die Branntweinrationen erhöht werden mußten, um sie arbeitsfähig zu erhalten. Am 10. Dezember begegnete man unter 50° 40′ südlicher Breite dem ersten Eis. Regen und Schnee folgten sich ohne Unterlaß. Dabei verbreitete sich ein so dichter Nebel, daß die Schiffe einen Eisberg erst wahrnahmen, als sie sich kaum noch eine Meile davon entfernt befanden. Einer von ihnen, sagt der Bericht, maß zweihundert Fuß in der Höhe, vierhundert in der Breite und zweitausend Fuß in der Länge.

Je mehr man nach Süden vordrang, desto zahlreicher wurden die Eisberge. Das Meer war dabei so erregt, daß die Wogen an ihnen hinauftosten und auf der anderen Seite wieder als feiner Nebel herabsanken; ein Schauspiel, das die Seele wirklich mit Bewunderung erfüllte! Aber gleichzeitig war es ein schrecklicher Anblick, wenn man sich vorstellte, daß das Fahrzeug von einer dieser ungeheueren Massen getroffen werden könnte, die es doch augenblicklich zermalmen mußten. Die Gewohnheit der Gefahr erzeugt jedoch sehr bald eine gewisse Gleichgültigkeit, so daß jedermann weiter nichts sah als die außerordentliche Schönheit dieses gewaltigen Kampfes der Elemente.

Am 14. Dezember hinderte eine grenzenlose Eiswand, die bis über den Horizont hinausreichte, die Schiffe, noch weiter nach Süden zu segeln, und man mußte also längs derselben hinfahren. Sie bildete keine gleichmäßige Ebene, denn man bemerkte darauf wiederum Einzelberge, ähnlich denen, die man während der vorhergehenden Tage angetroffen hatte. Einige glaubten Land unter dem Eis zu sehen; auch Cook ließ sich einen Augenblick täuschen; als der Nebel aber verschwand, überzeugte man sich bald von dem Irrtum.

Schon über dreißig Meilen hatten sie in westlicher Richtung zurückgelegt, ohne in dem Eis eine nach dem Süden führende Öffnung zu finden. Kapitän Cook beschloß nun, ebensoweit nach Osten hin zu fahren. Fand er dabei auch kein Land, so hoffte er doch die Packeiswand zu umschiffen und weiter zu dem Pol vorzudringen.

Obwohl man sich jetzt für diesen Teil der Erde mitten im Sommer befand, nahm die Kälte doch mit jedem Tage noch weiter zu. Die Matrosen beklagten sich, und der Skorbut brach an Bord aus. Durch die Verteilung von noch wärmerer Kleidung und die Anwendung von Malz und Zitronensaft wurde man aber bald der Krankheit Herr.

Am 29. Dezember gewann Cook die Überzeugung, daß das Packeis nirgends mit Land in Verbindung stand. Er entschied nun, nach Osten bis zum Meridian des von Bouvet entdeckten Kaps zu segeln.

Während er diesen Plan in die Tat umsetzte, wurde der Wind so heftig und das Meer so bewegt, daß die Schiffahrt zwischen dem mit furchtbarem Krachen gegeneinander stoßenden Eise äußerst gefährlich wurde; noch mehr, als man im Norden ein Eisfeld wahrnahm, das sich bis über Sehweite hinaus erstreckte. Sollte das Schiff wohl während langer trostloser Wochen hier gefangen liegen oder gar Gefahr laufen, wie ein Span zerquetscht zu werden? Cook drang beherzt weiter nach Süden vor. Übrigens befand er sich jetzt in der vermeintlichen Breite des gesuchten Kaps und fünfundsiebzig Meilen südlich von dem Punkte, wo jenes liegen sollte. Existierte das von Bouvet entdeckte Land also wirklich, so konnte es nur eine wenig ausgedehnte Insel sein.

Der Kommandant hatte keine Ursache, in dieser Gegend noch länger zu verweilen. Bei 67° 15′ südlicher Breite verschloß ihm eine neue Packeiswand, die von Osten nach Westen hintrieb, den Weg. Daneben erschien es als einfaches Gebot der Klugheit, sich hier, nachdem zwei Drittel des Sommers schon vorüber waren, nicht länger aufzuhalten.

Am 8. Februar bemerkte der Kapitän, daß die ›Adventure‹ ihm nicht mehr folgte. Schon seit zwei Tagen erwartete er sie vergeblich, obwohl er in kurzen Zwischenräumen einen Kanonenschuß lösen und während der Nacht auf dem Oberdeck ein helles Feuer unterhalten ließ. Die ›Resolution‹ mußte ihre Fahrt allein fortsetzen.

Am 17. Februar, zwischen Mitternacht und drei Uhr morgens, wurde die Mannschaft Zeuge eines prachtvollen Schauspiels, das noch keines Europäers Auge geschaut hatte, nämlich eines Südpolarlichtes.

»Der Offizier der Wache«, sagt der Bericht, »beobachtete, daß daraus von Zeit zu Zeit spiral- und kreisförmige Strahlen emporschossen, dann seine Helligkeit zunahm, so daß es einen wunderschönen Anblick gewährte. Es schien keine bestimmte Richtung zu haben, im Gegenteile erfüllte es das ganze Himmelsgewölbe mit seinem vielfarbigen Lichte.«

Nach einem wiederholten Versuch, den südlichen Polarkreis zu überschreiten – ein Versuch, auf den man wegen des Nebels, Schnees und der ungeheueren schwimmenden Eisberge verzichten mußte –, schlug Cook nun den Weg nach Norden ein, in der Überzeugung, daß hinter ihm kein Land von Bedeutung liege, und begab sich nach Neuseeland, das er der ›Adventure‹ im Fall einer Trennung als Sammelplatz bezeichnet hatte. Schon am 25. März ankerte er in der Dusky-Bay, nach einer ununterbrochenen Seefahrt von hundertsiebzig Tagen, bei der er nicht weniger als 3660 Meilen zurückgelegt hatte, ohne ein einziges Mal Land zu sehen. Sobald er einen bequemen Platz zum Anlegen gefunden hatte, beeilte sich der Befehlshaber, seiner Mannschaft alles zugute kommen zu lassen, was das Land an Pflanzen, Fischen und Geflügel bot, während er selbst die Bucht und ihre Umgebung untersuchte, wo er nur wenige Eingeborene traf. Eine einzige Familie erwies sich als zutraulich und schlug ihr Lager in der Nähe des Wasserplatzes auf. Cook ließ ihr ein Konzert geben, in dem Querpfeife und Dudelsack sich vergeblich um die Palme bemühten, da die Neuseeländer die Trommel jedem anderen Instrumente vorzogen.

Vor der Abfahrt setzte Cook auch fünf Gänse an Land. Er hoffte, daß sie sich in dem wenig bevölkerten Lande vermehren würden, und er ließ außerdem einen Streifen Acker bestellen, in den er Gemüse pflanzte. Er arbeitete damit ebenso für die Eingeborenen wie für spätere Seefahrer, welche dereinst wertvolle Hilfsmittel finden konnten.

Nach beendeter hydrographischer Aufnahme der Dusky-Bay steuerte Cook zum Königin-Charlotte-Kanal, dem Treffpunkt mit Kapitän Furneaux.

Am 17. Mai genoß die Mannschaft wiederum ein wunderschönes Schauspiel. Sechs Wasserhosen, von denen eine, mit einer Breite von sechzig Fuß an der Basis, nur hundert Schritte von dem Schiffe vorüberkam, erhoben sich nacheinander, indem sie wie durch kräftige Aspiration die Wolken und das Meer in Verbindung setzten. Diese Erscheinung währte etwa eine Dreiviertelstunde lang. Während die Mannschaft anfangs nicht wenig erschrak, verwandelte sich dieses Gefühl doch bald in das der reinen Bewunderung über die damals noch sehr wenig bekannten Wasserhosen.

Am nächsten Tage, als die ›Resolution‹ in den Königin-Charlotte-Kanal einfuhr, sah man auch die ›Adventure‹ wieder, die hier schon seit sechs Wochen wartete. Nachdem er am 1. März Tasmanien erreicht hatte, war Furneaux siebzehn Tage lang entlang der Küste gesegelt; er hatte das Land aber verlassen müssen, ohne sich wirklich zu überzeugen, daß es einen Teil Australiens bilde. Erst dem Chirurgen Bass blieb es vorbehalten, diesen Irrtum zu beseitigen. Am 9. April am Königin-Charlotte-Kanal angelangt, benutzte der Führer der ›Adventure‹ seine Muße, einen Garten anzulegen und auch mit den Neuseeländern in Verbindung zu treten, die ihm übrigens unzweifelhafte Beweise der bei ihnen noch herrschenden Antropophagie lieferten.

Bevor er seine Entdeckungsreise fortsetzte, folgte Cook demselben Gedanken, der ihn auch bei seinem Verfahren an der Dusky-Bay geleitet hatte. Er setzte einen Widder und ein Lamm, einen Bock und eine Ziege, ein Schwein und zwei tragende Zuchtsauen an Land.

Die Eingeborenen ähnelten sehr denen an der Dusky-Bay; sie erschienen aber sorgloser, liefen während des Abendessens von einem Raum zum anderen und verzehrten ohne Auswahl alles, was man ihnen anbot. Man konnte sie unmöglich dazu bewegen, einen Tropfen Wein oder Branntwein zu trinken, dagegen wußten sie Zuckerwasser sehr zu schätzen.

Als die beiden Schiffe wieder bereit waren, weiterzusegeln, gab Cook dem Kapitän Furneaux Instruktionen. Er wollte etwa bis 46° der Breite und 140° westlicher Länge nach Süden fahren, und wenn er dann kein Land anträfe, nach Tahiti steuern, das als Treffpunkt bestimmt wurde, dann nach Neuseeland zurückkehren und von hier aus alle noch unbekannten Teile des Meeres bis zum Kap Hoorn durchforschen.

Am 1. Juli befanden sich die Schiffe unter 25° 1′ Breite und 134° 6′ westlicher Länge, das heißt in der Position, wo nach Carteret die Insel Pitcairn liegen sollte. Cook suchte sie vergeblich. Er wollte die Längenlage dieser Insel entweder bestätigen oder richtigstellen, um danach die aller übrigen von Carteret entdeckten Länder zu bestimmen, welche dieser ohne Mithilfe astronomischer Beobachtungen aufgezeichnet hatte. Da er nun aber die Hoffnung, einen südlichen Kontinent aufzufinden, verloren hatte, segelte er nach Nordosten und lief bald Tahiti an.

Eine Menge Pirogen umschwärmten die Schiffe und tauschten gegen verschiedene Kleinigkeiten aus Glas allerlei Früchte; Geflügel und Schweine brachten die Eingeborenen dagegen nicht.

Die Tiere, welche man in der Nähe der Hütten sah, gehörten dem Könige, und sie hätten keine Erlaubnis zu deren Verkauf. Viele Tahitier fragten auch nach Tupia, sprachen aber nicht weiter von ihm, als sie erfuhren, daß er gestorben war.

Die Offiziere unternahmen zu Lande wiederholte Ausflüge; der von seinem Eifer für botanische Forschungen getriebene Forster fehlte bei keinem. Bei einem solchen Ausfluge lernte er auch die Art und Weise kennen, wie die Tahitierinnen ihre Stoffe herstellen.

»Kaum waren wir einige Schritte gegangen«, erzählt er, »als ein aus dem Walde kommendes Geräusch unsere Ohren traf. Demselben nachgehend, gelangten wir an einen kleinen Schuppen, wo fünf bis sechs, zu beiden Seiten eines langen, viereckigen Holzstückes sitzende Frauen die faserige Rinde des Maulbeerbaumes klopften, um daraus ihre Kleiderstoffe zu bereiten. Sie bedienten sich dazu eines anderen vierkantigen Holzstückes, das an den Seiten verschieden breite, parallele Längsrinnen zeigte. Sie hielten nach kurzer Zeit inne, um uns die Rinde, den Schlägel und den ihnen als Tisch dienenden Balken betrachten zu lassen; dazu zeigten sie uns in einer großen hohlen Kokosnuß eine klebrige Flüssigkeit, die sie dann und wann benützten, um die Rindenstücke miteinander zu verbinden. Dieser, unserer Untersuchung nach von Hibiscus esculentus herstammende Leim, ist unentbehrlich zur Herstellung ihrer ungeheuer großen Gewebe oder Stoffe, welche manchmal in der Breite von zwei bis drei und in der Länge von fünfzig Ruten aus kleinen Rindenstückchen eines Baumes von geringerem Umfang zusammengesetzt sind ... Die mit dieser Arbeit beschäftigten Weiber trugen schmutzige, zerrissene Kleidung und hatten sehr harte und schwielige Hände.«

Am gleichen Tage bemerkte Forster einen Mann mit außerordentlich langen Nägeln, worüber jener, als einen Beweis, daß er nicht für seinen Lebensunterhalt zu arbeiten brauche, sehr stolz zu sein schien. Auch aus dem Königreich Annam, aus China und anderen Gegenden wird diese eigentümliche, kindische Mode erwähnt. Nur ein einziger Finger hat einen weniger langen Nagel; derselbe dient dazu, sich zu – kratzen, was in den Ländern des Fernen Ostens oft höchst notwendig ist.

Bei einem anderen Spaziergange traf Forster auf einen im üppigen Grase behaglich dahingestreckten Eingeborenen, der sich den lieben langen Tag von seinen Frauen nur füttern ließ.

Am 22. August ging Cook auf die Nachricht hin, daß sich der König Waheatua in der Nähe befinde und den Wunsch geäußert habe, ihn zu sehen, mit Kapitän Furneaux und den beiden Herren Forster an Land. Er traf den König, der ihm mit großem Gefolge entgegenkam, und erkannte ihn sofort wieder, da er ihn schon im Jahre 1769 wiederholt gesehen hatte. Cook beschenkte ihn nach der üblichen Begrüßung mit einem Hemd, einer Axt, mit Nägeln und anderen Kleinigkeiten; von allen diesen Gaben fand aber bei der Königin sowohl wie bei den Eingeborenen ein über Messingdraht angeordnetes Büschel roter Federn am meisten Anerkennung.

Am 24. gingen die Schiffe, begleitet von vielen mit Kokosnüssen und Früchten beladenen Pirogen, wieder unter Segel.

Am 26. erreichten die ›Resolution‹ und die ›Adventure‹ den Hafen von Matavaii. Bald sammelte sich an Bord eine große Menge Tahitier. Die meisten kannte der Kapitän schon, des wärmsten Empfanges erfreute sich indessen Leutnant Pickersgill, der Wallis im Jahre 1767 und zwei Jahre später auch Cook begleitet hatte.

Cook ließ zunächst für die Kranken, die Küfer und die Segelmacher Zelte errichten; dann fuhr er mit Kapitän Furneaux und den beiden Forster nach Oparee ab. Bald kam das Boot an einem Moraï aus Steinen und einem schon unter dem Namen Moraï Tootahahs bekannten Grabmale vorüber. Als Cook es nannte, unterbrach ihn ein Eingeborener mit den Worten, daß man ihn seit Tootahahs Tode den Moraï O-Toos, des jetzigen Königs, nenne.

»Eine wohl angebrachte Lektion für Fürsten, die man damit schon bei Lebzeiten daran erinnert, daß sie ebenfalls sterblich sind und auch das Stückchen Land, welches ihr Leichnam braucht, ihnen nicht mehr gehört.«

Cook wurde beim König O-Too bald vorgelassen. Nach einigen Ehrenbezeugungen bot er ihm alles an, was er in dessen Augen für wertvoll hielt, da es ihm nützlich schien, die Freundschaft dieses Mannes zu gewinnen, bei dem jedes Wort für die Furchtsamkeit seines Charakters zeugte. Groß und gut gewachsen, mochte der König etwa dreißig Jahre alt sein. Er erkundigte sich nach Tupia und den Gefährten Cooks, ohne einen davon gesehen zu haben. Auch an die dem Anschein nach einflußreichsten Persönlichkeiten seiner Umgebung wurden Geschenke mit vollen Händen verteilt. Die Frauen schickten sofort ihre Dienerinnen aus, »große Stücke ihrer schönsten, scharlach, rosenrot oder strohgelb gefärbten und mit den besten wohlriechenden Ölen imprägnierten Stoffe zu holen. Sie legten diese über unsere Kleidung und benahmen sich dabei mit so zuvorkommender Liebenswürdigkeit, daß wir ihnen nicht wehren konnten.«

Als Cook am 1. September abreiste, bat ein junger Tahitier na-

mens Poreo darum, ihn begleiten zu dürfen. Der Befehlshaber erteilte seine Zustimmung in der Hoffnung, daß er ihm nützlich sein könne. Als er die Heimat am fernen Horizonte verschwinden sah, konnte sich Poreo der Tränen nicht enthalten. Die Offiziere mußten ihm Trost zusprechen mit der Versicherung, daß sie jetzt seine Väter sein würden.

Cook begab sich nun zu der nur fünfundzwanzig Meilen entfernten Insel Huahine, wo er am Morgen des 3. vor Anker ging. Die Insulaner schafften hier eine Menge großen Geflügels herbei, das man um so freudiger entgegennahm, als in Tahiti gerade hieran einiger Mangel herrschte.

Ebenso wie Tahiti zeigte auch diese Insel Spuren vulkanischer Ausbrüche, und der Gipfel eines Hügels hatte die unverkennbare Form eines Kraters. Der Anblick des Landes ist, in verkleinertem Maßstabe, dem von Tahiti gleich, denn Huahine mißt nur sieben bis acht Meilen im Umfang.

Cook beeilte sich hier, seinen alten Freund Oree zu besuchen. Der König, ein Feind aller Förmlichkeiten, warf sich weinend dem Kapitän in die Arme und stellte ihm dann seine näheren Freunde vor, denen dieser einige Geschenke zukommen ließ. Dem König selbst bot er das Beste an, was er besaß, denn er betrachtete diesen Mann fast als Vater. Oree versprach, die Engländer mit allem Notwendigen zu versorgen, und hielt auch getreulich Wort.

»Einer der erfreulichsten von dieser Reise mit heimgebrachten Eindrücke«, sagt Forster, »ist der, daß wir, statt die Ureinwohner jener Insel völlig in Sinneslust versunken zu sehen, wie das frühere Reisende fälschlich behaupteten, unter ihnen vielmehr recht unverdorbene und zarte menschliche Empfindung fanden. Natürlich gibt es Verbrechen in jedem Volke; man wird aber in England und in jedem zivilisierten Lande gewiß fünfzigmal mehr Bösewichte antreffen als auf diesen Inseln.«

Während des hiesigen Aufenthaltes ging der auf der ›Resolution‹ eingeschiffte Poreo mit einem jungen Tahitier, der ihn zu überreden gewußt haben mochte, an Land und kehrte nicht wieder an Bord zurück. An seine Stelle trat ein Jüngling von siebzehn bis achtzehn Jahren, gebürtig aus Bora Bora, namens Oedidi, der sich erboten hatte, mit nach England zu gehen. Der Schmerz, den er beim Abschied von seinen Landsleuten zu erkennen gab, ließ unverkennbar auf ein gutes Herz schließen.

Mit über vierhundert Schweinen, vielem Federvieh und Obst aller Art verließen die Schiffe die Gesellschaftsinseln nun endgültig am 17. September und schlugen einen Kurs nach Westen ein. Sechs Tage später kam eine der Hervey-Inseln (die heutigen Cook-Inseln) in Sicht, und am 1. Oktober fiel der Anker vor Eua, der von Tasman und Wallis früher Middleburgh genannten Insel.

Der Empfang seitens der Eingeborenen war recht herzlich. Ein Häuptling, Taï-One, kam an Bord, berührte des Kapitäns Nase mit einer Wurzel des Pfefferstrauchs und setzte sich, ohne ein Wort zu sprechen, nieder. Das Bündnis war durch diese einfache Zeremonie geschlossen und wurde durch einige kleine Geschenke nur noch bekräftigt.

Taï-One geleitete die Engländer in das Innere des Landes. Solange die Wanderung währte, sahen sich die Ankömmlinge von dichten Scharen Eingeborener umringt, die ihnen Stoffe und Strohmatten im Austausch gegen Nägel anboten. Oft trieben die Wilden ihre Freigebigkeit sogar so weit, für ihre Gaben keine Gegengeschenke annehmen zu wollen.

Taï-One führte seine neuen Freunde auch zu seiner im Grunde eines lieblichen Tales und im Schatten einiger Hecken gelegenen Behausung. Er ließ ihnen einen vor ihren Augen aus dem Safte der ›Kowa‹ bereiteten Trank vorsetzen, dessen Genuß auf allen Inseln Polynesiens eingebürgert zu sein scheint.

Trotz des wohlwollenden Empfanges mußte Cook diese Insel doch bald verlassen, da er sich weder Schweine noch Geflügel verschaffen konnte, um nach Tongatapu zu segeln, wo er hoffen durfte, alle nötigen Lebensmittel zu erhalten.

Bald ankerten die Schiffe dort eine Kabellänge vor dem die ganze Küste umschließenden Klippengürtel.

Mit einem Eingeborenen namens Attago, der sich ihm von der ersten Stunde an angeschlossen hatte, ging Cook an Land. Bei diesem Spaziergang bemerkte er einen den Moraïs ähnlichen Tempel, der hier Faïtoka genannt wurde. Errichtet auf einem etwa achtzehn Fuß hohen, von Menschenhand aufgeworfenen Hügel, hatte das Gebäude die Form eines länglichen Vierecks, zu dem man über zwei steinerne Treppen gelangte. Wie die Wohnungen der Eingeborenen war es auf Pfählen erbaut und mit Palmblättern bedeckt. Zwei roh gearbeitete Holzbilder standen in den Ecken.

»Da ich weder die Eingeborenen noch ihre Götter beleidigen wollte, wagte ich nicht, diese zu berühren, fragte Attago aber, ob das Götter seien. Ich weiß nicht, ob er mich verstand, sofort nahm er sie aber in die Hände und drehte und wendete sie rücksichtslos um wie ein gewöhnliches Stück Holz, was mich überzeugte, daß sie keine Götzenbilder sein konnten.«

Dieser Archipel erhielt von Cook den Namen ›Freundschaftsinseln‹ (heute: Tongainseln. Anm. d. Hrsg.). Schouten hatte die Inseln schon gesehen und als ›Inseln der Verräter‹ bezeichnet.

Wegen der Unmöglichkeit, sich Wasser zu verschaffen, mußte Cook Tonga eher verlassen, als er gewollt hatte. Gleichwohl gelang es ihm, manche Beobachtungen über die Erzeugnisse des Landes und die Sitten seiner Bewohner zu sammeln, deren wichtigste wir wiedergeben.

Mit vollen Händen hat die Natur ihre Schätze über die Inseln ausgestreut. Kokosbäume, Palmen, Brotfruchtbäume, Yamswurzeln und Zuckerrohr sind die gewöhnlichsten. An eßbaren Tieren finden sich hier außer Geflügel freilich nur Schweine. An den Küsten wimmelt es von köstlichen Fischen.

Von derselben Größe und fast ebenso weiß wie die Europäer sind die Urbewohner dieser Insel, wohlgebaut und haben einnehmende Gesichtszüge. Ihre Haare von ursprünglich schwarzer Farbe pflegen sie mit verschiedenem Puder so zu färben, daß man weiße, rote, sogar blaue findet, was eine höchst eigentümliche Wirkung hervorbringt. Die Gewohnheit des Tätowierens herrscht ganz allgemein. Die gewöhnlichen Kleidungsstücke sind höchst einfach. Ein Stück um den Gürtel befestigter und bis zu den Knien herabhängender Stoff – das ist alles. Die auf Tonga wie überall putzsüchtigeren Frauen aber verfertigten sich Schürzen aus Kokosfasern, welche sie mit kleinen Muscheln, bunten Stoffläppchen und Federn auszuschmücken lieben.

Die ›Adventure‹ und ›Resolution‹ lichteten am 17. Oktober die Anker, passierten am nächsten Tage die von Tasman entdeckte Insel Ata und liefen am 21. desselben Monats in die Hawke-Bay in Neuseeland ein.

Cook schiffte eine Anzahl Tiere aus, die er im Lande einbürgern wollte, und segelte dann zum Königin-Charlotte-Kanal weiter; inzwischen überraschte ihn ein heftiger Sturm, der ihn von der ›Adventure‹ trennte. Er sollte sie erst in England wiederfinden.

Am 25. November reparierte der Kapitän die Havarien seines Schiffes und unterrichtete sich, bevor er von neuem auf das Meer hinausging, über den Zustand und die Menge seines Proviants, wobei er leider die Entdeckung machte, daß viertausendfünfhundert Pfund Zwieback vollständig verdorben und über dreitausend in nicht viel besserem Zustande waren.

Am 26. November verließ die »Resolution« Neuseeland, um sich noch einmal in die schon durchfahrenen eisigen Gegenden zu wagen. Um wieviel beschwerlicher sollte sich aber diese Reise gestalten! Tag für Tag wiederholten sich die in diesen hohen Breiten so gewöhnlichen Unfälle. Oedidi erstaunte gewaltig über den weißen Regen, den Schnee, der ihm in der Hand zerschmolz – noch mehr aber, als er das erste wirkliche Eis zu Gesicht bekam, das er weiße Erde nannte.

»Schon am äußersten Ende der gemäßigten Zone hatte ihn eine andere Erscheinung in größte Verwunderung versetzt«, sagt der Bericht. »Solange sich die Schiffe dort aufhielten, hatten wir so gut wie gar keine Nacht und konnten auch noch um Mitternacht bei Tageslicht schreiben. Oedidi wollte kaum seinen Augen trauen und versicherte uns, seine Landsleute würden ihn für einen Lügner halten, wenn er davon erzählte.«

Nach und nach gewöhnte sich der junge Tahitier freilich an diese Erscheinung, denn das Schiff drang durch das Treibeis bis zum 71. Grad südlicher Breite vor. Endlich gewann Cook die Überzeugung, daß der Zutritt zu einem etwa vorhandenen Kontinent auf jeden Fall durch Eis gesperrt sei, und entschloß sich, wieder nach Norden zu steuern.

Die Befriedigung darüber war allgemein. An Bord gab es niemand, der nicht an langdauerndem heftigem Rheumatismus gelitten oder wenigstens einen Anfall von Skorbut gehabt hätte. Der Kapitän selbst quälte sich mit einer Gallenkrankheit, die ihn sogar ans Bett fesselte. Acht Tage lang schwankte er zwischen Tod und Leben und erholte sich unter vielen Leiden nur sehr langsam. Bis zum 11. März hielt man den gleichen Kurs ein. Welche Freude, als da bei Sonnenaufgang der Wachtposten: »Land! Land!« über das Schiff rief.

Es war die Osterinsel. Bei der Annäherung an das Ufer wurden die Seefahrer zuerst auf die riesenhaften Statuen aufmerksam, welche früher schon der Entdecker der Insel, Roggeveen, mit Verwunderung gesehen hatte.

Das erste Wort, welches die Bewohner aussprachen, die auf das Schiff kamen, um sich einen Strick zu erbitten, war wun-

derbarer Weise ein tahitisches. Übrigens erkannte man auch aus allem übrigen, daß sie von dort herstammten. So wie die Tahitier waren auch sie tätowiert und mit denselben Stoffen bekleidet, wie man sie auf den Gesellschaftsinseln findet.

»Um sich vor der glühenden Sonnenhitze zu schützen«, heißt es in dem Bericht, »hatten sie eigens verschiedene Kopfbedeckungen erfunden. Die meisten Männer trugen eine Art Reif von zwei Zoll Höhe, der über und über mit Gras besetzt und mit einem starken Büschel schwarzer Federn vom Halse des Fregattvogels bedeckt war. Andere hatten ungeheure Hüte aus Federn der braunen Seemöwen, fast so umfangreich wie die Perücken der

europäischen Richter; wieder andere endlich einen einfachen Holzreifen mit Seeschwalbenfedern, welche in der Luft schwankten. Die Frauen liebten einen großen und breiten Hut aus recht hübschem Strohgeflecht, der an der Vorderseite eine Spitze, über dem Scheitel eine Art Giebel und an den Seiten zwei große Flügel bildete.«

Mehrere Abteilungen durchstreiften das ganze Land, das mit schwärzlichen porösen Steinen bedeckt war und einen trostlosen Anblick bot. Zwei bis drei Arten welken Grases, die kümmerlich inmitten der Felsen wuchsen, einige magere Gesträuche und dann und wann eine Bananenstaude, das war die ganze Vegetation.

Der Tauschhandel ging ziemlich leicht vor sich. Man hatte dabei nur die wahrhaft wunderbare Geschicklichkeit der Insulaner im heimlichen Entleeren fremder Taschen zu überwachen. Die wenigen frischen Nahrungsmittel, die man sich zu verschaffen vermochte, leisteten doch eine recht fühlbare Hilfe; nur der Mangel an Trinkwasser hinderte Cook, länger auf der Osterinsel zu verweilen.

Er richtete seinen Kurs nun nach den seit 1595 von keinem Europäer wieder besuchten Marquesas-Inseln. Kaum schaukelte sein Schiff aber auf der See, als er aufs neue einen Anfall des Gallenfiebers bekam, an dem er schon einmal gelitten hatte. Auch an Skorbut erkrankten wieder mehrere Leute, während diejenigen, die auf der Osterinsel längere Ausflüge unternommen hatten, gänzlich von der Sonne verbrannt waren.

Am 7. April 1774 endlich fand Cook die Marquesas. Man ging bei Santa Christina vor Anker. Bald wurde die ›Resolution‹ von Pirogen umringt, deren Vorderteil mit Steinen beladen war, während jeder Mann auf ihnen eine Schleuder um die Hand gewickelt trug. Dennoch verkehrte man mit den Eingeborenen ganz friedlich.

»Diese Insulaner waren wohlgebaut«, sagt Forster, »von hübschem Gesichte und gelblichem Teint, während viele über den ganzen Körper verstreute feine Striche sie fast schwarz erscheinen ließen ... Dichte Bäume erfüllten die Täler rings um unseren Hafen und alles entsprach der einzig bekannten, noch von den Spaniern herrührenden Beschreibung. Fern vom Strande erblickten wir viele Feuer, ein Beweis, daß das Land stark bevölkert sein mochte.«

Die Schwierigkeit, sich Lebensmittel zu beschaffen, bestimmte Cook, bald wieder abzureisen, doch gelang es ihm, manche interessanten Beobachtungen über dieses Volk zu machen, das er als eines der schönsten in ganz Ozeanien bezeichnet. Die Ureinwohner hier scheinen wirklich alle anderen an Wohlgestalt zu übertreffen. Die Übereinstimmung ihrer Sprache mit der der Tahitier läßt darauf schließen, daß beide einen gemeinsamen Ursprung haben.

Der Marquesas-Archipel besteht aus fünf Inseln: Fatu Hiva, Tahuata, Motané, Hiva Oa und der Insel Hood, so genannt nach dem Freiwilligen, der sie zuerst erblickte.

Hiva Oa ist durch eine hohe Bergkette geteilt, an welche sich niedrige, aus dem Meere aufsteigende Hügel anschließen. Zwischen den Bergen liegen enge, tiefe, fruchtbare Täler mit vielen Obstbäumen und von kristallhellen Bächen bewässert. Der Hafen von Madre de Dios, den Cook Resolutions-Hafen taufte, ist etwa in der Mitte der Westküste von Hiva Oa zu suchen.

Cook hatte diese Inseln am 12. April verlassen und segelte auf Tahiti zu, als er fünf Tage später gegen seinen Willen mitten in

den Tuamotu-Archipel geriet. Er landete auf Tiukea, dessen Bewohner das Vordringen der Engländer mit mißgünstigen Augen betrachteten. Letztere konnten sich nur zwei Dutzend Kokosnüsse und fünf Schweine verschaffen, obwohl diese auf der Insel in Menge vorhanden zu sein schienen. In einem anderen Bezirk gestaltete der Empfang sich freundlicher. Die Eingeborenen umringten die Fremdlinge und berührten deren Nasen nach Art der Neuseeländer. Oedidi kaufte mehrere Hunde, deren langes weißes Haar in seiner Heimat zur Ausschmückung der Panzer der Krieger diente.

»Die Eingeborenen teilten uns mit«, sagt Forster, »daß sie Löffelkraut zerkleinern und dasselbe mit Muscheltieren vermengt ins Meer werfen, wenn sie einen Fischschwarm sehen. Diese Lockspeise betäubt für einige Zeit die Fische, die infolgedessen an die Wasseroberfläche heraufkommen, wo sie leicht gefangen werden.«

Der Kommandant nahm hierauf noch einige andere Inseln dieses ausgedehnten Archipels in Augenschein, die er alle den früher gesehenen ähnlich fand, insbesondere die Inseln, zwischen denen Roggeveen die Galeere ›Die Afrikanerin‹ verlor und denen Cook den Namen Palliser-Inseln gegeben hatte. Dann steuerte er nach Tahiti, das seine Matrosen wegen der Freundlichkeit der Eingeborenen fast als eine neue Heimat betrachteten. Die ›Resolution‹ warf am 22. April in der Bai von Matavaii Anker, wo man den erwarteten wohlwollenden Empfang fand.

Oedidi, der sich vorsorglicherweise eine große Menge Federn verschafft hatte, konnte sich alle seine Wünsche erfüllen. Die Tahitier betrachteten ihn als ein Wunder und lauschten begierig seinen Erzählungen. Nicht allein jeder Häuptling der Insel, sondern sogar die königliche Familie bemühte sich um seine Gesellschaft. Er heiratete die Tochter des Häuptlings von Matavaii und brachte seine Frau auch an Bord, wo es jeder sich angelegen sein ließ, sie mit einem Geschenk zu erfreuen.

Am 15. Mai ging die ›Resolution‹ im Hafen von O-Wharre an der Insel Huahine vor Anker.

Oree war der letzte, der das Schiff verließ, als es am 24. April weitersegelte, und da Cook ihm sagte, daß sie sich nun nicht mehr wiedersehen würden, fing er an zu weinen und flehte: »So schickt eure Kinder her, wir werden sie gut aufnehmen!«

Oedidi, der mit den Engländern bis Huahine gegangen war, fand hier nicht denselben begeisterten Empfang wie in Tahiti. Übrigens waren seine Reichtümer sehr zusammengeschmolzen und sein Ansehen hielt damit Schritt.

Nach Westen immer weiter segelnd, lief der unermüdliche Forscher nacheinander die Inseln der Leprosen, Aurora (Maewo), die Pfingstinsel und endlich Malekula im Archipel der Neuen Hebriden an.

Des Kapitäns Befehle lauteten wie immer dahin, mit den Eingeborenen in freundschaftliche Handelsbeziehungen zu treten. Der erste Tag verlief auch nach Wunsch, die Insulaner feierten sogar die Ankunft der Engländer durch Spiele und Tänze; schon am nächsten Morgen führte aber ein unerheblicher Zwischenfall einen Zusammenstoß herbei.

Ein Eingeborener, dem man den Zutritt zu dem Schiffe verweigert hatte, machte Miene, einen Pfeil auf einen Matrosen abzuschießen. Da kam Cook eben mit einem Gewehr in der Hand auf das Deck. Er richtete sofort einige Worte an den Wilden. Ohne jedoch auf ihn zu hören, wollte dieser nun auf den Kommandanten selbst schießen, doch dieser kam ihm zuvor und verletzte ihn mit einer Kugel. Das war das Signal zu einem allgemeinen Angriff. Eine ganze Wolke von Pfeilen flog auf das Verdeck, ohne glücklicherweise besonderen Schaden anzurichten. Cook mußte sich entschließen, einen Kanonenschuß über die Köpfe der Feinde abzufeuern, um sie zu vertreiben.

Wenige Stunden später näherten sich die Eingeborenen aber dem Schiff wieder und setzten den unterbrochenen Tauschhandel fort, als ob gar nichts vorgefallen sei.

Auffallenderweise legten die Eingeborenen auf eiserne Werkzeuge sehr wenig Wert, auch gelang es nur schwer, sich mit den erwünschten Provisionen zu versehen. Nur wenige ließen sich darauf ein, ihre Waffen gegen Stoffe und dergleichen auszutauschen; diese verfuhren aber mit einer den Engländern bisher nicht bekannten Rechtlichkeit. Schon war die ›Resolution‹ unter Segel, als der Handel sich noch immer fortsetzte und die Eingeborenen dem Schiff mit dem Aufgebot aller Kräfte folgten, um noch solche Gegenstände abzuliefern, für welche sie den bedungenen Preis schon erhalten hatten.

Nahm der Kapitän nun einen so günstigen Eindruck von den moralischen Eigenschaften der Bewohner von Malekula mit sich hinweg, so war das doch bezüglich ihrer äußeren Erscheinung keineswegs der Fall. Im Gegenteil erschienen die Bewohner bei ihrer kleinen, unproportionierten Gestalt, der bronzenen Hautfarbe und dem flachen Gesicht mehr als häßlich. Ihre schwarzen, groben, krausen und kurzen Haare und der buschige Bart trugen zur Verbesserung ihres Aussehens auch nicht besonders bei. Den wunderbarsten Eindruck machte aber ihre unerklärliche Gewohnheit, den Leib mittels eines Strickes so fest einzuschnüren, daß sie fast einer großen Ameise glichen. Ohrgehänge von

Schildkrötenschalen, Armbänder aus Schweinezähnen, große Ringe aus Muscheln und ein weißer flacher Stein, den sie durch die Nasenscheidewand gesteckt trugen, bildeten ihren Schmuck. Als Waffen führten sie Bogen und Pfeile, nebst einer Lanze und Keule. Die oft doppelten oder dreifachen Spitzen ihrer Pfeile benetzten sie mit einer Substanz, die die Engländer für giftig hielten, da sie bemerkten, daß die Eingeborenen die Pfeile immer ängstlich in einer Art Köcher verwahrten.

Von Malekula aus steuerte Cook zu der Insel Ambrim, die einen Vulkan zu besitzen schien, und bald entdeckte er eine Gruppe kleiner Eilande, denen er zu Ehren des Professors der Astronomie in Cambridge den Namen Shepherd-Inseln gab.

Am 3. August entdeckte man die Insel Eromanga, bei der der Befehlshaber anhalten ließ, da er hier Wasser und einen geeigneten Ankerplatz zu finden hoffte. Der Empfang aber, den sie seitens der mit Keulen, Lanzen und Bogen bewaffneten Eingeborenen fanden, versprach nicht zu viel Gutes. Der Kapitän ging also möglichst vorsichtig zu Werk. Da die Eingeborenen sahen, daß sie die Engländer nicht bestimmen konnten, ihre Schaluppe ganz an den Strand zu legen, versuchten sie, dies zu erzwingen. Ein Häuptling und mehrere andere bemühten sich, den Matrosen die Ruder zu entreißen. Cook wollte auf sie schießen, es brannte aber nur der Zündsatz seines Gewehres ab. Sofort wurden die Engländer nun mit Steinen und Pfeilen überschüttet. Der Kapitän befahl darauf, eine allgemeine Salve abzugeben; zum Glück versagte die Hälfte der Musketen, sonst wäre hier gewiß viel Blut geflossen.

An einen zweiten Landungsversuch war unter diesen Umständen nicht zu denken. Cook segelte zu einer zwei Tage vorher gesichteten Insel, welche die Eingeborenen Tana nannten.

»Hier bemerkten wir«, sagt Forster, »unter mehreren Hügeln einen von deutlich kegelförmiger Gestalt mit einem Krater in der Mitte; er war braunrot und bestand aus einer Anhäufung von verbranntem, völlig unfruchtbarem Gestein. Von Zeit zu Zeit sprang daraus eine hohe Rauchsäule empor, deren oberer Teil sich desto mehr verbreiterte, je mehr sie in die Höhe stieg.«

Die ›Resolution‹ sah sich bald von etwa zwanzig Pirogen umringt, deren größte fünfundzwanzig Mann trug. Diese suchten sich sofort alles anzueignen, was sie erlangen konnten. Man mußte einen Vierpfünder abfeuern, um sie zurückzutreiben, und ging hierauf an Land. Trotz Verteilung vieler kleiner Geschenke gelang es nicht, die Stehlsucht dieses Volkes zu unterdrücken. Es liegt auf der Hand, daß das geringste Mißverständnis zum Blutvergießen hätte führen müssen.

Trotz aller Bemühungen gelang es den Engländern doch nicht, bis zu dem eigentlichen Vulkan zu gelangen, der Feuerstrahlen und Rauchsäulen bis zu den Wolken ausstieß und gewaltige Steine hoch in die Luft schleuderte. Solfataren gab es überall in großer Menge, und der Erdboden zitterte unausgesetzt unter der Wirkung der mächtigen Naturkräfte im Schoße der Erde.

Ohne ihre Zurückhaltung ganz aufzugeben, wurden die Bewohner von Tana nach und nach etwas zugänglicher, so daß sich einiger Verkehr mit ihnen entwickelte.

»Solange wir sie nicht reizten«, sagt Cook, »erwiesen sich die Leute überaus gastfreundlich und von gutem Charakter ... übrigens sind sie ja auch ihres ersten Auftretens wegen gewiß nicht zu tadeln, denn was sollten sie von uns halten, da sie doch unmöglich unsere wahre Absicht erraten konnten? Wir fuhren in ihren Hafen ein, ohne daß sie sich widersetzten; wir suchten zwar als Freunde das Land zu betreten, auf ihre Weigerung hin setzten wir uns aber dennoch durch die Übermacht unserer Waffen dort fest. Was sollten die Insulaner unter solchen Verhältnissen nun von uns denken? Es liegt doch wohl am nächsten, daß sie glaubten, wir seien gekommen, uns ihres Landes zu bemächtigen. Nur allein die Zeit und die nähere Berührung konnten sie von unseren besseren Absichten überzeugen.«

Am 5. September machte der Kommandant eine neue Entdeckung. Das Land, welches er fand, hatte noch niemals eines Europäers Fuß betreten.

Es war der nördlichste Teil von Neukaledonien. Die Küste war von einem Klippengürtel umschlossen, hinter dem zwei bis drei Pirogen auf dem stilleren Wasser glitten, als wollten sie den Fremden entgegenkommen. Mit Aufgang der Sonne zogen sie jedoch die Segel ein und wurden nicht wieder gesehen.

Nach zweistündigem Kreuzen vor den Riffen fand Cook eine Einbuchtung, wo er das Land erreichen konnte. In der nächsten

Umgebung bedeckte nur weißliches Gras den scheinbar unfruchtbaren Boden. In der Ferne sah man dagegen einzelne Bäume, deren Gestalt etwa an die Weiden erinnerte. Gleichzeitig bemerkte man auch einige den Bienenstöcken ähnliche Häuser.

Kaum sank der Anker in den Grund, als etwa fünfzehn Pirogen das Schiff umringten. Die Eingeborenen kamen vertrauensvoll heran und boten, was sie besaßen, zum Tausche an. Einige bestiegen sogar das Fahrzeug selbst und nahmen es neugierig in Augenschein. Sie schlugen es zwar ab, von den angebotenen Speisen wie Apfelmus, Rindfleisch oder gesalzenem Schweinefleisch zu genießen, probierten aber wenigstens die Yamswurzeln. Am meisten staunten sie über die Ziegen, Schweine, Hunde und

Katzen – Tiere, welche ihnen gänzlich unbekannt sein mußten, da sie für sie nicht einmal Bezeichnungen hatten. Nägel, wie überhaupt alle eisernen Gerätschaften, und rotgefärbte Stoffe schienen in hohem Preise zu stehen. Die großen und starken, wohlgebauten Eingeborenen mit gepflegtem Haar und Bart und tiefbrauner Hautfarbe redeten eine Sprache, die keiner der bisher vernommenen glich.

Cook gewann indessen bald die Überzeugung, daß er von diesem Volke nichts erhalten könne als höchstens die Erlaubnis, frei in der Gegend herumzuschweifen.

»Die Eingeborenen«, sagt er, »lehrten uns einige Worte ihrer Sprache, welche mit denen der anderen Inseln in keiner Beziehung stand. Ihr Charakter war sanft und friedlich. Kamen wir bei ihren Hütten vorüber und redeten wir sie an, so gaben sie wohl Antwort; setzten wir aber unseren Weg fort, ohne uns weiter an sie zu wenden, so schenkten sie uns nicht die geringste Aufmerksamkeit. Nur die Frauen schienen etwas neugieriger zu sein und versteckten sich gern in weitab liegende Büsche, um uns zu betrachten; doch wagten sie sich ohne Begleitung der Männer nie in unsere Nähe.«

Was Cook über die Indolenz der Neukaledonier sagt, stimmt völlig mit der Wahrheit überein. Was deren Charakter betrifft, so dauerte sein Aufenthalt an der Küste doch etwas zu kurze Zeit, um ihn richtig beurteilen zu können, und jedenfalls ahnte er nicht, daß auch dieses Volk der entsetzlichen Sitte der Anthropophagie huldigte.

Der Befehlshaber unternahm wiederholte Ausflüge in das Land hinein und bestieg auch einen Gebirgszug, um von da aus einen Gesamtblick über die Gegend zu gewinnen. Von dem Gipfel eines Felsens aus sah er das Meer und überzeugte sich, daß Neukaledonien zumindest hier nicht mehr als zehn Meilen Breite hatte.

Der Kommandant, der auch in Neukaledonien die Schweinezucht einführen wollte, mußte sich viele Mühe geben, die Eingeborenen zur Annahme eines Ebers und einer Zuchtsau zu bestimmen. Erst als er die Vortrefflichkeit dieses Tieres und die Leichtigkeit der Zucht rühmte, gestatteten sie deren Ausschiffung an den Strand.

Alles in allem schildert Cook die Neukaledonier als große, kräftige, bewegliche und friedliche Menschen; vor allem schreibt er ihnen eine seltene Eigenschaft zu: sie waren keine Diebe! Seine Nachfolger in diesem Lande mußten zu ihrem Nachteil erfahren, daß die Insulaner diese löbliche Eigenschaft nicht bewahrt hatten.

Die Angriffswaffen der Eingeborenen, wie Keulen, Lanzen, Wurfspieße, Schleudern und dergleichen, wiesen auf die Häufigkeit der Kriege unter ihnen hin. Die mit den Schleudern geworfenen Steine waren geglättet und von eiförmiger Gestalt. Ihre in runder Form errichteten Häuser glichen Bienenkörben, und das sehr hohe Dach lief oben in eine scharfe Spitze aus. Darin befanden sich ein oder zwei Feuerherde, deren Rauch keinen anderen Ausgang hatte als die Tür, so daß der Aufenthalt in den Hütten für Europäer unerträglich war. Die Bewohner ernährten sich nur von Fischen, Wurzeln und von der Rinde eines zuckerhaltigen Baumes. Bananen, Zuckerrohr und Brotfruchtbäume gediehen in dem Lande nur vereinzelt, und Kokospalmen entwickelten sich nicht so kräftig wie auf den vorher besuchten Inseln. Die Anzahl der Einwohner hätte man anfangs wohl als ziemlich beträchtlich schätzen können; Cook bemerkt dazu aber sehr richtig, daß seine Ankunft ein Zusammenströmen aller Menschen aus der ganzen Nachbarschaft veranlaßt habe. Die Neukaledonier pflegen ihre Toten zu begraben. Einige Leute von der Besatzung besuchten die Kirchhöfe und das Grab eines Häuptlings, einen mit ringsum aufgestellten Lanzen geschmückten Hügel.

Am 13. September schiffte sich Cook wieder ein und segelte längs der Küste Neukaledoniens hin, ohne daß es ihm gelang, sich frische Nahrungsmittel zu verschaffen. Fast überall bot das Land denselben Anblick trostloser Unfruchtbarkeit. Ganz im Süden dieses ausgedehnten Landes fand er endlich eine kleine Insel, welche wegen der großen Anzahl von Bäumen Pine Island genannt wurde.

Während seiner südwärts nach Neuseeland gerichteten Fahrt begegnete Cook am 10. Oktober auch einer kleinen, unbewohnten Insel, auf der die Botaniker eine große Menge noch unbekannter Pflanzenarten sammelten. Diese Insel Norfolk war die

gleiche, die später ein Teil der Meuterer von der ›Bounty‹ kolonisieren sollte.

Am 18. ging die ›Resolution‹ noch einmal im Königin-Charlotte-Kanal vor Anker.

Nachdem er nochmals Schweine, die er mit aller Gewalt in Neuseeland heimisch machen wollte, ausgeschifft hatte, ging der Kommandant am 10. November wieder unter Segel und steuerte nach Kap Hoorn.

Das erste Land, das er nach einer sonst fruchtlosen Kreuzfahrt erblickte, war die Westküste von Feuerland in der Nähe der Magelhães-Straße. »Der Teil von Amerika, der uns vor Augen kam«, schreibt Kapitän Cook, »bot einen sehr traurigen Anblick; er schien aus vielen kleinen Inseln zu bestehen, welche zwar nicht hoch, aber ganz schwarz und offenbar unfruchtbar waren. Weiter rückwärts sahen wir ein hoch aufstrebendes zerklüftetes Land, fast bis zum Fuß mit Schnee bedeckt ... es ist dies die wildeste Küste, die ich jemals gesehen habe. Zwischen den Höhen gähnen tiefe Schluchten und die steilen Gipfel ragen hoch zum Himmel empor. Es gibt vielleicht keinen Punkt auf der Erde, der einen so trostlosen Anblick bietet. Die Gebirge im Innern des Landes waren durchwegs mit Schnee bedeckt, an der Küste dagegen nicht. Wir glaubten, daß das innere Gebirge zu Feuerland selbst gehörte, während die übrigen Berge kleine Inseln darstellten, deren Anordnung den Eindruck einer zusammenhängenden Küste machte.«

Trotzdem hielt es der Kommandant für angezeigt, in dieser traurigen Einöde eine Zeitlang zu verweilen, um seiner Mannschaft wieder frische Lebensmittel zuzuführen. Am Christmas-Kanal fand er auch bald einen günstigen Ankerplatz. Die Jagd lieferte hier wenigstens einige Vögel, und Pickersgill brachte auch einmal außer vierzehn Enten dreihundert Seeschwalbeneier auf das Schiff.

Bald stach die ›Resolution‹ wieder in See und segelte um das Kap Hoorn, passierte darauf die Lemaire-Straße und kam in Sicht von Staten Island, wo sie einen guten Ankerplatz fand. Diese Gewässer wimmelten von Walfischen, deren Paarungszeit jetzt eben war, von Seehunden und Seelöwen, Pinguinen und Kormoranen in geradezu zahllosen Scharen.

Von Staten Island aus schlug Cook am 3. Januar einen südöstlichen Kurs ein, um diesen Teil des Ozeans zu untersuchen, den einzigen, der ihm bisher entgangen war. Bald erreichte er Südgeorgia, das Laroche 1675 entdeckt und Guyot Duclos als Befehlshaber des spanischen Schiffes ›Leone‹ 1756 wieder besucht hatte. Er bekam die Insel am 14. Januar 1775 zu Gesicht. An drei verschiedenen Punkten ging er an Land und nahm es im Namen von George III. von England in Besitz. Die Ufer der Possession-Bay, wo er lag, umschlossen senkrechte Eisfelsen, ganz ähnlich denjenigen aus den hohen südlichen Breiten.

Von Südgeorgia aus drang Cook noch weiter nach Südosten vor, immer zwischen schwimmenden Eismassen. Die fortwäh-

renden Gefahren dieser Fahrt erschöpften die Mannschaft aufs äußerste. Nacheinander wurden die Inseln Saunders und Montagu in der Süd-Sandwich-Gruppe entdeckt. Diese unfruchtbaren und wüsten Inselgruppen werden für den Handel und die Geographie stets ohne praktischen Nutzen bleiben. Nach Feststellung ihrer Existenz hatte man keine Ursache, noch weiter vorzudringen, denn die wertvollen Dokumente, welche die ›Resolution‹ an Bord hatte, wären dabei aufs Spiel gesetzt worden.

Die Entdeckung dieser verlassenen Länder überzeugte Cook, »daß sich wohl auch in der Nähe des Poles noch Länder befinden mußten, wo sich der größte Teil des auf dem endlosen Ozean treibenden Eises bilden mochte«.

Cook beschloß nun, zum Kap der Guten Hoffnung zurückzukehren, wo er am 22. März 1775 eintraf.

Furneaux hatte Neuseeland am 23. Dezember 1773 verlassen, das Kap Hoorn umschifft, am Kap der Guten Hoffnung gerastet und war am 14. Juli 1774 nach England zurückgekehrt.

Cook verließ nach Einnahme der nötigen Nahrungsmittel und beendeter Ausbesserung seines Schiffes die False-Bay am 27. Mai, ging bei St. Helena, Ascension, Fernando de Noronha und bei Fayal, einer der Azoren, an Land und lief am 29. Juli 1775 endlich in Plymouth ein. Er hatte während dieser langen Reise von drei Jahren und achtzehn Tagen nur den Verlust von vier Mann zu beklagen.

Niemals bisher lieferte eine Expedition eine so reiche Ernte an Entdeckungen, an hydrographischen, physikalischen und ethnographischen Beobachtungen. Viele dunkle Punkte in den Berichten früherer Reisender waren durch die Untersuchungen Cooks aufgeklärt worden. Dazu kamen die wichtigen Entdeckungen Neukaledoniens und der Osterinsel. Daß es kein südliches Festland, also kein ›Terra australis‹ geben könne, galt jetzt als bewiesen. Der große Seeheld empfing nun auch die wohlverdiente Belohnung. Neun Tage nach seiner Ankunft wurde er zum Schiffskapitän und am 29. Februar 1776 zum Mitglied der Royal Society ernannt.

III

In Tasmanien – Die Tongainseln – Religion der Bewohner – Wieder auf Tahiti – Die Entdeckung des Hawaii-Archipels – Erkundung der Westküste Amerikas – Jenseits der Beringstraße – Rückkehr nach Hawaii – Cooks Ermordung

Ein Gedanke, der früher schon viele Forscher veranlaßt hatte, in den grönländischen Meeren zu segeln, beherrschte damals alle Köpfe. Existierte im Norden wirklich eine Wasserstraße, welche den Atlantischen und den Pazifischen Ozean verband?

Und wenn diese Straße vorhanden war, eignete sie sich für die Schiffahrt? Noch in jüngster Zeit hatte man diesen Seeweg durch die Hudson- und Baffin-Bay zu erforschen versucht, jetzt sollte dasselbe vom Pazifischen Ozean aus unternommen werden.

Die Aufgabe war schwierig. Die Lords der Admiralität erkannten von vornherein, daß sie die Ausführung nur einem mit den Gefahren der Polarmeere vertrauten Seemann übergeben konnten, der sich schon unter schwierigen Verhältnissen erprobt hatte und dessen Erfahrung und Kenntnisse voraussetzen ließen, daß er bei den für eine solche Expedition unvermeidlich großen Vorbereitungen auch einen entsprechenden Erfolg erzielen werde.

Kein anderer als Kapitän Cook vereinigte in sich alle die verlangten Eigenschaften. Man wandte sich also an ihn. Obwohl er den Rest seiner Tage recht gut hätte von dem durch zwei Erdumsegelungen erworbenen Ruhme zehren können, zauderte Cook doch keinen Augenblick.

Man übergab ihm zwei Schiffe, die ›Resolution‹ und die ›Discovery‹, letztere unter Führung des Kapitän Clerke.

Die Instruktionen des Oberbefehlshabers der Expedition lauteten dahin, erst das Kap der Guten Hoffnung anzulaufen, dann im Süden zu kreuzen, um die kurz vorher von den Franzosen entdeckten Inseln aufzusuchen, welche unter 48° der Breite und etwa unter dem Meridian der Insel Mauritius liegen sollten. Dann sollte er, wenn er es für angezeigt hielte, nach Neuseeland gehen, bei den Gesellschaftsinseln rasten und dort den Tahitier Maii ausschiffen, aber alle spanischen Besitzungen in Amerika vermeiden und durch das arktische Eismeer bis zur Hudson- und Baffin-Bay vordringen, mit anderen Worten die Nordwest-Passage von Westen her aufsuchen. Nachdem sich die Mannschaften dann bei Kamtschatka erholt hatten, sollte er wieder in See gehen und nach England auf dem Wege zurückkehren, den er selbst für den besten erachtete.

Die beiden Schiffe fuhren nicht gleichzeitig ab. Die ›Resolution‹ ging von Plymouth schon am 12. Juli 1776 unter Segel und traf am Kap mit der ›Discovery‹ zusammen, welche England erst Anfang August verlassen konnte. Die letztere hatte durch einen Sturm gelitten und mußte frisch kalfatert werden. Der

Kommandant benutzte diese Zeit, um lebende Tiere einzukaufen, die er in Tahiti und Neuseeland auszuschiffen gedachte, und um die für eine zweijährige Reise notwendigen Proviant-Vorräte zu sammeln.

Nach zweitägiger Fahrt gegen Südosten entdeckte man unter 46° 53′ südlicher Breite und 37° 46′ östlicher Länge die Prince-Edward-Inseln. Der sie trennende Kanal wurde durchsegelt, wobei man erkannte, daß seine Ufer steil, unfruchtbar und unbewohnt waren.

Am 24. Dezember bekam Cook die von Kerguelen auf seinen beiden Reisen in den Jahren 1772 und 1773 aufgenommenen Inseln zu Gesicht.

Wir verweilen hier nicht bei den Beobachtungen des englischen Seemannes. Wir begnügen uns mitzuteilen, daß Cook die Küste sorgfältig aufnahm und am 31. Dezember absegelte. Eine Strecke von mehr als dreihundert Meilen legten die Fahrzeuge in dichtem Nebel zurück.

Am 26. Januar fiel der Anker in der Adventure Bay in Tasmanien, an derselben Stelle, an der Furneaux vier Jahre vorher gelegen hatte. Einige Eingeborene besuchten die Engländer und nahmen die ihnen dargebotenen Geschenke ohne Zeichen besonderer Befriedigung in Empfang.

»Sie waren«, so meldet der Bericht, »von gewöhnlicher Gestalt, doch etwas klein, hatten schwarze Haut und Haare, letztere ebenso wollig wie die der Neger von Neuguinea; sie besaßen aber nicht die wulstigen Lippen und die plattgedrückte Nase der Negerstämme Afrikas. Ihre Züge erschienen nicht unangenehm, die Augen klar und glänzend, die Zähne sehr regelmäßig, aber ziemlich schmutzig. Kopfhaar und Bart pflegten sie mit einer rötlichen Masse einzusalben; einzelne hatten auch das Gesicht mit derselben Masse bemalt.«

Diese Beschreibung ist ebenso treffend als wertvoll. Jetzt ist nämlich auch der letzte Tasmanier gestorben und mit ihm die ganze Rasse vom Erdboden verschwunden.

Am 29. März wurde eine Insel entdeckt, welche die Eingeborenen Mangaia nannten. Auf Maiis Zureden entschlossen sie sich, auf die Schiffe zu kommen.

Klein von Gestalt, aber kräftig und wohlgebaut, trugen sie das Haar in einem Knoten auf dem Kopfe, den Bart unbeschnitten und erschienen an manchen Stellen des Körpers tätowiert. Cook wäre gern einmal an Land gegangen, doch verzichtete er darauf wegen des feindseligen Auftretens der Bewohner.

Am 5. April kam Cook in Sicht der Hervey-Inseln, die er während seiner zweiten Reise im Jahre 1773 entdeckt hatte. Damals erschienen sie ihm gänzlich verlassen. Desto mehr wunderte es ihn, mehrere Pirogen vom Ufer abstoßen und auf das Schiff zukommen zu sehen. Die Eingeborenen konnten sich jedoch nicht entschließen, an Bord zu kommen. Ihr wildes Aussehen und drohendes Auftreten verriet indessen alles andere als freundschaftliche Gesinnungen.

Leutnant King, der zur Aufsuchung eines Waffenplatzes ausgeschickt worden war, konnte keinen solchen finden. Übrigens machten die mit Spießen und Keulen bewaffneten Urbewohner Miene, jeden Landungsversuch mit Gewalt zurückzuweisen.

Da Cook Wasser und Futter notwendig brauchte, beschloß er, zu den Tongainseln zu segeln.

Am 28. April erreichten die Engländer die Insel Komango, deren Bewohner Kokosnüsse, Bananen und andere Nahrungsmittel in großer Menge herbeischafften. Dann segelten sie nach Annamoka, das gleichfalls zu den Tongainseln gehört.

Als alle Hilfsmittel, die die Insel zu bieten vermochte, erschöpft waren, besuchte Cook eine Gruppe Inseln, Ha'apai genannt, wo er auf die Anordnung Finaus hin einen recht freundlichen Empfang fand und sich mit Schweinen, Wasser, Früchten und Wurzeln reichlich versorgen konnte. Krieger veranstalteten zur Belustigung der Engländer Faustkämpfe und Spiele, die durch den Gebrauch von Keulen auffielen.

»Am meisten verwunderte es uns, zwei hochgewachsene Frauen auftreten zu sehen, welche sich ohne weiteres und mit gleicher Gewandtheit wie die Männer mit den Fäusten zu Leibe gingen. Doch währte der Wettkampf nur eine halbe Minute, bis die eine Amazone sich schon für besiegt erklärte.«

Am 29. Mai ging Cook wieder unter Segel und kehrte nach Tongatapu zurück, wo ihm zu Ehren ein Fest veranstaltet wurde, das alles früher Gesehene weit hinter sich zurückließ.

Als es Cook nach dreimonatiger Rast an diesem reizenden Platz an der Zeit schien, weiterzusegeln, verteilte er einige vom Kap aus mitgenommene Tiere und ließ durch Maii erklären, welchen Nutzen sie gewähren könnten.

Von Tongatapu am 10. Juli abgesegelt, begab sich Cook zu der kleinen Insel Eua, wo ihn sein alter Freund Taï-One mit gewohnter Herzlichkeit empfing. Der Kommandant vernahm von ihm, daß alle den Archipel bildenden Inseln dem Herrscher von Tongatapu gehörten, welche sie als das ›Land der Häuptlinge‹ bezeichneten. Unter Pulahos Herrschaft stehen folglich nicht weniger als hundertdreiundfünfzig Inseln. Die bedeutendsten derselben sind Vava'u und Hamao. Die Fidschiinseln, die ebenfalls dazugerechnet werden, waren von einem kriegerischen und an Intelligenz die Bewohner der Tongainseln weit überragenden Stamme bewohnt.

Bei dem Tode eines nahen Angehörigen pflegen die Bewohner von Tonga sich mit den Fäusten gegen die Wangen zu schlagen und mit Haifischzähnen zu verwunden, was die häufigen Geschwulste und Narben, die man bei ihnen im Gesicht findet, hinlänglich erklärt. Schweben sie selbst in Todesgefahr, so opfern sie ein oder zwei Glieder des kleinen Fingers, um die Gottheit zu versöhnen, und Cook sah unter zehn Eingeborenen nicht einen, der ohne eine solche Verstümmelung gewesen wäre.

»Das Wort ›tabu‹«, sagt er, »das im Leben dieser Volksstämme eine so bedeutsame Rolle spielt, hat einen sehr umfassenden Sinn ... Wenn das Berühren irgendeines Gegenstandes verboten ist, so sagen sie, er sei ›tabu‹. Sie teilten uns auch mit, daß das Haus jedes Untertanen, das der König ein einziges Mal betrete, dadurch ›tabu‹ werde und von dem Inhaber nicht mehr bewohnt werden dürfe.«

Was ihre Religion betrifft, so glaubte Cook sie ziemlich gut kennengelernt zu haben. Ihr Hauptgott, Kallafutonga, zerstört in seinem Zorne die Frucht des Lebens und sät die Krankheiten und den Tod aus. Auf den verschiedenen Inseln herrschen zwar nicht die gleichen religiösen Vorstellungen, doch nimmt man überall eine Unsterblichkeit der Seele an. Wenn sie ihren Gottheiten auch kein Opfer an Früchten oder anderen Bodenerzeugnissen darbringen, so opfern sie ihnen dafür leider sogar Menschen.

Am 17. Juli verlor Cook die Tongainseln aus dem Gesicht, und am 8. August gelangte die Expedition, nach anhaltend stürmischem Wetter, durch das die ›Discovery‹ nicht unerhebliche Havarien erlitt, zu der Maia-Insel.

Wenige Tage später erhoben sich die Berggipfel Tahitis über den Horizont, und die Fahrzeuge hielten bald darauf vor der Halbinsel Tairabu an, wo Maii seitens seiner Landsleute nur ein sehr kühler Empfang zuteil wurde. Selbst sein Schwager, der Häuptling Outi, wollte ihn kaum wiedererkennen; als Maii ihm jedoch die mitgebrachten Schätze zeigte und vor allem jene roten Federn, die bei der vorigen Reise Cooks in so hohem Ansehen standen, änderte Outi schnell sein Benehmen, behandelte Maii mit großer Zärtlichkeit und bot ihm den Austausch ihrer Namen an.

Dennoch segelte Cook bald nach der Bai vor Matavaii weiter, wo König O-Too sofort herbeieilte, um seinen Freund zu besuchen. Auch hier wurde Maii von seinen Landsleuten verächtlich behandelt, und obwohl er sich dem König zu Füßen warf und ihm ein Büschel roter Federn und drei Stück Goldstoff anbot, würdigte dieser ihn kaum eines Blickes. Aber wie in Tairabu zog man indessen bald andere Saiten auf, als Maiis Reichtum bekannt wurde; letzterer bewegte sich aber mit Vorliebe in der Gesellschaft von nichtswürdigen Schlauköpfen, die ihn auszuplündern wußten, weshalb es ihm auch nicht gelang, auf O-Too und die anderen Häuptlinge Einfluß zu gewinnen.

Bevor er Tahiti verließ, übergab Cook an O-Too noch die mit so großer Mühe aus Europa mitgenommenen Gänse, Enten, indischen Hühner, Ziegen, Schafe, Pferde und Rinder. O-Too wußte seiner Dankbarkeit gar keinen Ausdruck zu verleihen, besonders als er sah, daß die Engländer eine Doppelpiroge, die er als Geschenk für seinen Freund, den König von England, hatte anfertigen lassen, ihrer Größe wegen nicht an Bord nehmen konnten.

Am 30. September verließen die ›Resolution‹ und die ›Discovery‹ Tahiti und gingen bei Morea vor Anker. Der Aufenthalt sollte durch einen sehr peinlichen Vorfall gestört werden. Schon seit einigen Tagen waren kleinere Diebstähle vorgekommen, als nun auch eine Ziege gestohlen wurde. Cook ließ, um ein Exempel zu statuieren, fünf bis sechs Hütten einäschern und eine Anzahl Pirogen anzünden, während er den König mit seinem ganzen Zorn bedrohte, wenn das Tier nicht sofort wieder zur Stelle geschafft würde.

Sobald er Genugtuung erhalten hatte, segelte der Kommandant nach Huahine, wo Maii sich niederlassen sollte.

Nach dieser Insel besuchte Cook Raiatea, wo er seinen jetzt der Oberherrschaft beraubten Freund Oree wiederfand; dann landete er am 8. Dezember in Bora Bora und kaufte dem König einen Anker ab, den Bougainville seinerzeit verloren hatte.

Während des Aufenthaltes auf den Gesellschaftsinseln vervollständigte Cook seine Sammlung geographischer, hydrographischer und ethnographischer Notizen, wobei ihn sein ganzer Stab unterstützte. Jedermann legte einen löblichen Eifer an den Tag, die Fortschritte der Wissenschaft zu fördern.

Obwohl schon siebzehn Monate seit seiner Abfahrt aus England verflossen waren, betrachtete Cook seine Reise erst als angefangen. In der Tat hatte er von den Hauptaufgaben seiner Instruktion, den Norden des Atlantischen Ozeans zu erforschen und dort eine Durchfahrt nördlich der Kontinente zu suchen, noch nichts erfüllt.

Unter 160° Länge und 20° nördlicher Breite bekamen die beiden Schiffe am 18. Januar 1778 die ersten Teile des Sandwich- oder Hawaii-Archipels in Sicht. Die Seefahrer überzeugten sich bald, daß die Gruppe bewohnt war, denn von der Insel Kauai stießen eine große Anzahl Pirogen ab und versammelten sich um die Schiffe.

Die Engländer erstaunten darüber, diese Eingeborenen die Sprache Tahitis reden zu hören. Man trat mit ihnen bald in freundschaftliche Verbindung, und schon am nächsten Tage ließen sich viele Insulaner zu einem Besuch der Schiffe bewegen. Ihr Erstaunen beim Anblick so vieler unbekannter Gegenstände gaben sie ebenso durch Blicke wie durch wiederholte Ausrufe zu erkennen. Doch kannten sie schon das Eisen. So viele kostbare Sachen erregten freilich auch ihre Habgier, und sie verschmähten kein erlaubtes oder unerlaubtes Mittel, sich in deren Besitz zu setzen. Geschicklichkeit und Neigung zum Stehlen waren bei ihnen nicht weniger entwickelt als bei den anderen Stämmen der Südsee; man mußte jede Vorsicht aufbieten, um sich ihrer Diebereien zu erwehren. Als die Engländer sich unter Führung von Leutnant Williamson dem Ufer näherten, um einen Ankerplatz auszuwählen, mußten sie den Widerstand der Eingeborenen mit Gewalt brechen. Der Tod eines der Wilden schüchterte sie schnell ein und flößte ihnen eine hohe Meinung von der Macht der Fremdlinge ein. Cook ließ sich, sobald die ›Resolution‹ und die ›Discovery‹ verankert lagen, in der Bai von Waimea an Land rudern. Kaum hatte er es betreten, als sich ihm die auf dem Strande zahlreich versammelten Eingeborenen zu Füßen warfen und ihre Ehrerbietung zu erkennen gaben. Dieser Empfang versprach einen angenehmen Aufenthalt, denn an Proviant schien es hier nicht zu mangeln. Gleichzeitig halfen die Eingeborenen den

Matrosen, die Wassertonnen zu füllen und zu den Schaluppen zu befördern.

Diese beruhigenden Aussichten veranlaßten Anderson und den Maler Webber, sich tiefer in das Innere des Landes zu begeben. Bald standen sie vor einem Moraï, der denen auf Tahiti in allen Stücken glich. Eine Abbildung in Cooks Reisebericht stellt das Innere dar. Man sieht darauf zwei stehende Gestalten, deren Oberkopf zum Teil unter hohen zylindrischen Mützen, ähnlich den Kopfbedeckungen der Statuen auf der Osterinsel, verschwindet. Hier begegnet man also einer Übereinstimmung, welche mancherlei zu denken gibt.

Zwei Tage verweilte Cook an diesem Ankerplatz und hatte alle Ursache, mit dem Auftreten der Urbewohner zufrieden zu sein; dann nahm er die Nachbarinsel Niihau in Augenschein. Trotz seines Wunsches, diesen so interessanten Archipel eingehend zu untersuchen, ging der Kommandant doch bald wieder unter Segel und sah nun von ferne die Insel Oahu nebst dem Riff von Tahura, was er alles zusammen mit dem Namen des Sandwich-Archipels bezeichnete, an dessen Stelle später der ursprüngliche Name Hawaii getreten ist.

Anderson schildert die Hawaiianer als kräftige, schlanke Menschen von mittlerer Größe, mit offenem Charakter. Weniger verschlossen als die Bewohner der Tongainseln, sind sie doch auch nicht so beweglich wie die Tahitier. Sie schienen fleißig und geschickt, und ihre Pflanzungen bewiesen eine gewisse Kenntnis im Ackerbau. Sie zeigten nicht die übliche kindische Neugierde beim Anblick der europäischen Gegenstände, sondern suchten sich über deren Gebrauch zu unterrichten und ließen höchstens eine aus dem Gefühl ihrer Inferiorität entspringende Traurigkeit durchblicken.

Die Bevölkerung schien zahlreich und wurde allein für die Insel Kauai auf 30 000 Seelen geschätzt. In der Art der Bekleidung, der Auswahl der Nahrungsmittel und in deren Zubereitung erkannte man leicht die Landessitten Tahitis wieder. Für die Engländer Anregung genug, darüber nachzudenken, wie die Übereinstimmung der durch eine weite Meeresfläche getrennten Stämme wohl zu erklären sei.

Am 27. Februar schlug Cook wieder einen nördlichen Kurs

ein. Vom 1. März ab steuerte er dann nach Osten, um sich der amerikanischen Küste zu nähern, und fünf Tage darauf bekam er Neu-England zu Gesicht.

Die Expedition hielt sich nun stets auf dem hohen Meere und passierte das von Martin d'Aguilar schon am 19. Januar 1603 gesehene Cap Blanc, neben das die Geographen den weiten Eingang zu einer Meerenge versetzten, deren Entdeckung sie diesem Seefahrer zuschrieben. Bald gelangte man in die Gegend der Juan-de-Fuca-Enge, sah aber nichts, was derselben glich, obgleich diese wirklich vorhanden ist und die Insel Vancouver vom Festlande trennt.

Unter 49° 15′ Breite entdeckte Cook eine Bucht, die er die Hope-Bay taufte.

Als die Schiffe Anker geworfen hatten, ließ der Kommandant die Segel und Stengen abnehmen und den Besanmast der ›Resolution‹ niederlegen, um Reparaturen auszuführen. Bald entwikkelte sich ein lebhafter Handel mit den Indianern, bei dem von beiden Seiten die strengste Ehrlichkeit beobachtet wurde. Die Gegenstände, die sie anboten, bestanden in Fellen von Bären, Wölfen, Füchsen, Damwild, Iltissen, Mardern und besonders von schönen Seeottern, die aus den östlich von Kamtschatka gelegenen Inseln herstammten, ferner Kleidungsstücken aus Hanf, Bogen, Lanzen, Angeln, monströsen Figuren aus Säcken mit Goldocker, einzelnen Stücken Holz mit Bildschnitzereien und Zieraten aus Kupfer und Eisen in Form von Hufeisen, die sie an der Nase hängend zu tragen pflegen.

»Am meisten fielen uns aber menschliche Schädel und Hände mit noch daran befindlichen Fleischteilen auf; sie gaben uns unzweideutig zu verstehen, daß sie den Rest der Körper verzehrt hätten, und wir konnten uns auch wirklich überzeugen, daß diese Köpfe und Hände angebraten waren.«

Nach Vollendung der notwendigen umfangreichen Ausbesserungen der Schiffe und nach Einnahme der Futtervorräte, derer man für die wenigen noch an Bord befindlichen Ziegen und Schafe bedurfte, ging Cook am 28. April 1778 wieder unter Segel. Der Stelle, wo er sich hier aufhielt, hatte er den Namen ›König-George-Einfahrt‹ beigelegt, während sie von den Eingeborenen ›Noatka‹ genannt wurde.

Kaum auf hohe See gelangt, überfiel die Schiffe ein schwerer Sturm, bei dem die ›Resolution‹ ein Leck an Steuerbord bekam. Von dem Orkan abgetrieben, kam Cook bis über den Punkt hinaus, an den die Geographen Admiral de Fontes Meerenge verlegt hatten, was er um so mehr bedauerte, als er gern alle Unsicherheit bezüglich dieser Angabe beseitigt hätte.

Der Kommandant folgte der amerikanischen Küste weiter und nahm deren wichtigste Punkte, die er auch namentlich bezeichnete, sorgsam auf. Während dieser Fahrt kam er häufig mit Indianern in Berührung und beobachtete, daß hier Kanus an Stelle der Pirogen traten, die nur im Gerippe aus Holz gebaut, sonst aber mit Seehundfellen bekleidet waren.

Nach kurzer Rast im Prince William Sound, wo das Leck der ›Resolution‹ ausgebessert wurde, segelte Cook weiter, entdeckte und benannte die Banks-Spitze, die Kaps Douglas, Bede, den Cook Inlet, die Inseln Kodiak, Trinity und diejenigen, welche Bering Schumagin getauft hatte. Ferner die Insel Ronde, das Cap Stewenham, wo Leutnant Williamson an Land ging, und die Insel Anderson, so genannt zu Ehren des eifrigen Naturforschers, der hier einem Lungenleiden erlag; endlich die Insel King und das Cap Prince of Wales, das westlichste Vorgebirge Amerikas. Von hier aus steuerte Cook nach den Gestaden Asiens, trat mit den Tschuktschen in Berührung, drang am 11. August in die Beringstraße ein und traf auf das erste Eis. Vergeblich suchte er in verschiedenen Richtungen höher hinaufzudringen, überall trat ihm das Packeis als unüberwindliche Schranke entgegen. Am 17. August 1778 befand sich die Expedition unter 70° 41′ nördlicher Breite. Während eines ganzen Monats segelte man am Rande des Eises in der Hoffnung hin, doch noch eine weiter nach Norden führende Durchfahrt aufzufinden. Alles erwies sich als vergeblich. Man beobachtete dabei übrigens, daß das Eis mit Ausnahme der obersten, etwas porösen Schicht stets sehr rein und durchsichtig erschien.

»Ich hielt diese Decke«, sagt Cook, »mehr für gefrorenen Schnee und glaubte, daß das übrige Eis seinen Ursprung dem Meere verdankt, denn es ist unwahrscheinlich, oder vielmehr unmöglich, daß sich solch enorme Massen in Flüssen bilden könnten, die oft selbst für ein Boot nicht genug Wassertiefe haben.«

Bisher ist der Weg durch die Beringstraße nur wenig benutzt worden, um höhere Breitengrade zu erreichen; diese Beobachtung erscheint also um so wertvoller, als sie den Beweis liefert, daß sich jenseits von ihr ein ausgedehntes Meer befindet. Seit Cooks Zeit drang man auf diesem Wege überhaupt noch nicht viel höher vor, außer an der Küste Sibiriens, wo die Inseln Long und Plover entdeckt wurden. Im Augenblicke, in dem wir dies schreiben, hat der kühne schwedische Reisende Nordenskjöld die nordwestliche Durchfahrt glücklich erzwungen. Nach diesen gefahrvollen Untersuchungen und häufig wiederholten Versuchen, in höhere Breiten zu gelangen, blieb Cook bei der schon vorgeschrittenen Jahreszeit nichts anderes übrig, als ein Winterquartier unter milderem Himmel zu beziehen und seine Forschungen im nächsten Sommer fortzusetzen. Er segelte also bis zur Insel Unalaska zurück und steuerte vom 26. Oktober an auf die Sandwich-Inseln zu, deren Erforschung er zu vollenden gedachte.

Am 26. November wurde eine Insel entdeckt, deren Bewohner an die Mannschaft eine beträchtliche Menge Brotfrüchte, Süßkartoffeln und ›Taro‹ im Austausche gegen Nägel und eiserne Geräte verkauften. Es war die Insel Maui, ein Teil des Sandwich-Archipels. Bald erblickte man auch Hawaii, dessen Bergspitzen unter einer Schneedecke lagen.

»Nie habe ich unter den wilden Volksstämmen«, sagt der Kapitän, »Leute von so sicherem Auftreten gefunden wie hier. Gewöhnlich schickten sie die zu verkaufenden Gegenstände auf das Schiff, dann kamen sie selbst an Bord und betrieben auf dem Hinterdeck ihren Handel. Trotz der wiederholten Besuche hatten uns die Tahitier nie so viel Vertrauen erwiesen. Ich schließe daraus, daß die Bewohner von Hawaii in ihren gegenseitigen Geschäften ehrlicher sind als die von Tahiti; denn wenn sie sich selbst nicht viel Gutes zutrauen, würden sie Fremden gegenüber noch weit mißtrauischer sein.«

Am 17. Januar ankerten Cook und Clerke in einer von den Eingeborenen Karakakua genannten Bai. Die Segel wurden von den Rahen abgenommen und Rahen und Stengen geborgen. Die Schiffe waren bald von Besuchern überfüllt, von Pirogen umringt und die Plätze am Strande von einer zahllosen Menge Neugieriger bedeckt.

Unter den Häuptlingen, die an Bord der ›Resolution‹ kamen, bemerkte man vor allem einen jungen Mann namens Paria. Er war seiner Aussage nach ›Jakaner‹, wir wußten uns aber nicht zu erklären, ob damit ein gewisses Amt oder ein gewisser Grad der Verwandtschaft mit dem Könige bezeichnet wurde. Jedenfalls genoß er bei dem Volke ein besonderes Ansehen. Einige Geschenke verpflichteten ihn den Engländern, denen er manchen dankenswerten Dienst leistete.

Hatte Cook während seines ersten Aufenthaltes in Hawaii die Bemerkung gemacht, daß die Bewohner nicht so freche Diebe waren, so lag die Sache diesmal doch anders. Ihre große Anzahl erleichterte es ihnen, kleinere Gegenstände zu entwenden, und verleitete sie zu der Annahme, man werde sich fürchten, diese Diebstähle zu bestrafen. Man gewann die Überzeugung, daß sie von ihren Häuptlingen geradezu verleitet wurden, denn man sah mehrere von anderen gestohlene Gegenstände in deren Händen.

Paria und ein anderer Häuptling mit Namen Kanina brachten an Bord der ›Resolution‹ einen gewissen Koah, einen abgezehrten Greis, dessen ganzer Körper durch unmäßigen Genuß von Kawa mit weißlichem Ausschlag bedeckt war. Dieser vertrat die Stelle eines Priesters. Als er Cook gegenüberstand, legte er diesem eine Art roten Mantel um die Schultern und begann höchst ernsthaft eine lange Rede. Da man später alle Götzenbilder mit einem ähnlichen Mäntelchen bekleidet sah, nahm man an, daß er eine Formel der Anbetung hergesagt habe. Die Engländer staunten über die wunderlichen Zeremonien dieses Kults, mit dem die Eingeborenen Cooks Person verehrten. Erst später begriffen sie, dank den Untersuchungen des gelehrten Missionars Ellis, ihre Bedeutung. Wir wollen seine Erklärung hier einschalten; dadurch wird auch die Schilderung der späteren Ereignisse verständlicher. Eine alte Sage erzählt, daß ein gewisser Rono, der unter einem der ersten Könige Hawaiis lebte, seine zärtlich geliebte Frau aus Eifersucht ermordet habe. Vor Schmerz und Kummer über diese Tat fast wahnsinnig, streifte er durch die ganze Insel, suchte Streit mit jedermann und schlug nieder, wer ihm in den Weg kam. Endlich soll er sich, ermüdet, aber nicht gesättigt von diesen Bluttaten, mit dem Versprechen eingeschifft haben, er werde einst auf einer schwimmenden Insel, mit Schweinen und Hunden darauf, wiederkommen. Diese Legende war durch einen Nationalgesang geheiligt und zum Glaubensartikel für die Priester geworden, welche Rono unter die Götter versetzt hatten. Seiner Prophezeiung vertrauend, hofften sie nun Jahr für Jahr auf deren Erfüllung.

Beim Erscheinen der englischen Schiffe meinten der Oberpriester Koah und dessen Sohn One-La, daß hier Rono komme, sein Versprechen einzulösen. Für die Bevölkerung erhielt Cook damit den Heiligenschein eines Gottes. Auf dem Wege warfen sich die Eingeborenen in den Staub, die Priester richteten Gebete an ihn und man hätte ihn mit Weihrauchduft umgeben, wenn das auf Hawaii Sitte gewesen wäre. Der Befehlshaber ahnte, daß diese

Erscheinung eine außergewöhnliche Ursache hatte, da er sie aber nicht zu erklären vermochte, begnügte er sich damit, diese geheimnisvollen Umstände für die Bequemlichkeit seiner Mannschaft bestmöglich auszunützen.

Konnten die Engländer nun auch mit den Priestern, die sie mit Zuvorkommenheit und Geschenken halb erstickten, sehr zufrieden sein, so war das mit den Kriegern doch keineswegs der Fall. Diese unterstützten nämlich die täglich vorkommenden Diebstähle und trugen wohl auch an den häufigen Übervorteilungen die meiste Schuld.

Bis zum 24. Januar 1779 fiel indessen nichts besonderes vor. An diesem Tage wunderten sich die Engländer, keine Pirogen vom Ufer abstoßen zu sehen. Die Ankunft König Terriobus hatte die Bai mit dem ›tabu‹ belegt und jede Verbindung mit den Fremden abgeschnitten. An diesem Tage besuchte nur der Häuptling die Schiffe. Er kam in einer einfachen Piroge mit seiner Gattin und seinen Kindern. Am 26. stattete Terriobu dann seine offizielle Visite ab.

»Da Cook bemerkt hatte«, heißt es in dem Bericht, »daß der Fürst wieder an Land gehen wollte, fuhr er ebenfalls zum Strande und kam fast gleichzeitig mit ihm an. Wir führten alle dort in das Zelt; kaum hatten sie sich niedergelassen, als der König sich wieder erhob und mit graziöser Bewegung seinen Mantel über Cooks Schultern warf; dann setzte er ihm einen Kopfschmuck aus Federn auf und legte einen Fächer in die Hände Cooks, zu dessen Füßen er noch fünf bis sechs sehr schöne und wertvolle Mäntel ausbreiten ließ.«

Terriobu und die Häuptlinge seines Gefolges fragten die Engländer inzwischen häufig nach dem Zeitpunkt ihrer Abreise. Der Befehlshaber wünschte sehr, die Ansicht der Hawaiianer über die Engländer kennenzulernen. Er hörte dabei nur, daß sie der Meinung waren, sie kämen aus einem Lande, wo es an Nahrungsmitteln fehlte, und wollten sich hier »nur die Bäuche füllen«. Die Magerkeit einiger Matrosen und der Eifer, mit dem man Lebensmittel verlud, hatten in ihnen diese Anschauung erweckt. Doch fürchteten sie, trotz der seit Ankunft der Engländer verbrauchten großen Masse, keineswegs eine Erschöpfung ihrer Vorräte. Wahrscheinlich wünschte der König sich nur einige Zeit, um ein würdiges Geschenk vorzubereiten, das er den Fremden bei ihrer Abreise überreichen wollte. Am Vorabend des hierzu bestimmten Tages ersuchte der König die Kapitäne Cook und Clerke, zu seiner Residenz zu kommen. Hier lagen ganze Berge von Nahrungsmitteln aller Art, Pakete mit Stoffen, gelbe und rote Federn, und daneben tummelte sich eine ganze Herde Schweine. Dies war eine freiwillige Gabe der Untertanen an ihren König, wovon Terriobu etwa den dritten Teil auswählte und das übrige den beiden Kapitänen überließ.

Am 4. Februar verließen beide Schiffe die Bai. Einige Havarien, welche die ›Resolution‹ sich zuzog, nötigten sie aber, nach wenigen Tagen noch einmal zurückzukehren.

Kaum hatten die Fahrzeuge Anker geworfen, als die Engländer eine auffällige Zurückhaltung im Auftreten der Eingeborenen bemerkten. Bis zum 13. nachmittags verlief indessen alles ganz friedlich. Da verboten einige Häuptlinge dem Volke, den Matrosen beim Füllen ihrer Tonnen am Wasserplatz zu helfen. Es entstand ein kleiner Tumult. Die Eingeborenen bewaffneten sich mit Steinen und nahmen eine drohende Haltung an. Der die Abteilung kommandierende Offizier erhielt von Cook Befehl, Feuer zu geben, wenn die Insulaner zu unverschämt werden sollten. Inzwischen wurde auch eine Piroge mit Flintenschüssen verfolgt, da man glauben mußte, daß ihre Insassen einen Diebstahl begangen hatten.

Zu gleicher Zeit erhob sich ein noch ernsthafterer Zwist. Eine Schaluppe Parias wurde von einem Offizier weggenommen, der sie bis in die Nähe der ›Discovery‹ brachte. Der Häuptling kam selbst, um sein Eigentum unter Beteuerungen seiner Unschuld zurückzufordern. Der Wortwechsel wurde lebhafter und Paria von einem Ruderschlage getroffen. Jetzt bewaffneten sich die bisher ruhig zuschauenden Eingeborenen mit Steinen, zwangen die Matrosen, sich zurückzuziehen, und bemächtigten sich der Pinasse, die sie hergebracht hatte. Da mischte sich Paria, uneingedenk der erlittenen Mißhandlung, dazwischen, lieferte den Engländern die Pinasse wieder aus und stellte ihnen auch einige gestohlene Gegenstände wieder zu.

In der Nacht vom 13. zum 14. Februar wurde die Schaluppe der ›Discovery‹ gestohlen. Der Kommandant beschloß nun, sich Terriobus oder einiger angesehener Persönlichkeiten zu bemächtigen und diese als Geiseln zurückzuhalten, bis die gestohlenen Gegenstände zurückerstattet seien.

Er ging also mit einer Abteilung Marinesoldaten an Land und sofort auf die Wohnung des Königs zu. Auf dem Wege mit gewohnter Ehrerbietung begrüßt, fand er auch Terriobu nebst dessen beiden Söhnen, teilte ihnen kurz den vorgekommenen Diebstahl mit und veranlaßte sie, den Tag über an Bord der ›Resolution‹ zu verweilen.

Seine Absichten schienen in Erfüllung zu gehen, und die beiden jungen Prinzen hatten schon in der Pinasse Platz genommen, als eine der Gemahlinnen Terriobus diesen unter Tränen bat, sich nicht an Bord zu begeben. Einige Häuptlinge vereinigten ihre Bitten mit denen des Weibes, und die Insulaner, erschreckt über den nichts Gutes bedeutenden Auftritt, sammelten sich nun in dichter Menge um ihren König und den Kommandanten. Letzterer drängte zur Einschiffung, doch als der Fürst dazu entschlossen schien, mischten sich die Häuptlinge noch einmal ein und hielten ihn mit Gewalt zurück.

Cook gab sein Vorhaben auf, da er einsah, daß es vereitelt oder doch nur mit großem Blutvergießen durchzusetzen sei, und wanderte friedlich am Strande hin, um sein Boot wieder zu erreichen, als sich die Nachricht verbreitete, daß man einen der vornehmsten Häuptlinge getötet habe. Die Frauen und Kinder wurden nun sofort zurückgeschickt und die Männer drangen auf die Engländer ein.

Ein mit einem ›Pahua‹ bewaffneter Eingeborener belästigte den Kapitän und da er auf dessen Drohung nicht weichen wollte, feuerte Cook einen Pistolenschuß mit grobem Schrot auf ihn ab. Letzteren schützte jedoch eine dicke Matte vor einer Verwundung, und er wurde nun um so kühner; als jedoch noch andere Eingeborene auf den Kapitän eindrangen, schoß er sein Gewehr auf den nächsten ab und streckte ihn tot zu Boden. Das war das Zeichen zum allgemeinen Angriff. Als man Cook zum letzten Male sah, gab er den Booten ein Signal, das Feuer einzustellen und näher heranzukommen, um seine kleine Truppe aufzunehmen. Vergeblich! Cook lag tödlich getroffen auf dem Platz.

»Mit Freudengeschrei begrüßten die Insulaner seinen Fall«, sagt der Bericht, »sie zogen seinen Leichnam den Strand empor, wobei sie einander an den Händen faßten, und konnten ihm in der Hitze nicht genug Schläge versetzen, obwohl er längst nicht mehr atmete.«

So endete der berühmte Seeheld, vielleicht der größte, den England hervorgebracht hat. Die Kühnheit seiner Pläne wie die Ausdauer in der Durchführung und der Reichtum seiner Kenntnisse haben ihn zum Typus des echten Entdeckungsreisenden gestempelt.

Welche Dienste hat er allein der Geographie geleistet! Bei seiner ersten Reise bestimmte er die Lage der Gesellschaftsinseln, zeigte, daß Neuseeland aus zwei Landmassen besteht, durchschiffte die sie trennende Meerenge und nahm ihre Küste hydrographisch auf; endlich besuchte er die ganze Ostküste Australiens.

Bei seiner dritten Expedition hatte er den Hawaii-Archipel entdeckt und die Westküste Amerikas eine Strecke von mehr als dreitausendfünfhundert Meilen aufgenommen. Er war durch die Beringstraße eingedrungen und hatte sich in das Polarmeer, den Schrecken der Seefahrer, hineingewagt, bis ihm das Eis eine unüberwindliche Schranke bot.

Was aber am meisten hervorgehoben zu werden verdient, ist die stete Sorgfalt für das Wohl seiner Leute, die es ihm ermöglichte, seine langen, aufreibenden Fahrten mit so verschwindend kleinen Verlusten durchzuführen.

Nach diesem unseligen Tage brachen die erschreckten Engländer ihre Zelte ab und zogen sich an Bord zurück. Vergebens suchten sie durch Bitten und Angebote wenigstens den Leichnam ihres unglücklichen Befehlshabers ausgeliefert zu bekommen. Schon wollten sie erzürnt Gewalt anwenden, als zwei mit Leutnant King befreundete Priester ohne Wissen der Häuptlinge ein Stück Menschenfleisch im Gewichte von neun bis zehn Pfund herbeibrachten – das Letzte, was ihrer Aussage nach von Cooks Körper, den man der herrschenden Sitte gemäß verbrannte, noch übriggeblieben sei.

Dieser Anblick mußte die Engländer natürlich reizen, Vergeltung zu üben. Ihrerseits hatten die Insulaner den Tod von fünf Häuptlingen und etwa zwanzig anderen Männern zu rächen. Deshalb begegneten die Engländer stets auf dem Wege zum Wasserplatze einer wütenden, mit Steinen und Stöcken bewaffneten Volksmenge. Um ein Exempel zu statuieren, ließ Kapitän Clerke, der nun die Führung der Expedition übernommen hatte, das Dorf der Priester einäschern und jeden über die Klinge springen, der Widerstand zu leisten wagte.

Zuletzt kam es doch noch zu Unterhandlungen, und am 19. Februar wurden den Engländern die Überreste von Cook, z. B. seine an einer breiten Narbe erkennbaren Hände, der Kopf, freilich ohne Haare, und einige andere Überbleibsel zurückgegeben. Drei Tage später erwiesen sie den Resten ihres Kapitäns feierlich die letzten Ehren.

Nun begann der Tauschhandel wieder, als ob gar nichts geschehen sei, und kein weiterer Zwischenfall störte das Ende des Aufenthaltes auf den Sandwichinseln.

Kapitän Clerke hatte die Führung der ›Discovery‹ dem Leutnant Gore überlassen und seine Flagge nun an Bord der ›Resolution‹ gehißt. Nach beendeter Erforschung der Hawaii-Gruppe segelte er dann nach Norden, besuchte Kamtschatka, wo ihn die Russen sehr freundlich empfingen, passierte die Beringstraße und drang bis 69° 50′ nördlicher Breite vor, wo ihm das Packeis den Weg versperrte.

Am 22. August 1779 starb auch Kapitän Clerke im Alter von achtunddreißig Jahren an Lungenschwindsucht. Nun übernahm Leutnant Gore das Oberkommando; er ging nochmals bei Kamtschatka vor Anker, lief nachher Kanton, später das Kap der Guten Hoffnung an und traf, nach mehr als vierjähriger Abwesenheit, am 1. Oktober 1780 in der Themse ein.

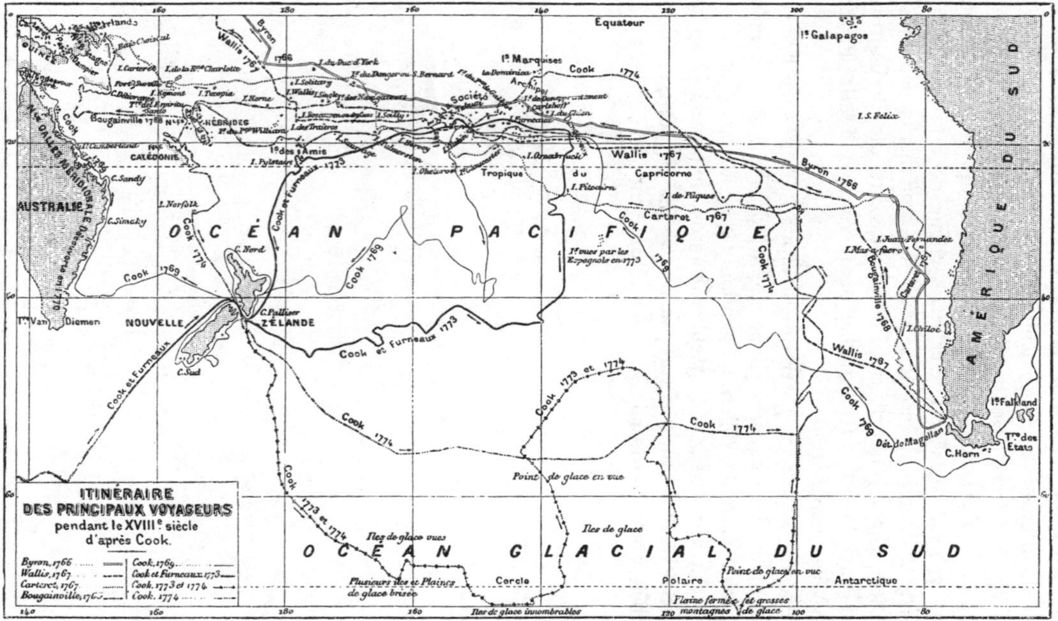
ITINÉRAIRE
DES PRINCIPAUX VOYAGEURS
pendant le XVIIIe siècle
d'après Cook.
Byron, 1766
Wallis, 1767
Carteret, 1767
Bougainville, 1768
Cook, 1769
Cook et Furneaux, 1773
Cook, 1773 et 1774
Cook, 1774
OCÉAN PACIFIQUE
OCÉAN GLACIAL DU SUD
AMÉRIQUE DU SUD
AUSTRALIE
NOUVELLE ZÉLANDE
CALÉDONIE
HÉBRIDES
Equateur
Tropique du Capricorne
Cercle Polaire Antarctique
Is Galapagos
Is Marquises
Société
C. Horn
Is Falkland
Tre des Etats
Dét. de Magellan
I. Chiloé
I. Juan Fernandez
Tre Van Diemen
C. Nord
C. Sud
C. Palliser
Point de glace en vue
Iles de glace
Iles de glace vues
Iles de glace innombrables

Zweites Kapitel

Französische Seefahrer

I

Die Expedition von La Pérouse – Hawaii – Der ›Hafen der Franzosen‹ – Die Necker-Inseln – Aufenthalt in Macao – Unterwegs nach China und Japan – Die Insel Cheju Do – Die Küste der Tatarei – Die Terney-Bucht – An der Insel Sachalin – Die Orotschys – Die Bai von Avatscha – Die Insel Manua – Ermordung von de Langle – Zu den Tongainseln

Kaum war die Reise Cooks nach dem Tode des großen Seefahrers bekannt geworden, als sich die französische Regierung bemühte, die Muße zu benutzen, welche der eben geschlossene Friede ihrer Flotte gewährte. Unter den Offizieren erhob sich ein endloser Wettstreit; alle schienen neidisch auf die Erfolge zu sein, die ihre alten Rivalen, die Engländer, errungen hatten. Die Frage, wem man das Kommando einer so wichtigen Expedition anvertrauen solle, machte somit nur deshalb Schwierigkeiten, weil zu viele Personen vorhanden waren, deren Verdienste sie zur Anwartschaft auf ein solches Ehrenamt berechtigten.

Die Wahl des Ministeriums fiel auf Jean François de La Pérouse, der sich durch hervorragende militärische Dienste rasch zum Grade eines Schiffskapitäns emporgearbeitet hatte. Während des letzten Krieges war er beauftragt gewesen, die englischen Niederlassungen an der Hudsonbai zu zerstören, und entledigte sich dieser Mission mit ebensoviel militärischem wie seemännischem Geschick, während er die Gebote der Menschlichkeit mit den Anforderungen der Notwendigkeit glücklich zu vereinigen wußte. Als zweiter Offizier wurde ihm de Langle beigegeben, der ihm schon bei einer Fahrt zu der Hudsonbai getreu und wirksam zur Seite gestanden hatte.

Die beiden Fregatten ›Astrolabe‹ und ›Boussole‹ führten eine Menge Tauschobjekte mit sich, dazu ungeheure Vorräte an Lebensmitteln und Gerät aller Art, sowie zwei gedeckte Boote von je zwanzig Tonnen Gehalt.

Am 1. August 1785 gingen die beiden Fregatten unter Segel und liefen am 9. April nach glücklicher Fahrt in die Cookbay auf der Osterinsel ein.

La Pérouse führt an, daß Hodges, der Maler, der den großen englischen Seehelden begleitete, die Physiognomie der Bewohner der Osterinsel sehr falsch wiedergegeben habe. Sie ist im allgemeinen nicht unangenehm, entbehrt aber jedes eigentümlichen Charakters.

Dies ist übrigens nicht der einzige Punkt, in dem der französische Seefahrer mit Kapitän Cook nicht übereinstimmte. Er hielt auch die berühmten Statuen für das Werk der damals lebenden

Generation, die er auf etwa zweitausend Seelen schätzte. Ihm schien der vollständige Mangel an Bäumen und, als notwendige Folge davon, an Wasser, von der sinnlosen Ausbeutung der Wälder seitens der früheren Bevölkerung herzurühren. Solange er hier verweilte, lief alles ziemlich friedlich ab. Diebstähle kamen zwar häufig vor; die Franzosen hielten sich aber angesichts ihres kurzen Aufenthaltes nicht für verpflichtet, der Bevölkerung der Insel richtige Begriffe über das Eigentum beizubringen.

Von der Osterinsel aus folgte La Pérouse ungefähr demselben Wege wie Cook, als dieser von Tahiti nach der amerikanischen Küste steuerte; er hielt sich aber gegen hundert Meilen weiter im Westen. Am 29. Mai erreichte man den Hawaii-Archipel.

»Der Anblick«, sagt La Pérouse, »ist wahrhaft entzückend ... In herrlichen Fällen sahen wir das Wasser vom Gipfel der Berge herabstürzen und nach Bewässerung der indischen Anpflanzungen zu dem Meere hinabeilen. Die Wohnungen liegen in so großer Anzahl beieinander, daß ein einziges Dorf einen Raum von vier bis fünf Meilen einnimmt. Alle Hütten drängen sich jedoch am Gestade des Meeres zusammen, an das die Berge nahe herantreten. Man muß selbst Seemann und gezwungen gewesen sein, sich unter diesen glühenden Himmelsstrichen mit einer Flasche Wasser täglich zu begnügen, um unsere Gefühle zu verstehen. Die Bäume auf der Höhe, das saftige Grün, die Bananen in der Nähe der Ansiedlungen – alles erfüllte uns mit unbeschreiblicher Freude; an der Küste brandete das Meer aber so heftig, daß wir zunächst darauf beschränkt blieben, mit den Augen zu genießen.«

Kaum gingen die beiden Fregatten vor Anker, als sie von einer Menge Eingeborener in Pirogen umringt wurden, die jenen Schweine, Süßkartoffeln, Bananen, Taro und dergleichen brachten. Sehr geschickt im Handeln, legten sie den größten Wert auf Stücke alten Eisens. Die Kenntnis des Eisens und seiner Verwendung, die sie Cook nicht verdankten, ist ein Beweis für die Beziehungen, die diese Völker einst mit den Spaniern unterhielten, denen die erste Entdeckung dieses Archipels zuzuschreiben ist.

La Pérouse fand herzliche Aufnahme, trotz des militärischen Apparates, mit dem er sich umgeben zu müssen geglaubt hatte. Obgleich die Franzosen die ersten waren, die an der Insel Maui an Land gingen, sah La Pérouse doch von der Besitzergreifung ab.

»Das Verfahren der Europäer ist in dieser Beziehung lächerlich. Alle Denkenden können gewiß nur mit Bedauern sehen, daß Menschen, einzig deshalb, weil sie Kanonen und Bajonette besitzen, sechzigtausend ihresgleichen für gar nichts achten; daß sie, ohne Rücksicht auf die heiligsten Rechte, ein Land sofort als ihr Besitztum betrachten, das dessen Bewohner mit ihrem Schweiß bepflanzt haben und das seit Jahrhunderten schon ihre Vorfahren in seinem Schoße birgt.«

La Pérouse läßt sich auf Einzelheiten über die Bewohner der Sandwichinseln nicht weiter ein. Er verweilte nur wenige Stunden, während die Engländer hier vier Monate zubrachten. Während des kurzen Aufenthaltes kaufte man mehr als hundert Schweine, Matten, Früchte, eine Piroge mit Auslegern, allerlei kleine Gegenstände aus Federn oder Muscheln und mit roten Federn geschmückte Mützen ein.

La Pérouses Instruktionen schrieben ihm vor, die Küste Amerikas zu untersuchen, die bis zum St.-Elias-Berg, mit Ausnahme des Hafens von Nootka, außer von Cook noch von niemand erforscht worden war. Er erreichte am 23. Juni die Küste unter der Breite von sechzig Grad und sah inmitten einer schneebedeckten Gebirgskette den St.-Elias-Berg. Nachdem er der Küste eine Strecke weit gefolgt war, entsendete La Pérouse drei Boote unter Führung von de Monti an die Küste, wo dieser dabei einen geräumigen Meerbusen entdeckte, dem er seinen Namen gab. Immer segelte man nun in möglichster Nähe der Küste hin und vollendete eine Menge einzelner kartographischer Aufnahmen, welche in ununterbrochener Folge bis zu einem bedeutenden Strome reichten, der den Namen Bering-Strom erhielt.

Am 2. Juli wurde unter 58° 36′ Breite und 130° 31′ Länge ein Einschnitt in das Festland entdeckt, der eine prächtige Bucht zu bilden schien. Sofort schickte man einige Boote ab, um sie näher zu untersuchen. Da der Bericht sehr günstig lautete, segelte die Fregatte zum Eingang der Bucht.

»Um sieben Uhr morgens aber«, heißt es in dem Bericht, »als wir einfahren wollten, sprang der Wind nach Westnordwest um, so daß wir brassen mußten. Glücklicherweise trug die Strömung unsere Schiffe in die Bucht hinein, wobei wir vor den Felsen an der Ostspitze kaum in halber Pistolenschußweite vorüberkamen. Im Innern der Ausbuchtung ging ich bei dreiundeinhalb Faden Wasser und felsigem Grunde vor Anker. Die ›Astrolabe‹ hatte ebenfalls Anker geworfen. Während meiner dreißigjährigen Seereisen sah ich niemals zwei Schiffe in so gefährlicher Lage ... Sie wäre nicht so beunruhigend gewesen, wenn wir nicht auf einem felsigen Boden, der sich nach allen Seiten mehrere Kabellängen weit ausdehnte, geankert hätten. Da blieb keine Zeit zu Überlegungen, es handelte sich nur darum, diesen gefährlichen Grund möglichst bald zu verlassen, wobei die kräftige Strömung nicht wenig Hindernisse bot ...«

La Pérouse gelang das endlich dank seiner geschickten Schiffsführung.

Kaum in die Bai eingelaufen, wurden die Schiffe von zahlreichen mit Wilden bemannten Pirogen umringt. Von allen Tauschgegenständen, die man ihnen für Fische, Otter- und andere Felle anbot, gaben sie dem Eisen den Vorzug.

La Pérouse hatte auf einer Insel der Bai ein Observatorium errichtet und Zelte für die Segelmacher und die Schmiede aufschlagen lassen.

»Trotz der sorgfältigsten Bewachung gelang es doch einigen Eingeborenen, die wie Schlangen auf dem Bauche herankrochen und dabei kaum ein Blättchen in Bewegung setzten, uns verschiedene Gegenstände zu stehlen. Zuletzt wurden sie so kühn, während der Nacht in das Zelt einzudringen, in dem de Lauriston und Darbaud als Wächter des Observatoriums schliefen, wobei sie eine Flinte und die Kleidungsstücke der beiden Offiziere raubten, die diese aus Vorsicht unter ihrem Kopfkissen verborgen hatten. Der Wachtposten von zwölf Mann bemerkte weder die Diebe, noch wachten die beiden Offiziere aus dem Schlafe auf.«

Die für den Aufenthalt in dem ›Hafen der Franzosen‹ bestimmte Zeit neigte inzwischen dem Ende zu. Die Küstenaufnahmen und astronomischen Beobachtungen waren nahezu fertig. Vor der Abfahrt wollte La Pérouse indessen auch den innersten Teil der Bucht in Augenschein nehmen. Er vermutete dort die Mündung eines Flusses, der ihm gestatten würde, in das Innere des Landes vorzudringen. Am Ende der Sackgasse traf La Pérouse jedoch nichts als ausgedehnte Gletschermassen.

Bisher hatte die Expedition weder ein Unfall betroffen noch Krankheit bedroht. »Wir sahen uns selbst«, sagt La Pérouse, »für die glücklichsten Seefahrer an, da wir so weit von Europa weggekommen waren, ohne einen Kranken oder einen Fall von Skorbut zu haben. Gerade da sollte uns jedoch ein völlig unerwartetes Unglück treffen.«

Auf der Karte des ›Hafens der Franzosen‹ waren nur noch die Ergebnisse der Sondierungen nachzutragen, womit mehrere Offiziere betraut wurden. Unter dem Befehl von d'Escures, de Marchainville und Boutin liefen zu diesem Zwecke drei Boote aus. La Pérouse, der besonders d'Escures' waghalsigen Übereifer schon von früher her kannte, empfahl ihm, stets mit größter Vorsicht zu Werke zu gehen und die Sondierungen der Einfahrt nur vorzunehmen, wenn das Meer dort nicht heftig brandete. Um sechs Uhr morgens stießen die Boote ab, allem Anschein nach mehr zu einer Spazierfahrt als zu dienstlichen Zwecken, wobei man unter lauschigen Bäumen zu jagen und zu frühstücken hoffte.

»Um zehn Uhr vormittags«, sagt La Pérouse, »sah ich unser kleinstes Boot zurückkehren. Etwas erstaunt, weil ich es so früh nicht erwartete, fragte ich Boutin, ob etwas Neues vorgefallen sei. Ich befürchtete einen Überfall der Wilden. Boutins Gesichtsausdruck schien mir nichts Gutes zu versprechen, denn seine Züge waren von Schmerz entstellt.

Er berichtete mir über einen schrecklichen Schiffbruch, dessen Zeuge er gewesen und dem er selbst nur entgangen war, weil er besonnen genug war, keine Vorsichtsmaßregeln außer acht zu lassen. Während er dem ersten Boot folgte, geriet er mitten in die Brandung an der Einfahrt, durch die bei der Ebbe das Wasser hinausströmte. Da kam er auf die Idee, sein Boot, um es vor dem Eindringen der Wellen zu schützen, umdrehen zu lassen, wobei ihn die Strömung immer rückwärts trieb, während er den Wogen das Vorderteil zukehrte.

Bald sah er die Brandung vor sich und befand sich also im offenen Meere, während von den anderen Booten nichts zu sehen war. Mehr auf die Rettung seiner Kameraden als auf seine eigene bedacht, wagte er sich noch einmal in die Brandung, um vielleicht jemand retten zu können. Trotz redlichsten Bemühens wurde er jedoch von der Strömung zurückgetrieben. Er stieg sogar auf die Schultern eines Matrosen, um eine größere Fläche übersehen zu können – vergeblich. Alles war verschlungen worden ... Boutin kehrte in der Zwischenzeit zwischen Ebbe und Flut, bei ruhigem Wasser, zurück.

Da der Seegang nun weniger hoch war, hegte er noch einige Hoffnung für das Boot der ›Astrolabe‹, da er nur das unsrige hatte untergehen sehen. De Marchainville befand sich zur Zeit des Unglücks nur eine Viertelmeile entfernt, in ebenso ruhigem Wasser wie im besten Hafen; der junge Offizier eilte, getrieben

durch einen etwas unklugen Edelmut, da eine Hilfeleistung unter den Umständen unmöglich war, ohne der Gefahr zu achten dem anderen Boote nach, drang in die Brandung ein und kam darin, ein Opfer seines Mutes und des Ungehorsams gegen die Befehle des Chefs, ebenfalls ums Leben.

Bald erschien dann de Langle bei mir an Bord, vom Schmerz überwältigt und berichtete, daß das Unglück noch weit größer sei, als ich glaubte. Seit der Abfahrt hatte er sich zum Gebot gemacht, die Brüder La Borde-Marchainville und La Borde-Boutervilliers nie gleichzeitig zu einem Dienste zu verwenden und nur bei dieser Gelegenheit ihrem Wunsche nachgegeben, zusammen fahren zu dürfen, denn wir alle sahen den Ausflug der Boote mehr als eine Spazierfahrt an.«

Sofort wurden andere Boote zur Suche nach den Schiffbrüchigen ausgeschickt und den Eingeborenen Belohnung versprochen, wenn es ihnen gelänge, jemand zu retten; mit der Rückkehr dieser Schaluppen schwand auch die letzte Hoffnung ... Alle hatten einen jämmerlichen Tod gefunden.

Achtzehn Tage nach dieser Katastrophe verließen die Fregatten den ›Hafen der Franzosen‹, der unleugbare Vorteile, freilich auch sehr bedeutende Schwierigkeiten bietet, wozu vor allem die starke Strömung zu zählen ist.

Das Klima ist milder als das in der unter gleicher Breite gelegenen Hudsonbai; auch die Vegetation entwickelt sich hier üppiger. Fichten von sechs Fuß Durchmesser und hundertvierzig Fuß Höhe sind hier keine Seltenheit; Sellerie, Sauerampfer, verschiedene Bohnen, wilde Erbsen, Wegwarten findet man überall, nebst einer großen Menge Gemüsepflanzen, die zur Erhaltung der Gesundheit der Mannschaft nicht wenig beitrugen. Das Meer lieferte Lachse, Forellen, Dorsche und Schollen im Überfluß. In den Wäldern der Nachbarschaft hausen braune und schwarze Bären, Luchse, Hermeline, Marder, Fehs, Eichhörnchen, Biber, Murmeltiere, Füchse, Elche und Steinböcke; das kostbarste Pelzwerk stammt von den Seeottern, den Seehunden und dem Walroß.

La Pérouses Aufzeichnungen über die Eingeborenen verdienen gleichfalls der Vergessenheit entrissen zu werden.

»In ihren Pirogen schwärmten stets Indianer um unsere Fregatten herum; sie ruderten meist zwei bis drei Stunden hin und her, bevor sie sich zum Verkaufe einiger Fische und Otternfelle entschlossen; dabei ergriffen sie jede Gelegenheit, uns zu bestehlen. Ich ließ die hervorragenden Persönlichkeiten unter ihnen an Bord kommen und überhäufte sie mit Geschenken; dieselben Leute aber schämten sich nicht, einen Nagel oder ein altes Beinkleid zu stehlen. Wenn sie einen heiteren und freundlichen Gesichtsausdruck annahmen, konnte ich sicher sein, daß sie sich heimlich etwas angeeignet hatten, und häufig stellte ich mich absichtlich, als habe ich nichts bemerkt.«

Die Frauen spalten sich die Unterlippe in der ganzen Breite

der Kinnlade; in dieser Öffnung tragen sie eine Art henkellosen Holzknopf, der sich auf Zahnfleisch stützt und »dem die gespaltene Oberlippe an der Außenseite als Kranz dient, so daß der Teil unter dem Munde oft zwei bis drei Zoll weit hervorragt«.

Das unbeabsichtigte längere Verweilen La Pérouses im Hafen der Franzosen verhinderte ihn, die übrigen Einbuchtungen der Küste näher zu untersuchen, denn er mußte auf jeden Fall im Februar in China eintreffen, um im Laufe des folgenden Sommers die Küsten der Tatarei zu erforschen.

Am 5. September entdeckte die Expedition, etwa eine Meile vom Cap Blanc entfernt, neun kleine Inseln, denen der Kommandant den Namen Necker-Inseln gab. Stets herrschte ein dicker Nebel, welcher die Schiffe manchmal zwang, sich wieder vom Lande zu entfernen, um nicht auf Klippen zu stoßen, deren Vorhandensein sich durch kein Anzeichen verriet. Die schlechte Witterung hielt an bis zur Bai von Monterey, wo La Pérouse zwei spanische Schiffe antraf.

Dort wimmelte es zu jener Zeit von Walfischen, und das Meer erschien geradezu bedeckt von Pelikanen, die überhaupt an der Küste Kaliforniens sehr häufig vorkommen. Eine Besatzung von zweihundert Berittenen genügte hier, um eine Bevölkerung von fünfzigtausend Indianern, die in diesem Teil Amerikas als Nomaden leben, im Zaume zu halten. Diese im allgemeinen kleinen und schwächlichen Indianer besitzen offenbar nicht die gleiche Liebe zur Unabhängigkeit wie ihre Stammesverwandten im Norden.

»Die Eingebornen«, heißt es in dem Berichte, »sind sehr geschickte Bogenschützen; sie erlegten vor unseren Augen selbst die kleinsten Vögel; dabei gehen sie freilich mit einer unbeschreiblichen Geduld zu Werke; sie verbergen sich und schleichen auf irgendeine Weise an ihre Beute heran, auf die sie höchstens aus einer Entfernung von fünfzehn Schritt schießen.

Noch wunderbarer erschien uns die Art und Weise, wie sie größeres Wild zu jagen wissen. So sahen wir zum Beispiel einen Indianer mit einem Hirschkopfe auf seinem eigenen Kopf auf allen vieren gehen. Er schien das Laub abzuweiden und spielte seine Rolle so ausgezeichnet, daß unsere Jäger in dreißig Schritt Entfernung ihn für ein Tier gehalten und Feuer gegeben hätten, wenn sie den Zusammenhang nicht gekannt hätten. So nähern sie sich einer Herde Hirsche bis auf kurze Entfernung und töten das Wild dann mit Pfeilen.«

Am 22. September stachen die beiden Fregatten wieder in See, nachdem sie von den Spaniern auf das freundlichste empfangen worden waren. Sie nahmen reiche Vorräte jeder Art mit, die ihnen bei der langen Überfahrt nach Macao von größtem Nutzen sein sollten.

Der Teil des Ozeans, über den die Franzosen segelten, war nahezu unbekannt. Zwar befuhren ihn die Spanier schon seit langer Zeit, ließen aber infolge einer eifersüchtigen Politik ihre Entdekkungen und Beobachtungen nicht bekanntwerden. La Pérouse beabsichtigte, einen westlichen Kurs bis zum 28. Breitengrad zu steuern, wo nach Angabe der Geographen die Insel Nuestra-Señores de la Gorta liegen sollte.

Vergeblich suchte er diese während einer langen Kreuzfahrt, wobei ungünstige Winde die Geduld der Seefahrer auf eine harte Probe stellten.

»Unser Segel- und Takelwerk«, sagt er, »zeigte uns täglich, daß wir schon sechzehn Monate auf See waren, immer und immer wieder zerrissen verschiedene Taue, und die Segelmacher brachten es kaum fertig, die abgenutzte Leinwand in brauchbarem Zustande zu erhalten!«

Am 5. November wurde eine kleine Insel oder vielmehr ein vereinzelter Felsen entdeckt, auf dem nicht ein einziger Baum wuchs, während ihn eine dicke Schicht Guano bedeckte. (Er trägt heute den Namen La Pérouse Pinnade. Anm. d. Hrsg.) Das Meer war ganz ruhig und die Nacht sehr schön. Plötzlich bemerkte man um halb ein Uhr nachts, kaum zwei Kabellängen vor der ›Boussole‹, eine Klippenreihe. Das Wasser um die Schiffe machte nicht das geringste Geräusch. Es brandete nur an entfernteren Stellen. Sofort drehte man bei; dieses Manöver nahm aber doch einige Zeit in Anspruch, und das Fahrzeug befand sich kaum eine Kabellänge von den Felsen, als es noch glücklich wendete.

»Wir entgingen damit der schlimmsten Gefahr«, sagt La Pérouse, »die einen Seemann bedrohen kann, und ich muß meiner Mannschaft das Lob erteilen, daß sie jeden Befehl auf das sorgsamste ausführte. Der kleinste Mißgriff in den Manövern, die wir vornehmen mußten, um uns von den Klippen zu entfernen, hätte den Untergang herbeigeführt.«

Da diese Untiefe noch nicht bekannt war, ließ man es sich angelegen sein, sie näher zu untersuchen, damit andere Seefahrer nicht in die nämliche Gefahr gerieten. La Pérouse entzog sich dieser Verpflichtung nicht und nannte sie die ›Untiefe der französischen Fregatten‹ (French Frigate Shoals. Anm. d. Hrsg.).

Am 14. Dezember kamen die ›Boussole‹ und die ›Astrolabe‹ in Sicht der Marianen, wo man auf der Vulkaninsel Asuncion an Land ging; die Lavaströme haben hier tiefe Schluchten gebildet, an deren Rande verkrüppelte Kokospalmen stehen, mit Lianen und wenigen anderen Pflanzen dazwischen. Aus- und Einschiffung gestalteten sich gleich schwierig, und die Kokosnüsse, Muscheln und Bananenarten, welche die Naturforscher mit zurückbrachten, wogen die Gefahren nicht auf, denen man sich ausgesetzt hatte.

Es war unmöglich, sich in diesem Archipel noch länger aufzuhalten, wenn man die Küste Chinas erreichen wollte, bevor die dort befindlichen Schiffe abgingen, die eine Übersicht der Arbeiten der Expedition an der Küste Amerikas und einen Bericht über die Fahrt bis Macao mitnehmen sollten. La Pérouse bekam am 1. Januar 1787 das Gestade von China in Sicht und ankerte am folgenden Tage auf der Reede von Macao.

Hier fand La Pérouse eine kleine französische Flotte unter dem Befehl des Schiffsfähnrichs de Richery, der beauftragt war, zum Schutze des Handels an den östlichen Küsten zu kreuzen.

Die von der Expedition mitgebrachten Pelzwaren wurden in Macao für zehntausend Piaster verkauft. Der Ertrag sollte später unter die Mannschaften verteilt werden, und die dortige schwedische Handelsgesellschaft übernahm es, ihn nach Mauritius zu befördern. Den armen Leuten sollte leider nichts davon zugute kommen.

Von Macao aus begaben sich die Schiffe am 5. Februar nach Manila, mußten aber im Hafen von Mariveles vor Anker gehen, um günstigere Winde oder Strömungen abzuwarten. Obwohl Mariveles von Cavite nur eine Meile unter dem Winde liegt, brauchten sie doch drei Tage, um diesen Hafen zu erreichen.

»Hier fanden sich«, lautet der Bericht, »verschiedene Baulichkeiten vor, in denen wir unsere Segel ausbessern, Fleisch einpökeln, Boote bauen, die Naturforscher und Geographen unterbringen konnten; der freundliche Kommandant überließ uns sein eigenes Haus, um es als Observatorium zu benützen. Wir genossen eine so vollständige Freiheit, als verweilten wir im eigenen Lande, und fanden auf dem Markte und in den Arsenalen alle Hilfsmittel, wie in den besten Häfen Europas.«

Cavite, die zweite Stadt der Philippinen, war damals nur ein kleines Dorf, in dem sich außer diensttuenden Offizieren und Verwaltungsbeamten keine Spanier aufhielten, doch fanden die Fregatten im Hafen alle wünschenswerten Hilfsmittel.

Am 9. April, nachdem man von der Fregatte ›La Subtile‹ Nachrichten aus der Heimat und eine Verstärkung von acht Matrosen nebst zwei Offizieren erhalten hatte, segelten die beiden Schiffe nach der Küste Chinas ab.

Am 21. bekam La Pérouse Formosa in Sicht und steuerte sofort in die Wasserstraße ein, die diese Insel vom Festlande trennt. Er entdeckte hier eine bisher unbekannte gefährliche Sandbank und nahm sie ihrer Form und Lage nach sorgfältig auf. Bald darauf kam er vor der Bucht eines alten holländischen Forts vorüber, an der auch Taiwan, die Hauptstadt der Insel, gelegen ist.

Da der ungünstige Monsun die Fahrt durch die Formosa-Straße verhinderte, beschloß La Pérouse, die Insel im Osten zu umfahren. Er berichtigte vorerst die Position der Pescadores, fuhr dann den Ryukyu-Inseln entlang, deren Bewohner weder Chinesen noch Japaner sind, sondern die Mitte zwischen beiden Völkern zu halten scheinen.

Jetzt durchpflügte die Fregatte schon das ostchinesische Meer und steuerte auf den Eingang der Straße zwischen China und Japan zu. Hier litt La Pérouse unter ebenso dichten Nebeln und heftigen Strömungen wie in der Nähe der Küste Labradors.

Der erste in seinem Wege gelegene interessante Punkt vor dem Eingang in die Korea-Straße war die Insel Cheju Do, den Europäern bekannt durch den hier im Jahre 1635 stattgefundenen Schiffbruch der ›Sparrow-Hawks‹. La Pérouse bestimmte die Lage der Südspitze und nahm das Ufer der Insel in einer Ausdehnung von zwölf Meilen mit größter Sorgfalt auf.

»Es ist kaum möglich«, sagt er, »eine Insel zu finden, die einen herrlicheren Anblick böte; in der Mitte erhebt sich ein Berg, den man schon in einer Entfernung von achtzehn bis zwanzig Meilen wahrnimmt und der ohne Zweifel das Wasserreservoir der Insel enthält; der Boden senkt sich in sanftem Abhang bis zum Meer hinab. Das Land ist bis zu bedeutender Höhe hinauf angebaut; mit Hilfe unserer Fernrohre erkannten wir die Begrenzungen der Felder, welche durch ihre starke Zerstückelung auf eine dichte Bevölkerung hinweisen. Die verschiedenen Farben der kultivierten Landstriche verliehen der Insel ein reizvolles Aussehen.«

Am 25. Mai liefen die Fregatten in die Korea-Straße ein, die

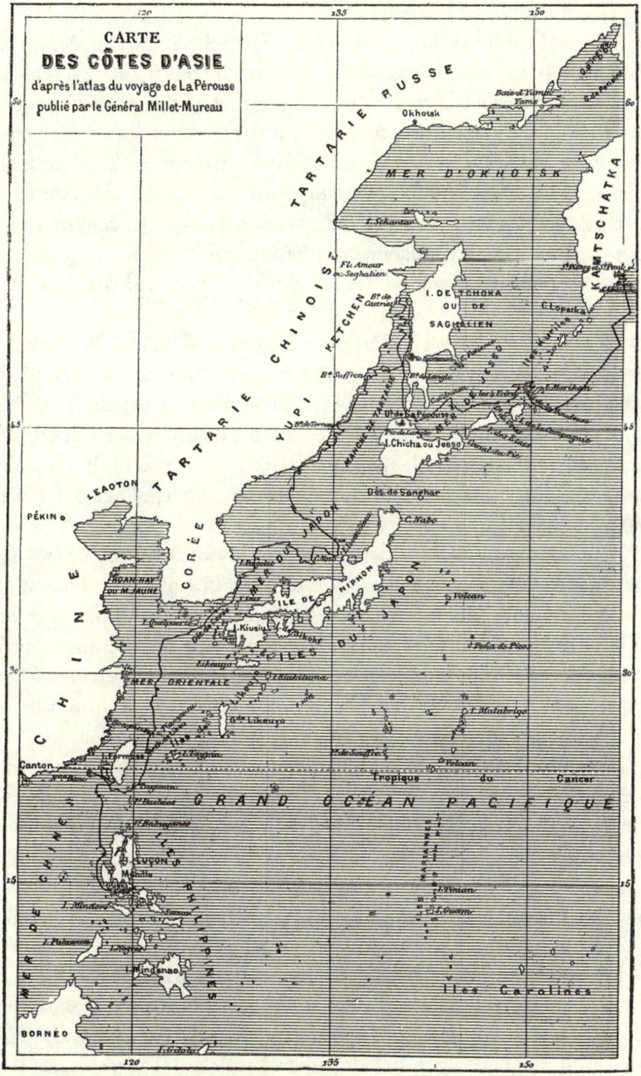
CARTE
DES CÔTES D'ASIE
d'après l'atlas du voyage de La Pérouse
publié par le Général Millet-Mureau
TARTARIE RUSSE
Okhotsk
MER D'OKHOTSK
KAMTSCHATKA
I. Schantar
Fl. Amour ou Saghalien
I. DE TCHOKA OU DE SAGHALIEN
C. Lopatka
TARTARIE CHINOISE
YUPI KETCHEN
MANCHE DE TARTARIE
Iles Kuriles
MER DE JESSO
I. Chicha ou Jesso
Canal du Pic
LEAOTON
PÉKIN
TARTARIE
CORÉE
HOAN-HAY OU M. JAUNE
MER DU JAPON
ILE DE NIPHON
C. Nabo
I. Quelpaert
I. Kiusiu
ILES DU JAPON
Volcan
MER ORIENTALE
Gde Likeuyo
I. Formose
Canton
Tropique du Cancer
GRAND OCÉAN PACIFIQUE
CHINE
I. LUÇON
Manille
ILES PHILIPPINES
ILES MARIANNES
I. Tinian
I. Guam
I. Mindoro
I. Palawan
I. Negros
I. Mindanao
MER DE CHINE
Iles Carolines
BORNÉO
120
135
150
15
30
45
60

sehr genau aufgenommen wurde und in der man jede halbe Stunde eine Tiefenlotung vornahm.

Da es die Umstände gestatteten, sich sehr nahe der Küste zu halten, konnte man verschiedene Befestigungen wahrnehmen, die nach europäischer Art errichtet waren. Am 27. entdeckte man eine Insel, die noch auf keiner Karte verzeichnet stand und etwa zwanzig Meilen von der Küste Koreas entfernt zu liegen schien. Sie erhielt den Namen Dapelet-Insel (Takeshima. Anm. d. Hrsg.). Jetzt schlug man einen Kurs nach Japan ein, dem man sich des ungünstigen Windes wegen nur langsam nähern konnte. Am 6. Juni erreichte man indessen das Kap Noto und die Insel Sadoshima.

Am 11. Juni kam La Pérouse in Sicht der Küste der Tatarei; er landete genau an der Grenze zwischen Korea und der Mandschurei. Von Wohnstätten war keine Spur zu entdecken. Auf einer Küstenstrecke von vierzig Meilen begegnete die Expedition nicht einem einzigen Flusse, doch hätte man gerne Halt gemacht, um den Naturforschern und Ornithologen Gelegenheit zu geben, ihre Sammlungen zu bereichern.

»Bis zum 14. Juni verlief die Küste nach Ostnordost; bei 44° befanden wir uns übrigens auf der Breite, auf der nach Angabe der Geographen die Tessoy-Straße liegen soll, doch segelten wir um fünf Grad westlicher als die für jene Straße angegebene Länge; diese fünf Grad müssen also der Tatarei abgerechnet und der Straße, die sie von den Inseln im Norden trennt, hinzugefügt werden.«

Solange die Fregatten dieser Küste folgten, entdeckte man keine Spur von Menschen; das Land schien trotz seines Reichtums an prächtigen Bäumen und üppiger Vegetation auch nicht einen Bewohner zu haben.

Am 23. Juni gingen die ›Boussole‹ und die ›Astrolabe‹ unter 45° 19′ nördlicher Breite und 135° 9′ östlicher Länge in einer Bai vor Anker, die den Namen Terney-Bucht erhielt.

»Wir brannten vor Ungeduld«, schreibt La Pérouse, »das Land kennenzulernen, mit dem sich unsere Einbildungskraft seit der Abreise aus Frankreich beschäftigt hatte; es war dies der einzige Teil der Erdkugel, der der unermüdlichen Tätigkeit des Kapitän Cook entgangen war, und wir verdanken es vielleicht nur

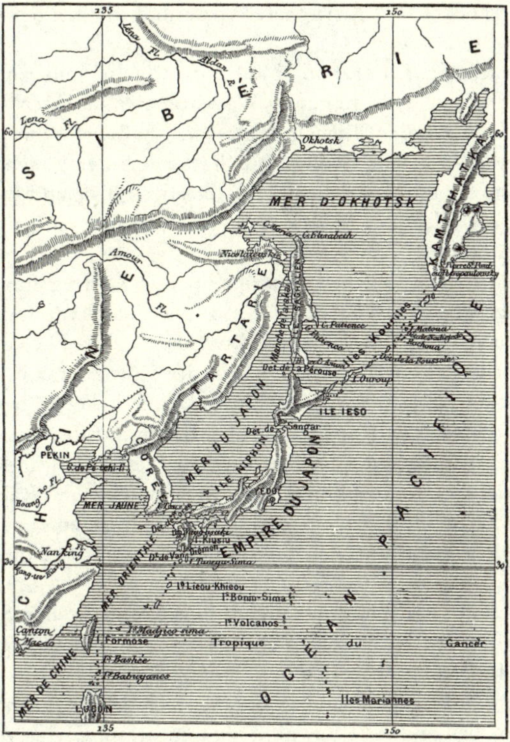

dem traurigen Ereignis, das seinen Tagen ein Ende setzte, hier als erste gelandet zu sein.

Fünf kleinere Buchten bilden den Umkreis dieser Reede, die voneinander durch baumbedeckte Hügel getrennt sind. Auch der schönste Frühling in Frankreich vermöchte wohl nicht, einen so lebhaften und wechselvollen Farbenschmuck hervorzubringen ... Vor dem Ausschicken von Booten richteten wir die Fernrohre nach dem Ufer, konnten dort aber nichts als Bären und Hirsche wahrnehmen, die friedlich am Strande des Meeres weideten. Dieser Anblick steigerte nur die Ungeduld meiner Leute, das Land zu betreten ... Der Erdboden selbst erschien mit denselben Pflanzen bedeckt, die auch in unseren Klimaten wachsen, doch schmückte sie ein frischeres Grün und die meisten standen in voller Blüte.

Bei jedem Schritt traf man auf Rosen, gelbe und rote Lilien und alle unsere gewöhnlichen Wasserblumen. Fichten krönten die Gipfel der Berge; Eichen zeigten sich halbwegs von der Küste, nahmen aber an Größe und Stärke mit der zunehmenden Nähe zum Strand ab. Neben den Ufern der Flüsse und Bäche erhoben sich Weiden, Birken und Ahornbäume, nebst ganzen Wäldern von Nußbäumen.«

Bei einem zum Fischen unternommenen Ausflug fanden die Franzosen auch ein tatarisches Grab. Die Neugierde spornte sie an, es zu öffnen, und sie entdeckten darin zwei Skelette. Ihre Köpfe bedeckte ein Taffetmützchen, der Körper war in ein Bärenfell eingenäht; am Gürtel hingen chinesische Münzen und Schmucksachen aus Kupfer. Daneben lagen auch etwa zehn silberne Armbänder, eine eiserne Axt, ein Messer und andere Gegenstände, darunter ein blaues Nanking-Säckchen mit Reis.

Am 27. des Morgens verließ La Pérouse diese einsame Bucht, nachdem er mehrere Münzen und eine Inschrift hinterlassen hatte.

La Pérouse entdeckte am 6. Juli eine Insel, die nur Sachalin sein konnte. Die Küste schien ebenso bewaldet wie die der Tatarei. Im Innern erhoben sich ansehnliche Berge. Da man Rauchsäulen und Hütten wahrnahm, begaben sich de Langle und einige Offiziere an Land. Die Bewohner waren offenbar erst vor ganz kurzer Zeit entflohen, denn die Asche auf ihren Feuerstätten war noch nicht erkaltet.

Eben als die Seefahrer sich wieder einschiffen wollten, setzte eine Piroge sieben Männer an Land, die keineswegs erschreckt schienen.

»Unter diesen«, heißt es in dem Bericht, »befanden sich zwei Greise mit langem weißem Barte, bekleidet mit einem aus Rindenstoffen hergestellten Schurz. Zwei von den Insulanern hatten blaue, gefütterte Nankingröcke von ganz ähnlicher Form wie die der Chinesen an. Andere trugen nur ein langes Kleid, das von einem Gürtel und Knöpfen zusammengehalten wurde und jede weitere Unterkleidung unnötig machte. Ihr Kopf war fast kahl und nur bei zweien oder dreien mit einem Streifen Bärenfell umwunden; Scheitel und Gesicht hatten sie rasiert, nur die Haare des Hinterkopfes flochten sie, aber auf andere Weise als die Chinesen, in einen acht bis zwölf Zoll langen Zopf zusammen. Alle trugen Stiefel von Seehundfell.

Ihre Waffen bestanden aus Lanzen, Bogen und Pfeilen. Einer der Insulaner, dem die übrigen mit allen Zeichen der Ehrerbietung begegneten, litt scheinbar schwer an den Augen. Seine Stirn bedeckte eine Art Schirm gegen die Sonnenstrahlen. Diese Wilden zeichneten sich durch ein ernstes, würdevolles und zutrauliches Auftreten aus.«

De Langle lud sie zum folgenden Tage zu einem Zusammentreffen ein. La Pérouse und die meisten Offiziere wollten dabei erscheinen. Bei dieser Gelegenheit erhielt man von den Tataren wichtige Nachrichten, die La Pérouse bestimmten, seine Fahrt weiter nach Norden auszudehnen.

»Es gelang uns, ihnen verständlich zu machen«, sagt er, »daß sie uns die Gestalt ihres Landes beschreiben möchten. Einer der Greise erhob sich und zeichnete mit dem Ende seiner Pfeife nach Westen hin die Küste der Tatarei, welche von Norden nach Süden verlief. Nach der Ostküste zu entwarf er die Grenzen seiner Insel und gab durch Auflegen mit der Hand auf die Brust zu verstehen, daß das sein Land sei. Zwischen der Tatarei und seiner Insel hatte er eine Meerenge freigelassen und deutete, auf die vom Ufer aus sichtbaren Schiffe zeigend, darauf hin, daß man durch diese segeln könne. Südlich von seiner Insel zeichnete er auch noch eine andere, wiederum mit einer engen Wasserstraße.

Er bewies zwar einen großen Scharfsinn, doch immer noch weniger als ein anderer, etwa dreißigjähriger Insulaner, der, als er sah, daß die Figuren im Sande sich verwischten, einen Bleistift und Papier zur Hand nahm. Er zeichnete darauf seine Insel, die er Thola nannte, und deutete auch durch einen Strich den Fluß an, an dessen Ufer wir uns befanden, und den er, von Norden nach Süden gerechnet, an die obere Grenze des unteren Drittels verlegte.

Dann entwarf er ein Bild der Mandschurei, ließ dabei ebenso wie der Greis eine Meerenge frei und fügte zu unserem Erstaunen auch den Fluß Sachalin hinzu, dessen Namen die Insulaner fast genauso wie wir aussprachen; die Mündung dieses Flusses

verlegte er ein wenig südlicher von der Nordspitze seiner Insel...

De Langle und wir hielten es für wichtig genug, uns zu überzeugen, ob die Insel, neben welcher wir hinfuhren, dieselbe sei, die die Geographen Sachalin nannten, ohne deren Ausdehnung nach Süden zu ahnen. Ich gab also Befehl, alles bereitzumachen, um am nächsten Morgen absegeln zu können.«

In einer anderen Bucht derselben Küste landeten unsere Boote in der Nähe von einem Dutzend Hütten. Diese waren größer als alle bisher gesehenen und auch in zwei Räume geteilt. Der hintere enthielt den Herd und eine rundumlaufende Bank; der andere war leer und diente wahrscheinlich dazu,

Fremde zu empfangen. Die Frauen waren bei dem Eintritt der Franzosen geflüchtet. Zwei von ihnen wurden jedoch erhascht und, während man sich Mühe gab, sie zu beruhigen, sorgsam abgezeichnet. Ihr ungewöhnlicher Gesichtsausdruck erschien doch nicht unangenehm; ihre Augen waren klein, die Lippen dick und die Oberlippe gemalt oder tätowiert.

Nach Besichtigung der La Jonquière-Bay warf La Pérouse in der Castries-Bucht wieder Anker. Sein Wasservorrat ging zu Ende, und Holz besaß er fast gar nicht mehr. Je weiter er in den Kanal zwischen Sachalin und dem Festland vordrang, desto seichter wurde dieser. In der Überzeugung, daß er die Nordspitze letztgenannter Insel nicht werde umsegeln und nur durch die weit südlicher gelegene Sanghar-Straße (heute La Pérouse-Straße. Anm. d. Hrsg.) wieder auf freies Wasser gelangen könne, beschloß La Pérouse, in der Castries-Bay nur zu verweilen, um den Proviant wieder aufzufüllen.

Er errichtete also auf einer kleinen Insel ein Observatorium, während die Zimmerleute Holz fällten und die Matrosen die Wasserfässer füllten.

»Jede Hütte der Insulaner, die sich selbst Orotschys nennen«, heißt es im Bericht, »war mit einer Einrichtung zum Trocknen der Lachse versehen, die nach drei- bis viertägiger Räucherung über dem Herd der Wohnung hier auf einem Gestell von Ruten der Sonne ausgesetzt blieben; die mit dieser Operation betrauten Frauen tragen die Fische, wenn der Rauch sie durchdrungen hat, ins Freie, wo sie hart wie Holz werden.

In demselben Fluß wie wir fischten auch die Eingeborenen mit Netzen und kleinen Wurfspießen, und wir sahen sie mit widerlicher Gier die Schnauzen, Kiemen, kleinen Knochen und nicht selten die ganze Haut des Lachses, die sie mit großer Gewandtheit abzuziehen verstehen, sogleich roh verschlingen. Die meisten Fische gelangten nur abgehäutet in die Wohnungen, außer wenn der Fang sehr reichlich ausfiel; dann verzehrten die Frauen mit nicht geringerer Begierde und in widerlicher Weise die schleimigen Teile der Fische, die sie für die größten Leckerbissen ansehen.

Dieses Volk ist unreinlich und riecht entsetzlich; daneben sind die Leute von schwächlicher Konstitution und ihr Gesichtsaus-

druck weit von dem entfernt, was wir unter schön verstehen. Ihre mittlere Größe erreicht kaum vier Fuß zehn Zoll; ihr Körper ist hager, die Stimme schwach und scharf wie eine Kinderstimme. Sie haben hervorspringende Backenknochen, kleine, triefende und schief geschlitzte Augen; einen breiten Mund, abgeplattete Nasen, ein kurzes, fast bartloses Kinn und olivenfarbige Haut. Die Haare lassen sie wachsen, und die Frauen lieben es, sie auf die Schultern herabfallen zu lassen. Diese Schilderung paßt ebensogut auf letztere wie auf die Männer, von denen sie nur schwer zu unterscheiden sind. Übrigens sind die Frauen keinerlei schwerer Arbeit unterworfen, die ihre Züge hätte entstellen können, wenn die Natur sie nur ein wenig freigebiger ausgestaltet hätte.

Ihre Hauptbeschäftigung besteht in dem Zuschneiden und Nähen der Kleidung, dem Trocknen der Fische und der Sorge für die Kinder, die sie bis zum Alter von drei bis vier Jahren säugen. Ich erstaunte nicht wenig, als ich einen Knaben von diesem Alter sah, der erst einen Bogen spannte, mit einem Pfeile recht gut schoß, einen Hund mit dem Stocke strafte und dann an die Brust seiner Mutter eilte, um daselbst die Stelle eines Kindes von fünf bis sechs Monaten einzunehmen, das auf den Knien derselben eingeschlafen war.«

La Pérouse erhielt von den Orotschys ganz ähnliche Nachrichten wie bisher. Aus diesen ging hervor, daß das Nordende von Sachalin mit dem Festlande nur durch eine Sandbank zusammenhänge, auf der Strandpflanzen wuchsen. Diese übereinstimmenden Angaben mußten ihm jeden Zweifel nehmen, zumal er schon jetzt in dem Kanal kaum sechs Faden Wasser vorfand. Er hatte also nur noch die Aufgabe, die Südspitze von Sachalin genau aufzunehmen.

Am 2. August verließen die ›Boussole‹ und die ›Astrolabe‹ die Castries-Bay, steuerten nach Süden, entdeckten die Insel Moneron, umschifften die Südspitze von Sachalin und fuhren in die Meerenge von Hokkaido, d. h. die La Pérouse-Straße, ein. Hier verweilte man an einem der geographisch wichtigsten Punkte, die die Schiffahrer jener Zeit ihren Nachfolgern zu bestimmen übriggelassen hatten. Bisher blieben die Mitteilungen über diese Gegend sehr ungenau. Für Sanson zum Beispiel bildete Korea eine Insel, während Hokkaido und Kamtschatka gar nicht existierten; Buache sagt in seinen geographischen Betrachtungen: »Nachdem Hokkaido erst nach Osten, dann nach Süden, hierauf nach Westen und endlich nach Norden verlegt worden war . . .«

Hier herrscht, wie man sieht, ein offenbares Chaos, dem die Arbeiten der französischen Expedition ein Ende machen sollten.

Am Cap Coillon trat La Pérouse in Beziehung zu den Ureinwohnern, die er für weit schönere und fleißigere, aber für weniger gutmütige Menschen erklärt als die Orotschys der Castries-Bay.

»Sie haben«, sagt er, »einen wichtigen Handelsgegenstand, dessen Austausch sie alle ihre Schätze verdanken. Dies ist der Walfischtran, von dem sie ungeheure Mengen erzeugen. Dabei verfahren sie freilich wenig sparsam; ihre Methode besteht einfach darin, das Fleisch der Wale in Stücke zu schneiden und an der Sonne verfaulen zu lassen. Das dabei herabfließende Öl, der Tran, wird in Gefäßen aus Baumrinde oder in Schläuchen aus Seehundfell aufgefangen.«

Am Cap Aniva vorbei, segelten die Fregatten längs einem dürren, baumlosen Lande ohne Einwohner und bekamen die Kurilen in Sicht. Dann fuhren sie zwischen den Inseln Marikan und der Vier Brüder hindurch und gaben dieser Wasserstraße, der schönsten zwischen den Kurilen, den Namen ›Kanal der Boudeuse‹ (heute Proliv Bussol genannt. Anm. d. Hrsg.).

Am 3. September erblickte man das Gestade von Kamtschatka, eine trostlose Gegend, wo das Auge fast mit Entsetzen auf den gewaltigen Felsmassen ruht, die der Schnee schon anfangs September bedeckt und die wohl noch nie eine blühende Vegetation gesehen haben. Drei Tage später gelangte man in die Bai von Avatscha (dem heutigen Petropawlowsk-Kamchatskiy. Anm. d. Hrsg.).

Die Astronomen begannen sofort ihre Beobachtungen, und die Naturforscher erklommen einen acht Meilen im Innern gelegenen Vulkan, während die mit Arbeiten an Bord nicht beschäftigte Mannschaft der Jagd oder dem Fischfang nachging. Der Freundlichkeit des Gouverneurs verdankte man auch mannigfache Vergnügungen.

»Er lud uns«, sagt La Pérouse, »zu einem Ball ein, den er zu Ehren unserer Anwesenheit allen Frauen von St. Peter und Paul geben wollte. Was der versammelten Gesellschaft an Zahl abging, ersetzte deren Originalität. Dreizehn in Seide gekleidete Frauen, darunter zehn Eingeborene von Kamtschatka, mit großen Gesichtern, kleinen Augen und platten Nasen saßen auf den Bänken rings um den Festraum. Diese, ebenso wie die Russinnen, trugen seidene Taschentücher um den Kopf ... Man eröffnete den Reigen mit russischen Tänzen von ansprechender Melodie; sie ähnelten dem allgemein bekannten Kosakentanz. Darauf folgten Tänze von Kamtschatka. Die Tänzer dieses Teils von

Asien gebrauchen nur die Arme und die Schultern, die Beine fast gar nicht. Durch ihre fast krampfhaften Bewegungen erregen die Tänzerinnen bei dem Zuschauer eine peinliche Empfindung; dazu tragen auch ihre Schmerzensschreie bei, mit denen sie, als einzige Musik, ihre Bewegungen begleiten. Sie erschöpfen sich dabei so sehr, daß sie von Schweiß triefen und auf die Erde niedersinken. Die reichlichen Ausdünstungen ihrer Körper erfüllten den Raum mit einem starken Geruch nach Fischtran, an den europäische Nasen doch zu wenig gewöhnt sind, um daran Gefallen zu finden.«

»Die Bai von Avatscha«, sagt La Pérouse, »ist ohne Zweifel die schönste, bequemste und sicherste, die man irgendwo finden kann. Bei dem schmalen Eingang derselben müßten alle Schiffe unter den Kanonen eines hier zu errichtenden Forts vorüberfahren; der Ankergrund ist vortrefflich, nur etwas schlammig; zwei geräumige Häfen, der eine im Osten, der andere im Westen, könnten bequem alle Schiffe Englands und Frankreichs aufnehmen.«

Am 27. September 1787 gingen die ›Boussole‹ und die ›Astrolabe‹ wieder unter Segel. De Lesseps, der russische Vizekonsul, der La Pérouse bisher begleitete, sollte über Land nach Frankreich reisen – eine lange und zu jener Zeit nicht gefahrlose Fahrt –, um dem Hofe Nachrichten von der Expedition zu überbringen.

Die beiden Fregatten durchkreuzten unter 37° 40′ einen Raum von nahezu dreihundert Meilen, passierten zum dritten Male die Linie, kamen unter der von Byron bezeichneten Position an den ›Inseln der Gefahr‹ vorüber (den Tokelauinseln. Anm. d. Hrsg.), ohne etwas von denselben zu sehen, und erreichten am 6. Oktober die Samoainseln.

Sofort umschwärmten mehrere Pirogen die beiden Schiffe. Die an Bord kommenden Eingeborenen konnten in La Pérouse keine hohe Vorstellung von der Schönheit dieser Insulaner erzeugen.

»Ich sah nur zwei Frauen«, sagt er, »deren Anblick nicht gerade angenehm war. Die jüngere, die wir auf etwa achtzehn Jahre schätzten, hatte am Bein ein ekelhaftes Geschwür. Auch viele der Männer zeigten wunde Stellen am Körper, wohl der Anfang der Lepra, denn ich bemerkte unter ihnen zwei

Individuen, deren mit Geschwüren bedeckte Beine, die ebenso dick wie der Körper selbst waren, an dem Charakter ihres Leidens keinen Zweifel aufkommen ließen. Sie kamen uns furchtsam und unbewaffnet entgegen, und alles ließ erkennen, daß sie ebenso friedlicher Natur sind wie etwa die Bewohner der Gesellschaftsinseln oder der Tongainseln.«

Am 9. November ging man vor der Insel Manua vor Anker. Der nächstfolgende Sonnenaufgang versprach einen schönen Tag. La Pérouse beschloß, ihn zu einem Besuch des Landes und zum Fassen von Wasser zu benutzen, dann aber sofort wieder abzusegeln, da der Ankergrund zu schlecht war, um hier noch eine Nacht zu verweilen. Nach Anordnung aller nötigen Vorsichtsmaßregeln betrat La Pérouse das Land an derselben Stelle, an der die Matrosen Wasser holten. Kapitän de Langle begab sich nach einer kleinen, ungefähr eine Meile von dem Wasserplatz entfernten Bucht, und »dieser Spaziergang, von dem er entzückt von der Schönheit der Gegend zurückkehrte, sollte, wie man bald sehen wird, für uns die Quelle des größten Unglücks werden«.

Am Lande entwickelte sich ein ziemlich reger Handel. Männer und Frauen brachten Hühner, Wellensittiche, Schweine und Früchte zum Verkauf. Inzwischen hatte sich ein Eingeborener in eine Schaluppe geschlichen, einen hölzernen Schlegel erwischt und schlug damit ohne Grund auf einen in dem Boote sitzenden Matrosen los. Da packten ihn vier kräftige Jungen und warfen ihn ins Wasser.

La Pérouse begab sich, begleitet von Frauen, Kindern und Greisen, in das Innere und machte einen köstlichen Spaziergang durch eine herrliche Landschaft, welche den doppelten Vorzug der Fruchtbarkeit ohne Bodenkultur und eines Klimas bot, das jede Kleidung unnötig erscheinen ließ.

»Brotbäume, Kokospalmen, Bananen, Guaven und Orangen lieferten dem Volke eine gesunde und reichliche Nahrung, Hühner, Schweine und Hunde verliehen den gewöhnlichen Gerichten eine angenehme Abwechslung.«

Dieser erste Besuch verlief ohne Streitigkeiten, wenn auch einzelne Zänkereien vorkamen, die jedoch dank der Zurückhaltung der vorsichtigen Franzosen ohne Folgen blieben. La

Pérouse hatte schon alles zur Abfahrt angeordnet; de Langle bestand aber darauf, noch einige Boote auszusenden, um mehr Wasser zu holen.

»Er bekannte sich nämlich zu dem System Cooks und glaubte wie dieser, daß frisches Wasser hundertmal dem vorzuziehen sei, das wir noch vorrätig hatten, und da einige seiner Leute Spuren von Skorbut zeigten, lag ihm gewiß mit Recht alles daran, den Kranken jede mögliche Erleichterung zu verschaffen.«

Ein Vorgefühl hielt La Pérouse zuerst davon ab, seine Zustimmung zu geben; doch widersprach er zuletzt nicht mehr de Langles dringenden Vorstellungen, der ihm zu verstehen gab, daß er als Kommandant für die Fortschritte der Krankheit verantwortlich gemacht werden würde, daß der Landungsplatz, den er zu benutzen gedenke, bequem und sicher sei und daß er (de Langle) sich selbst der Leitung der kleinen Expedition unterziehen werde, die höchstens bis drei Uhr nachmittags dauern könne.

»De Langle«, heißt es in dem Bericht, »war ein Mann von klarem Urteil und hervorragenden Fähigkeiten, so daß seine Vorstellungen mich bestimmten, ihm nachzugeben ...

Am folgenden Morgen verließen also zwei Boote unter dem Befehl Boutins und Moutons mit allen Skorbutkranken nebst sechs bewaffneten Soldaten und einem Rüstmeister die ›Astrolabe‹, um sich de Langle anzuschließen. De Lamanon, Colinet, beide selbst erkrankt, und Vaujuas als Rekonvaleszent begleiteten de Langle in seinem großen Boote. Le Gobien befehligte die Schaluppe. De la Martinière, Lavaux und ein Pater gehörten zu den dreiunddreißig von der ›Boussole‹ entsendeten Personen. Alles in allem betrug die Gesellschaft einundsechzig Mann, darunter die Elite der Expedition.

De Langle versah alle mit Gewehren und brachte auch sechs Steinmörser in die Schaluppe. Man kann sich wohl das Erstaunen de Langles und seiner Begleiter denken, als sie statt der geräumigen und bequemen Bucht einen von Korallen erfüllten Wassertümpel fanden, in den man nur durch einen gewundenen, engen Kanal mit schwerer Brandung gelangen konnte. De Langle hatte diese Bucht früher während der Flut besucht; jetzt war sein erster Gedanke, lieber nach dem ersten benutzten Wasserplatz zu rudern.

Als ihn aber die Eingeborenen, unter denen er viele Frauen und Kinder bemerkte, durch Zeichen einluden und Früchte und Schweine zum Verkaufe boten, setzte er die sonst stets bewahrte Klugheit beiseite.

Er ließ die Wasserfässer an Land schaffen, was ohne Störung vor sich ging; am Ufer hielten die Soldaten gute Ordnung; sie bildeten Spalier, so daß die Träger hin und her gehen konnten. Die Ruhe sollte indessen nicht lange währen; mehrere Pirogen waren nach Verkauf ihrer Produkte an unser Schiff zurückgekehrt und an derselben Stelle gelandet, so daß sich die Bucht allmählich anfüllte; statt der zweihundert Bewohner, inklusive Frauen und Kinder, die de Langle anfänglich hier antraf, sammelten sich gegen drei Uhr wenigstens tausendzweihundert an.

De Langles Lage wurde von Minute zu Minute kritischer; mit Unterstützung von de Vaujuas, Boutin, Collinet und Gobien gelang es ihm zwar, das Wasser in die Boote zu schaffen; die Bai selbst lag jetzt aber nahezu trocken, und er konnte vor vier Uhr gar nicht darauf rechnen, sein Boot abstoßen zu lassen; er bestieg jedoch seine Schaluppe und ließ auch die anderen Platz nehmen, während er selbst ganz vorn mit der Flinte in der Hand stehen blieb, jedem anderen aber untersagte, ohne seinen Befehl Feuer zu geben.

Sehr bald überzeugte er sich jedoch, daß er dazu gezwungen sein werde. Von verschiedenen Seiten flogen Steine auf ihn zu, und die Eingeborenen, denen das Wasser nur bis an die Knie reichte, umringten die Boote in kaum zwei Meter Entfernung.

Hätte de Langle nicht die Furcht, der Barbarei beschuldigt zu werden, abgehalten, so wäre es ihm gewiß möglich gewesen, mittelst einer Salve aus den Flinten und den Steinmörsern die Menge zu verjagen; er schmeichelte sich jedoch noch immer, sie ohne Blutvergießen im Zaume halten zu können, und wurde so das Opfer seiner Humanität.

Bald traf ein Hagel von aus geringer Entfernung geschleuderten Steinen die Insassen der Schaluppe. De Langle gewann kaum Zeit, zwei Gewehrschüsse abzugeben, da stürzte er schon über Backbord aus der Schaluppe mitten unter eine Menge Eingeborener, die ihn sofort mit Keulenschlägen töteten. Als er tot war, erfrechten sie sich sogar, ihn an einen Rudernagel der Schaluppe zu hängen, wahrscheinlich um ihn später besser ausrauben zu können.

Die Schaluppe der ›Boussole‹, unter dem Kommando von Boutin, war etwa vier Meter von der ›Astrolabe‹ gestrandet; in dem engen Raume zwischen beiden befanden sich keine Insulaner. Dadurch vermochten sich alle diejenigen Verwundeten zu retten, die das Glück hatten, nicht nach den anderen Seiten hinauszufallen; sie erreichten unsere Pinassen, die flottgeblieben waren.

Boutin hatte nämlich alle Bewegungen und Richtungen nachgeahmt, welche de Langle einschlug; er wagte auch selbst nicht eher Feuer zu geben, als bis er den Befehl dazu von dem Kommandanten erhalten hatte. Begreiflicherweise kostete bei der geringen Entfernung von vier bis fünf Schritt jeder Schuß einem Insulaner das Leben, doch gewann man nicht die Zeit, noch einmal zu laden. Auch Boutin wurde von einem Stein getroffen, fiel aber wenigstens zwischen die beiden Boote hinein; alle, die sich zu den Pinassen gerettet hatten, bluteten übrigens aus mehreren Wunden. Diejenigen aber, die das Unglück hatten, nach der Seite der Insulaner hinauszustürzen, wurden sofort mit Keulenschlägen ermordet.

Man verdankt nur der Klugheit von de Vaujuas, der guten Ordnung, die er herstellte, und der pünktlichen Ausführung seiner Befehle von seiten Moutons, der die Pinasse der ›Boussole‹ führte, die Rettung von neunundvierzig Mitgliedern der Expedition. Die Pinasse der ›Astrolabe‹ war so beladen, daß sie noch einmal auf Grund geriet. Das ermunterte die Wilden, den Rückzug der Verwundeten zu beunruhigen; sie begaben sich in großer Anzahl zu den Klippen am Eingang, wo die Pinassen in einer Entfernung von zehn Fuß vorüberkommen mußten, so daß man sich genötigt sah, den Rest der Munition gegen die Rasenden zu verfeuern, um den Durchgang zu erzwingen.«

La Pérouse empfand anfangs das Verlangen, den Tod seiner

unglücklichen Gefährten zu rächen. Boutin aber, der seiner Wunden wegen im Bett liegen mußte, doch immer bei klaren Gedanken blieb, redete es ihm aus, indem er ihm zu bedenken gab, daß im Falle der Strandung eines Bootes kein Franzose aus der Bucht werde entkommen können. Zwei Tage lang mußte La Pérouse vor dem Schauplatz dieses traurigen Ereignisses kreuzen, ohne daß es ihm möglich gewesen wäre, das Verlangen seiner Leute nach Rache zu befriedigen.

»Es dürfte unglaublich erscheinen«, sagt La Pérouse, »daß während dieser Zeit fünf oder sechs Pirogen von der Küste mit Schweinen und Kokosnüssen herankamen, um Tauschgeschäfte zu treiben; ich mußte meinen Zorn mühsam unterdrücken, um nicht den Befehl zu geben, die Wilden zu erschießen.«

Man sieht ein, daß ein Ereignis, das die beiden Schiffe, einen Teil ihrer Offiziere, viele der besten Matrosen und zwei Schaluppen kostete, auf La Pérouses Pläne nicht ohne Einfluß bleiben konnte, denn jeder weitere Unfall hätte ihn genötigt, eine der Fregatten zu verbrennen, um die andere bemannen zu können. Er sah sich also genötigt, direkt nach der Botany-Bay zu segeln.

Am 14. Dezember erblickte man die Insel Upolu, welche zu derselben Gruppe gehört. An Schönheit, Ausdehnung, Fruchtbarkeit und Dichte der Bevölkerung kann sich Tahiti nicht mit ihr messen. In jeder Hinsicht denen von Manua ähnlich, umringten die Einwohner von Upolu bald die beiden Fregatten und boten den Seefahrern die Erzeugnisse ihrer Insel an. Allem Anschein nach waren die Franzosen die ersten, die Tauschhandel trieben mit diesen Stämmen, die vom Eisen keine Kenntnis hatten, denn sie zogen eine einzige wertlose Glasperle einer Axt oder einem sechs Zoll langen Nagel bei weitem vor. Von den Frauen zeigten einige eine gar nicht unangenehme Physiognomie und schlanken Wuchs; auch in ihren Blicken und Gesten verriet sich eine gewisse Milde, während das Aussehen der Männer mehr auf Wildheit schließen ließ.

Die Insel Pola, an der die Expedition am 17. Dezember vorüberkam, gehört ebenfalls zu den Schifferinseln. Anscheinend war die Nachricht von der Ermordung der Franzosen schon hierher gedrungen, denn keine Piroge wagte sich in die Nähe der Schiffe. Am 20. Dezember sah man Schoutens Verräter-Inseln. Diese trennt ein Kanal in zwei Hälften, dessen Vorhandensein auch jetzt niemand bemerkt hätte, wenn die Fahrzeuge nicht nahe an die Insel herangesegelt wären. Pirogen brachten zu den Schiffen die schönsten Kokosnüsse, die La Pérouse jemals gesehen hatte, außerdem einige Bananen, Yamswurzeln und ein kleines Schwein.

Die Verräter-Inseln, um 1° 13′ zu weit nach Westen verlegt, können gleichfalls den Samoainseln zugerechnet werden. La Pérouse hält die Bewohner dieses Archipels für die schönste Rasse Polynesiens. Groß, stark und wohlgebaut, übertreffen sie an Schönheit die der Gesellschaftsinseln, deren Sprache der ihren doch ziemlich nahe zu stehen scheint. Unter anderen Verhältnissen wäre der Kommandant gewiß an Land gegangen; die Aufregung unter seinen Leuten war aber noch zu groß, die Erinnerung an die Ereignisse auf Manua zu frisch, als daß er nicht einen unter dem nichtigsten Vorwande gesuchten blutigen Streit zu fürchten gehabt hätte, der in eine grausame Niedermetzelung der Wilden ausgeartet hätte.

»Jede uns zu Gesicht kommende Insel«, sagt er, »rief uns einen Zug von Verräterei der Eingeborenen ins Gedächtnis; an der Recreations-Insel waren die Leute Roggeveens mit Steinwürfen angegriffen worden, nicht weniger die Leute Schoutens an der vor unseren Augen liegenden Verräter-Insel, im Süden von Manua, wo uns selbst ein ähnliches Schicksal traf.

Diese Erfahrungen veranlaßten uns zu einem veränderten Auftreten gegenüber den Wilden. Wir bestraften nun alle ihre kleinen Diebstähle und Ausschreitungen mit Gewalt, bewiesen ihnen durch die Wirkung unserer Waffen, daß auch Flucht nicht vor unserer Rache schützen könne, verboten ihnen, an Bord zu kommen und bedrohten alle mit dem Tode, die es wagen würden, gegen unsere Vorschriften zu handeln.«

Man erkennt an der Strenge dieser Maßnahmen, daß La Pérouse sehr recht daran tat, jeden unnötigen Verkehr seiner Mannschaft mit den Insulanern zu verhindern. Die Gereiztheit, die sie verrieten, wird wohl niemand wundernehmen; dagegen verdienten die Klugheit und Menschlichkeit des Befehlshabers, der es sich versagte, an Unschuldigen Rache zu nehmen, gewiß alle Anerkennung.

Von den Samoainseln steuerte man nach den Tongainseln, die Cook nicht vollständig zu untersuchen vermochte. Am 27. Dezember entdeckte man die Insel Vava'u, eine der größten der Gruppe, die der englische Seefahrer zu besuchen keine Gelegenheit hatte. Im allgemeinen Tongatapu nicht unähnlich, ist sie doch höher als dieses und entbehrt auch nicht des Trinkwassers. La Pérouse erforschte mehrere Inseln dieses Archipels und trat auch in Beziehungen zu den Eingeborenen, die ihm Lebensmittel zuführten, aber nicht in zureichender Menge, um den Verbrauch zu ersetzen. So beschloß er, am 1. Januar 1788, jetzt unverzüglich die Botany-Bay anzusteuern.

Am 13. Januar kamen die Insel Norfolk und die beiden zugehörigen kleinen Inseln in Sicht. Als der Kommandant eine Meile vom Lande den Anker fallen ließ, beabsichtigte er nur, den Boden und die Erzeugnisse der Insel von den Naturforschern untersuchen zu lassen. Am Ufer brandeten aber die Wellen so unruhig, daß sie jede Landung vereitelten, so daß es damals auch Cook nur unter den größten Schwierigkeiten gelungen war, das Land zu betreten.

Hiermit schließt La Pérouses Tagebuch. Man weiß aus einem von Botany-Bay am 5. Februar an den Marineminister gerichteten Brief, daß er hier zwei Schaluppen zum Ersatz der bei Manua zerstörten erbauen ließ. Alle Verwundeten, und insbesondere Lavaux, der erste Chirurg der ›Astrolabe‹, der trepaniert worden war, hatten ihre Gesundheit wiedererlangt. De Clouart führte jetzt das Kommando auf der ›Astrolabe‹, während de Monti ihn auf der ›Boussole‹ ersetzte.

Ein zwei Tage später geschriebener Brief teilt einiges Nähere über den Weg mit, den der Befehlshaber einschlagen wollte. La Pérouse sagt darin:

»Ich werde mich zu den Tongainseln begeben und alles tun, was mir meine Vorschriften bezüglich des südlichen Teiles von Neukaledonien, von der Insel Santa-Cruz und von der Südküste des Landes der Arsakiden sowie auch des Louisiaden-Landes zur Pflicht machen, und hoffe darüber Erklärung zu erlangen, ob die letztere einen Teil Neuguineas bildet oder

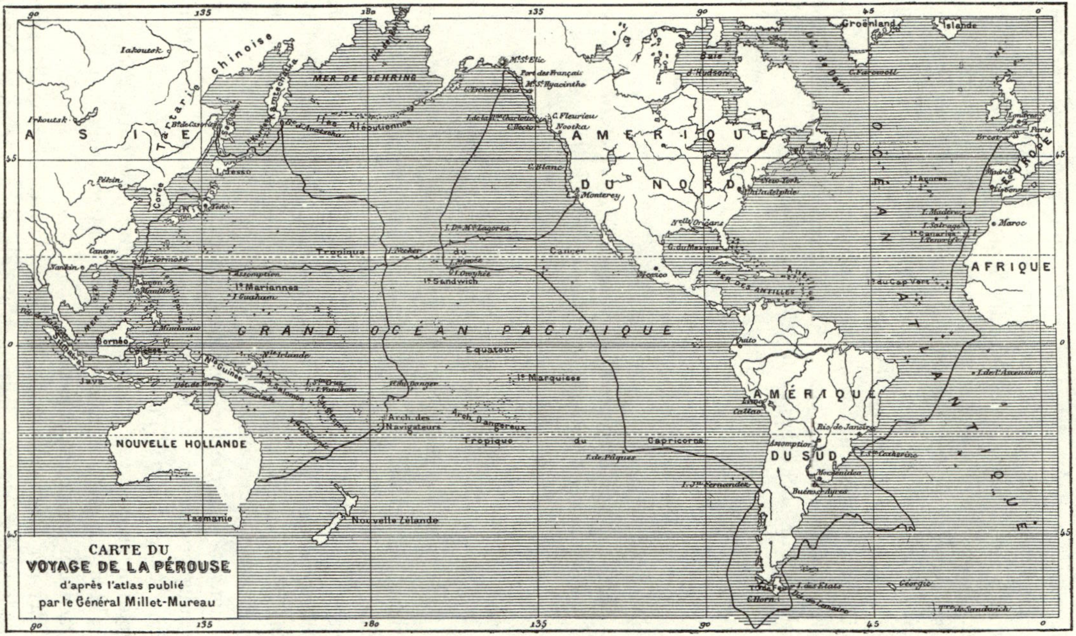

CARTE DU
VOYAGE DE LA PÉROUSE
d'après l'atlas publié
par le Général Millet-Mureau

davon getrennt ist. Gegen Ende Juli 1788 denke ich zwischen Neuguinea und Australien, und zwar durch eine andere Straße als die Endeavour-Straße zu segeln, wenn eine solche noch vorhanden ist. Während des Monats September und eines Teiles des Oktobers will ich den Carpentaria-Golf und die ganze Westküste Australiens bis Tasmanien besuchen, doch in der Weise, daß ich zeitig genug nach Norden gelange, um Anfang Dezember 1788 bei Ile de France einzutreffen.«

La Pérouse verfehlte nicht nur das oben erwähnte Ziel, sondern es vergingen auch viele Jahre, bis man erfuhr, daß die Expedition ein unglückliches Ende genommen hatte.

II

Die Reise von Kapitän Marchand – Die Marquesasinseln – Die Bai von Guadeloupe – Rückkehr nach Marseille – Entdeckungen von Bass und Flinders an der australischen Küste – Die Expedition nach Australien unter Kapitän Baudin

Etienne Marchand, ein Kapitän der Handelsmarine, kam im Jahre 1788 aus Bengalen zurück, als er auf der Insel Helena den englischen Kapitän Portlock traf. Die Unterhaltung der Männer drehte sich natürlich um die Artikel, deren Verkauf den größten Nutzen abwarf. Marchand ließ als gewiegter Mann meist den anderen sprechen und antwortete nur die wenigen Worte, die zur Aufrechthaltung des Zwiegesprächs notwendig erschienen. Er erhielt dabei von Portlock die interessante Mitteilung, daß Pelzwaren an der Westküste Nordamerikas wohlfeil zu erhalten seien, in China aber fabelhafte Preise erreichten; gleichzeitig könne man sich im Himmlischen Reiche Fracht für Europa verschaffen.

Bei der Rückkehr nach Frankreich teilte Marchand seinen Reedern, den Herren Baux in Marseille, diese wichtigen Nachrichten mit, und diese beschlossen, sie sich nutzbar zu machen. Sie ließen ein dreihundert Tonnen großes, mit Kupfer beschlagenes Schiff erbauen und versahen es mit allem Notwendigen zur Verteidigung wie zum Angriffe, zur Ausbesserung etwaiger Schäden, zur Erleichterung der Handelsoperationen und zur Erhaltung der Gesundheit der Mannschaft während dieser auf drei bis vier Jahre berechneten Reise.

Marchand, dem Befehlshaber der ›Solide‹, wurden zwei andere Kapitäne, Masse und Chanal, drei Leutnants, zwei Ärzte und drei Freiwillige beigegeben; mit neununddreißig Matrosen zählte die ganze Besatzung fünfzig Mann.

Vier Kanonen, zwei Bomben, vier Steinmörser nebst der nötigen Munition und vielen Waffen vollendeten die Ausrüstung.

Die ›Solide‹ segelte am 14. Dezember 1790 von Marseille aus ab. Nach kurzer Rast in Praya auf den Kapverdischen Inseln steuerte Marchand auf Staatenland zu, das er am 1. April 1791 erreichte, umschiffte Feuerland und drang in den Großen Ozean ein. Kapitän Marchands Absicht war, sich ohne Aufenthalt an die Westküste Amerikas zu begeben; seit Anfang Mai aber zeigte sich das Wasser in den Tonnen derart verdorben, daß er an die Erneuerung denken mußte.

Kapitän Marchand entschied sich für die Marquesasinseln.

»Die Lage der genannten Inseln«, sagt Fleurieu, der einen sehr interessanten Bericht über diese Reise veröffentlicht hat, »erschien ihm um so geeigneter, als er sich, um den Flauten, auf die man weiter östlich trifft, zu entgehen, von vornherein vorgenommen hatte, den Äquator unter 142° westlicher Länge zu passieren.«

Von Mendoza 1595 entdeckt, war dieser Archipel im Jahre 1774 von Cook besucht worden.

Am 12. Juni kam die Insel Fatu Hiva, die südlichste der Gruppe, in Sicht. Die vorherigen Berechnungen Marchands und des Kapitän Chanal erwiesen sich als so zutreffend, daß die ›Solide‹ schon nach einer Fahrt von dreiundsiebzig Tagen vom Cap Juan bei Staatenland aus an den Marquesas ankerte, ohne ein anderes Land anzulaufen.

Marchand steuerte nun auf Tahuata zu, das im Westen liegenblieb. Bald sah er Motane und Hiva Oa und die Insel Hood und

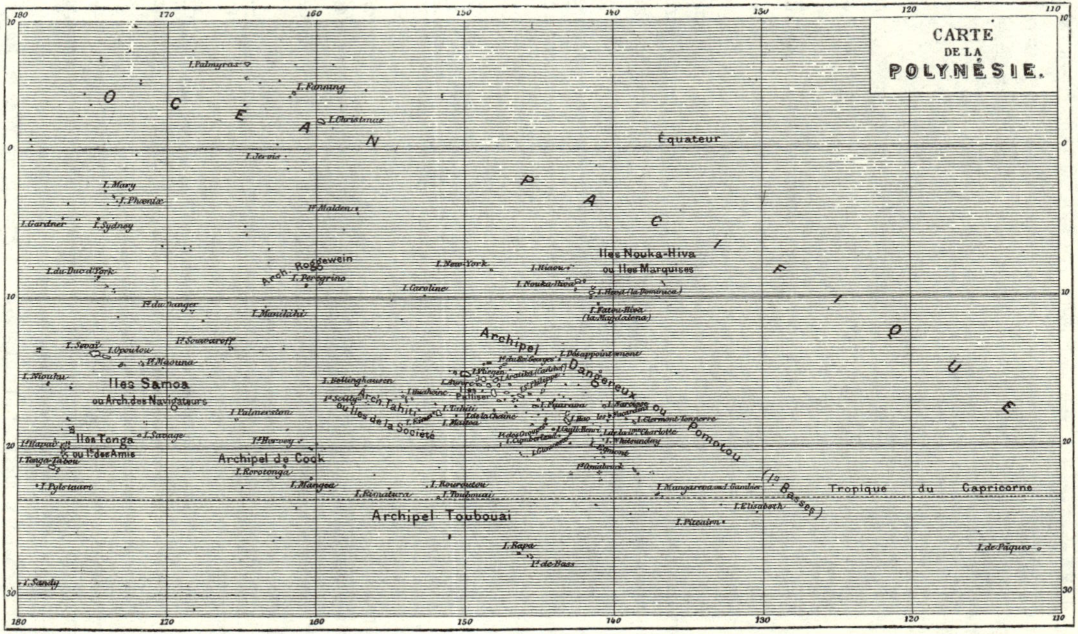
CARTE
DE LA
POLYNÉSIE.
OCÉAN PACIFIQUE
Équateur
Tropique du Capricorne
I. Palmyras
I. Fanning
I. Christmas
I. Jervis
I. Mary
I. Phœnix
I. Gardner
I. Sydney
Ile Malden
Arch. Roggewein
I. Peregrino
I. du Duc d'York
I. Manihiki
I. Caroline
I. New-York
Iles Nouka-Hiva
ou Iles Marquises
I. Nouka-Hiva
I. Souwaroff
I. Savaï
I. Opoulou
Iles Samoa
ou Arch. des Navigateurs
Archipel Dangereux ou Pomotou
Arch. Tahiti
ou Iles de la Société
I. Tahiti
I. Bellinghausen
I. Palmerston
Iles Tonga
ou Iles des Amis
I. Savage
I. Tonga-Tabou
Archipel de Cook
I. Rorotonga
I. Mangea
I. Rimatara
I. Rouroutou
I. Toubouai
Archipel Toubouai
I. Rapa
I. Mangareva ou I. Gambier
I. Elisabeth
I. Pitcairn
I. de Pâques
I. Sandy
180
170
160
150
140
130
120
110
10
0
20
30

ging in der Bai von Madre de Dios vor Anker, wo die Eingeborenen ihm einen enthusiastischen Empfang bereiteten. Die Unmöglichkeit, den Bedarf an Schweinen hier zu decken, bestimmte Kapitän Marchand, andere Buchten von Hiva Oa zu besuchen, die er mehr bevölkert, fruchtbarer und pittoresker fand als Madre de Dios. Die Engländer verweilten früher zu kurze Zeit bei den Marquesas, um eingehende Beobachtungen über Land und Leute zu machen. Wir entlehnen hier also einige Züge der Beschreibung Marchands.

»Die Bewohner sind groß, stark und gewandt; die Farbe ihrer Haut ist hellbraun, doch unterscheiden sich manche kaum merklich von Europäern aus niedrigen Volksschichten. Sie kennen keine andere Bekleidung des Körpers als die mit Tätowierungen, und das Klima verlangt auch keine weitere. Diese Zeichnungen sind mit größter Regelmäßigkeit ausgeführt; die eines Armes oder Beines entspricht vollständig der des betreffenden anderen Gliedes, und diese symmetrische Buntscheckigkeit macht einen gar nicht so unangenehmen Eindruck. Die Modegöttin herrscht auf den Marquesas ebenso unbeschränkt wie anderswo. Die einen tragen z. B. Halsbänder von roten Körnern, andere eine Art Ringkragen aus kleinen Holzstückchen. Obwohl man bei Männern und Frauen sieht, daß die Ohrläppchen durchlöchert sind, bemerkt man doch nicht, daß sie gewöhnt wären, etwas daran zu hängen. Dagegen sah man eine junge Schöne mit dem als Halskragen getragenen verrosteten Rasierbecken des Geistlichen der ›Solide‹ sich brüsten, das diesem gestohlen worden war, und ein Mann trug ohne Scheu den Ladestock von Kapitän Marchands Gewehr durch das Ohrläppchen gesteckt und an seiner Seite herabhängend.

Die Hauptbeschäftigung der Ureinwohner neben dem Fischfange und der gelegentlichen Herstellung von Waffen, Pirogen oder Hausgeräten besteht darin, zu singen, zu tanzen und sich zu vergnügen.«

Schon während der ersten Tage des Aufenthaltes in der Bucht von Madre de Dios hatte Marchand eine Beobachtung gemacht, die ihn zur Entdeckung einer Inselgruppe führte, von der die früheren Seefahrer und selbst Cook nicht die geringste Ahnung hatten. Bei Sonnenuntergang und klarem Wetter bemerkte er am Horizont einen Fleck, der wie ein Berggipfel aussah, eine Erscheinung, die sich mehrere Tage wiederholte. Man konnte also gar nicht daran zweifeln, daß dort Land war, und da die Karten kein solches anzeigten, mußte es eine noch unbekannte Insel sein.

Als Marchand Hiva Oa am 20. Juni verließ, wollte er sich hierüber Gewißheit verschaffen, und hatte die Genugtuung, im Nordwesten eine Gruppe kleiner Inseln zu finden, deren größte seinen Namen erhielt. Die Einwohner gehörten allem Anscheine nach derselben Rasse an wie die der Marquesas. Bald darauf entdeckte man noch weitere, wie Nuka-Hiva, die Beiden Brüder, die Inseln Masse und Chanal, und bezeichnete diesen Archipel, der von den Geographen den Marquesas zugerechnet wird, als die ›Inseln der Revolution‹.

Von hier aus schlug man Kurs nach Amerika ein. Wegen der vorgeschrittenen Jahreszeit konnte man nicht bis zum 60. Breitengrad hinaufsegeln. Marchand beschloß also, nach dem Cap del Engano zu gehen und seine Handelsgeschäfte in der Bai von Guadalupe zu betreiben.

Am 7. August bekam man Land, und zwar das Cap del Engano zu Gesicht, und nach fünftägiger Windstille fiel der Anker in der Bai von Guadalupe. Bisher erlag kein Mann an Bord einem Anfalle von Skorbut, nach einer Fahrt von zweihundertzweiundvierzig Tagen und einer Wegstrecke von fünftausendachthundert Meilen. Gewiß ein anerkennenswertes Resultat, das man einzig den Reedern, welche nichts bezüglich der Gesundheit der Mannschaften vernachlässigten, und den Kapitänen verdankte, die sich streng an die Regeln aller Erfahrung gehalten hatten.

Während seiner Rast in dieser Bai, die bei den Landeseinwohnern Tschinkitane hieß, kaufte Marchand eine große Menge Otternfelle ein, darunter wohl hundert Stück von erster Qualität.

Die sehr kleinen Eingeborenen mit untersetztem, aber wohlproportioniertem Körper und rundem flachem Gesicht haben ein abstoßendes Aussehen. Kleine, tiefliegende und triefende Augen und stark hervorspringende Backenknochen tragen nicht dazu bei, sie zu verschönern. Die Farbe ihrer Haut ist unter der Kruste von Schmutz und der sie bedeckenden Mischung roter und schwarzer Substanzen nur schwer zu bestimmen. Ihr hartes, struppiges, mit Ocker und Flaum und allerlei Unreinlichkeiten, welche Zeit und Nachlässigkeit darauf anhäufen, überdecktes Haar macht ihren Anblick noch widerlicher.

Weniger schwarz als die Männer, erscheinen die Frauen womöglich noch häßlicher. Ihr gedrungener Wuchs, die nach innen gebogenen Beine und ihre unerhörte Unsauberkeit lassen sie geradezu abschreckend erscheinen. Die den Frauen angeborene Koketterie verleitet sie, zur Erhöhung ihrer Schönheit einen ebenso wunderlichen wie unbequemen Lippenschmuck anzulegen.

»Man macht unter dem Saume der Unterlippe einen mit dem Munde parallel verlaufenden Einschnitt und bringt in denselben zuerst einen hölzernen Knopf an, während mit zunehmendem Alter ein immer größerer fremder Körper dafür gewählt wird. So gelangt man endlich dahin, ein Stück Holz einzusetzen, das Form und Größe der Schale eines Suppenlöffels hat. Dieser seltsame Schmuck dient dazu, durch sein Gewicht die Unterlippe auf das Kinn herabzuziehen und den für schön gehaltenen, weit offenen Mund zu erzeugen, der nach und nach die Gestalt eines Backofens annimmt und eine Reihe schmutziger Zähne bloßlegt. Da diese Löffelschale nach Belieben herausgenommen werden kann, bildet die freiliegende Querspalte einen zweiten Mund, der seiner Größe nach dem natürlichen keineswegs nachsteht und bei manchen Frauen drei Zoll in der Länge mißt.«

Die ›Solide‹ verließ die Bai von Tschinkitane am 21. August und wandte sich nach Südosten, um die im Jahre 1786 von La Pérouse gesehenen Königin-Charlotte-Inseln aufzusuchen. Diese erstreckten sich über eine Länge von fast siebzig Meilen. Am 23. erreichte Marchand Cloak-Bay, deren Untersuchung Kapitän Chanal sich mit größter Sorgfalt angelegen sein ließ.

Am nächsten Tage fuhren die Schaluppen in den Cox-Kanal ein und erhandelten von den Indianern weitere Pelzwaren. Die Seefahrer erstaunten nicht wenig über den Anblick zweier offenbar vor langer Zeit gemalter großer Bilder und riesiger Skulpturen, die, wenn sie auch mit den Meisterwerken der Griechen

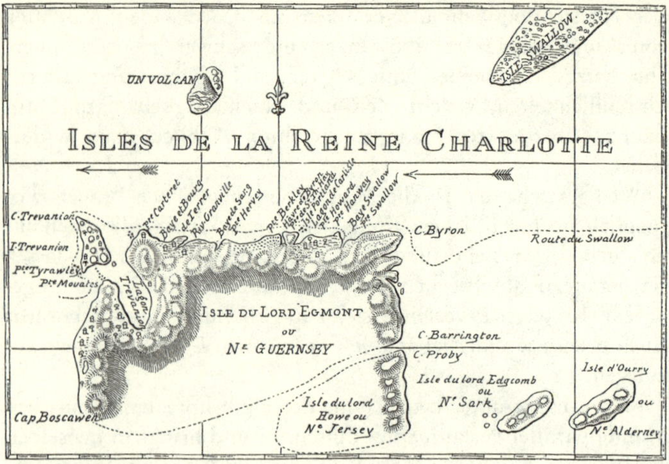

nicht die entfernteste Verwandtschaft zeigten, doch einen bei diesen verwahrlosten Völkerschaften kaum erwarteten Kunstgeschmack erkennen ließen.

Das Land, das die Straße von Cox umgibt, ist niedrig und mit Weiden bedeckt. Die aus Pflanzenresten und Steingeröll bestehende oberste Erdschicht scheint nur von geringer Tiefe zu sein. Die Zahl der Eingeborenen mag vierhundert Köpfe betragen. Ihre Gestalt weicht nicht besonders von der der Europäer ab, auch sind sie weniger häßlich als die von Tschinkitane.

Da man in Cloak-Bay nicht soviel Pelzwerk erhalten konnte, wie Marchand wünschte, sandte er unter dem Kommando des Kapitäns Chanal ein Boot zur Untersuchung der südlicher gelegenen Inseln aus.

Nachdem man die Einfahrt von Nootka in Augenschein genommen, segelte man zu der von Berkley. Als die ›Solide‹ in dieselbe eindringen wollte, kam ein Dreimaster zum Vorschein, der seiner eingehaltenen Richtung nach das südliche Ufer anlaufen zu wollen schien, was Kapitän Marchand ebenfalls vorhatte. Diese Wahrnehmung veranlaßte den französischen Seefahrer, sofort nach der Küste von China abzufahren, um seine Ladung an den Mann zu bringen, bevor das andere Schiff dorthin gelangen konnte. Der beste Weg dahin führte über die Sandwichinseln, und am 5. Oktober sahen die Franzosen die Gipfel des Mauna-Loa und des Mauna-Kea.

Nachdem er bis zur Insel Hawaii gelangt war, befolgte Marchand die kluge Maßregel, alle Einkäufe nur unter Segel abzumachen. Er verschaffte sich von der Insel Schweine, Geflügel, Kokosnüsse, Bananen und andere Früchte, unter denen sich glücklicherweise auch Kürbisse und Wassermelonen vorfanden, die ohne Zweifel von den durch Cook ausgestreuten Sämereien herrührten.

Vier Tage opferte man zur Erlangung dieses Proviants; dann ging es weiter nach China.

In Macao, das er am 28. November erreichte, erhielt Marchand sehr niederschlagende Nachrichten. Die chinesische Regierung hatte eben unter Androhung der strengsten Strafen jede Einfuhr von Pelzwaren in die südlichen Häfen des Reiches verboten. Niemand wußte, ob das einer Klausel eines geheimen Vertrages mit Rußland entsprach, oder ob das Verbot nur die Wirkung der Habgier einzelner Mandarine war; jedenfalls erschien es aber ganz unmöglich, das Verbot zu umgehen.

Marchand schrieb nach Kanton an die Vertreter der Firma Baux. Auch in dieser Stadt galt dasselbe Verbot.

Etienne Marchand blieb nichts anderes übrig, als nach Mauritius und von da nach Marseille zurückzusegeln.

Welche wissenschaftlichen Ergebnisse lieferte nun diese Reise? Von geographischem Gesichtspunkte aus nur sehr dürftige, und diese lassen sich dahin zusammenfassen:

Die Entdeckung eines Teiles der Marquesas, der Cook und seinen Vorgängern entgangen war; eingehende Kenntnisse der Sitten und Gebräuche der Bewohner in diesem Archipel, ferner von Tschinkitane und Cloak-Bay, sowie der Königin-Charlotte-Inseln an der Küste Amerikas. Für eine speziell dazu ausgesendete Expedition wäre das wenig gewesen, für ein von Privatreedern ausgerüstetes Fahrzeug durfte man es viel nennen. Gleichzeitig hatten die Kapitäne Marchand, Chanal und Masse alle neueren Messungsmethoden so erfolgreich anzuwenden verstanden, daß es ihnen gelang, ihre Route mit einer bisher ungekannten Genauigkeit einzuhalten.

Nicht so günstig lagen die Umstände für eine von der französischen Regierung einige Jahre später ausgesendete Expedition zur Erforschung der Küsten von Australien. Trotz der reichen Ergebnisse der Fahrt von Kapitän Nikolaus Baudin hat über dieser Expedition und der Veröffentlichung ihres Berichtes bis zum heutigen Tage ein gewisser Unstern gewaltet, und alle Verfasser von Biographien und Reisebeschreibungen scheinen sich das Wort gegeben zu haben, sie so wenig wie möglich zu erwähnen.

Seit dem Tage, da Tasman die Westküste Australiens entdeckte, hatte die Kenntnis des geheimnisvollen Landes schon wesentliche Fortschritte gemacht. Cook untersuchte seinerzeit die Ostküste und empfahl seiner Regierung mit großer Wärme die Vorteile, die eine Niederlassung in Botany-Bay bieten müßte. Im Jahre 1788 legte dann Philipp den ersten Grundstein zu Port Jackson und zu der Herrschaft der Engländer in diesem fünften Erdteil.

In den Jahren 1795 und 1796 untersuchten der Midshipman Flinders und der Chirurg Bass mit einem zerbrechlichen Boote, der ›Tom Thumb‹, den Georgs-Fluß in einer Ausdehnung von zwanzig Meilen und erforschten eine lange Küstenstrecke sehr eingehend. Bass meldete dann 1797 die Entdeckung eines geräumigen Hafens, den er seiner Lage wegen ›Western‹ genannt hatte.

»Nun aber ging sein Proviant zu Ende«, sagt Desborough Cooley, »und trotz des Verlangens, eine genaue Untersuchung seiner Entdeckung vorzunehmen, sah er sich zur Umkehr genötigt. Er hatte nur für sechs Wochen Mundvorrat mitgenommen, mit Hilfe von Fischen und Seevögeln, die er hier in Menge fand, seine Reise aber doch noch fünf Wochen länger auszudehnen vermocht. Diese Fahrt von sechshundert Meilen in ungedecktem Boote gehört zu den merkwürdigsten, die man überhaupt kennt. Sie wurde auch nicht unter dem Druck zwingender Notwendigkeit, sondern nur in der Absicht unternommen, bisher unbekannte und gefährliche Küstenstrecken näher kennenzulernen.«

In Begleitung von Flinders hatte Bass 1798 die Meerenge entdeckt, die noch heute seinen Namen trägt und Tasmanien von Australien trennt, während er mit einem Schoner von fünfundzwanzig Tonnen ganz Tasmanien umschiffte. Die Aufschlüsse, die die beiden kühnen Forscher über die Flüsse und Häfen des Landes gaben, übten auf die spätere Kolonisation desselben einen weitreichenden Einfluß aus. Bass und Flinders fanden bei ihrer Rückkehr nach Port Jackson eine begeisterte Aufnahme.

Nach England heimgekehrt, erhielt Flinders mit dem Patent eines Schiffsleutnants das Kommando der ›Investigator‹, eines speziell für Entdeckungsfahrten an den Küsten Australiens ausgerüsteten Fahrzeugs, mit dem er die südlichen und nordwestlichen Küsten, den Carpentaria-Golf und die Torres-Straße befahren sollte.

Die Berichte von Cook über Australien erregten seinerzeit auch in Frankreich Aufmerksamkeit. Ein eigenartiges Land mit fremdartigen Erzeugnissen der Tierwelt, teils bedeckt mit riesigen Eukalyptus-Wäldern, teils entsetzlich kahl bis auf Dornengestrüpp, sollte sich dieser Kontinent noch lange unseren neugierigen Blicken verbergen und den Forschern fast unüberwindliche Hindernisse entgegensetzen. Da verlieh das Institut de France der öffentlichen Meinung Ausdruck und verlangte von der Regierung die Aussendung einer Expedition nach diesen Ländern. Nach dem Vorschlage des Instituts wurden vierundzwanzig Gelehrte erwählt, dieselbe zu begleiten.

Die Expedition sollte, geführt von Kapitän Baudin, Australien und Tasmanien erforschen, dann auf Timor rasten und schließlich Neuguinea besuchen.

In Havre waren eine große Corvette von dreißig Kanonen, die ›Géographe‹, und ein großes Transportschiff, die ›Naturaliste‹, für diese Fahrt ausgerüstet worden. Für reichliche Provisionen wurde gesorgt; die Instrumente für physikalische und astronomische Beobachtungen stammten von den berühmtesten Herstellern; jedes Schiff erhielt eine vortreffliche Bibliothek, Empfehlungsbriefe von allen Regierungen Europas, unbeschränkten Kredit auf allen Plätzen Asiens und Afrikas. Mit einem Worte, man hatte alles getan, den Erfolg zu sichern.

Unter den Glückwünschen einer zahllosen Menschenmenge verließen die beiden Schiffe Havre am 19. Oktober 1800. Eine kurze Zeit verweilten die Forscher im Hafen von Santa-Cruz auf Teneriffa, begaben sich dann ohne Aufenthalt nach Mauritius, wo sie am 25. April 1801 mehrere Offiziere zurückließen, die zu schwer erkrankt waren, um die Fahrt weiter mit fortsetzen zu können.

Dieser Anfang wirkte nicht eben ermutigend. Die Unzufriedenheit nahm noch zu bei der Verbreitung der Nachricht, daß man nur ein halbes Pfund frisches Brot per Woche habe, daß die Weinration durch schlechten Tafia von Île de France ersetzt werden würde und daß Zwieback und Pökelfleisch die Hauptnahrung bilden solle. Diese Maßregeln wurden zur Quelle mancher Krankheiten der Mannschaften und der Mißstimmung der meisten wissenschaftlichen Teilnehmer der Reise.

Die Überfahrt von Europa nach Mauritius und der lange Aufenthalt dort hatten einen Teil der günstigen Jahreszeit schon geraubt. Da Baudin sich jetzt nicht nach Tasmanien zu begeben wagte, entschloß er sich, die eigentliche Forschungsreise mit der Nordwestküste Australiens zu beginnen. Er überlegte dabei freilich nicht, daß er in diesem Falle immer nach Süden zu segeln mußte und mit dem Fortschritt der rauhen Jahreszeit in immer ungünstigere Verhältnisse geriet.

Am 25. Mai kam die Küste Australiens in Sicht. Sie erschien niedrig, dürr und sandig. Man besuchte und benannte die ›Géographe Bay‹, das ›Cap Naturaliste‹, die ›Depuch-Bucht‹ und die ›Piquet-Spitze‹. An letzterem Punkte gingen die Naturforscher an Land und brachten eine reiche Ernte an Pflanzen und Muscheln zurück. Inzwischen trieb jedoch der schwere Seegang die beiden Schiffe voneinander, und fünfundzwanzig Mann der Besatzung mußten mehrere Tage am Land ausharren, ohne ein anderes Getränk als Brackwasser und ohne die Möglichkeit, sich Wild oder Geflügel erlegen zu können. Man sah sich auch gezwungen, eine von den Wogen ans Ufer geworfene Schaluppe mit Gewehren, Säbeln, Kartouchen, Tauen und einer Menge anderer Gegenstände im Stich zu lassen.

»Dieser Unfall war um so bedauernswerter«, sagt der Bericht, »weil dabei einer der besten Matrosen der ›Naturaliste‹, ein gewisser Vasse aus Dieppe, umkam. Dreimal von der Brandung zurückgeschleudert, als er im Begriff war, in ein Boot zu klettern, verschwand er zuletzt, ohne daß es uns möglich gewesen wäre, ihm helfen zu können, so heftig gingen die Wellen und so undurchdringlich war die Finsternis.«

Dieses schlechte Wetter sollte längere Zeit dauern. Der Wind blies meist stoßweise; unaufhörlich rieselte ein feiner Regen nieder, und im dichten Nebel verlor man bald die ›Naturaliste‹ aus dem Gesicht, die man erst bei Timor wiederfinden sollte.

Kaum an der Insel Rottnest in der Nähe von Perth angelangt, die von Kapitän Hamelin im Fall einer Trennung als Sammelplatz bezeichnet war, befahl Baudin zum Erstaunen aller, wieder nach Norden abzusegeln.

Dieser ganze Teil Australiens bildet eine Reihe niedriger, sandiger, unfruchtbarer, rötlich oder grau verfärbter Küsten, die da oder dort von oberflächlichen Vertiefungen zerspalten sind, steil ins Meer abfallen und von unnahbaren Riffen verteidigt werden.

Von der Dirk-Hartog-Insel, am Anfang des Endrachts-Landes, wurden die Inseln Dorre, Bernier, wo man Känguruhs in ganzen Gesellschaften begegnete, und die Dampier-Reede in Augenschein genommen, bis zur Shark-Bay, welche man gründlich untersuchte. Nach dem Endrachts-Land, das keinerlei Hilfsquellen bot, folgte die Expedition dem Witt-Land, in einer Ausdehnung von zehn Breiten- und fünfzehn Längengraden zwischen dem Nordwest-Kap und dem Arnhem-Land.

»Inmitten dieser zahlreichen Inseln«, heißt es in dem Berichte, »bietet sich nirgends ein freundliches Bild; der Erdboden ist kahl: der Himmel stets wolkenlos; die Wellen werden nur durch Unwetter in Bewegung gesetzt; der Mensch scheint diese trostlosen Gestade gemieden zu haben, nirgends begegnet man auch nur einer Spur seines Verweilens.«

Die Auskundschaftung dieser trostlosen Küste endigte mit der Entdeckung des Bonaparte-Archipels.

»Die erbärmlichen Nahrungsmittel, auf die wir seit der Abfahrt von Mauritius beschränkt waren, zerrütteten auch die festeste Gesundheit. Der Skorbut begann aufzutreten, und mehrere Matrosen lagen schwer darnieder. Unser Wasservorrat ging zu Ende, und an eine Erneuerung war an diesen traurigen Gestaden nicht zu denken. Dazu nahte die Zeit des Monsunwechsels, und die Stürme, die er stets mit sich bringt, durfte man an dieser Küste nicht abwarten. Wir mußten uns auch wieder eine Schaluppe verschaffen und mit der ›Naturaliste‹ zusammenzutreffen suchen. All dies bestimmte den Kommandanten, nach der Insel Timor zu steuern, wo er am 22. August auf der Reede von Kupang vor Anker ging.«

Die ganze Mannschaft bedurfte dringend der Ruhe, und zehn vom Skorbut heftig ergriffene Leute mußten an Land geschafft werden.

Wenn der Skorbut aber auch den in solchen Fällen gebräuchlichen Arzneimitteln bald wich, so trat dafür leider die Dysenterie auf, die binnen wenig Tagen achtzehn Mann aufs Lager streckte.

Am 21. Dezember endlich erschien die ›Naturaliste‹; sie hatte in der Shark-Bay, dem von Baudin bestimmten Stelldichein, geduldig auf die ›Géographe‹ gewartet. Die Offiziere hatten diese lange Muße benutzt, um spezielle Karten der Küste, der Rottnest-Inseln und des Swan-Rivers zu entwerfen.

Auf der Dirk-Hartog-Insel fand Kapitän Hamelin auch zwei holländische auf Zinnteller eingravierte Inschriften. Die eine meldete das Vorüberkommen des Schiffes ›Eendraght‹ von Amsterdam am 25. Oktober 1616; die andere den Aufenthalt der ›Geelwinck‹, unter Führung des Kapitäns Vlaming, im Jahre 1697.

Aus den Aufzeichnungen der ›Naturaliste‹ geht hervor, »daß die vermeintliche Shark-Bay eine große Einbuchtung von nahezu fünfzig Meilen Tiefe bildet, wenn man vom Cap Cuvier im Norden bis zum Ende des Freycinet-Golfs rechnet; daß ihre ganze östliche Umgebung vom Festlande gebildet wird, während die westliche aus den Inseln Bernier, Doore, Dirk Hartog und wiederum einem Teil des Festlandes besteht. In der Mitte dieses tiefen Einschnittes drängt sich die Halbinsel Péron vor.«

Die Krankheiten, deren Beute die unglücklichen Seefahrer wurden, bewirkten nur eine vorübergehende Besserung in dem gespannten Verhältnis zwischen dem Kommandanten Baudin und seinem Offizierskorps. Er selbst litt an einem so heftigen unregelmäßigen Fieber, daß man ihn einmal mehrere Stunden für tot hielt. Das hinderte ihn aber nicht, acht Tage nach seiner Genesung einen seiner Offiziere, den Schiffsfähnrich Piquet, verhaften zu lassen, dem doch die Stäbe beider Fahrzeuge Hochachtung zollten. Nach der Rückkehr nach Frankreich wurde Piquet zum Schiffsleutnant ernannt. Ein Beweis, daß er damals nicht schuldig war.

Kapitän Baudin hatte den ihm vom Institut übergebenen Operationsplan auf den Kopf gestellt. Er mußte also jetzt nach Tasmanien segeln. Von Timor am 13. November 1801 abgefahren, bekamen die Franzosen – genau zwei Monate später – die Südküste dieser Insel zu Gesicht. Noch immer herrschte die Dysenterie in aller Strenge, und es fielen ihr nicht wenige zum Opfer.

Die beiden Fahrzeuge steuerten in die d'Entrecasteaux-Straße ein, eine Meerenge, die Tasman, Furneaux, Cook, Marion, Hunter und Bligh entgangen war, und deren Entdeckung nur als Folge eines Irrtums zu betrachten ist, der beinahe unheilbringend geworden wäre.

Man hatte angehalten, um den Wasservorrat zu erneuern. Mehrere Boote waren schon zur Suche nach Quellen abgefahren.

»Von allen mir während unserer Reise zu Gesicht gekommenen Örtlichkeiten«, sagt Péron, »erschien mir dieser Platz am schönsten. Sieben Bergzüge, die sich stufenweise hintereinander erhoben, bildeten den Hintergrund des Hafens. Zur Rechten und Linken umgürteten ihn Hügel mit einer Menge abgerundeter Vorsprünge und romantischer Buchten. Überall prangten die herrlichsten Erzeugnisse der Pflanzenwelt; am Ufer standen die Bäume so dicht, daß man kaum in die Wälder einzudringen vermochte. Schwärme von Papageien und schimmernden Kakadus wiegten sich über ihren Wipfeln, und reizende Meisen flatterten darunter im Schatten. Das Wasser im Hafen war ruhig, kaum gekräuselt von den Schwärmen schwarzer Schwäne, die darüber hinglitten.«

Kapitän Hamelin begegnete, begleitet von verschiedenen Offizieren und Matrosen, einigen Bewohnern des Landes, denen er mancherlei Geschenke machte. Als sie ihr Boot wieder besteigen wollten, wurden sie zum Dank mit einem Hagel von Steinen überschüttet, von denen einer Kapitän Hamelin ziemlich schwer verwundete. Obwohl die Wilden ihre Wurfmesser schwangen und eine drohende Haltung annahmen, enthielt man sich doch der Versuchung, auf sie Feuer zu geben. Ein seltenes Beispiel von Mäßigung und Menschlichkeit!

»Admiral d'Entrecasteaux' geographische Arbeiten über Tasmanien«, heißt es in dem Berichte, »sind schon so vollkommen,

daß es schwer sein möchte, irgend etwas zu finden, was sie überträfe. Überall, wo die Umstände ihm gestatteten, eingehendere Untersuchungen vorzunehmen, hat er seinen Nachfolgern schlechterdings nichts mehr zu tun gelassen. Wir meinen hierbei besonders die d'Entrecasteaux-Straße und die vielen mit ihr in Verbindung stehenden Buchten und Häfen. Leider kann man nicht dasselbe sagen von dem Teil von Tasmanien, der im Nordosten dieser liegt und dem die Boote des französischen Admirals nur einen oberflächlichen Besuch abstatteten.«

Die Hydrographen ließen sich nun die Erforschung dieser Küstenstrecke besonders angelegen sein, um so ein Ganzes zu schaffen, das nichts mehr zu wünschen übrigließe. Diese Arbeiten hielten die Schiffe bis zum 5. Februar zurück.

Die ›Naturaliste‹ und die ›Géographe‹ besuchten nun die Ostküste Tasmaniens und die Banks- und Bass-Straßen.

»Am 26. März des Morgens kamen wir in großer Entfernung an der Schouten-Insel vorbei. Gegen Mittag befanden wir uns dem Cap Forster gerade gegenüber, als unser Geograph Boullanger in einem Boot abstieß, um die Küste aus nächster Nähe in Augenschein zu nehmen. Das Schiff sollte in einer der des Bootes parallelen Richtung nachfolgen und es niemals aus den Augen lassen; Boullanger hatte uns aber kaum eine Viertelstunde verlassen, als der Kommandant ohne erklärlichen Grund seewärts wenden ließ und sich entfernte, so daß das Boot sehr bald unseren Blicken entschwand. Erst in der Nacht hielt man wieder aufs Land zu. Inzwischen war eine kräftige Brise aufgesprungen; wir schwankten hin und her, die Nacht sank herab und entzog unseren Blicken die Küste, an der unsere unglücklichen Gefährten zurückgelassen worden waren.«

Vergeblich suchte man die drei folgenden Tage nach ihnen.

Klingt nicht durch diese so gemäßigten Worte des Berichtes ein begründeter Unwille über das Verfahren des Kommandanten Baudin hindurch? Was konnte er damit beabsichtigen? Was nützte ihm das Verlassen der Matrosen und zweier Offiziere? Dieses Geheimnis lüftete der Bericht Pérons leider nicht. Mit dem Eindringen in die Straßen von Banks und von Bass kam man eigentlich dem letztgenannten und Flinders ins Gehege, die diese Gegend zu ihrer ausschließlichen Domäne und zum Schauplatz wichtiger Entdeckungen gemacht hatten. Als die ›Géographe‹ jedoch vom 29. März 1802 an der Südwestküste Australiens folgte, kannte man zunächst nur den Teil derselben zwischen Cap Leuwin im Westen und den St.-Francis-Inseln, d. h. der Teil zwischen der Ostgrenze des Nuyts-Landes (Western Australia, Anm. d. Hrsg.) bis zum Port Western war noch von keinem europäischen Fuß betreten worden.

Die Wichtigkeit dieser Fahrt leuchtet ein, wenn man bedenkt, daß es sich um Aufklärung darüber handelte, ob Australien eine einzige große Insel bilde und ob an dieser Seite schiffbare Flüsse ins Meer mündeten.

Nach und nach wurden verschiedene kleine Inseln und Buchten längs der Südküste entdeckt und benannt. Eben hatte man eine überraschende Menge Delphine gefangen, als am fernen Horizont ein Segel auftauchte. Zuerst glaubte man, es sei die ›Naturaliste‹, von der man während des heftigen Sturmes in der Nacht vom 7. zum 8. März getrennt worden war. Das Fahrzeug befand sich bald der ›Géographe‹ gegenüber. Da hißte es die englische Flagge. Es war die ›Investigator‹, seit acht Monaten unter dem Befehle Flinders unterwegs von Europa, um die Entdeckung Australiens zu Ende zu führen. Seit drei Monaten schon untersuchte auch Flinders die Küste Australiens, wobei er ebenso viel wie die Franzosen an Stürmen und Unwettern zu leiden gehabt hatte.

Nun besuchte die ›Géographe‹ die etwa zwanzig Meilen lange Halbinsel Fleurieu, den von Flinders so genannten Saint-Vincent-Golf, Kangaroo-Island, den Spencer-Golf, an dessen Westseite sich Port Lincoln befindet, einer der sichersten Häfen, die Australien überhaupt besitzt. Zur Vervollständigung dieser hydrographischen Reise wäre es noch notwendig gewesen, hinter den St.-Francis-Inseln einzudringen, wie das auch Kapitän Baudins nautische Instruktionen empfahlen; das stürmische Wetter verhinderte aber jeden derartigen Versuch.

Unter den Gelehrten machte sich nun auch der Skorbut bemerkbar. Kaum die Hälfte der Matrosen war noch diensttüchtig. Nur zwei Steuerleute hielten sich noch auf den Füßen. Wie konnte man das auch anders erwarten, da zur Löschung des Durstes nichts vorhanden war als fauliges Wasser in unzureichender Menge, und als Nahrung weiter nichts als von Insekten zerfressener Schiffszwieback und halbverfaultes Pökelfleisch, dessen Geruch schon Ekel erzeugte.

Nun begann für die südliche Halbkugel die Zeit des Winters. Mehr als je bedurfte die Mannschaft der Ruhe. Der nächste sichere Platz zum Rasten war Port Jackson und der kürzeste Weg dahin führte durch die Bass-Straße. Baudin, der es sich zur Aufgabe zu machen schien, niemals bekannte Wege einzuschlagen, gab aber Befehl, die Südspitze von Tasmanien zu umschiffen.

Am 20. Mai fiel der Anker in der Adventure Bay. Die Kranken, die sich noch fortschleppen konnten, wurden an Land gebracht, wo man reichlich Wasser fand. Auf den stürmischen Meeren war es jetzt nicht mehr auszuhalten; ein dicker Nebel verhüllte alles ringsumher und die Nähe der Küste verriet sich nur durch das Toben der Wellen, die sich an den Felsen brachen. Die Zahl der Kranken nahm zu. Am 4. Juni konnten nur noch sechs Mann auf Deck erscheinen, obwohl ein unerhörter Sturm wütete.

Noch einmal sollte indessen die ›Géographe‹ dem Untergange entgehen.

Am 17. Juni wurde ein Schiff gemeldet, welches den Seefahrern die Nachricht brachte, daß die ›Naturaliste‹, nachdem sie ihr Schwesterschiff vergeblich in Port Jackson erwartet hatte, jetzt abgesegelt sei und daß das verlorene Boot von einem englischen Fahrzeug aufgefunden und die Mannschaft nun auf der ›Naturaliste‹ untergebracht worden sei. Die ›Géographe‹ hatte man in Port Jackson, wo für sie Hilfsmittel aller Art bereitgemacht worden waren, mit größter Sehnsucht erwartet.

Seit drei Tagen kreuzte die ›Géographe‹ vor Port Jackson, ohne daß es bei der Kraftlosigkeit der Matrosen möglich gewesen wäre, dort einzulaufen, als eine englische Schaluppe vom Lande stieß und außer einem Lotsen die nötige Mannschaft mitbrachte, um dieses Manöver endlich auszuführen.

»In der Mitte des prächtigen Hafens und an seiner Südseite, an einer geräumigen Bucht, erhebt sich die Stadt Sydney. Am Abhange zweier Hügel gelegen und ihrer ganzen Länge nach von einem kleinen Fluß durchschnitten, bietet diese aufblühende Stadt dem Auge einen reizenden Anblick.

Zuerst bemerkt man hier eine Anzahl Batterien, dann das Hospital für zwei- bis dreihundert Kranke. Weiterhin erscheinen große Magazine, vor denen die größten Schiffe ihre Ladung löschen können. Auf den Werften lagen im Bau begriffene Goëletten und Briggs, gezimmert aus einheimischem Holz.

Durch die Entdeckung der Meerenge zwischen Tasmanien und Australien sozusagen geheiligt, wird die Schaluppe von Bass im Hafen mit Respekt aufbewahrt; einige aus dem Holz ihres Kiels geschnitzte Tabakdosen bilden Reliquien, auf welche deren Besitzer stolz sind, und der Gouverneur glaubte unserem Kommandanten kein ehrenvolleres Geschenk machen zu können als so ein Stückchen Holz, mit einem breiten Silberstreifen eingefaßt, von diesem. Auf dem Streifen sind die Hauptmomente der Entdeckung der Bass-Straße eingraviert.«

Bewunderung verdienen auch das für zweihundert Insassen berechnete Gefängnis, die Magazine für Wein und anderen Proviant, der Exerzierplatz mit der Wohnung des General-Gouverneurs, die Kasernen, die Sternwarte und die Kirche, deren Grundmauern sich damals freilich kaum erst aus der Erde erhoben.

Nicht minder interessant war die Beobachtung der Veränderung, die mit den Verbrechern vorgegangen war.

»Die Bevölkerung der Kolonie bildete für uns einen neuen Grund des Erstaunens und Nachdenkens. Hier finden sich die gefährlichsten Räuber, lange Zeit der Schrecken ihrer Heimat, vereinigt; von der Gesellschaft ausgestoßen und an das Ende der Erdkugel verbannt, vom ersten Augenblick ihres Exils an zwischen die Gewißheit der härtesten Strafen und die Hoffnung eines glücklichen Lebens gestellt; jeden Augenblick auf das strengste bewacht, sehen sie sich gezwungen, ihren gesellschaftsfeindlichen Sitten allmählich zu entsagen . . .

Die meisten von ihnen sind nach Verbüßung ihrer Verbrechen durch eine harte Sklaverei wieder in die Reihen nützlicher

Bürger zurückgekehrt. Unter dem Zwang, ihr Eigentum zu erhalten und auch auf Ordnung und Gerechtigkeit zu achten, hängen sie, nachdem sie geheiratet und wohl auch Väter geworden sind, mit festen Banden an ihrem neuen Leben.

Eine gleiche, durch dieselben Mittel hervorgerufene Verwandlung zeigt sich auch bei den Frauen, und Dirnen, welche nach und nach zu einem regelmäßigen Leben gezwungen wurden, stehen heute da als fleißige Hausfrauen ...«

Der Empfang der französischen Expedition in Port Jackson war sehr herzlich. Den Gelehrten suchte man zur Fortsetzung ihrer Beobachtungen alle Erleichterungen zu gewähren. Gleichzeitig überhäuften sie die militärischen Behörden ebenso wie Privatleute mit Unterstützungen jeder Art.

Die Mannschaften hatten nun zum Teil ihre Gesundheit wiedererlangt; die Anzahl der zur Fortsetzung der anstrengenden Reise fähigen Matrosen war aber so beschränkt, daß man sich entschließen mußte, nach Übernahme der kräftigsten Leute auf das andere Schiff, die ›Naturaliste‹ nach Frankreich zurückzusenden. Sie wurde nun durch eine Goëlette von dreißig Tonnen, die ›Casuarina‹, ersetzt, deren Führung Louis de Freycinet übernahm. Die niedrige Bauart und der geringe Tiefgang dieses Fahrzeugs ließen es für den Küstendienst besonders passend erscheinen.

»Nebst einem Berichte über die Expedition und deren Beobachtungen während der beiden Fahrten, führte die ›Naturaliste‹«, sagt Péron, »über vierzigtausend Tiere aller Klassen mit sich, die man während zwei Jahren gesammelt hatte.«

Die ›Géographe‹ und ›Casuarina‹ verließen Port Jackson am 18. November 1802. Im Verlaufe dieser Fahrt entdeckten und untersuchten die Reisenden die King-Insel, die Hunter-Inseln, den nordwestlichen Teil von Tasmanien, womit die Geographie dieser großen Insel ihren Abschluß fand; ferner besichtigte Kapitän Baudin vom 27. Dezember bis 15. Februar 1803 die Südwestküste Australiens, Kangaroo-Island und die beiden diesem gegenüberliegenden Golfe.

Die von der ›Casuarina‹ abbeorderten Ingenieure, welche den Spencer-Golf nebst der ihn vom Golf Vincent trennenden Halbinsel York in Augenschein nehmen sollten, mußten, nachdem sie ihre Aufnahme mit größter Sorgfalt vollendet und sich überzeugt hatten, daß sich hier kein bedeutender Strom in das Meer ergieße, auf die Untersuchung von Port Lincoln verzichten, weil die zur Rückkehr nach Kangaroo Island bestimmte Zeit herannahte. Obwohl sie wußten, daß sie wahrscheinlich zurückgelassen werden würden, wenn sie die Frist versäumten, scheinen sie sich doch nicht besonders beeilt zu haben, denn als sie die genannte Insel am 1. Februar erreichten, war die ›Géographe‹ schon unter Segel gegangen, ohne auf die ›Casuarina‹ mit ihrem geringen Proviantvorrat Rücksicht zu nehmen.

Baudin setzte die Untersuchung der Küste allein fort und beschäftigte sich mit der Aufnahme der St.-Francis-Inseln, einer sehr wichtigen Arbeit, da seit der Entdeckung durch Peter Nuyts im Jahre 1627 kein Seefahrer sie erforscht hatte. Durch Flinders war das allerdings vor kurzer Zeit geschehen, doch wußte Baudin davon nichts und hielt sich für den ersten Europäer, der seit Auffindung der Gruppe in diese Gewässer kam.

Als die ›Géographe‹ am 6. Februar in den King George Sound (das heutige Albany. Anm. d. Hrsg.) einlief, traf sie dort die ›Casuarina‹ in so beschädigtem Zustand, daß man sie auf den Strand setzen mußte.

Entdeckt von Vancouver 1791, erlangte diese Bucht eine um so größere Wichtigkeit, als sie auf einer Küstenstrecke in der Ausdehnung des Weges zwischen Paris und Petersburg der einzig bekannte Punkt von Australien ist, wo man jederzeit Süßwasser haben kann.

»Der Anblick des Landesinnern von dieser Stelle aus«, schreibt Boullanger in seinem Tagebuch, »ist abschreckend; kaum einen Vogel sieht man; es ist eine Einöde mit dem Schweigen des Todes!«

In einem Einschnitt dieser Bai fand der Naturforscher Faure einen Wasserlauf, dessen Mündung wohl der Seine in Paris an Breite gleichkommt. Er wagte es, stromauf zu gehen, um so weit als möglich in das Land hineinzudringen. Kaum zwei Meilen von der Mündung aber sah sich sein Boot durch zwei solid gebaute Dämme aus festen Steinen aufgehalten, die an eine kleine Insel anschlossen und die Passage vollständig unterbrachen.

»Diese Mauer zeigte viele, größtenteils über der niedrigsten

Wasserlinie angebrachte Löcher, die nach der Seite des Meeres hin sehr weit, nach dem Lande zu aber enger waren. Auf diese Weise konnten die Fische, die während der Flut den Fluß emporschwammen, den Damm zwar leicht überschreiten, befanden sich nachher aber, da ihnen der Rückweg so gut wie abgeschnitten war, sozusagen in einem Behälter, aus dem die Fischer sie nach Belieben holen konnten.«

Auf einer Strecke von einer Drittelmeile traf Faure noch auf fünf ähnliche Mauern. Gewiß ein auffallendes Beispiel von Scharfsinn bei solchen wilden Volksstämmen, die sonst nicht hoch über den Tieren stehen!

Im King George Sound glückte es auch einem Offizier der

›Géographe‹, Ransonnet, eine Zusammenkunft mit den Bewohnern der Gegend zuwege zu bringen. Es war zum ersten Male, daß ein Europäer mit ihnen in nähere Berührung kam.

»Kaum erreichten wir das Ufer«, sagt Ransonnet, »als acht Eingeborne, die uns schon am ersten Tage unseres Erscheinens vergeblich durch Zurufe zum Landen eingeladen hatten, erschienen; bald entfernten sich von ihnen drei, wahrscheinlich die Frauen. Die fünf übrigen bemühten sich, nach Ablegung ihrer Wurfmesser, womit sie ohne Zweifel ihre friedlichen Absichten zu erkennen geben wollten, uns beim Aussteigen zu helfen. Die Matrosen boten ihnen verschiedene Geschenke an, die sie zwar mit Genugtuung, aber ohne besondere Freude annahmen. Ob aus Gleichgültigkeit oder Einbildung, jedenfalls gaben sie uns die Gegenstände bald darauf zurück, und als wir sie ihnen noch einmal übergaben, ließen sie sie auf der Erde liegen.

In ihrer Begleitung befanden sich mehrere schöne, große Hunde; ich tat mein Möglichstes, sie zur Abtretung eines solchen zu bewegen, und bot ihnen alles an, was ich nur zu geben hatte, doch blieben sie unerschütterlich. Es scheint, sie bedienten sich dieser Tiere bei der Jagd auf Känguruhs, die sie als Nahrung benutzten. Sie tranken Kaffee und aßen Zwieback und Pökelrindfleisch; schlugen aber Speck aus und ließen die Stücke auf die Erde fallen.

Diese Menschen sind groß, hager und gewandt; sie haben langes Haar, schwarze Augenbrauen, eine kurze, am Ursprung flache Nase, tiefliegende Augen, einen großen Mund, vorspringende Lippen und schöne weiße Zähne. Das Innere ihres Mundes erschien aber so schwarz wie ihre äußere Haut.

Die drei ältesten von ihnen, Männer von vierzig bis fünfzig Jahren, trugen einen langen schwarzen Bart; sie hatten die Zähne ausgefeilt und die Nasenscheidewand durchbohrt; ihre Haare waren natürlich gelockt. Die beiden anderen, welche wir für sechzehn bis achtzehn Jahre alt hielten, zeigten keine Spur von Tätowierung; das lange Haar trugen diese in einen Zopf zusammengeflochten und gepudert mit roter Erde, mit der die älteren sich den Bart eingerieben hatten.

Übrigens gingen alle nackt und bedeckten sich nur mit einer Art Gürtel aus vielen, aus Känguruhhaar gesponnenen Schnüren.

Sie plaudern gern und singen, wobei sie sich mit einförmigen Gesten begleiten. Trotz des niemals unterbrochenen guten Einvernehmens wollten sie doch nicht zugeben, daß wir uns dem Ort näherten, wo sich ihre Frauen aufhielten.«

Nach zwölftägiger Rast im King George Sound stachen die Schiffe wieder in See. Sie berichtigten und vervollständigten die Karten von Leuwins- und Endrachts-Land, welche in der Zeit vom 7. bis 26. März vermessen wurden. Von hier aus wendete sich Baudin nach Witts-Land, von dem man, als er zum ersten Male dort landete, noch sehr wenig Kenntnis besaß. Er hoffte, glücklicher zu sein als Witt, dem es nicht gelungen war, den Fuß auf dieses Land zu setzen; Untiefen, Riffe und Sandbänke machten die Schiffahrt hier besonders schwierig.

»Zu diesen Gefahren trat noch eine ganz eigentümliche Täuschung, die Spiegelung. Die Wirkung derselben war derartig, daß die ›Géographe‹, welche mehr als eine Meile von der Brandung entfernt segelte, davon gänzlich eingeschlossen erschien und an Bord der ›Casuarina‹ jedermann einen drohenden Unfall vor Augen sah.«

Am 3. Mai warf die ›Géographe‹ in Begleitung der ›Casuarina‹ zum zweiten Male im Hafen von Kupang auf Timor Anker. Genau einen Monat später und nachdem er sich ausreichend frisch verproviantiert hatte, verließ Baudin Timor wieder und steuerte nach Witts-Land, wo er günstige Winde anzutreffen hoffte, um nach Osten und dann nach Mauritius zu segeln, wo er nach glücklicher Rückkehr am 16. September 1803 verschied. Sollte nicht der schwankende Gesundheitszustand des Chefs der Expedition von Einfluß auf seinen Charakter gewesen sein, und würden die Offiziere sich ebenso über ihn zu beklagen gehabt haben, wenn Geist und Körperkräfte sich bei ihm die Waage gehalten hätten?

Am 23. März lief die ›Géographe‹ in die Reede von Lorient ein, und drei Tage später begann man mit der Ausschiffung der verschiedenen, von ihr mitgebrachten naturhistorischen Sammlungen.

»Abgesehen von einer Menge Kisten mit Mineralien, getrockneten Pflanzen, in Alkohol aufbewahrten Fischen, Reptilien und Amphibien, ausgestopften oder zergliederten Vierfüßlern und

Vögeln, hatten wir noch siebzig große Kisten mit lebenden Pflanzen, darunter gegen zweihundert Arten Nutzpflanzen, sechshundert Sorten Sämereien und gegen hundert lebende Tiere.«

Wir vervollständigen diese Mitteilungen noch durch einen Auszug aus dem der Regierung übergebenen Bericht. Sie beziehen sich hauptsächlich auf die von Péron und Lesueur geordnete zoologische Sammlung.

»Sie besteht aus mehr als hunderttausend Arten großer und kleiner Tiere und führte schon zur Kenntnis mehrerer neuen Klassen; sie enthält, nach dem vom Professor des Museums gegebenen Überblick, über zweitausendfünfhundert neue Arten.«

Vergleicht man hiermit die zweite Reise Cooks – die bedeutendste und erfolgreichste, die man bisher kennt –, so hat diese doch nur zweihundertfünfzig neue Arten geliefert, und somit geht daraus hervor, daß Péron und Lesueur allein mehr Tiere kennengelernt haben als alle reisenden Naturforscher der letzten Zeiten.

Auch die geographischen und hydrographischen Ergebnisse waren ziemlich wertvoll. England hat dieselben allerdings niemals anerkennen wollen, und Desborough Cooley beliebt in seiner ›Geschichte der Reisen‹ die Entdeckungen Baudins denen Flinders bei weitem unterzuordnen. Man vermaß sich sogar zu behaupten, Flinders sei auf der Île de France sechseinhalb Jahre lang gefangengehalten worden, um den französischen Berichterstattern Gelegenheit zu geben, seine Karten zu studieren und aus denselben ihre Reise zu kombinieren. Eine solche Beschuldigung ist wohl zu sinnlos, als daß wir ein weiteres Wort darüber verlieren sollten. Der englische und der französische Seefahrer haben sich beide bezüglich der Bekanntmachung der Küsten Australiens hinreichend ausgezeichnet, als daß es notwendig erschiene, den einen auf Kosten des anderen hervorzuheben.

Drittes Kapitel

Asien und die beiden Amerika

1

Die Tatarei nach Witzen – China nach der Darstellung der Jesuiten und des Paters Du Halde – Macartney in China – Aufenthalt in Tien-Tsing – Ankunft in Peking – Verhandlungen – Empfang der Gesandtschaft durch den Kaiser – Feste und Feierlichkeiten in Djehol – Rückkehr nach Peking und Europa

Gegen Ende des 17. Jahrhunderts hatte Nikolaus Witzen die östliche und nördliche Tatarei durchstreift und 1692 einen recht interessanten Bericht über diese Fahrt veröffentlicht. Das in holländischer Sprache geschriebene und in keine andere europäische Sprache übersetzte Werk erwarb seinem Verfasser jedoch nicht das Ansehen, das er verdiente. Mit zahlreichen, zwar künstlerisch ziemlich wertlosen, aber in ihrer Einfalt für die Treue derselben zeugenden Bildern wurde das Buch im Jahre 1705 noch einmal herausgegeben und von den letzten Exemplaren dieser zweiten Auflage im Jahre 1785 eine neue Titelausgabe veranstaltet. Ein Bedürfnis dafür war freilich kaum vorhanden, denn man besaß zu der Zeit schon weit eingehendere und umfassendere Kenntnisse.

Seit dem Tage, da die Jesuiten im Himmlischen Reiche Fuß faßten, hatten sie mit allen ihnen zu Gebote stehenden Mitteln dahin gestrebt, Nachrichten aller Art über dieses ungeheure Reich zu sammeln, das vor ihnen nur durch die wunderbaren Schilderungen Marco Polos bekannt war. Obwohl China so recht die Heimat des Stillstandes ist und die Volkssitten daselbst fast stets gleich bleiben, so waren doch zu viele Ereignisse eingetreten, welche es wünschenswert erscheinen ließen, etwas genauer über ein Land unterrichtet zu sein, mit dem Europa aller Voraussicht nach vorteilhafte Beziehungen aufnehmen konnte.

Die Erfolge der Nachforschungen der Patres der Gesellschaft Jesu, welche bisher nur in der kostbaren Sammlung der ›Gelehrten Briefe‹ veröffentlicht waren, wurden nun durch eines der eifrigsten Mitglieder des Ordens, den Pater Du Halde, gesammelt, durchgesehen und vermehrt. Der Leser erwartet gewiß nicht, daß wir hier einen Auszug dieser ungeheueren Arbeit mitteilen; dazu würde kaum ein ganzer Band ausreichen, und überdies besitzen wir heutzutage noch weit vollständigere Nachrichten als die, welche man dem Fleiße und der scharfsinnigen Kritik des Paters Du Halde verdankt, welcher allerdings das erste brauchbare Werk über China zusammenbrachte.

Gleichzeitig mit obigen, höchst verdienstvollen Arbeiten widmeten sich die Jesuiten auch astronomischen Studien, sammelten naturwissenschaftliche Gegenstände für Herbarien und zeichneten Karten, auf die man bis vor nicht langer Zeit bezüglich einiger entlegener Provinzen des Reiches einzig angewiesen blieb.

Gegen Ausgang des 18. Jahrhunderts veröffentlichte ein Stiftsherr des heiligen Ludwig von Louvre, der Abbé Grossier, in kürzerer Form eine Beschreibung Chinas und der Tatarei. Er benutzte dabei die Arbeiten seines Vorgängers, des Paters Du Halde, die er berichtigte und zum Teil vervollständigte. Die immerhin umfangreiche Arbeit des Paters Grossier enthält nach einer Beschreibung der fünfzehn Provinzen Chinas und der Tatarei, ebenso wie der Tributärstaaten Korea, Tonking, Chochinchina und Tibet, eine weitläufige Schilderung der Bevölkerung und der Naturgeschichte Chinas. Dann geht der Verfasser zur Beschreibung der Regierungsform, der Religion, der Sitten, Literatur, der Wissenschaften und Kunst der Chinesen über.

In den letzten Jahren des 18. Jahrhunderts sandte die englische Regierung zur Anknüpfung von Handelsbeziehungen mit China Georges von Macartney als außerordentlichen Gesandten dahin.

Dieser Diplomat hatte schon Europa und Rußland bereist, und als Gouverneur der englischen Antillen und von Madras sowie als Generalgouverneur von Indien, durch den langjährigen Umgang mit Menschen unter den verschiedensten Breiten und Klimaten, gründliche Erfahrungen über die Motive ihrer Handlungen gesammelt. Der Bericht über seine Reise enthält auch eine Menge Tatsachen und Beobachtungen, welche bei den Europäern eine genauere Vorstellung von den Chinesen erweckten.

Der Leser interessiert sich stets mehr für persönliche Abenteuer und Beobachtungen als für eine anonyme Arbeit. Zwar ist das Ich stets widerwärtig, sagt das Sprichwort; doch stimmt das nicht in bezug auf Reisebeschreibungen, und der, welcher von sich sagen kann: »Ich war dabei, als das und das geschah!« wird stets ein williges Ohr und warme Teilnahme finden.

Ein Geschwader von drei Schiffen, bestehend aus der ›Lion‹, der ›Hindostan‹ und der ›Chacal‹, segelte am 26. Dezember 1792 mit Macartney und seinem Gefolge ab. Nach mehrfachem Aufenthalte in Rio de Janeiro, an den Inseln St. Paul und Amsterdam, wo man Seekalb-Jäger traf, ferner in Batavia und Bantam und auf der Insel Java bei Pulo-Condor gingen die Schiffe bei Turon (dem heutigen Da Nang, Anm. d. Hrsg.) in Cochinchina in einer geräumigen Bai, von der man nur eine sehr unzulängliche Karte besaß, vor Anker. Das Eintreffen der englischen Schiffe erregte anfangs einige Unruhe unter den Cochinchinesen (den heutigen Südvietnamesen, Anm. d. Hrsg.); als sie aber die Gründe erfuhren, welche das Geschwader bestimmt hatten, hier einzulaufen, sendeten sie einen hohen Würdenträger mit Geschenken an Macartney ab, der bald darauf von dem Gouverneur zur Tafel nebst darauffolgender dramatischer Vorstellung eingeladen wurde. Neben einer Beschreibung dieser Festlichkeiten besitzt man noch einige Beobachtungen, die jedoch in zu kurzer Zeit gemacht wurden, als daß man die darin enthaltenen Schilderungen der Sitten und der verschiedenen Rassen der Cochinchinesen für zuverlässig halten könnte.

Die Schiffe gingen aufs neue unter Segel, sobald die Kranken ihre Gesundheit wiedererlangt und man sich die nötigen Provisionen verschafft hatte. Nach kurzem Aufenthalt an den Diebesinseln begab sich das Geschwader in die Straße von Formosa, wo es von einem schweren Sturm überfallen wurde, und lief in den Hafen von Chusan (dem heutigen Chou-Shan, Anm. d. Hrsg.) ein. Man benutzte diese Rast zur Berichtigung der Karte des Archipels und zu einem Besuche der Stadt Ting-Haï, wo die Engländer ebensoviel Neugier erregten, als sie beim Anblick so vieler unbekannter Dinge selbst empfanden.

Die Häuser, die Märkte, die Kleidung der Chinesen, die Kleinheit der Füße ihrer Frauen, lauter Sachen, die wir jetzt längst kennen, erweckten in hohem Grade das Interesse der Fremden.

Von Chusan aus segelte das Geschwader in das Gelbe Meer, das bisher noch von keinem europäischen Schiff besucht worden war. In dieses Meer mündet der Hoang-Ho, der auf seinem langen, gewundenen Laufe eine ungeheuere Menge gelblichen Schlammes mitführt, von dem das Meer seinen Namen erhalten hat. Die englischen Schiffe warfen dabei in der Bai von Ten-Chu-Fu Anker, gingen dann nach dem Golfe von Peking und hielten vor der Barre des Pei-Ho an. Da der Wasserstand über derselben zur Zeit der Ebbe kaum noch drei bis vier Fuß betrug, konnten sie dieselbe nicht überschreiten.

Sehr bald trafen hier zwei von der Regierung ernannte Mandarine mit reichlichen Geschenken zum Empfang des Gesandten ein. Die als Gegengabe für den Kaiser bestimmten wurden auf Dschonken verladen, während der Gesandte in einer für ihn hergerichteten Yacht weiterreisen sollte. Die erste Stadt, bei welcher der Zug Rast machte, war Taku, wo Macartney den Besuch des Vizekönigs der Provinz und des ersten Mandarins empfing. Es waren das zwei sehr vornehme und beliebte Männer, ohne jene widerwärtige Speichelleckerei und jene Vorurteile, denen man hier unter den anderen Klassen allenthalben begegnet.

»Man hat gewiß mit dem Ausspruche recht«, schreibt Macartney, »daß ein Volk das ist, was man aus ihm macht, und die Engländer sahen dafür wiederholt die Beweise in der Wirkung, welche die Furcht vor der wuchtigen Hand der Gewalt auf die Leute äußert. Wenn sie sich von jener Furcht frei fühlten, schienen sie heiteren und zutraulichen Charakters zu sein; in Gegenwart ihrer Behörden aber sahen sie ungeheuer furchtsam und verlegen aus.«

Der Strömung des Pei-Ho entgegen, kam man infolge der unzähligen Windungen des Flusses nur sehr langsam nach Peking vorwärts. Die höchst sorgsam angebaute Landschaft, die am Ufer des Flusses oder weiter im Lande zerstreuten Häuser und Dörfer, die Kirchhöfe, ganze Pyramiden von Salzsäcken entrollten vor dem Beschauer ein reizendes, wechselvolles Bild; als dann die Nacht herankam, warfen die vielen verschiedenen, am Top der Masten jeder Dschonke oder Yacht befestigten Laternen ein eigentümliches Licht über die Umgebung, das ihr ein wirklich phantastisches Aussehen verlieh.

Tien-Tsing (das heutige T'ien-Ching, Anm. d. Hrsg.) bedeutet ›himmlischer Ort‹, und es verdankt die betreffende Stadt diesen Namen ihrem angenehmen Klima, dem reinen, ewig heiteren Himmel und der Fruchtbarkeit ihrer Umgebung. Der Gesandte wurde hier von dem Vizekönig und einem Abgesandten des Kaisers empfangen. Sie meldeten Macartney, daß der Kaiser sich in seiner Sommerresidenz in der Tatarei aufhalte und dort am 13. September seinen Geburtstag begehen wolle. Der Gesandte mußte also bis Tong-Schu, zwölf Meilen hinter Peking, weiterfahren und sich dann zu Lande nach Djehol, dem Aufenthaltsorte des Kaisers, begeben. Die Geschenke folgten dem Gesandten nach. Wenn die erste Mitteilung Macartney auch zusagte, so war ihm die zweite dafür sehr unangenehm, denn die betreffenden Geschenke bestanden aus sehr feinen Instrumenten, die bei der Abreise auseinandergenommen und in einzelnen Stücken eingepackt worden waren. Der Gesandte wollte nicht zugeben, daß diese Geschenke einstweilen an einem Orte niedergelegt würden, von wo sie vielleicht nicht wieder zum Vorschein gekommen wären. Es bedurfte des Eingreifens des Vizekönigs, um »diese Denkmäler des Geistes und der Kenntnisse Europas« zu retten. Die Flottille, welche Macartney und sein Gefolge trug, passierte Tien-Tsing. Die Stadt erschien fast ebenso ausgedehnt wie London und zählte nicht weniger als siebenhunderttausend Seelen. Am Ufer drängte sich eine große Menschenmenge, um die Gesandtschaft vorüberkommen zu sehen, und auf dem Strome tummelte sich die ganze Wasserbewohnerschaft der Dschonken auf die Gefahr hin, in den Fluß zu fallen. Die Häuser sind aus blauen Backsteinen gebaut – rote trifft man nur selten –, und einzelne haben zwei Stockwerke, entgegen der allgemeinen Gewohnheit. Die Gesandtschaft sah hier auch zum ersten Male jene Karren mit Segeln in Tätigkeit, deren Vorhandensein lange Zeit geleugnet wurde. Es sind Doppelkarren aus Rohrgeflecht mit einem großen Rade in der Mitte.

»Fehlt es an dem nötigen Wind, um den Karren fortzubewegen«, heißt es in dem Bericht, »so zieht ihn ein richtig darangespannter Mann vorwärts, während ein zweiter ihn im Gleichgewicht hält und mit fortschiebt. Bei günstigem Wind wird diese Arbeit überflüssig. Das Segel besteht übrigens aus einer an zwei Stöcken befestigten Matte.«

Die Ufer des Pei-Ho sind an manchen Stellen mit Schutzmauern aus Granit eingefaßt, um den Überschwemmungen vorzubeugen; in denselben sieht man da und dort auch mit Schleusentoren geschlossene Durchlässe, mittels derer man die auf der Rückseite der Steindämme gelegenen Felder bewässern kann.

Obwohl diese Gegend sehr sorgsam angebaut erscheint, wird sie doch in Folge von Überschwemmungen zuweilen von grausamer Hungersnot heimgesucht, welche auch nicht selten durch die Verheerungen von Heuschrecken erzeugt wird.

Bis jetzt segelte die Gesandtschaft inmitten der ungeheuren Alluvionsebenen des Pe-Tche-Li. Erst am vierten Tage nach der Abfahrt aus Tien-Tsing bemerkte man am fernen Horizont eine blaue Linie von Bergen. Man näherte sich nun Peking. Am 6. August 1793 warfen die Yachten zwei Meilen von dieser Hauptstadt und eine halbe Meile von Tong-Chu-Fu Anker.

Hier mußte man an Land gehen, um in einem Palaste mit dem Namen ›Der Garten des ewigen Grün‹ die Geschenke niederzulegen, welche nicht ohne Gefahr bis Djehol geschafft werden konnten. Das schon durch den Anblick der Engländer erweckte Erstaunen der Bewohner von Tong-Chu-Fu erreichte seinen Gipfel durch das Erscheinen eines schwarzen Dieners.

»Seine kohlschwarze Haut, das Wollhaar, der seiner Rasse eigentümliche Gesichtsausdruck waren in diesem Teile Chinas etwas bisher ganz Unbekanntes. Man erinnerte sich nicht, jemals etwas Ähnliches gesehen zu haben. Einige Zuschauer zweifelten, ob ein solches Wesen überhaupt zum Geschlecht der Menschen gehöre, und die Kinder schrieen ›ein Fanker‹, das ist ein schwarzer Teufel. Die Gutmütigkeit des Mannes versöhnte die Leute jedoch bald mit seiner fremdartigen Erscheinung, so daß sie ihn später ohne Furcht und Abscheu betrachteten.«

Am meisten fiel den Engländern an einer Mauer die Abbildung einer Mondfinsternis auf, welche in den nächsten Tagen eintreten sollte. Sie bemerkten auch, daß das Gold für die Chinesen eine Handelsware sei, denn sie haben keine geschlagenen Münzen und bedienen sich nur kleiner Zaine mit einem das Gewicht derselben bezeichnenden Stempel. Die auffallende Ähnlichkeit zwischen den Zeremonien des Fo-Kultes und der christlichen Religion konnte den Engländern natürlich nicht entgehen. Macartney erinnert daran, daß einige Schriftsteller behaupten, der Apostel Thomas sei nach China gekommen, während der Missionar Premore behauptet, das sei nur ein Possen, den der Teufel den Jesuiten gespielt habe.

Man brauchte neunzig kleine Karren, vierundvierzig jener Segelkarren, über zweihundert Pferde und mehr als dreitausend Menschen, um die Geschenke der britischen Regierung fortzuschaffen.

Der Gesandte und drei andere Engländer folgten dem Zug in einem Palankin; die anderen Gesandtschafts-Mitglieder, ebenso wie die Mandarine, begleiteten die letzteren zu Pferde. Überall, wo dieser Aufzug vorüberkam, lief eine zahllose Menge zusammen. Bei der Ankunft an den Toren von Peking wurde der Gesandte durch eine Geschützsalve empfangen; nach Überschreitung der Mauern befand er sich in einer breiten, nicht gepflasterten, aber an beiden Seiten mit ein oder zwei Stockwerke hohen Häusern besetzten Straße. In derselben erhob sich ein hübscher Triumphbogen aus Holz mit drei Durchgängen und hohen, reichlich verzierten Dächern.

Die Gesandtschaft lieferte, sagt man, den Erzählungen im Munde des Volkes reichlichen Stoff. Man glaubte zum Beispiel, die Geschenke für den Kaiser umfaßten alle Seltenheiten fremder Länder, die in China noch nicht bekannt seien. Man versicherte ganz ernsthaft, unter den zu diesen Seltenheiten gehörenden Tieren befinde sich auch ein Elefant von der Größe eines Affen, aber der Wildheit eines Löwen, und ein Hahn, der sich von Kohle nähre. Alles, was von England stammte, mußte nun einmal mit den Dingen in Peking in Widerspruch stehen und den dort bekannten ganz entgegengesetzte Eigenschaften besitzen.

Man gelangte so an die durch ihre gelbe Farbe hinlänglich gekennzeichnete Wohnung des Kaisers. Jenseits des Tores sah man künstliche Hügel, Seen, Flüsse mit kleinen Inseln und allerlei phantastische Gebäude zwischen den Bäumen verstreut.

Am Ende einer im Norden an den Mauern der Stadt endigenden Straße bemerkten die Engländer ein gewaltiges Gebäude von beträchtlicher Höhe, das eine Glocke von überraschender Größe enthielt. So durchstreiften sie die Stadt von einem Teil zum anderen. Der Gesamteindruck, den sie davon empfingen, war kein besonders günstiger, und sie gewannen die Überzeugung, daß ein Chinese, der etwa London mit seinen Brücken und Plätzen, seinen unzähligen Schiffen, Squares und öffentlichen Denkmälern zu Gesicht bekäme, einen besseren Eindruck von der Hauptstadt Britanniens mitnehmen müßte als sie von Peking. Als man zu dem Palast kam, wo die Geschenke des Königs von England aufgestellt werden sollten, verständigte sich Lord Macartney mit dem Gouverneur über die Art und Weise der Anordnung und Einteilung der verschiedenen Gegenstände. Diese wurden übrigens in einem großen, reich geschmückten Saal untergebracht, in dem sich außer dem Thron nur einige Vasen aus altem Porzellan befanden.

Wir gehen nicht näher auf die endlosen Verhandlungen ein, die das Verlangen der Chinesen, der Gesandte solle sich vor dem Kaiser zur Erde werfen, hervorriefen, welche beabsichtigte Demütigung übrigens schon dadurch hinlänglich angedeutet wurde, daß sich über der Flagge der Yachten und über den Karren eine Inschrift mit den Worten befand: »Ein Gesandter, der den Tribut Englands bringt.«

In der chinesischen Hauptstadt, in Peking, liegt auch das Feldstück, das der Kaiser, einem althergebrachten Gebrauche gemäß, jedes Frühjahr besät. Hier befindet sich der ›Tempel der Erde‹, wohin sich der Herrscher im Augenblicke der Sommersonnenwende begibt, zur Anerkennung der Macht jenes Gestirnes, das die Welt erleuchtet, und zum Dankgebet für dessen wohltätigen Einfluß.

Peking ist übrigens nur der Sitz der Regierung des Reiches und hat weder Fabriken noch einen Hafen oder größere Handelstätigkeit.

Die Bevölkerung wird von Macartney auf drei Millionen Seelen geschätzt. Die einstöckigen Häuser der Stadt scheinen aber für eine solche Volksmenge nicht zu genügen; doch darf man dabei nicht vergessen, daß hier oft ein einziges Haus das Obdach für Familien aus drei Generationen bildet. Diese Dichtigkeit der Bevölkerung erklärt sich auch durch die Sitte des frühzeitigen Heiratens. Solche vorzeitige Verbindungen betrachten die Chinesen als Maßnahme weiser Vorsicht, da die Kinder, und vorzüglich die Söhne, verpflichtet sind, für den Unterhalt der Eltern zu sorgen.

Am 2. September 1793 verließ die Gesandtschaft Peking wieder. Macartney legte den letzten Teil der Reise im Postwagen zurück, und wahrscheinlich rollte ein solches Gefährt damit zum ersten Male auf den Landstraßen der Tatarei dahin. Je mehr man sich von Peking entfernt, desto mehr steigt der Weg bergan, der Boden wird sandiger und enthält weniger Ton und Dammerde. Bald sieht man dann ungeheure Strecken, bepflanzt mit Tabak; nach Macartney ist der Gebrauch dieser Pflanze nicht von Amerika hierhergekommen und die Gewohnheit zu rauchen unabhängig auf asiatischem Boden entsprossen.

Mit der Verschlechterung des Erdbodens verminderte sich auch die Bevölkerung, wie man bald merkte. Gleichzeitig vermehrte sich die Zahl der Tataren und verwischten sich die Unterschiede in den Sitten der Chinesen und ihrer Besieger mehr und mehr.

Am fünften Reisetage bekamen die Engländer die schon fast sagenhaft gewordene große Mauer zu Gesicht.

»Alles, was mein Auge von dieser befestigten Mauer erblickt«, schreibt Macartney, »wie sie das Gebirge und dessen höchste Gipfel übersteigt, in die tiefsten Täler hinabreicht, die Flüsse in schönen Bogen überspannt, wie sie sich zur Erschwerung des Übersteigens da und dort verdoppelt, verdreifacht und von hundert zu hundert Schritten noch mit Türmen oder wirklichen Bastionen besetzt ist, alles das, sage ich, macht den Eindruck eines über alle Maßen großartigen Unternehmens.

Erstaunen und Verwunderung erregt es vorzüglich, wenn man die unendlichen Schwierigkeiten bedenkt, welche die Herbeischaffung von Material verursachen mußte, um eine Mauer an Stellen aufzubauen, die an und für sich kaum zugänglich erscheinen. Einer der höchsten Berge zum Beispiel, welche die

große Mauer überschreitet, hat nach meiner Messung eine Höhe von 5225 Fuß.

Dieses eigentümliche Festungswerk, denn der einfache Name Mauer gibt keine rechte Vorstellung von dessen Konstruktion, diese Befestigung hat, sage ich, eine Längenausdehnung von tausendfünfhundert Meilen; freilich ist sie nicht überall gleichmäßig stark. Diese tausendfünfhundert Meilen bezeichnen die Ausdehnung der Grenzen, welche die zivilisierteren Chinesen von den umherschweifenden Tatarenstämmen trennen. Heutzutage hängt freilich das Los der Völker, welche miteinander in Krieg geraten, von derartigen Hindernissen nicht im geringsten mehr ab.

Einige der kleineren Werke inmitten dieses ungeheuren Gürtels erliegen schon jetzt dem Zahne der Zeit und zerfallen in Ruinen; andere sind wieder ausgebessert worden, die Hauptmauer scheint aber fast überall mit solcher Sorgfalt und Geschicklichkeit hergestellt zu sein, daß sie sich, ohne weiter Hand daran zu legen, schon zweitausend Jahre erhalten konnte und ebensowenig einem baldigen Untergange entgegensieht wie die Felsenscheide, welche die Natur selbst zwischen China und der Tatarei errichtet hat.«

Jenseits der Mauer verriet es selbst die Natur schon, daß man ein anderes Land betrat. Die Temperatur ist daselbst niedriger, die Wege werden unebener, die Berge entbehren des reichen Baumschmuckes. Die Anzahl der Kropfkranken wuchs in den Tälern der Tatarei und erreichte, nach Doktor Gillan, dem Arzte der Gesandtschaft, wohl den sechsten Teil der Bevölkerung. Derjenige Teil der Tatarei, in dem diese Krankheit allgemein ist, bietet eine auffallende Ähnlichkeit mit einigen Kantonen der Schweiz und Savoyens.

Endlich erreichte man das Tal von Djehol (dem heutigen Ch'eng-te-Shih, Anm. d. Hrsg.), wo der Kaiser einen Sommerpalast mit prächtigem Garten besitzt. Die Residenz heißt: ›Heimat der angenehmen Frische‹ und der Park ›der Garten der unzähligen Bäume‹.

Die Gesandtschaft wurde mit militärischen Ehren empfangen inmitten einer gewaltigen Volksmenge, unter der man viel gelb gekleidete Leute erblickte. Es waren das niedere Lamas oder Mönche von der Sekte Fos, zu der auch der Kaiser selbst gehört.

Die schon in Peking beliebten Verhandlungen wegen des Niederwerfens des Gesandten vor dem Kaiser begannen hier aufs neue. Endlich geruhte Tchien-Lung, sich mit der Ehrenbezeugung zu begnügen, welche die Engländer ihrem Herrscher gegenüber beobachten. Der Empfang geschah darauf mit allem Pompe, unter ganz unglaublichen Zeremonien und dem Beitritt unzähliger Höflinge und Beamter.

»Bald nach Anbruch des Tages«, heißt es in dem Berichte, »verkündete der Ton verschiedener Instrumente und ein verworrenes Getöse aus der Ferne die Ankunft des Kaisers. Bald darauf kam er zum Vorschein, und zwar von der Rückseite eines hohen,

baumbekrönten Berges her, als trete er aus einem heiligen Haine, vor ihm aber eine Menge Menschen, welche mit lauter Stimme seine Tugenden und seine Macht priesen. Er selbst saß auf einem offenen, thronähnlichen Stuhle, den sechzehn Männer trugen. Seine Leibgarde, die Offiziere des Hauses, Fahnenträger, Sonnenschirmträger und Musikanten bildeten sein unmittelbares Gefolge. Er war mit dunkelseidenem Rocke bekleidet und trug eine Sammetmütze, welche ihrer Form nach sehr an die der Bergschotten erinnerte. Auf seiner Stirn sah man eine große Perle, den einzigen Schmuck, den er an sich hatte.«

Beim Eintritt in das Empfangszelt begab sich der Kaiser über

die nur für ihn bestimmten Stufen der Vorderseite zu dem Throne. Der Groß-Colao (etwa Premierminister) Ho-Choo-Taung und zwei der ersten Hausoffiziere hielten sich in seiner Nähe und sprachen mit ihm nie anders, als auf den Knien liegend. Nachdem die Prinzen des kaiserlichen Hauses, die der tributpflichtigen Länder und die hohen Staatsoffiziere je nach dem Range Platz genommen hatten, führte der Groß-Zeremonienmeister Macartney bis links an die Stufen des Thrones, eine Seite, welche nach heimischer Sitte als Ehrenplatz angesehen wird. Dem Gesandten folgten sein Page und sein Dolmetscher. Ein bevollmächtigter Minister begleitete ihn.

Macartney hielt nach Anordnung des Zeremonienmeisters mit beiden Händen das große, prachtvolle, viereckige und reich mit Diamanten verzierte Goldetui mit dem Schreiben des Königs von England über seinem Kopf empor. Dann bestieg er die wenigen Stufen bis zum Throne, neigte ein wenig das Knie und machte eine kurze Verbeugung, worauf er dasselbe seiner kaiserlichen Majestät darbot. Der Monarch nahm es gewandt aus seinen Händen, setzte es an seine Seite und sagte, »daß er eine lebhafte Befriedigung über den Beweis von Achtung und Wohlwollen empfinde, den ihm Seine britannische Majestät durch die Absendung einer Gesandtschaft mit einem eigenhändigen Schreiben und wertvollen Geschenken bezeuge; daß er seinerseits dieselben Gefühle für den Herrscher Britanniens hege und auf ein immerwährendes Einverständnis zwischen den Untertanen beider Reiche hoffe«.

Nach einer kurzen persönlichen Unterhaltung mit dem Gesandten machte diesem der Kaiser, ebenso wie dem bevollmächtigten Minister, einige Geschenke. Darauf wurden die Würdenträger zu Kissen geleitet, die vor großen, reichlich mit Fleisch und Früchten besetzten Tischen lagen. Der Kaiser aß selbst mit und überhäufte die Gesandten mit Zeichen seiner Achtung und Wertschätzung, welche das Ansehen der englischen Regierung in den Augen der Allgemeinheit wesentlich steigerten. Ja, Macartney und sein Gefolge wurden sogar eingeladen, die Gärten von Djehol zu besuchen. Während sie das taten, begegneten sie dem Kaiser, der sofort stehenblieb, um ihren Gruß entgegenzunehmen und sie durch seinen von aller Welt als Vize-Kaiser betrachteten ersten Minister und mehrere andere Personen führen zu lassen.

Die Chinesen unterzogen sich der Mühe, den Gesandten und sein Gefolge durch die weiten, außer dem eigentlichen Parke angelegten Lustgärten zu begleiten. Ein kleiner Teil war den weiblichen Personen der kaiserlichen Familie vorbehalten, und der Eintritt in dieselben den chinesischen Ministern ebenso wie der englischen Gesandtschaft aufs strengste untersagt.

Macartney lernte dabei ein in üppigem Grün prangendes Tal mit vielen Bäumen und vorzüglich auffallend großen Weiden kennen. Zwischen den Bäumen wucherte dichtes Gras, das weder von Vieh abgeweidet noch von einem Mäher entfernt wurde. Am Ufer eines ansehnlichen Sees angelangt, bestiegen die chinesischen Minister und die Engländer daselbst liegende Yachten und fuhren bis zu einer Brücke, die den See an seiner schmalsten Stelle überspannte und auf deren anderer Seite derselbe sich in nebelgraue Fernen zu verlieren schien.

Einige Tage später, am 17. September, wohnten Macartney und sein Gefolge der Zeremonie bei, welche anläßlich des Geburtstages des Kaisers gefeiert wurde. Am nächsten und während der folgenden Tage gab es dann öffentliche, glänzende Feste, bei denen sich der Kaiser mit seinem ganzen Hofstaate beteiligte. Da produzierten sich Seiltänzer, Equilibristen, Taschenspieler, deren Geschicklichkeit lange Zeit nicht ihresgleichen fand, und ein Kämpfer nach dem anderen; dann traten Einwohner der verschiedenen Provinzen des Reiches in ihrem Nationalkostüm auf und brachten die mannigfachen Erzeugnisse ihrer Heimat dar. Hierauf ließen sich Musiker hören, bei deren Tönen flinke Tänzer die Menge ergötzten, und endlich machte ein Feuerwerk, obwohl man es am hellen Tage abbrannte, einen sehr schönen Effekt.

»Bekamen die Engländer hierbei auch neue Erfindungen zu sehen?« heißt es in dem Berichte. »Nur eine einzige. Es wurde nämlich ein großer Kasten von beträchtlicher Höhe gebracht, und als sich dessen Boden wie zufällig öffnete, entfielen demselben eine Menge Papierlaternen. Zuerst waren diese zusammengefaltet, bald aber nahmen sie ihre eigentliche Gestalt an und entfernten sich voneinander.

Jede zeigte zuletzt eine regelmäßige Form, und plötzlich sah man sie von Lichtern wunderbar gefärbt . . . Die Chinesen schienen die Kunst zu verstehen, das Feuer nach Belieben zu färben. An jeder Seite des großen Kastens befanden sich noch kleinere ähnliche, welche sich in derselben Weise öffneten und einen Feuerregen in wechselnder Form, glühend wie geschmolzenes Kupfer und bei jedem Windhauch wie ein Blitz aufleuchtend, aussprühten. Das Ganze beschloß der Ausbruch eines künstlichen Vulkans.«

Sonst belustigte sich der Kaiser nach der Geburtstagsfeier gewöhnlich mit der Jagd auf die wilden Tiere der Tatarei; da

Tchien-Lung sein hohes Alter aber diesen anstrengenden Sport verbot, beschloß er, nach Peking zurückzukehren, wohin die englische Gesandtschaft vorausgehen sollte.

Macartney sagte sich inzwischen, daß es nun Zeit sei, an die Beendigung seiner Mission zu denken. Einerseits herrschte damals noch nicht die Sitte des beständigen Aufenthaltes einer Gesandtschaft am chinesischen Hofe, andererseits veranlaßten ihn die dem Kaiser zufallenden großen Unkosten für den Unterhalt derselben, sein Verweilen möglichst abzukürzen. Er erhielt auch bald von Tchien-Lung eine Antwort auf den Brief des Königs von England, die Geschenke, welche man ihm zur Über-

mittlung an denselben mitgab, ebenso wie die für ihn und alle Beamten seines Gefolges ausgewählten Gaben. Man rüstete sich also zum Aufbruch.

Auf dem Kaiser-Kanal gelangte Macartney nach Tong-chu-fu zurück. Während der Reise sahen die Engländer den merkwürdigen Vogel ›Leut-ze‹ für seinen Herrn Fische fangen. Dieser gehört zu der Gattung der Seeraben. Er läßt sich so gut abrichten, daß man ihn zuletzt nicht mehr mit einer Leine am Halse zu fesseln oder ihm einen Ring um den Hals zu legen braucht, um ihn am Verschlingen seines Fanges zu hindern.

»Auf jedem Boote oder Floße befanden sich zehn bis zwölf

solcher Vögel, die auf ein gegebenes Zeichen ihres Herrn zusammen untertauchen. Nicht ohne Erstaunen sieht man dann die gewaltigen Fische, welche diese Vögel fangen und in ihrem Schnabel geschleppt bringen.«

Macartney erwähnt auch eine besondere Methode, wilde Enten oder Wasservögel überhaupt zu jagen. Man läßt dabei leere Wasserkrüge oder Kürbisflaschen mehrere Tage ruhig auf dem Wasser schwimmen, bis sich die Vögel an deren Anblick gewöhnt haben. Dann watet ein Mann ins Wasser, bedeckt den Kopf mit einem solchen Kruge, geht langsam vorwärts und erfaßt die Vögel, die er erlangen kann, an beiden Füßen, erstickt sie unter dem Wasser und setzt diese Jagd ohne jedes Geräusch so lange fort, bis er einen mitgenommenen Sack vollständig gefüllt hat.

Der Gesandte begab sich nach Canton, von da nach Macao und kehrte von hier aus nach England zurück. Wir haben indessen keine Ursache, ihn auf dieser Fahrt zu begleiten.

II

Die Westküste Amerikas – Juan de Fuca und de Fonte – Die drei Reisen Berings und Vancouvers – Besichtigung des Archipels Neugeorgien und eines Teiles der amerikanischen Küste – Erforschung des Innern von Amerika – Samuel Hearne – Entdeckung des Coppermine-Flusses – Mackenzie und der Strom, der seinen Namen führt – Der Fraser-Fluß

Wiederholt hatten wir Gelegenheit, gewisser Expeditionen Erwähnung zu tun, welche als Ziel die Erforschung der Gestade Amerikas verfolgten. Es empfiehlt sich wohl, hier einige Zeit zurückzugreifen und die Reisen kurz zu betrachten, welche bis zum Ende des 18. Jahrhunderts an den Westküsten Amerikas ausgeführt wurden.

Im Jahre 1537 hatte Cortez mit Francisco de Ulloa die große

Halbinsel von Kalifornien entdeckt und den größten Teil dieses langen und schmalen Meerbusens untersucht, der heute Purpurmeer genannt wird.

Nach ihm gingen Vasquez Coronado zu Lande und Francisco Alarcon zu Wasser auf die Suche nach der Meerenge, welche man sich als Verbindungsglied des Atlantischen und Pazifischen Ozeans dachte; sie gelangten aber nicht über den 36. Grad der Breite hinauf.

Zwei Jahre später, 1542, erreichte der Portugiese Rodriguez de Cabrillo den 44. Breitengrad. Dort angelangt, zwangen ihn aber Kälte, Krankheiten, Mangel an Proviant und der schlechte Zustand seines Schiffes zur Umkehr. Er hatte jenen Durchgang zwar nicht entdeckt, aber doch festgestellt, daß die Küste von dem Nativitäts-Hafen unter 19° 40′ bis zu dem von ihm erreichten Punkte eine ununterbrochene Linie bilde. Die Meerenge schien vor den Forschern immer weiter zurückzuweichen.

Man muß wohl annehmen, daß diese geringen Erfolge ihrer Bemühungen die Spanier entmutigten, denn von jener Zeit ab verschwanden sie aus der Liste der Entdeckungsreisenden. Ein Engländer, Drake, war es, der, nachdem er längs der Westküste von der Magelhães-Straße aus hingefahren und die spanischen Besitzungen verheert hatte, bis zum achtundvierzigsten Grade vordrang, dann eine Strecke von zehn Graden rückwärts segelte und dieser ganzen, ungeheuren Küstenstrecke den Namen Neu-Albion gab.

Es folgte nun 1592 die großenteils fabelhafte Reise Juan de Fucas, welcher die schon lange gesuchte ›Anian-Straße‹ (die heutige Beringstraße, Anm. d. Hrsg.) gefunden zu haben behauptete, während er in Wahrheit nur den schmalen Sund entdeckt hatte, der die Insel Vancouver vom Festland trennt.

Im Jahre 1602 legte Vizcaino den Grund zu dem Hafen von Monterey in Kalifornien, und vierzig Jahre später fand die vielbestrittene Expedition des Admirals de Fuente oder de Fonte – je nachdem man diesen als Spanier oder als Portugiesen betrachtet – statt, die zu so vielen gelehrten Abhandlungen und geistreichen Auslegungen Veranlassung geben sollte. Dem Genannten verdankt man die Entdeckung des Saint-Lazarus-Archipels oberhalb der Insel Vancouver; in das Gebiet des Romans gehört aber alles übrige, was er über große Seen, von ihm besuchte weitläufige Städte und über die Verbindung der beiden Ozeane berichtet.

Im 18. Jahrhundert vertraute man schon nicht mehr blind den Aussagen der Reisenden. Man prüfte und kontrollierte sie und wies alles zurück, was mit schon bekannten Tatsachen in offenbarem Widerspruche stand. Buache, Delisle und vor allem Fleurieu sind als die Bahnbrecher einer fruchtbaren historischen Kritik anzusehen und verdienen dafür den Dank der Nachwelt.

Die Russen hatten unterdes auch den Kreis ihrer Kenntnisse schon sehr weit ausgedehnt, und allem Anschein nach konnte der Tag nicht mehr fern sein, wo ihre Kundschafter und Kosaken Amerika erreichten, wenn überhaupt, wie man zu jener Zeit annahm, im Norden eine Verbindung zwischen beiden Kontinenten vorhanden war. Auf keinen Fall wäre das jedoch einer ernsten Expedition gleichzuachten gewesen, und wer von ihnen hätte auch wissenschaftliche Kunde bringen können, die von den gebildeteren Nationen geglaubt worden wäre?

Der Zar Peter I. hatte wenige Tage vor seinem Tode mit eigener Hand den Plan und die Instruktionen zu einer von ihm längst beabsichtigten Reise entworfen; er wollte darüber Gewißheit erlangen, ob Asien und Amerika verbunden oder durch eine Meerenge getrennt seien. In den Arsenalen und dem Hafen von Kamtschatka waren die hierzu notwendigen Bedingungen nicht gegeben. Man mußte also Kapitäne, Matrosen, Ausrüstungsgegenstände und Lebensmittel von Europa herbeischaffen.

Der Däne Vitus Bering und der Russe Alexis Tschirikow, beide ihrer Kenntnisse und Gewandtheit wegen schon hinlänglich bekannt, wurden mit der Leitung dieser Expedition betraut. Sie verfügte über zwei in Kamtschatka gebaute Schiffe. Erst am 20. Juli 1720 waren sie bereit, in See zu gehen. Längs der Küste Asiens, das er nun aus den Augen verlor, nach Nordosten steuernd, kam Bering am 15. August unter 67° 18′ nördlicher Breite in Sicht eines Kaps, jenseits dessen die Küste wieder nach Westen verlief.

Bei dieser ersten Reise wußte Bering nicht nur nichts von dem Ufer Amerikas, sondern er durchschiffte auch unbewußt die Meerenge, welcher die spätere Zeit seinen Namen beilegte. Die fabelhafte Anian-Straße wurde nun durch die Beringstraße ersetzt.

Eine zweite, im folgenden Jahre von denselben Männern unternommene Reise verlief ergebnislos.

Erst am 4. Juni 1741 konnten Bering und Tschirikow aufs neue auslaufen. Als sie nun bis zum fünfzigsten Breitengrade gekommen waren, nahmen sie sich vor, bis zur Küste Amerikas nach Osten weiterzusegeln. Am 20. Juni aber durch heftigen Wind getrennt, konnten die beiden Schiffe einander für den Rest der Fahrt nicht wiederfinden. Am 18. Juli entdeckte Bering unter 58° 28′ der Breite den amerikanischen Kontinent. Die nächsten Tage widmete er der Erforschung einer weiten, zwischen den beiden Kaps Sankt Elias und Sankt Hermogenes gelegenen Bai.

Während des ganzen Monats August kreuzte Bering inmitten der die Halbinsel Alaska umgebenden Inseln oder des Schumagin-Archipels, kämpfte bis zum 24. September hart gegen schwere Winde, gelangte bis zu dem letzten Ausläufer der Halbinsel und entdeckte einen Teil der Aleuten.

Schon längere Zeit erkrankt, vermochte dieser Seemann nicht mehr, sich über den Lauf seines Schiffes im klaren zu erhalten, und strandete dabei an einer kleinen Insel, welche seinen Namen erhielt. Am 8. Dezember 1741 erreichte den beherzten Mann und begabten Forscher hier ein elender Tod.

Der übrigen, durch die Strapazen und Entbehrungen bei einem Winteraufenthalt an dieser verlassenen Stelle sehr verminderten Mannschaft gelang es, aus dem Wrack des Schiffes wenigstens eine größere Schaluppe zu zimmern, mit der sie nach Kamtschatka zurückkehrte.

Tschirikow, der seinen Befehlshaber bis zum 25. Juni vergeblich erwartet hatte, erreichte die Küste Amerikas zwischen dem fünfundfünfzigsten und sechsundfünfzigsten Breitengrade. Hier verlor er zwei Boote nebst der dazugehörigen Mannschaft, ohne ermitteln zu können, was aus denselben geworden sei. Da es ihm nun an allem fehlte, um sich mit dem Lande in Verbindung zu erhalten, war er nach Kamtschatka heimgesegelt.

Nun war der Weg eröffnet. Abenteurer, Kaufleute und Seeoffiziere drangen kühn in jene Gegenden vor. Ihre weiteren Entdeckungen beschränkten sich in der Hauptsache auf die Aleuten und die Halbinsel Alaska.

Inzwischen erweckten die von den Engländern zu den Küsten Amerikas entsendeten Expeditionen und die Fortschritte der Russen doch die Eifersucht und Unruhe der Spanier. Letztere fürchteten, ihre Rivalen sich niederlassen zu sehen in Ländern, die dem Namen nach ihnen gehörten, in denen sie jedoch nicht eine einzige Ansiedelung besaßen.

Der Vizekönig von Mexiko, der Marquis de Croix, erinnerte sich da der Entdeckung eines vortrefflichen Hafens durch Vizcaino und beschloß, daselbst ein Presidio einzurichten. Zwei gleichzeitige Expeditionen, die eine zu Lande, unter dem Kommando Don Gaspar de Portolas, die andere zu Wasser, bestehend aus den beiden Paquetbooten, der ›San Carlos‹ und der ›San Antonio‹, verließen La Paz am 10. Januar 1769, erreichten glücklich den Hafen San Diego und fanden nach einjährigem Suchen den von Vizcaino zuerst gemeldeten Hafen von Monterey wieder. Nach dieser Expedition befleißigten sich die Spanier auch, die Küsten Kaliforniens weiter zu erforschen. Die bekanntesten, zu diesem Zwecke unternommenen Reisen sind die Don Juan de Ayalas und La Bodegas im Jahre 1775, bei denen das Cap del Engano und die Bai von Guadalupe aufgefunden wurden, und ferner die Fahrten Arteagas und Maurelles.

Da wir die Entdeckungen Cooks, La Pérouses und Marchands schon früher geschildert, gehen wir nun hier sofort etwas näher auf die Expedition Vancouvers ein. Dieser Offizier, ein Begleiter Cooks bei dessen zweiter und dritter Reise, erschien von vornherein als der geeignetste Mann zur Führung einer von der englischen Regierung nach den Küsten von Amerika gesendeten Expedition, die den mit Spanien wegen der Bai von Nootka entstandenen Meinungsverschiedenheiten ein Ende machen sollte.

Georges Vancouver erhielt den Auftrag, von den spanischen Behörden eine förmliche Abtretung jenes für den Handel mit Pelzwaren besonders wichtigen Hafens zu erwirken. Dann sollte er die ganze Nordwestküste vom 80. Längengrad an bis zum Cookfluß unter dem 61. Grade aufnehmen. Endlich empfahl man seiner Aufmerksamkeit vorzüglich noch die Fuca-Straße und die von der ›Washington‹ im Jahre 1789 untersuchte Bai.

Am 1. April 1791 lichteten die beiden Fahrzeuge, die ›Decouverte‹ von dreihundertvierzig und die ›Chatam‹ von hundertfünfunddreißig Tonnen, die letztere unter dem Befehl des Kapitäns Broughton, in Falmouth die Anker.

Nach zweimaligem Aufenthalte, einmal in Teneriffa und der Simeons-Bai, und einmal am Kap der Guten Hoffnung, wendete sich Vancouver nach Süden, lief die Insel Saint-Paul an und segelte nach Australien, zwischen den von Dampier und Marion gefahrenen Wegen, durch Meeresteile, welche noch niemand besucht hatte. Am 27. September bekam er einen Teil der Küste Australiens in Sicht, ein aus hohen, steilen Uferwänden bestehendes Vorland, das den Namen ›Cap Chatam‹ erhielt. Da nicht wenige seiner Matrosen an Dysenterie litten, beschloß Vancouver, in dem erstbesten Hafen vor Anker zu gehen und sich daselbst Wasser, Holz, vorzüglich aber einige sehr notwendige Nahrungsmittel zu verschaffen. Er lief also in den Hafen König Georgs III. ein. Hier fand er Enten, Schwäne, viele Fische und Austern; er konnte aber mit keinem Eingeborenen in Verbindung treten, obwohl ein Dorf mit zwanzig, erst unlängst verlassenen Hütten in der Nähe lag.

Auf seinem Zuge längs der Südwestküste Australiens brauchen wir Vancouver nicht zu folgen, da derselbe nichts für uns Neues bietet. Am 26. Oktober wurde Kap Van-Diemen umschifft, und am 2. November erreichte man die Gestade Neuseelands, wo die beiden englischen Schiffe in der Dusky-Bay vor Anker gingen. Vancouver vervollständigte hier die Aufnahmen und Erhebungen, die Cook noch unvollendet gelassen hatte. Da trennte ein Orkan die ›Decouverte‹ von der ›Chatam‹, welche erst in der Bai von Matavaii auf Tahiti wiedergefunden wurde. Bei der Fahrt hierher entdeckte Vancouver einige Felsen-Eilande, die er »die Schlingen« (the Snares) nannte, und eine beträchtliche Insel mit Namen Oparra. Seinerseits hatte Kapitän Broughton östlich von Neuseeland die Insel Chatam aufgefunden. Die den Aufenthalt auf Tahiti bezeichnenden Zwischenfälle erinnern so sehr an die während des Verweilens von Cook, daß wir sie hier füglich übergehen können.

Am 24. Januar 1792 segelten die beiden Schiffe zu den Hawaii-Inseln und rasteten nur kurze Zeit in Niihau, Oahu und Kauai. Seit der Ermordung Cooks waren in diesem Archipel viele Veränderungen eingetreten. Allmählich begannen englische und amerikanische Schiffe sie zum Zweck des Walfischfanges oder des Pelzhandels öfter zu besuchen. Die Kapitäne derselben hatten den Eingeborenen Geschmack am Branntwein beigebracht und das Verlangen nach Feuerwaffen erweckt. Streitigkeiten zwischen den kleineren Häuptlingen kamen häufiger vor, überall herrschte eine trostlose Anarchie, und die Zahl der Einwohner nahm zusehends ab.

Am 17. März 1792 verließ Vancouver die Hawaii-Inseln und steuerte nach Amerika, wo er in kurzer Zeit den von Drake Neu-Albion genannten Teil erreichte. Dort traf er gleich anfangs den Kapitän Gray, dem man andichtete, mit der ›Washington‹ die Fuca-Straße passiert und jenseits derselben ein weites Meer gesehen zu haben. Gray beeilte sich, die ihm so grundlos zugeschriebenen Entdeckungen abzuweisen. Er war nur fünfzig Meilen weit in die von Westen nach Osten verlaufende Meerenge eingedrungen bis zu einer Stelle, wo die Eingeborenen ihm versicherten, daß die Meerenge von da aus sich nach Norden hin wende. Vancouver segelte nun selbst in die Fuca-Straße ein und entdeckte darin den Hafen der ›Decouverte‹, den Einlauf der Admiralität, die Birch-Bay, den Desolations-Sund, die Johnston-Enge und den Broughton-Archipel. Noch vor dem äußersten Ende dieses langen Meeresarmes begegnete er zwei kleinen, von Quadra befehligten spanischen Schiffen. Die beiden Kapitäne teilten einander ihre Ergebnisse mit und gaben der Halbinsel jenes reichgegliederten Archipels, der als der von Neugeorgia bezeichnet wurde, ihre beiden Namen.

Vancouver besuchte nachher Nootka, den Columbia-Strom und ging zuletzt bei San-Francisco vor Anker. Die ungeheure Küstenstrecke zwischen Cap Mendocino und dem Hafen Conclusion unter 56° 14′ nördlicher Breite und 225° 37′ östlicher Länge wurde dabei von den Engländern besichtigt.

»Jetzt, da wir das Hauptziel der von dem Könige angeordneten Reise erreicht«, äußert sich der Reisende, »schmeichle ich mir, daß unsere sehr genaue Aufnahme der Nordwestküste Amerikas alle Zweifel lösen und alle falschen Anschauungen berichtigen werde, die man bis jetzt allgemein über eine nordwestliche Durchfahrt hegte, und daß niemand mehr an eine Verbindung des nördlichen Pazifischen Ozeans mit dem Innern des Festlandes von Amerika, soweit wir es in Augenschein genommen haben, glauben wird.«

Um von Nootka aus vor der Rückkehr nach Europa die Küsten des mittleren und südlichen Amerikas kennenzulernen, verweilte Vancouver ein wenig bei der kleinen Cocosinsel, die, wie wir schon zu erwähnen Gelegenheit hatten, ihren Namen kaum verdient, ankerte einmal in Valparaiso, umschiffte das Kap Hoorn, faßte in St. Helena Wasser und lief am 12. September 1795 wieder in die Themse ein.

Die Anstrengungen der so langen Fahrt hatten jedoch die Gesundheit dieses geschickten Forschers so sehr erschüttert, daß er schon im Mai 1798 starb, noch ehe er den später von seinem Bruder zu Ende geführten Bericht über seine Reise vollenden konnte.

Im Laufe der vier Jahre, welche die schwierige Arbeit der Aufnahme einer meist unbekannten Küstenstrecke von neuntausend Meilen beanspruchte, hatten die ›Decouverte‹ und die ›Chatam‹ nur zwei Mann verloren. Man erkennt daraus, daß der gelehrige Schüler Cooks die Lehren seines Meisters wohl zu benutzen verstand, und wirklich weiß man nicht recht, was man an Vancouver mehr bewundern soll, ob die Sorgfalt, die er seinen Matrosen widmete, und die Menschlichkeit, mit der er die Wilden behandelte, oder die ausgezeichnete Geschicklichkeit, von der er während des ganzen Verlaufes dieser oft sehr gefährlichen Fahrt so unzweifelhafte Proben ablegte.

Wenn nun auch auf der Westküste Nordamerikas eine Forschungsreise der andern folgte, so blieben die Ansiedler auch nicht müßig. Während sie sich zuerst längs der Gestade des Atlantischen Ozeans niederließen und bis Canada eine lange Reihe von Staaten gründeten, drangen sie doch auch bald bis tief in das Innere des Landes ein. Ihre Trapper und Waldläufer erkundeten ungeheure Gebiete kulturfähigen Bodens, den die englischen Squatters nach und nach besetzten. Freilich vermochten sie nur unter fast täglichen Kämpfen mit den Indianern, den ursprünglichen Eigentümern des Bodens, Schritt für Schritt in das Innere des Landes vorzudringen. Doch strömten, verlockt durch die außerordentliche Fruchtbarkeit des jungfräulichen Bodens und die liberalen Einrichtungen der Staaten, immer neue Kolonisten hinzu.

Ihre Zahl wuchs dermaßen, daß die Erben des Lord Baltimore gegen Ende des 17. Jahrhunderts den Ertrag aus dem Verkaufe ihrer Ländereien zu dreitausend Pfund schätzten, während die Nachfolger William Penns in der Mitte des nächsten Jahrhunderts, also gegen 1750, auf demselben Wege eine über zehnmal größere Einnahme erzielt hatten. Noch immer hielt man die Einwanderung jedoch für nicht zahlreich genug; deshalb begann man Verbrecher dahin abzuführen – Maryland zählte deren im Jahre 1750 schon 1981 –, vorzüglich aber suchte man Auswanderer dahin zu locken, die einen Vertrag unterschreiben mußten, was bald zu scheußlichem Mißbrauch Veranlassung gab.

Obgleich die von den Indianern angekauften oder ihnen entrissenen Ländereien noch lange nicht besiedelt waren, drangen die englischen Kolonisten doch immer weiter vor, selbst auf die Gefahr hin, mit den rechtmäßigen Eigentümern des Bodens in Konflikt zu geraten.

Im Norden suchte die Hudson-Bay-Gesellschaft, die das Monopol des Handels mit Pelzwaren besaß, immer neue Jagdgründe auf, da die von ihr ausgebeuteten sich allmählich erschöpften. Sie schiebt ihre Trapper immer weiter vor und erhält von den Indianern, die sie ausnutzt und betrunken macht, wertvolle Nachrichten. So erfährt sie von einem Flusse, der sich im Norden in der Nähe ergiebiger Kupferminen ins Meer ergießt, von denen die Indianer zu dem Fort Prince de Galles reiche Proben gebracht hatten. Der Entschluß der Gesellschaft ist schnell gefaßt, und 1769 beauftragt sie Samuel Hearne mit der Leitung einer Forscher-Expedition dahin.

Zu einer Reise in solch eisigen Gefilden, wo Proviant nur schwer zu erlangen ist und meist eine strenge Kälte herrscht, braucht man vor allem abgehärtete Männer, nur eine kleine Zahl, aber solche, welche imstande sind, die Strapazen eines beschwerlichen Marsches durch den Schnee und die Qualen des Hungers zu erdulden. So nimmt Hearne auch nur zwei Weiße und einige verläßliche Indianer mit.

Trotz der wunderbaren Geschicklichkeit dieser Führer, welche das Land nach allen Seiten kennen und mit der Gegend vertraut sind, geht der Mundvorrat bald zu Ende. Kaum zwei Meilen vom Fort Prince de Galles verlassen die Indianer Hearne und seine zwei Begleiter, welche nun gezwungen sind umzukehren.

Der Führer des Unternehmens aber ist ein wetterfester Seemann und gewöhnt, alles zu ertragen. Er wirft die Flinte nicht ins Korn. Wenn man das erste Mal scheiterte, kann man deshalb nicht bei einem zweiten Unternehmen glücklicher sein?

Im Februar 1770 begibt sich Hearne zum zweiten Male in jene unbekannten Gegenden. Diesmal ist er allein mit fünf Indianern, denn er hat sich überzeugt, daß die Unfähigkeit der Weißen, starke Anstrengungen auszuhalten, bei den Wilden das Gefühl der Verachtung hervorruft. Schon ist er fünfhundert Meilen weit weg, da zwingt ihn die Unbill der Jahreszeit, haltzumachen und eine mildere Temperatur abzuwarten. Jetzt kommt eine schwere Zeit. Bald mit Überfluß an Wild, das man nicht verzehren konnte, doch häufiger ohne etwas zwischen die Zähne zu bekommen, gelegentlich sieben Tage lang gezwungen, altes Leder zu kauen, Knochen abzunagen, die man früher weggeworfen, oder auf Bäumen nach einigen Beeren (und auch das noch meist fruchtlos) zu suchen, und endlich eine unbeschreibliche Kälte mit in den Kauf nehmen – das ist das Leben eines Entdeckers in jenen eisigen Regionen.

Im Monat April bricht Hearne wieder auf, durchdringt die endlosen Wälder bis zum August und richtet sich ein, den Winter bei einem Indianerstamme zuzubringen, der ihn freundlich aufgenommen hat, als ein Überfall, bei dem er seinen Quadranten einbüßt, ihn zwingt, die Reise fortzusetzen.

Weder Mangel, Elend noch Entbehrungen aller Art erschüttern den felsenfesten Mut Samuel Hearnes. Er reist am 7. Dezember wiederum ab, wandert unter dem 60. Breitengrade wieder nach Westen und findet da einen Fluß. Jetzt erbaut er ein Boot und fährt hinab auf jenem, der sich in eine unübersehbare Reihe größerer und kleinerer Seen verläuft. Am 13. Juli 1771 endlich erreicht er den Coppermine-Fluß.

Die ihn begleitenden Indianer befanden sich nun seit einigen Wochen auf einem oft von Eskimos besuchten Gebiet und gelobten sich, diese, wenn sie sie träfen, bis auf den letzten Mann niederzumetzeln.

Die Gelegenheit hierzu sollte leider bald kommen.

»Als sie einmal«, sagte Hearne, »alle Eskimos ruhig in ihren Zelten wußten, schlichen sich die Indianer aus einem Versteck hervor und fielen unversehens über die armen Kerle her; ich selbst war gezwungen, bei dem unmenschlichen Gemetzel neutral zu bleiben.

Nach diesem scheußlichen Blutbade«, fährt Hearne fort, »setzten wir uns ins Gras und verzehrten eine köstliche Mahlzeit von frischem Lachs.«

An eben dieser Stelle verbreiterte sich der Fluß sehr bedeutend. Hatte der Reisende also wohl dessen Mündung erreicht? Noch enthielt er überall Süßwasser. Am Ufer zeigten sich jedoch gewisse Spuren von Ebbe und Flut. Ganze Scharen von Robben

spielten in den Wellen. In den Zelten der Eskimos hatte man viele Walfischbarten gefunden. Alles deutete darauf hin, daß man hier das Meer vor sich habe. Hearne ergriff das Teleskop. Vor ihm breitete sich eine endlose, nur da und dort von kleinen Inseln unterbrochene Wasserfläche aus. Kein Zweifel, das war das Meer.

Am 30. Juni 1772 kehrte Hearne wieder nach einer Abwesenheit von nicht weniger als siebzehn Monaten zu den englischen Ansiedlungen zurück.

Die Gesellschaft erkannte Hearnes großartige Verdienste durch seine Ernennung zum Gouverneur des Fort von Galles bereitwillig an. Bei seiner Expedition in die Hudsonbai bemächtigte sich La Pérouse dieses Etablissements und fand das Tagebuch von Samuel Hearnes Reise. Der französische Seemann lieferte es ihm unter der Bedingung, dasselbe zu veröffentlichen, wieder aus. Wir wissen indes nicht, welche Umstände die Erfüllung des von dem englischen Reisenden dem französischen Seemanne gegebenen Versprechens bis zum Jahre 1795 verzögert haben.

Erst im letzten Viertel des 18. Jahrhunderts wurde jene endlose Reihe von Seen, Strömen und Wasserfällen bekannt, welche, vom Lake Superior gehend, alle Wasseradern der Felsengebirge sammeln und in das Eismeer abführen. Die teilweise Entdeckung derselben verdankt man den Pelzhändlern, Gebrüder Frobisher und Pond, welch letzterer sogar bis Athabaska kam. Dank diesen Aufschlüssen wird die Reise minder beschwerlich, die Forscher folgen einander schneller, die Niederlassungen mehren sich – das Land ist entdeckt. Bald hört man auch von einem großen Strome sprechen, der nach Nordwesten verlaufen soll.

Alexander Mackenzie war es, der diesem seinen Namen gab. Vom Fort Chippewayan auf dem südlichen Ufer des Athabaska-Sees am 3. Juni 1789 abgereist, führte er nur einige Canadier und mehrere Indianer mit sich, deren einer schon Hearne begleitet hatte. Nach einem Punkt unter 67° 45′ der Breite gelangt, überzeugte sich Mackenzie, daß er vom Meere im Osten nicht weit entfernt, aber dem im Westen noch näher sei. Er zog also offenbar auf die Nordwestspitze Amerikas zu.

Am 12. Juli erreichte Mackenzie eine große Wasserfläche, die man wegen ihrer geringen Tiefe und einer Decke von Eisschollen nicht für das Meer halten konnte, wenn auch nirgends am Horizont Land zu entdecken war. Und doch hatte Mackenzie hier das Eismeer vor sich. Er blieb aber bei seiner Meinung, selbst als das Wasser, obwohl nur ein mäßiger Wind wehte, auffallend stieg. Das konnte nur von der Flut herrühren. Der Reisende verfügte sich hierauf zu einer Insel, die er in einiger Entfernung von der Küste erblickte. Von da aus sah er mehrere Walfische, welche sich in den Wogen tummelten. Dieses unter 69° 14′ der Breite gelegene Stück Land erhielt von dem Reisenden den Namen Walfischinsel. Am 12. September kehrte die Expedition glücklich nach Fort Chippewayan heim.

Drei Jahre später ging Mackenzie, dessen Durst nach Entdekkungen noch nicht gelöscht war, den Peace River hinauf, der seinen Ursprung in den Rocky Mountains hat. Nachdem er sich 1793 mühsam einen Weg über diese schwer zugängliche Kette gebahnt, sah er auf der anderen Seite der Berge einen Strom, den Fraser, der nach Südwesten verlief. Inmitten von Gefahren und Entbehrungen, die man sich leichter vorstellen als wiedergeben kann, folgte Mackenzie dem Bette dieses Flusses bis zu seiner Mündung. Hier hinterließ er an einer Felsenwand die ebenso treffende wie lakonische Inschrift: »Alexander Mackenzie, aus Canada über Land gekommen, am 22. Juli 1793«.

Am 24. August kehrte er nach Fort Chippewayan zurück.

III

Südamerika – Erforschung des Amazonenstromes durch La Condamine – Reise A. v. Humboldts mit Bonpland – Teneriffa – Die Höhle von Guachoro – Die ›Ilanos‹ – Die Gymnoten (Finn-Aale) – Der Amazonenstrom, der Rio Negro und der Orinoco – Bei den Erdessern – Zweite Reise Humboldts – Die Volcanitos – Quito und der Pichinchino – Ersteigung des Chimborazo – Die Anden – Erforschung von Mexico – Rückkehr nach Europa

In Südamerika fand während der ersten Hälfte des 18. Jahrhunderts keine wissenschaftliche Reise statt. Nur La Condamine ist hier zu erwähnen.

»Man könnte La Condamine«, sagt Maury in seiner ›Geschichte der Akademie der Wissenschaften‹, »füglich den Alexander von Humboldt des 18. Jahrhunderts nennen. Gleichzeitig Schöngeist und Gelehrter von Beruf, lieferte er bei einer seiner denkwürdigen Expeditionen rühmenswerte Beweise seiner Opferwilligkeit für die Wissenschaft. Als die vom Könige für seine Reise ausgeworfenen Summen z. B. nicht ausreichten, legte er hunderttausend Pfund aus eigener Tasche zu; durch Unfälle und Anstrengungen verlor er Beine und Ohren. Ein Opfer seiner Leidenschaft für den Fortschritt menschlichen Wissens, erntete er dafür nach seiner Rückkehr seitens der Gesellschaft, welche sich keinen Märtyrer vorstellen konnte, der nicht zum Himmel seufzte, nichts als Spott und boshafte Beurteilung. Da erblickte niemand in La Condamine den unermüdlichen, allen Gefahren trotzenden Forscher, sondern nur einen zerstreuten, stumpfsinnigen Langweiler, der jeden Augenblick das Hörrohr zur Hand nahm. Befriedigt durch die Anerkennung seiner Kollegen, zu deren beredtem Dolmetscher sich de Buffon eines Tages machte (in der Antwort auf La Condamines Rede beim Eintritt in die französische Akademie), suchte und fand La Condamine einen Trost darin, Lieder zu komponieren und bis zum Grabe, wohin sein schweres Leid ihm den Weg abkürzte, mit gleichem Eifer über alles mögliche Beobachtungen anzustellen, selbst über den Schmerz, was ihn sogar veranlaßte, den Henker an Damiens' Schafott noch darüber auszufragen.«

Vor La Condamine hatten nur wenig Reisende Gelegenheit gehabt, in die unermeßlichen Gebiete Brasiliens einzudringen. Der gelehrte Forscher hoffte also, seine Reise besonders dadurch nutzbringend zu machen, daß er eine Karte des Amazonenstromes aufnahm und in einem noch so wenig besuchten Lande alle sich darbietenden Beobachtungen über die eigentümlichen Sitten der Indianer sammelte.

Seit der Zeit Orellanas war Pedro de Ursua im Jahre 1559 von dem Vizekönig von Peru zur Aufsuchung des Parima-Sees und des El Dorado ausgesendet worden. Er starb aber durch die

Hand eines rebellischen Soldaten, der in der Flußgegend Räubereien aller Art beging und zuletzt auf der Insel Trinidad gevierteilt wurde.

Derartige Unternehmungen waren natürlich nicht geeignet, über den Lauf des Flusses besonderes Licht zu verbreiten. Die Spanier sollten darin glücklicher sein. In den Jahren 1636 und 1637 hatte Pedro de Terjeira den Amazonenstrom bis zu seinem Nebenarme, dem Napo, mit siebenundvierzig Booten und einer Abteilung Spanier und Indianer befahren. Dann war er bis Coca, dreißig Meilen von Quito, hinauf gewandert, welch letztere Stadt er mit noch einigen Begleitern besuchte. Im nächsten Jahre kehrte er auf dem nämlichen Wege nach Para in Begleitung zweier Jesuiten zurück, die einen Reisebericht herausgaben, der im Jahre 1682 übersetzt wurde.

Die nach diesem Berichte von Sanson entworfene, von allen Geographen natürlich vertrauensvoll kopierte Karte litt zwar an sehr großen Mängeln, doch besaß man bis 1717 keine andere. Zu dieser Zeit wurde im zwölften Bande der ›Gelehrten Briefe‹ – übrigens eine kostbare Sammlung, in der man eine überraschende Menge für die Geschichte und Geographie interessanter Nachrichten findet – die Kopie einer von dem Pater Fritz, einem deutschen Missionar, gezeichneten Karte veröffentlicht. Man ersieht aus ihr, daß der Napo nicht die eigentliche Quelle des Amazonenstromes bildet, sondern daß der letztere als Marañon dreißig Meilen östlich von Lima aus dem Guanuco-See entspringt. Der Unterlauf des Flusses war minder gut gezeichnet, weil der Pater Fritz, als er diesen befuhr, zu krank war, um genau beobachten und messen zu können.

Von Tarqui, fünf Meilen von Cuenza aus, am 11. Mai 1743 abgereist, passierte Condamine zuerst Zaruma, eine früher wegen ihrer Goldminen berühmte Stadt, und überschritt mehrere Flüsse auf Brücken aus Schlinggewächsen, die sich von einem Ufer zum anderen spannten und einer riesigen Hängematte glichen. Dann kam er nach Loxa, vier Grade vom Äquator. Diese Stadt liegt hundert Klafter niedriger als Quito, was man auch an dem Unterschied der Temperatur daselbst leicht bemerkt. Die bewaldeten Berge hier erscheinen nur wie Hügel gegenüber den Riesen von Quito.

Auf dem Wege von Loxa nach Jaen-de-Bracamoros überschreitet man die letzten Vorberge der Anden. In dieser Gegend regnet es das ganze Jahr hindurch beinahe täglich, und es ist nicht geraten, einen längeren Aufenthalt zu nehmen. Das Land hat überhaupt seine frühere Blüte gänzlich verloren; Loyala, Valladolid, Jaen sowie die meisten Städte Perus, die vom Meere und der Hauptstraße von Carthagena nach Lima abseits liegen, waren nur noch kleine Flecken. Und doch ist die ganze Umgebung von Jaen bedeckt mit wilden Cocosbäumen, denen die Indianer freilich nicht mehr Aufmerksamkeit schenken als dem goldhaltigen Sande, den ihre Flüsse mitführen.

La Condamine schiffte sich auf dem Chincipe ein, der an jener Stelle die Seine in Paris an Breite übertrifft, und fuhr denselben bis zu seiner Vereinigung mit dem Marañon hinab. Von diesem Punkte aus wird der Marañon selbst schiffbar, obwohl er noch häufig durch Fälle und Stromschnellen unterbrochen und an manchen Stellen so eingeschränkt ist, daß er höchstens zwanzig Klafter in der Breite mißt. Die bekannteste dieser Flußengen ist der ›Pongo‹ oder das Tor von Manseriche, eine von dem Marañon mitten durch die Cordilleren gebahnte Öffnung mit nahezu senkrechten Seitenwänden und einer Breite von fünfundzwanzig Klaftern. Hier erlebte La Condamine, der mit einem Neger allein auf seinem Floß zurückgeblieben war, ein wohl ziemlich einzig dastehendes Abenteuer.

»Der Strom, dessen Wassertiefe binnen sechsunddreißig Stunden um fünfundzwanzig Fuß abnahm«, sagt er, »wurde noch immer seichter. Mitten in der Nacht drängte sich ein Stück eines unter dem Wasser verborgenen Astes durch die Hölzer meines Floßes, und zwar immer mehr und mehr, je nachdem das Niveau des Wassers sank, und wenn ich nicht bei der Hand und wach gewesen wäre, konnte der Augenblick nicht mehr fern sein, wo ich mit dem Floße aus dem Wasser gehoben und an jenem Baumast in der Luft schwebend hängen geblieben wäre. Das Geringste, was mir dabei widerfahren konnte, war der Verlust meiner Tagebücher und Beobachtungshefte, und damit die Frucht einer achtjährigen Mühe. Zum Glück gelang es mir jedoch zuletzt, mich zu befreien und das Floß wieder flottzumachen.«

In der Nähe der in Ruinen liegenden Stadt Santiago, wo Con-

damine am 10. Juli eintraf, hausen mitten im Walde die Xibaros-Indianer, welche seit einem Jahrhundert gegen die Spanier in Aufruhr leben, um sich der Arbeit in den Goldminen zu entziehen.

Jenseits des Pongo von Manseriche eröffnete sich eine ganz neue Welt, ein Ozean von Süßwasser, ein Labyrinth von Seen, Flußarmen und Kanälen inmitten unentwirrbarer Urwälder. Obwohl La Condamine seit sieben vollen Jahren gewöhnt war, in der freien Natur zu leben, so ermüdete ihn endlich dennoch dieses ewig gleichbleibende Bild von Wasser und Grün ohne auch nur den geringsten Wechsel. Als er Borja am 14. Juli verlassen, kam der Reisende bald an dem Einflusse des Morona vorüber, der von dem Vulkan von Sangay herabströmt, dessen Asche manchmal bis über Guyaquil hinausfliegt. Später passierte er die drei Ausflüsse der Pastaca, eines damals so sehr über seine Ufer getretenen Flusses, daß es unmöglich wurde, auch nur eine jener drei Mündungen zu messen. Am 19. desselben Monats erreichte La Condamine Laguma, wo ihn seit sechs Wochen schon Don Pedro Maldonado, der Gouverneur der Provinz Esmeralda, erwartete, der die Pastaca herabgefahren war. Laguma bildete zu jener Zeit eine starke Burg mit tausend bewaffneten Indianern unter dem Befehl der Missionare verschiedener Stämme.

»Weil ich mich anstrengte, eine Karte des Amazonenstromes aufzunehmen, litt ich nicht unter der quälenden Untätigkeit, zu der mich die ruhige Fahrt sonst verurteilt hätte, die durch die stets gleichbleibende Szenerie, obwohl sie mir noch neu war, gewiß sehr langweilig und abspannend werden mußte. Jetzt war meine Aufmerksamkeit aber stets in Anspruch genommen, um mit der Boussole und der Uhr in der Hand den Wechsel in der Richtung des Stromlaufes, wie die Zeit, welche wir von einer Windung desselben zur anderen brauchten, oder die Breite seines Bettes zu beobachten, nebst der der zahlreichen Seitenarme, die er aufnimmt, ferner die Winkel, unter denen diese einmünden, zu messen, oder ein Auge zu haben auf die in demselben befindlichen Inseln und deren Größe, auf die Schnelligkeit der Strömung und die des Bootes, manchmal vom Lande, manchmal vom Boote selbst aus unter Anwendung verschiedener Methoden, deren Darlegung hier zu weit führen würde. Jeder Augenblick wurde mir kostbar. Ich habe sehr häufig sondiert, auf geometrischem Wege die Breite des Stromes und seiner Nebenflüsse gemessen, die Meridianhöhe der Sonne fast Tag für Tag bestimmt und ihre Amplitude beim Aufgang wie beim Niedergang für den Ort, an dem ich mich befand, festgestellt.«

Nachdem er am Tigerfluß vorübergekommen, erreichte La Condamine am 25. Juli eine zweite Mission der Wilden, nämlich die der Yameos, welche die Patres erst unlängst in den Wäldern aufgesucht hatten. Ihre Sprache war sehr schwierig, besonders aber die Art der Aussprache. Einzelne Worte derselben enthielten neun bis zehn Silben, während jene sonst nur bis drei zählen konnten. Sie bedienten sich mit großer Geschicklichkeit des Blaserohres, aus dem sie kleine, mit einem so scharfen Gifte versehene Pfeile schossen, daß diese schon binnen einer Minute den Tod herbeiführten.

Am nächsten Tage gelangte man zur Einmündung des Ucayale, eines der stärksten Wasserläufe, die der Marañon aufnimmt und der vielleicht als seine eigentliche Quelle anzusehen ist. Von der Vereinigung mit diesem an nimmt die Breite des Stromes sehr beträchtlich zu.

Am 27. wurde bei der Mission der Omaguas gelandet, eines in früheren Zeiten sehr mächtigen Stammes, der die Ufer des Amazonenstromes auf einer Strecke von zweihundert Meilen unterhalb des Napo bevölkerte. Da die Omaguas fremd im Lande sind, nimmt man an, daß sie längs eines Flusses hergekommen seien, der wahrscheinlich dem Königreiche Grenada entspringt, und daß sie ausgewandert wären, um dem Joche der Spanier zu entgehen. Der Name ›Omagua‹ bedeutet in peruanischer Sprache soviel wie ›Flachkopf‹, und dieses Volk hat in der Tat die eigentümliche Gewohnheit, die Stirn der Neugeborenen zwischen zwei Bretter zu pressen, um diese dem Vollmond ähnlich zu machen. Sie benützen auch zwei bestimmte Pflanzen, den ›Floripondio‹ und den ›Curupa‹, deren Genuß sie vierundzwanzig Stunden lang halb trunken macht und phantastische Träume hervorruft. Opium und Haschisch haben also noch einen Nebenbuhler in Peru!

Die Chinarinde, Ipecacuanha, Simaruba, Sarsaparille, der Guajac und Cacao sowie die Vanille finden sich fast überall am Ufer des Marañon. Ebenso der Kautschuk, aus dem die Indianer Flaschen, Stiefel und Klistierspritzen herstellen, »welche keinen Stempel brauchen«, sagt La Condamine. »Diese haben die Gestalt hohler Birnen mit einer kleinen Öffnung am Ende, in welches eine Kanüle eingesetzt wird. Dieses Gerät ist bei den Omaguas viel im Gebrauche. Wenn sie sich zu einer Festlichkeit versammeln, wird der Hausherr nicht verfehlen, jedem seiner Gäste aus Höflichkeit ein Exemplar desselben anzubieten, das jeder benützt, bevor er an der Mahlzeit teilnimmt.«

In San-Ioaquin seine Begleitung wechselnd, kam La Condamine an der Mündung des Napo rechtzeitig an, um in der Nacht

vom 31. Juli zum 1. August den Austritt des ersten Jupitermondes aus dem Schatten des Planeten zu beobachten, was ihm ermöglichte, die Länge und Breite des Ortes zu bestimmen; auf dieser wichtigen Beobachtung beruhen auch alle weiteren Aufnahmen im Verlaufe der Fahrt.

Pevas, das am folgenden Tage erreicht wurde, ist die letzte der spanischen Missionen an den Ufern des Marañon. Die hier vereinigten Indianer gehören verschiedenen Stämmen, aber nicht alle der christlichen Religion an. Sie trugen noch Knochen von Säugetieren und Fischen in der Nasenscheidewand und durch die Lippen, und ihre mit Löchern übersäten Wangen dienten als Behälter für Vogelfedern jeder Farbe.

Saint Paul ist die erste Mission der Portugiesen. Hier ist der Fluß wenigstens neunhundert Klafter breit und nicht selten von heftigen Stürmen bewegt. Der Reisende wurde angenehm überrascht zu sehen, daß die Indianerweiber Leinenhemden trugen und verschließbare Kasten, eiserne Schlüssel, Nadeln, Spiegel, Scheren und andere europäische Geräte besaßen, die sich die Wilden in Para einkaufen, wenn sie ihre Cacao-Ernten dahin bringen. Ihre Canots sind weit bequemer eingerichtet als die der Indianer von den portugiesischen Besitzungen. Sie stellen wirklich kleine Brigantinen von sechzig Fuß Länge und sieben Fuß Breite vor, welche von vierzig Rudern fortbewegt werden.

Von Saint Paul bis Coari fallen mehrere große und schöne Nebenströme in den Amazonenstrom, darunter der Yutay, Yuruca, Tefe und Caori auf der Südseite, der Putumayo und Yupura auf der Nordseite. Längs der letztgenannten Flüsse wohnte noch ein Stamm von Menschenfressern. Hier hatte Terjeira am 26. August 1639 einen Pfahl aufgestellt, der die Grenze bezeichnen sollte. Bis zu dieser Stelle hatte man sich im Gespräche mit Indianern der peruanischen Mundart bedient; weiterhin mußte man die brasilianische anwenden, welche in allen portugiesischen Missionen üblich ist. In der nächsten Zeit wurden der Purusstrom und der Rio Negro, letzterer von portugiesischen Missionen unter Leitung der Geistlichen vom Mont Carmel besetzt und das Verbindungsglied zwischen dem Orinoco und Amazonenstrom bildend, besichtigt. Die erste wirkliche Aufklärung dieser wichtigen geographischen Frage verdankt man den Arbeiten La Condamines und seiner scharfsinnigen Kritik der Reisen der Missionare vor ihm. In diese Gegenden verlegte man übrigens allgemein den Goldenen See von Parime und die nur in der Einbildung existierende Stadt Manoa-del-Dorado. Sie ist die Heimat der Manoa-Indianer, welche den portugiesischen Waffen so lange siegreich widerstanden.

Weiterhin wurden nun die Mündung des Rio de la Madera – so genannt von der großen Menge Holz, die er mit sich führt –, das Fort Pauxis, von dem an der Marañon den Namen Amazonenstrom annimmt und sich die Gezeiten bemerkbar machen, obwohl man hier noch über zweihundert Meilen vom Meere entfernt ist, ferner die Festung Topayos, an der Mündung eines Flusses, der aus den brasilianischen Bergdistrikten herkommt und an dessen Ufern die Tupinambas wohnen, nach und nach passiert.

Ende September gewahrte man Berge im Norden – ein neues Schauspiel, denn seit zwei Monaten fuhr La Condamine auf dem Strome, ohne auch nur einen Hügel erblickt zu haben. Es waren das die ersten Hügel der Guyana-Kette.

Am 6. September verließ man, gegenüber dem Fort von Paru, den Amazonenstrom, um durch einen natürlichen Kanal in den Xingu hinüberzufahren, den der Pater d'Acunha Paramaribo nennt. Man erreichte bald das Fort von Curupa und endlich Para, eine große Stadt mit geraden Straßen und Häusern aus Ziegeln oder Bruchsteinen. La Condamine, dem es wegen Vollendung seiner Karte darauf ankam, die Mündung des Amazonenstromes zu besuchen, schiffte sich von hier nach Cayenne ein, wo er am 26. Februar 1744 anlangte. Diese weit ausgedehnte Reise hatte besonders wichtige Resultate. Zum ersten Male wurde dabei der Lauf des Amazonenstromes auf wirklich wissenschaftliche Weise festgestellt, und sie erlaubte einen nicht unbegründeten Schluß auf die Verbindung desselben mit dem Orinoco; dann brachte La Condamine auch eine große Menge interessanter Beobachtungen aus den Gebieten der Naturgeschichte, Physik und Astronomie, wie endlich jener neuen, eben erst im Entstehen begriffenen Wissenschaft, der Anthropologie, mit heim.

Wir haben nun die Reise eines jener Gelehrten zu schildern, der es am besten verstand, die innigen Beziehungen zwischen der Geographie und den anderen physikalischen Fächern der Wissenschaft im Auge zu behalten, nämlich die Alexander von Humboldts. Ihm verbleibt der Ruhm, andere Reisende auf diesen höchst fruchtbringenden Weg verwiesen zu haben.

Geboren in Berlin im Jahre 1769, genoß Humboldt seinen ersten Unterricht bei Campe, dem bekannten Reiseschriftsteller. Begabt mit sehr lebhafter Neigung zur Botanik, verband sich Humboldt in Göttingen mit Forster dem Jüngeren, der mit Kapitän Cook eben eine Reise um die Welt gemacht hatte. Diese Bekanntschaft und vorzüglich auch die farbenprächtigen Schilderungen Forsters trugen gewiß das meiste dazu bei, in Humboldt

die Reiselust zu erwecken. Er betrieb nun gleichzeitig das Studium der Geologie, Botanik, Chemie und tierischen Elektrizität und begab sich zur weiteren Vervollkommnung in diesen Fächern nach England, Holland, Italien und nach der Schweiz. Im Jahre 1797 kam er nach dem Tode seiner Mutter, die von seinen beabsichtigten Reisen außerhalb Europas nichts wissen wollte, nach Paris, wo er mit Aimé Bonpland, einem jungen Botaniker, bald einen Freundschaftsbund schloß und mit ihm mehrere Projekte für Forschungsreisen entwarf.

Humboldt hatte damals den Kapitän Baudin begleiten sollen, die Verzögerung aber, welche die Abfahrt jener Expedition erlitt, ermüdete seine Geduld zu sehr, und er begab sich nach Marseille in der Absicht, sich der französischen Armee in Ägypten anzuschließen. Zwei volle Monate erwartete er die Abfahrt einer Fregatte, welche den schwedischen Consul nach Algier bringen sollte; ärgerlich über alle diese Enttäuschungen, reiste er dann mit seinem Freunde Bonpland nach Spanien ab, in der Hoffnung, Erlaubnis zum Besuche der spanischen Besitzungen in Amerika zu erhalten.

Es war das keine so leichte Sache, wie man wohl glaubt; Humboldt besaß aber eine seltene Ausdauer, schöne Kenntnisse, warme Empfehlungen und außerdem erfreute er sich schon eines gewissen Rufes. So erzwang er sich also, trotz lebhaften Widerspruches der Regierungskreise, die Genehmigung zur Erforschung jener Kolonien und zur Anstellung aller ihm gutdünkenden astronomischen und geodätischen Beobachtungen und Messungen.

Die beiden Freunde reisten am 5. Juni 1799 von Corogna ab und erreichten dreizehn Tage später die Canarischen Inseln. Für Naturforscher, welche in Teneriffa ans Land gingen, wäre es eine wirkliche Sünde gewesen, den berühmten Pic nicht zu besteigen.

»Die meisten Naturforscher«, sagt Humboldt in einem Briefe an La Metterie, »welche (wie ich) nach Indien gingen, haben nur Muße gehabt, bis zum Fuße des vulkanischen Kolosses vorzudringen und die herrlichen Gärten des Hafens von Orotava zu bewundern. Mir wurde das Glück zuteil, daß unsere Fregatte, die ›Pizarro‹, hier sechs Tage lang verweilte. So bemühte ich mich, die Erdschichten, aus denen der Pic besteht, sorgfältig zu untersuchen ... Wir schliefen bei vollem Mondschein in einer Höhe von tausendzweihundert Klaftern. Nachts zwei Uhr begaben wir uns auf den Weg zum Gipfel, und trotz des heftigen Windes, des heißen Bodens, der unsere Schuhsohlen verbrannte, und trotz der dabei herrschenden Kälte der Luft kamen wir daselbst gegen acht Uhr an. Ich wage keine Beschreibung der majestätischen Fernsicht, der vulkanischen Inseln Lancarote, Canaria und Gomera, die zu unseren Füßen lagen; der mit Bimssteinen und Lava bedeckten Wüste von zwanzig Quadratmeilen, ohne Insekten, ohne Vögel, jener Wüste, die uns von dichten Gebüschen von Lorbeerbäumen und Heidekraut trennt, wie von den Weinbergen mit ihren Palmen, Bananen, Drachenblut-Bäumen, deren Wurzeln sich in den Wellen baden ... Wir drangen auch in den Krater selbst ein, der übrigens nur vierzig bis sechzig Fuß tief ist. Der Gipfel ragt 1904 Klafter über das Meer, oder genau so hoch empor, wie es Borda durch eine sehr sorgfältige geometrische Vermessung gefunden hat ... Der Krater des Pics oder des eigentlichen Gipfels wirft schon seit Jahrhunderten keine Lava mehr aus (dieselbe entfließt nur den Seitenwänden), dagegen erzeugt der Krater eine ungeheuere Menge Schwefel und Schwefeleisen.«

Im Monat Juli kamen Humboldt und Bonpland in Cumana, d. h. in jenem Teile Südamerikas an, der als Terra firma bekannt ist. Sie verbrachten hier zunächst einige Wochen mit dem Studium der Verheerungen des großen Erdbebens von 1797. Dann bestimmten sie die Lage von Cumana, das auf allen Karten um einen halben Grad zu weit südlich angegeben ist, was jedenfalls den nördlichen, nach Trinidad zu gerichteten Strömungen, welche die Seefahrer täuschten, zuzuschreiben sein dürfte. Im Dezember 1799 schrieb Humboldt von Caracas aus an den Astronomen Lalande:

»Eben komme ich von einer höchst lehrreichen Reise in das Innere von Paria, nach der Cordillere von Cocolar, Tumeri und Guiri zurück. Ich bringe einige mit meinen Instrumenten, auch mit getrockneten Pflanzen beladene Maulesel heim. Wir gelangten bis zu den Missionen der Kapuziner, welche noch von keinem Naturforscher besucht wurden; wir entdeckten eine große Menge Pflanzen, vorzüglich neue Palmenarten, und stehen im Begriffe, nach dem Orinoco abzureisen, um vielleicht bis San-Carlos am Rio Negro und jenseits des Äquators vorzudringen ... Wir haben über tausendsechshundert Pflanzen getrocknet, mehr als fünfhundert Vögel beschrieben und Insekten und Muscheln gesammelt; daneben habe ich gegen fünfzig Zeichnungen vollendet. In Berücksichtigung der brennenden Hitze dieser Zone glaube ich, daß Sie uns die Anerkennung, tüchtig gearbeitet zu haben, kaum versagen werden.«

Während dieses ersten Ausfluges hatte Humboldt die Missionen der Chaymas- und Guaraunos-Indianer besucht. Er erkletterte den Gipfel des Tumiriquiri und stieg in die Guacharo-

Grotte hinab, eine ungeheure Höhle, die Wohnung Tausender von Nachtvögeln, aus deren Fett man das Öl von Guacharo gewinnt. Ihr von der üppigsten Vegetation geschmückter und bekrönter Eingang ist wahrhaft majestätisch. Aus demselben strömt ein beträchtlicher Fluß, und im Innern hallen dumpf die Stimmen der Vögel wider. Sie stellt den Acheron der Chaymas-Indianer dar, denn die Seelen der Verstorbenen nehmen nach der Mythologie dieser Völker und der Indianer des Orinoco in dieser Höhle ihren Aufenthalt. In den Guacharo hinabsteigen, bedeutet in ihrer Sprache soviel wie sterben.

»Die Indianer betreten einmal des Jahres die ›Cueva‹ des Guacharo gegen Mitte des Sommers, wo sie die meisten Nester der Vögel mit langen Stangen zerstören. Dabei kommen denn Tausende von Vögeln um, während die alten Guacharos-Bewohner, als wollten sie ihre Stammsitze verteidigen, unter entsetzlichem Geschrei um die Köpfe der Indianer schwirren. Die kleinen, welche zur Erde fallen, werden auf der Stelle geöffnet. Ihr Bauchfell ist mit einer dicken Fettschicht bedeckt, die sich über den ganzen Unterleib bis zum After hinzieht und zwischen den Beinen der Vögel eine Art Kissen bildet. Zur Zeit der in Caripe so genannten Ölernte erbauen die Indianer am Eingange und selbst unter dem Gewölbe der Höhle Hütten aus Palmenzweigen; dann entzünden sie Feuer mit getrockneten Blättern und schmelzen in tönernen Gefäßen das Fett der eben erlegten jungen Vögel aus. Dieses unter dem Namen von Butter oder Öl von Guacharo benannte Fett ist halbflüssig, durchscheinend, geruchlos und so rein, daß es ein Jahr lang, ohne ranzig zu werden, aufbewahrt werden kann.«

Dann fährt Humboldt fort: »Wir haben etwa vierzehn Tage in dem Tale von Caripe zugebracht, das in einer Höhe von neunhundertzweiundfünfzig ›Vares‹ (kastilianische Ellen, gleich drei Fuß) über dem Meere liegt und von ganz nackt gehenden Indianern bewohnt wird. Daselbst sahen wir schwarze Affen mit roten Bärten; wir hatten die Genugtuung, von den Kapuzinern des Konvents und allen mit den einigermaßen zivilisierten Indianern vereint lebenden Missionaren mit größtem Wohlwollen empfangen zu werden.«

Vom Tal von Caripe aus begaben sich die beiden Reisenden

über die Berge von Santa Maria und die Mission von Catuaro nach Cumana zurück und langten am 21. November in Caracas, in einem an Cacao, Baumwolle und Kaffee fruchtbaren Tale mit dem gemäßigten Klima Europas an.

Humboldt benützte seinen Aufenthalt in Caracas, um das Licht der südlichen Sterne zu beobachten, denn er glaubte wahrgenommen zu haben, daß einige derselben, vorzüglich in dem Sternbild des Kranichs, des Adlers, der amerikanischen Gans und in dem Fuße des Centauren dasselbe seit La Caille verändert hätten. Gleichzeitig brachte er seine Sammlungen in Ordnung, sandte einen Teil davon nach Europa und widmete sich einer eingehenden Besichtigung der Felsen, um den Bau der Erdkugel in diesen Gegenden kennenzulernen.

Nachdem sie die Umgebungen von Caracas in Augenschein genommen und die ›Silla‹ oder Sella bestiegen hatten, bis zu deren Gipfel, trotz ihrer großen Nähe zur Stadt, noch kein Einwohner vorgedrungen war, wendeten sich Humboldt und Bonpland nach Valencia, längs den Ufern des Sees, den die Indianer Tacarigua nannten und der den Neuchâteler See in der Breite übertrifft. Nichts vermag eine Vorstellung von dem Reichtum und der Mannigfaltigkeit der Vegetation hier zu geben. Und doch sind es nicht allein diese pittoresken und romantischen Reize, welche jenem See ein erhöhtes Interesse verleihen. Die gradweise Abnahme seines Wassers erregte nämlich die Aufmerksamkeit Humboldts, der dieselbe einer unvernünftigen Ausbeutung der Wälder und folglich der Erschöpfung seiner Zuflüsse zuschreibt.

Hier konnte Humboldt sich auch von der Richtigkeit der ihm über einen eigentümlichen Baum zu Ohren gekommenen Erzählung überzeugen; es war das der ›Palo de la vaca‹ oder Kuhbaum, welcher aus Einschnitten in seinen Stamm eine nahrhafte, balsamische Milch liefert.

Der schwierigere Teil der Reise begann bei Porto Cabello, am Anfange der ›Ilanos‹, das sind jene unübersehbaren Ebenen, die sich zwischen den Hügeln der Küste und dem Tale des Orinoco hinziehen.

»Ich weiß nicht«, sagt Humboldt, »ob der erste Anblick der ›Ilanos‹ weniger Erstaunen hervorruft als der der Anden.«

In der Tat gibt es kaum etwas Frappanteres als dieses Meer von Gräsern, über dem, ohne daß man den leisesten Wind spürt, immer feine Staubwirbel schweben. In der Mitte dieser ungeheuren Ebene, in Calabozo, prüfte Humboldt zum ersten Male die Kraft der Gymnoten oder elektrischen Aale, die man auf jedem Schritt in allen Nebenflüssen des Orinoco antrifft. Die Indianer, welche sich vor deren elektrischen Schlägen fürchten, machten den Vorschlag, einige Pferde in einen Sumpf zu treiben, in dem sich Gymnoten aufhielten.

»Das ungewohnte Geräusch der Pferdefüße«, sagt Humboldt, »lockt die Gymnoten aus dem Schlamme herauf und reizt sie zum Kampfe. Die blaßgelblichen Aale gleichen etwa Schlangen, schwimmen an der Oberfläche des Wassers und schlüpfen unter den Bauch des Tieres, das ihre Ruhe stört. Der zwischen Tieren von so verschiedener Organisation entstehende Kampf bietet einen überraschenden Anblick. Die mit Wurfspießen und langen Stöcken bewaffneten Indianer umringen den Teich von allen Seiten und klettern selbst auf überhängende Bäume, während sie mit wildem Geschrei und ihren langen Stöcken die Pferde verhindern, zu entfliehen und an das Ufer zu klettern. Die durch das Geräusch erschreckten Aale verteidigen sich mittelst wiederholter Entladung ihrer natürlichen elektrischen Batterien; lange Zeit scheinen sie siegreich zu bleiben; einige Pferde unterliegen der Heftigkeit dieser Erschütterungen, die sie von allen Seiten an den lebenswichtigsten Organen erhalten, und ihrerseits erschreckt über die Kraft und die Anzahl dieser Schläge, werden sie allmählich gelähmt und verschwinden unter dem Wasser.

Andere suchen schnaufend, mit aufrechtstehender Mähne, entsetzten Blicken und unter dem Ausdruck des empfindlichsten Schmerzes dem Schlachtfelde zu entkommen, doch treiben die Indianer sie unbarmherzig in das Wasser zurück. Nur sehr wenigen gelingt es dabei, die Wachsamkeit derselben zu täuschen, indem sie das Ufer erreichen und sich dort erschöpft in den Sand niederwerfen, da alle ihre Glieder von den elektrischen Berührungen der Gymnoten gelähmt sind . . .

Ich erinnere mich nicht, jemals von einer Leydener Flasche einen so heftigen Schlag erhalten zu haben, als hier, wo ich

unvorsichtigerweise den Fuß auf einen aus dem Wasser herausgekrochenen Gymnotes setzte.«

Nach Bestimmung der astronomischen Lage von Calabozo zogen Humboldt und Bonpland auf ihrem Wege längs des Orinoco weiter. Der Uritucu mit zahlreichen furchtbaren Krokodilen und der Apure, einer der Nebenflüsse des Orinoco, dessen Ufer mit herrlicher, luxuriöser Vegetation, wie man es nur in den Tropen findet, bedeckt sind, wurden überschritten, oder sie gingen längs derselben hin. Die Ufer dieses Flusses waren mit dichtem Gebüsch besetzt, und in diesem da und dort Gänge ausgebrochen, durch welche Bisamschweine, Tiger und andere wilde Tiere zur Stillung ihres Durstes an das Wasser gelangen konnten.

Wenn die Nacht ihren Schleier über den Wald ausbreitet, hallt dieser, während er vorher gänzlich unbewohnt schien, von dem Brüllen, Schreien der Raubtiere und dem Gesange der Vögel wider, die miteinander zu wetteifern scheinen, wer den meisten Lärm machen könne.

Hat der Uritucu seine gefräßigen Krokodile, so besitzt der Apure dafür einen kleinen Fisch, den ›Carabito‹, der Badende mit solcher Gier anfällt, daß er ihnen oft ziemlich große Stücke Fleisch ausreißt. Dieser wenn auch nur vier bis fünf Zoll lange Fisch ist fast noch mehr zu fürchten als das größte Krokodil. Deshalb wagen auch die Indianer nie in das von ihm besuchte Wasser zu tauchen, trotz ihrer Liebhaberei für das Baden und trotz des Bedürfnisses, das sie empfinden, ihre von Moskitos und Ameisen oft greulich zerstochene Haut zu erfrischen. Die Reisenden gingen nun längs des Orinoco hinab zum Temi, der durch ein seichtes, wenig umfangreiches Stück Wasser mit dem Cano-Pimichin, einem Nebenflusse des Rio Negro, in Verbindung steht.

Der Temi überschwemmt die Wälder an seinen Ufern oft auf weite Strecken. Die Indianer eröffnen sich dann mitten durch die Bäume Wasserwege von kaum zwei Meter Breite. Es gibt nichts Merkwürdigeres und Imposanteres, als inmitten dieser riesigen Bäume unter üppigem Blätterdache dahinzufahren. Hier findet man auch, drei- bis vierhundert Meilen im Innern des Landes, ganze Gesellschaften von Süßwasser-Delphinen, welche ihre Strahlen von Wasser und komprimierter Luft emportreiben, wovon sie den Namen ›Bläser‹ erhalten haben.

Vier volle Tage waren notwendig, die Canots vom Temi nach dem Cano-Pimichin zu befördern, wobei man sich erst mit dem Hackmesser einen Weg bahnen mußte.

Der Pimichin fällt in den Rio Negro, der selbst ein Nebenfluß des Amazonenstromes ist.

Humboldt und Bonpland folgten nun dem Rio Negro bis San Carlos und fuhren dann den Casiquiare, einen mächtigen Arm des Orinoco, hinauf, der die Verbindung des letzteren mit dem Rio Negro darstellt. Die Ufer des Casiquiare sind von den Ydapaminores bewohnt, welche nichts als im Rauch getrocknete Ameisen verzehren.

Endlich gingen die Reisenden den Orinoco hinauf bis nahe zu dessen Quellen am Fuße des Vulkans von Duida, wo sich die wilden Guaharibos und die sehr gewandten Bogenschützen, die Guaicas-Indianer, aufhielten. Hier findet man die berühmte Lagune von El Dorado, auf welcher sich einige Talk-Eilande spiegeln.

Nun war also die Streitfrage über die Verbindung des Orinoco mit dem Marañon endgültig gelöst und nachgewiesen, daß dieselbe an der Grenze der spanischen und portugiesischen Besitzungen, etwa zwei Grade über dem Äquator, statthabe.

Die beiden Reisenden ließen sich nun von der reißenden Strömung des Orinoco wieder hinabtreiben, mit der sie über fünfhundert Meilen in weniger als sechsundzwanzig Tagen zurücklegten, dann rasteten sie drei Wochen lang in Angostura, um die Zeit der größten Hitze und der herrschenden Fieber vorbeizulassen, und gelangten endlich im Oktober 1800 nach Cumana zurück.

»Meine Gesundheit«, schreibt Humboldt, »widerstand den Strapazen einer Reise von über tausenddreihundert Meilen vortrefflich, mein armer Gefährte Bonpland aber wurde gleich nach der Rückkehr von einem mit Erbrechen verbundenen Fieber befallen, von dem er nur sehr langsam genas. Es bedurfte auch eines Organismus von ungewöhnlicher Spannkraft, um den Anstrengungen, Entbehrungen und fortwährenden Belästigungen zu widerstehen, denen Reisende in jenen mörderischen Gegenden ausgesetzt sind. Nicht viele können es ertragen, stets von Tigern und Krokodilen umgeben zu sein, sich den Körper von den Stichen der Moskitos und Waldameisen durchlöchern zu lassen, drei Monate lang keine andere Nahrung zu haben als Wasser, Bananen, Fische und Manioc, das Land der erdessenden Ottomaquen zu durchwandern, und unter dem Äquator die Ufer des Casiquiare hinabzuziehen, wo man auf einer Strecke von hundertdreißig Meilen keinem menschlichen Wesen begegnet; noch geringer aber wird die Zahl derjenigen ausfallen, welche, nachdem sie einen solchen Kampf siegreich bestanden, noch Mut und Kraft genug besitzen, ihn noch einmal zu wagen.«

Wir haben gesehen, welche wichtige geographische Entdekkung die Ausdauer unserer Reisenden belohnte, die das ganze nördliche Land vom Amazonenstrom, zwischen Popayan und den Bergen von Französisch-Guyana durchmessen hatten. Auch die auf anderen Gebieten der Wissenschaft erzielten Erfolge waren ebenso zahlreich als neu. Humboldt hatte nachgewiesen, daß es unter den Indianern am Orinoco und Rio Negro auffallend weiße Stämme gibt, die sich von denen der Küste sehr wesentlich unterscheiden. Ebenso lernte er den merkwürdigen Stamm der Ottomaquen näher kennen.

»Dieses durch seine den ganzen Körper entstellenden Malereien so häßliche Volk«, sagt Humboldt, »genießt, wenn der Orinoco Hochwasser hat und sie keine Schildkröten mehr finden können, drei Monate hindurch nichts, oder doch fast nichts als

Tonerde. Es gibt einzelne darunter, welche ein bis eineinhalb Pfund dieser Erde zu sich nehmen. Einige Mönche stellten zwar die Behauptung auf, sie vermischten dieselbe mit dem Fette aus Krokodilschwänzen; doch ist das ganz irrig. Wir haben dagegen bei den Ottomaquen Vorräte von ganz reiner Erde gefunden, die sie verzehrten, wobei sie dieselbe nicht weiter als durch leichtes Rösten und Anfeuchten zubereiten.«

Unter den denkwürdigsten Entdeckungen Humboldts ist auch die des ›Curare‹ zu erwähnen, jenes heftigen Giftes, das er von den Catarapeni- und Maquiritares-Indianern bereiten sah und von dem er eine Probe für das Institut mitbrachte, sowie des ›Dapiche‹, das etwa als ein bisher unbekannter Zustand des Gummi elasticum zu betrachten ist. Dasselbe besteht aus einem freiwillig aus den Wurzeln zweier Bäume, des ›Jacio‹ und des ›Curcuma‹, abfließenden und auf der Erde eingetrockneten Milchsaft.

Diese erste Reise Humboldts endigte übrigens mit der Erforschung der südlichen Teile von San Domingo und Jamaika und mit einem längeren Aufenthalte auf Cuba, wo die beiden Reisenden verschiedene Versuche zur Verbesserung der Fabrikation des Zuckers anstellten, die Küsten aufnahmen und astronomische Beobachtungen lieferten.

Diese Arbeiten erlitten eine Unterbrechung durch die Anzeige der Abreise des Kapitän Baudin, der das Kap Hoorn umschiffen und die Küste von Chile und Peru aufnehmen wollte. Humboldt, der schon versprochen hatte, mit der Expedition zusammenzutreffen, reiste sofort von Cuba ab, um durch Mittelamerika zu gehen und sich zur Zeit des Eintreffens des französischen Seemannes an der Küste Perus zu befinden. Erst in Quito hörte Humboldt, daß Baudin, statt jene Route einzuhalten, vielmehr in den Pazifischen Ozean einfahren und das Kap der Guten Hoffnung umsegeln wollte. Der berühmte Reisende hatte nun schon alles dem Wunsche untergeordnet, zur richtigen Zeit an der Stelle zu sein, wo er Baudin zu finden hoffte.

Im März 1801 landete Humboldt, immer in Begleitung des treuen Bonpland, in Carthagena, von wo aus er sich nach Santa Fe de Bogota und nachher in die Hochebene von Quito begeben wollte. Die beiden Reisenden verweilten zuerst, um die Hitze

CARTE ITINÉRAIRE
DU
VOYAGE DE HUMBOLDT
DANS
L'AMÉRIQUE ÉQUINOXIALE.
OCÉAN ATLANTIQUE
MER DES ANTILLES
GRANDES ANTILLES
Petites Antilles
OCÉAN PACIFIQUE
AMÉRIQUE CENTRALE
AMÉRIQUE DU SUD
BRÉSIL
PÉROU
BOLIVIE
ÉQUATEUR
COLOMBIE
VENEZUÉLA
ÉTATS-UNIS DE COLOMBIE
MEXIQUE
GUATEMALA
HONDURAS
NICARAGUA
COSTA RICA
HAITI
CUBA
La Havane
Is. Bahama
La Jamaïque
St. Domingue
Port au Prince
Porto Rico
La Guadeloupe
La Martinique
La Trinité
Caracas
Cumana
Pto Cabello
Valencia
Calabozo
Carthagène
Turbaco
Mompox
Panama
Angostura
Apure R.
Orénoque Fl.
Georgetown
Paramaribo
Cayenne
Guyane Anglaise
Guyane Hollandaise
Guyane Française
Sa Tumucumaque
Sa Parime
Sa Acaray
R. Branco
S. Carlos
R. Negro
Rio Negro
Amazones
Marañon
I. Marajo
Équateur
Sta Fé de Bogota
Popayan
Vn Popayan
Quito
Vn Pichincha
Vn Cotopaxi
Vn Tunguragua
Vn Chimborazo
Vn Antisana
Guayaquil
Cuenca
R. Napo
Rio
Truxillo
Lima
R. Purus
R. Madeira
R. Tapajoz
R. Araguaya
R. Tocantins
R. Parnahyba
R. San Francisco
Fl.
ou
Départ de Brest
Comayagua
St. Salvador
Managua
St. José
20
40
60
80
0

vorüberzulassen, in dem hübschen Dorfe Turbaco, auf den die Küste beherrschenden Höhen, und beschäftigten sich mit den Vorbereitungen zu ihrer Weiterreise. Bei einem Ausfluge in die Umgebungen besuchten sie eine höchst merkwürdige Gegend, welche ihre indianischen Führer wiederholt erwähnten.

Es ist das ein sumpfiger Bezirk inmitten eines Urwaldes von Palmen und ›Tolu‹-Bäumen, zwei Meilen östlich von Turbaco. Eine verbreitete Legende erzählt, das ganze Land habe früher einmal im Feuer gestanden, das ein Heiliger jedoch durch Bespritzen mit wenig Tropfen Weihwasser löschte.

Humboldt fand inmitten einer ausgedehnten Ebene gegen zwanzig etwa fünfundzwanzig Fuß hohe Kegel aus grauem Ton, deren Mündung an der Spitze mit Wasser gefüllt war. Nähert man sich denselben, so vernimmt man in regelmäßigen Intervallen einen hohen Ton und sieht einige Minuten später einen starken Gasstrom herausdringen. Diese Kegel befinden sich, den Aussagen der Indianer nach, schon seit Jahren ganz in demselben Zustande.

Humboldt überzeugte sich, daß das jenen kleinen Vulkanen entströmende Gas Stickstoff, aber weit reiner sei, als man denselben bisher in chemischen Laboratorien herzustellen vermochte.

Santa Fe liegt in einem Tale, achttausendsechshundert Fuß über dem Meer und rings von hohen Bergen umschlossen, die früher einen nicht unbedeutenden See begrenzt zu haben scheinen. Der Rio Bogota, der alle Wasseradern dieses Tales aufnimmt, hat sich südwestlich von Santa Fe, nahe der Farm von Tequendama, einen Weg gebrochen; nachdem er die Ebene dann durch einen engen Kanal verlassen, fällt er in das Becken der Magdalena. Es ergibt sich hieraus, daß man durch Verschließung dieses Abflusses die ganze Ebene von Bogota überschwemmen und den früher vorhandenen See wiederherstellen könnte. So wie in den Pyrenäen die Legende von der Bresche Rolands im Schwange ist, so erzählen die Indianer, daß einer ihrer Helden, Bochica, die Felsen, welche den Durchgang versperrten, gespalten und dadurch das Tal von Bogota trockengelegt habe. Nachher soll sich dieser Wohltäter, zufrieden mit seinem Werke, in die sehr gesunde Stadt Eraca zurückgezogen und dort unter

Bußübungen und freiwilligen Entbehrungen aller Art noch zweitausend Jahre gelebt haben.

Der Wasserfall von Tequendama bietet, wenn er auch keineswegs der bedeutendste der Welt ist, doch einen recht großartigen Anblick. Der durch alle Gewässer des Tales vergrößerte Fluß hat noch kurz vor den Fällen eine Breite von hundertsiebzig Fuß; wenn er aber in die Spalte eintritt, welche durch ein Erdbeben entstanden zu sein scheint, übersteigt seine Breite nicht mehr vierzig Fuß. Die Tiefe des Abgrundes, in den der Rio Bogota hinabstürzt, ist gewiß nicht geringer als sechshundert Fuß. Über diesem merkwürdigen Fall erhebt sich stets eine Wolke von dichtem Wasserstaub, welche herniedersinkend zu der Fruchtbarkeit des Tales nicht wenig beitragen soll.

Es gibt nichts Überraschenderes als den Unterschied zwischen dem Tale dieses Flusses und dem der Magdalena. Auf der Höhe herrscht das Klima Europas und gedeihen neben dem Korn die Eiche und überhaupt die Bäume unserer Breiten; unten wuchern Palmen, Zuckerrohr und alle Erzeugnisse der Tropenzone.

Eine der interessantesten natürlichen Merkwürdigkeiten, die unsere Reisenden auf ihrem Wege fanden, ist die Brücke des Icononzo, welche Humboldt und Bonpland im September 1801 überschritten. Im Grunde einer jener Schluchten, jener ›Cañons‹, wie man sie gleich tief nur in den Anden findet, hat sich ein kleiner Bach, der Rio de Suma Paz, durch eine enge Spalte einen Weg gebahnt. Es wäre ganz unmöglich, darüber zu gelangen, wenn die Natur nicht selbst für zwei übereinander liegende Brücken Sorge getragen hätte, welche mit Recht als Wunder der Umgegend betrachtet werden.

Drei von einem der Berge durch das Erdbeben, welches diese Riesenspalte erzeugte, abgetrennte Felsblöcke sind nämlich so gefallen, daß sie sich gegenseitig halten und einen natürlichen Bogen bilden, über welchen man, auf einem kleinen Fußstege, längs des Abgrundes gehen kann. In der Mitte der Brücke ist noch eine Öffnung übriggeblieben, durch die man die Tiefe des unermeßlichen Abgrundes wahrnehmen kann, an dessen Boden der Gebirgsstrom mit entsetzlichem Geräusch und unter dem unaufhörlichen Geschrei Tausender umherflatternder Vögel dahineilt. Sechzig Fuß über jener Brücke findet man noch eine zweite von fünfzig Fuß Länge bei vierzig der Breite, deren Dicke in der Mitte acht Fuß nicht übersteigt. Die Eingeborenen haben an ihrem Rande ein schwaches Geländer von Schilfrohr errichtet, von dem aus der Reisende die majestätische Szenerie zu seinen Füßen überschauen kann.

Die unaufhörlichen Regen und andere Hindernisse hatten den Weg bis Quito recht beschwerlich gemacht. Humboldt und Bonpland rasteten hier indes nicht länger, als sie notwendig brauchten, dann begaben sie sich wieder in das Tal der Magdalena und zu den prächtigen Wäldern, welche die Abhänge des Quindin in den Zentral-Anden schmücken.

Der Weg über diesen Berg wird als einer der schwierigsten der ganzen Kette betrachtet. Selbst während der günstigsten Jahreszeit braucht man nicht weniger als zwölf Tage, um seine Wälder zu durchwandern, in denen man keinem Menschen begegnet und nichts findet, was als Nahrung dienen könnte. Die höchste Spitze steigt zwölftausend Fuß über das Meer empor; der einzig gangbare Weg ist oft nicht über einen Fuß breit. Man passiert diese Stelle meist auf einem Stuhle festgebunden, den die Indianer wie ein Reff auf dem Rücken tragen.

»Wir zogen es vor, zu Fuße zu gehen«, sagt Humboldt in einem Briefe an seinen Bruder, »und da die Witterung sehr schön blieb, brauchten wir nur siebzehn Tage durch diese Einöde, wo keine Spuren darauf hindeuten, daß sie jemals bewohnt gewesen wäre. Man schläft hier in Hütten aus Blättern der Heliconia, die man deshalb eigens mitführt.

Auf dem westlichen Abhange der Anden finden sich Sümpfe, in die man nicht selten bis zum Knie einsinkt. Jetzt schlug auch das Wetter um und es regnete Tag für Tag; die Stiefel verfaulten uns beim Gehen und wir kamen mit nackten und wunden Füßen, aber bereichert mit einer schönen Sammlung neuer Pflanzen, in Carthago an.

Von Carthago aus gingen wir über Buga nach Popayan durch das schöne Tal des Cauca-Flusses, zu unserer Seite immer die Berge von Choca und die Platinminen, welche diese enthalten.

Den Monat November des Jahres 1801 verweilten wir in

Popayan und suchten von da aus die Basaltberge von Julusuito und die Krater des Vulkans von Purace, welche mit schrecklichem Getöse schwefelwasserstoffhaltiges Wasser und die porphyritischen Granite von Pische auswerfen . . .

Die größte zu besiegende Schwierigkeit stand uns nun noch zwischen Popayan und Quito bevor. Da mußten die Paramos de Pasto, und zwar während der eben begonnenen Regenzeit, überschritten werden. ›Paramo‹ nannte man in den Anden die Örtlichkeiten, wo in einer Höhe von 1700 bis 2000 Klaftern alle Vegetation aufhört und eine markdurchdringende Kälte herrscht. Um die Hitze im Tale von Patia zu vermeiden, wo man sich in einer Nacht ein Fieber holen kann, das drei bis vier Wochen andauert und unter dem Namen ›Calenturas de Patia‹ bekannt ist, überkletterten wir die Cordillere auf steilen Abhängen, um von Popayan nach Almager und von da nach Pasto, am Fuße eines furchtbaren Vulkans, zu gelangen . . .«

Das ganze oberhalb der Linie des Pflanzenwachstums gelegene Gebiet von Pasto ist eine in Eis erstarrte Hochebene, umgeben von Vulkanen und Solfataren, welche ununterbrochen Rauchwirbel ausstoßen. Die Einwohner haben als Nahrung fast nur Pataten, und wenn ihnen diese ausgehen, müssen sie sich von einem ›Achupalla‹ genannten Zwergbaume zu sättigen suchen, den ihnen überdies die Bären der Anden streitig machen. Nachdem sie zwei volle Monate hindurch Tag und Nacht durchnäßt dahingezogen und nahe der Stadt Ibarra noch eine von Erderschütterungen begleitete Überschwemmung mit in den Kauf nehmen mußten, kamen Humboldt und Bonpland am 6. Januar 1802 in Quito an, wo sie der Marquis de Selva-Alegre mit herzlicher, glänzender Gastfreundschaft empfing.

Die Stadt Quito selbst ist schön zu nennen; die schneidende Kälte aber und die kahlen Berge der Umgebung verleiden jedem den Aufenthalt daselbst. Seit dem starken Erdbeben vom 4. Februar 1797 hatte die Temperatur hier merklich abgenommen, und Bouguer, der früher eine gewöhnliche Temperatur von fünfzehn und sechzehn Graden beobachtete, würde nicht wenig erstaunen, jetzt nur konstant vier bis höchstens zehn Grad Réaumur anzutreffen. Der Cotopaxi, Pinchincha, Antisana und Ilinaça, lauter Riesenkamine eines und desselben unterirdischen Feuerherdes, wurden von den beiden Reisenden, welche auf jedem gegen vierzehn Tage verweilten, eingehend untersucht.

Zweimal kam Humboldt bis an den Krater des Pinchincha, den, mit Ausnahme La Condamines, noch kein Mensch erblickt hatte.

»Meinen ersten Ausflug«, schreibt er, »unternahm ich allein mit einem Indianer. Da sich Condamine dem Krater einst an dessen niedrigem, schneebedecktem Rande genähert, folgten wir beim ersten Versuche seiner Fährte. Dabei wären wir jedoch bald umgekommen. Der Indianer versank plötzlich bis an die Brust in eine Spalte, und wir überzeugten uns mit Entsetzen, daß wir auf einer Brücke von gefrorenem Schnee dahingegangen waren, denn wenige Schritte von uns entfernt befanden sich Öffnungen in derselben, durch welche wir das Tageslicht darunter sehen konnten. Somit befanden wir uns unbewußt auf einer Art Wölbung, welche schon dem Krater selbst angehörte. Erschreckt, doch nicht entmutigt, änderte ich meinen Plan. An dem Kraterrande springen nämlich drei Pics, drei Felsen ohne Schneedecke, hervor, da die aus dem Vulkan aufsteigenden Gase dieselben immer wegschmelzen. Ich erklomm einen der Felsen und fand auf seinem Gipfel einen Stein, der, nur auf einer Seite festsitzend und auf der unteren ausgehöhlt, balkonartig über den Abgrund vorsprang. Dieser Stein maß freilich nur zwölf Fuß in der Länge auf sechs in der Breite und zitterte unter fortwährenden Erschütterungen, deren wir achtzehn in kaum dreißig Minuten zählten. Um den Grund des Kraters ordentlich besichtigen zu können, legten wir uns lang auf den Leib hin, und ich glaube nicht, daß die menschliche Einbildungskraft sich etwas Traurigeres, Düstereres und Entsetzlicheres vorzustellen vermag als das, was wir hier unter uns sahen. Die Vulkanöffnung bildet ein trichterförmiges Loch von etwa einer Meile Umfang, dessen oben steil abfallende Wände mit Schnee bedeckt sind. Im Innern herrschte tiefe Dunkelheit; der Schlund ist aber so groß, daß man in demselben die Gipfel mehrerer aus dem Grunde aufsteigender Berge wahrnehmen konnte, die bis etwa dreihundert Klafter unter uns herausreichten; wer sagt nun, wie tief ihr Fuß eingebettet sein mochte?

Ich glaube, daß der Kratergrund mit der Stadt Quito in gleichem Niveau liegen möge. La Condamine hatte den Vulkan für erloschen angesehen und mit Schnee bedeckt gefunden; wir mußten den Bewohnern Quitos leider die weniger angenehme Nachricht bringen, daß dieser unheimliche Nachbar noch heute in vollem Brande steht.«

Auf dem Vulkan Antisana kam Humboldt bis 2773 Klafter hinauf, da drang den Reisenden aber das Blut aus den Lippen, Augen und dem Zahnfleische heraus und hinderte sie, noch höher zu steigen. Auch bis an den Kratermund des Cotopaxi vermochten sie unmöglich vorzudringen.

Am 9. Juni 1802 brach Humboldt, immer in Begleitung Bonplands, von Quito auf, um den Chimborazo und den Tunguragua zu besuchen. Es gelang ihnen, sich dem Gipfel des ersten dieser Vulkane bis auf 250 Klafter zu nähern, doch zwangen sie dann dieselben Zufälle wie auf dem Antisana zur Umkehr. Der Gipfel des Tunguragua ist seit dem Erdbeben von 1797 zusammengebrochen, und seine von La Condamine auf 2620 Klafter bestimmte Höhe erreichte bei Humboldts Messungen nur noch 2531 Klafter.

Von Quito aus begaben sich die Reisenden nach dem Amazonenstrome über Lactacunga, Ambato und Rio-Bamba, ein vom Erdbeben des Jahres 1797 arg verheertes Gebiet, in dem mehr als vierzigtausend Menschen unter Schlamm- und Wassermassen den Tod gefunden hatten. Beim Herabsteigen von den Anden konnten Humboldt und seine Begleiter noch die Überreste der Chaussee von Yega bewundern, welche, von Cusco nach Assuay führend, als ›Inka-Straße‹ bezeichnet wird. Sie war durchweg aus behauenen Steinen hergestellt und sehr gut geebnet. Man glaubte wirklich, eine der schönsten altrömischen Straßen vor sich zu haben. In derselben Gegend finden sich die Palastruinen des Inka Tupayupangi, von denen schon La Condamine in den Berichten der Berliner Akademie eine Beschreibung lieferte.

Nach zehntägigem Aufenthalte zu Cuenca wandte sich Humboldt nach dem Bezirke von Jaen, nahm eine Karte des Marañon bis zum Rio Negro auf und erfüllte durch seine astronomischen Beobachtungen das von La Condamines Karte noch übriggebliebene Desideratum vollständiger Verläßlichkeit. Am 23. Oktober 1802 gelangte Humboldt nach Lima, wo er den Merkur-Durchgang durch die Sonnenscheibe unter den günstigsten Umständen beobachten konnte.

Einen Monat lang hielt er sich in dieser Hauptstadt auf und reiste dann nach Guayaquil, von wo aus er sich zur See nach Acapulco in Neuspanien, dem heutigen Mexico, begab. Die erstaunliche Menge von Beobachtungen, welche Humboldt während seines einjährigen Aufenthaltes in diesem Lande zusammenbrachte und die ihn veranlaßten, seine ›Politisch-statistische Abhandlung über Neuspanien‹ herauszugeben, würde, wenn das nach dem, was wir über seine früheren Unternehmungen gesagt haben, noch nötig wäre, den Beweis liefern, von welchem Wissensdrange er beseelt und mit welch unbezähmbarer Energie und unermüdlicher Arbeitskraft er begabt war.

Er beschäftigte sich gleichzeitig mit den Altertümern und der Geschichte Mexicos, studierte Charakter, Sitten und Sprache der Bewohner und stellte daneben noch naturhistorische, physikalische, chemische, astronomische und geographische Untersuchungen an.

Die Bergwerke von Tasco, Moran und Guanajuato, welche jährlich mehrere Millionen Piaster liefern, erregten zunächst die Aufmerksamkeit Humboldts, dessen erste Studien ja die Geologie betrafen. Dann nahm er den Vulkan von Jerullo in Augenschein, der am 29. September 1759, mitten in endloser Ebene, sechsunddreißig Meilen vom Meere und mehr als vierzig Meilen von jedem vulkanischen Herd entfernt, plötzlich aus der Erde hervorbrach und einen siebzehnhundert Fuß hohen Bergkegel von Asche und Schlacken bildete.

In Mexico fanden die beiden Reisenden alle Hilfsmittel, ihre ungeheuren Sammlungen zu ordnen, ihre Beobachtungen zu klassifizieren und die Vorarbeiten zu einem geologischen Atlas zu vollenden.

Diese Stadt verließen sie erst im Januar 1804, um den Ostabhang der Cordilleren kennenzulernen und die beiden Riesenvulkane von Puebla zu messen.

»Der Popocatepetl«, sagt Desborough Cooley, »ist in beständiger Tätigkeit, obwohl sein Krater seit Jahrhunderten nichts als

Rauch und Asche ausgeworfen hat. Er übertrifft alle Berge Europas an Höhe um zweitausend Fuß und ist selbst der höchste Berg Neu-Spaniens. Die eben gefallene große Menge Schnee hinderte Humboldt nicht an einer Besteigung des Cofre, der den Pic von Teneriffa um dreitausend Fuß überragt. Vom Gipfel dieses Berges genießt man eine ebenso ausgedehnte als wechselreiche Aussicht über die Ebene von Puebla bis zu dem Ostabhang der Kordilleren Mexicos, die mit dichten Wäldern von Ambrabäumen, baumartigem Strauchwerk und vielerlei Pflanzen bedeckt sind. Unsere Reisenden konnten auch den Hafen von Veracruz, die Burg Saint-Jean d'Ulloas und die Küste des Meeres erkennen.

Dieser Berg verdankt seinen Namen ›Cofre‹ (der Koffer) einem nackten, pyramidenförmigen Felsen, der sich auf seinem Gipfel noch zu einer Höhe von vier- bis fünfhundert Fuß erhebt.«

Nach diesem letzten Abstecher stieg Humboldt nach Veracruz hinab, entging glücklich dem damals wütenden gelben Fieber, reiste von hier aus nach Habana, wo er im Jahre 1800 den wertvollsten Teil seiner Sammlungen zurückgelassen hatte, widmete in Philadelphia einige Wochen dem notwendigerweise nur summarischen Studium der politischen Zustände in den Vereinigten Staaten und kehrte im August 1804 nach Europa zurück.

Die Resultate der Reisen Humboldts waren so umfassender Natur, daß man diesen Heroen der Wissenschaften als den eigentlichen Entdecker des äquinoctialen Amerikas ansehen muß. Vor ihm beutete man dieses Land wohl aus, doch ohne es selbst zu kennen, und ganz unermeßliche Schätze desselben blieben völlig unbeachtet liegen. Man muß es laut verkündigen, daß noch kein Reisender die physische Geographie und alle damit verwandten Wissenschaften um eine so große Strecke vorwärts brachte, als Humboldt. In ihm ist der ausgebildete Typus des gelehrten Reisenden verkörpert.

Spitzberg
Nouvelle Zemble
Cercle
Polaire
Arctiq
Christiania
Stockholm
St Petersbourg
Mer
du Nord
Londres
Berlin
Bruxelles
Paris
Vienne
Rome
Mer Noire
Constantinople
Lisbonne
Mer
Méditerranée
Alger
Tunis
Tripoli
Maroc
Téhéran
Herat
Caboul
Boukhara
Golfe Persique
Mer Rouge
E U R O P E
A S I E
Pékin
Yeddo
Mer du Japon
Mer d'Okhotsk
Mer Jaune
Calcutta
Golfe du Bengale
Mer d'Oman
Mer de Chine
Iles Philippines
Sénégal
AFRIQUE
ÉQUATEUR
Bornéo
Sumatra
Java
MER DES INDES
Madagascar
AUSTRALIE
Cap de Bonne Espérance
Tasmanie
O C
Régions inconnues
Mers découvertes
Terres découvertes

Mer de Baffin
Dét. de Davis
Mackenzie Fl.
Islande
AMÉRIQUE
DU NORD
OCÉAN ATLANTIQUE
Londres
Paris
Madrid
Lisbonne
Sénégal
G. du Mexique
Mexico
Mer des Antilles
PACIFIQUE
ÉQUATEUR
Caracas
Sta Fé
Quito
AMÉRIQUE
DU
SUD
Lima
Sucre
Rio de Janeiro
Assomption
Santiago
Montévideo
Buenos-Ayres
Cap Horn

Zweiter Teil

Die großen Entdecker des 19. Jahrhunderts

Erstes Kapitel

Das Morgenrot eines Jahrhunderts der Entdeckungen

I

*Seetzens Reisen in Syrien und Palästina –
Haouran und die Umschiffung des Toten Meeres –
Dekapolis – Reise durch Arabien –
Burkhardt in Syrien – Ausflüge in Nubien zu beiden
Seiten des Nils – In Mekka –
Pilgerfahrt von Mekka nach Medina*

Der gelehrte Geograph Malte Brun (ein Däne von Geburt) schildert in einem Aufsatze, den er im Jahre 1817 in den ›Nouvelles Annales des Voyages‹ veröffentlichte, eingehend und treffend den Stand des geographischen Wissens zu Anfang des 19. Jahrhunderts und die zahlreichen ›frommen Wünsche‹ dieses Faches. Er hebt dabei die schon errungenen Fortschritte in der Schiffahrtskunde, der Astronomie und der Linguistik gebührend hervor. Weit entfernt, ihre Entdeckungen zu verheimlichen, wie die Hudsonbai-Compagnie das aus Eifersucht zu tun beliebte, begründet die Indische Compagnie dagegen Akademien, veröffentlicht Berichte und unterstützt die Reisenden. Selbst aus dem Kriege sucht man Nutzen zu ziehen, wie z. B. die französische Armee in Ägypten das Material zu einem umfangreichen (geographischen) Werke sammelte. Wir werden später sehen, daß sich aller Völker bald ein löblicher Wetteifer bemächtigte.

Ein Land aber vor allen, Deutschland nämlich, war es, das sich zu Anfang des Jahrhunderts durch die wichtigen Entdekkungen seiner Reisenden auszeichnete. Seine ersten Forscher gehen mit so großer Sorgfalt zu Werke und bekunden einen so bestimmten Willen und ein so sicheres Vorgefühl, daß sie den Nachfolgern nur die Bestätigung, höchstens die Weiterführung ihrer Entdeckungen übrig lassen.

Als erster derselben ist Ulrich Jasper Seetzen zu betrachten. Geboren im Jahre 1767 zu Sophiengroden in der Herrschaft Jever (Ostfriesland), trat Seetzen, nach Vollendung seiner Studien in Göttingen, zuerst mit einigen Abhandlungen über Statistik und Naturwissenschaften, zu welchen ihn natürliche Neigung hinzog, an die Öffentlichkeit. Diese Arbeiten erwarben ihm die Aufmerksamkeit der Regierung und veranlaßten seine Ernennung zum Hofrat in der Herrschaft Jever.

Seetzens Zukunftstraum war, wie auch später der Burkhardts, eine Reise in Inner-Afrika; er wollte jedoch mit einer Erforschung Palästinas und Syriens beginnen, Länder, auf welche die im Jahre 1805 in London gegründete ›Palestine association‹ auch die öffentliche Aufmerksamkeit hinlenkte. Seetzen wartete diese Anregung nicht ab, sondern reiste mit zahlreichen Empfehlungen versehen schon 1802 nach Konstantinopel ab.

So viele Pilger und Reisende das Heilige Land und Syrien auch früher durchstreift hatten, so besaß man doch nur sehr unzuverlässige Kundschaft von jenen Gebieten. Die physische

Geographie stand noch auf einem zu niedrigen Standpunkte, eigentliche Beobachtungen wurden nicht angestellt, und manche Teile, wie der Libanon und das Tote Meer, waren überhaupt noch nicht erforscht worden. Die vergleichende Geographie existierte noch gar nicht. Es bedurfte der unablässigen Bemühungen der genannten englischen Gesellschaft und der tieferen Kenntnisse der Reisenden, sie ins Leben zu rufen. Der nach verschiedenen Seiten gründlich vorgebildete Seetzen erschien deshalb besonders befähigt, jenes Land zu durchforschen, das, sooft es bereist war, doch noch als neu und kaum bekannt gelten konnte.

Nachdem er durch ganz Anatolien gezogen, gelangte Seetzen im Mai 1804 nach Aleppo. Hier verweilte er, beschäftigt mit dem praktischen Studium der arabischen Sprache, ein ganzes Jahr, fertigte Auszüge aus den Werken der Historiker und Geographen des Morgenlandes, bestimmte astronomisch die Lage Aleppos, widmete sich naturgeschichtlichen Studien, sammelte alte Handschriften und übersetzte eine große Zahl von Volksliedern und Sagen, welche für die eingehende Kenntnis einer Nation ja stets von höchstem Werte sind.

Im April 1805 reiste Seetzen von Aleppo nach Damaskus ab. Sein erster Zug führte ihn durch die im Südosten jener Stadt gelegenen Bezirke von Haouran und Djolan, welche bisher noch kein Reisender besucht hatte. Dieselben spielten übrigens zur Zeit der Römerherrschaft unter den Namen Auranitis und Gaulonitis in der Geschichte der Israeliten eine hervorragende Rolle. Seetzen war also der erste, der ihre geographischen Verhältnisse kennen lehrte.

Weiter nahm der kühne Reisende den Libanon und Baalbek in Augenschein, drang südlich über Damaskus vor, stieg nach Judäa hinab und erforschte den östlichen Teil von Hermon (d. i. der südlichste Teil des Anti-Libanon), den Jordan und das Tote Meer. Hier war der Sitz der zur Zeit der Juden wohlbekannten Völker, der Ammoniter, Moabiter, Galaditer, Bataneer u. a. m. Der südliche Teil dieser Gegend führte zur Zeit der Besitznahme durch die Römer den Namen Peräa, und hier bestand die berühmte Dekapolis oder der Bund der zehn Städte. Noch hatte kein europäischer Reisender dieses Gebiet besucht; für Seetzen ein hinreichender Grund, hier seine eigentlichen gelehrten Forschungen zu beginnen.

Seine Freunde in Damaskus versuchten ihm zwar diese Reise zu verleiden, indem sie die Schwierigkeiten und Gefahren des von Beduinen stark besuchten Weges schilderten, doch vermochte nichts, seinen Vorsatz zu erschüttern. Bevor er sich nach der eigentlichen Dekapolis wandte und die Städte-Ruinen dieses Bundes aufsuchte, durchstreifte Seetzen das Ländchen Ladscha, das in Damaskus wegen der Beduinen, die es bewohnten, in sehr üblem, aber daneben auch in dem Rufe stand, wichtige Altertümer zu bergen.

Am 12. Dezember 1805 brach Seetzen, der sich vorsorglich mit einem Passe des Paschas versehen hatte, mit einem armenischen Führer von Damaskus auf; letzterer verirrte sich aber schon am ersten Tage, und Seetzen ließ sich durch einen bewaffneten Reiter von Dorf zu Dorf führen.

»Der Teil von Ladscha, den ich gesehen habe«, sagt der Reisende in seinem in den alten ›Annales des Voyages‹ aufbewahrten Berichte, »besteht wie Haouran aus einem meist sehr porösen Basalt, der an manchen Stellen wirkliche Steinwüsten bildet. Die verfallenen Dörfer liegen gewöhnlich am Abhange von Felsen. Die schwarze Farbe der Basalte, die zusammengestürzten Häuser, Kirchen und Türme, der gänzliche Mangel an Bäumen und Buschwerk – alles verleiht diesen Gegenden ein düsteres, melancholisches Aussehen, das die Seele mit Grauen erfüllt. Fast in jedem Dorfe findet man entweder griechische Inschriften, Säulen oder andere Überreste aus dem Altertum. (Ich habe unter anderem eine Inschrift des Kaisers Marc Aurel kopiert.) Die Türflügel sind hier, wie in Haouran, gewöhnlich aus Basalt gefertigt.«

Kaum war Seetzen in dem Dorfe Gerata angekommen und pflegte einige Augenblicke der Ruhe, als ihm eine Anzahl Berittener ankündigte, daß sie beauftragt seien, ihn im Namen des Gouverneurs von Haouran zu verhaften. Ihr Herr, Omar Aga, hatte vernommen, daß der Reisende sich schon im vorhergehenden Jahre im Lande aufgehalten habe, und in der Meinung, daß jener falsche Pässe bei sich führe, befohlen, ihn vorzuführen.

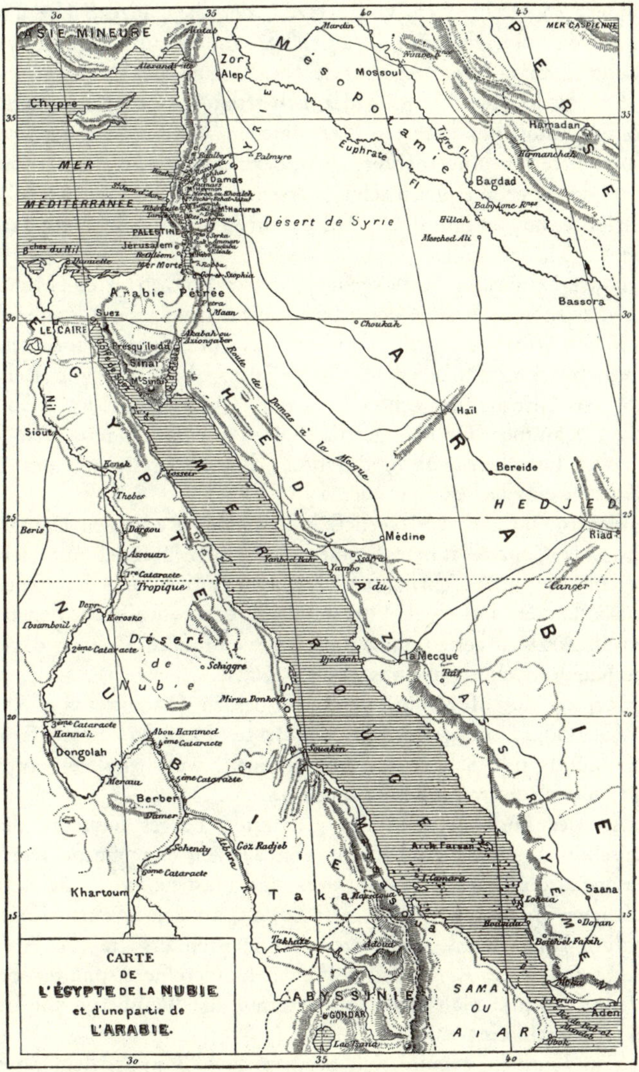
CARTE
DE
L'ÉGYPTE DE LA NUBIE
et d'une partie de
L'ARABIE.
ASIE MINEURE
MER CASPIENNE
Mardin
Zor
Alep
Alexandrette
Mésopotamie
Mossoul
PERSE
Chypre
MER
MÉDITERRANÉE
Hamadan
Kermanchah
Palmyre
Euphrate Fl.
Tigre Fl.
Bagdad
Damas
Désert de Syrie
Hillah
Meched Ali
PALESTINE
Jérusalem
Bethléem
Mer Morte
Bches du Nil
Damiette
Arabie Pétrée
Petra
Maan
Bassora
Suez
LE CAIRE
Choukah
Akabah ou Asiongaber
Presqu'île du Sinaï
Mt Sinaï
ARABIE
Route de Damas à la Mecque
Haïl
Siout
Nil Fl.
Keneh
Cosseir
Bereide
Thebes
HEDJED
Dargou
Beris
Médine
Riad
Assouan
Yanbo el Bahr
Yambo
1re Cataracte
Tropique
Cancer
Derr
Korosko
Ibsamboul
2ème Cataracte
Désert de Nubie
Schiggre
Djeddah
la Mecque
Taïf
Mirza Donkola
3ème Cataracte
Hannah
Dongolah
Abou Hammed
4ème Cataracte
Souakin
Merau
5ème Cataracte
Berber
Damer
Schendy
Atbara R.
Goz Radjeb
Arch. Farsan
6ème Cataracte
I. Camara
Khartoum
Taka
Massaoua
Loheia
Saana
Hodeida
Doran
Beit el Fakih
Takhatè
Adoua
Moka
ABYSSINIE
I. Perim
Aden
SAMA OU AIAR
GONDAR
Lac Tsana
Obok
MER ROUGE
NUBIE
ÉGYPTE
YÉMEN

An Widerstand war nicht zu denken. Ohne hierüber besonders zu erschrecken, zog Seetzen, der die ganze Sache nur als einen widrigen Zufall auffaßte, anderthalb Tage durch Haouran, bis er Omar Aga auf der Straße nach Mekka antraf.

Er wurde von diesem wider Erwarten gut empfangen und konnte schon am nächsten Tage wieder weiterreisen; das Zusammentreffen mit mehreren Arabertruppen auf der Straße aber, denen er nur durch seine unerschrockene Haltung Respekt einflößte, bewies ihm doch, daß Omar Aga ihn wohl hatte ausplündern lassen wollen.

Nach Damaskus zurückgekehrt, hatte Seetzen große Mühe, einen Führer zu finden, der erbötig gewesen wäre, ihn längs des östlichen Ufers des Jordans und um das Tote Meer zu begleiten. Endlich erklärte sich ein gewisser Yusuf al Milky, von Religion ein Grieche, der schon seit dreißig Jahren mit den arabischen Stämmen Handel getrieben und die Gegenden, welche Seetzen besuchen wollte, durchreist hatte, bereit, auf dessen Wünsche einzugehen.

Am 19. Januar 1806 verließen die beiden Reisenden Damaskus. Als Gepäck führte Seetzen nur einige Bündel mit sich, welche die unentbehrlichsten Bücher, Papier zum Trocknen von Pflanzen und einen Vorrat von Drogen enthielten, den er, um als Arzt zu gelten, unbedingt besitzen mußte. Er trug dabei die Kleidung eines Scheikhs zweiter Klasse.

Seetzen durchforschte zuerst die beiden Distrikte von Rascheia und Hasbeia, am Fuße des Berges Hermon, dessen Gipfel damals mit Schnee bedeckt erschien, weil jene von ganz Syrien noch am wenigsten bekannt waren.

An der anderen Seite des genannten Berges besuchte der Reisende zunächst Ascha, ein von Drusen bewohntes Dorf; Rascheia, die Residenz eines Emirs, und Hasbeia, wo er bei dem gelehrten Bischof von Szur oder Sceida, an den er einen Empfehlungsbrief besaß, einkehrte. Am meisten erregte die Aufmerksamkeit des Reisenden in diesem Lande eine Asphaltgrube, »deren Produkt man hier dazu benutzte, die Weinberge vor Insekten zu schützen«.

Von Hasbeia wandte sich Seetzen nach Baniass, dem alten Cäsarea Philippi, jetzt ein elender Flecken von zwanzig Hütten.

Fanden sich auch noch Spuren der Umfassungsmauern der ehemaligen Stadt, so war doch nicht das Geringste mehr von dem prächtigen Tempel übrig, den Herodes einst zu Ehren des Augustus errichten ließ.

Der Fluß Baniass galt bei den Alten als Quelle des Jordan, während der Hasbeny, als weitaus längster Arm jenes Stromes, diesen Namen gewiß weit eher verdient. Seetzen nahm diesen in Augenschein, gleich wie den See Meron oder Samachonitis der Alten.

Hier verließen ihn gleichzeitig seine Maultiertreiber, die ihm um nichts in der Welt bis zur Brücke von Dschir Behat Jacub gefolgt wären, und sein Führer Yusuf, den er auf der Hauptstraße nach Tiberias schickte, um dort zu warten, während er zu Fuß und in Begleitung eines einzigen Arabers zu der gefürchteten Brücke aufbrach.

In Dschir Behat Jacub konnte Seetzen aber niemand finden, der ihn am östlichen Ufer des Jordan hätte führen wollen, als ein Eingeborener davon hörte, daß jener Arzt sei, und ihn bat, seinen an Ophthalmie leidenden, an der Westküste des Tiberiassees wohnenden Scheikh zu besuchen.

Seetzen ließ sich diese Gelegenheit nicht entgehen, sondern willigte sofort ein, denn sie gestattete ihm, den Tiberiassee und den Fluß Wady Szemmak kennenzulernen, obwohl er dabei Gefahr lief, von seinem Führer geplündert, vielleicht am Ende gar ermordet zu werden. Endlich kam er aber glücklich in Tiberias, dem Tabaria der Araber, an, wo Yusuf ihn schon seit mehreren Tagen erwartete.

»Die Stadt Tiberias«, sagt Seetzen, »liegt unmittelbar am Ufer des gleichnamigen Sees und ist nach der Landseite zu von einer ansehnlichen Mauer aus behauenem Basalt umschlossen; dennoch verdient sie kaum den Namen einer befestigten Stadt. Kaum irgendwo zeigt sich eine Spur ihres früheren Glanzes, dagegen erkennt man noch die Ruinen der alten Stadt, die sich bis zu den eine Stunde weiter östlich gelegenen warmen Bädern erstrecken. Der berühmte Djezar Pascha hat über der Hauptquelle einen Badesaal errichten lassen. Lägen diese Bäder in Europa, so würden sie wahrscheinlich vor vielen daselbst bekannten vorgezogen werden. Das Tal, in welchem der See liegt, begünstigt durch die Konzentration der Wärme das Gedeihen der Datteln,

Zitronen- und Orangenbäume sowie der Indigopflanze, während das höher gelegene Land die Erzeugnisse der gemäßigten Klimate liefern könnte.«

Westlich von der Südspitze des Sees findet man die Trümmer der alten Stadt Tarichäa. Hier beginnt zwischen zwei Bergzügen die schöne Ebene El Ghor, leider wenig angebaut und durch nomadisierende Araber unsicher gemacht.

Ohne bemerkenswerten Zwischenfall setzte Seetzen seine Reise durch das Gebiet der Dekapolis weiter fort, nur mußte er sich als Bettler verkleiden, um der Habgier der Eingeborenen zu entgehen.

»Über das Hemd«, so berichtet er, »zog ich einen alten Kambas oder Hausrock und darüber ein altes zerrissenes blaues Frauenhemd; den Kopf bedeckte ich mit einem Fetzen und trug ganz abgenutzte Pantoffeln an den Füßen. Ein zerlumpter, über die Schultern geworfener ›Abbaje‹ schützte mich gegen Kälte und Regen, und ein Zweig diente mir als Stock. Mein Führer, ein griechischer Christ, trug ziemlich das nämliche Kostüm, und in diesem Aufzuge durchwanderten wir zehn volle Tage das Land, oft aufgehalten durch kalte Regenschauer, welche uns bis auf die Haut durchnäßten. Einen ganzen Tag über mußte ich sogar barfuß durch den Schmutz waten, da es unmöglich war, mit Pantoffeln auf dem lehmigen und von Regen durchweichten Boden fortzukommen.«

Draa, das man unfern von hier antrifft, ist nur ein Haufen verlassener Ruinen, ohne eine Spur der Baudenkmäler, denen es früher seine Berühmtheit verdankte.

Der Bezirk von El Botthin, der hierauf folgt, enthält mehrere tausend im Felsen ausgearbeitete Höhlen, in welchen dessen frühere Bewohner hausten; doch war das auch zu Seetzens Zeiten zum großen Teile noch der Fall.

Mkes war ehemals eine reiche und bedeutende Stadt, worauf noch die zahlreichen Reste von Säulengängen und Grabdenkmälern hinweisen. Seetzen hält dasselbe für identisch mit Gadara, einer der Städte zweiter Klasse im Bunde der Dekapolis.

Wenige Stunden von hier liegen die Ruinen von Abil, dem Abila der Alten. Seetzen vermochte seinen Führer Aoser nicht zu bestimmen, mit dahin zu gehen, da jenen mancherlei über die Araber von Beni Spohar umlaufende Gerüchte zu sehr erschreckten. Er mußte also allein dahin wandern.

»Abil ist gänzlich zerstört und verlassen«, berichtet der Reisende; »von keinem Hause steht heut ein Stein auf dem andern, aber die Ruinen und Trümmer verraten noch den früheren Glanz. Man findet hier schöne Überreste der alten Umfassungsmauer und eine Menge Wölbungen und Säulen aus Marmor, Basalt und grauem Granit. Außerhalb der Mauern entdeckte ich viele Säulen, darunter zwei von außerordentlicher Größe, was die Vermutung nahelegt, daß hier ein umfangreicher Tempel gestanden haben möge.«

Vom Bezirk von El Botthin aus besuchte Seetzen den von Edschlun. Hier fand er bald die Ruinen von Dscherrasch, welche sogar den Vergleich mit denen von Palmyra und Baalbek aushalten.

»Es erscheint ganz unerklärlich«, sagt Seetzen, »wie diese früher so berühmte Stadt der Aufmerksamkeit der Altertumsforscher und Liebhaber hat entgehen können. Sie liegt in einer fruchtbaren und gut bewässerten Ebene. Bevor ich jene betrat, fielen mir mehrere Sarkophage mit recht schönen Basreliefs in die Augen, darunter einer dicht am Wege mit griechischer Inschrift. Die Mauern der Stadt sind zwar völlig verfallen, doch erkennt man noch ihre Ausdehnung, welche dreiviertel bis eine Meile betragen haben mag. Die Mauern selbst bestanden durchweg aus behauenem Marmor. Der Raum innerhalb derselben ist uneben und senkt sich nach einem Flusse zu. Von Privathäusern ist kein einziges erhalten, dagegen fand ich noch mehrere öffentliche Gebäude, welche sich durch sehr schöne Architektur auszeichneten; unter anderen zwei prächtige Amphitheater, vollständig aus Marmor, mit vielen Säulen, Nischen und dergleichen, alles noch wohl erhalten, einige Paläste und drei Tempel, davon einen mit einem Peristyl aus zwölf Säulen von korinthischer Ordnung, von denen elf noch aufrecht standen. In einem anderen Tempel fand sich eine umgestürzte Säule aus dem schönsten ägyptischen Granit. Ich entdeckte auch noch ein recht gut erhaltenes Stadttor, aus drei mit Pilastern geschmückten Bogen bestehend. Das schönste Baudenkmal, welches ich jedoch fand, war eine lange, von einer anderen gekreuzte Straße, deren beide Seiten je eine Reihe korinthischer Säulen aus Marmor zierte, und welche in der Richtung nach einem halbkreisförmigen, von sechzig jonischen Säulen eingefaßten Platze lief ... Am Kreuzungspunkte der beiden Straßen bemerkte man an den vier daselbst gebildeten Ecken je ein großes Piedestal von bearbeiteten Steinen, die früher offenbar Statuen getragen haben ... Noch erkennt man einen Teil des früheren Pflasters aus großen, zugeschnittenen Steinen. Ich zählte etwa zweihundert Säulen, welche noch heute ihr Simswerk trugen; die Zahl der am Boden liegenden ist freilich eine weit größere, denn ich sah eigentlich nur die Hälfte der Stadt, und es dürfte sich wohl in der andern Hälfte, jenseits des Flusses, noch eine Menge merkwürdiger Altertümer finden.«

Nach Seetzens Ansicht kann Dscherrasch nur das alte Gerasa sein, eine Stadt, deren Lage in den Karten bis dahin stets unsicher bezeichnet war.

Der Reisende zog hierauf nach Serka, den Bezirk Jabok der hebräischen Geschichtsschreiber, der die Nordgrenze des Landes der Ammoniter bildet, und weiter durch El Belka, ein ehemals blühendes Land, das jetzt vollkommen verwildert und öde liegt, und in dem man nur einen einzigen Flecken, Szalt, das alte Amathusa, findet. Seetzen besuchte ferner Amman, ehedem das berühmte Philadelphia der zehn Städte, noch jetzt ein Fundort seltener Altertümer; Eleala, eine alte Stadt der Amoriter; Madaba, das zu Moses Zeiten Madba hieß; den Berg Nebo, Diban, die Landschaft von Karrak, die Heimat der Moabiter; die Ruinen von Robba (Rabbath), der Sitz der früheren Könige des Landes, und er gelangte so nach vielen Mühen und Beschwerden durch ein bergerfülltes Gebiet zu der am Südende des Toten Meeres gelegenen Gegend, welche Gor es Szophia genannt wird.

Unter starker Hitze mußte der Reisende über ausgedehnte Salzwüsten ziehen, welche jeder Bewässerung entbehrten. Am 6. April gelangte Seetzen dann nach Bethlehem und bald darauf nach Jerusalem, gepeinigt zwar von den Qualen entsetzlichen Durstes, aber mit der Befriedigung, Landschaften kennengelernt zu haben, die noch kein Reisender vor ihm betreten hatte.

Gleichzeitig sammelte er schätzbare Beobachtungen über die Natur des Wassers im Toten Meere, widerlegte so manche

darüber verbreitete Fabel, verbesserte verschiedene Irrtümer in den sonst besten Kartenwerken, identifizierte mehrere heutige Städte mit solchen des alten Peräa und bestätigte das Vorhandensein zahlreicher Ruinen, welche für den blühenden Zustand dieser Gegend zur Zeit der Römerherrschaft Zeugnis ablegen. Am 25. Juni verließ Seetzen Jerusalem und kehrte auf dem Meere nach Akka (St. Jean d'Acre) zurück.

Seetzen wollte seine Entdeckungen jedoch nicht lückenhaft lassen. Zehn Monate später unternahm er eine zweite Reise um den Asphaltsee und vervollständigte seine früheren Beobachtungen nach vielen Seiten hin.

Später ging der Reisende nach Kairo, wo er zwei volle Jahre

verweilte. Ebenda erwarb er die größte Zahl orientalischer Handschriften, welche den Reichtum der Bibliothek von Gotha bilden, und sammelte alle möglichen Nachrichten über das Innere des Landes, von denen er durch vortrefflichen Instinkt geleitet aber nur diejenigen aufbewahrte, welche die Kennzeichen absoluter Verläßlichkeit an sich trugen.

Diese verhältnismäßige Ruhe, so weit sie auch von eigentlicher Untätigkeit entfernt war, konnte doch Seetzens unersättlichen Durst nach weiteren Entdeckungen nicht lange unterdrücken. Im April 1809 verließ er die Hauptstadt Ägyptens und begab sich nach Suez und der Halbinsel des Sinai, den er näher besichtigen wollte, bevor er in Arabien eindrang. Im ganzen sehr wenig bekannt, war Arabien bisher nur von Kaufleuten aus St. Malo besucht worden, die dahin kamen, um ›die Bohnen von Mekka‹ einzukaufen. Bis zu Niebuhrs Zeit wurde auch keine wissenschaftliche Expedition ausgesendet, um die Geographie des Landes und die Sitten der Einwohner desselben zu studieren.

Professor Michaelis, dem zur Erklärung mehrerer Bibelstellen einige Unterlagen fehlten, war die Veranlassung zu dieser Expedition, deren Kosten König Friedrich V. von Dänemark bestritt.

Bestehend aus dem Mathematiker von Haven, dem Naturforscher Forskaal, dem Arzte Doktor Kramer, dem Maler Bauernfeind und dem Genie-Offizier Niebuhr, hatte diese Gesellschaft strebsamer, gelehrter Männer die auf sie gerichteten Hoffnungen in wahrhaft glänzender Weise erfüllt.

Von 1762 bis 1764 besuchten sie Ägypten, den Berg Sinai, Djeddah, segelten nach Loheia und drangen in das Innere des Glücklichen Arabiens ein, wobei jeder das Land vom Gesichtspunkte seines Faches aus erforschte. Anstrengungen und Krankheiten lähmten aber die Kräfte der unerschrockenen Reisenden, und bald war Niebuhr nur allein übrig, die von ihm und seinen Gefährten gesammelten Beobachtungen zu ordnen und zu verwerten. Seine Arbeit stellt eine unerforschliche Fundgrube dar, die man noch heute mit Vorteil ausbeutet.

Man sieht, daß es Seetzen nicht leicht gemacht war, diese Reise seines Vorgängers in Schatten zu stellen. Zur Erreichung dieses Zieles wich er vor keinem Mittel zurück. Nachdem er sich am 31. Juli öffentlich zum Islam bekannt hatte, schiffte er sich in Suez nach Mekka ein, wo er als Pilger Eintritt zu erlangen hoffte. Vor seinem Einzug in die heilige Stadt kam er noch nach Tor und Djeddah. Er erstaunte übrigens gewaltig über den Zustrom von Gläubigen und den Charakter dieser Stadt, die für den und von dem Kultus lebte.

»Das Ganze«, sagt der Reisende, »erregte in mir eine so ungewohnte Empfindung, wie ich sie nirgends vorher kennengelernt hatte.«

Es wäre zwecklos, uns bei dieser Reise und bei dem Ausfluge nach Medina länger aufzuhalten. Wir entlehnen später die Beschreibung der heiligen Orte der knappen und trefflichen Schilderung Burkhardts.

Von Medina kehrte der Reisende nach Mekka zurück, wo er sich eifrig, doch ohne Aufsehen damit beschäftigte, die Stadt selbst und die Zeremonien des Kultus kennenzulernen, auch die nötigen astronomischen Beobachtungen anstellte, um die Lage dieser Hauptstadt des Islam genau zu bestimmen.

Am 23. März 1810 traf Seetzen wieder in Djeddah ein und ging von hier aus mit dem Araber, der ihm noch in Mekka als Religionslehrer gedient hatte, zu Schiffe nach Hodeida, einem der bedeutendsten Häfen von Yemen. Nachdem er durch Beith el Fakih, einen Bergdistrikt, in dem viel Kaffee gebaut wird, gekommen und in Doran durch Krankheit nahezu einen Monat zurückgehalten worden war, erreichte Seetzen am 2. Juni Saana, die Hauptstadt von Yemen, die er die schönste Stadt des Morgenlandes nennt. Am 22. Juli reiste er wieder nach Aden und traf im November in Mekka ein, von wo aus man die letzten Briefe von ihm erhalten hat. Nach Yemen zurückgekehrt, wurde er wie Niebuhr seiner Sammlungen und Gepäcksstücke unter dem Vorwande beraubt, daß er Tiere sammle, um daraus einen Extrakt zur Vergiftung der Quellen zu bereiten.

Seetzen wollte sich aber nicht widerspruchslos berauben lassen, er begab sich auf der Stelle nach Saana, wo er bei dem Imam seine Beschwerde vorzubringen hoffte. Das war im Dezember 1811. Wenige Tage später verbreitete sich das Gerücht von seinem in Taes eingetretenen Tode und kam bald zu den Ohren der Europäer, welche die arabischen Häfen besuchten.

Es ist heute ohne Bedeutung, zu fragen, wem die Schuld seines Todes beizumessen sei, ob dem Imam oder denen, die den Forscher ausplünderten; zu bedauern ist es aber, daß ein so gelehrter Reisender, der sich schon in die Sitten und Gebräuche der Araber eingelebt hatte, seine Forschungen nicht weiter fortsetzen konnte und daß der größte Teil seiner Tagebücher und Beobachtungen für immer verlorengegangen ist.

»Seetzen«, sagt Vivien de Saint Martin, »war seit Ludovico Barthema (1503) der erste Reisende, der bis Mekka gelangte und die dem Grabe des Propheten geweihte Stadt Medina gesehen hat.«

Eben als ein unerwarteter Tod dem Streben Seetzens ein Ziel setzte, folgte Burkhardt seiner Fährte und bereitete sich wie jener durch einige Reisen in Syrien zu einer weit ausgedehnten und eingehenden Erforschung Arabiens vor.

»Es ist eine Seltenheit in der Geschichte der Wissenschaft«, bemerkt Vivien de Saint Martin, »zwei Männer von gleich hohem Werte einander folgen oder sich gewissermaßen ergänzen zu sehen. Burkhardt schlug nämlich häufig den von Seetzen früher eröffneten Weg ein, und es gelang ihm, lange Zeit durch besonders glückliche Umstände begünstigt, sehr verschiedenartige Reisen auszuführen und den schon bekannten Entdeckungen seines Vorgängers manche wichtige und neue hinzuzufügen.«

Obgleich Burkhardt nicht eigentlich Engländer ist, da seine Wiege in Lausanne stand, so ist er doch unbedingt den Reisenden Großbritanniens zuzurechnen, denn er verdankt es nur seinen Beziehungen zu Sir Josef Banks, dem Naturforscher und Begleiter Cooks, dem Grafen Hamilton, Sekretär der Afrikanischen Gesellschaft, und der warmen Empfehlung dieser beiden, daß er in den Stand gesetzt wurde, mit Nutzen zu reisen.

Nach eingehenden Studien, zuerst an den Universitäten zu Leipzig und Göttingen, wo er Blumenbachs Vorlesungen hörte, und später in Cambridge, wo er die arabische Sprache lernte, schiffte sich Burkhardt am 24. Februar 1809 nach dem Orient, und zwar zunächst nach Malta, ein. Als Vorbereitung auf die Beschwerden des Lebens eines Reisenden unterzog er sich freiwillig längerem Fasten, ertrug auch den brennendsten Durst und

nahm Londoner Pflastersteine als Kopfkissen oder schlief gleich im Staube der Straße.

Um wieviel blieben aber diese knabenhaften Übungen im Entbehren gegen die Anforderungen zurück, welche an ihn als begeisterten Jünger der Wissenschaft herantraten!

Von London nach Syrien abgereist, wo er sich in der arabischen Sprache vervollkommnen wollte, dachte Burkhardt sich sofort nach Kairo zu begeben und von dort nach Fezzan vorzudringen. Wenn er hierher gekommen, wollte er den Umständen überlassen, zu bestimmen, welchem Weg er weiter folgen sollte.

Burkhardt nahm nun den Namen eines Scheich Ibrahim Ibn Abdallah an und gab sich für einen indischen Muselman aus. Um seine Verkleidung glaubhaft erscheinen zu lassen, mußte er wiederholt zur List seine Zuflucht nehmen.

Ein italienischer Dolmetscher, der ihn im Verdacht hatte, ein Giaur zu sein, ging so weit, ihn am Barte zu zupfen, eine Beleidigung, wie man sie schwerer einem Muselman nicht antun kann. Burkhardt war so mit Fleisch und Bein in seiner Rolle aufgegangen, daß er auf der Stelle mit einem gewaltigen Faustschlag antwortete, der den verwegenen Dolmetscher zehn Schritte weit hintaumeln ließ, die Lacher auf seine Seite brachte und sie von seiner Echtheit überzeugte.

Vom September 1809 bis zum Februar 1812 verweilte Burkhardt in Aleppo und unterbrach seine Studien der Sprache und Sitten Syriens nur durch eine sechsmonatige Reise nach Damaskus, Palmyra und nach Haouran – das Land, welches vor ihm nur Seetzen allein besichtigt hatte.

Es wird erzählt, daß Burkhardt bei einem Ausfluge nach Zor, einem nördlich von Aleppo am Ufer des Euphrat gelegenen Distrikte, des Gepäcks und der Kleider beraubt wurde. Es blieb ihm nur noch seine Hose übrig, als ihm die Frau eines Anführers, die keinen Beuteanteil bekommen hatte, auch noch dieses unentbehrliche Kleidungsstück wegnehmen wollte.

»Diese Züge«, heißt es in der ›Revue Germanique‹, »lieferten eine Menge Nachrichten über Länder, von denen man außer den unvollständigen Mitteilungen Seetzens keinerlei Kenntnis besaß. Selbst in häufiger besuchten Gegenden wußte Burkhardts Beobachtungstalent viele interessante Einzelheiten aufzufinden, die dem gewöhnlichen Reisenden meist entgehen ... Dieses wertvolle Material gab später der Oberst Martin William Bake heraus, der sich auch selbst als reisender, kenntnisreicher Geograph und tiefgebildeter Gelehrter auszeichnete.«

Burkhardt hatte Palmyra und Baalbek, den Abhang des Libanon, das Tal des Orontes, den See Hhuleh und die Quellen des Jordan in Augenschein genommen und dabei zuerst über eine große Anzahl alter Städte berichtet. Seinen Hinweisungen verdanken wir die sichere Bestimmung der Lage des berühmten Apamäa, obwohl er selbst und sein Herausgeber sich über die

Bedeutung ihrer eigenen Angaben getäuscht hatten. Endlich sind seine Züge durch Auranitis, selbst nach denen Seetzens, allseitig reich an geographischen und archäologischen Nachrichten, welche den heutigen Zustand des Landes kennen lehren und helle Streiflichter auf die vergleichende Geographie aller Epochen werfen.

Im Jahre 1812 verließ Burkhardt Damaskus, besuchte das Tote Meer, das Tal von Akaba und den alten Hafen Aziongaber, lauter Gegenden, welche heutzutage ganze Gesellschaften von Engländern, den Murray, Cook oder Baedeker in der Hand, durchstreifen, in die man sich aber damals nur mit Lebensgefahr wagen durfte. In einem Seitentale entdeckte der Reisende die umfänglichen Ruinen von Peträa, der alten Hauptstadt des Steinigen Arabiens, wieder.

Gegen Ende des Jahres befand sich Burkhardt in Kairo. Es schien ihm nicht an der Zeit, sich der eben nach Fezzan ziehenden Karawane anzuschließen. Dagegen zog es ihn weit mehr nach Nubien, als dem für den Geschichtsschreiber, Geographen und Archäologen weit merkwürdigeren Lande. Seit dem Portugiesen Alvares war diese Wiege der ägyptischen Kultur nur von den Franzosen Poncet und Lenoir Duroule gegen Ende des 17. und zu Anfang des 18. Jahrhunderts besucht worden, ferner von Bruce, dessen Bericht so vielfach angezweifelt worden ist, und endlich von Norden, der aber über Derr nicht hinauskam.

Im Jahre 1813 durchforschte Burkhardt das eigentliche Nubien, das Gebiet von Kennour und Mohass. Dieser Ausflug kostete ihm nur zweiundvierzig Francs, freilich eine bescheidene Summe im Vergleiche zu dem Aufwand, den jetzt die kürzesten Reisen in Afrika verursachen. Burkhardt wußte sich aber auch als Mahlzeit mit einer Handvoll Dourrah (Hirse) zu begnügen, und seine ganze Begleitung bestand aus zwei Dromedaren.

Gleichzeitig mit ihm durchstreiften das Land zwei Engländer, die Herren Leph und Swelt, die ihren Weg mit Gold und Geschenken bestreuten und ihren Nachfolgern alle späteren Unternehmungen wesentlich verteuerten.

Burkhardt überschritt die Katarakte des Nils.

»Unfern von hier«, heißt es in dem Bericht, »nahe einer Ortschaft mit Namen Djebel Lamule, haben die arabischen Führer die Gewohnheit, von dem, den sie geleiten, eine Extrabelohnung zu beanspruchen. Sie verfahren dabei wie folgt: sie machen halt, steigen zur Erde herab und errichten aus Sand und Kieselsteinen einen kleinen Haufen, ähnlich dem, den die Nubier auf den Gräbern anzubringen pflegen, das nennen sie ›das Grab des Reisenden herstellen‹. An diese Demonstration schließt sich eine ziemlich ungestüme Forderung. Als Burkhardt seinen Führer diese Arbeit vornehmen sah, tat er ganz ruhig das gleiche. Dann wendete er sich an jenen mit den Worten:

›Hier ist auch dein Grab, und da wir Brüder sind, ist es nicht mehr als billig, daß wir zusammen unter die Erde gebracht werden!‹ Der Araber mußte unwillkürlich lachen; dann zerstörte man gegenseitig die unheimlichen kleinen Hügel und bestieg in ungestörter Freundschaft die Kamele wieder. Der Araber zitierte einen Vers aus dem Koran, welcher sagt: ›Kein Sterblicher weiß, wo ihm einst seine Ruhestätte gegraben wird.‹«

Burkhardt wäre auch gerne nach Dongolah vorgedrungen, er mußte sich aber damit begnügen, verschiedene, übrigens sehr interessante Mitteilungen über das Land und über die Mameluken zu sammeln, die sich nach dem Blutbade jener mächtigen Miliz, der Arnauten, damals die Werkzeuge des Paschas von Ägypten, geflüchtet hatten.

Ruinen von Tempeln und alten Städten veranlaßten den Reisenden, wiederholt haltzumachen; unter diesen gab es keine merkwürdigeren als die von Abu Simbel.

»Vor dem Tempel«, so lautet sein Bericht, »der unmittelbar am Ufer des Stromes (des Nils) liegt, stehen sechs kolossale Figuren, die vom Boden bis zu den Knien sechseinhalb Fuß messen; sie stellen Isis und Osiris in verschiedenen Lagen vor ... Alle Mauern und Säulenköpfe sind mit Malereien oder hieroglyphischen Skulpturen bedeckt, aus deren Stil Burkhardt auf ein sehr hohes Alter derselben schließt. Alles ist aus dem natürlichen Felsen gemeißelt. Die Gesichter scheinen gelb, die Haare der Figuren schwarz gefärbt zu sein. Gegen zweihundert Yards von diesem Tempel entfernt findet man die Reste eines noch riesigeren Monuments; es besteht aus vier ungeheuren, fast ganz im Sande vergrabenen Figuren, so daß man nicht unterscheiden kann, ob diese eine stehende oder sitzende Lage haben ...«

Die von Burkhardt bei diesem ersten Ausfluge durchreiste Strecke umfaßt nur die Uferlandschaften des Nils, also einen sehr schmalen Streifen, und eine Reihe kleinerer Täler, welche sich nach dem Strome zu öffnen. Er schätzt die Bevölkerung dieses Gebietes auf etwa 100 000 Menschen, die auf einem kulturfähigen Erdstreifen von vierhundertfünfzig Meilen Länge und einer Viertelmeile Breite zerstreut wohnen.

»Die Männer hier sind sehr wohlgebaut, stark und muskelkräftig, an Wuchs den Ägyptern etwas nachstehend, und ohne Backen- oder Schnurrbart, nur mit einem Anflug von Flaum unter dem Kinn. Ihr Gesicht besitzt einen angenehmen Ausdruck, und sie übertreffen die Ägypter entschieden an Mut und Intelligenz. Neugierig und gern über alles fragend, kennen sie doch den Diebstahl nicht. Zuweilen sammeln sie durch fleißige Arbeit in Ägypten ein kleines Vermögen, dagegen mangelt es ihnen völlig an Handels- und Unternehmungsgeist. Die Frauen teilen jene körperlichen Vorzüge; es gibt darunter recht hübsche, und alle sind gut gebaut; ihre Züge sind sehr zart und von wohltuendem züchtigem Ausdruck.

Denon hat die Nubier offenbar zu gering geschätzt, wenn

auch zuzugeben ist, daß ihre Natur von Bezirk zu Bezirk wechselt; da, wo das anbaufähige Terrain von größerer Breite ist, scheinen sie meist wohlgebildet, während in den Gegenden, wo der fruchtbare Boden sich auf einen schmalen Landstrich beschränkt, die Einwohner kraftloser erscheinen und manchmal wirklich wandelnden Skeletten gleichen.«

Das Land seufzte unter dem despotischen Joch der Kachefs, der Abkömmlinge eines Anführers der Bosniaken, die an Ägypten nur einen bedeutenden jährlichen Tribut entrichten. Dennoch dient derselbe ihnen zum Vorwand, die unglücklichen Fellahs auf jede Weise zu unterdrücken. Burkhardt erzählt ein Beispiel von der frechen Rücksichtslosigkeit, mit der die Kachefs bei ihren Razzias verfahren.

»Hassan Kachef«, sagt er, »brauchte Hafer für seine Pferde; er geht deshalb, von vielen Sklaven begleitet, durch die Felder; bei einem hübschen Stück Hafer trifft er den Eigentümer desselben.

›Ihr benutzt Euer Feld sehr schlecht‹, herrschte er diesen an; ›Ihr besäet das Feld mit Hafer, wo Ihr vortreffliche Wassermelonen erbauen könntet, welche den doppelten Ertrag liefern würden. Nun, hier habt Ihr Melonenkerne‹ (er gibt dabei dem Bauer eine Handvoll), ›säet sie auf Eurer Feld, und Ihr Sklaven, mäht diesen gewöhnlichen Hafer ab und schafft ihn zu mir.‹«

Nachdem er bis zum März 1814 der Ruhe gepflegt, unternahm Burkhardt einen neuen Zug, diesmal aber nicht längs der Ufer des Nils, sondern in die eigentliche nubische Wüste. Da er wußte, daß die Armut die wirksamste Leibwache bildet, schickte der vorsichtige Reisende seinen Diener zurück, verkaufte sein Kamel und schloß sich, nur einen Esel mit sich führend, einer Karawane kleinerer Kaufleute an.

Die Karawane brach nach Daru, einem zur Hälfte von Fellahs, zur Hälfte von Ababden bewohnten Dorfe auf. Über die ersteren hatte der Reisende bittere Klage zu führen, nicht weil sie ihn als Europäer erkannt hätten, sondern weil sie ihn im Gegenteil für einen Türken aus Syrien ansahen, der in der Absicht gekommen wäre, ihnen einen Teil des Sklavenhandels, dessen Monopol sie gewissermaßen besaßen, zu entreißen.

Es wäre nutzlos, hier die Namen der Brunnen, Hügel und Täler jener Wüsten aufzuzählen. Wir ziehen es vor, nach dem Berichte des Reisenden die physikalischen Verhältnisse der Gegend zu schildern.

Bruce, der hier gewesen war, malt dieselbe mit zu düsteren Farben und übertreibt, um seine Verdienste mehr hervorzuheben, auch die Schwierigkeiten des Weges. Wenn man Burkhardt Glauben schenkt, so wäre dieser sogar minder trostlos als der Weg von Aleppo nach Bagdad oder von Damaskus nach Medina. Die nubische Wüste besteht keineswegs aus einer grenzenlosen Sandsteppe, deren tödliches Einerlei nirgends unterbrochen scheint. Sie enthält da und dort sogar Felsen, machmal von zwei- bis dreihundert Fuß Höhe, und wohl auch von ausgedehnten Doums- oder Akazienhainen beschattet. Die so durchsichtige Belaubung dieser Bäume bietet freilich nur einen trügerischen Schutz gegen die fast lotrechten Strahlen der Sonne. Daher auch das arabische Sprichwort: »Rechnen auf den Schutz eines Großen und auf den Schatten der Akazie.«

In Ankheyre oder Uadù Berber erreichte die Karawane den Nil, nachdem sie über Schiggre gezogen, wo sich inmitten der Berge die schönsten Quellen finden. Die einzige mit einem Zug durch diese Wüste verbundene Gefahr liegt darin, den Brunnen von Nedjeym ausgetrocknet zu treffen, und wenn man sich sonst nicht vom Wege verirrt, was mit guten Führern kaum vorkommen kann, so hat man ernsthaftere Hindernisse nicht zu fürchten.

Die Schilderung der Leiden, welche Bruce hier erduldet haben will, muß also wesentlich abgeschwächt werden, obgleich der Bericht des schottischen Reisenden sonst meist der Wahrheit die Ehre gibt.

Die Bewohner des Berberlandes sind schön und ihre Gesichtszüge unterscheiden sich wesentlich von denen der Neger. Sie erhalten sich diese Reinheit des Blutes, indem sie nur Töchter ihres Stammes oder eines anderen arabischen Volkes zu Frauen wählen. Die Schilderung, welche Burkhardt von den Sitten und dem Charakter dieses Volkes entwirft, ist zwar recht merkwürdig, aber keineswegs erbaulicher Art. Nur schwer könnte man eine Idee von der Korruption und Versunkenheit der Bewohner von Berber geben. Als Mittelpunkt lebhaften Handels, als Sammelplatz der Karawanen und als Sklavendepot vereinigt diese kleine Stadt alles, um sie zu einem Lieblingsplatz von Banditen zu machen.

Die Handelsleute aus Daorou, auf deren Schutz Burkhardt bisher sehr mit Unrecht gezählt hatte, während sie ihn nur auszubeuten suchten, schlossen ihn, als sie Berber verließen, von ihrer Gesellschaft aus, und der Reisende mußte nun Aufnahme bei den Führern und Eseltreibern suchen, die ihm bereitwillig entgegenkamen.

Am 10. April wurde die Karawane, wenig südlich von einem Nebenflusse des Mogrea, durch den Mek von Damer gebrandschatzt. Letzteres ist ein Fakir-Dorf, welches reinlich und gut erhalten, recht vorteilhaft gegen den Schmutz und die Ruinen von Berber absticht. Diese Fakirs treiben Hexerei in jeder Richtung, von der einfachen Magie bis zur schamlosesten Scharlatanerie. Einer derselben, sagt man, hatte sogar ein Lamm in dem Magen eines Mannes blöken lassen, das dieser geraubt und verzehrt hatte. Die höchst unwissenden Völker nehmen derlei für bare Münze, und man muß leider gestehen, daß das nicht wenig zur Erhaltung der Ordnung und Ruhe in der Stadt, wie zum Gedeihen des ganzen Landes, beiträgt.

Von Damer aus gelangte Burkhardt nach Schendy, wo er einen ganzen Monat verweilte, ohne daß jemand in ihm den Ungläubigen argwöhnte. Unbedeutend zur Zeit der Reise Bruces, zählte Schendy später nicht weniger als tausend Häuser. Daselbst wurde lebhafter Handel getrieben, bei dem die Dourrah (Hirse), Sklaven und Kamele die Stelle der Zahlungsmittel vertraten. Die gesuchtesten Artikel waren Gummi, Elfenbein, Gold in Stangen und Straußenfedern.

Die Zahl der jährlich in Schendy verkauften Sklaven beträgt nach Burkhardt wenigstens fünftausend, davon zweitausendfünfhundert für Arabien, vierhundert für Ägypten, tausend für Dongola und die Küsten des Roten Meeres.

Der Reisende benutzte seinen Aufenthalt nahe der Grenze von Sennar, um auch über dieses Königreich Kenntnisse zu erwerben. Man erzählte unter anderen Eigentümlichkeiten, daß der König eines Tages den Gesandten Mehemed Alis eingeladen habe, einer Musterung seiner Reiterei, die er für unüberwindlich hielt, beizuwohnen; der Gesandte bat ihn darauf, auch einmal das Exerzieren der türkischen Artillerie in Augenschein zu nehmen. Bei dem ersten Krachen der kleinen, von Kamelen getragenen Feldgeschütze ergriffen die Reiterei, das Fußvolk, die Zuschauer, der ganze Hof und der König mit, eiligst die Flucht!

Burkhardt verkaufte seinen kleinen Warenvorrat; der Nörgeleien der ägyptischen Kaufleute, seiner Reisegesellschafter, überdrüssig, schloß er sich nun an eine Karawane von Suakim in der Absicht an, das bis dahin gänzlich unbekannte Land, welches sich bis über die Stadt Schendy hinaus erstreckte, zu durchstreifen. Von Suakim aus hoffte er sich nach Mekka einschiffen zu können, wo er von den Hadjis für seine weiteren Projekte eine wirksame Unterstützung erwartete.

»Die Hadjis«, sagt er, »bilden eine geschlossene Körperschaft, und niemand wagt, ein Mitglied derselben anzugreifen, aus Furcht, sich der Rache aller übrigen auszusetzen.«

Die Karawane, der sich Burkhardt anschloß, bestand aus hundertfünfzig Kaufleuten und dreihundert Sklaven. Zweihundert Kamele trugen schwere Lasten Tabak und ›Dammur‹, d. i. ein in Sennar fabrizierter Stoff.

Das erste unserem Reisenden in die Augen fallende interessante Objekt war der Atbara, dessen mit großen Bäumen bedeckte Ufer nach einem Zug durch verlassene Wüsten einen erquickenden Anblick gewährten.

Dem Laufe des Flusses folgte man nun bis zu dem fruchtbaren Bezirke von Taka. Die weiße Haut des Scheich Ibrahim – wir wissen, daß Burkhardt sich diesen Namen beigelegt hatte – entlockte in den meisten Dörfern der weiblichen Bewohnerschaft, welche Araber viel seltener zu Gesicht bekamen, gar manchen Schreckensschrei.

»Eines Tages«, erzählt der Reisende, »erklärte mir ein Landmädchen, der ich Zwiebeln abgekauft hatte, sie werde mir noch mehr geben, wenn ich ihr meinen entblößten Kopf zeige. Ich verlangte dafür acht Stück, die sie mir sofort einhändigte. Als sie aber, nachdem ich den Turban abgenommen, einen ganz weißen, glattgeschorenen Schädel sah, wich sie voller Entsetzen zurück und erwiderte auf meine im Scherz gestellte Frage, ob sie sich einen Mann mit solchem Kopfe wünsche, unter allen Zeichen des

Abscheus, daß sie lieber den häßlichsten von Darfour hergeschleppten Sklaven wählen würde.«

Die Karawane kam endlich nach dem Lande Taka oder El Gasch, eine große, im Juni und Juli von austretenden kleinen Flüssen überschwemmte Ebene, welche durch den abgesetzten Schlamm ungemein fruchtbar wird. So steht auch der hier gewachsene und in Djeddah zu Markte gebrachte Dourrah im Preise um zwanzig Prozent höher als die ägyptische Hirse.

Die Bewohner, Hadendoas genannt, sind verräterisch, diebisch, blutdürstig und ihre Weiber fast ebenso sittenlos wie die Frauen von Schendy und Berber.

Will man von Taka aus nach Suakim und dem Ufer des Roten Meeres gehen, so muß man eine Kette von Kalkbergen übersteigen, in der man Granit nur bei Schinterab findet. Der Weg über die Gebirge bietet übrigens keine besonderen Schwierigkeiten. Der Reisende gelangte auch ohne Unfall am 26. Mai in Suakim an.

Burkhardt sollte aber noch keineswegs aller Mühsal enthoben sein. Der Emir und der Aga hatten sich verständigt, ihn zu berauben, und er sah sich schon einer Behandlung wie der geringste Sklave ausgesetzt, als der Anblick der Fermans, die er von Mehemed Ali und Ibrahim Pascha besaß, die Szene vollkommen veränderte. Statt ins Gefängnis zu wandern, wovon er bedroht war, wurde der Reisende nun zu dem Hause des Aga geführt, der ihm Wohnung geben und eine junge Sklavin zum Geschenk machen wollte.

»Diese zwanzig bis zweiundzwanzig Tage dauernde Fahrt zwischen dem Nil und dem Roten Meere war die erste, welche ein Europäer ausgeführt hat. Ihr verdankte das Abendland die erste verläßliche Kunde über die teils nomadisierenden, teils seßhaften Völkerstämme jener Gegend. Burkhardts Beobachtungen sind von bleibendem Interesse, so daß es kaum eine lehrreichere und gleichzeitig ansprechendere Lektüre geben dürfte.«

Burkhardt ging am 7. Juli an Bord eines einheimischen Schiffes und erreichte nach elf Tagen Djeddah, das den Hafen Mekkas bildete.

Djeddah ist am Ufer des Meeres erbaut und mit Mauern umgeben, welche, wenn auch gegen Artillerie ohnmächtig, doch hinreichen mögen, die Stadt gegen die Wahabiter zu verteidigen. Die letzteren, die sogenannten ›Puritaner des Islams‹, bilden eine Dissidentensekte, deren Hauptaufgabe in der Zurückführung der mohammedanischen Religion zu ihrer ursprünglichen Einfachheit besteht.

»Eine Batterie«, sagt Burkhardt, »schützt den Eingang von der Seeseite und beherrscht den ganzen Hafen. Da sieht man auf seiner Lafette ein außergewöhnlich großes Geschütz, welches Kugeln von fünfhundert Pfund Gewicht schleudert und im ganzen arabischen Golf so berühmt ist, daß schon das Ansehen, in dem es steht, Djeddah einen gewissen Schutz verleiht.«

Eine der größten Unannehmlichkeiten der Stadt beruht in ihrem Mangel an Trinkwasser, das aus etwa zwei Meilen entfernten Brunnen herbeigeschafft werden muß. Ohne Gärten, ohne Grün, ohne Dattelpalmen und trotz einer Bevölkerung von zwölf- bis fünfzehntausend Seelen – eine Zahl, die sich zur Zeit der Pilgerfahrten mehr als verdoppelt – bietet Djeddah einen ganz absonderlichen Anblick. Seine Bevölkerung ist keineswegs eine ortseingeborene; sie besteht vielmehr aus Eingeborenen von Hadramazt, Yemen oder aus Indiern von Surate und Bombay, endlich aus Malayen, die, auf Pilgerfahrten hierhergekommen, den Stamm der Stadtbewohner bildeten.

Mitten unter sehr eingehenden Schilderungen der Sitten, Lebensweise, Warenpreise und der Anzahl der Kaufleute begegnet man in Burkhardts Bericht mehr als einer interessanten Anekdote.

Bei Erwähnung der eigentümlichen Gewohnheiten der Bewohner Djeddahs sagt der Reisende:

»Fast jedermann pflegt des Morgens eine Kaffeetasse voll ›Ghi‹, d. i. zerlassene Butter, zu sich zu nehmen. Nachher trinkt man Kaffee, der als hervorragendes Stärkungsmittel angesehen wird, und daran haben sich die Leute von frühester Jugend an so sehr gewöhnt, daß sie sich sehr unwohl fühlen würden, wenn sie diesen Gebrauch aussetzten. Leute aus besseren Ständen begnügen sich, die Tasse flüssiger Butter zu trinken. Die unteren Klassen fügen jener aber noch eine halbe Tasse hinzu, die sie durch die Nasenlöcher einsaugen, in der Meinung, dadurch der schlechten Luft den Eintritt in den Körper durch diese Öffnung zu verschließen.«

Am 24. August verließ der Reisende Djeddah, um sich nach Taïf zu begeben. Der Weg zieht sich durch eine Kette von Bergen, durch Täler mit romantischen Landschaften und überraschend üppigem Grün dahin. Burkhardt wurde hier für einen englischen Spion gehalten und scharf überwacht. Trotz des scheinbar wohlwollenden Empfangs seitens des Paschas konnte er sich doch nicht frei bewegen und mußte fast auf alle Beobachtungen verzichten.

Taïf ist, wie es scheint, berühmt durch die Schönheit seiner Gärten; Rosen und Weintrauben werden von hier nach allen Teilen von Hedjaz ausgeführt. Die Stadt betrieb überhaupt beträchtlichen Handel und erfreute sich des besten Gedeihens, bis sie von den Wahabitern geplündert wurde.

Die Überwachung, der sich Burkhardt ausgesetzt sah, beschleunigte seine Abreise, und schon am 7. September schlug er den Weg nach Mekka ein. Sehr bewandert im Koran und vertraut mit den Vorschriften des Islam, war Burkhardt vollkommen befähigt, die Rolle eines Pilgers zu spielen. Die erste darauf bezügliche Maßregel seinerseits bestand darin, sich, wie es das Gesetz dem nach Mekka ziehenden Pilger vorschreibt, mit dem ›Ihram‹ zu bekleiden; d. h., mehrere Stücke Kattun ohne Naht, deren eines um die Hüften geschlungen, das andere um

Hals und Schultern geworfen wird. Des Pilgers erste Pflicht in Mekka ist es, zu dem Tempel zu gehen, noch bevor er sich um Obdach bekümmert. Burkhardt versäumte das ebensowenig wie die Einhaltung aller für diesen Fall bestehenden Riten und Zeremonien, lauter Sachen von speziellem, aber eben deshalb zu beschränktem Interesse, um hier länger zu verweilen.

»Mekka«, sagt Burkhardt, »darf eine hübsche Stadt genannt werden. Ihre Straßen sind breiter als sonst die Straßen im Morgenlande. Die Häuser sind hoch und aus Steinen gebaut; die zahlreich nach der Straße zu liegenden Fenster verleihen ihnen ein freundlicheres und mehr europäisches Ansehen, als das der Häuser in Ägypten und Syrien, welche nach außen zu nur sehr wenig Fenster zeigen ... Jedes Haus hat seine Terrasse, deren zementbelegter und etwas geneigter Boden das Wasser durch Rinnen nach der Straße zu abführt. Diese Plattformen sind durch eine Mauer abgeschlossen; im ganzen Orient ist es nämlich für jeden Mann verpönt, sich daselbst zu zeigen; man würde ihn beschuldigen, die Weiber zu belauschen, welche auf der Terrasse den größten Teil ihrer Zeit mit dem Trocknen des Getreides oder der Wäsche und anderen häuslichen Verrichtungen zubringen. Der einzige öffentliche Platz der Stadt ist der Hof der Moschee. Bäume gibt es nur wenig, kein Garten erquickt das Auge, dagegen ist die Szene während der Pilgerfahrten durch eine Menge wohlversehener Verkaufsstände belebt, die man überall aufgeschlagen sieht. Außer fünf bis sechs umfänglicheren, dem Sherif gehörigen Gebäuden, zwei Medressen oder Gelehrtenschulen, welche aber jetzt als Kornmagazine dienen, und der Moschee selbst, nebst einigen dazugehörigen Bauwerken und Schulen, kann sich Mekka keines öffentlichen Gebäudes rühmen und steht hierin gegen andere orientalische Städte von gleichem Umfange wesentlich zurück.«

Die Straßen sind nicht gepflastert, und da man Schleusen hier nicht kennt, so bilden sich gelegentlich Wasserlachen und Schmutztümpel, welche jeder Beschreibung spotten.

Zum Genuß verwendet man nur Regenwasser, denn dasjenige, welches die Senkbrunnen liefern, ist so salzhaltig, daß es fast zu nichts brauchbar erscheint.

Da, wo sich das Tal in der Mitte der Stadt am meisten verbreitert, erhebt sich die Beithu'llah oder El Haram genannte Moschee, ein Bauwerk, das seine Berühmtheit nur dem Umstande verdankt, daß es die heilige Kaaba enthält, denn in anderen Städten des Morgenlandes gibt es mindestens ebenso große und oft weit schönere Moscheen.

Dieselbe liegt auf einem länglichen, nach Osten zu von einer vierfachen, nach den anderen Seiten von dreifachen Kolonnaden eingeschlossenen Platze, die Säulen sind untereinander durch Bogenwölbungen verbunden; je vier und vier tragen eine mit Mörtel beworfene und geweißte Kuppel. Einige Säulen bestehen aus weißem Marmor, andere aus Granit oder Porphyr, die meisten aber aus gewöhnlichem, in den Bergen bei Mekka gebrochenem Stein.

Die Kaaba selbst ist so häufig zerstört und wiederhergestellt worden, daß an ihr eigentlich nichts von hohem Alter ist. Sie war übrigens schon vor der Moschee, die sie heute umschließt, vorhanden.

»Die Kaaba selbst«, schreibt der Reisende, »ist auf einem zwei Fuß hohen und stark geneigten Unterbau angebracht. Mit ihrem platten Dache bietet sie aus gewisser Entfernung ganz das Bild eines Würfels. Die einzige in dieselbe führende und nur zwei- oder dreimal des Jahres geöffnete Pforte befindet sich an der Nordseite und etwa sieben Fuß über der Erde, so daß man nur über eine hölzerne Treppe hineingelangen kann ... An der nordöstlichen Ecke, nahe der Tür, ist der berühmte ›schwarze Stein‹ eingesetzt, der, etwa vier oder fünf Fuß über dem Boden, einen Teil der Wandecke selbst bildet ... Die Natur dieses Steines läßt sich nur schwer feststellen, so sehr ist heutzutage die Oberfläche desselben durch die Küsse und Berührungen von nach Millionen zählenden Pilgern abgeschliffen. Die Kaaba hüllt ein großes, schwarzes Stück Seidenstoff vollständig ein, so daß nur das Dach frei bleibt. Diese Decke oder Vorhang heißt ›Kesua‹, wird jährlich zur Zeit der Pilgerfahrten erneuert und von Kairo, wo man denselben auf Kosten des Großherrn herstellt, hierhergeschafft.«

Bisher besaß man noch keine genaue Beschreibung von Mekka und seinem Heiligtum. Deshalb teilten wir hier einige Auszüge aus dem Originalwerke mit, welche leicht zu vermehren wären, denn es enthält z. B. eine eingehende Schilderung des heiligen Brunnens, Zemzem benannt, dessen Wasser als unfehlbares Heilmittel gegen allerlei Gebrechen gilt, der Pforte des Heils, des Makan-Ibrahim, ein Denkmal mit dem Stein, auf welchem Abraham ausruhte, als er die Kaaba baute, und der noch den Eindruck seiner Knie zeigt, sowie endlich alle Gebäude, welche die Umfassungsmauer des Tempels einschließt.

Seit der so eingehenden und vollständigen Beschreibung Burkhardts haben diese Orte ihr Aussehen nicht geändert. Noch immer stimmt die große Menge von Pilgern hier dieselben Lobgesänge an. Nur die Menschen haben gewechselt.

An die Darstellung der Festlichkeiten bei den Pilgerfahrten und der religiösen Begeisterung der Gläubigen schließt sich ein anderes Bild, das die Folgen dieser großen Menschenansammlungen, die aus allen Teilen der Erde herbeiströmen, mit sehr düsteren Farben zeichnet.

»Das Ende der Pilgerfahrten«, sagt er, »gibt der Moschee freilich ein wesentlich anderes Aussehen; Krankheiten und eine große Sterblichkeit, die Folgen der oft unerhörten Beschwerden der Reise und begünstigt durch den geringen Schutz, den Ihram bietet, ebenso wie die ungesunden Wohnstätten in Mekka, die schlechte Nahrung, manchmal wohl gar der vollständige Mangel an solcher, füllen den Tempel mit Leichen an, die man dahin schleppt, um der Gebete des Imam teilhaftig zu werden; oder es lassen sich auch viele Kranke hierher und, wenn ihre letzte Stunde naht, unter die Kolonnaden bringen, um durch den Anblick der Kaaba geheilt zu werden, oder doch des Trostes zu genießen, ihr Leben an dem heiligen Orte zu beenden. Da sieht man arme, von Hunger und Krankheiten hart mitgenommene Pilger ihren siechen Leib unter den Kolonnaden hinschleppen, und wenn ihnen die Kraft ausgeht, die Hand auszustrecken, um ein Almosen zu erbetteln, stellen sie neben eine Matte, auf der sie liegen, einen Napf, um zu empfangen, was das Mitleid ihnen vielleicht spendet. Fühlen sie ihre letzten Augenblicke herannahen, so bedecken sie sich mit ihren zerfetzten Kleidern, und nicht selten vergeht noch ein ganzer Tag, bevor der Tod sie erlöst.«

Wir schließen unsere Zitate aus Burkhardts Arbeit mit dem Urteile, das er über die Bewohner Mekkas fällt.

»Wenn die eigentlichen Einwohner Mekkas besondere Eigenschaften besitzen, so beschränkt sich das darauf, daß sie zuvorkommend, gastfrei, heiter und stolz sind, aber trinkend, spielend und rauchend die Vorschriften des Koran ganz öffentlich übertreten. Betrug und Meineid gelten bei ihnen kaum noch als Verbrechen, obwohl darüber stets ein großes Geschrei erhoben wird. Jeder ereifert sich über den Verfall der Sitten, aber keiner geht zur Verbesserung derselben mit gutem Beispiele voran.«

Am 15. Januar 1815 reiste Burkhardt mit einer kleinen Pilgerkarawane zum Besuche des Grabes des Propheten ab. Der Weg nach Medina, wie der zwischen Djeddah und Mekka, wird gewöhnlich in der Nacht, also zur ungünstigsten Zeit für Beobachtungen, und im Winter zurückgelegt, wodurch er weit beschwerlicher wird, als er wohl am hellen Tage wäre. Man zieht dabei durch ein mit Gesträuch und Dattelbäumen erfülltes Tal, dessen recht gut angebauter östlicher Ausgang Uadi Fatme heißt, aber mehr unter der einfachen Bezeichnung El Uadi bekannt ist. Etwas weiter hin findet sich das Tal Es Ssafra, berühmt durch seine umfangreichen Dattelpflanzungen und als Hauptmarkt für alle benachbarten Volksstämme.

»Die Dattelpalmenhaine«, sagt der Reisende, »haben eine Ausdehnung von nahezu vier Meilen; sie gehören teils den Bewohnern von Ssafra, teils den Beduinen der Umgegend, welche zum Begießen des Bodens Tagelöhner halten und erst zur Zeit der Fruchtreife selbst dahin kommen. Die Dattelpalmen gehen durch den Handel oft von einer Person zur andern über; man verkauft sie einzeln ... Der an den Vater, dessen Tochter man heiratet, zu zahlende Preis besteht gewöhnlich in drei Dattelbäumen. Alle sind in tiefem Sande gepflanzt, den man in der Mitte des Tales sammelt und um die Wurzeln der Bäume aufhäuft; derselbe muß jährlich erneuert werden, denn gewöhnlich führen ihn wilde Sturzwässer mit sich fort. Jeder kleine Garten ist mit einer Lehm- oder Steinmauer eingefaßt. Die Besitzer wohnen in Weilern oder einzelnen, unter den Bäumen verstreuten Häusern. Der bedeutendste Bach des Tales entspringt in einem Haine in der Nähe des Marktplatzes, und an seiner Quelle erhebt sich eine kleine Moschee. Einige große Kastanienbäume beschatten diese; ich habe dergleichen in Hedjaz nirgends wieder gesehen ...«

Dreizehn Tage brauchte Burkhardt, um von Mekka nach Medina zu gelangen. Diese lange Reise war für ihn aber nicht verloren, denn er sammelte dabei viele Nachrichten über die Araber und die Wahabiter. Wie in Mekka ist es auch hier des Pilgers erste Pflicht, das Grab und die Moschee Mohammeds zu besuchen. Doch sind alle Zeremonien bequemer und kürzer, und der Reisende braucht nur eine Viertelstunde, um alles abzumachen.

Schon der Aufenthalt in Mekka hatte auf Burkhardt ziemlich nachteilig eingewirkt. In Medina wurde er nun vom kalten Fieber befallen, das erst täglich auftrat, dann bei zusätzlichem Erbrechen dreitägig wurde. Bei der ungeschickten Hilfe seines Sklaven – »ein armer Teufel, der sich besser zur Wartung eines Kamels als zur Pflege seines geschwächten und hilflosen Herrn eignete« – wäre er bald dazu gekommen, sich nicht mehr von seinem Teppich erheben zu können.

Über drei Monate an Medina gefesselt durch ein Fieber, das er dem ungesunden Klima, dem abscheulichen Wasser und den vielen zur Zeit herrschenden Krankheiten verdankte, mußte Burkhardt auf seinen früheren Plan verzichten, nach dem er durch die Wüste bis Akaba ziehen wollte, um von hier aus auf nächstem Wege Yambo zu erreichen, von wo aus er sich nach Ägypten einzuschiffen gedachte.

»Medina ist nach Aleppo«, sagt er, »die bestgebaute Stadt, die ich im Morgenlande gesehen habe. Sie besteht durchgängig aus Stein; die Häuser sind meist zwei Stockwerke hoch und mit flachem Dache versehen. Da man sie jedoch nicht weißt und der Stein von Natur von bräunlicher Farbe ist, so erhalten sie ein düsteres Aussehen und sind auch oft sehr schmal, d. h. kaum zwei bis drei Schritte breit. Jetzt bietet Medina einen wahrhaft trostlosen Anblick; man läßt die Häuser einfach verfallen. Ihre Besitzer, welche früher durch den Pilgerstrom eine große Einnahme erzielten, sehen diese vermindert, seitdem die Wahabiter den Besuch des Grabes des Propheten, den sie als gewöhnlichen Sterblichen betrachten, verpönt haben. Der größte Schatz Medinas, der diese Stadt auf die gleiche Stufe mit Mekka stellt, ist die große Moschee mit dem Grabe Mohammeds ... Diese erreicht nicht ganz den Umfang der von Mekka, ist aber etwa nach demselben Plane angelegt. Sie bildet einen geräumigen Hof, von allen Seiten mit Galerien umgeben und mit einem kleinen Einzelgebäude in der Mitte. Nahe der südöstlichen Ecke befindet sich das berühmte Grab ... ein grün angestrichenes Eisengitter umgibt die Stätte. Letzteres ist von schöner, filigranartiger Arbeit und mit kupfernen Inschriften durchflochten. Die Mauer des Ganzen enthält vier Tore, von denen jedoch drei stets geschlossen bleiben. Leute von Stand haben hier unentgeltlichen Zutritt, andere können sich denselben von den vornehmsten Eunuchen für etwa fünfzig Piaster erkaufen. Im Inneren sieht man noch eine Art Vorhang um das eigentliche Grab, der nur wenige Schritte von demselben absteht ...«

Nach einem Geschichtsschreiber Medinas verhüllt jener Vorhang ein viereckiges Bauwerk aus schwarzen, von zwei Säulen getragenen Steinen, das im Innern die Grabstätten Mohammeds und seiner zwei ältesten Schüler, Abu Bekrs und Omars, enthält. Man sagt auch, daß diese Gräber sehr tief seien und daß der Sarg, der Mohammeds Asche birgt, mit Silber bekleidet sei und eine Marmorplatte trage mit der Inschrift: »Im Namen Gottes, leihe ihm Deine Gnade!«

Die früher in Europa verbreiteten Märchen über das Grab des Propheten, wie z. B. das, wonach dessen Sarg frei in der Luft schweben sollte, sind in Hedjaz selbst unbekannt.

Die Schätze der Moschee sind zum großen Teile von den Wahabitern geraubt worden, doch darf man annehmen, daß ihnen die verschiedenen Wächter des Grabes schon zuvorgekommen sind.

Am 25. April 1815 schloß sich Burkhardt einer Karawane an, die ihn nach Yambo brachte, in welcher Stadt damals die Pest herrschte. Auch der Reisende erlag bald einem Anfalle der Krankheit. Er wurde dabei so schwach, daß er nicht einmal auf das Land überzusiedeln vermochte. An eine Einschiffung war gar nicht zu denken, denn alle segelbereiten Fahrzeuge lagen voll kranker Soldaten. Er mußte also achtzehn Tage in der ungesunden Stadt aushalten, bevor er auf einem kleinen Schiffe Platz fand, das ihn nach Cosseïr und von da nach Ägypten führte.

Bei der Rückkehr nach Kairo erfuhr Burkhardt das Ableben seines Vaters. Die Konstitution des Reisenden war durch die Krankheit schon tief erschüttert, so daß er im Jahre 1816 nicht einmal imstande war, den Sinai zu besteigen. Naturhistorische

Studien, die Ordnung seiner Reisetagebücher und vielfältiger Briefwechsel beschäftigten ihn bis Ausgang 1817, zu welcher Zeit er sich der Karawane nach Fezzan anschließen wollte. Da ergriff ihn ein hitziges Fieber, dem er in wenigen Tagen erlag. Seine letzten Worte waren: »Schreibt meiner Mutter, daß mein letzter Gedanke ihr gehört habe.«

Burkhardt war ein Reisender, wie er sein soll. Unterrichtet, genau bis zum Kleinlichen, mutig, ausharrend, von offenem entschlossenem Charakter, hat er wirklich kostbare Arbeiten hinterlassen. Der Bericht über seine Reise in Arabien, dessen Inneres er leider nicht besuchen konnte, ist so vollständig, so verläßlich, daß dieses Land durch ihn besser bekannt wurde als selbst einzelne Teile Europas.

»Niemals«, schrieb er in einem Briefe an seine Mutter vom 17. März 1817, »habe ich ein Wort über das, was mir vor Augen kam, gesagt, das ich nicht nach allen Seiten hin voll vertreten könnte, denn ich habe mich nicht so vielen Gefahren ausgesetzt, um nur einen Roman zu schreiben . . .«

Die Forscher, welche jene Länder nach Burkhardt besuchten, sind einstimmig über die Genauigkeit seiner Angaben und in dem Lobe seiner Wahrheitsliebe, seiner Kenntnisse und Scharfsichtigkeit.

II

Die Engländer in Indien – Webb an den Quellen des Ganges – Ein Bericht über Amritsar und Lahore – Christie und Pottinger in Sindh – Dieselben auf dem Wege durch Belutschistan nach Persien – Elphistone in Afghanistan – Hearsay in Nepal – Klaproth und Güldenstädt im Kaukasus – Lewis und Clarke im Felsengebirge

Während die biblischen Länder den Gegenstand der Untersuchungen Seetzens und Burkhardts bildeten, sollte Indien, das Ursprungsland der meisten europäischen Sprachen, der Mittelpunkt vielfacher Studien werden, welche Linguistik, Literatur und Re-

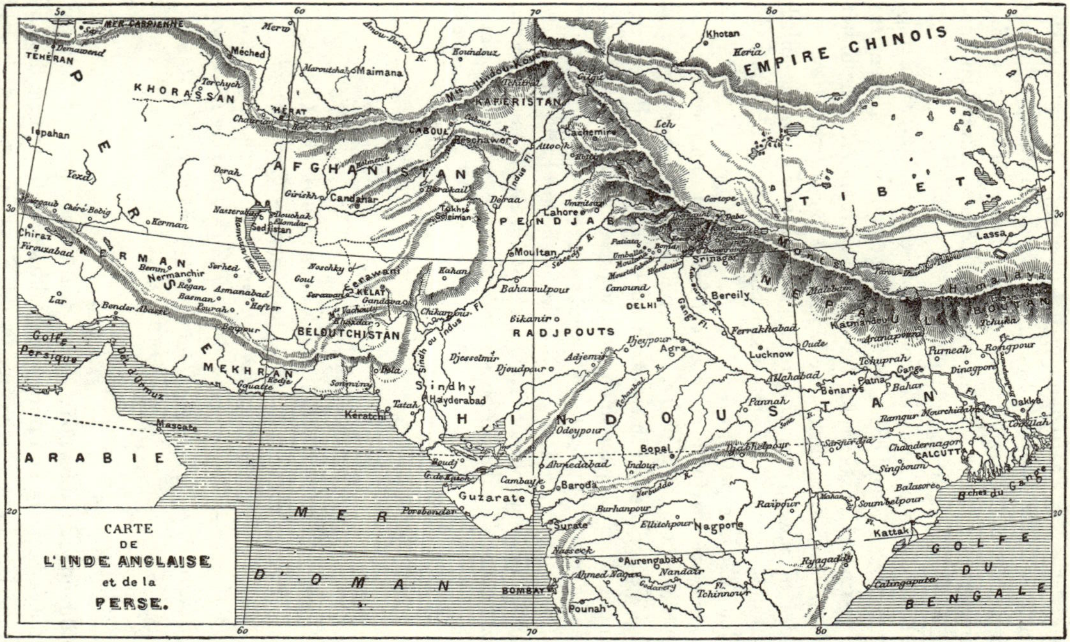

CARTE DE L'INDE ANGLAISE et de la PERSE.

ligion ebenso wie die Geographie umfaßten. Wir beschäftigen uns hier nur mit den zahlreichen Problemen der Geographie, deren Lösung die Kämpfe der Ostindischen Compagnie und die durch sie begünstigten Forschungen allmählich herbeiführen sollte. Die Indische Compagnie hatte nämlich von Stund an, als die politischen Händel ihr freie Hand ließen, zur Erforschung ihres ausgedehnten Gebietes allseitig ermutigt. Gleichzeitig sandte sie auch Reisende nach den Grenzländern, um über diese verläßliche Auskunft zu erhalten. Im folgenden wollen wir diese verschiedenen Züge kurz betrachten.

Einer der merkwürdigsten und ältesten ist der Webbs zu den Quellen des Ganges.

Die Kenntnisse, welche man bis dahin über diesen Fluß besaß, waren ebenso lückenhaft als einander widersprechend. Deshalb organisierte die Regierung von Bengalen, in richtiger Würdigung der Vorteile, welche ein Untersuchung dieser großen Wasserader der Entwicklung des Handels erschließen mußte, im Jahre 1807 eine Expedition, bestehend aus den Herren Webb, Raper und Hearsay, denen man eine Anzahl Sipahis, Dolmetscher und eingeborene Diener als Begleitung mitgab.

Die Expedition traf am 1. April 1808 in Herduar, einer unbedeutenden Stadt am linken Ufer des Stromes, ein, deren Lage am Eingang dieser reichen Ebene von Hindostan sie jedoch zu einem sehr besuchten Wallfahrtsorte machte. Hier verrichtet man während der heißen Jahreszeit die vorgeschriebenen Reinigungen in den Wellen des heiligen Flusses.

Da es nun keine Wallfahrt ohne Ausstellung und Verkauf von Reliquien gibt, so ist Herduar auch der Sitz eines umfänglichen Marktes; man findet hier aber ebenso Pferde, Kamele als Antimon, Asa foetida, gedörrte Früchte, Shawls, Pfeile, Musselin und Gewebe aus Baumwolle oder Wolle, Erzeugnisse aus dem Pendjab, aus Kabulistan und Kaschmir. Ferner verkaufte man Sklaven von drei bis zu dreißig Jahren für zehn bis fünfhundert Rupien. Diese Messe, auf der sich so verschiedene Physiognomien, Sprachen und Trachten begegnen, bietet wirklich einen höchst merkwürdigen Anblick.

Am 12. April reiste die englische Mission von Gangautri ab und folgte einer mit weißen Maulbeer- und Feigenbäumen besetzten Straße bis Guruduar. Etwas weiter hinauf traf man auf Wassermühlen von höchst einfacher Konstruktion zu beiden Seiten eines mit Weiden und Himbeersträuchern umsäumten Baches. Der Boden hier war ziemlich fruchtbar, die Tyrannei der Regierung hinderte die Bewohner aber, aus demselben gehörigen Nutzen zu ziehen. Bald wurde das Land bergiger, doch gediehen noch Pfirsiche, Aprikosen, Nußbäume und andere europäische Baumarten. Nun führte der Weg mitten in höhere Bergketten hinein, die sich an den Himalaja anzuschließen schienen.

Am Fuße eines Hügels fand man bald den Baghirati, der im weiteren Verlaufe den Namen Ganges annimmt. Zur Linken begrenzten den Fluß hohe, unfruchtbare Berge, zur Rechten desselben breitete sich ein reiches Talgelände aus. Bei dem Dorfe Tchivali baute man im großen den zur Bereitung des Opiums dienenden Mohn; die Bauern dort hatten, wahrscheinlich bedingt durch die Zusammensetzung des Wassers, alle Kröpfe.

In Djoswara überschritt man eine in dortiger Gegend ›Djoula‹ genannte Seilbrücke von eigentümlicher, gefährlicher Konstruktion.

»Man treibt auf jeder Seite«, erzählt Webb, »zwei starke Pfähle, drei Fuß voneinander entfernt, in das Uferland ein und verbindet dieselben mit einem Querholze; daran werden ein Dutzend oder noch mehr dicke Seile befestigt und über das Wasser gespannt. Diese bilden zwei Pakete mit einem Fuß Zwischenraum; unter ihnen spannt man eine Strickleiter hin, welche mit den oberen Seilen, die als Brustwehr dienen, verknüpft ist. Schwache Äste, welche zweieinhalb bis drei Fuß auseinander liegen, bilden die Gangbahn der Brücke. Da man beständig befürchtet, dieselben unter der geringsten Last brechen zu sehen, hält jeder, der das luftige Bauwerk überschreitet, die anderen, sozusagen das Geländer bildenden Stricke unter den Armen. Schon bei dem ersten Schritte, den man auf diesem schwebenden Stege wagt, erschreckt man nicht wenig, denn das Ganze schwankt nicht unbedeutend nach beiden Seiten hin und her, woneben das Brausen des Stromes darunter auch nicht gerade zur Beruhigung beiträgt. Die Brückenbahn ist übrigens so schmal, daß zwei Personen, die einander begegnen, gezwungen sind, sich ganz an die Seite zu drücken, um vorüberzukommen.«

Die Gesellschaft passierte hierauf Baharat, dessen meiste Häuser seit dem Erdbeben 1803 noch nicht wiederhergestellt waren. Der hier abgehaltene Markt, die Schwierigkeit der Lebensmittelbeschaffung in den höher gelegenen Dörfern und ihre zentrale Lage – hier laufen die Straßen von Djemauhi, Kedar Nath und Srinagar zusammen – haben diesem Orte stets eine gewisse Bedeutung gesichert. Von Batheri aus wurde der Weg so schlecht, daß man alles Gepäck zurücklassen mußte. Die Straße verengte sich zu einem neben tiefen Abgründen hinauflaufenden Fußsteige, auf dem das Gerölle von Kieseln und Felstrümmern bald jedes weitere Fortkommen zur Unmöglichkeit machte.

Devaprayaga liegt am Zusammenfluß des Baghirati und der

Analcanda. Der erstgenannte strömt heftig schäumend von Norden herab, der zweite, ruhigere Wasserlauf ist tiefer und breiter, steigt aber während der Regenzeit bis auf vierzig Fuß über sein gewöhnliches Niveau. Die Vereinigung dieser beiden Flüsse nun bildet den Ganges.

Diese Örtlichkeit betrachtet man als heilig, und die Brahminen wußten das recht erfolgreich zu benutzen, indem sie kleinere Weiher herstellten, in denen sich die Pilger, natürlich gegen Entgelt, waschen können, ohne in Gefahr zu kommen, von der Strömung fortgerissen zu werden.

Die Analcanda wurde mittels einer ›Dindla‹, d. i. etwa eine Schiebebrücke, überschritten.

»Eine solche besteht«, heißt es in dem Bericht, »aus drei bis vier stärkeren, an den beiden Ufern befestigten Stricken, an welchen mittels Reifen ein kleinerer Kasten von achtzehn Zoll im Quadrat hängt. Der Reisende setzt sich in denselben und wird so an einem Strick von einem am anderen Ufer aufgestellten Mann hinübergezogen.«

Am 13. Mai traf die Expedition in Srinagar ein; das erregte die Neugier der Einwohner in so hohem Grade, daß der Magistrat einen Boten an die Engländer mit der Bitte abschickte, diese möchten in der Stadt ein wenig spazierengehen.

Srinagar, welches Oberst Hardwick schon 1796 besuchte, war durch das Erdbeben von 1803 vollständig zerstört und in demselben Jahre auch von den Gorkhalis erobert worden. Hier traf Webb wieder mit einer Abteilung seiner Leute zusammen, die er auf der Straße, welche er selbst nicht benutzen konnte, nach Gangautri gesendet hatte. Diese hatten die Quellen des Ganges wirklich besucht.

»Ein großer Felsblock«, sagt er, »von dessen beiden Seiten das sehr seichte Wasser herabrinnt, zeigte eine entfernte Ähnlichkeit mit dem Körper und dem Maule einer Kuh; aus einer Höhle an der Oberfläche, welche die Phantasie als ein Kuhmaul erkannte und deswegen mit dem gleichbedeutenden Worte ›Gaumokhi‹ bezeichnete, kommt das Wasser des Flusses nach gewöhnlicher Annahme hervor. Weiter kann man unmöglich vordringen; es stellt sich dem ein Berg, steil wie eine Mauer, entgegen. Der Ganges schien unter dem Schnee an dessen Fuße zu entspringen; das

Tal erreichte hier sein Ende; noch niemand hat dasselbe überschritten.«

Auf der Rückreise schlug die Gesellschaft einen anderen Weg ein. Sie besichtigte die Vereinigung des Ganges mit dem Keli Ganga oder Mandacni, einem großen, aus den Bergen von Kerdar herkommenden Fluß, begegnete unterwegs ungeheuren Herden mit Getreide beladener Ziegen und Schafe, zog durch eine Menge Engpässe und Schluchten, kam durch die Städte Badrinath und Manah und traf unter strenger Kälte und heftigem Schneetreiben am Wasserfalle von Barsu ein.

»Letzterer bildet«, sagt Webb, »das ersehnte Ziel frommer Pilger, welche hierher wallfahrten, um sich von dem Staubregen des heiligen Wassers benetzen zu lassen. Das Bett des Analcanda schlängelt sich bis zu dem südwestlichen Ende des Tales hin, ist aber von wahrhaften Schneebergen verdeckt, welche sich hier wahrscheinlich seit Jahrhunderten angehäuft haben.«

Webb erzählt auch verschiedenes über die Frauen von Manah. Sie tragen am Halse, in den Ohren und der Nase Zierate aus Gold und Silber, welche mit ihrer übrigens recht groben Kleidung gar nicht übereinstimmen. Einzelne Kinder hatten am Halse und an den Armen Ringe und Ketten von Silber im Werte von sechshundert Rupien.

Im Winter liegt diese Stadt, die einen lebhaften Handel mit Tibet treibt, völlig unter dem Schnee vergraben. Die Bewohner ziehen sich dann auch nach benachbarten Städten zurück.

In Badrinath besuchte die Gesellschaft den wegen seiner Heiligkeit weit berühmten Tempel. Der Bau selbst sowie der Anblick, den er bietet, lassen gar nicht ahnen, welche ungeheure Summen seine Unterhaltung verschlingt. Er ist eines der ältesten und verehrtesten Heiligtümer Indiens. Die Waschungen nimmt man hier in Bassins mit warmem schwefelhaltigem Wasser vor.

»Es gibt daselbst eine Menge warmer Quellen«, sagt der Bericht, »alle mit besonderer Benennung und Wirksamkeit, was die Brahminen ohne Zweifel mit großem Vorteil ausnützen. So sieht der arme Pilger, der nach und nach die vorgeschriebenen Waschungen vornimmt, seine Börse freilich in gleichem Grade wie seine Sünden abnehmen, und die zahlreichen Zölle, welche man ihm für diesen Weg zum Paradiese abfordert, müssen ihm wohl den Gedanken nahelegen, daß dieser schmale Weg nicht der mindest kostspielige ist.«

Der Tempel besitzt siebenhundert ihm von der Regierung zuerkannte Dörfer, entweder durch Anlehen oder von reichen Privatleuten erkauft, die sie als Opfer darbrachten.

Am 1. Juni befand sich die Expedition in Djosimah. Hier erhielt der als Führer dienende Brahmine von der Regierung in Nepal den Befehl, die Reisenden schnellstens in die Gebiete der Compagnie zurückzubefördern. Jene erkannte nun, freilich etwas spät, auch selbst, daß diese Besichtigung seitens der Engländer mehr einen politischen als einen geographischen Zweck verfolgt habe. Einen Monat später kehrte Webb nebst seinen Begleitern nach Delhi zurück, nachdem er den Oberlauf des Ganges festgestellt und die Quellen des Baghirati und der Analcanda aufgesucht, d. h. also, nach allen Seiten den von der Compagnie beabsichtigten Zweck erreicht hatte.

Im Jahre 1808 beschloß das englische Gouvernement, eine neue Expedition nach dem Pendjab abgehen zu lassen, das zu jener Zeit unter der Herrschaft Rendjeit Singhs stand. Der anonyme Bericht über dieselbe, der in den ›Annales des Voyages‹ erschien, enthält mehrere interessante Einzelheiten. Wir teilen also einige Auszüge daraus mit.

Am 6. April traf der englische Offizier, dem diese Mission anvertraut war, in Herduar ein, eine Stadt, welche zur Zeit der jährlich abgehaltenen Messe den Sammelplatz von wenigstens einer Million Menschen bildet. In Boria, zwischen der Jumna und dem Seteedje, konnte sich der Reisende der indiskreten Neugier der Weiber, die ihn mit aller Gewalt sehen wollten, nicht entziehen.

»Ihre Blicke und Gesten«, sagt der Bericht, »drückten die höchste Bewunderung aus. Sie drängten sich, aus vollem Halse lachend, heran: meine Gesichtsfarbe erregte ihre Heiterkeit. Sie richteten eine Menge Fragen an mich, wollten wissen, ob ich keinen Hut trüge, ob ich das Gesicht der Sonne aussetze, ob ich nur unter einem Schutzdache ausginge und auf dem in meinem Zelte stehenden Tische schlafe. Mein Bett stand übrigens im Zelte an der Seite, doch waren dessen Vorhänge geschlossen. Dann besichtigten sie eingehend die Leinwand des Zeltes und alles, was sich darin vorfand. Sie hatten alle recht hübsche Gesichter, mit mildem, angenehmem Ausdrucke; ihr olivenfarbener Teint kontrastierte wohltuend gegen ihre weißen wohlgeformten Zähne, eine Eigenschaft, welche alle Bewohner des Pendjab gemein haben.«

Der englische Offizier besuchte weiter Mustafabad, Mulana und Umballa. Das Land, durch welches er kam, bewohnten meist Sikhs, deren Charakter sich durch Wohltätigkeit, Gastfreundschaft und Wahrheitsliebe recht vorteilhaft auszeichnet. Der Verfasser nennt dieselben die beste Menschenrasse in Indien. Die nächsten Stationen bildeten dann Patiata, Makeuara, Feguara, Oudamitta, bis wohin Lord Lake bei der Verfolgung eines Maharattenhäuptlings im Jahre 1805 vorgedrungen war, und endlich Amritsar, welche alle ohne Schwierigkeiten erreicht wurden.

Amritsar ist besser gebaut als die meisten anderen Städte von Hindostan. Es bildet den bedeutendsten Handelsplatz für Shawls und Safran sowie für andere Waren aus dem Dekkan.

»Am 14. besuchte ich«, erzählt der Reisende, »mit weißen Schuhen an den Füßen und unter Beobachtung der gebräuchlichen Zeremonien den Amretsir oder das Becken des Unsterblichkeitstrankes, von dem die Stadt ihren Namen hergeleitet hat. Es besteht aus einem Bassin von etwa hundertfünfunddreißig Schritten Seitenlänge, aus Backsteinen erbaut, in dessen Mitte sich ein hübscher, Gurugowind Singh geweihter Tempel befindet, zu dem man auf einem Dammwege gelangt; derselbe ist äußerlich und im Innern gleichmäßig verziert, und der Rajah läßt wiederholt auf eigene Kosten noch neue Zierate anbringen. An diesem geheiligten Orte liegt unter einem seidenen Himmel das von Guru in Guru-mukthir-Schrift abgefaßte Buch der Gesetze. Der Tempel selbst heißt Hermendel oder der Wohnsitz Gottes. Den Dienst an demselben besorgen fast achthundert ›Akalis‹ oder Priester, welche sich von den freiwilligen Spenden der den Tempel besuchenden Gläubigen ganz bequeme Häuser erbaut haben. Obwohl die Priester eine unbegrenzte Hochachtung genießen, halten sie sich doch keineswegs frei von Fehlern. Sobald sie Geld haben, verschwenden sie es ebenso leicht, wie sie es erwarben. Der Zulauf von schönen Frauen, welche alle Morgen nach dem Tempel ziehen, ist wahrhaft wunderbar. Dieselben übertreffen in der Eleganz ihrer Erscheinung, der Wohlgestalt der Körperformen und durch die regelmäßigen Gesichtszüge bei weitem die Frauen der anderen Volksklassen von Hindostan.«

Nach Amritsar besuchte der Offizier Lahore. Er war sehr begierig zu sehen, was von dieser ehemals so großen Stadt zu Anfang unseres Jahrhunderts noch übrig wäre.

»Die sehr hohen Mauern«, sagt er, »sind äußerlich mit allem Luxus des orientalischen Geschmackes verziert, sonst aber ebenso in Verfall wie die Moscheen und Häuser der Stadt. Hier sah man die zerstörende Hand der Zeit, wie in Delhi und Agra. Schon sind die Ruinen von Lahore ebenso umfänglich wie die jener alten Hauptstadt.«

Drei Tage nach seiner Ankunft wurde der Reisende von Rendjeit Singh empfangen, der ihn zuvorkommend aufnahm und sich mit ihm hauptsächlich über militärische Angelegenheiten unterhielt. Der Rajah war damals siebenundzwanzig Jahre alt. Sein Gesicht hätte man hübsch nennen können, wenn ihn die Pocken nicht eines Auges beraubt hätten; sein Auftreten war einfach, leutselig und doch erkannte man in ihm den Herrscher. Nachdem er noch das Grab des Schah Djahan, den Schalamar und andere hervorragende Bauwerke von Lahore in Augenschein genommen, reiste der Offizier nach Delhi und den Besitzungen der Compagnie zurück. Man verdankte ihm die bessere Kenntnis einer interessanten Landschaft, welche die unersättliche Habgier der englischen Verwaltung bald genug reizen sollte.

Im folgenden Jahr (1809) hatte die Compagnie eine aus den Herren Nicolas Hankey Smith, Henry Ellis, Robert Taylor und Henry Pottinger bestehende Gesandtschaft an die Emire von Sindhy abgeschickt. Die Begleitmannschaft führte der Kapitän Charles Christie.

Die Gesandtschaft ging zu Schiffe bis Keratchi. Der Gouverneur dieses Forts wollte die Ausschiffung nicht gestatten, bevor er nicht Verhaltungsbefehle von den Emiren erhalten hätte. Dadurch entstand ein lästiger Schriftwechsel, infolge dessen Smith einige verächtliche Redensarten in bezug auf den Titel und Rang des Generalgouverneurs gegenüber dem der Emire zu Ohren kamen. Der Gouverneur des Forts entschuldigte sich mit seiner Unkenntnis der persischen Sprache und gelobte, um jede Spur von üblem Einvernehmen zu tilgen, die Personen, von welchen jene Beleidigungen ausgingen, nach Belieben des Gesandten hinrichten oder blenden zu lassen. Diese Erklärung genügte den Engländern, welche auf die Bestrafung des Schuldigen verzichteten.

In ihren Briefen schlugen die Emire einen ziemlich verächtlichen Ton an; sie zogen gleichzeitig ein Heer von 8000 Mann zusammen und legten den Engländern alle erdenklichen Hindernisse in den Weg. Nach langen Verhandlungen, die nicht ohne wiederholte Demütigungen des britischen Stolzes abgingen, erhielten die Gesandten die Erlaubnis, nach Hayderabad weiterzureisen.

Jenseits Keratchi, dem Hauptausfuhrhafen von Sindhy, erstreckte sich längs des Meeres eine ungeheure Ebene ohne Baum und Strauch. Fünf Tagereisen brauchte man, dieselbe zu durchziehen, um zu der in jener Zeit verlassenen und zerstörten früheren Hauptstadt von Sindhy, nach Tatah, zu gelangen. Früher stand dieselbe durch Kanäle mit dem Sindhy, einem gewaltigen Flusse, der an seiner Mündung mehr einem Meeresarme gleicht, in Verbindung, wo Pottinger die genauesten, vollständigsten und nützlichsten Nachrichten sammelte.

Vorher war man schon übereingekommen, daß sich die Gesandtschaft unter irgendwelchem plausiblen Grunde teilen und auf verschiedenen Wegen nach Hayderabad ziehen solle, um von der Geographie des Landes soviel als möglich kennenzulernen. Man gelangte auch glücklich dahin, doch entstanden hier dieselben Schwierigkeiten wegen des Empfanges der Gesandten, die sich den erniedrigenden Anforderungen der Emire nicht fügen wollten.

»Der Abhang, auf dem die Ostseite der Festung von Hayderabad liegt«, sagt Pottinger, »die Giebel der Häuser und auch die Festungswerke selbst, alles war mit einer großen Menge Menschen beiderlei Geschlechts bedeckt, die uns durch Zurufe und andere Zeichen ihr Wohlwollen erkennen zu geben suchten. Angekommen an dem Palaste, wo sie absteigen sollten, wurden die Engländer von Ouli Mohammed Khan und mehreren Offizieren von hohem Rang empfangen; diese gingen vor uns her zu einer geräumigen offenen Terrasse, an deren Ende die Emire saßen. Da jene Terrasse mit den kostbarsten persischen Teppichen belegt war, entledigten wir uns der Schuhe. Als der Gesandte den ersten Schritt auf die Emire zu tat, erhoben sich alle drei und blieben stehen, bis er den ihm bestimmten Platz eingenommen hatte; ein gesticktes Tuch, das denselben bedeckte, unterschied ihn von den anderen Mitgliedern der Gesandtschaft. Die Prinzen richteten zuerst an uns sehr höfliche Fragen bezüglich unserer Gesundheit. Sonst verlief die Zusammenkunft wie eine rein zeremonielle Audienz, unter gegenseitigen Komplimenten und Höflichkeitsbezeugungen ... Die Emire trugen große Mengen kostbarer Steine, außer denen, welche die Griffe und Scheiden ihrer Säbel und Dolche schmückten, und man sah an ihren Gürteln Smaragde und Rubine von außerordentlicher Größe blitzen. Sie saßen nach dem Alter geordnet, der älteste in der Mitte, der zweite zur Rechten, der jüngste zur Linken. Ein Teppich aus leichtem Filz bedeckte den Raum und auf demselben lag wieder eine wenigstens daumendicke Matte aus Seide, genau so groß, daß die drei Fürsten darauf Platz hatten.«

Der Bericht schließt mit einer Beschreibung von Hayderabad – eine Festung, welche dem Angriff eines europäischen Feindes wohl kaum Widerstand leisten könnte – und mit verschiedenen Bemerkungen über die Natur der Gesandtschaft, welche zum Teile den Zweck verfolgte, den Franzosen den Eintritt in Sindhy zu verwehren. Sofort nach Abschluß eines dahinzielenden Vertrages kehrten die Engländer nach Bombay zurück.

Dieser Reise verdankte die Compagnie die genauere Kenntnis eines ihrer Grenzländer und gewann dadurch schätzbare Nachrichten über die Hilfsquellen und Erzeugnisse eines Landstriches, den jener große Strom, der Indus der Alten, durchzog, und der ohne jede Schwierigkeit bequem zum Transport der Naturprodukte eines ungeheuren Gebietes dienen konnte. War auch der erreichte Zweck mehr politischer als geographischer Natur, so blieb doch nebenbei der Nutzen für die Wissenschaft nicht aus. Denn das wenige, was man bisher über das Gebiet zwischen Kabulistan, Indien, Persien und das Indische Meer wußte, war ebenso unzuverlässig als lückenhaft.

Sehr befriedigt mit den Erfolgen der Gesandtschaft des Kapitän Christie und des Lieutenant Pottinger, beschloß die Compagnie, den Genannten eine andere, nicht minder schwierige Mission anzuvertrauen; sie sollten sich nämlich zu Lande, zuerst durch Belutschistan, zu dem General Malcolm, dem Gesandten am persischen Hofe, begeben und über die zu durchreisenden ausgedehnten Gebiete vollständigere und sicherere Nachrichten einziehen, als man solche bis jetzt besaß.

Durch Belutschistan mit seiner fanatischen Bevölkerung durfte man nicht wagen, in europäischer Kleidung zu reisen. Christie und Pottinger wandten sich deshalb an einen Hindu-Kaufmann, der für die Gouvernements von Bombay und Madras Pferde lieferte, und dieser versah sie mit Empfehlungsbriefen an seine Beauftragten nach Kelat, der Hauptstadt von Belutschistan.

Am 2. Januar 1810 schifften sich die beiden Offiziere in Bombay nach Sonminy, dem einzigen Hafen der Provinz Lhossa, ein, woselbst sie, nach kurzem Aufenthalt in Porebender, an der Küste von Guzarate glücklich anlangten.

Das ganze Land, welches die Reisenden nun bis Bela durchzogen, bildete nur einen ungeheuren, mit Dschungeln überwucherten Salzsumpf. Der ›Djam‹ oder Gouverneur dieser Stadt war ziemlich intelligent. Er stellte an die Engländer eine Menge Fragen, aus denen das Streben, sich zu unterrichten, deutlich hervorging, und vertraute dem Häuptling des Bezendjo-Stammes, der zu den Belutschen gehört, die Aufgabe an, die Reisenden nach Kelat zu führen.

Die Temperatur hatte sich, gegenüber der in Bombay, auffallend geändert. Pottinger und Christie litten in den Gebirgen ganz außerordentlich unter der Kälte, welche so stark war, daß das Wasser in ihren Schläuchen gefror. »Kelat«, sagt Pottinger, »die Hauptstadt von Belutschistan – daher ihr Name, denn Kelat bedeutet: ›die Stadt‹ –, liegt auf einer Anhöhe im Westen einer wohlangebauten Ebene oder Talsohle von etwa acht Meilen Länge und drei Meilen Breite. Der größte Teil dieser Landschaft ist von Gärten eingenommen. Die Stadt selbst bildet ein Viereck. Drei Seiten derselben umschließt eine gegen zwanzig Fuß hohe Lehmmauer mit Bastionen von zweihundert zu zweihundert Schritten, welche ebenso wie die Mauer selbst von Schießscharten für Gewehrfeuer durchlöchert sind . . . Ich fand keine Gelegenheit, das Innere des Palastes zu besichtigen; äußerlich bietet er nur den Anblick eines ungeordneten Haufens von Lehmhäusern mit flachen, terrassenförmigen Dächern; um das Ganze läuft eine niedrige Mauer mit Brustwehr und Schießscharten. Die Stadt selbst zählt wohl 2500 Häuser, ziemlich halb soviel mögen die Vorstädte aufweisen. Sie bestehen aus halbgebrannten Ziegelsteinen und Fachwerk und sind mit Lehmmörtel beworfen. Die Straßen sind im allgemeinen breiter, als man sie sonst in asiatischen Städten findet. Die meisten haben auf beiden Seiten für Fußgänger eine Art Trottoir; in der Mitte läuft ein offener Bach hin, der durch die große Menge Unrat und Abfälle, welche man hineinzuwerfen pflegt, und das sich oft darin anstauende Regenwasser zu einer großen Unbequemlichkeit wird, da dessen Reinigung durch keinerlei Vorschriften geregelt ist. Zur Unsauberkeit und Unreinlichkeit der Stadt trägt auch die Gewohnheit bei, die oberen Etagen der Häuser weit über die unteren nach der Straße zu vorspringen zu lassen, wodurch die unteren Stockwerke immer dunkel und feucht bleiben. Der Bazar von Kelat ist groß und mit Waren reichlich versehen. Tagtäglich werden hier Fleisch und Küchengewächse verkauft, doch fehlt es auch nicht an Waren anderer Art, welche alle ziemlich billig zu haben sind.«

Die Bevölkerung zerfällt nach Pottinger in zwei deutlich unterschiedene Klassen, die Belutschis und Brahuis, welche jede selbst wieder eine Menge einzelner Stämme bilden. Die erste Klasse erinnert durch Aussehen und Sprache an den Perser der Neuzeit; die Brahuis dagegen bewahren in ihrem Idiom eine Menge alter Wörter aus der Hindusprache. Zahlreiche Vermischungen beider Klassen haben endlich zur Entstehung einer dritten geführt.

Die aus den Bergen von Mekhran stammenden Belutschen sind Tunniten und betrachten als solche die vier ersten Imams als die rechtmäßigen Nachfolger Mohammeds. Sie haben als Hirtenvolk die Fehler und Vorzüge eines solchen. Auf der einen Seite sehr gastfreundlich, sind sie jedoch sehr träg und verbringen ihre Zeit mit Spielen und Rauchen. Gewöhnlich begnügen sie sich mit nur zwei Frauen und entziehen sie, weniger eifersüchtig als andere Muselmanen, nicht so streng dem Blick der Fremden. Dagegen besitzen sie eine große Anzahl Sklaven beiderlei Geschlechts, die sie jedoch freundlich behandeln. Als vortreffliche Schützen sind sie leidenschaftliche Jäger, dabei sehr mutig, und lieben die Razzias, welche sie als ›Tchepaos‹ bezeichnen. Meist unternehmen diese Raubzüge die Nheruis, der wildeste und räuberischste Stamm der Belutschen.

Die Brahuis haben vielleicht noch ausgesprochener die Nomaden-Natur bewahrt. Die Männer sind erstaunlich tätig und kräftig; gleich abgehärtet gegen die Kälte der Berge wie gegen die versengende Hitze der Ebene. Im allgemeinen klein von Gestalt, aber ebenso kühn, ebenso geschickte Schützen und ihr gegebenes

Wort hochhaltend, zeigen sie doch weniger Raublust als die Belutschen.

»Ich habe kein anderes asiatisches Volk gesehen«, sagt Pottinger, »das ihnen ähnlich wäre, denn viele derselben haben braunen Bart und Haare.«

Nach nur kurzem Aufenthalt in Kelat gedachten die Reisenden, die sich noch immer für Pferdehändler ausgaben, ihren Weg fortzusetzen; statt aber der Landstraße von Kandahar nachzugehen, zogen sie durch ein trauriges, unfruchtbares, dünn bevölkertes Land, das der im Sommer fast ganz austrocknende Caïsser bewässert. An der Grenze von Afghanistan kamen sie in eine kleine Stadt namens Noschky oder Nouchky.

Hier machten sie mehrere Belutschen, welche ihnen freundschaftlich gesinnt schienen, darauf aufmerksam, daß sie Khorassan und Herat, die Hauptstadt jenes Landes, auf der Straße von Sedjistan nur schwierig würden erreichen können.

»Reist über Kedja und Benpour oder Serhed«, empfahl man ihnen, »nach Kerman, einem Dorfe an der Ostgrenze von Belutschistan, und zieht von da aus nach Nermanchir hinein!«

Dieser Ratschlag erweckte in Christie und Pottinger sofort den Gedanken, zwei verschiedene Wege einzuschlagen. Das widersprach allerdings ihren Instruktionen, aber »wir fanden«, sagt Pottinger, »eine Entschuldigung dafür in den unbestreitbaren Vorteilen einer geteilten Route, die uns jedenfalls mehr geographische und statistische Auskunft liefern mußte, als wenn wir zusammengeblieben wären«.

Christie reiste zuerst auf der Straße nach Douchak ab. Ihm werden wir später folgen.

Wenige Tage nachher erhielt Pottinger von seinem Korrespondenten in Kelat brieflich die Nachricht, daß die Emire von Sindhy Leute zu ihrer Verfolgung ausgesendet hätten, da sie trotz ihrer Verkleidung erkannt worden seien, und den Rat, um ihrer eigenen Sicherheit willen, baldmöglichst aufzubrechen.

Am 25. März schlug also der Lieutenant den Weg nach Seravan, einer kleinen Stadt an der afghanischen Grenze, ein. Unterwegs fand Pottinger eigentümliche Bauwerke, Gräber oder Altäre, deren Einrichtung man den ›Guebern‹, das sind Feueranbeter, welche heute Parsis heißen, zuschreibt.

Seravan liegt sechs Meilen von den Seravani-Bergen, inmitten einer unfruchtbaren kahlen Gegend, welche sehr häufig Dürre, Mangel und Hungersnot zu leiden hat.

Pottinger besuchte hierauf den Bezirk von Kharan, bekannt durch die Kraft und Behendigkeit seiner Kamele, und zog durch die Wüste, welche die Südspitze von Afghanistan einnimmt. Der Sand derselben ist ungemein fein und kaum fühlbar; er bildet, vom Wind in Bewegung gesetzt, Hügel von zehn bis zwanzig Fuß Höhe mit tiefen Tälern dazwischen. Selbst bei ganz ruhigem Wetter schweben viele feine Teilchen in der Luft, geben dadurch Veranlassung zu oft wunderbaren Spiegelungen und verursachen, indem sie in die Augen, in die Nase und den Mund eindringen, neben intensiver Reizung dieser Teile, einen wahrhaft unerträglichen Durst.

Beim Betreten des Gebietes von Mekhran mußte Pottinger den Charakter eines ›Pyrzadeh‹ oder Heiligen annehmen, da hier eine sehr räuberische Menschenklasse wohnt, unter der er in seiner Eigenschaft als Händler schwerlich unangenehmen Zwischenfällen entgangen wäre.

Auf das Dorf Goul, im Bezirk von Daïzouk, folgen der zerstörte Flecken Asmanabad, dann Hefter und die Stadt Pourrah, wo Pottinger sich genötigt sah, seine Eigenschaft als ›Frangui‹ zu bekennen, und das zum großen Ärger seines Führers, der seit den zwei Monaten ihres Beisammenseins nicht den geringsten

Verdacht geschöpft, und dem er wiederholte Proben seiner Rechtgläubigkeit gegeben hatte.

Erschöpft von Anstrengungen und gänzlich ohne Mittel, erreichte Pottinger Benpour, einen schon im Jahre 1809 von dem Sipahikapitän Grant besuchten Ort. Im Vertrauen auf das gute Andenken, welches der genannte Offizier hinterlassen, begibt sich der Reisende zu dem ›Serdar‹. Dieser aber, statt ihm die nötigen Mittel zur Fortsetzung seiner Reise zu gewähren und sich mit dem dürftigen Geschenk, das Pottinger ihm bieten konnte, zu begnügen, weiß ihm sogar noch ein paar Pistolen abzunehmen, die ihm bei seinen Wanderungen gewiß von großem Nutzen gewesen wären.

Basman ist die letzte bewohnte Ortschaft von Belutschistan. Hier besucht man eine heiße Schwefelquelle, welche die Belutschen als ausgezeichnetes Heilmittel bei vielerlei Hautkrankheiten ansehen.

Die Grenzen von Persien sind noch keineswegs wissenschaftlich festgestellt. Es existiert vielmehr ein breiter Landstreifen, der nicht etwa als neutral gilt, sondern der Gegenstand fortwährenden Streites und der Schauplatz blutiger Kämpfe ist.

Die kleine Stadt Regan in Nermanchir bietet einen recht hübschen Anblick. Sie besteht aus einem Fort oder vielmehr befestigten Dorfe mit hohen, gut unterhaltenen und bastionierten Mauern.

Weiter, im eigentlichen Persien, trifft man auf Bemm, eine früher bedeutende Stadt, worauf noch die ausgedehnten Ruinen in der Umgegend hindeuten. Von dem Gouverneur daselbst wurde Pottinger sehr herzlich empfangen.

»Als er in meine Nähe kam«, erzählte der Reisende, »wandte er sich nach seinen Leuten mit der Frage um, ob ich der Frangui sei. Diese bejahten es; er gab mir darauf mit der Hand ein Zeichen, ihm zu folgen, und sein Blick, der mich von Kopf bis zu den Füßen maß, verriet das Erstaunen, das ihm meine Erscheinung abnötigte; mein Aussehen war freilich derart, daß es seine etwas verächtlichen Blicke wohl entschuldigte. Ich trug ein grobes Belutschihemd und Beinkleider, die ursprünglich weiß gewesen waren. Da ich diese aber sechs Wochen am Leibe hatte, spielte ihre Farbe schon mehr ins Bräunliche, und außerdem hingen sie fast in Fetzen um mich herum; hierzu nehme man noch einen blauen Turban, einen alten Strick, der mir als Gürtel diente, und einen großen Stock in der Hand, der mich beim Wandern unterstützte und mir unterwegs die Hunde abwehren half.«

Trotz der zerlumpten Erscheinung der Person, die sich ihm vorstellte, nahm der Gouverneur Pottinger zuvorkommender auf, als man von einem Muselman erwarten konnte, und stellte ihm auch einen Führer nach Kerman zur Verfügung.

Am 3. Mai gelangte der Reisende nach dieser Stadt mit dem Gefühl, den schwersten Teil seines Zuges hinter sich zu haben und jetzt wohl gerettet zu sein.

Kerman ist die Hauptstadt des alten Karamaniens; unter afghanischer Herrschaft war es eine blühende Stadt, wo man Shawls herstellte, die mit denen von Kaschmir wetteiferten.

Hier war Pottinger Zeuge eines in jenen Ländern, wo man Menschenleben nicht hoch anschlägt, ziemlich häufigen Schauspieles, das ein Europäer aber niemals ohne Schrecken und Abscheu mit ansehen kann.

»Am 15. Mai«, sagt der Reisende, »saß der Fürst selbst zu Gericht über einige Leute, welche der Ermordung eines ihrer Diener angeklagt waren. Man kann sich nur schwer eine Vorstellung von der Angst und der Aufregung machen, in der die Bewohner den ganzen Tag über schwebten. Die Tore der Stadt wurden geschlossen, damit niemand entweichen könne. Ohne vorherige Benachrichtigung wurden einzelne als Zeugen vorgeladen. Ich sah zwei oder drei solche nach dem Palaste führen, aus deren Zügen die Angst so lebhaft sprach, als seien sie schon selbst zum Tode verurteilt. Um drei Uhr nachmittags verkündete der Fürst das Urteil über die Angeklagten, welche überführt worden waren. Dem einen stach man die Augen aus, dem anderen spaltete man die Zunge. Jenen schnitt man zur Strafe die Ohren, die Nase und die Lippen ab; wieder anderen beide Hände, die Finger oder die Zehen. Ich hörte, daß der Fürst während dieser Verstümmelung der Unglücklichen an demselben Fenster saß, wo ich ihn sah, und ohne das geringste Zeichen von Teilnahme oder Abscheu vor der Szene, die sich vor ihm abspielte, mit aller Ruhe seine Befehle erteilte.«

Von Kerman wandte sich Pottinger nach Chere Bebig, einer Stadt, welche gleich weit von Yezd, Chiraz und Kerman liegt; dann nach Ispahan, wo er die Freude hatte, seinen Gefährten Christie wieder anzutreffen, und endlich nach Meragha, wo er den General Malcolm fand. Bombay hatten die beiden Reisenden vor sieben Monaten verlassen. Christie hatte seitdem 2250, Pottinger 2412 Meilen zurückgelegt.

Kehren wir jetzt zurück, um zu sehen, wie es Christie auf seiner gefährlichen Fahrt erging. Im ganzen besser und bequemer, als er selbst zu hoffen wagte!

Er hatte Noschky am 22. März verlassen und war durch die

Vachouty-Berge und ein unbebautes, fast wüstes Land bis zum Ufer des Helmend gezogen, der in den Hamoun-See mündet.

»Der Helmend«, sagt Christie in seinem Berichte an die Compagnie, »läuft erst an Kandahar vorüber, ändert seine südwestliche Richtung in eine westliche um und tritt, etwa vier Tagereisen weit von Douchak, nach Sedjistan über; erst beschreibt er hier einen Bogen um das Gebirge und bildet darauf einen See. In Pellalek, wo wir uns befanden, ist er gegen eintausendzweihundert Fuß breit und sehr tief; sein Wasser ist sehr schön. Bis auf eine halbe Meile befruchtet er das Land zu beiden Seiten durch seine Überschwemmungen; weiterhin, wo die Steppe beginnt, strömt er zwischen hohen Uferwänden. Die Gelände an seiner Seite sind mit üppigen Tamarinden bedeckt und liefern eine treffliche Weide.«

Sedjistan selbst, das an beiden Seiten dieses Stromes liegt, umfaßt nicht mehr als fünfhundert Quadratmeilen. Bewohnt sind davon nur die Ufer des Helmend, dessen Bett sich Jahr für Jahr mehr vertieft.

In Elomdar ließ Christie einen Hindu aufsuchen, an den er empfohlen war. Dieser riet ihm, seine Belutschen zu entlassen und als Pilger aufzutreten. Wenige Tage später kam er nach Douchak, das auch Djellahabad genannt wird.

»Die Ruinen dieser alten Stadt«, erzählt der Reisende, »bedecken ein Terrain von derselben Ausdehnung wie Ispahan. Erbaut wurde dieselbe, wie alle Städte in Sedjistan, aus halbgebrannten Ziegeln, die Häuser hatten zwei Stockwerke und Kuppeldächer. Die neue Stadt Djellahabad ist reinlich, hübsch und im Wachsen begriffen; sie zählt etwa zweitausend Häuser und besitzt einen leidlichen Bazar.«

Von Douchak nach Herat kam Christie ohne besondere Beschwerden, nur durfte er gewisse Vorsichtsmaßregeln nicht vernachlässigen, um für einen Pilger gehalten zu werden.

Herat liegt in einem bergumrahmten und von einem Flusse bewässerten Tale, so daß man überall nur Gärten und Weinberge erblickt. Die Stadt bedeckt einen Flächenraum von vier Quadratmeilen und wird von einer durch Türme verstärkten Mauer mit Wassergräben umschlossen. Große Bazars mit sehr vielen Verkaufsstellen und die Mechede Djuma oder Freitags-Moschee bilden die vorzüglichen Bauwerke derselben. Fast keine Stadt möchte so viele öde Plätze und auf der anderen Seite eine so zusammengepferchte Bewohnerschaft aufweisen. Christie schätzt letztere auf 100 000 Seelen. Sie treibt vielleicht von allen eingebornen asiatischen Fürsten unterworfenen Städten den ausgedehntesten Handel. Ein Knotenpunkt des Verkehrs zwischen Kabul, Kandahar, Hindostan, Kaschmir und Persien, erzeugt Herat auch selbst sehr gesuchte Waren und Naturprodukte, Safran, Pferde und Asa foetida.

So wie viele andere asiatische Städte besitzt Herat sehr schöne öffentliche Gärten, die man damals jedoch nur wegen ihrer im Bazar zum Verkauf gebrachten Erzeugnisse pflegte.

Nach einmonatlichem Aufenthalte in Herat verließ Christie, als Pferdehändler auftretend, die Stadt wieder, wobei er das Gerücht zu verbreiten wußte, er werde nach einer Pilgerfahrt nach Meched hierher zurückkehren. Zunächst wanderte er nun nach Yezd, durch eine von den Ouzbecks verwüstete Gegend, in der diese auch alle zum Ansammeln des Regenwassers bestimmten Zisternen zerstört hatten.

Yezd ist eine zwar große, aber nur dünn bevölkerte Stadt am Eingang einer Sandwüste. Man nennt sie auch ›Dar oul Ebadet‹ oder den Sitz der Anbetung. Sie ist berühmt wegen der Sicherheit, die hier herrscht und mächtig zum Emporblühen des Handels mit Hindostan, Khorassan, Persien und Bagdad beigetragen hat.

»Der Bazar«, sagt Christie, »ist sehr groß und mit Waren reichlich ausgestattet. Ohne die der Guebrer enthält die Stadt 20 000 Häuser; die Wohnstätten der ersteren schätzt man wohl auf 4000. Die Bewohner sind rührig und arbeitsam, werden leider aber grausam bedrückt.«

Von Yezd nach Ispahan, wo er im Palaste des Emir Oud Daoule abstieg, hatte Christie eine Strecke von hundertsiebzig Meilen auf recht guter Straße zurückgelegt. Hier fand er zu seiner großen Freude, wie schon oben erwähnt, seinen Gefährten Pottinger wieder; die beiden Offiziere hatten alle Ursache, sich gegenseitig zu beglückwünschen über den Ausgang ihrer Mission und die Gunst des Schicksals, die es ihnen ermöglicht hatte, durch sonst so fanatische Länder eine so lange Wegstrecke unangefochten zurückzulegen.

Schon der von uns wiedergegebene Auszug beweist wohl, daß Pottingers Bericht besonders wertvoll war. Weit verläßlicher als die Arbeiten seiner Vorgänger, hat er eine Menge geschichtlicher Tatsachen, kurze Erzählungen und höchst interessante geographische Schilderungen allgemein bekanntgemacht.

Seit Mitte des 18. Jahrhunderts hat Kabulistan unaufhörlich den Schauplatz mörderischer Bürgerkriege gebildet. Verschiedene Bewerber, die sich mehr oder minder ein Anrecht auf dessen Thron zuschrieben, haben überall mit Feuer und Schwert gewütet und aus diesem sonst reichen und blühenden Lande eine Wüste gemacht, in der nur die Trümmer verschwundener Städte von einer Blüte Zeugnis ablegen, die wohl nicht so bald oder nie wiederkommen wird.

Gegen 1808 regierte in Kabul Shujau Oul Moulk. England hatte damals – mehr als man vermutete beunruhigt durch den Plan Napoleons, dasselbe in Indien anzugreifen, und durch die Versuche, den Schah von Persien durch seinen Gesandten, den General Gardane, zu einem Bündnis zu bewegen – eine Gesandtschaft an den Herrscher von Kabul abgeschickt, um diesen für das Interesse der Compagnie zu gewinnen.

Hierzu wurde Mountstuart Elphistone ausersehen, der uns einen recht interessanten Bericht über seine Mission hinterlassen hat. Ihm verdankt man ganz neue Aufschlüsse über jenes Gebiet und die Volksstämme, welche daselbst hausen. Heut hat sein Buch eine erneute Bedeutung gewonnen, und man liest nur mit um so größerer Aufmerksamkeit die den Kyberiern und anderen Bergbewohnern gewidmeten Abschnitte, während sich daselbst sehr ernste Ereignisse vor unseren Augen abspielen.

Von Delhi im Oktober 1808 abgereist, kam Elphistone nach Canound, wo eine Wüste mit beweglichem Sand beginnt, und betrat darauf den Bezirk Shekhawuttee, der von Radjputen bevölkert ist. Gegen Ende Oktober erreichte die Gesandtschaft Singauna, eine hübsche Stadt, deren Gouverneur ein leidenschaftlicher Opiumraucher war.

»Es war ein kleiner Mann«, sagt der Reisende, »dessen große Augen vom unmäßigen Opiumrauchen entzündet schienen. Sein auf beiden Seiten nach den Ohren zu aufgekämmter Bart verlieh ihm ein wildes, abschreckendes Aussehen.«

Djounjounha, dessen Gärten durch einen angenehmen erfrischenden Eindruck inmitten dieser Steppen überraschen, ist dem Rajah von Bikanir nicht unterworfen, dessen Einkünfte eine Million Mark nicht übersteigen. Es erscheint unerklärlich, woher der Fürst diese immerhin beträchtlichen Revenuen aus einem dürren unfruchtbaren Lande schöpfen kann, in dem sich nach allen Richtungen Millionen von Ratten, ganze Herden von Gazellen und wilden Eseln umhertummeln.

»Der Fußsteg durch die sandigen Berge war sehr schmal«, sagt Elphistone gelegentlich der Schilderung des Zuges seiner Karawane, »kaum zwei Kamele konnten nebeneinander gehen. Sobald eines dieser Tiere nur ein wenig vom Wege abwich, sank es in den Sand wie in Schnee ein, so daß das geringste Hindernis an der Spitze des Zuges die ganze Karawane zum Anhalten zwang. Ebensowenig konnten die Vordersten den Weg fortsetzen, wenn das Ende des Zuges stillhielt, und da man fürchten mußte, daß sie sich in Ermanglung eines Führers verirren könnten, so gab man mit Trommeln und Trompeten fortwährend Signale, um jeder Trennung der einzelnen Glieder vorzubeugen.

Der Mangel an Wasser«, berichtet der Gesandte weiter, »und die schlechte Qualität desjenigen, welches wir trinken mußten, wirkte auf unsere Soldaten und Diener bald sehr verderblich ein. Wenn der Überfluß an Wassermelonen zwar geeignet erschien, ihren Durst zu stillen, so ging das doch nicht ohne Nachteil für die Gesundheit. Die meisten Eingebornen aus Indien, welche uns begleiteten, litten an schleichendem Fieber und Anfällen von Dysenterie. Vierzig Mann starben während der ersten Woche unseres Aufenthaltes in Bikanir.«

Von Bikanir kann man dasselbe sagen, was Lafontaine über schwimmende Holzstücke äußerte:

»Von weitem scheint es etwas zu sein, und in der Nähe ist es nichts.«

Der äußere Eindruck der Stadt ist ein ganz vorteilhafter; im Innern besteht sie aber nur aus ungeordneten Hütten mit Mauern aus ›Lehmkleister‹. In jener Zeit war das Land von fünf Herren überfallen, und die kriegführenden Parteien schickten einen Boten nach dem andern an den englischen Gesandten, um, wenn nicht materielle Hilfe, so doch moralische Stütze zu erlangen.

Elphistone wurde von dem Rajah von Bikanir feierlich empfangen.

»Die Hofhaltung desselben«, sagt er, »unterschied sich wesentlich von allen, die ich jemals in Indien gesehen hatte. Die Männer waren weißer als die Hindus, ähnelten an Gesichtszügen noch den Juden und trugen alle prächtige Turbans. Der Rajah selbst und dessen Angehörige hatten buntfarbige, reich mit Edelsteinen verzierte Mützen auf. Der Rajah stützte sich während der Audienz auf einen stählernen Schild, der in der Mitte aufgetrieben und am Rande mit Rubinen und Diamanten besetzt war. Sehr bald nach unserem Eintritt schlug der Rajah vor, uns der Hitze und der Belästigung durch die Volksmenge zu entziehen ... Wir setzten uns nach indischer Sitte auf den Erdboden, und der Rajah begann ein Gespräch, in welchem er unter anderem äußerte, er sei der Vasall des Herrschers von Delhi, und da Delhi unter englischer Oberhoheit stehe, erkenne er in meiner Person gern die Souveränität meiner Regierung an. Er ließ darauf die Schlüssel des Forts bringen, die er mir anbot, doch schlug ich dieselben aus, da ich nach dieser Richtung keine Machtvollkommenheit hatte. Erst nach langem Hin- und Herreden verstand sich der Rajah dazu, seine Schlüssel zu behalten. Später trat eine Gesellschaft von Bajaderen auf; Tänze und Gesänge hörten dann bis zur Zeit unserer Abreise nicht wieder auf.«

Von Bikanir aus führt der Weg durch eine Wüste, in der die Städte Moujghur und Bahawulpore liegen, wo eine dichtgedrängte Volksmenge die Gesandtschaft erwartete. Der Hyphasus, jener Strom, auf dem sich einst die Flotte Alexanders wiegte, entsprach nicht den Erwartungen, welche jene Erinnerung erregte. Am Tage nach dem Eintreffen daselbst kam Bahaweel Khan, der Gouverneur einer der Ostprovinzen von Kabul, an. Dieser überbrachte dem englischen Gesandten reiche Geschenke, welche er längs des rechten Hyphasusufers bis Moultan beförderte. Letztere Stadt ist durch ihre Seidenwebereien weit und breit berühmt. Der Gouverneur derselben war ganz starr vor Schrekken, als ihm die Ankunft der Engländer zu Ohren kam, und beratschlagte mit anderen, wie er sich zu verhalten haben möchte, wenn jene die Stadt durch einen Überfall eroberten oder deren Übergabe verlangen sollten.

Bald schwand indessen seine Angst, und die Zusammenkunft mit ihm wurde eine recht herzliche. Elphistones Schilderung derselben scheint zwar etwas übertrieben, ist aber doch merkwürdig genug.

»Der Gouverneur«, sagt er, »begrüßte Herrn Strachey (den Sekretär der Gesandtschaft) auf echt persische Weise. Beide begaben sich zu einem zur Unterhaltung gewählten Zelte, was nicht ohne große Unordnung abging. Das Volk schlug sich rings um sie, und Reiter zwängten sich schonungslos durch die Reihen der Fußgänger. Stracheys Pferd wurde fast umgerissen, und er hatte die größte Mühe, sich im Gleichgewicht zu halten. Schon in der Nähe des Zeltes hatten sich der Khan und sein Gefolge vom richtigen Wege verirrt und stürzten sich nun so stürmisch auf die Reiterschar daneben, daß diese kaum imstande war, eine Schwenkung zu machen, um jenen einen Durchgang zu öffnen. Als die in Unordnung geratenen Truppen nach dem Zelte eilten, entflohen die Diener des Khans, welche darüber unklar sein mochten, was hier vorging; alles wurde dabei umgerissen und zur Erde geworfen, so daß uns die Leinwand fast über dem Kopf zusammenfiel. Das Innere füllte sich mit einer tobenden Menge, während auch vollständige Dunkelheit herrschte. Der Gouverneur und zehn seines Gefolges setzten sich nieder, die anderen blieben unter Waffen. Der Besuch dauerte nur kurze Zeit. Der Gouverneur betete fortwährend inbrünstig seinen Rosenkranz ab und stammelte nur die Worte: ›Sie sind willkommen! Hochwillkommen!‹ Dann meinte er, die große Volksmenge könnte mir wohl lästig fallen, und zog sich zurück.«

Der Bericht klingt amüsant. Es verschlägt ja nicht viel, ob er durchgehends der Wahrheit entspricht. Am 31. Dezember überschritt die Gesandtschaft den Indus und gelangte in ein sorgfältig und zweckmäßig angebautes Land, das in keiner Weise an Hindostan erinnerte. Von Engländern, welche sie für Mongolen, Afghanen oder Hindus hielten, hatten die Bewohner noch niemals reden gehört. In der wundersüchtigen Bevölkerung waren auch die seltsamsten Gerüchte in Umlauf.

In Dera mußte man einen ganzen Monat verweilen, um einen ›Mehmandar‹ oder Anführer der Gesandten abzuwarten. Zwei Mann von der Gesellschaft benutzten diese Muße, um den Pic Tukhte Soleiman, d. i. der Thron Solimans, zu besuchen, auf dem der Sage nach die Arche Noahs nach der Sintflut sitzen geblieben sein soll.

Am 7. Februar erfolgte die Abreise von Dera, von wo aus die Gesandtschaft durch lauter reizende Gegenden bis Peschaver zog, wohin sich der König begeben hatte, denn der Hof residierte sonst nicht in dieser Stadt.

»Am Tage unserer Ankunft«, heißt es in dem Berichte, »wurde uns das Essen aus der königlichen Küche geliefert. Die Gerichte waren wirklich vortrefflich. Später ließen wir indes das Fleisch nach unserer Art zubereiten; trotzdem unterließ der König nicht, uns Frühstück, Mittagessen und ein leichtes Abendbrot zu senden, außerdem noch Nahrungsmittel und Futter für zweitausend Mann, zweihundert Kamele und für eine große Anzahl Elefanten. Unser Gefolge war nun lange nicht so zahlreich, dennoch hatte ich die größte Mühe, nach Verlauf eines Monats bei Seiner Majestät eine geringe Beschränkung dieser unnützen Verschwendung durchzusetzen.«

Wie vorauszusehen, zogen sich die Verhandlungen wegen einer Vorstellung bei Hofe lange Zeit hin. Endlich kam es zu einer Einigung, und der Empfang gestaltete sich so herzlich, wie es die diplomatischen Gepflogenheiten nur zuließen. Der König erschien bedeckt mit Diamanten und anderen edlen Steinen; er trug eine goldene Krone, und auf einer Armspange glänzte der bekannte ›Kohinoor‹, der größte existierende Diamant, den jetzt wohl jeder in Nachbildungen gesehen hat.

»Ich muß gestehen«, sagt Elphistone, »daß, wenn manche Gegenstände und der ungewöhnliche Reichtum der königlichen Prachtgewänder mein Erstaunen erregte, ich dagegen doch vieles unter meinen Erwartungen fand. Alles wies weniger auf die gedeihliche Entfaltung eines mächtigen Staatswesens hin, als es den Verfall einer früher blühenden Monarchie verriet.«

Daneben erwähnt der Gesandte die Habgier, mit der die Offiziere des Königs sich auf die von den Engländern dargebrachten Geschenke stürzten, außer mehreren anderen Einzelheiten, die ihn sehr peinlich berührten.

Eine zweite Zusammenkunft mit dem Könige ließ bei Elphistone jedoch einen besseren Eindruck zurück.

»Man dürfte schwerlich glauben«, sagt er, »daß ein morgenländischer Monarch soviel gute Lebensart entwickeln könne wie dieser König, der, wo er offenbar zu gefallen strebte, doch seine Würde vollkommen zu wahren wußte.«

Die mit Ausnahme der Ostseite umschlossene Ebene von Peschaver wird von drei Armen des Kabulflusses bewässert, welche sich hier untereinander und mit mehreren kleinen Bächen vereinigen. Die Landschaft ist ausnehmend fruchtbar. Auf jedem Schritte sieht man Pflaumen, Pfirsiche, Birnen, Quitten, Granaten und Datteln in Menge. Die Bevölkerung, welche in der von der Gesandtschaft durchzogenen Steppe nur sehr dünn gesät wohnte, drängte sich hier so sehr zusammen, daß Lieutenant Macartney nicht weniger als zweiunddreißig Dörfer zählte.

Peschaver selbst mag gegen 100 000 Menschen bergen, welche in dreistöckigen Häusern aus Backsteinen wohnen. Die hervorragendsten Bauwerke der Stadt bilden viele Moscheen, von denen keine besonders merkwürdig erscheint, eine schöne Karawanserei und der Ballahissaur, ein befestigtes Schloß, in dem der König die Gesandtschaft empfing. Die Mischung von Bewohnern verschiedener Rassen und die wechselnden Kostüme erzeugen ein jeden Augenblick sich veränderndes Bild, ein wahres menschliches Kaleidoskop, das zum Vergnügen des Fremden geschaffen scheint. Perser, Afghanen, Kyberier, Hazaurehs, Duraner usw., Pferde, Kamele, Dromedare aus Bactriana, Zweifüßler und Vierfüßler – der Forscher findet überall Stoff, zu beobachten und zu beschreiben.

Den Hauptreiz der Stadt wie des ganzen Indiens bilden aber ihre Gärten, und die Menge sowie der Wohlgeruch der Blumen, vorzüglich der Rosen.

Die Lage des Königs war gerade damals keine befriedigende, da dessen Bruder, den er früher durch eine Volkserhebung entthront, die Waffen gegen ihn ergriffen und Kabul erobert hatte. Ein längerer Aufenthalt der Gesandtschaft schien nicht ratsam. Sie schlug also den Weg nach Indien wieder ein und zog über Attock und das durch seine landschaftlichen Reize berühmte Tal von Hussun Abdul. Hier gedachte Elphistone zu warten, bis die Waffen das Schicksal des Thrones von Kabul entschieden haben würden. Er erhielt jedoch Briefe, die seine Rückkehr beschleunigten. Übrigens hatte das Glück Sjuhau nicht begünstigt; er wurde völlig geschlagen und konnte sich nur durch die Flucht retten.

Die Gesandtschaft zog demnach weiter und kam durch das Land der Sikhs, mit einer sehr kräftigen, halbnackten und auch halbwilden Bevölkerung.

»Die Sikhs – welche einige Jahre später furchtbar von sich reden machen sollten –«, sagt Elphistone, »sind groß, mager, aber sehr stark. Sie tragen kaum andere Kleidungsstücke als kurze Hosen, welche nur bis zur Hälfte des Schenkels reichen. Über die Schultern werfen sie zuweilen einen Mantel aus Tigerfellen. Ihre

Turbans sind nicht breit, aber sehr hoch und vorn abgeplattet. Das Scheren des Bartes oder der Haare kennen sie nicht. Ihre Waffen bestehen aus dem Bogen und der Flinte. Vornehmere Leute bedienen sich sehr eleganter Bogen, die sie auch bei jedem freundschaftlichen Besuche mit sich führen. Fast ganz Pendjab ist Rendjet Singh untertan, der noch 1805 einer der zahlreichen Häuptlinge des Landes war. Zur Zeit unserer Reise hatte er sich die Oberhoheit über alles von den Sikhs bewohnte Land gesichert und den Titel eines Königs angenommen.«

Die weitere Rückreise der Gesandtschaft nach Delhi verlief ohne bemerkenswerte Zwischenfälle. Dieselbe brachte außer der Schilderung der unter ihren Augen vorgekommenen Ereignisse sehr wertvolle Kunde über die klimatischen Verhältnisse und über die Erzeugnisse des Tier-, Pflanzen- und Steinreiches jener ausgedehnten Länder mit heim.

Alles in allem ist Elphistones Bericht merkwürdig, interessant geschrieben, nach mehr als einer Seite höchst schätzbar und selbst heute noch von hohem Werte.

Der Eifer der Compagnie erlahmte niemals. Kaum war eine Mission zurückgekehrt, so reiste eine andere nach anderer Richtung und mit veränderten Instruktionen ab. Es kam jener darauf an, mit ihrer Umgebung Fühlung zu behalten, über die so wetterwendische Politik der asiatischen Despoten unterrichtet zu bleiben und vorzüglich ein Bündnis der verschiedenen Völker gegen die Usurpatoren ihres mütterlichen Bodens zu verhindern. Im Jahre 1812 veranlaßte ein anderer, übrigens friedlicher Gedanke die Reise Moorcrofts und des Kapitäns Hearsay nach dem in der Provinz Oundes, einem Teile Klein-Tibets, gelegenen Mansarowar-See.

Hierbei handelte es sich nur darum, eine Herde langhaariger Ziegen aus Kaschmir, deren feine Wolle zur Herstellung jener auf der ganzen Erde berühmten Shawls dient, nach Indien überzuführen.

Daneben ging man noch darauf aus, die Behauptung der Hindus, daß der Ganges jenseits des Himalaja im Mansarowar-See entspringe, zu widerlegen.

Eine schwierige und gefahrvolle Aufgabe! Zunächst galt es dabei, nach Nepal einzudringen, dessen Regierung den Eintritt in das Land möglichst zu erschweren pflegte, und nachher auch noch ein anderes Gebiet zu betreten, von dem schon die Einwohner von Nepal, noch viel mehr natürlich die Engländer, ausgeschlossen waren, nämlich die genannte Provinz Oundes.

Die Reisenden verkleideten sich zunächst als Hindupilger. Ihr Gefolge bestand aus fünfundzwanzig Personen, unter denen ein Diener sich freiwillig verpflichtet hatte, stets Schritte von vier Fuß Länge zu machen, um auf diese wenig verläßliche Weise den zurückgelegten Weg zu messen.

Die Herren Moorcroft und Hearsay begaben sich nach Bereily und folgten der von Webb eingehaltenen Richtung bis Djosimath, das sie am 26. Mai 1812 verließen. Die letzte Kette des Himalaja überschritten sie unter den größten Schwierigkeiten, infolge der Seltenheit von Dörfern, dem Mangel an Trägern und Nahrungsmitteln und dem erbärmlichen Zustande der Wege jener in so großer Höhe über dem Meere gelegenen Gegenden.

Sie besuchten jedoch Daba, wo sich eine bedeutende Lamanerie befindet, Gortope, Maïsar und die eine Viertelmeile von Tintapouri gelegenen warmen Schwefelquellen.

»Diese entspringen«, heißt es in dem in den ›Annales des Voyages‹ veröffentlichten Originalberichte, »aus zwei etwa sechszölligen Mündungen und einem gegen drei Meilen langen, und fast durchweg zehn bis zwölf Fuß über seine Umgebung emporragenden Kalklager, das durch die Niederschläge entstanden ist, welche das Wasser bei seiner Abkühlung absetzt. Das Wasser selbst steigt vier Zoll über die Fläche in die Höhe. Es ist sehr klar und so warm, daß man die Hand nicht lange hineinhalten kann. Die ganze Umgebung wird von einer dichten Dampfwolke umhüllt. Bei seinem Hinfließen über eine ziemlich horizontale Fläche höhlt das Wasser verschieden geformte Bassins aus, welche sich, je nachdem sich dessen gelöste Bestandteile darin niederschlagen, später wieder verengen; endlich wächst der Boden derselben so weit empor, daß das Wasser eine neue Vertiefung bildet, die es nun eine gewisse Zeit lang anfüllt. So fließt es immer von einem Bassin zum anderen, bis es in die Ebene gelangt. Der erdige Niederschlag, den es im Anfang nahe einer der Quellenmündungen hinterläßt, ist so weiß wie der reinste Stuck, weiterhin erscheint er hell-, noch später safrangelb. An der anderen Quelle zeigt er eine rosenrote, im weiteren Verlauf dunklere Grundfarbe. In der Kalkablagerung, die schon Jahrhunderte alt zu sein scheint, vermag man überall diese wechselnden Färbungen nachzuweisen.«

Tintapouri, die Residenz eines Lama, bildet schon von alters her einen sehr besuchten Wallfahrtsort der Gläubigen. Dafür zeugt z. B. eine vierhundert Fuß lange, fast vier Fuß dicke Mauer, welche über und über mit Gebeten und Sprüchen bedeckt ist.

Am 1. August brachen die Reisenden von hier zu dem Mansarowar-See auf und ließen den Rawahnrad-See, der einen Hauptarm des Setledje oder Sutlej speisen soll, rechts liegen.

Der Mansarowar-See breitet sich am Fuße ausgedehnter Wiesen aus, welche im Süden gigantische Berge begrenzen. Hier liegt das größte Heiligtum der Hindus, ein Ansehen, das diese Stelle wohl nur ihrer Entfernung von Hindostan, den Beschwerden und Gefahren der Reise hierher und der Notwendigkeit, Geld und Provisionen selbst bei sich zu führen, zu verdanken scheint.

Aus diesem Gewässer soll, nach der Annahme der Hindus, der Ganges neben dem Setledje und dem Kali entspringen. Über das Irrige der ersten Angaben war Moorcroft keinen Augenblick im Zweifel. Um sich von dem Werte der beiden anderen zu überzeugen, wanderte er längs der hügligen und oft tief eingeschnittenen Ufer des Sees hin und sah dabei zwar viele Wasserläufe in denselben münden, keinen einzigen aber daraus abfließen. Möglicherweise hat der Mansarowar-See vor dem Erdbeben, das Srinagar zerstörte, einen Abfluß gehabt, doch fand Moorcroft davon keine Spur. Zwischen dem Himalaja und der Caïlas-Bergkette gelegen, mißt der unregelmäßig gestaltete See gegen fünf Meilen in der Länge und vier in der Breite.

Ein Zweck der Mission war hiermit erreicht; Moorcroft und Hearsay wandten sich also nach Indien zurück, kamen durch Gangri und besuchten auch den Rawahnrad-See; Moorcroft fühlte sich jedoch zu schwach, denselben eingehender zu besichtigen, er kehrte nach Tintapouri, weiterhin nach Daba zurück und hatte bei Überschreitung der Ghats, welche Hindostan von Tibet trennen, schwer zu leiden.

»Der von den schneebedeckten Bergen von Bouthan herabfallende Wind«, heißt es in dem Bericht, »ist durchdringend kalt. Der Weg nach jenen Bergen ist aufwärts lang und beschwerlich, der abwärtsführende steil und schlüpfrig, so daß er die größte Vorsicht erheischt. Wir hatten im allgemeinen viel auszustehen. Infolge der Unachtsamkeit der Treiber waren unsere Ziegen von der Straße abgewichen und grasten am Rande eines Abgrundes, fünfhundert Fuß über demselben. Ein Hirt vertrieb sie von der gefährlichen Stelle, wobei sie einen sehr steilen Abhang hinabliefen. Die letzten der Herde stießen an verschiedene Steine, welche polternd hinunterstürzten und die vorderen zu beschädigen drohten; es war da wirklich wunderbar mit anzusehen, mit welcher Gewandtheit sie im Laufen doch den herabrollenden Steinen auszuweichen wußten.«

Bald darauf bedrängten Gorkhalis, die sich bisher begnügten, den Reisenden allerlei Hindernisse in den Weg zu legen, diese sehr ernsthaft und versuchten sie aufzuhalten. Einige Zeit hielt die Entschlossenheit der Engländer die wilden Fanatiker noch in gemessener Entfernung; mit deren zunehmender Anzahl wuchs aber auch ihr Mut, so daß sie endlich das Lager der Reisenden überfielen.

»Zwanzig Männer stürzten sich auf mich«, erzählt Moorcroft; »der eine packte mich am Hals, stemmte mir das Knie in die Lenden und versuchte mich durch Zusammenschnürung meiner Krawatte zu erwürgen; ein anderer befestigte mir einen Strick an dem einen Bein und zerrte mich nach rückwärts. Das Gewehr, worauf ich mich stützte, entfiel mir, und ich sank zu Boden. Man schleifte mich geknebelt fort, bis ich die Besinnung verlor. Als ich wieder zu mir kam, malte sich auf den Gesichtern der Räuber die wildeste Freude. Aus Furcht, mich noch entwischen zu sehen, hielten mich zwei Soldaten an einem Strick fest und versetzten mir von Zeit zu Zeit Schläge, wahrscheinlich, um mir meine peinliche Lage in Erinnerung zu bringen. Mr. Hearsay hatte einen so plötzlichen Überfall nicht vermutet; er spülte sich ruhig den Mund aus, als das Getümmel anfing, und hörte meine Hilferufe nicht. Bei dem Mangel an Waffen konnten unsere Leute nichts Besonderes ausrichten; einige entflohen, ich weiß nicht wie; andere wurden eingefangen, ebenso wie Mr. Hearsay. Letz-

teren knebelte man zwar nicht wie mich, hielt ihn aber an den Armen fest.«

Der Anführer der Räuberbande erklärte nun den Engländern, sie seien ertappt worden, das Land in Verkleidung als Hindu-Pilger bereist zu haben. Einem von Moorcroft als Ziegenhirt engagierten Fakir gelang es inzwischen, mit zwei Schreiben an die englischen Behörden zu entkommen. Letztere unternahmen sofort die nötigen Schritte, und am 1. November wurden die Reisenden in Freiheit gesetzt. Man suchte sich nicht nur auf alle mögliche Weise zu entschuldigen, sondern lieferte auch alle geraubten Gegenstände wieder aus, und der Rajah von Nepal erteilte ihnen besondere Erlaubnis, sein Land unbehelligt zu verlassen. Ende gut – alles gut!

Wohl hat sich die Herrschaft der Engländer in Indien auf einen ungeheuren Umfang erweitert, aber eben dieser Umstand birgt auch gewisse Gefahren. Alle jene verschiedenen Völker, von denen manche eine ruhmreiche Vergangenheit hinter sich hatten, wurden nur durch das bekannte politische Prinzip unterworfen, welches darin besteht, erst zu teilen und dann zu herrschen. Könnten dieselben aber nicht eines Tages ihre gegenseitigen Eifersüchteleien beiseite setzen und sich geschlossen gegen die Engländer wenden?

Die Compagnie verhält sich dieser Ansicht gegenüber immer »kühl bis ans Herz hinan«, und alle ihre Schritte sind nur darauf gerichtet, das bisher so bewährte System in immer größerem Umfange zur Anwendung zu bringen.

Es gab auch noch eine andere, halb asiatische, halb europäische Gegend, welche man jetzt allmählich besser kennenlernte. Wir meinen die Länder des Kaukasus.

Schon in der ersten Hälfte des 18. Jahrhunderts hatte ein russischer Arzt, Johann Anton Güldenstädt, Astrachan und Kislar am Terek und an der äußersten Grenze der russischen Besitzungen besucht; er war nach Georgien gekommen, wo ihn der Zar Heraclius mit Auszeichnung empfing; er hatte Tiflis und das Land der Truchmenen gesehen und war bis Imeritien vorgedrungen. Im zweiten Jahre seiner Reisen, 1773, suchte er die Mündungen des Don auf und beabsichtigte, seine ausgedehnte Forschungsfahrt mit Besichtigung der Krim zu beschließen, als er nach St. Petersburg zurückgerufen wurde.

Güldenstädts Reisen sind von dessen eigener Hand nur unvollständig erschienen, da ihn der Tod mitten in der Arbeit dahinraffte, dagegen wurden dieselben von einem jungen Preußen, Heinrich Julius von Klaproth, der später die nämlichen Gegenden besuchte, in Petersburg herausgegeben.

Geboren in Berlin am 11. Oktober 1783, zeigte Klaproth schon im zartesten Alter ganz erstaunliche Anlagen zum Studium der orientalischen Sprachen. Mit fünfzehn Jahren schon lernte er ohne fremde Hilfe Chinesisch, und sofort nach Vollendung seiner Ausbildung an der Universität zu Halle und in Dresden trat er mit der Herausgabe seines ›Asiatischen Magazins‹ (Weimar 1801 und folgend) an die Öffentlichkeit. Durch den Grafen Potocki nach Rußland gezogen, wurde er daselbst als Hilfslehrer für orientalische Sprachen an die Akademie von St. Petersburg berufen.

Klaproth gehörte nicht zu jener sonst so achtenswerten Klasse von Stubengelehrten, welche sich damit begnügen, über ihren Büchern zu brüten. Er betrachtete die Wissenschaft vielmehr von weiterem Gesichtspunkte aus. Für ihn gab es nur den einzigen Weg zur vollkommenen Kenntnis der Sprachen Asiens und der Sitten seiner Bewohner – diese an der Quelle zu erforschen.

Klaproth suchte deshalb um die Erlaubnis nach, den Gesandten Golowkin, der sich durch Asien nach China begeben sollte, begleiten zu dürfen. Gleich nach erhaltener Genehmigung brach der gelehrte Reisende allein nach Sibirien auf, wo er nach und nach bei den Samojeden, Tungusen, Baschkiren, Jakuten, Kirgisen und anderen die ungeheuren Steppen jenes Landes bevölkernden Stämmen verweilte. Zuletzt kam er nach Jakutsk, wo er mit dem Gesandten Golowkin zusammentraf. Nach kurzem Aufenthalte in Kiachta überschritten sie am 1. Januar 1806 die chinesische Grenze.

Der Vizekönig der Mongolei mutete dem Gesandten aber allerlei Zeremonien zu, welche dieser für erniedrigend ansah, und als weder der eine noch der andere zum Nachgeben zu bewegen war, blieb dem Gesandten nichts übrig, als nach Petersburg zurückzukehren. Da es nicht in Klaproths Interesse lag, den von ihm schon zurückgelegten Weg einzuschlagen, und er es natürlich vorzog, andere, ihm noch unbekannte Völkerschaften zu besuchen, so schlug er eine Route durch das südliche Sibirien ein und erwarb sich während dieser zwanzigmonatigen Reise eine hochwichtige Sammlung Bücher in chinesischer, tibetanischer, mongolischer und der Mandschu-Sprache, die er bei seiner großen Arbeit mit dem Titel ›Asia polyglotta‹ als Unterlagen benützte.

Nach seinem Wiedereintreffen in St. Petersburg zum außerordentlichen Mitgliede der Akademie ernannt, wurde er auf Graf Potockis Vorschlag mit einer historischen, archäologischen und geographischen Mission nach dem Kaukasus betraut. Ein volles Jahr verbrachte Klaproth, oft gefährdet durch die räuberischen Bewohner jener schwer zugänglichen Gegenden, auf Reisen und besuchte dabei die Landschaften, welche Güldenstädt gegen Ende des vorigen Jahrhunderts durchstreift hatte.

»Tiflis«, sagt Klaproth – und seine Beschreibung erscheint merkwürdig, wenn man sie mit der anderer zeitgenössischer Schriftsteller vergleicht – »Tiflis, das seinen Namen von den hier befindlichen Thermalquellen entlehnte, besteht eigentlich aus drei Teilen: dem eigentlichen Tiflis oder der alten Stadt, aus Kala oder der Festung und aus der Vorstadt Isni. Von dem Kur bewässert, zeigt diese Stadt in der Hälfte ihres Umfanges nur Schutt und Trümmer; ihre Straßen waren so eng, daß ein ›Arba‹, d. i. ein hoch aufgetürmter Wagen, wie man sie häufig auf Bildern aus dem Oriente erblickt, kaum hindurchgelangen konnte, und das gilt nur von den verhältnismäßig breitesten, durch andere vermochte sich kaum ein einzelner Reiter zu drängen. Die schlecht gebauten Häuser aus Kieseln und mittels Lehm verbundenen Backsteinen überdauerten kaum fünfzehn Jahre. Tiflis hatte zwei Marktplätze, doch war hier alles ausnehmend teuer, Shawls sowie Seidenstoffe, das heißt, die Erzeugnisse der Nachbarländer in Asien, standen hier höher im Preise als in St. Petersburg.«

Tiflis kann man nicht erwähnen, ohne dabei von dessen warmen Quellen zu sprechen. Wir geben hierüber Klaproths eigene Worte wieder:

»Die berühmten warmen Bäder waren ehedem prächtig, sind aber jetzt in Verfall, obwohl man noch einige mit marmorbekleideten Wänden findet. Das wenig schwefelhaltige Wasser soll sehr heilkräftig sein. Die Bewohner, vorzüglich die Frauen, benutzen es bis zum Übermaße; letztere verweilen öfters ganze Tage darin und führen deshalb ihre Mahlzeiten gleich mit sich.«

Die Hauptnahrung, wenigstens in den Berglandschaften, besteht hier in ›Phouri‹, d. i. ein hartes unschmackhaftes Brot, dessen eigentümliche Zubereitung unseren sybaritischen Vorstellungen sehr zuwiderläuft.

»Wenn der Teig hinreichend geknetet ist«, sagt der Bericht, »entzündet man mit sehr trockenem Holze ein helles, lebhaftes Feuer in vier Fuß hohen, zwei Fuß breiten und in den Erdboden versenkten irdenen Gefäßen. Sobald sich eine tüchtige Glut entwickelt hat, schütteln die Georgierinnen die Hemden und rotseidenen Beinkleider darüber aus, um das Ungeziefer aus ihrer Kleidung hineinfallen zu lassen. Erst nachher wirft man den in etwa zwei Fäuste große Stücke geteilten Teig in die Töpfe; sofort wird die Öffnung mit einem Deckel geschlossen, über den noch Lumpen gehäuft werden, damit keine Wärme entweichen kann und das Brot gut durchbäckt. Dieser Phouri ist nichtsdestoweniger stets schlecht gebacken und sehr schwer verdaulich.«

Nach Beschreibung der Grundlage jeder Mahlzeit der armen Bergbewohner wollen wir nun mit Klaproth einer fürstlichen Tafel beiwohnen.

»Man breitete vor uns«, sagt er, »ein langes gestreiftes, etwa anderthalb Ellen breites und sehr schmutziges Tischtuch aus, legte jedem Teilnehmer ein drei Spannen langes, zwei breites und kaum zwei Finger dickes Weizenbrot vor und brachte nachher eine Menge kleiner Messingschälchen mit Schaffleisch, Reis in Bouillon, gebratenen Hühnchen und in Scheiben geschnittenem Käse. Dem Fürsten und den Georgiern setzte man geräucherten Lachs mit frischen Kräutern vor, weil eben Neumond war. In Georgien weiß man nichts von Löffeln, Gabeln und Messern, man trinkt die Suppe gleich aus der Schüssel, langt das Fleisch mit den Händen zu und zerreißt es mit den Fingern in mundgerechte Stücke. Ist man gegen jemand sehr freundschaftlich gesinnt, so wirft man ihm wohl ein saftiges Stückchen zu. Die Gerichte werden übrigens auf das Tischtuch aufgetragen. Zum Schlusse der Tafel servierte man Weintrauben und gedörrte Früchte. Während des Essens ging fleißig recht guter, im Lande erzeugter Rotwein herum, der tatarisch ›Traktir‹, georgisch ›Ghwino‹ heißt und aus einer sehr flachen, mehr einer Untertasse ähnlichen Silberschale getrunken wurde.«

Wenn dieses Sittengemälde an sich interessant ist, so ist es nicht weniger die Art und Weise, wie Klaproth die verschiedensten Erlebnisse darstellt. Man lese z. B. folgenden Bericht des Reisenden über einen Ausflug nach den Quellen des Terek, deren

Lage Güldenstädt zwar genau bestimmt, die er aber selbst nicht gesehen hatte:

»Ich brach von Outsfars Kan am 17. März, an einem schönen, frischen Morgen, auf. Fünf Osseten bildeten meine Begleitung. Nach einer halben Stunde Weges begannen wir auf einer steilen beschwerlichen Straße emporzusteigen und kamen so an die Stelle, wo der Outsfar Don in den Terek fällt. Von hier aus hatten wir eine Meile noch schlechteren Weg am rechten Ufer des gewöhnlich kaum zehn Schritt breiten, jetzt aber durch das Schmelzen des Schnees angeschwollenen Flusses. Diese Seite desselben ist übrigens unbewohnt. Weiter bergaufgehend, erreichten wir den Fuß des Khoki oder Istir Koki. Endlich gelangten wir nach einer Stelle, an der uns große, im Flußbette aufgehäufte Felsblöcke den Übergang nach dem Dorfe Tsiwratte Kan gestatteten, wo ein Frühstück eingenommen wurde; hier vereinigen sich die einzelnen kleineren Wasserläufe, welche zusammen den Terek bilden. Befriedigt durch die glückliche Erreichung unseres Zieles, goß ich ein Glas Ungarwein in den Fluß und brachte eine zweite Libation dem Genius des Berges dar, aus dem der Terek seine Quellen herleitet. In der Meinung, ich verrichtete eine Zeremonie, betrachteten mich die Osseten dabei mit andächtiger Verwunderung. Ich ließ an die glatte Wand eines großen Schieferfelsens mit roter Farbe das Datum meiner Reise sowie meinen Namen nebst denen der begleitenden Osseten anschreiben und begab mich dann noch etwas höher hinauf bis zu dem Dorfe Ressi.«

In seinem Reiseberichte, aus dem wir leicht noch weitere Auszüge geben könnten, stellt Klaproth alle Nachrichten und Aufschlüsse zusammen, die er über die Völkerschaften des Kaukasus erhalten konnte, und betont vorzüglich die merkwürdige Ähnlichkeit der georgischen Dialekte mit denen des finnischen und wogulischen (ugrischen) Sprachstammes.

Diesen Reisenden unterstützten ein wirklich ungewöhnlicher Scharfblick und ein wunderbares Gedächtnis. Auch der Linguistik hat der gelehrte Berliner schätzenswerte Dienste geleistet. Betrübend erscheint an dessen Bilde nur, daß die Eigenschaften des Menschen, sein Zartgefühl und die Milde des Charakters, nicht auf gleicher Höhe mit der Gelehrtheit und Findigkeit des Professors standen.

Wir verlassen nun die Alte Welt und wenden uns zur Schilderung der Forschungsreisen in der jungen Republik der Vereinigten Staaten Nordamerikas.

Sobald die Bundesregierung von den Bedrängnissen des Krieges befreit, sie selbst staatlich anerkannt und gesetzmäßig errichtet war, richtete sich die öffentliche Aufmerksamkeit nach jenen pelzliefernden Ländern, welche nach und nach Engländer, Spanier und Franzosen herbeigelockt hatten. Die Bai von Nootka nebst den benachbarten Küstenstrecken – entdeckt von dem gro-

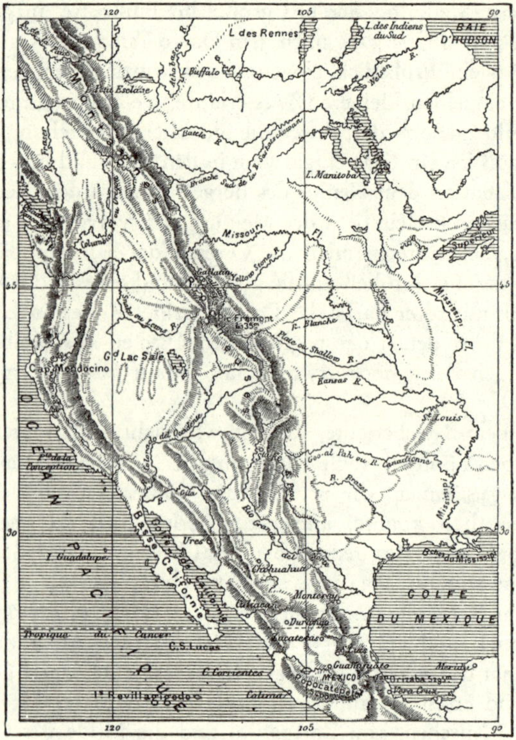

ßen Cook, den berühmten Seefahrern Quadra, Vancouver und Marchand – gehörte zum amerikanischen Gebiete. Schon keimte die Monroe-Doktrin, welche später soviel Staub aufwirbeln sollte, in den Köpfen der Staatsmänner jener Zeit.

Entsprechend einem im Kongreß gestellten Antrage, wurden der Kapitän Meryweather Lewis und der Lieutenant William Clarke beauftragt, den Missouri von dessen Mündung in den Mississippi bis zur Quelle zu erforschen, die Felsengebirge auf kürzestem und leichtestem Wege zu überschreiten, um eine Verbindung zwischen dem Golf von Mexiko und dem Stillen Ozean einzuleiten. Gleichzeitig sollten jene Offiziere mit den Indianern, welche sie etwa träfen, Handelsbeziehungen anzuknüpfen suchen.

Die Expedition bestand aus regulären Soldaten und Freiwilligen und zählte, die Offiziere mitgerechnet, im ganzen dreiundvierzig Mann. Diese führten ein Flußschiff und zwei Pirogen mit sich.

Am 14. Mai 1804 verließen die Amerikaner den Wood River, der in den Mississippi fällt, um in den Missouri einzufahren. Nach verschiedenen, in dem von Gaß veröffentlichten Tagebuche eingestreuten Bemerkungen erwarteten die Teilnehmer dieses Zuges, sowohl auf natürliche schwere Hindernisse als auch auf riesengleiche Wilde zu treffen, die einen unbezwinglichen Haß gegen die Weißen hegen sollten.

Während der ersten Tage dieser ungeheuren Bootsfahrt, mit der von früher her nur die Orellanas und La Condamines auf dem Amazonenstrom zu vergleichen waren, hatten die Amerikaner das Glück, gleichzeitig mit einigen Sioux einem alten Franzosen und ehemaligen canadischen Waldläufer zu begegnen, welcher der Sprache der meisten Stämme im Missouritale mächtig und erbötig war, jene als Dolmetscher zu begleiten.

Nach und nach kamen sie nun an den Nebenflüssen Osaga, Kansas, La Plate oder Shallow River und dem Weißen Fluß vorüber. Dabei trafen sie wiederholt auf Indianer, vorzüglich auf Osagen und Sioux oder Mahas, welche ihnen alle in offenbarem Verfalle erschienen. Von den letzteren hatte ein Stamm so schwer durch die Blattern gelitten, daß die Überlebenden, in einem Anfalle von blinder Raserei, ihre von der Krankheit verschont gebliebenen Frauen und Kinder erschlugen und aus dem verpesteten Gebiete entflohen.

Weiterhin fand man die Ricaris oder Rees, die man anfänglich für die rechtlichsten, umgänglichsten und tätigsten von allen bisher Gesehenen hielt. Einige Diebstähle stimmten freilich sehr bald die hohe Vorstellung herab, die man sich von ihrem ehrenwerten Charakter gemacht hatte. Auffälligerweise beschäftigte sich dieser Stamm nicht ausschließlich mit der Jagd, sondern baute auch Getreide, Erbsen und Tabak an.

Anders verhielt es sich mit den kräftiger als ihre Stammverwandten entwickelten Mandanen. Bei ihnen findet man dieselbe merkwürdige Gewohnheit wie in Polynesien, die Toten nicht zu begraben, sondern sie auf einem Gerüste lange Zeit zur Schau auszustellen.

Clarkes Bericht liefert uns einige Kenntnis von diesem merkwürdigen Volksstamme. Die Mandanen sehen in dem göttlichen Wesen nur die Fähigkeit, zu heilen. Sie erkennen deshalb auch nur zwei Gottheiten an, welche als ›der Große Arzt‹ und ›der Geist‹ bezeichnet werden. Soll man wohl annehmen, daß das Leben für sie eine so überwiegende Bedeutung hat, daß sie alles anbeten, was jenes zu verlängern imstande scheint?

Auch ihr Ursprung ist nicht minder interessant. Anfänglich bewohnten sie ein am Ufer eines Sees gelegenes unterirdisches Dorf. Als aber ein Weinstock seine Wurzeln so tief trieb, daß sie bis zu ihnen hinabreichten, gelangten einige Mandanen an demselben emporkletternd auf die Oberfläche der Erde. Auf ihre begeisterte Schilderung der ausgedehnten Jagdgebiete und des Reichtums an Wild und Früchten hin, beschloß das dadurch bestochene Volk sofort, nach jenen von der Natur so begünstigten Gegenden auszuwandern. Schon hatte die Hälfte des Stammes die Erdoberfläche erreicht, als der Weinstock unter dem Gewicht einer besonders wohlbeleibten Frau nachgab und damit den übrigen Mandanen die Möglichkeit abschnitt, aus der Tiefe emporzuklimmen. Nach diesem Leben erwarten sie auch, in jene ursprüngliche unterirdische Heimat zurückzukehren; doch gelangen nur diejenigen dahin, welche mit reinem Gewissen sterben; die übrigen werden in einen großen See gestürzt.

Bei diesem Volksstamme also schlugen unsere Forschungsreisenden am 1. November ihr Winterquartier auf. Sie errichteten sich so bequeme Hütten, wie es ihre verfügbaren Mittel zuließen, und überließen sich, trotz sehr rauher Temperatur, während des ganzen Winters dem Vergnügen der Jagd, die für sie übrigens bald zur Notwendigkeit geworden war.

Nach dem Wiederauftauen des Missouri gedachten sie ihren Zug fortzusetzen; als aber das größere Boot mit den bis dahin erbeuteten Häuten und Pelzfellen nach St. Louis abgesendet wurde, fand sich, daß nur noch dreißig Mann entschlossen waren, sich allen Beschwerden bis zur Erreichung ihres Zieles freiwillig zu unterziehen.

Die Reisenden passierten nun bald die Mündung des Yellowstone (Fluß des gelben Steines), der fast ebenso mächtig ist wie der Missouri, und überzeugten sich von dem Wildreichtum seines Uferlandes.

Grausam war ihre Verlegenheit, als sie an eine Stromgabelung gelangten. Welcher der beiden ziemlich gleich mächtigen Wasserläufe war nun der Missouri? Kapitän Lewis, der mit einer Anzahl Leute zum Rekognoszieren abging, folgte dem südlicheren Wasserlauf und entdeckte in der Ferne bald die völlig mit Schnee bedeckten Felsengebirge. Durch ein gewaltiges Rauschen geleitet, sah er den Missouri sich in einem einzigen Schwalle über Felsenabhänge herabstürzen und dann mehrere Meilen weit ununterbrochene Stromschnellen bilden.

Das Detachement folgte also ebenfalls diesem tief zwischen Gesteinswänden verlaufenden Arme, der sich so drei bis vier Meilen weit durch die Berge hinwindet. Zuletzt zerfiel der Strom in drei Arme, welche man Jefferson, Madison und Gallatin, also nach den Namen dreier berühmter Staatsmänner Amerikas, taufte.

Bald wurden die letzten Stufen des Gebirges erklommen und die Expedition zog nun dessen nach dem Pazifischen Ozean gerichteten Abhang hinunter. Die Amerikaner führten eine Frau, Sohsonee mit Namen, mit sich, welche in ihrer Jugend von den Indianern des Ostens entführt worden war; diese diente ihnen getreulich als Dolmetscher und erkannte in dem Häuptling eines Stammes, der feindliche Absichten durchblicken ließ, zufällig ihren eigenen Bruder; von Stund ab wurden die Fremden nun mit größtem Wohlwollen behandelt. Leider war das Land sehr arm; die Einwohner ernährten sich nur von wilden Beeren, Baumrinde und von Tieren, wenn sie, was nur selten vorkam, solche antrafen und einfangen konnten.

Wenig gewöhnt an eine so frugale Kost, mußten die Amerikaner zur Aushilfe ihre eigenen, übrigens sehr heruntergekommenen Pferde verzehren und sich an das Fleisch der Hunde halten, welche die Indianer ihnen verkauften. Diese erhielten deshalb auch den Beinamen die ›Hunde-Esser‹.

Mit der wieder zunehmenden Temperatur wurden auch die Landesbewohner minder wild, die Lebensmittel aber reichlicher,

und als man den Oregon oder Columbiafluß hinabfuhr, lieferte der ergiebige Lachsfang einen recht willkommenen Beitrag dazu. Da, wo der Columbia nach gefährlich zu befahrendem Laufe sich dem Meere nähert, bildet er eine sehr breite Mündung, in welcher schon die Meereswellen mit der Strömung desselben kämpfen. Die Amerikaner liefen mit ihrem gebrechlichen Boote wiederholt Gefahr, verschlungen zu werden, bevor sie das Gestade des Stillen Ozeans erreichten.

Befriedigt über die glückliche Erreichung des Zieles ihrer Sendung, überwinterten sie nun hier und schlugen erst nach Wiedereintritt der besseren Jahreszeit den Rückweg nach St. Louis ein, wo sie, nach einer Abwesenheit von zwei Jahren, vier Monaten

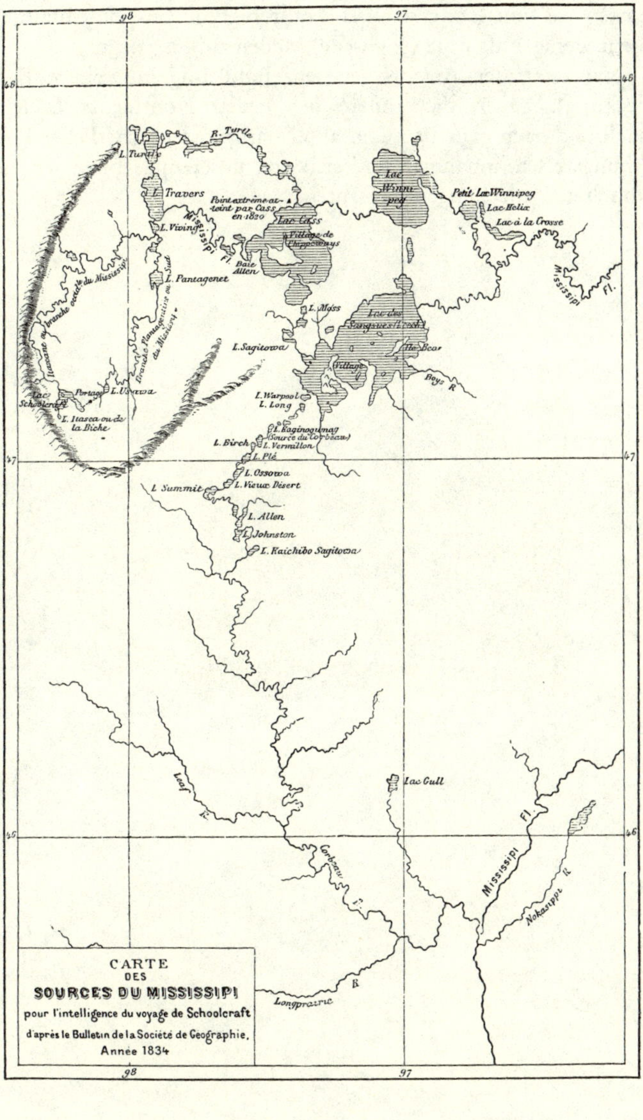

CARTE
DES
SOURCES DU MISSISSIPI
pour l'intelligence du voyage de Schoolcraft
d'après le Bulletin de la Société de Geographie,
Année 1834

und zehn Tagen, im Mai 1806 anlangten. Ihrer Berechnung nach hatten sie von letztgenannter Stadt bis zur Oregon-Mündung nicht weniger als 1378 (englische) Meilen zurückgelegt.

Nun war der Anstoß gegeben. Bald folgten weitere Entdeckungszüge in das Innere des neuen Kontinents, welche nach und nach ganz den Charakter naturwissenschaftlicher Forschungsreisen annahmen und sich von unserem Gebiete geographischer Entdeckungen entfernten.

Zweites Kapitel

Die Erforschung und Kolonisierung Afrikas

I

Denham, Oudney und Clapperton in Fezzan – Der Tschadsee und seine Zuflüsse – Kouka – Mandara – Eine Razzia bei den Fellatahs – Kano – Doktor Oudneys Tod – Sockatu – Zweite Reise Clappertons – Yourriba und dessen Hauptstadt Katunga – Boussa – Beim König von Nyffe – Clappertons Tod

Kaum brach die Macht Napoleons I. und mit ihr das Übergewicht Frankreichs zusammen, kaum fanden die um den Ehrgeiz eines einzelnen entstandenen gewaltigen Kämpfe, welche stets die wissenschaftliche Weiterentwicklung der Menschheit hemmen, ein Ende, da erwachten auch schon überall edlere Bestrebungen wieder und es kamen neue, rein wissenschaftliche oder auch Handelszwecken dienende Unternehmungen zustande.

In erster Reihe der Mächte, welche Entdeckungsfahrten begünstigen und organisieren, ist wie immer England zu nennen. Diesmal bildet Zentralafrika, das Land, dessen außerordentliche Reichtümer Hornemanns und Burkhardts Forschungsreisen ahnen ließen, das Hauptziel seiner Tätigkeit.

Infolgedessen wurde ein der Regierung gemachtes Anerbieten eines Schotten, des Doktors Walter Oudney, ohne Bedenken angenommen. Zur Seite stand ihm ein um drei Jahre älterer Schiffslieutenant, Hugues Clapperton, der sich auf den canadischen Seen vielfach ausgezeichnet, den aber der Friedensschluß von 1815 zur unfreiwilligen Muße verurteilt hatte, indem er noch dazu auf Halbsold gesetzt wurde.

Doktor Oudneys vertrauliche Mitteilungen von seinem Vorhaben bestimmten Clapperton sofort, sich dem abenteuerlichen Zuge anzuschließen. Oudney erwirkte sich vom Ministerium die Unterstützung dieses tatenlustigen Offiziers, dessen ausgebreitete Kenntnisse ihm gewiß von großem Vorteile sein

mußten. Lord Bathurst erhob keine Schwierigkeiten, und die beiden Freunde schifften sich nach Entgegennahme spezieller Instruktionen nach Tripolis ein, wo sie bald erfuhren, daß ihnen als Chef der Major Dixon Denham beigegeben war.

Geboren zu London am 31. Dezember 1785, war Denham anfangs Gehilfe bei einem Eigentümer größerer Ländereien. Schon nahm er die Stelle als Vertreter des Besitzers ein, konnte der Beschäftigung aber so wenig Geschmack abgewinnen, daß er, abenteuerlustig von Charakter, lieber in einem Regimente, das nach Spanien abging, Dienste nahm. Bis 1815 kämpfte er mit, dann benutzte er seinen Urlaub, um Frankreich und Italien zu besuchen.

Sein Ehrgeiz verführte Denham, diejenige Laufbahn zu wählen, die ihn selbst auf die Gefahr des Lebens hin am schnellsten befriedigen konnte, und so entschloß er sich zu kühnen Forschungsreisen. Die Ausführung folgte bei ihm dem Gedanken auf dem Fuße. Er schlug dem Ministerium vor, auf dem Wege, welchem später Laing folgen sollte, nach Timbuktu zu gehen; als er bei dieser Gelegenheit aber vernahm, mit welcher Sendung Lieutenant Clapperton und Doktor Oudney betraut seien, bat er um die Vergünstigung, sich diesen anschließen zu dürfen.

Versehen mit allem, was er für die Reise als notwendig betrachtete, und nachdem er einen geschickten Zimmermann namens Hillman engagiert, schifft sich Denham ohne Zaudern nach Malta ein und trifft mit seinen zukünftigen Reisegefährten am 21. November 1821 in Tripolis zusammen. Der englische Name hatte gerade zu jener Zeit einen guten Klang und großes Ansehen in den Barbareskenstaaten, nicht allein wegen des erfolgreichen Bombardements von Algier, sondern auch, weil der Konsul von Großbritannien in Tripolis durch seine gewandte Politik ein recht gutes Einvernehmen mit den höchsten Behörden der Regentschaft herzustellen gewußt hatte.

Dieser Einfluß machte sich auch bald über den ersten beschränkten Kreis hinaus geltend. Die Nationalität verschiedener Reisender, der Schutz, den England der Pforte angedeihen ließ, die Gerüchte von seinen Kämpfen und Siegen in Indien, alles das war, wenn auch lückenhaft, selbst im Innern von Afrika bekanntgeworden, und der englische Name, ohne daß man sich Rechenschaft geben konnte, zu hohem Ansehen gestiegen. Nach Aussage des britischen Konsuls war der Weg von Tripolis nach Bornu ebenso sicher wie die Straße von London nach Edinburgh. Jetzt schien also der Zeitpunkt gekommen, aus diesen Vorteilen, die sich vielleicht nicht so bald wieder darboten, Nutzen zu ziehen.

Nachdem die drei Reisenden bei dem Bey einen recht wohlwollenden Empfang gefunden und dieser ihnen seine Unterstützung nach allen Seiten zugesagt, beeilten sie sich, Tripolis zu verlassen. Unter dem Schutze der von dem Fürsten gestellten Eskorte erreichten sie ohne Schwierigkeit am 22. April 1822 Murzuk, die Hauptstadt von Fezzan. Unterwegs hatte man sie

da und dort mit einer wohlwollenden Freude begrüßt, welche fast an Enthusiasmus grenzte.

»In Sokna«, erzählt Denham, »kam uns der Statthalter entgegen und traf uns auf der Ebene vor der Stadt. Ihn begleiteten die vornehmsten Einwohner derselben, nebst mehreren hundert Bauern, die unsere Pferde umringten und uns vor lauter Lust und Freude die Hände küßten. So zogen wir in die Stadt ein. Unaufhörlich wiederholte die Menge die Worte: ›Inglesi! Inglesi!‹ Und dieser Empfang machte auf uns einen um so angenehmeren Eindruck, als wir die ersten Europäer waren, welche in ihrer gewohnten Kleidung erschienen; ja, ich bin überzeugt, daß wir weit weniger freundlich aufgenommen worden wären, wenn wir etwa als Mohammedaner auftreten und uns zu der Rolle von Heuchlern hätten erniedrigen wollen.«

In Murzuk freilich verlangten die scharfsichtigen Engländer vorzüglich nach der notwendigen Eskorte, um sie nach Bornu zu begleiten.

Man erwiderte ihnen, daß an eine Abreise vor dem kommenden Frühjahre deshalb nicht zu denken sei, weil man die ›Kafila‹ oder Karawane und die Mannschaften, welche sie durch die wüsten Strecken begleiten sollten, nicht eher zusammenbringen könne.

Inzwischen erbot sich ein reicher Kaufmann namens Bou Baker Bu Khaloum, ein intimer Freund des Pascha, gegen einige Geschenke alle Schwierigkeiten zu beseitigen. Er übernahm es, die Engländer selbst nach Bornu zu führen, wohin er sich ebenfalls begeben wollte, wenn der Pascha von Tripolis die dazu notwendige Erlaubnis erteilte.

Denham, der Bou Khaloums Versicherungen Glauben schenkte, begriff die Notwendigkeit dieser einzuholenden Erlaubnis und begab sich nach Tripolis zurück. Da er nur ausweichende Antworten erhielt, drohte er, sich nach England einzuschiffen, wo er über die Hindernisse, welche der Pascha der Erfüllung seiner Mission in den Weg legte, Bericht erstatten würde.

Diese Drohungen verhallten erfolglos; Denham ging wirklich unter Segel und landete eben in Marseille, als ihn ein Bote des Bey einholte, der ihn zurückrief und ihm volle Genugtuung und Bou Khaloum die Erlaubnis, die drei Reisenden zu begleiten, zusicherte.

Am 30. Oktober kam Denham nach Murzuk zurück, wo er seine Gefährten, leider heftig vom Fieber ergriffen und geschwächt von dem abscheulichen Klima des Landes, wieder antraf.

Überzeugt, daß ein Luftwechsel ihre erschütterte Gesundheit wieder kräftigen werde, ließ er sie aufbrechen und in kurzen Tagesmärschen vorausreiten. Er selbst verließ Murzuk am 29. November mit einer Karawane von Kaufleuten aus Mesurot, Tripolis, Sokna und Murzuk, deren aus 210 Arabern, lauter

Krieger aus den aufgeklärtesten und unabhängigsten Stämmen, bestehende Bedeckung Bou Khaloum persönlich befehligte.

Die Expedition schlug den von Lieutenant Lyon gewählten Weg ein und gelangte bald nach Tegherhy, der südlichsten Stadt von Fezzan und der letzten, die man vor dem Eintritt in die Wüste von Bilna antrifft.

»Ich benutzte die Gelegenheit«, sagt Denham, »das Schloß von Tegherhy abzuzeichnen, das sich am südlichen Rande eines an der Stadt gelegenen Salzsees erhebt. Nach Tegherhy selbst gelangt man durch einen engen, niedrigen und gewölbten Gang, der zu einer zweiten Mauer mit einem Tore führt; diese Mauer ist mit Schießscharten versehen, welche einem Feinde das Vordringen wegen des beschränkten Raumes sehr erschweren müßte. Über dem Tore befindet sich noch eine Öffnung, um Geschosse und Feuerbrände auf die etwaigen Angreifer zu schleudern, wovon die Araber mit Vorliebe Gebrauch machen.

Das Innere der Stadt enthält einen Brunnen mit recht gutem Wasser. Bei hinreichendem Vorrat an Lebensmitteln und Schießbedarf, dürfte dieser Platz, wenn er einigermaßen instand gesetzt würde, gewiß ernstlichen Widerstand leisten können. Tegherhy selbst hat recht freundliche Umgebungen. Überall wachsen Datteln und sprudelt ausgezeichnetes Wasser hervor. Nach Osten zu dehnt sich eine niedrige Hügelreihe aus, Wasserschnepfen, Enten und wilde Gänse tummeln sich auf den Salzteichen der Nachbarschaft.«

Von dieser Stadt aus betraten die Reisenden eine Sandwüste, durch welche man sich nur schwierig zurechtfinden würde, wenn der Weg nicht durch Skelette menschlicher und tierischer Körper bezeichnet wäre, die man vorzüglich in der Nähe der Brunnen findet.

»Ein solches Skelett, das wir eines Tages fanden«, erzählt Denham, »sah noch recht frisch aus, der Bart hing noch am Kinn und auch die Gesichtszüge ließen sich notdürftig unterscheiden. Da rief plötzlich einer von den Kaufleuten der Kafila (Karawane): ›Das ist mein Sklave! Vor vier Monaten ließ ich ihn hier in der Nähe zurück!‹ – ›So bringe ihn schnell zu Markte‹, sagte darauf ein witziger Sklavenhändler, ›damit dir keiner dein Eigentum streitig macht!‹«

In der Wüste gibt es da und dort durch Oasen bezeichnete Haltepunkte, wo sich mehr oder weniger bedeutende Städte angesiedelt haben. Ein solches hervorragendes Rendezvous bildet zum Beispiel Kischi. Hier wird ein Straßenzoll von jedem verlangt, der durch das Land reist. Der Sultan der genannten Stadt – man beobachtet wiederholt, daß sich diese Duodez-Herrscher gern den Titel eines Befehlshabers der Gläubigen zulegen – zeichnete sich durch seinen auffallenden Mangel an Reinlichkeit recht unvorteilhaft aus, und ebenso bot sein ganzer Hofstaat, wenn man Denham glauben darf, einen geradezu widerlichen Anblick.

»Er kam in das Zelt Bou Khaloums«, sagt der Reisende, »in Begleitung von einem halben Dutzend Tibbous, von denen einige geradezu abschreckend häßlich waren. Ihre Zähne erschienen dunkelbraun, was von dem übermäßigen Tabakgenusse, dem sie mit dem Munde und der Nase frönen, herrühren mochte. Ihre Nase sah schon mehr einem an das Gesicht geklebten Fleischklumpen ähnlich; die Nasenlöcher derselben waren so groß, daß sie mit den Fingern ganz tief hineinstoßen konnten. Weder meine Uhr, Bussole, noch eine Spieldose, die ich bei mir führte, erregten ihre Aufmerksamkeit. Die Leute glichen mehr Tieren in Menschengestalt.«

Die Stadt Kirby, die man etwas weiter hin zwischen einer Kette von Hügeln, welche vierhundert Fuß an Höhe nicht überschreiten, antrifft, liegt in einem ›Uadi‹, umgeben von zwei Salzseen, die ihre Entstehung aller Wahrscheinlichkeit nach den Aushöhlungen verdanken, welche die Entnahme von Erde zu Bauzwecken zurückließ. In der Mitte dieser Seen erhebt sich, einer Insel gleich, ein kleiner Berg von Kochsalz und kohlensaurem Natron. Das Salz, welches die in dieser Gegend sehr häufigen Uadis liefern, bildet den Gegenstand eines nicht unbedeutenden Handels mit Bornu und Sudan.

Eine erbärmlichere Stadt als Kirby dürfte es wohl kaum geben. »Darin findet man nichts, nicht einmal eine Matte.« Wie kann das auch anders in einem Orte sein, der den unaufhörlichen Razzias der Tuaregs ausgesetzt ist?

Die Karawane zog hierauf durch das Land der Tibbous; es sind das gastfreundliche und friedliche Leute, welche die Brunnen und Zisternen instand halten und dafür von den Karawanen eine Entschädigung erhalten. Schnell und kräftig von Natur, im Besitz sehr flüchtiger Pferde, haben sie sich eine außergewöhnliche Fertigkeit im Schleudern der Lanze erworben, welche die stärksten Krieger wohl bis zweihundertvierzig Fuß weit werfen. Bilma ist ihre Hauptstadt und die Residenz ihres Sultans.

»Dieser fand sich«, so meldet der Bericht, »mit einem zahlreichen Gefolge von Männern und Frauen bei den Fremden ein. Die letzteren waren weit hübscher als die in den kleineren Städten; einzelne hatten wirklich ganz angenehme Züge, und ihre weißen, gut geordneten Zähne kontrastierten wunderbar gegen die Schwärze der Haut und der dreieckigen, öltriefenden Haarflechte, welche ihnen auf jeder Seite des Gesichtes herabhing; auch die Korallengehänge an der Nasenscheidewand und große Halsbänder aus Ambra standen ihnen recht gut zu Gesicht. Die einen hielten einen ›Cheiche‹ oder Fächer aus zarten Pflanzen oder aus Roßhaargeflecht, um die Fliegen abzuwehren, andere nur einen Baumzweig; diese trugen Fächer aus Straußenfedern, jene ein großes Bund Schlüssel; alle aber führten irgend etwas in der Hand und schwenkten es über dem Kopfe. Ein Stück Stoff von Sudan, das an der linken Schulter befestigt war und die rechte Körperseite frei ließ, bildete ihre ganze Bekleidung; ein anderes kleineres Stück verhüllte den Kopf und fiel von da auf die Schultern herab oder war ganz nach hinten geschlagen. Trotz dieser mangelhaften Kleidung bewahrten sie doch eine sehr züchtige und bescheidene Haltung.«

Eine Meile hinter Bilma, gleich nach einer klaren Quelle, welche die Natur hierher verlegt zu haben scheint, um den Reisenden zur Deckung seines Wasserbedarfs einzuladen, nimmt eine Wüste ihren Anfang, welche man erst nach zehn Tagereisen durchmißt. Früher mochte sich hier ein großer Salzsee ausgebreitet haben.

Am 4. Februar 1823 erreichte die Karawane Lari, eine an der Nordgrenze von Bornu unter 14° 40′ nördlicher Breite gelegene Stadt.

Die durch die Stärke der Karawane erschreckten Bewohner derselben flohen entsetzt auseinander.

»Die trübe Stimmung aber, welche diese Wahrnehmung in uns erregte«, sagt Denham, »machte bald einer ganz anderen Empfindung Platz, als wir etwas weiter hin, kaum eine Meile von der Stelle, an der wir uns befanden, den großen See Tschad im Sonnenglanze schimmern sahen. Der für uns so erquickende Anblick erfüllte alle mit einer solchen Befriedigung, daß ich keine Worte finde, dieselbe zutreffend zu schildern.«

Von Lari an änderte sich das Aussehen des Landes vollständig. Auf die bisherige Sandsteppe folgt nun ein lehmiger, rasenbedeckter Boden, da und dort mit zerstreuten Akazien und anderen Baumarten, unter denen Antilopenherden weideten oder Hühner von Guinea und Tauben aus der Berberei ihr herrliches Gefieder durch die grünen Blätter schillern ließen. Städte und Dörfer, letztere meist aus kugelförmigen und mit Hirsestroh bedeckten Lehmhütten bestehend, wechselten miteinander ab.

Längs des Tschadsees, dessen Nordspitze sie zuerst berührt hatten, zogen die Reisenden nun weiter nach Süden. Die Ufer dieser großen Wasserfläche bestanden aus schlammigem, schwarzem, aber verhältnismäßig festem Boden. Das Wasser im See steigt zur Winterszeit ziemlich hoch an und fällt während des Sommers; es ist süß, fischreich und von Flußpferden und Schwimmvögeln bevölkert. Nahe der Mitte desselben, im Südosten, liegen mehrere Inseln, auf welchen Biddohmahs hausen, ein räuberischer Stamm, der von der Beute lebt, die er sich vom festen Lande holt.

Die Fremden hatten einen Boten an den Scheikh El Khanemi vorausgesendet, um sich die Erlaubnis zum Betreten seiner Hauptstadt zu erbitten. Bald erschien auch ein Abgesandter desselben, der Bou Khaloum und dessen Begleiter einlud, nach Kouka zu kommen.

Unterwegs kam die Karawane durch Beurwha, eine befestigte Stadt, welche bisher allen Angriffen der Tuaregs widerstanden hatte, und überschritt den Yeou, einen großen Fluß, dessen Breite an manchen Stellen wohl hundertfünfzig Fuß betrug. Dieser Zufluß des Tschad kommt aus Sudan (dem heutigen Nigeria. Anm. d. Hrsg.).

Am südlichen Ufer desselben erhebt sich eine hübsche, mauerumschlossene Stadt, welche gleichfalls Yeou heißt und halb so groß wie Beurwha sein mag.

Bald darauf langte die Kafila an den Mauern von Kouka an und wurde am 17. Februar, nach zweieinhalbstündigem Zuge, von einer bewaffneten Schar von viertausend Mann empfangen, welche sehr gut einexerziert schienen. Unter denselben befand sich auch eine Abteilung Neger, die Leibwache des Scheikh, deren Ausrüstung stark an die der alten Ritter erinnerte.

»Sie trugen«, sagt Denham, »Panzerhemden aus Eisenkettengliedern, welche die Brust bis zum Halse bedeckten und nach vorn und hinten herabfielen, wodurch sie die Seiten des Pferdes

und die Schenkel des Reiters schützten. Als Kopfschmuck führten sie eiserne Helme, und darüber gelbe, weiße oder rote Turbans, die unter dem Kinn zusammengeknüpft wurden. Auch die Köpfe der Pferde waren durch Platten des nämlichen Metalls verwahrt. Ihre Sättel waren klein und leicht; die Steigbügel aus Zinn und so eng, daß man nur die Fußspitze hineinstecken konnte; als Fußbekleidung diente ihnen übrigens eine mit Krokodilhaut verzierte Ledersandale. Sie ritten wirklich vorzüglich, sprengten bis auf wenige Schritte an uns heran und schwangen in Bou Khaloums Nähe die Lanzen unter dem Rufe: »Barca! Barca! Willkommen! Willkommen!«

Umgeben von dieser glänzenden Phantasie zogen die Engländer und die Araber in die Stadt ein, wo als Ehrenbezeugung für sie noch ein ähnliches militärisches Schauspiel veranstaltet wurde.

Der Scheikh El Khanemi ließ sich die Fremden bald vorführen. Jener mochte fünfundvierzig Jahre zählen. Er hatte eine ansprechende Erscheinung mit freundlichem, geistvollem und wohlwollendem Gesichtsausdrucke.

Die Engländer händigten ihm die Briefe des Paschas aus. Als der Scheikh dieselben durchgelesen, fragte er Denham, was er und seine Gefährten in Bornu zu beginnen gedächten.

»Wir wollen nur das Land sehen«, sagte Denham, »und uns über dessen Bewohner, Natur und Erzeugnisse unterrichten.«

»So seid mir willkommen«, erwiderte der Scheikh; »es soll mir ein Vergnügen sein, euch alles zu zeigen. Ich habe für euch Wohnstätten in der Stadt herstellen lassen, seht sie euch mit einem meiner Leute an und fürchtet nicht, auszusprechen, was ihr daran etwa auszusetzen habt.«

Die Reisenden erhielten bald Erlaubnis, Tier- und Vögelbälge, welche ihnen interessant schienen, zu sammeln und alles aufzuzeichnen, was der Beobachtung wert schien. So kamen sie in Besitz einer großen Menge schätzenswerter Nachrichten auch über die Nachbarstadt Koukas.

Die letztere, damals die Hauptstadt von Bornu, besaß einen Markt, wo Sklaven, Lämmer, junge Ochsen, Weizen, Reis, Erdnüsse, Feuerbohnen, Indigo und verschiedene andere Landesprodukte verhandelt wurden. In den Straßen der Stadt, welche mindestens 15 000 Einwohner zählte, herrscht ein ungemein reges Leben.

Angornu ist ebenfalls eine große, mit Mauern umschlossene Stadt von 30 000 Seelen. Sie galt früher als Hauptstadt des Landes. Auch ihr Markt war nicht unbedeutend. Daselbst feilschen oft nicht weniger als hunderttausend fremde Käufer und Verkäufer um den Preis von Fischen, Geflügel, Fleisch, das roh oder gekocht zu Markte gebracht wird, Zinn, Kupfer, Weihrauch und Korallen. Leinwand war hier so billig, daß fast jeder Hemd und Beinkleider aus diesem Gewebe trug. Die Bettler verfahren auf eigentümliche Weise, um Erbarmen zu erwecken; sie besetzen die Zugänge des Marktplatzes, halten ein Stück alter, zerrissener Hose in der Hand und rufen die Vorübergehenden unter kläglichen Gebärden mit den Worten an: »Seht, ich habe nicht einmal Beinkleider!« Die Neuheit dieses Kniffes, das Verlangen nach einem Kleidungsstücke, das in ihren Augen notwendiger als selbst die Nahrung erscheint, zwang den Reisenden zu lautem Lachen, als er zum ersten Male Zeuge einer solchen Szene war.

Bisher hatten die Engländer nur mit dem Scheikh zu tun gehabt, der, sich mit der ausübenden Gewalt begnügend, dem Sultan die nominelle Oberherrschaft überließ. Dieser Fürst war eine sonderbare Persönlichkeit und ließ sich nur, gleich einem merkwürdigen, gefährlichen Tiere, durch das Gitter einer Art Käfigs aus Rosenholz sehen, der nahe seinem Gartentore stand. Eine bizarre Mode an diesem Hofe bestand auch darin, daß alle, die daselbst verkehrten, um elegant zu erscheinen, einen starken Leib haben und sogar künstliche Mittel anwenden mußten, um nur fettleibig zu erscheinen, was sonst doch jedermann eher für störend hält.

Die raffiniertesten Hofschranzen hatten, wenn sie zu Pferde saßen, einen so stark ausgestopften Bauch, daß dieser vorn über den Sattelknopf herabhing. Außerdem erforderte die Etikette einen Turban von solcher Weite und so großem Gewichte auf dem Kopfe zu balancieren, daß die, welche ihn trugen, oft den Kopf zur Seite neigen mußten.

Diese barocken Ausschreitungen erinnerten ungemein an die so häufigen Türken der Maskenbälle. Die Reisenden hatten manchmal alle Mühe, solchen Zerrbildern gegenüber den nötigen Ernst zu wahren.

Neben diesen feierlich-amüsanten Empfangszeremonien und Erscheinungen machte man aber doch viele interessante Beobachtungen und zog Nachrichten aller Art ein, welche manches frühere Dunkel erhellten.

Denham wäre nun gern so bald als möglich nach Süden zu aufgebrochen. Der Scheikh schlug das aber ab, um die Sicherheit der ihm vom Bey von Tunis empfohlenen Fremdlinge nicht zu gefährden. Seit dem Betreten des Gebietes von Bornu war ja an Bou Khaloums Verantwortlichkeit die des wohlwollenden Scheikh getreten.

Denhams Gesuch wurde aber endlich so dringend, daß er von El Khanemi die Erlaubnis erhielt, Bou Khaloum bei einer ›Ghrazzie‹ oder Razzia zu begleiten, welche dieser gegen die Kaffir oder Ungläubigen unternehmen wollte.

Die Armee des Scheikh und die Araber kamen nun durch Yeddie, eine große geschlossene Stadt, zwanzig Meilen von Angornu; ferner durch Affagey und noch andere Ortschaften, welche auf dunklem lehmhaltigem Alluvialboden erbaut waren.

In Delow nachher betraten die Araber das Land Mandara (im heutigen Kamerun, Anm. d. Hrsg.), dessen Sultan ihnen mit fünfhundert Reitern entgegenkam.

»Mohammed Becker«, sagt Denham von diesem, »war von kleiner Gestalt und etwa fünfzig Jahre alt, den Bart hatte er wunderschön – himmelblau gefärbt!«

Es erfolgte eine allgemeine Vorstellung, und der Sultan fragte, sobald er Denhams ansichtig geworden, wer er sei, woher er komme und was er vorhabe, endlich auch, ob er Muselman sei? Auf die Antwort Bou Khaloums verdrehte der Sultan die Augen und murmelte: »Der Pascha hat also auch Kaffir zu Freunden?«

Dieser Zwischenfall hinterließ einen üblen Eindruck, und Denham durfte später nie wieder vor dem Sultan erscheinen.

Die Feinde des Paschas von Bornu und des Sultans von Mandara hießen Fellatahs. Ihre zahlreichen Stämme sind bis jenseits Timbuktu verbreitet. Es sind schöne Menschen von tiefer Bronzefarbe, wodurch sie sich deutlich von den Negern unterscheiden, mit denen sie sich übrigens kaum je vermischen. Auch bekennen sie sich zum Islam. Wir werden später auf diese Fellatahs, Foulahs, Peuls oder Fans, wie man sie in ganz Sudan nennt, zurückkommen.

Im Süden der Stadt Mora erhebt sich eine Hügelkette, deren höchste Gipfel 2500 Fuß nicht übersteigen und die sich, nach Aussage der Eingeborenen, dreißig Tagereisen weithin erstreckt.

Denhams Beschreibung dieser Landschaft ist merkwürdig genug, um hier wenigstens das Hervorragendste daraus mitzuteilen.

»Nach allen Seiten«, sagt er, »begrenzt unseren Blick eine Kette von Bergen, deren Ende man nicht absieht. Hinsichtlich der riesenhaften Dimensionen und der wilden Großartigkeit halten sie weder einen Vergleich mit den Alpen, dem Apennin oder dem Jura, nicht einmal mit der Sierra Morena aus, messen sich aber mit allen genannten an pittoreskem Aussehen. Vor uns lagen die Spitze des Valmy Savah, Djogghiday Vayah, Moyoung und Memay, deren felsige, da und dort mit Dörfern bedeckte Fluren sich von Osten nach Westen hinziehen; der Horza, an Höhe und Schönheit vielleicht der erste von allen, bot mit seinen Schluchten und steilen Abhängen nach Süden zu cin reizendes Landschaftsbild.«

Derkolla, ein Hauptort der Fellatahs, wurde angegriffen und eingeäschert. Die Araber nahmen nachher Stellung vor Mosfeia, das eine zur Verteidigung sehr günstige Lage hat und durch Palisaden beschützt ist, welche zahlreichen Bogenschützen als Deckung dienen. Der englische Reisende mußte dem Kampfe beiwohnen. Der erste Anprall der Araber war unwiderstehlich. Der Knall der Feuerwaffen sowie der Ruf von Bou Khaloums Tapferkeit und Grausamkeit verbreiteten anfänglich eine wahre Panik unter den Fellatahs. Wenn die Mandaranen und Bornuesen da den Angriff auf den Hügel kräftig unterstützt hätten, wäre die Stadt sicherlich gefallen.

Als die Belagerten aber das Zögern ihrer Feinde bemerkten, ergriffen sie selbst wieder die Offensive und schickten die Bogenschützen vor, deren vergiftete Pfeile unter den Arabern zahlreiche Opfer forderten. Gerade da wichen die Hilfsmannschaften von Bornu und Mandara schimpflich zurück.

Barca Gama, der Anführer der ersteren, verlor drei Pferde unter dem Leibe. Bou Khaloum wurde verwundet, ebenso sein Pferd, und das Denhams ebenfalls; letzterer selbst erhielt einen Streifschuß ins Gesicht, während noch zwei Pfeile seinen Burnus durchbohrten.

Der Rückzug artet bald zur wilden Flucht aus. Denhams Pferd stürzt, und der Reiter, den die Fellatahs schon umringen, rafft sich nur mit Mühe wieder auf. Zwei Fellatahs weichen vor der Pistole des Engländers zurück, ein dritter erhält einen Schuß in die Schulter.

Denham betrachtete sich als gerettet, als sein Pferd sich zum zweiten Male überschlug und er weit weg und heftig gegen einen Baum geschleudert wurde. Als der Major wieder zu sich kam, war das Pferd verschwunden und er ohne Waffen. Sofort sieht sich Denham, der an beiden Händen und an der rechten Seite verwundet ist, von Feinden umringt und beraubt, während nur die Furcht, seine reiche Kleidung zu zerstören, diese abhält, ihm den Garaus zu machen.

Inzwischen entsteht ein Streit um die Beute, der Major benutzt die Gelegenheit, unter einem Pferde wegzugleiten und im nahen Gebüsch zu verschwinden. Entblößt und blutend, kommt er nach tollem Laufe am Rande einer Schlucht an, in deren Grund ein Bergstrom herabstürzt.

»Meine Kräfte waren fast zu Ende«, sagt er, »ich erfaßte die jungen Zweige, welche an dem alten Stamm eines über die Schlucht hinaushängenden Baumes hervorgesproßt waren, um mich bis zum Wasser hinabgleiten zu lassen, da die Uferwand zu steil war. Schon bogen sich die Zweige unter dem Gewicht meines Körpers, als ich dicht unter meiner Hand eine große ›Liffa‹, die giftigste Schlange der Gegend, aus ihrem Schlupfwinkel hervorgleiten sah, welche sich zum Bisse anschickte. Der Schreck lähmte alle meine Gedanken. Ich ließ die Zweige los und fiel kopfüber ins Wasser. Dieser Fall gab mir jedoch die klarere Besinnung wieder, und drei Bewegungen der Arme führten mich nach dem anderen Ufer, das ich mit großer Schwierigkeit erklomm. Damit war ich nun vor der weiteren Verfolgung durch die Fellatahs sicher.«

Zum Glück bemerkte Denham einen Trupp Reiter, denen er sich trotz des Lärmens ringsum verständlich machen konnte. Er legte mit ihnen eine Strecke von siebenunddreißig Meilen ohne jede andere Kleidung als eine schlechte, von Ungeziefer strotzende Decke auf ungesatteltem, magerem Pferde zurück. Was mag er da bei einer Hitze von sechsunddreißig Graden, die seine Wunden nur verschlimmern mußte, gelitten haben!

Fünfunddreißig Araber, darunter deren Führer Bou Khaloum, waren getötet, fast alle übrigen verwundet, die Pferde unbrauchbar gemacht oder verlorengegangen – so endigte die Expedition, von der man sich reiche Beute und eine große Zahl Sklaven versprochen hatte.

Binnen sechs Tagen legte man die hundertachtzig Meilen betragende Wegstrecke von Mora nach Kouka zurück.

Denham fand in letzterer Stadt wieder einen recht freundlichen Empfang seitens El Khanemis, der ihm für seine verlorengegangene Kleidung ein Kostüm, wie es hierzulande üblich war, zustellen ließ.

Kaum hatte sich der Major von seinen Wunden und den vorigen Strapazen erholt, als er schon wieder an einer Expedition teilnahm, die der Scheikh nach Monga, einem Lande im Westen des Tschadsees, ausführen ließ, dessen Bewohner seine Oberhoheit niemals voll anerkannt und sich in letzter Zeit geweigert hatten, den fälligen Tribut zu entrichten.

Denham und Doktor Oudney brachen am 28. Mai von Kouka auf, überschritten den Yeou, der zu dieser Jahreszeit fast ganz trocken lag, in der Regenzeit aber gewaltig anzuschwellen pflegt, und besuchten Birnie sowohl wie die Ruinen von Alt-Birnie, der früheren Landeshauptstadt, welche gegen 200 000 Einwohner gezählt haben soll. Nachher kamen sie zu den Trümmern von Gambaru, das sich einst durch prächtige Bauwerke auszeichnete und als Lieblingssitz des früheren Sultans galt, aber von den Fellatahs zerstört wurde.

Der nun eintretende Winter erwies sich den Mitgliedern der Mission sehr ungünstig. Clapperton litt schrecklich an Fieber. Der Zustand des Doktor Oudney, der schon bei der Abreise von England brustleidend war, verschlimmerte sich zusehends. Der Zimmermann Hillman befand sich in trostloser Lage. Nur Denham allein hielt sich aufrecht.

Als die Regenzeit zu Ende ging, reiste Clapperton mit dem Doktor Oudney am 14. Dezember nach Kano ab. Wir werden ihnen bald auf diesem interessanten Teile ihrer Reise folgen.

Sieben Tage später traf ein Fähnrich namens Toole in Kouka ein, der zur Reise von Tripolis bis hierher nur drei Monate und vierzehn Tage gebraucht hatte.

Im Februar 1824 unternahmen Denham und Toole einen Ausflug nach Loggoun, am Südende des Tschadsees. Die ganze Umgebung des Sees und seines Zuflusses, des Chary, ist sumpfig und steht während der Regenzeit unter Wasser; das besonders ungesunde Klima dieser Gegend wurde für den jungen Toole verderblich, denn dieser starb schon am 26. Februar in Angola; er erreichte ein Alter von nicht ganz zweiundzwanzig Jahren.

Ausdauernd, unerschrocken, dienstwillig, kaltblütig und klug, wie er war, besaß Toole alle Eigenschaften, welche einen tüchtigen Reisenden auszeichnen.

Loggoun war bisher ein sehr unbekanntes Land, durch welches selbst Karawanen seltener zogen und dessen Hauptstadt Kernok gegen 15 000 Einwohner zählte. Es wohnt hier ein schöner Menschenschlag, der die Bornuesen an geistigen Fähigkeiten übertrifft – beides gilt vor allem von den Frauen –, sehr arbeitsam ist und schöne Leinwand nebst anderen guten Geweben herstellt.

Die unumgängliche Vorstellung beim Sultan schloß, nach dem gewöhnlichen Austausch schöner Redensarten und der Entgegennahme reicher Geschenke, mit folgendem sonderbaren Angebote, das der Sultan dem Reisenden machte: »Wenn du gekommen bist, um Sklaven zu kaufen, so brauchst du nicht weiter zu gehen, ich verkaufe dir solche so billig wie irgendein anderer.« Denham hatte große Mühe, diesem gewerbetreibenden Fürsten verständlich zu machen, daß das nicht der Zweck seiner Reise sei und nur die Liebe zur Wissenschaft seine Schritte geleitet habe.

Am 2. März war Denham wieder in Kouka, wo am 20. Mai der Lieutenant Tyrwhit eintraf, der, reiche Geschenke für den Scheikh mit sich führend, in Bornu als Konsul bleiben sollte.

Nach einer letzten Razzia gegen Manu, die Hauptstadt von Kanem, und gegen die Dogganahs, welche früher die Ufer des Fitrisees bewohnten, schlug der Major am 16. August mit Clapperton den Rückweg nach Fezzan ein und kam wieder nach Tripolis, nach einer langen, gefahrvollen Fahrt, deren schon ohnehin beträchtliche Resultate durch Clapperton noch bedeutend vermehrt worden waren.

Wir schalten hier die Erzählungen der Reise-Erlebnisse und Entdeckungen dieses Offiziers ein. Nachdem er mit Doktor Oudney am 14. Dezember 1823 nach Kano, einer großen Fellatahstadt im Westen des Tschadsees, abgereist, war Clapperton dem Laufe des Yeou bis Damasak gefolgt und hatte Alt-Birnie und Bera, am Strande eines durch die Überschwemmun-

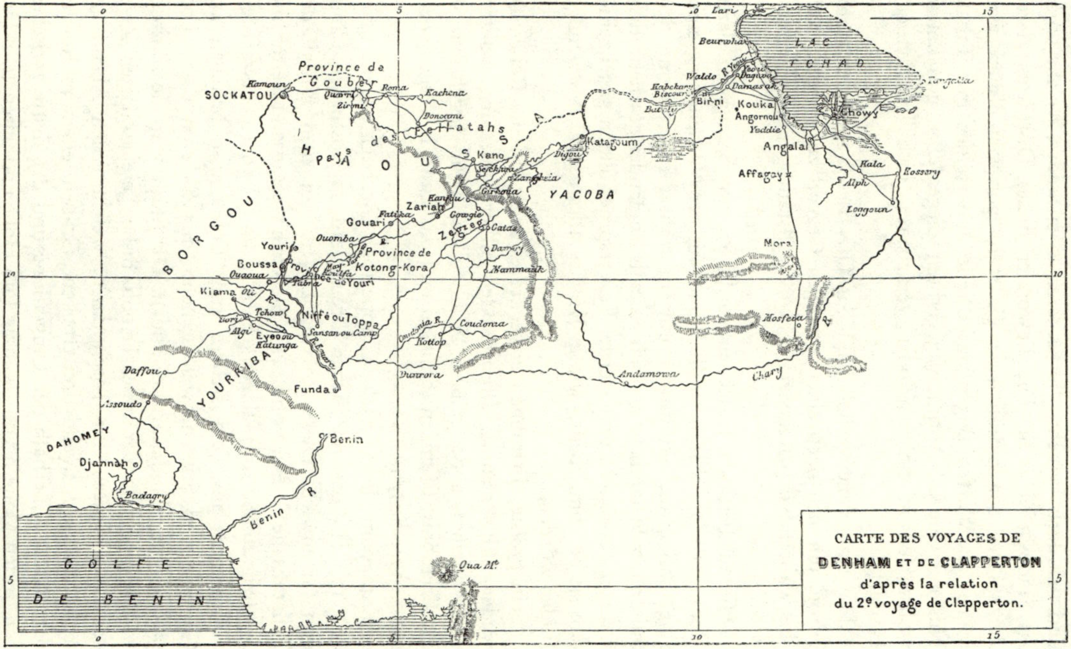

CARTE DES VOYAGES DE **DENHAM** ET DE **CLAPPERTON** d'après la relation du 2e voyage de Clapperton.

gen des Yeou entstandenen Sees gelegen, ferner Dagamou und Bekidarfi besucht, die letzteren zwei Städte, welche schon zu Haoussa gehören. Die Bewohner dieses Distriktes, deren Anzahl vor den Einfällen der Fellatahs eine weit höhere war, tragen als Waffen Bogen und Pfeile und treiben mit Tabak, Nüssen, ›Gouro‹, Antimon, gegerbten Ziegenfellen und Baumwollstoffen, in Stücken oder verarbeitet, nicht unwichtigen Handel.

Die Karawane verließ bald das Ufer des Yeou oder Gamburou, um sich nach einer waldigen Gegend zu wenden, welche während der Regenzeit gewiß vollständig überschwemmt wird.

Hierauf betraten die Reisenden die Provinz Katagoum, deren Gouverneur sie sehr freundlich und mit der Versicherung empfing, daß ihre Ankunft für ihn ein wahres Fest sei und dem Sultan der Fellatahs, der noch niemals Engländer gesehen, nicht weniger erwünscht sein werde. Er versprach ihnen gleichzeitig, daß sie bei ihm, ebenso wie in Kouka, alles irgend Notwendige finden würden.

Sein größtes Erstaunen erweckte es nur, daß die Reisenden weder Sklaven noch Pferde oder Silber einkaufen wollten, und von ihm, außer seinem Wohlwollen, nichts begehrten, als die Erlaubnis, Pflanzen sammeln und das Land in Augenschein nehmen zu dürfen.

Katagoum liegt nach Clappertons Beobachtungen unter 12° 17′ 11″ der nördlichen Breite und 12° östlicher Länge von Greenwich. Diese Provinz bildete vor dem Einfall der Fellatahs die Grenze von Bornu. Sie kann viertausend Reiter und zwanzigtausend mit Bogen, Säbeln und Lanzen bewaffnete Fußsoldaten ins Feld stellen. Ihre Erzeugnisse bestehen aus Getreide und Stieren, welche nebst den Sklaven die hauptsächlichsten Handelsartikel bilden. Die Stadt war die stärkste, welche die Engländer außer Tripolis bisher gesehen hatten. Zwei parallele Mauern mit Toren darin, welche jeden Abend geschlossen wurden, und drei trockene Gräben, einer im Innern, der andere außerhalb der Umwallung und der dritte zwischen den beiden Mauern von zwanzig Fuß Höhe und unten zehn Fuß Durchmesser, dehnten sich rings um dieselbe aus. Außer einer in

Trümmern liegenden Moschee bot diese Stadt keine anderen Bauwerke als Lehmhütten, in welchen etwa sechs- bis siebentausend Seelen wohnten.

Hier sahen die Engländer zum ersten Male die bekannten Kaurimuscheln als Münze dienen. Vorher vertrat einheimische Leinwand oder irgendein anderer Artikel die Stelle des Tauschmetalls.

Südlich von der Provinz Katagoum liegt das Land Yakoba (Jakoba), welches die Muselmanen mit dem Namen Mouchy bezeichnen. Nach Clappertons Erkundigungen sollen die Bewohner dieser von Kalkbergen erfüllten Provinz Menschenfresser sein.

Die Muselmanen lieferten bei ihrem unüberwindlichen Abscheu vor den Kaffirs für diese Beschuldigung freilich keine weiteren Beweise, als daß man an den Hausmauern da oder dort Köpfe oder Gliedmaßen von Menschen hängen sah.

Hier in Yakoba soll sich die Quelle des Yeou befinden, der im Sommer fast vollständig austrocknet, dessen Fluten aber während der Regenzeit, nach Aussage der Eingeborenen, je alle sieben Tage anschwellen und ebensolange zurücksinken.

»Am 11. Januar«, sagt Clapperton, »setzten wir unsere Reise fort, mußten aber schon zu Mittag in Murmur haltmachen. Der Doktor befand sich in einem so verzweifelten Zustande der Schwäche und Erschöpfung, daß ich ihm kaum noch einen Tag Leben zutraute. Seit unserer Abreise aus den Bergen von Obarri verfiel er täglich zusehends mehr, nachdem er sich noch in Fezzan eine Kehlkopfentzündung zugezogen, als er sich in Schweiß gebadet einem scharfem Luftzug ausgesetzt hatte.

12. Januar. Der Doktor trank morgens eine Tasse Kaffee, und ich ließ, seinem Wunsche entsprechend, die Kamele beladen. Ich half ihm beim Ankleiden, und er verließ, auf seinen Diener gestützt, das Zelt; gerade als wir ihn auf das Kamel setzen wollten, bemerkte ich auf seinen Zügen schon das Herannahen des Todes. Ich ließ ihn natürlich sogleich zurückbringen, nahm an seiner Seite Platz und sah ihn mit einer schmerzlichen Empfindung, für welche ich vergebens passende Worte suchen würde, ohne eine Klage oder schwerere Qualen die treuen Augen schließen. Bei dem Gouverneur kam ich um die Erlaubnis, ihn hier beerdigen zu dürfen, ein, was mir sofort gestattet wurde.

Unter einer Mimose, nahe dem einen Tore der Stadt, ließ ich eine Grube ausgraben. Nach der landesüblichen Abwaschung des Körpers wurde der Leichnam in Turban-Shawltücher gehüllt, die wir als Geschenke für die Landesfürsten bei uns führten. Unsere Diener trugen ihn, und ich las, bevor wir ihn dem Schoße der Erde übergaben, die Leichengebete der englischen Kirche. Dann ließ ich um das einfache Grab eine Lehmmauer errichten, um dasselbe gegen Raubtiere möglichst zu schützen, und wir schlachteten zwei Lämmer zur Verteilung unter die Armen der Stadt.«

So endete Doktor Oudney, der Marinearzt, der sich so schöne naturwissenschaftliche Kenntnisse erworben hatte.

Die schreckliche Krankheit, deren Keim er schon von England mitbrachte, hatte ihm nicht gestattet, der Expedition diejenigen Dienste zu leisten, welche die Regierung von ihm erwarten mochte, und doch schonte er niemals seine Kräfte, da er sich während des Reisens besser zu befinden behauptete als während der Ruhe. Wenn er es auch fühlte, daß sein erschöpfter Organismus ihm jede andauernde Arbeit verbot, so wollte er doch wenigstens dem Eifer seiner Gefährten niemals hinderlich werden.

Nach jener traurigen Zeremonie schlug Clapperton wieder den Weg nach Kano ein. Er berührte dabei Digou, eine Stadt inmitten eines wohlangebauten Landes, das zahlreiche Herden ernährt; Katoumgoua, das schon nicht mehr in der Provinz Katagoum liegt; Zangeia, in der Nähe der Hügelausläufer von Douchi, das, nach den noch vorhandenen Mauerüberresten zu urteilen, einst ziemlich bedeutend gewesen sein muß; ferner Girkoua, dessen Markt fast schöner zu nennen ist als der von Tripolis; Sochwa, das ein hoher, aus reinem Ton errichteter Wall umschließt, und langte am 20. Januar glücklich in Kano an.

Kano, das Chana Edrisis und anderer arabischer Geographen, bildet den Hauptverkehrsplatz des Königreiches Haoussa.

»Gleich nach Durchschreitung des Tores«, sagt Clapperton, »fühlte ich mich ganz auffallend enttäuscht. Gemäß der glänzenden Beschreibung der Araber, rechnete ich hier darauf, eine weit ausgedehnte Stadt zu finden. Dafür standen die Häuser wohl eine Viertelmeile von der Mauer entfernt und da und dort in kleineren Gruppen mit stagnierenden, sumpfigen Lachen dazwischen, zusammengehäuft. Ich hätte mir recht wohl ersparen können, vorher Toilette zu machen (er hatte seine Uniform als Marineoffizier angelegt); alle Bewohner, welche ihren gewohnten Geschäften oblagen, ließen mich ruhig vorüberziehen, ohne daß jemand ein Auge nach mir verwendet hätte.«

Kano, die Hauptstadt der gleichnamigen Provinz, ist eine der bedeutendsten Ortschaften von Sudan (vom heutigen Nigerien, Anm. d. Hrsg.), liegt unter 12° 0′ 19″ nördlicher Breite und 9° 20′ östlicher Länge.

Dieselbe mag dreißig- bis vierzigtausend Einwohner zählen, deren größere Hälfte freilich aus Sklaven besteht.

Der Marktplatz, im Osten und Westen von einem sumpfigen, mit Rosen bepflanzten Terrain begrenzt, bildet einen Sammelplatz zahlloser Enten, Störche und Geier, welche für die Reinhaltung der Stadt sorgen. Hierher strömen allerlei in Afrika gebräuchliche Nahrungsmittel zusammen, und stets findet man Ochsen-, Schaf-, Ziegen- und manchmal auch Kamelfleisch zum Verkaufe ausgestellt.

»Die Fleischer des Landes«, erzählt der Reisende, »sind ebenso schlau wie die unsrigen; sie wissen durch einige geschickte Schnitte das Fett der Fleischstücke recht sichtbar zu machen und blasen letztere nicht selten auf, oder befestigen gar ein Stück Lammfell auf einer Ziegenkeule.«

Außerdem findet man auch Schreibpapier, Erzeugnisse aus europäischen Fabriken, im Lande verfertigte Scheren und Messer, Antimon, Zinn, rote Seide, Armspangen aus Kupfer, Glasspielwaren, Korallen, Weihrauch, Zinnringe, einzelne Schmuckgegenstände aus Silber, Turban-Shawls, Shirting, Calicot, maurische Kleidungsstücke und allerlei andere Gegenstände auf dem Markte von Kano.

Clapperton kaufte hier einen englischen Baumwoll-Regenschirm, der über Ghadames eingeführt war, für drei Piaster. Er besuchte auch den Sklavenmarkt, wo die armen Leute sehr genau untersucht werden, »ganz mit derselben Sorgfalt, wie die Sanitätsoffiziere die Freiwilligen mustern, welche in die Marine eintreten wollen«.

Die Stadt ist sehr ungesund; die Sümpfe, welche fast die eine

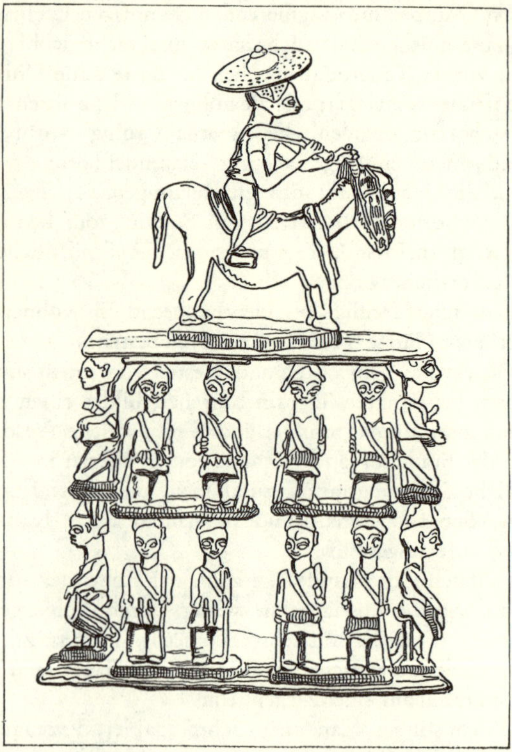

Hälfte derselben einnehmen, und die Löcher, welche man in den Boden gräbt, um den zum Bauen nötigen Lehm zu gewinnen, umhüllen dieselbe mit einer Art permanenter Malaria.

In Kano herrscht die Mode, sich Zähne und Lippen mit ›Gourgiblumen‹ und Tabak zu färben, wodurch sie ein blutrotes Aussehen erhalten. Man kaut hier gern Gouro-Nüsse oder verwendet diese auch gepulvert zum Schnupfen, wobei man dem Pulver ›Trona‹ zumischt; ein Gebrauch, der Haoussa nicht eigentümlich ist, da man demselben auch in Bornu begegnet, wo er nur den Frauen verboten ist. Endlich rauchen die Haoussanen auch einen im Lande gezogenen Tabak.

Am 23. Februar brach Clapperton nach Sockatu auf. Er kam durch ein pittoreskes, gut angebautes Land, dem auf den Hügeln da und dort verstreute Gebüsche fast das Ansehen einer englischen Parkanlage verliehen. Überall weideten ganze Herden schöner weißer oder aschgrauer Rinder.

Die Hauptortschaften, welche Clapperton auf diesem Wege traf, sind: Gadania, eine wenig volkreiche Stadt, deren Bewohner die Fellatahs als Sklaven weggeführt und verkauft haben; Doncami, Zirmie, die Hauptstadt von Zambra; Kagaria und Kouara; dabei sah er die Brunnen von Kamoun, wo ihn eine von dem Sultan abgesandte Eskorte erwartete.

Sockatu ist die am stärksten bevölkerte Stadt, welche Clapperton in Afrika gesehen hat. Ihre recht gut gebauten Häuser bildeten regelmäßige Straßen, nicht solche Einzelhaufen wie in den übrigen Städten von Haoussa. Umgeben von einer zwanzig bis dreißig Fuß hohen Mauer mit zwölf Toren, die man mit Sonnenuntergang sperrte, besaß Sockatu zwei große Moscheen, einen geräumigen Markt und einen ausgedehnten Platz vor der Wohnung des Sultans.

Die Einwohner, meist Fellatahs, besitzen viele Sklaven, von denen diejenigen, welche nicht zu häuslichen Diensten verwendet werden, für Rechnung ihrer Herren verschiedene Geschäfte betreiben; sie sind z. B. Seidenwirker, Maurer, Schmiede, Schuhmacher oder auch Landbauer.

Seinen Wirten zu Ehren und um ihnen eine hohe Vorstellung von der Macht und dem Reichtum Englands zu geben, wollte Clapperton vor dem Sultan nicht anders als in glänzender Toilette auftreten. Er legte also seidene Strümpfe, weiße Beinkleider und die goldbetreßte Uniform an, zur Vervollständigung seines karnevalistischen Kostüms verhüllte er noch den Kopf mit einem schönen Turban und zog türkische Schuhe an. Bello empfing ihn unter zwei Säulen sitzend, welche das Dach einer Strohhütte trugen, die einem englischen Cottagehaus nicht unähnlich sah. Der Sultan war übrigens ein schöner Mann von etwa fünfundvierzig Jahren und bekleidet mit einem ›Tobe‹ aus blauem Kattun und einem weißen Turban, dessen Shawl-Enden nach türkischer Sitte Nase und Bart verhüllten.

Mit kindlicher Freude nahm Bello die ihm von dem Reisenden dargebrachten Geschenke entgegen. Am meisten Vergnügen machten ihm offenbar eine Uhr, ein Teleskop und ein Thermometer, das er sinnreicherweise eine ›Wärme-Uhr‹ nannte. Die größte Merkwürdigkeit freilich blieb ihm doch die Person des Reisenden selbst. Er fand kein Ende, sich nach den Sitten, Gebräuchen und Handelsverhältnissen Englands zu erkundigen. Wiederholt gab Bello den Wunsch zu erkennen, mit jener Macht in Handelsbeziehungen zu treten, ersuchte um die Niederlassung eines Konsuls und eines englischen Arztes in einem Hafen, den er Raka nannte, und um Übersendung gewisser Arten von großbritannischen Waren nach der Seeküste, wo er eine wichtige Handelsstadt, Funda, besäße. Nach mehrfachen Gesprächen über die verschiedenen Religionen in Europa sowie über manche andere Gegenstände, gab Bello Clapperton die Bücher, Journale und Kleidungsstücke zurück, welche Denham bei Gelegenheit der unglücklichen Razzia, die Bou Khaloum das Leben kostete, abgenommen worden waren.

Am 3. Mai verabschiedete sich der Reisende vom Sultan.

»Unter vielerlei Umständlichkeiten wurde ich endlich bei Bello vorgelassen, der übrigens ganz allein war und mir, unter Versicherung seiner freundschaftlichen Gefühle für unser Volk, sofort einen Brief an den König von England übergab. Er drückte wiederholt den Wunsch aus, mit uns in Verbindung zu bleiben, und bat mich, ihm zu schreiben, wann die englische Expedition (deren Absendung Clapperton versprochen hatte) etwa an seiner Küste eintreffen würde.«

Clapperton schlug denselben Weg, den er auf der Hinreise genommen, wieder ein und erreichte am 8. Juli Kouka, wo er auch den Major Denham antraf. Er brachte ein arabisches Manuskript mit, eine historische und geographische Schilderung des Königreichs Takrur unter der Regierung Mohammed Bellos von Haoussa enthaltend und von letzterem selbst verfaßt. Er hatte während seines Aufenthaltes in jenem Lande nicht nur sehr schätzenswerte und vielfache Aufschlüsse über das Tier- und Pflanzenreich in Bornu und Haoussa, sondern auch ein Wörterverzeichnis der Sprachen von Begharmi, Mandara, Bornu, Haoussa und Timbuktu gesammelt.

Die Ergebnisse dieser Expedition waren also recht erfreuliche.

Zum ersten Male hörte man ein Wort von den Fellatahs, deren Identität mit den Fans Clapperton auf seiner zweiten Reise feststellen sollte. Man erfuhr, daß sie in der Mitte und im Westen Afrikas ein gewaltiges Reich gegründet hatten, und daß diese Völkerschaften nicht zur Rasse der Neger gehörten. Das Studium ihrer Sprache und der Verwandtschaft, welche dieselbe mit anderen nichtafrikanischen Idiomen erkennen läßt, warf ein ganz neues Licht auf die Geschichte der Völkerwanderungen. Endlich kannte man nun auch den Tschadsee, zwar nicht in seinem ganzen Umfang, doch aber zum größten Teile. Man wußte, daß ihm zwei große Flüsse zuströmten, der Yeou, dessen Verlauf zum Teil untersucht und über dessen Quelle die Eingebornen einige Mitteilungen gemacht hatten, und der Chary, dessen Unterlauf und Ausmündung Denham sorgfältig erforscht hatte. Die Mitteilungen, welche Clapperton von den Eingebornen über den Niger erhielt, waren freilich noch ziemlich verwirrt, ergaben aber doch die Wahrscheinlichkeit, daß derselbe in den Golf von Benin münden werde. Clapperton beabsichtigte übrigens, nach kurzer Rast in England hierher zurückzukehren und, von der Atlantischen Küste ausgehend, dem Kouara oder Djoliba, wie der Niger an gewissen Stellen seines Laufes genannt wird, stromaufwärts zu folgen (um dem schon lange dauernden Streit über denselben ein Ende zu machen, indem er nachzuweisen hoffte, daß dieser Strom nicht ein und derselbe mit dem Nil sei), seine Entdeckungen mit denen Denhams zu verknüpfen und endlich auf der Diagonale von Tripolis bis zum Golfe von Benin eine Fahrt quer durch ganz Afrika durchzusetzen.

Gleich nach seiner Rückkehr nach England beeilte sich Clapperton, Lord Bathurst sein Vorhaben zu unterbreiten, demgemäß er sich nach Kouka von Benin aus begeben, d.h. den kürzesten Weg – den vor ihm noch keiner betreten hatte – folgen und den Niger hinauf von seiner Mündung bis Timbuktu vordringen wollte.

Clapperton erhielt für diese Expedition, deren Führung ihm überlassen wurde, drei Begleiter, den Chirurgen Dickson, den Schiffskapitän Pearce, einen vorzüglichen Zeichner, und den Marinechirurgen Morrison, der in allen Gebieten der Naturwissenschaften gründlich unterrichtet war.

Am 26. November 1825 langte die Expedition bei dem Beninstrome an, vor dessen Benutzung sie ein englischer Kaufmann namens Houtson eindringlich warnte, da der Beherrscher des Uferlandes einen tiefen Haß gegen die Engländer hege, die seinem einträglichsten Geschäfte, dem Sklavenhandel, unüberwindliche Hindernisse bereiteten.

Seiner Aussage nach empfahl es sich weit mehr, nach Badagry, ein Ort, der von Sockatu nicht weiter entfernt liegt, zu gehen, dessen Fürst, der sich den Reisenden immer gewogen erwiesen hatte, ihm ohne Zweifel Begleitmannschaft bis zur Grenze des Königreichs Yourriba mitgeben würde.

Houtson wohnte schon seit mehreren Jahren im Lande und kannte dessen Sitten und Sprache; Clapperton hielt es also für geraten, denselben bis Eyes oder Katunga, der Hauptstadt von Yourriba, mitzunehmen.

Die Expedition brach am 29. November 1825 nach Badagry auf, hielt sich an einem Nebenarme des Lagos, zog dann gegen zwei Meilen weit an dem kleinen Hafen von Gazie hin, der ein Stück nach Dahomey hineinschneidet, und drang an dessen linkem Ufer in das Innere des Landes ein. Der Erdboden war ziemlich sumpfig, aber vortrefflich angebaut und mit Yams bedeckt. Alles atmete hier Überfluß. Die Neger zeigten sich auch sehr widerwillig zur Arbeit. Es wäre unmöglich, die unzähligen ›Palabres‹ (Unterredungen), die verschiedenen Verhandlungen und Angebote und alle die Hindernisse aufzuzählen, die man überwinden mußte, um sich einige Träger zu verschaffen.

Trotz dieser Schwierigkeiten erreichten die Forscher doch glücklich Djannah, sechzig Meilen von der Küste.

»Hier sahen wir«, sagt Clapperton, »mehrere Webereien in voller Tätigkeit, oft acht bis zehn in einem Hause, welche eine wirklich geordnete Manufaktur bildeten ... Die Leute hier fabrizieren auch Fayence, ziehen aber das aus Europa stammende dem einheimischen vor, obwohl sie von den verschiedenen Gegenständen keineswegs immer den richtigen Gebrauch machen. Das Gefäß, in welchem der ›Cabocir‹ (Häuptling) uns Trinkwasser anbot, wurde z. B. von Houtson als ein hübsches – Nachtgeschirr wiedererkannt, das er im Vorjahre in Badagry selbst verkauft hatte.«

Alle Teilnehmer der Expedition litten infolge der dauernden feuchten Hitze und des überhaupt ungesunden Landes heftig am Fieber. Pearce und Morrison erlagen demselben am 27. Dezember, bevor sie die Küste erreicht hatten.

In allen Städten, durch welche Clapperton kam, so in Assoudo, mit gegen 10 000 Einwohnern, in Daffou, das etwa 5000 mehr zählen mag, hatten sich eigentümliche Gerüchte verbreitet. Überall sagte man, er sei gekommen, in den vom Kriege verheerten Ländern den Frieden wiederherzustellen und überhaupt den Gegenden, welche er durchzog, Glück und Wohlstand zu bringen.

In Tchow traf die Karawane einen Boten, den der König von Yourriba derselben mit zahlreichem Gefolge entgegengeschickt hatte, und gelangte nun bald nach Katunga. Diese Stadt »ist umschlossen von einem dichten Haine, der einen etwa drei Meilen langen Gürtel um den Fuß eines felsigen Berges bildet; zum Teile liegt sie zwischen den Bäumen selbst; man dürfte kaum irgendwo ein schöneres Bild zu sehen bekommen«.

In genannter Stadt verweilte Clapperton vom 24. Januar bis zum 7. März 1826. Er stand hier in den besten Beziehungen zu dem Sultan, von dem er sich die Erlaubnis erbat, nach Nyffe oder Toppa zu gehen, um von da aus nach Haoussa oder Bornu zu gelangen. »Nyffe ist durch Bürgerkrieg verwüstet, und einer der Thronprätendenten hat die Fellatahs zu Hilfe gerufen«, erwiderte der Sultan; »es empfiehlt sich also nicht, diesen Weg einzuschlagen, während es geraten erscheint, durch die Provinz Youri zu ziehen!« Clapperton mußte sich dem wohl oder übel fügen.

Seinen Aufenthalt in Katunga hatte er aber benutzt, manche interessante Beobachtungen zu sammeln. Diese Stadt enthält nicht weniger als sieben verschiedene Märkte, auf welchen Yamswurzeln, Körnerfrüchte, Bananen, Feigen, Pflanzenbutter, Coloquintenkörner, Ziegen, Hühner, Schafe, Lämmer, Leinwand und eine Menge landwirtschaftlicher Geräte zum Verkaufe gebracht werden.

Die Wohnhäuser des Königs und seiner Frauen umgeben zwei große Parks. Die Tore und die Stützpfeiler der Verandas sind mit Schnitzereien verziert, welche entweder eine Boa, die eine Antilope oder ein Schwein tötet, oder eine Kriegerschar von Trommlern begleitet darstellen – Skulpturen, welche übrigens gar nicht so schlecht ausgeführt sind.

»Das durchschnittliche Aussehen der Yourribanis«, sagt der Reisende, »scheint mir die charakteristischen Eigentümlichkeiten der Neger weit weniger darzubieten als das aller anderen Völker, die ich gesehen habe; ihre Lippen sind minder dick und die Nase zeigt eine weniger gebogene Linie als die der Neger im allgemeinen. Die meist recht gut gebauten Männer haben ein offenes Auftreten, was jedermann in die Augen fällt; die Frauen stehen ihnen in allen Stücken nach, was wohl daher kommen mag, daß sie zuviel der Sonne ausgesetzt sind und die schwersten Anstrengungen ertragen müssen, da sie die Bearbeitung des Bodens besorgen.«

Nicht weit von Katunga überschritt Clapperton den Moussafluß, einen Nebenarm des Kaoura, und kam nun nach Kiama, einer der Städte, welche die von Haoussa und Borgu kommende Karawane passiert, wenn sie nach Gandja, an der Grenze von Aschanti, zieht. Sie zählt mindestens 30 000 Einwohner, die in Afrika als die verschmitztesten Diebe berüchtigt sind.

»Wenn man einen Straßenräuber oder Mörder sehen will, braucht man nur den ersten besten Bewohner von Borgu zu rufen.«

Als er Kiama verließ, begegnete der Reisende der Karawane

von Haoussa. Ochsen, Esel, Pferde, Frauen und Männer, zusammen wohl tausend, marschierten eines hinter dem anderen und bildeten eine endlose Linie, welche einen merkwürdigen, höchst bizarren Anblick darbot. Welches buntscheckige Gemisch, von den jungen, fast nackt einherlaufenden Mädchen und den unter ihrer Bürde gebeugten Männern bis zu jenen ebenso phantastisch als lächerlich gekleideten Gandjani-Kaufleuten, welche auf erschöpften, bedenklich hinkenden Pferden einherritten!

Clapperton schlug nun den Weg nach Boussa ein. Ehe er jenes erreichte, mußte er den Oli, einen Nebenfluß des Kouara, überschreiten und Ouaoua, die Hauptstadt der Provinz Borgu, passieren, deren viereckige Mauer wohl eine Einwohnerzahl von 18 000 Seelen bergen mochte. Es ist das eine der saubersten und bestgebauten Städte, die man nach Badagry antrifft. Die Straßen sind reinlich, breit, und die kreisrunden Häuser haben ein kugelförmiges Strohdach. Auf dem ganzen Erdboden würde man aber vergeblich eine Stadt suchen, in der die Trunksucht so verbreitet wäre wie hier. Gouverneur, Priester und Laien, Männer und Frauen trinken Palmenwein, Rum von der Küste und ›Bouza‹ in erstaunlicher Menge. Der letztgenannte Likör besteht aus einer Mischung von Dourrah, Honig, Chilipfeffer und der Wurzel eines fetten Krautes, das auch als Viehfutter dient, nebst einer gewissen Quantität Wasser.

»Die Ouaouanis«, sagt Clapperton, »stehen im Rufe großer Redlichkeit. Sie sind heiter, wohlwollend und gastfrei. Ich habe in Afrika kein Volk getroffen, das so bereitwillig Auskunft über das von ihm bewohnte Land gegeben hätte, und, was besonders hervorgehoben zu werden verdient, ich habe hier auch niemals einen Bettler gesehen. Die Einwohner behaupteten, nicht aus Borgu selbst, sondern von den Haoussanis und Nyffenis abzustammen. Ihre Sprache ist nur ein Dialekt von der der Yourribanis, aber die ouaouanischen Frauen sind hübsch, die in Yourriba aber nicht; die Männer sind kräftig und wohlgebaut, doch verraten ihre Züge das gewohnte wüste Leben. Ihre Religion bildet eine Mischung von Islamismus und Paganismus.«

Auf dem Wege von der Küste her hatte Clapperton auch – und diese Bemerkung erscheint nicht unwichtig – wiederholt heidnische Fellatahstämme getroffen, welche dieselbe Mundart,

Hautfarbe und überhaupt dasselbe Aussehen hatten wie die muselmanischen Fellatahs. Diese gehörten offenbar derselben Rasse an.

Boussa, wohin der Reisende endlich kam, ist keine eigentliche Stadt; es besteht nur aus verschiedenen Gruppen zerstreuter Häuser, auf einer Insel des Kaoura unter 10° 14′ nördlicher Breite und 6° 11″ östlicher Länge von Greenwich. Die Provinz, deren Hauptort es bildet, ist die volkreichste von ganz Borgu. Die Einwohner sind Heiden, ebenso wie der Sultan, obwohl letzterer Mahommed hieß. Sie ernähren sich von Affen, Hunden, Katzen, Ratten, Fischen, Rind- und Lämmerfleisch.

»Während ich bei dem Sultan verweilte«, sagt Clapperton, »wurde das Frühstück aufgetragen und ich selbst zur Teilnahme eingeladen; dasselbe bestand aus einer großen gerösteten Wasserratte, die nicht einmal abgezogen war, einer Schüssel recht gut zubereitetem Reis, gedörrtem und in Palmöl gedämpftem Fisch, gebackenen oder gedämpften Alligator-Eiern und endlich aus frischem Wasser aus dem Kouara. Ich aß gedämpften Fisch und Reis, man machte sich aber sehr lustig darüber, daß ich weder den Rattenbraten noch die Alligatoren-Eier versuchen wollte.«

Der Sultan nahm den Reisenden übrigens sehr freundlich auf und meldete ihm auch, daß der Sultan von Youri schon seit sieben Tagen Boote bereithalte, um ihn flußaufwärts bis zu jener Stadt zu bringen. Clapperton antwortete, daß er, da alle Wege zwischen Borgu und Youri durch den Krieg versperrt seien, es vorziehen werde, über Koulfa und Nyffe weiterzuziehen.

»Du hast recht«, sagte der Sultan, »und hast wohl daran getan, zu mir zu kommen; von hier aus magst du den Weg einschlagen, der dir der beste dünkt.«

Clapperton konnte, als er Borgu verließ, die Bemerkung nicht unterdrücken, daß man gewöhnlich sehr falsch über dessen Bewohner urteile, die überall als Räuber und Diebe verleumdet werden. Er für seine Person hatte das ganze Land derselben durchstreift, war allein mit ihnen gereist oder zur Jagd gewesen, und konnte doch keinerlei Klage über sie führen.

Der Reisende wandte sich nun, den Kouara überschreitend und durch Guari und Zegzeg gehend, nach Kano. Bald langte er in Tabra, am May Yarrow, an, wo die Königin-Mutter von Nyffe wohnte; den König selbst suchte er in dem nicht weit von der Stadt entfernten Lager auf. Clappertons Aussage nach soll das der unverschämteste, verworfenste und habgierigste Spitzbube sein, den man nur finden könne, der alles, was er sah, für sich beanspruchte und sich durch keine Weigerung abweisen ließ.

»Er hat«, sagte der Reisende, »den Ruin des Landes herbeigeführt durch seinen maßlosen Ehrgeiz und durch die Anrufung der Fellatahs, die ihm zwar zu Hilfe kamen, aber sich von ihm sofort abwenden werden, wenn er ihnen nichts mehr nützen kann. Er ist die Ursache, daß der größte Teil der fleißigen Bevölkerung von Nyffe hingeschlachtet, als Sklaven verkauft worden ist oder dem Lande den Rücken gekehrt hat.«

Durch Krankheit sah sich Clapperton genötigt, länger als er wollte in Koulfa zu bleiben; es ist das übrigens eine Stadt mit reger Handelstätigkeit, am nördlichen Ufer des May Yarrow, welche gegen zwölf- bis fünfzehntausend Einwohner haben mag. Seit zwanzig Jahren den Einfällen der Fellatahs ausgesetzt, ist dieselbe binnen sechs Jahren zweimal durch Brand zerstört worden. Clapperton wohnte hier dem Feste des Neumondes bei. An diesem Tage macht und empfängt jedermann Besuche. Die Frauen tragen ihr Wollenhaar eingeflochten und färben es, ebenso wie die Augenbrauen, mit Indigo. Die Lider werden mit ›Khol‹, die Lippen gelb und die Zähne rot gemalt; Hände und Füße aber mit Lawsonia (die echte Alkanna) gefärbt. Sie legen bei dieser Gelegenheit die besten und buntesten Kleider an, tragen all ihren Glasschmuck nebst Armbändern und Ringen aus Kupfer, Silber, Zinn oder Messing, auch lassen sie das Fest nicht vorübergehen, ohne es im Genusse von ›Bouza‹ den Männern möglichst gleichzutun und sich an deren Gesängen und Tänzen zu beteiligen.

Von der Provinz Kotong Kora aus betrat der Reisende bald die Provinz Guari. Gleichzeitig mit dem Reste von Haoussa von den Fellatahs erobert, hatte Guari sich nach dem Tode Bellos I. erhoben und trotz allen Widerstandes der Fellatahs seine Selbständigkeit zu bewahren gewußt. Die Hauptstadt dieser Provinz, ebenfalls Guari genannt, liegt unter 10° 54′ nördlicher Breite und 8° 1′ östlicher Länge von Greenwich.

Mit Fatika erreichte Clapperton nun Zegzeg, ein den Fellatahs unterworfenes Gebiet; darauf besuchte er Zariyah, eine merkwürdige Stadt, wo man eigentlich nur Hirsefelder, Küchengärten, Laubholzhaine, Sümpfe und Rasenplätze, aber fast keine Häuser sieht, und doch soll die Bevölkerung die von Kano an Seelenzahl übertreffen, denn sie wird auf vierzig- bis fünfzigtausend, meist Fellatahs, geschätzt.

Am 19. September gelangte Clapperton endlich, nach vielen Widerwärtigkeiten und Beschwerden, nach Kano. Vom ersten Tage ab bemerkte er, daß man ihn lieber hätte von Osten her ankommen sehen, denn der Krieg mit Bornu hatte alle Verbindungen mit Fezzan und Tripolis unterbrochen. Während er das Gepäck unter der Obhut seines Dieners Lander zurückließ, machte sich Clapperton ohne Zögern auf den Weg, den Sultan aufzusuchen, der sich, wie er erfuhr, in der Nähe von Sockatu befinden sollte. Die Reise dahin bot leider die größten Schwierigkeiten. Clapperton büßte dabei seine Kamele und Pferde ein und konnte sich zu dem Transport des Wenigen, was er mit sich führte, nur einen kranken Ochsen verschaffen, so daß er und sein Diener selbst Verschiedenes tragen mußten.

Bello empfing Clapperton mit größter Freundlichkeit und sandte ihm Nahrungsmittel und Kamele. Da der Sultan aber eben damit beschäftigt war, die aufrührerische Provinz Gouber zu unterwerfen, konnte er dem Reisenden nicht so bald eine weitere Zusammenkunft bewilligen, um sich mit diesem über die vielerlei Gegenstände zu unterhalten, über welche die englische Regierung Auskunft wünschte.

An der Spitze von fünfzig- bis sechzigtausend Soldaten, von denen neun Zehntel zu Fuß und mit wattierten Rüstungen versehen waren, griff Bello Counia, die Hauptstadt von Gouber, an. Es kam zu einem überaus kläglichen Gefechte und der ganze Krieg endete mit diesem mißlungenen Unternehmen.

Clapperton, der seine Gesundheit erschüttert fühlte, begab sich nach Sockatu und später nach Magoria, wo er den Sultan antraf.

Als er die für ihn bestimmten Geschenke in Empfang genommen, zeigte sich Bello gar nicht mehr so freundlich gesinnt wie vorher. Bald erklärte er sogar, von dem Scheikh El Khanemi einen Brief erhalten zu haben, demzufolge er der Person des Reisenden, der nur ein Spion sei, sich versichern und überhaupt den Engländern mißtrauen sollte, da diese nur darauf ausgingen, erst die Schätze des Landes kennenzulernen, dann sich daselbst niederzulassen, Parteigänger zu suchen und, durch die Unordnungen, welche notwendig daraus entstehen müßten, unterstützt, Haoussa sich ebenso wie Indien zu unterwerfen.

Alle von seiten Bellos erhobenen Schwierigkeiten ließen deutlich erkennen, daß er nur die für den Sultan von Bornu bestimmten Geschenke selbst einzuheimsen wünschte. Dazu brauchte er jedoch irgendeinen Vorwand; einen solchen glaubte er durch Verbreitung des Gerüchtes gefunden zu haben, daß der Reisende Kanonen und Munition für Kouka mit sich führe. Bello aber könne, so sagte er, mit gutem Gewissen nicht gestatten, daß ein Fremder durch seine Staaten reise, um die unversöhnlichsten Feinde derselben in den Stand zu setzen, diese mit Krieg zu überziehen. Bello suchte Clapperton sogar mit allen Mitteln dazu zu bewegen, ihm den Brief des Lord Bathurst an den Sultan von Bornu vorzulesen.

»Du kannst ihn nehmen, wenn du willst«, entgegnete der Reisende, »aber niemals werde ich ihn dir geben. Zwar ist dir alles möglich, da du die Macht in Händen hast, doch du wirst dich durch solches Verfahren nur entehren. Ich für meinen Teil lasse eher das Leben, ehe ich einen mir anvertrauten Brief erbreche. Ich kam zu dir mit einem Briefe und Geschenken von dem Könige von England, auf das Vertrauen hin, welches dein Brief vom vergangenen Jahre erweckt hat. Ich hoffe, daß du dein Wort nicht deshalb brichst und deine Versprechen Lügen strafst, nur um zu sehen, was dieser Brief enthält!«

Der Sultan gab ein Zeichen mit der Hand, um den Reisenden zu verabschieden, und dieser zog sich zurück.

Dieser Versuch sollte aber nicht der letzte sein, im Gegenteile trieb man es in der nächsten Zeit noch weiter. Einige Tage nachher verlangte man von Clapperton noch einmal die Auslieferung der für El Khanemi bestimmten Geschenke. Auf seine Weigerung nahm man ihm dieselben einfach ab.

»Ihr verfahrt gegen mich gleich Räubern«, rief Clapperton; »ihr brecht sogar euren Schwur! Kein Volk der Welt würde sich ähnliches erlauben. Ihr tätet besser, mir gleich den Kopf abzuschlagen, als so zu handeln; ich fürchte nur, dahin wird es erst kommen, wenn ihr mich völlig beraubt habt!«

Endlich wollte man ihm auch noch seine Waffen und Munition abnehmen. Clapperton widersetzte sich dem, so gut er konnte. Zuerst entflohen zwar seine erschreckten Diener, kehrten aber bald zurück, bereit, jede Gefahr mit ihrem Herrn, den alle sehr liebgewonnen hatten, zu teilen.

Hiermit schließt Clappertons Tagebuch. Sechs Monate hatte er sich in Sockatu aufgehalten, ohne irgendwelche Forschungen anstellen zu können; ja, es gelang ihm nicht einmal, die Verhandlungen zu Ende zu führen, um derentwillen er von der Küste aus hergekommen war. Die tödliche Langeweile, die Anstrengungen der Reise und verschiedene Anfälle von Krankheiten wirkten mehr und mehr auf ihn ein, so daß sein Zustand bald ein recht bedenklicher wurde, obwohl sich sein Diener Richard Lander, der sich ihm in Sockatu angeschlossen hatte, keine Mühe verdrießen ließ, seine Lage zu verbessern.

Am 12. März 1827 wurde Clapperton von einer Dysenterie ergriffen, welche nichts zu hemmen vermochte und die ihm schnell alle Kräfte raubte. Da es gerade die Zeit des Rhamadan war, konnte Lander nirgends, nicht einmal seitens der anderen Diener, Hilfe und Unterstützung finden. Dazu machte die Krankheit täglich Fortschritte. Zwanzig Tage lang lag Clapperton in gleicher Schwäche darnieder; als er sein Ende herannahen fühlte, erteilte er Richard Lander, seinem treuen Diener, noch die letzten Verhaltungsmaßregeln und verschied in dessen Armen am 11. April.

»Ich ließ«, sagt Lander, »dem Sultan von dem schmerzlichen Verluste, der mich betroffen, Nachricht geben und kam um die Erlaubnis ein, meinen Herrn nach der Sitte unseres Landes begraben zu dürfen, wobei ich um Bezeichnung der Stelle bat, wo ich seine sterblichen Überreste zur Ruhe legen könne. Mein Bote kehrte sehr bald mit der Erlaubnis des Sultans zurück, und zu Mittag des nämlichen Tages schickte mir Bello noch vier Sklaven, um das Grab auszuheben. Ich nahm mir vor, sie der Leiche folgen zu lassen, und legte diese, mit der Flagge von Großbritannien verhüllt, auf mein Kamel. Wir zogen nun langsam dahin, bis Djungari, einem etwa fünf Meilen im Südosten

von Sockatu auf einem Hügel erbauten Dorfe. Der Leichnam wurde von dem Kamel herabgehoben, zunächst unter einer Hängematte niedergelegt, während die Sklaven die Grube herstellten, und nachher zu dieser hingetragen. Ich schlug ein Gebetbuch auf und erwies dem Toten mit von Schluchzen unterbrochener Stimme die letzten Ehren. Niemand lauschte auf die traurige Vorlesung und erleichterte meinen Schmerz, indem er ihn teilte. Die Sklaven blieben in einiger Entfernung stehen; sie stritten miteinander und machten ein wirklich unanständiges Geräusch. Nach Beendigung der religiösen Zeremonie wurde die Flagge weggezogen und der Kapitän sanft in die Erde versenkt.

Und ich, ich weinte bittere Tränen an den leblosen Resten des besten, des unerschrockensten und würdigsten Herrn, den ich je gekannt.«

Die Hitze, die Anstrengungen und der Schmerz griffen den armen Lander so sehr an, daß es ihm zehn Tage lang ganz unmöglich war, seine Hütte zu verlassen.

Bello erkundigte sich wiederholt nach dem Befinden des armen Dieners, doch dieser durchschaute recht wohl den wahren Grund der Teilnahme; offenbar rechnete der Sultan nur darauf, sich der Kisten und Koffer des Reisenden, in denen er viel Gold und Silber vermutete, zu bemächtigen. Bello erstaunte daher aufs höchste, als er sich überzeugte, daß Lander kaum die nötigen Mittel besaß, um die Kosten der Reise bis zur Küste zu bestreiten. Freilich erfuhr er niemals, daß Lander eine ihm verbliebene goldene Uhr, außer denen der Kapitäne Pearce und Clapperton, am Leibe verborgen trug.

Alles in allem sah Lander ein, daß er um jeden Preis und so schnell als möglich nach der Küste zurückkehren müsse. Mit Hilfe einiger geschickt verteilter Geschenke gewann er mehrere Ratgeber des Sultans für sich, welche letzterem vorstellten, daß, wenn der Reisende hier etwa stürbe, leicht das Gerücht entstehen könne, Bello habe diesen ebenso wie seinen Herrn umbringen lassen. Obwohl Clapperton Lander empfohlen hatte, sich einer Karawane arabischer Kaufleute nach Fezzan anzuschließen, entschloß dieser sich doch, weil er fürchtete, dabei die Papiere und Tagebücher der Expedition einzubüßen, nach der Küste aufzubrechen.

Am 3. Mai verließ Lander endlich Sockatu und wandte sich zunächst nach Kano. Wenn Lander bei diesem ersten Teile seiner Fahrt vor Durst fast umgekommen wäre, so gestaltete sich der zweite dafür desto günstiger, denn der König von Djacoba, mit dem er zusammen reiste, behandelte ihn sehr freundlich und lud ihn sogar ein, auch sein Land zu besuchen. Er erzählte von einem Nachbarvolke, den Nyam Nyams, die ihn im Kampfe gegen den Sultan von Bornu unterstützt und nach jedem Gefechte die erschlagenen feindlichen Krieger weggetragen, gebraten und gegessen hätten. Unseres Wissens ist das, seit Hornemann, das erste Mal, daß dieses Volk, über welches wahrhaft lächerliche

Fabeln verbreitet waren, als der Anthropophagie ergeben erwähnt wird.

Lander erreichte Kano am 25. Mai, hielt sich daselbst aber nur ganz kurze Zeit auf und schlug den Weg nach Funda, am Ufer des Niger, ein, dem er bis nach Benin zu folgen gedachte. Dem Reisenden erschien diese Route aus mehreren Gründen vorteilhafter. Erstens war der Weg sicherer, dann aber auch noch so wenig bekannt, daß Lander die früheren Entdeckungen seines Herrn noch vermehren zu können hoffte.

Lander besuchte nach und nach Kanfou, Carifo, Gowgie und Gatas und stellte fest, daß deren Bewohner zu der Rasse von Haoussa gehörten und den Fellatahs tributpflichtig waren. Er sah auch Damoy, Drammalik, Coudonia, traf auf einen großen Fluß, der dem Kaoura zuströmt, zog durch Kottop, einen bedeutenden Markt für Sklaven und Stiere, sowie durch Coudgi und Dunrora, in der Nähe einer langen, hohen, nach Osten verlaufenden Bergkette.

In Dunrora sprengten, als Lander gerade seine Saumtiere belud, vier Reiter auf von Schaum triefenden Rossen auf den Statthalter zu und zwangen mit dessen Zustimmung den Reisenden, umzukehren und den König von Zegzeg aufzusuchen, der ihrer Aussage nach das größte Verlangen habe, ihn zu sehen. Lander, der so bald als möglich den Niger, von dem er nicht so weit entfernt war und auf dem er bis zum Meere hinabfahren wollte, zu erreichen wünschte, dachte natürlich ganz anders, doch mußte er der Gewalt weichen.

Am 22. Juli kam Lander nach Zegzeg. Er wurde dem König sofort vorgeführt, der ihm erklärte, er habe ihn nur deshalb zurückführen lassen, weil infolge des zwischen Bello und dem Könige von Funda ausgebrochenen Krieges der letztere nicht säumen würde, ihn umbringen zu lassen, wenn ihm zu Ohren käme, daß er dem Sultan der Fellatahs Geschenke überbracht habe. Lander stellte sich, als ob er diesen Gründen Glauben schenkte, durchschaute aber recht wohl, daß nur die Neugier und das Verlangen, selbst einige Geschenke zu erhalten, die Handlungsweise des Königs von Zegzeg bestimmten. Er trug dem klüglich Rechnung, wobei er zur Entschuldigung der Geringfügigkeit seiner Gaben anführte, daß ihm alle seine Waren geraubt worden seien, und erhielt bald die Erlaubnis zur Abreise.

Wenn der auf Eröffnung von Handelsbeziehungen gerichtete Hauptzweck der Reise Clappertons auch durch die neidische Eifersucht der Araber gescheitert war, weil diese Bello durch die Vorstellung umzustimmen wußten, daß ihr Handel durch Eröffnung neuer Wege gänzlich zugrunde gehen müsse, so gewann doch die Wissenschaft desto mehr durch die Arbeiten und Bemühungen des englischen Forschers.

Desborough Cooley würdigt diese in seiner Geschichte der Reisen nach Verdienst und zählt die durch die Reisenden jener Zeit erlangten Resultate im Zusammenhange auf.

»Die Entdeckungen«, sagt er unter anderem, »welche man Kapitän Clappertons Zügen durch das Innere von Afrika verdankt, übertreffen bei weitem, sowohl bezüglich ihrer Gründlichkeit als auch ihres Umfanges, die aller seiner Vorgänger. Kapitän Lyon hatte im Süden als äußersten Punkt den 24. Grad nördlicher Breite erreicht; Major Denham kam, gelegentlich seines Zuges nach Mandara, bis 9° 15′, fügte also den früheren durch Europäer entdeckten Ländern 14¾ Breitengrade oder neunhundert Meilen hinzu. Hornemann freilich war schon durch die Wüste und im Süden bis Nyffe, unter 10° 30′, gekommen, doch besitzen wir keinen Bericht über dessen Reise. Park erreichte Silla unter 1°34′ westlicher Länge und 1100 Meilen von der Mündung der Gamba. Denham und Clapperton endlich erforschten von der Ostküste des Tschadsees (17° der Länge) und bis Sockatu (3° 30′ der Länge) von Osten nach Westen ein Gebiet von fünfhundert Meilen Länge; nur vierhundert Meilen zwischen Sockatu und Silla blieben also noch unbekannt; auf seiner zweiten Reise erzielte Kapitän Clapperton aber noch zehnmal wichtigere Ergebnisse. Er entdeckte den kürzesten und bequemsten Weg zu den volkreichen Gebieten Zentral-Afrikas und kann sich rühmen, der erste Reisende gewesen zu sein, der das Festland Afrikas bis Benin durchzog.«

Diesen wohlbegründeten Reflexionen und dieser ehrenvollen Anerkennung haben wir nur weniges hinzuzufügen.

Die Angaben der arabischen Geographen, und vor allem die Leons des Afrikaners, wurden berichtigt, und man hat nun ziemlich verläßliche Kenntnis eines großen Teils von Sudan erlangt. Wenn die Lösung des Problems, das die gelehrte Welt schon lange beschäftigte – der Lauf des Nigers, der auch Veranlassung zur Entsendung verschiedener Expeditionen wurde, von denen wir im weiteren sprechen werden –, noch nicht vollständig gelungen war, so konnte man derselben doch binnen kurzem entgegensehen. Mindestens wußte man schon, daß der Niger, Kouara oder Djoliba, wie man ihn auch nennen mochte, und der Nil zwei verschiedene Flüsse mit ganz bestimmt voneinander abgegrenzten Stromgebieten seien. Jedenfalls war damit ein großer Schritt nach vorwärts getan.

Unweit der Stelle, wo etwas später Clapperton landen sollte, an der Goldküste nämlich, war 1807 ein tapferes, aber wildes Volk erschienen. Die Aschantis, von denen man nicht weiß, wo sie herkamen, hatten die Fanties überfallen und nach schrecklichen Schlächtereien in den Jahren 1811 bis 1816 ihre Herrschaft auf dem ganzen Gebiete zwischen den Kong-Bergen und dem Meere begründet.

Natürlich hatten die Beziehungen der Fanties zu den Engländern, welche einzelne Handels-Etablissements, Comptoire und Faktoreien an der Küste besaßen, dadurch eine merkliche Störung erlitten.

Vorzüglich 1816 veranlaßte der König der Aschantis durch Verheerung des Landes der Fanties, in welchem jene errichtet waren, eine wirkliche Hungersnot in den britischen Forts. Der Gouverneur von Cape Coast wandte sich deshalb auch an seine Regierung mit dem Gesuche, an den barbarischen, wilden Sieger eine Gesandtschaft abzuschicken. Der Überbringer dieser Depesche war Thomas Eduard Bowdich, ein junger Mann, der, von unwiderstehlicher Reiselust getrieben, das väterliche Joch abgeschüttelt, dem Handel, seinem ursprünglichen Berufe, entsagt und, nachdem er sich gegen den Willen seiner Familie verheiratet, eine bescheidene Stellung in Cape Coast, wo sein Oheim Vizegouverneur war, angenommen hatte.

Unter Zustimmung zu dem Vorschlage des Gouverneurs von Cape Coast schickte der Minister Bowdich sofort zurück und betraute diesen selbst mit der Gesandtschaft. Der Gouverneur ernannte jedoch, unter dem Vorwande der zu großen Jugend des

letzteren, zum Anführer der Mission einen Mann, der ihm durch seine langjährige Erfahrung, seine Kenntnis des Landes und der Volkssitten weit geeigneter zur Ausführung dieses wichtigen Vorhabens erschien. Die Zukunft sollte ihm freilich unrecht geben. Bowdich, welcher der Expedition zugeteilt wurde, übernahm den wissenschaftlichen Teil und besorgte vorzüglich die Beobachtungen der geographischen Länge und Breite.

Frederic James und Bowdich verließen das englische Etablissement am 22. August 1817 und gelangten nach Coumassie, der Hauptstadt der Aschantis, ohne andere Hindernisse als den bösen Willen der Gepäckträger. Die Verhandlungen, welche den Abschluß einer Art Handelsvertrags und die Eröffnung einer

Straße zwischen der Küste und Coumassie bezweckten, wurden mit gewissem Erfolge nur von Bowdich geführt, da James alle Initiative und Festigkeit abging. Die Maßnahmen Bowdichs fanden so ausnahmslose Billigung, daß James zurückberufen wurde.

Es könnte scheinen, als ob die Geographie nur wenig erwarten dürfe von einer diplomatischen Mission nach den früher von Bosman, Loyer, des Marchais und vielen andern besuchten Ländern, über welche man außerdem auch die Monographie Meredith' und Dalzels besaß. Der fünfmonatliche Aufenthalt in Coumassie aber, das nur zehn Tagereisen vom Strande des Atlantischen Ozeans entfernt liegt, hatte Bowdich Gelegenheit geboten, sich über das Land, die Sitten und Gebräuche und die Institutionen eines der interessantesten Völker Afrikas eingehend zu unterrichten.

Wir geben hier auszugsweise den Bericht über den pomphaften Einzug der Mission in Coumassie wieder. Die ganze Bevölkerung war auf den Füßen und bildete eine Kette, während die Truppenmacht, welche Bowdich auf 30 000 Mann schätzte, unter Waffen stand.

Vor ihrer Zulassung bei dem Könige waren die Engländer Zeugen eines Schauspiels, das ihnen eine Vorstellung von der Grausamkeit und Wildheit der Aschantis geben mußte. Mit auf den Rücken gebundenen Händen, die Wangen von einem Pfeile durchbohrt, das eine Ohr abgeschnitten, das andere nur noch an einem Hautfetzen hängend, der Rücken eingeschlitzt, mit einem durch die Haut über jedem Schulterblatte gestochenen Messer und gezogen an einem Seile, das durch seine Nase geführt war, wurde ein Mann in Begleitung von Trommlern durch die Stadt geschleppt, bevor er – zur Ehre der Engländer geopfert wurde.

»Alles, was wir bisher gesehen«, sagt Bowdich, »ließ uns ein außerordentliches Schauspiel erwarten, und doch wurden wir von der großartigen Pracht, die man vor uns entfaltete, noch überrascht. Zu unserem Empfang wurde ein Platz von etwa einer Quadratmeile hergerichtet. Der König, seine Zinspflichtigen und Heerführer, befanden sich, umgeben von ihrem Gefolge, am Ende desselben. Vor ihnen waren so zahlreiche Truppen versammelt, daß wir gar nicht hindurchzukommen glaubten. Die Strahlen der Sonne brachen sich mit einem Glanze, der fast ebenso unerträglich war wie die herrschende Hitze, an dem schweren goldenen Geschmeide, das von allen Seiten her blitzte. Mehr als hundert Musikantengruppen spielten gleichzeitig bei unserer Ankunft, und jede ließ die besonderen Weisen des Häuptlings, zu dem sie gehörte, ertönen. Bald war man betäubt durch das Schmettern einer unzähligen Menge von Hörnern und durch das Rasseln von Trommeln; bald durch die spitzen Töne langer, recht gut übereinklingender Flöten oder durch ein Instrument nach Art des Dudelsacks, der sich nicht unmelodisch dazwischen hören ließ. Gegen hundert große Sonnenschirme oder ›Dais‹, jeder hinreichend zum Schutze von mindestens dreißig Personen, wurden von ihren Trägern unaufhörlich hin und her geschwenkt. Diese waren mit scharlachroter, gelber oder anders-, aber immer grellfarbiger Seide überzogen und am oberen Ende mit Halbmonden, Pelikanen, Elefanten, Säbeln oder anderen Waffen, stets aus massivem Golde, verziert. Auf die Einladung der Boten des Königs, welche große goldene Platten auf der Brust trugen, schritten wir hinter den uns vorgetragenen Rohrstäben * und der englischen Flagge voran, dann blieben wir stehen, um jedem der Cabocirs die Hand zu reichen. Alle diese Häuptlinge trugen prächtige Kostüme, massiv goldenen Halsschmuck, goldene Spangen am Knie, Schienen von demselben Metalle über den Knöcheln und Armbänder oder Goldstücke von solcher Schwere an der linken Hand, daß sie den Arm auf den Kopf eines Kindes stützen mußten. Endlich hingen an ihren Säbelknöpfen goldene Wolfs- oder Widderköpfe von natürlicher Größe, der Griff bestand wiederum aus demselben Metall und die Klinge war mit Blut befleckt. Ein Mann balancierte auf dem Kopfe eine große Trommel, auf welche zwei ihm Nachfolgende losschlugen. Die Handgelenke der letzteren waren mit Schellen und Plättchen aus Eisen geschmückt, welche zu dem Wirbeln der Trommeln die Begleitung bildeten. An ihren Lendengürteln hingen Köpfe oder Schenkelknochen von ihren Feinden, die sie im Kampfe erschlagen hatten. Über den Großwürdenträgern, welche auf schönen, mit Gold und Elfenbein ausgelegten schwarzen Holzschemeln saßen, wurden ungeheure Fächer aus Straußenfedern bewegt, und hinter ihnen standen ausgewählt schöne

* Rohrstäbe mit runden goldenen Knöpfen sind das Unterscheidungsmerkmal für die Dolmetscher.

junge Leute, die, auf dem Rücken einen mit Patronen gefüllten Behälter aus Elefantenhaut tragend, lange dänische, mit Gold ausgelegte Flinten in der Hand hielten und um den Gürtel meist weiße Pferdeschweife oder seidene Schärpen gebunden hatten. Die lauten Fanfaren der Hörner, das geradezu betäubende Lärmen der Trommeln und, wenn diese schwiegen, das Rauschen anderer Instrumente verrieten uns, daß wir dem König näher kamen. Schon befanden wir uns mitten unter den höheren Hausoffizieren; der oberste Kammerherr, der Offizier mit der goldenen Trompete, der Anführer der Boten, der Chef der Hinrichtungen, der Markt-Kapitän, der Wächter des königlichen Grabes und Dirigent aller Musikchöre saßen inmitten ihres Gefolges, alle strahlend in Herrlichkeit als Ausdruck der hohen Würden, welche sie bekleideten. Um die Köche waren große Haufen von Silbergeschirr, Schüsseln, Assietten, Kaffeekannen, Tassen und Vasen jeder Art aufgestapelt. Der Chef der Hinrichtungen, ein Mann von fast riesenhaftem Wuchse, trug eine goldene Axt auf der Brust, und vor ihm stand der Block, auf dem er den Verurteilten den Kopf abhackte. Dieser war mit Blut- und teilweise mit großen Fettflecken beschmutzt. Die vier Dolmetscher umgab ein Glanz, der dem Aufwande der anderen hohen Offiziere in keiner Weise nachstand, und vor ihnen wurden ihre besonderen Zeichen, die zu Bündeln vereinigten Rohrstäbe mit goldenen Knöpfen, emporgehalten. Der Wächter des königlichen Schatzes harmonierte in seinem persönlichen Luxus mit der Stellung, welche er einnahm, und vor ihm standen große Kisten, Waagen und Gewichte aus massivem Golde. Die wenigen Minuten, welche noch vergingen, bevor wir zum Könige selbst kamen, um ihm die Hand zu reichen, gaben uns Gelegenheit, denselben recht bequem zu sehen. Schon sein Äußeres erregte meine volle Aufmerksamkeit. Es ist stets auffallend, einen Ausdruck von natürlicher Würde an Fürsten zu beobachten, welche wir kurzweg Barbaren zu nennen lieben. Seine Gesichtszüge verrieten ebensoviel Majestät als gute Lebensart, und nie verlor er die einem Monarchen unbedingt zukommende Ruhe. Er schien gegen achtunddreißig Jahre zu zählen und Anlage zum Embonpoint zu haben; die ganze Erscheinung sprach offenbar für einen wohlwollenden Charakter.«

Es folgt hierauf eine mehrere Seiten füllende Beschreibung der Toilette des Königs, der Aufzüge der Anführer, Soldaten, der Volksmenge und des Empfangs, der bis in die Nacht hinein währte.

Bei Durchlesung dieser staunenerregenden Schilderung Bowdichs fragt man sich unwillkürlich, ob sie nicht das Erzeugnis der gereizten Einbildungskraft des Reisenden sei, so unwahrscheinlich erscheinen uns der ans Wunderbare grenzende Luxus dieses Barbarenhofes, die Menschenopfer, bei welchen zu gewissen Zeiten des Jahres Tausende hingeschlachtet werden, die fremdartigen Sitten dieses kriegerischen, grausamen Volkes und diese Mischung von Zivilisation und Barbarismus. Man wäre versucht zu glauben, daß Bowdich alles gröblich übertrieben habe, wenn die Reisenden, welche ihm folgten, und die Forscher derselben Zeit seine Schilderungen nicht allseitig bestätigt hätten. Man steht erstaunt gegenüber einer solchen nur auf roher Gewalt begründeten Regierung, verwundert, daß eine solche von so langer Dauer sein konnte!

II

Mollien an den Quellen des Senegal und des Gambia – Caillié in Timbuktu – Laing an den Quellen des Niger – Ermordung des Major Laing – Die Fahrt auf dem Niger von Richard und John Lander – Verdrießlichkeiten mit dem König von Eboe – Unerfreuliches Ende der Expedition

Unter den kühnen Reisenden, welche ihr Leben zur Erforschung der Erdkunde in die Schanze schlugen, begegnet man nur selten einem Franzosen. Einzelne finden sich aber doch, unter diesen möchten Mollien und Caillié wohl einer besonderen Erwähnung wert sein.

Gaspard Mollien war der Neffe des kaiserlichen Schatzministers unter Napoleon I. Mit der ›Medusa‹ abgesegelt, entging er glücklich dem Schiffbruche dieses Fahrzeuges, erreichte auf einem Boote die Küste der Sahara und gelangte längs derselben bis zum Senegal.

Das Unglück, dem Mollien mit genauer Not entkam, hätte wohl in jedem minder standhaften Kopfe die Lust an Abenteuern und den Hang zu gefährlichen Reisen unterdrückt. Hier war es nicht so. Kaum hatte der Gouverneur der Kolonie, der Kommandant Fleuriau, das Anerbieten des jungen Reisenden, die Quellen der großen Ströme Senegambiens aufzusuchen und vorzüglich die des Niger festzustellen, angenommen, als dieser auch schon (von Saint Louis) aufbrach.

Von Diedde am 29. Januar 1818 abreisend, wandte sich Mollien zwischen dem 15. und 16. Breitengrad nach Osten, zog durch das Königreich Domel und drang bis zu den Yoloffs vor.

Von dem Wege nach Woulli abweichend, schlug er einen anderen nach Fouta Toro ein und erreichte, trotz des Fanatismus und der Raubsucht der Bewohner, Bondou ohne nennenswerten Unfall. Drei Tage brauchte er, um durch die Wüste zu ziehen, welche Bondou von den Ländern jenseits des Gambia trennt; dann begab er sich nach Niokolo, eine von halbwilden Peuls und Djallons bewohnte Berggegend.

Von Bandeia aus betrat Mollien dann Fouta Djallon und kam an den nebeneinanderliegenden Quellen des Gambia und des Rio Grande an. Einige Tage später fand er auch die der Faleme. Trotz des Widerstrebens und der Angst seines Führers wagte es Mollien, nach Timbu, der Hauptstadt von Fouta, zu gehen. Die zufällige Abwesenheit des Königs und der meisten Bewohner ersparte ihm ohne Zweifel die Leiden einer Gefangenschaft, welche lange währen konnte, wenn sie nicht durch schreckliche Torturen abgekürzt wurde. Fouta ist eine befestigte Stadt, in der der König Wohnungen besitzt, welche Erdmauern von drei bis vier Fuß Dicke und mindestens fünfzehn Fuß Höhe haben.

Unfern von Timbou begab sich Mollien zu den Quellen des Senegal – d. h. nach Aussage der ihn begleitenden Schwarzen, denn es war ihm unmöglich, astronomische Beobachtungen anzustellen.

Noch sah der Forscher seine Aufgabe nicht für beendigt an, da seinen Geist das wichtige Problem der Quellen des Nigers fortwährend in Spannung hielt. Der klägliche Zustand seiner Gesundheit aber, der Eintritt der Regenzeit, das Anschwellen und Übertreten der Flüsse und die Angst seiner Führer endlich, welche trotz des Versprechens von Gewehren, Ambra, selbst der Überlassung seines Pferdes, es abschlugen, ihn nach Kouranko und Soliman zu begleiten, nötigten ihn, auf die beabsichtigte Fahrt durch die Kong-Berge zu verzichten und nach Saint Louis zurückzukehren.

Mollien hatte zur besseren Kenntnis einiger von Europäern noch nicht besuchten Teile von Senegambien doch nicht unwesentlich beigetragen.

»Es ist zu bedauern«, sagt de la Renaudière, »daß Mollien, erschöpft durch Strapazen, kaum imstande, sich weiterzuschleppen, vollständig entblößt von allem, und ohne Mittel, verläßliche Beobachtungen vorzunehmen, sich außerstande sah, die hohe Bergkette zu überschreiten, welche das Zuflußbecken des Senegal von dem des Niger scheidet, und er also, gezwungen, den Vorstellungen der Eingebornen nachzugeben, den wichtigsten Teil seiner Mission unausgeführt lassen mußte. Nur gestützt auf die Versicherungen der Neger, glaubt er die Quellen des Rio Grande, der Faleme, des Gambia und Senegal besucht zu haben. Wäre es ihm möglich gewesen, den Lauf dieser Flüsse weiter hinab zu verfolgen, so würden seine Entdeckungen eine wünschenswerte Verläßlichkeit gewonnen haben, die ihnen jetzt leider abgeht. Jedenfalls weist die Lage der Quelle, welche er als die des Ba Fing oder Senegal bezeichnet, darauf hin, daß sie einem anderen größeren Strome nicht angehören kann; vergleicht man seine Angaben mit denen anderer Reisenden, so gewinnt man noch weiter die Überzeugung, daß seine Entdeckung ihn nicht getäuscht hat. Alles deutet darauf hin, daß die beiden Quellen in größerer Höhe entspringen, als man bisher annahm, und daß der Niger die höchste Ursprungsstelle hat. Das Land selbst erhebt sich in parallelen Terrassen nach Süden und Südosten hin. Mit ihrem Fortschreiten nach Süden nehmen die Berge an Höhe zu und weisen ihre höchsten Kämme zwischen dem 8. und 10. Grad nördlicher Breite auf.«

Das sind die interessanten Ergebnisse der Reise Molliens in der französischen Kolonie am Senegal. Von hier aus trat auch ein anderer Forscher, René Caillié, seine Fahrt an. Geboren im Jahre 1800 im Departement des Deux-Sèvres, genoß Caillié keinen anderen Unterricht als den der Volksschule; die Lektüre des Robinson Crusoe hatte in seinem jungen Geiste aber eine solche Begierde nach Abenteuern erweckt, daß Caillié keine Ruhe fand, bevor er sich nicht, trotz der Unzulänglichkeit seiner Mittel, Karten und Reiseschilderungen erworben hatte. Im Jahre 1816, also noch nicht sechzehn Jahre alt, schiffte er sich auf der Gabarre (Lichterschiff) ›La Loire‹ nach Senegal ein.

Zu jener Zeit organisierte die englische Regierung eben unter dem Befehle des Major Gray eine Expedition in das Innere des Landes. Um dem schrecklichen ›Almamy‹ von Timbu aus dem Wege zu gehen, benutzten die Engländer den Seeweg bis zum Gambia. Nachdem sie durch Woulli und Gabon gezogen, drang

die Expedition in Bondou ein, das Mollien einige Jahre später besuchen sollte, ein Land, dessen Bewohner dem von Fouta Djallon an wildem Fanatismus in keiner Weise nachstanden. Der Almamy hier ging in seiner Frechheit so weit, den Major Gray unter dem Vorwande einer alten, von englischen Behörden noch nicht ausgeglichenen Schuld fast aller seiner Waren zu berauben, so daß dieser einen Offizier nach Senegal zurücksenden mußte, um sich neue Vorräte zu beschaffen.

Caillié, der von diesem unglücklichen Anfang nichts wußte und voraussetzte, daß Major Gray jeden neuen Teilnehmer mit Freuden begrüßen würde, reiste von Saint Louis mit zwei Negern ab und erreichte Goree. Hier rieten ihm aber mehrere Personen, welche sich für ihn interessierten, davon ab, sich jener Expedition anzuschließen, und verschafften ihm eine Anstellung in Guadeloupe. Caillié verweilte nur sechs Monate auf dieser Insel, segelte dann wieder nach Bordeaux und kehrte von hier aus nach Senegal zurück.

Ein Offizier des Major Gray namens Partarieu wollte eben mit den von ihm besorgten Warenvorräten zu seinem Schiffe abgehen. Caillié bat, ihn ohne Sold und feste Stellung begleiten zu dürfen. Dieses Angebot wurde ohne Zögern angenommen. Die Karawane bestand aus siebzig Personen, Weißen und Schwarzen, und aus zweiunddreißig reichbeladenen Kamelen. Am 5. Februar 1819 verließ sie Gandiolle in Cayor und zog, bevor sie nach Yoloff kam, durch eine Wüste, wo sie entsetzlich an Durst litt, da man, um alle Waren fortschaffen zu können, auf die Mitnahme reichlicherer Wasservorräte verzichtet hatte.

In Boulibaba, einem von Foulah-Hirten bewohnten Dorfe, konnte die Karawane sich erquicken und ihre Wasserschläuche zu einem zweiten Zuge durch die Wüste füllen.

Mit Umgehung von Fouta Toro, dessen Bewohner als wilde Räuber berüchtigt sind, drang Partarieu in Bondou ein. Er hätte wohl auch gern Boulibane, die Hauptstadt des Landes und Residenz des Almamy, vermieden; die Weigerung der Eingebornen aber, welche der Karawane weder Getreide noch Wasser liefern wollten, und der bestimmte Befehl des Major Gray, welcher voraussetzte, daß der Almamy nach empfangener Kontribution die Karawane unbelästigt ziehen lassen werde, veranlaßten ihn, sich in jene Stadt zu begeben.

Der schreckliche Almamy erzwang sich sofort eine große Menge Geschenke, verweigerte den Engländern aber die Erlaubnis, nach Bakel am Senegal zu ziehen. Sie könnten ja, meinte er, durch seine Staaten und durch Kaarta nach Clego gehen oder auch den Weg über Fouta Toro einschlagen. Von diesen beiden Routen empfahl sich die erste sowenig wie die zweite, denn beide führten durch sehr fanatische Länder. Die Absicht des Almamy ging – so wenigstens meinten die Engländer – dahin, sie berauben und ermorden zu lassen; die Verantwortung dafür aber möglichst von sich abzuwälzen.

Die Expedition entschloß sich infolgedessen dafür, sich mit Gewalt einen Weg zu bahnen. Kaum in den Vorbereitungen dazu begriffen, sah sie sich jedoch von einer Menge Soldaten umringt, welche die Brunnen besetzten und ihr die Ausführung dieses Vorhabens materiell unmöglich machten. Gleichzeitig ertönte die Kriegstrommel auf allen Seiten. Ein Kampf erschien unmöglich, man mußte sich also auf Unterhandlungen einlassen oder, mit anderen Worten, seine Ohnmacht bekennen. Der Almamy schrieb seine Friedensbedingungen vor, erpreßte von den Engländern neue Geschenke und verlangte, daß sie sich über Fouta Toro zurückzögen.

Zur noch tieferen Verletzung des britischen Stolzes sahen sich die Engländer von einer Truppenmacht begleitet, welche sie hinderte, irgendeinen anderen Weg einzuschlagen. Mit hereinbrechender Nacht warfen sie nun, vor den Augen der Foulahs, welche sich derselben zu bemächtigen gedachten, alle ihre Waren ins Feuer. Trotzdem gestaltete sich der Zug nach Fouta Toro, mitten durch eine feindlich gesinnte Bevölkerung, noch sehr beschwerlich. Unter den nichtigsten Vorwänden wurden Händel gesucht, und man war öfter daran, handgemein zu werden. Lebensmittel und Wasser wurden nur gegen hohe Bezahlung geliefert.

Eines Nachts ließ Partarieu endlich, um die Wachsamkeit der Eingeborenen zu täuschen, nachdem er erklärt hatte, nicht alles, was er bei sich habe, auf einmal weiter fortbringen zu können, alle Kisten und Kasten mit Steinen füllen; die Zelte blieben stehen, die Feuer in hellem Brand, er selbst aber entwich mit allen seinen Leuten und eilte nach dem Senegal zu. Der Rückzug artete bald in eine wirkliche Flucht aus. Gepäck, Waffen, Tiere – alles wurde im Stich gelassen und auf der Straße verstreut. Durch diese Ausflucht und die Schnelligkeit, mit der alle das Weite zu gewinnen suchten, gelang es, die Niederlassung in Bakel zu erreichen, wo die Franzosen die Trümmer der Expedition mit offenen Armen aufnahmen.

Caillié selbst, der am Fieber litt, das bald sehr bedrohliche Symptome zeigte, kehrte nach Saint Louis zurück; auch hier machte seine Wiedergenesung so langsame Fortschritte, daß er sich entschließen mußte, nach Frankreich zu gehen. Erst im Jahre 1824 konnte er Senegal wieder aufsuchen. Zu dieser Zeit ver-

waltete die Kolonie der Baron Roger, ein dem Fortschritt huldigender Mann, der es sich ebenso angelegen sein ließ, die Handelsbeziehungen seines Landes wie die geographischen Kenntnisse zu erweitern. Er gewährte Caillié auch die nötigen Mittel, um sich bei den Bracknas aufzuhalten und dort die arabische Sprache sowie die kirchlichen Gebräuche der Muselmanen kennenzulernen.

Das Leben bei diesen mißtrauischen, fanatischen maurischen Hirten bot keine besonderen Annehmlichkeiten. Der Reisende, der schon unglaubliche Mühe hatte, nur sein Tagebuch in Ordnung zu führen, mußte manche List anwenden, um die Erlaubnis zum Besuche der Umgebungen der Stadt zu erhalten. Er wußte dabei aber viel gründliche Beobachtungen zu machen über die Lebensweise der Bracknas, ihre meist aus Milchkost bestehende Nahrung, über ihre Zeltwohnungen, die gegen den Einfluß der Witterung nur sehr unzulänglich schützten, ihre Wanderlieder oder ›Guehues‹, über die Mittel, den Frauen jenen Grad von Wohlbeleibtheit zu verschaffen, den sie für das Ideal der Schönheit ansehen, endlich über die Natur des Landes und über die Fruchtbarkeit und die Erzeugnisse des Bodens.

Am merkwürdigsten erschienen jedoch die Aufschlüsse Salliés über die fünf verschiedenen Kasten, in welche die maurischen Bracknas zerfallen.

Es sind das die ›Hassanen‹ oder Krieger, ebenso faule und schmutzige als unglaublich stolze Leute; die ›Marabouts‹ oder Priester; die ›Zenagues‹ oder Untergebenen der Hassanen, die ›Laratines‹ und die Sklaven.

Die Zenagues bilden eine elende, von allen anderen und vorzüglich von den Hassanen selbst verachtete Volksklasse, obwohl sie den letztgenannten einen zwar festgesetzten, aber niemals für ausreichend befundenen Tribut zahlen. Sie sind die eigentlichen Arbeiter, welche sich mit Industrie, Landbau und Viehzucht beschäftigen.

»Trotz aller Bemühungen«, sagt Caillié, »vermochte ich weder den Ursprung dieser Rasse zu ergründen noch konnte ich erfahren, wie jene dazu gekommen seien, an andere Mauren Tribut zu entrichten. Wenn ich hierüber nachfragte, erhielt ich nur die Antwort, daß Gott es so wolle. Sollten es vielleicht besiegte Volksstämme sein, denen alle Überlieferung abhanden gekommen ist? Ich kann das kaum glauben; denn die auf ihre Abkunft gewöhnlich sehr stolzen Mauren vergessen niemals die Namen derjenigen, welche sich in ihrer Familie auszeichneten, und die die Mehrzahl der Bevölkerung bildenden und kriegsgeübten Zenagues würden sich gewiß unter einem Nachkommen ihrer alten Häuptlinge erhoben und das Joch der Knechtschaft abgeschüttelt haben.«

Die Laratines sind die Kinder eines Mauren und einer Negersklavin. Obgleich selbst so gut wie Sklaven, werden dieselben doch niemals verkauft und, in besondere Hürden eingepfercht, fast wie Zenagues behandelt. Diejenigen, welche einen Hassanen zum Vater haben, werden Krieger; die Söhne eines Marabout erhalten besseren Unterricht und widmen sich meist derselben Tätigkeit wie ihre Väter.

Die Sklaven sind alle Neger. Sie werden schlecht behandelt, dürftig genährt, von ihren Herren ganz nach Belieben mit der Peitsche gezüchtigt und überhaupt auf alle erdenkliche Weise gequält.

Im Mai 1825 war Caillié wieder in Saint Louis zurück. Der Baron Roger befand sich nicht daselbst, und sein Nachfolger erwies sich ihm nicht besonders freundlich gesinnt. Der Reisende mußte sich mit der Verpflegung der gemeinen Soldaten begnügen und seinen Beschützer abwarten, dem er alle bei den Bracknas gesammelten Beobachtungen überließ; trotzdem sah er sein Angebot weiterer Dienste abgewiesen. Dagegen versprach man ihm eine gewisse Summe, wenn er von einem Zuge nach Timbuktu zurückkehre. Wie konnte er einen solchen aber ausführen, da es ihm an persönlichen Hilfsmitteln völlig fehlte?

Den unermüdlichen Caillié entmutigte aber auch das noch nicht. Da er bei der Kolonialregierung kein Entgegenkommen und keine Unterstützung fand, ging er nach Sierra Leone, wo der Gouverneur nur deshalb seine Vorschläge abwies, weil er dem Major Laing die Ehre, zuerst nach Timbuktu zu gelangen, nicht rauben lassen wollte.

Durch Ersparnis während der Leitung einer Indigo-Fabrik erwarb sich Caillié bald die Summe von 2000 Francs, die ihm hinreichend schien, um bis ans Ende der Welt zu reisen. Schnell verschaffte er sich nun die nötigen Waren und schloß sich einigen Mandinguos und ›Seracolets‹, d. h. reisenden Kaufleuten, welche durch Afrika ziehen, an. Diesen erzählte er unter dem Siegel der Verschwiegenheit, daß er in Ägypten von arabischen Eltern geboren, in ganz jungen Jahren nach Frankreich entführt und dann nach Senegal gebracht worden sei, um seines Herrn Handelsgeschäfte zu leiten, der ihn als Belohnung für seine Dienste freigegeben habe. Er fügte hinzu, daß es sein sehnlichster Wunsch sei, nach Ägypten zu gelangen und die mohammedanische Religion wieder anzunehmen.

Von Freetown ausgehend, erreichte Caillié am 22. März 1827 Kakondy, ein Dorf am Rio Nunez, wo er den kurzen Aufenthalt benutzte, einige Erkundigungen über die Nalus einzuziehen. Es sind das zwei den Foulahs von Fouta Djallon unterworfene Völker, welche nicht dem Islam huldigen und infolgedessen dem Trunke sehr ergeben sind. Sie bewohnen das Uferland des genannten Flusses, ebenso wie die Bagos, ein Götzendiener-Stamm an der Mündung des Rio Nunez. Die lustigen, tätigen und im Anbau des Landes recht geschickten Bagos erzielten reiche Erträge aus ihren Reisernten und durch die Salzgewinnung. Sie haben keinen König, keine andere Religion als einen sinnlosen Götzendienst, werden von je dem Ältesten des Dorfes regiert und befinden sich dabei gar nicht schlecht.

Am 19. April 1827 reiste Caillié endlich mit nur einem Träger und einem Diener nach Timbuktu ab. Die Foulahs und Djallonkes, deren reiche und fruchtbare Länder er durchzog, hatte er nur zu loben; dann überschritt er den Ba Fing, den größten Nebenfluß des Senegal, nahe seiner Quelle, an einer Stelle, wo er zwar hundertfünfzig Fuß Breite haben mochte, dagegen nur anderthalb Fuß tief war; die Gewalt der Strömung aber und die steilen schwarzen Granitmassen, welche neben seinem Ufer emporstreben, machten diesen Übergang beschwerlich und gefährlich. Nach neunzehntägigem Aufenthalt in dem Dorfe Cambaya, in welchem der Führer, der ihm bisher gedient hatte, zu Hause war, zog Caillié nach Kankan hinein, durch ein von Flüssen und starken Bächen bewässertes Land, welche dieses eben zu überschwemmen begannen.

Am 30. Mai überschritt Caillié den Tankisso, einen breiten Fluß mit steilen Ufern, der zum Gebiete des Niger gehört, welch letzteren der Reisende am 11. Juni in Couroussa erreichte.

»Er hatte schon so nahe seiner Quelle«, berichtet Caillié, »eine Breite von neunhundert Fuß und eine Schnelligkeit von zweiundeinehalbe Meile in der Stunde.«

Bevor wir dem Forscher nach Kankan folgen, dürfte es an der Stelle sein, seine Bemerkungen über die Foulahs von Fouta kurz zu erwähnen. Es sind das meist große, gutgebaute Leute mit hellbraunem Teint, krausem Haar, hoher Stirn und Adlernase, deren Züge von denen der Europäer nicht sonderlich abweichen. Als fanatische Mohammedaner hegen sie einen tiefen Haß gegen die Christen. Sie reisen nicht umher wie die Mandinguos, sondern

lieben ihr Heim und sind entweder geschickte Landbauer oder gewandte Händler. Von Natur kriegerisch und opferwillig für ihr Land, lassen sie, wenn ein Kampf ausbricht, nur die Greise und die Frauen in den Dörfern zurück.

Die Stadt Kankan liegt inmitten einer von Bergen umschlossenen Ebene. Hier trifft man in großer Menge den Bombax (Woll- oder Ceibabaum), den Baobab und den Butterbaum, der auch ›Cé‹ oder ›Shea‹ genannt wird. Caillié mußte sich in dieser Stadt achtundzwanzig Tage aufhalten, bevor er Gelegenheit fand, nach Sambatikila zu gelangen; von seinem Wirt wurde er unverschämt bestohlen und konnte von dem Chef der Stadt auch die Zurückerstattung der geraubten Waren nicht erlangen.

»Kankan«, sagt der Reisende, »der Hauptort des gleichnamigen Bezirks, ist eine kleine Stadt, zwei Büchsenschüsse weit vom linken Ufer des Milo, eines hübschen Flusses, der von Süden herkommt, und Kissi, wo seine Quelle liegt, bewässert; er strömt nach Nordosten und vereinigt sich, zwei bis drei Tagereisen von Kankan entfernt, mit dem Niger. Umgeben von einer schönen, dichten saftigen Hecke, liegt diese Stadt, welche gegen 6000 Einwohner zählen mag, in einer herrlichen Ebene mit grauem, sehr fruchtbarem Sande. In allen Richtungen sieht man hübsche Dörfer liegen, welche hier auch Ourondes genannt werden; dorthin bringen die Einwohner ihre Sklaven. Diese Einzelwohnstätten verleihen der Gegend einen gewissen Reiz und sind alle mit wohlgepflegten Äckern umgeben; Yamswurzeln, Mais, Reis, Zwiebeln, Pistazien und Gombo gedeihen hier im Überfluß.«

Von Kankan nach Uassulo führte der Weg durch sehr schöne Landschaften unter voller Kultur und meist reich bewässert. Die Bewohner dieses Gebietes erschienen Caillié von besonders sanftem Charakter; sie waren alle sehr heiter und neugierig und empfingen ihn überaus wohlwollend.

Mehrere Zuflüsse des Niger, darunter vorzüglich der Sarano, mußten überschritten werden, bevor man in Sigala haltmachte, wo der Beherrscher von Uassulo seinen Sitz hatte. Ebenso unreinlich wie seine Untertanen, schnupfte er sehr stark und rauchte auch viel Tabak. Der Fürst soll an Gold und Sklaven sehr reich sein; seine Untertanen beschenken ihn häufig mit Tieren; er hat viele Frauen, die jede eine eigene Hütte bewohnen, wodurch ein kleines Dorf gebildet wird, das von wohlgepflegten Anpflanzungen eingeschlossen ist.

Von Uassulo aus betrat Caillié nun Foulou, dessen Einwohner, wie die Uassulos, die Mandinguo-Sprache reden, Götzendiener sind oder vielmehr fast gar keinen Kultus haben und sehr schmutzig aussehen. In Sambatikila machte der Reisende dem Almamy seinen Besuch.

»Wir traten«, sagt Caillié, »in einen Raum, der ihm gleichzeitig als Schlafzimmer und Pferdestall diente. Das Bett des Fürsten befand sich im Hintergrund desselben; es ragte etwa sechs Zoll über den Boden empor und war mit einem Ochsenfell bedeckt und mit einer Art schmutzigen Vorhangs, zum Abhalten der Moskitos, versehen. Hausgeräte gab es in der königlichen Wohnung nicht. An Pflöcken in der Wand hingen zwei Pferdesättel; ein großer Strohhut, eine Trommel, welche nur während des Krieges gebraucht wird, einige Spieße, ein Bogen nebst Köcher und Pfeilen bilden den ganzen Schmuck, außer einer Lampe aus einem Stück flachen Eisens, die durch einen aus demselben Metall bestehenden, in den Erdboden gepflanzten Halter getragen wird; man verbrennt darin vegetabilische Butter, welche nicht konsistent genug ist, um sie zu Kerzen verarbeiten zu können.«

Der Almamy machte den Reisenden darauf aufmerksam, daß sich eine Gelegenheit, nach Time zu gelangen, böte, von wo aus eine Karawane nach Djenne ziehen werde. Caillié begab sich nun also zu dem Lande der Bambaras und gelangte bald zu dem hübschen, kleinen Dorfe Time, das von mohammedanischen Mandinguos bewohnt und nach Osten zu von einer gegen 2000 Fuß hohen Bergkette beherrscht wird.

Als Caillié gegen Ende Juli zu diesem Dorfe kam, ahnte er gewiß nicht, wie lange er sich hier aufhalten sollte. Er hatte nämlich am Fuße eine Wunde, die sich durch das lange Marschieren in feuchtem Grase mehr und mehr verschlimmerte. Er entschloß sich also, die Karawane nach Djenne abziehen zu lassen und seine völlige Wiederherstellung in Time abzuwarten. Es erschien ihm in seiner Lage zu gefährlich, durch das Land der Bambaras zu reisen, welche er als Götzendiener kannte und die ihn sicher unterwegs geplündert hätten.

»Diese Bambaras«, erzählt der Reisende, »haben nur wenige Sklaven, gehen fast nackt, aber stets mit Bogen und Pfeilen bewaffnet. Sie werden von einer großen Anzahl kleiner unabhängiger Fürsten regiert, welche häufig miteinander im Kriege liegen. Es sind, im Vergleich zu den der Religion des Propheten zugetanen Völkern, sehr rohe und wilde Geschöpfe.«

Bis zum 10. November wurde Caillié, dessen Wunde nur langsam heilte, in Time zurückgehalten. Da bot sich ihm eine günstige Gelegenheit, nach Djenne zu gelangen.

»Heftige Schmerzen in der Kinnlade aber«, schreibt der Reisende, »belehrten mich, daß ich vom Skorbut befallen war, eine abscheuliche Krankheit, welche ich gründlich kennenlernen sollte.

Am Gaumen löste sich die Schleimhaut, und Knochenstückchen bröckelten darunter los; die Zähne schienen in ihren Alveolen allen Halt zu verlieren; ich litt entsetzlich und fürchtete, mein Gehirn müsse von den Schmerzen in Mitleidenschaft gezogen werden, die ich am Schädel fühlte. Vierzehn Tage lang vermochte ich nicht einen Augenblick Schlaf zu finden.«

Um seine Lage noch peinlicher zu machen, brach Caillíés Wunde von neuem auf, und er wurde von derselben wie vom Skorbut nicht eher befreit, als bis eine alte Negerin, welche vielfache Erfahrung in Behandlung dieser im Lande sehr häufigen Krankheit besaß, seine Pflege übernahm.

Am 9. Januar 1828 endlich verließ Caillié Time und begab sich nach Kimba, einem kleinen Dorf, wo sich die nach Djenne bestimmten Karawanen zu sammeln pflegen. In der Nähe des letztgenannten Dorfes erhebt sich die eigentlich unrichtig ›Kong‹ benannte Bergkette, denn bei allen Mandinguos bedeutet dieses Wort eben nichts weiter als ›Berg‹.

Die Namen der Dörfer, durch welche der Reisende kam, und die Zufälligkeiten unterwegs bieten kein besonderes Interesse. Die Bambaras werden übrigens von den Mandinguos für freche Diebe erklärt, eine Anschuldigung, die sie jedoch nicht mehr trifft als die Ankläger selbst.

Die Frauen der Bambaras tragen alle ein Stückchen dünnes Holz quer durch die Unterlippe, huldigten also genau derselben Mode, welche Cook auch an der Westküste Nordamerikas verbreitet fand, ein Beweis, daß die Menschheit doch immer dieselbe bleibt, unter welcher Breite sie auch leben mag. Die Bambaras bedienen sich der Mandinguo-Sprache, haben aber einen eigentümlichen, ›das Kissur‹ genannten Dialekt, über den der Reisende jedoch etwas Näheres und Verläßlicheres nicht erfahren konnte.

Djenne hieß ehemals das ›Goldland‹, nicht etwa, weil es dieses Metall selbst geliefert hätte, sondern weil die Händler von Boure und die Mandinguos aus Kong dasselbe häufig hierher brachten.

Die zweieinhalb Meilen im Umfang messende Stadt Djenne ist von einer zehn Fuß hohen Erdmauer umschlossen. Ihre aus lufttrockenen Backsteinen errichteten Häuser sind ebenso groß wie die der Bauern in Europa. Alle haben ein terrassenförmiges Dach und entbehren nach außen der Fenster. Es ist eine geräuschvolle, lebendige Stadt, in der täglich eine Handelskarawane eintrifft. Fremde sieht man hier in Menge. Die Zahl der Einwohner dürfte acht- bis zehntausend betragen. Von Natur fleißig und betriebsam, lassen sie auch ihre Sklaven in allen Handwerken mitarbeiten.

Den eigentlichen Großhandel haben jedoch die Mauren in den Händen. Es vergeht wohl kein Tag, ohne daß diese große Flußschiffe voll Reis, Hirse, Baumwolle, Honig, Pflanzenbutter und andere einheimische Erzeugnisse absenden.

Trotz dieser umfassenden Handelstätigkeit sah Djenne sein Gedeihen doch ernstlich gefährdet. Der Beherrscher des Landes, Sego Ahmadu, ein blinder Schwärmer, führte in jener Zeit gegen die Bambaras von Sego, die er gewaltsam zum Islam bekehren wollte, einen erbitterten Krieg. Dieser Kampf lähmte den Verkehr von Djenne in furchtbarster Weise, da er der Stadt die Verbindung mit Yamina, Sanjanding, Bamakou, Boure und dadurch mit weit ausgedehnten Ländergebieten abschnitt. Die Stadt konnte also zu der Zeit, als Caillié sie besuchte, nicht als der Zentralpunkt des Handels gelten, während derselbe vielmehr in den drei ersten obengenannten Städten in hoher Blüte stand.

Die Frauen von Djenne hätten sich doch gegen ihr Geschlecht versündigt, wenn ihnen die Koketterie ganz fremd geblieben wäre. Die eleganten Damen tragen deshalb einen Ring oder irgendeinen Glasschmuck an der Nase, während die minder begüterten sich damit begnügen, ein Stück rote Seide daran zu hängen.

Während des langen Aufenthaltes in Djenne wurde Caillié von den Mauren, denen er die Fabel von seiner Geburt und Entführung durch französische Soldaten in Ägypten erzählt hatte, mit Aufmerksamkeiten überhäuft.

Am 23. März schiffte der Reisende sich auf dem Niger auf einem Fahrzeug, dessen Benutzung ihm der durch das Geschenk eines Regenschirmes gewonnene Sherif gestattet hatte, nach Timbuktu ein. Er führte Empfehlungsbriefe an die hervorragendsten Einwohner der Stadt bei sich.

Caillié kam bei dem hübschen Dorfe Kera vorbei und passierte Taguetia, Sankha-Guibila, Diebe und Isaca, in dessen Nachbarschaft ein von Sego herkommender bedeutender Nebenfluß,

welcher in seinem Laufe ungeheure Biegungen bildet, sich mit dem Strome verbindet; er sah ferner Uandacora, Uanga, Corocoïla, Cona und gelangte am 2. April zu der Einmündung in den großen Debo-See.

»Nach allen Himmelsrichtungen sieht man von dem See aus das Land«, sagt Caillié, »außer im Westen, wo jener sich zu einem wahren Binnenmeere erweitert. Wenn man seiner nördlichen, etwas nach Ostnordost abbiegenden Küste etwa fünfzehn Meilen weit nachgeht, läßt man zur Linken eine große, flache Landzunge, welche mehrere Meilen weit nach Süden zu vorspringt. Sie scheint das Fahrwasser ganz zu schließen und bildet eine Art

Meerenge. Jenseits dieses Landstreifens dehnt sich der See nach Westen über Sehweite hinaus. Die eben beschriebene Landzunge teilt den Debo-See also eigentlich in zwei, einen oberen und einen unteren See. Der von Fahrzeugen am meisten befahrene, welcher auch drei Inseln enthält, ist sehr groß; nur nach Osten zu ist er beschränkt und von einer Unzahl ausgedehnter Sümpfe umgeben.«

Am 20. April landete Caillié und brach nach Timbuktu auf, wo er mit Sonnenuntergang eintraf.

»Ich erblickte also jene Hauptstadt des Sudan« (dem heutigen Mali, Anm. d. Hrsg.), schreibt der Reisende, »welche mir so lange Zeit als Ziel meiner Wünsche vorschwebte. Als ich die geheimnisvolle Stadt, den Gegenstand des Strebens aller zivilisierten Nationen Europas, betrat, erfüllte mich ein unbeschreibliches Gefühl der Befriedigung. Ich hatte noch niemals eine solche Empfindung gehabt, und meine Freude kannte fast keine Grenzen. Leider durfte ich ihr keinen lauten Ausdruck geben; nur Gott allein vertraute ich, was mich bewegte. Wie viel hatte ich ihm nicht zu verdanken, der mein Unternehmen mit so glücklichem Erfolg krönte! Wie oft hatte er mir sichtbar seine Gnade erwiesen, daß er mich alle Gefahren und unzähligen Hindernisse glücklich überwinden ließ! Als ich mich etwas mehr gesammelt hatte, fand ich freilich, daß das Bild vor meinen Augen den früheren Erwartungen keineswegs entsprach. Ich hatte mir von der Größe und dem Reichtum der Stadt ganz andere Vorstellungen gemacht; sie bietet dagegen beim ersten Anblick nichts als das Bild eines Haufens schlechtgebauter Lehmhäuser; nach allen Seiten sieht man ungeheuere Ebenen mit beweglichem, ins Gelbliche spielendem Sande und trostlose Dürre. Der Himmel färbte sich mattrot am Horizonte; ringsum herrscht tiefes Schweigen; kein Vogel läßt seine Stimme ertönen. Immerhin hat es etwas Erhebendes, eine große Stadt mitten in einer Sandwüste zu sehen, und man bewundert unwillkürlich die Arbeit, welcher ihre Gründer sich einst unterzogen haben müssen. Was Timbuktu selbst betrifft, so glaube ich, daß der Strom früher in der Nähe der Stadt vorüberfloß, jetzt ist er von derselben nach Norden zu freilich acht Meilen und in der nämlichen Richtung von Cabra fünf Meilen entfernt.«

Weder so groß noch so volkreich wie Caillié sich dasselbe gedacht, fehlt es Timbuktu vor allem an Lebhaftigkeit. Hier sieht man nicht wie in Djenne täglich Karawanen einziehen. Von einem Zusammentreffen von Fremden, wie in der letztgenannten Stadt, ist hier keine Rede, und der Markt, den man der Hitze wegen erst um drei Uhr abhält, erscheint ziemlich tot.

Timbuktu wird von Kissur-Negern bewohnt, welche von Charakter recht sanft sind und dem Handel obliegen. Eine Verwaltung gibt es nicht; im Grunde jedoch auch keine anerkannte öffentliche Gewalt; jede Stadt, jedes Dorf im Lande hat einen eigenen Herrscher, wie zur Zeit der alten Patriarchen. Viele

Mauren, welche in der Stadt Timbuktu leben, treiben Handel und erwerben meist schnell ein nicht unbedeutendes Vermögen, da sie von Adrar, Tafilet, Tuat, Ardamas, Algier, Tunis und Tripolis Waren zum Wiederverkauf auf Kredit erhalten.

Nach Timbuktu wird alles Salz aus den Minen von Tudeyni auf Kamelen hingeschafft. Es kommt in Platten an, welche mittelst schlechter Stricke, die man aus einem in der Nähe von Tandaye wachsenden Grase verfertigt, verbunden sind.

Der Umfang von Timbuktu, das übrigens ein Dreieck bildet, mag gegen drei Meilen betragen. Die Häuser der Stadt sind groß, aber niedrig und meist aus Backsteinen erbaut. Die Straßen sind breit und reinlich. Man zählt hier fünf Moscheen (neuere Angaben sprechen nur von drei solchen) mit je einem Minarett, von dem aus der Muezzin die Gläubigen zum Gebete ruft. Unter Hinzurechnung der nicht ansässigen Bevölkerung zählte die Hauptstadt von Sudan doch nur zehn- bis zwölftausend Einwohner.

Inmitten einer ausgedehnten Ebene von beweglichem weißem Sande, besitzt Timbuktu keine anderen natürlichen Hilfsquellen als die Gewinnung von Salz, da sich der Erdboden zu keiner Kultur eignet. Wenn die Tuaregs einmal die zahlreichen Flottillen, welche von dem unteren Niger herkommen, aufhielten, wären die Bewohner sofort dem grausamsten Mangel preisgegeben.

Die unmittelbare Nähe dieser nomadisierenden Stämme und ihre unaufhörlich wiederholten Ansprüche beeinträchtigen alle Handelstätigkeit ungemein. Timbuktu ist stets voller Leute, welche dahin kommen, um, wie sie sagen, Geschenke zu empfangen, die man freilich als erzwungene Kontributionen bezeichnen könnte. Wenn der Häuptling der Tuaregs in Timbuktu anlangt, wird das als ein öffentliches Unglück angesehen. Gewöhnlich verweilt er zwei Monate in der Stadt, nährt sich nebst seinem Gefolge auf Kosten der Einwohner und geht nicht eher seines Weges, als bis er reichliche Geschenke erhalten hat.

Der Schrecken nur hat die Herrschaft dieser umherirrenden Stämme auch über die benachbarten Völkerschaften verbreitet, welche jene ohne Schonung plündern und aussaugen.

Die Kleidung der Tuaregs weicht allein bezüglich der Kopfbedeckung von der der Araber ab. Tag und Nacht tragen sie ein Stück Baumwollgewebe, das die Augen verhüllt und sie, da es bis auf die Nase herabreicht, um sehen zu können, nötigt, den Kopf nach rückwärts zu werfen. Dasselbe Gewebe schlingt sich ein- oder zweimal um den Kopf, verhüllt den Bart und reicht bis über das Knie herab. Man sieht von ihnen gewöhnlich weiter nichts als die Nasenspitze.

Vortreffliche Reiter, die sich teils prächtiger Pferde, teils schnellfüßiger Kamele bedienen, sind die Tuaregs mit Lanze, Schild und Dolch bewaffnet. Sie bilden die eigentlichen Wüstenräuber und haben schon unzählige Karawanen beraubt oder gebrandschatzt.

Caillié befand sich kaum vier Tage in Timbuktu, als er von dem bevorstehenden Abzug der Karawane nach Tafilet hörte. Da er wußte, daß vor Ablauf dreier Monate keine andere folgen würde, und immer befürchtete, erkannt zu werden, schloß sich der Reisende dieser Gesellschaft von Kaufleuten an, welche nicht weniger als sechshundert Kamele mit sich führten. Am 4. Mai 1828 reiste Caillié also ab und erreichte, nachdem er durch die Hitze und den Ostwind, der den Wüstensand aufwirbelte, unausstehlich gelitten, fünf Tage später El Arouan, eine Stadt, welche nur als Lagerungsplatz für das Salz von Tudeyni dient, das nach Sansanding am Niger ausgeführt wird.

Am 19. Mai 1828 verließ die Karawane El Arouan, um quer durch die Wüste nach Marokko zu ziehen. Die erstickende Hitze, die Qualen des Durstes, Entbehrungen aller Art, die Anstrengung und eine Wunde, die sich der Reisende durch einen unglücklichen Fall vom Kamel zugezogen, waren ihm doch minder empfindlich als die fortwährenden Quälereien und Beleidigungen, welche er ebenso von Seite der Mauren wie sogar von den Sklaven zu erdulden hatte. Diese Leute fanden immer einen neuen Vorwand, sich über die Gewohnheiten und die Ungeschicktheit Cailliés lustig zu machen; sie gingen selbst so weit, ihn, wenn er sich umgedreht hatte, zu schlagen oder mit Steinchen zu werfen.

»Die Mauren«, erzählt Caillié, »sagten zu mir wiederholt in wegwerfendem Tone: ›Siehst du dort den Sklaven? Nun, den würde ich dir immer noch vorziehen; nun urteile selbst, wie hoch ich dich einschätze!‹ Derlei Redensarten begleiteten die anderen auch noch mit hellem Lachen.«

Unter solchen bedrückenden Verhältnissen kam Caillié zu dem Brunnen von Trarzas, wo sich Salz in großen Mengen findet, und endlich zu denen von Marabuty und El Harib, dessen Einwohner wahrhaft abstoßend schmutzig erscheinen.

Das Gebiet von El Harib liegt zwischen zwei niedrigen Bergketten, die es von Marokko, dem es tributpflichtig ist, trennen. Seine in mehrere Stämme geteilten Bewohner beschäftigen sich vorwiegend mit der Aufzucht von Kamelen. Sie könnten sich recht wohl befinden, wenn sie an die Berber nicht einen so hohen Tribut entrichten müßten, während letztere keine Gelegenheit vorübergehen lassen, sie noch obendrein zu berauben.

Am 12. Juli verließ die Karawane El Harib und betrat, elf Tage später, das an majestätischen Datteln reiche Tafilet. In Ghourland kamen die Mauren Caillié zwar recht freundlich entgegen, doch konnte er in deren Häusern keine Aufnahme finden, da die Frauen, welche nur die zur Familie gehörenden Männer sehen dürfen, den indiskreten Blicken eines Fremden ausgesetzt sein könnten.

Caillié besuchte auch den dreimal wöchentlich stattfindenden Markt, der in der Nähe des kleinen Dorfes Boheim, drei Meilen von Ghourland, abgehalten wird, und war nicht wenig erstaunt über die Mannigfaltigkeit der daselbst zum Kauf gestellten Artikel, wie Gemüse, einheimische Früchte, Kohle, Geflügel, Schafe – alles fand sich im Überfluß. Mit einer Klingel in der Hand gingen Wasserverkäufer mit ihren gefüllten Schläuchen auf dem Platze umher, um diejenigen, welche trinken wollten, aufmerksam zu machen, denn es herrschte eine wahrhaft unerträgliche Hitze. Nur die Münzen aus Marokko und Spanien hatten Geltung.

Der Boden hier ist sehr fruchtbar. Man baut viel Getreide, Gemüse, Datteln, europäische Fruchtarten und Tabak. Starke, schöne Schafe, deren sehr weiße Wolle zur Herstellung hübscher Matten und Decken dient, Ochsen und Kühe, ausgezeichnete Pferde, Esel und sehr viele Maulesel bilden die eigentlichen natürlichen Schätze von Tafilet.

Wie in El Drah, bewohnen auch hier viele Juden manche Dörfer gemeinsam mit Mohammedanern; sie leben äußerlich in sehr dürftigen Verhältnissen, gehen halb nackt und werden fortwährend geschlagen und auf jede Weise insultiert. Scheinbar ernähren sie sich als Trödler, Schuhmacher, Schmiede oder Lastträger, heimlich aber leihen sie den Mauren Geld gegen hohe Zinsen.

Am 2. August setzte die Karawane ihren Weg fort, und Caillié kam über Afile nach Fez, wo er sich nur kurze Zeit aufhielt und dann nach Rabat, das alte Sale, weiterzog. Erschöpft durch diese lange Wanderung, während der er seinen Hunger oft kaum mit einigen Datteln stillen konnte und das Mitleid der Muselmanen in Anspruch nehmen mußte, die ihn oft hartherzig abwiesen, ergriff der Reisende, da er in letzter Stadt als französischen Konsular-Agenten einen Juden namens Ismaïl antraf, der aus Furcht sich zu kompromittieren es abschlug, ihn auf einer nach Gibraltar segelnden portugiesischen Brigg unterzubringen, mit Begierde eine unerwartete Gelegenheit, die sich ihm nach Tanger darbot. Hier wurde er von dem Vizekonsul Delaporte freundlich aufgenommen. Der Genannte behandelte ihn wie einen Sohn, schrieb sofort an den Befehlshaber der französischen Station in Cadix und schiffte ihn in der Kleidung eines Matrosen auf der zu seiner Abholung angelangten Corvette ein.

Die Landung eines jungen Franzosen in Marseille, der von Timbuktu heimkehrte, machte in der gelehrten Welt begreiflicherweise nicht geringes Aufsehen. Einzig und allein durch seinen unerschütterlichen Mut, seine nie ermüdende Ausdauer hatte er eine Unternehmung zu glücklichem Ende geführt, für welche die geographischen Gesellschaften von London und Paris hohe Preise ausgesetzt hatten. Ganz auf sich selbst angewiesen, ohne Beihilfe der Regierung und außer aller Verbindung mit irgendeiner wissenschaftlichen Vereinigung, nur durch die Kraft seines Willens erzwang er sich den Sieg und verbreitete neues Licht über einen großen, bisher fast unbekannten Teil von Afrika!

Caillié war indes nicht der erste Europäer, der Timbuktu gesehen hatte. Ein Jahr vor ihm war schon der englische Major Laing bis zu der geheimnisvollen Stadt vorgedrungen, hatte diese Forschung, deren ergreifende Einzelheiten wir im folgenden schildern werden, aber leider mit dem Leben bezahlen müssen.

Geboren zu Edinburgh im Jahre 1794, trat Laing im Alter

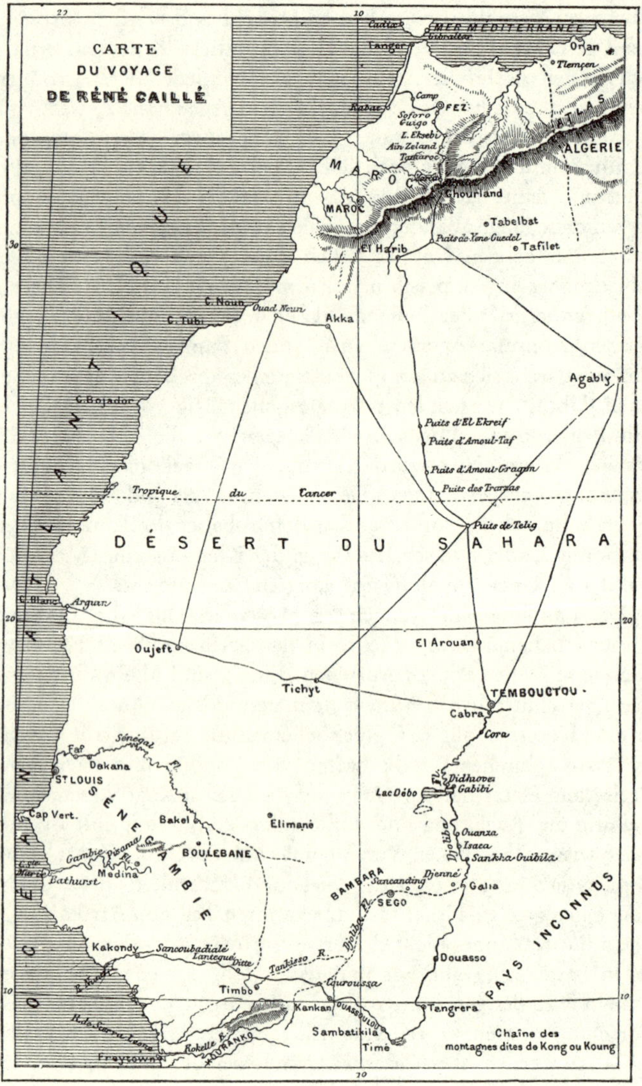

CARTE
DU VOYAGE
DE RÉNÉ CAILLÉ
MER MÉDITERRANÉE
Cadix
Gibraltar
Tanger
Oran
Tlemçen
Rabat
Camp
FEZ
Soforo
Guigo
L. Eksebi
Aïn Zeland
Tamaroc
ATLAS
ALGÉRIE
MAROC
Ghourland
Tabelbat
Puits de Yene Guedel
Tafilet
El Harib
C. Noun
Ouad Noun
C. Tubi
Akka
Agably
C. Bojador
Puits d'El Ekreif
Puits d'Amoul-Taf
Puits d'Amoul-Gragim
Puits des Trarzas
Tropique du Cancer
Puits de Telig
DÉSERT DU SAHARA
C. Blanc
Arguin
Oujeft
El Arouan
Tichyt
TEMBOUCTOU
Cabra
Cora
Sénégal Fl.
Faf
Dakana
ST LOUIS
SÉNÉGAMBIE
Lac Débo
Didhover
Gabibi
Cap Vert.
Bakel
Elimané
BOULEBANE
Ouanza
Isaca
Sankha-Guibila
Djoliba
Gambie
Pisania
Medina
Bathurst
BAMBARA
Sancanding
Djenné
Galia
SEGO
Djoliba Fl.
PAYS INCONNUS
Kakondy
Sancoubadialé
Lantegué
Ditte
Tankisso R.
Douasso
Timbo
Couroussa
Kankan
OUASSOULOU
Tangrera
Sambatikila
Timé
Rokelle R.
KOURANKO
Freytown
Chaîne des montagnes dites de Kong ou Koung
OCÉAN ATLANTIQUE

von sechzehn Jahren in die englische Armee ein, in der er sich bald rühmlichst auszeichnete.

Im Jahre 1820 befand er sich, mit Lieutenantsrang und als Adjutant Sir Charles Maccarthys, des Generalgouverneurs von Westafrika, in Sierra Leone. Zu jener Zeit brach ein Krieg aus zwischen Amara, dem Almamy der Mandinguos, und einem von dessen vornehmsten Häuptlingen namens Samassi. Der Handel von Sierra Leone stand schon damals nicht in besonderer Blüte. Jener Krieg drohte ihm gar den Todesstoß zu versetzen. Maccarthy, der dem abzuhelfen wünschte, entschloß sich zu dem Versuche einer Vermittlung und Versöhnung zwischen den streitenden Parteien. Er gedachte zu dem Zwecke eine Gesandtschaft nach Kambia am Ufer des Scarcies und von da nach Malacury, in das Feldlager der Mandinguos, abzuschicken. Der tatenlustige Charakter Laings, dessen Gewandtheit und bewährter Mut lenkten die Wahl des Gouverneurs auf ihn, und am 7. Januar 1822 erhielt er die betreffenden Instruktionen, welche darauf hinausgingen, den Stand der Industrie des Landes, dessen Topographie zu erkunden und sich womöglich darüber aufzuklären, wie die Bewohner über die Abschaffung der Sklaverei urteilten.

Eine erste Zusammenkunft mit Yarreddi, dem Anführer der sulimanischen Truppen, welche den Almamy begleiteten, überzeugte ihn, daß die Neger dieser Landschaft nur sehr unbestimmte Vorstellungen von europäischer Zivilisation besaßen und nur selten mit Weißen in Berührung gekommen sein konnten.

»Jedes Stück unserer Kleidung«, erzählt der Reisende, »erregte sein höchstes Erstaunen. Als er mich die Handschuhe ablegen sah, erschrak er sichtlich, legte die Hand über den weit offen stehenden Mund und rief unaufhörlich: ›Allah Akbar! (Gott der Gerechte!) er zieht sich die Haut von den Händen!‹ Nachdem er sich einigermaßen an unseren Anblick gewöhnt, strich er abwechselnd über das Haar Mackies (der Laing als Arzt begleitete) und über das meinige, schlug ein lautes Gelächter auf und sagte: ›Nein! Nein! Das sind gar keine Menschen!‹ Wiederholt fragte er meinen Dolmetscher, ob wir wirklich Knochen hätten.«

Diese vorläufigen Verhandlungen, bei welchen Laing wahrgenommen hatte, daß viele Sulimas eine Menge Gold und Elfenbein besaßen, bestimmten ihn, dem Gouverneur vorzuschlagen, eine Untersuchung des Landes östlich von der Kolonie vorzunehmen – ein Land, dessen Erzeugnisse und Naturprodukte dem Handel von Sierra Leone ein neues Leben verleihen zu können schienen.

Maccarthy billigte Laings Ansichten und legte diese dem Conseil vor. Man beschloß, daß Laing autorisiert werden solle, das Land der Sulimas zu bereisen und dabei nach Gutdünken denjenigen Weg einzuschlagen, der ihm für die zukünftigen Verbindungen am geeignetsten erschien.

Am 16. April schiffte sich Laing in Sierra Leone auf dem Rokelleflusse ein und gelangte bald nach Rokon, der Hauptstadt von Timanni. Sein Zusammentreffen mit dem Chef dieser Stadt war besonders heiter. Um ihm eine Ehre zu erweisen, ließ Laing, als er ihn in den zu der Verhandlung bestimmten Hof hatte eintreten sehen, eine Salve von zehn Flintenschüssen abgeben. Bei dem Krachen der Gewehre blieb der König erst stehen, wich aber sofort zurück und ergriff die Flucht, nachdem er dem Reisenden nur einen wütenden Blick zugeworfen hatte. Es kostete viele Mühe, den ängstlichen Fürsten wieder zur Umkehr zu bewegen. Endlich trat er wieder ein, setzte sich auf einen für die Feierlichkeit besonders geschmückten Sessel und fragte den Major:

»Warum ließen Sie schießen?«

»Nur Ihnen zur Ehre; in Europa werden alle Fürsten stets mit Kanonendonner empfangen.«

»Warum ließen Sie die Gewehre nach der Erde richten?«

»Um bei Ihnen jeder falschen Deutung unserer Absichten vorzubeugen.«

»Mir sind aber dabei Steine ins Gesicht geflogen. Warum ließen Sie nicht in die Luft schießen?«

»Um die Strohdächer Ihrer Häuser nicht in Brand zu setzen.«

»Gut, gut, gebt mir einen Rum!«

Nach diesen beruhigenden Erklärungen des Majors gestaltete sich die Zusammenkunft überaus herzlich.

Das Bild dieses Herrschers über einen Teil von Timanni verdient aus mehr als einem Gesichtspunkte hier wiedergegeben zu werden, da in diesem Falle das Sprichwort: Ab uno disce omnes, vollste Anwendung findet.

»Ba Simera zählte neunzig Jahre; er hatte eine buntscheckige, stark gerunzelte Haut, welche eher der eines Alligators als der eines Menschen ähnlich sah; dazu besaß er dunkle, grünliche tiefliegende Augen; einen weißen verworrenen Bart, der bis zwei Fuß unter das Kinn herabreichte. Ebenso wie der König am anderen Flußufer, trug er ein Halsband aus Korallenstücken und Leopardenzähnen; sein Mantel war braun und ebenso schmutzig wie die Haut; die Beine, geschwollen wie die eines Elefanten, bedeckten baumwollene Hosen, welche ursprünglich weiß gewesen sein mochten, die aber nach mehrjährigem Gebrauche eine grünliche Farbe angenommen hatten. Als Zeichen seiner Würde hielt der Fürst einen Stock in der Hand, an dem Schellen von verschiedener Größe befestigt waren.«

Wie alle seine Vorgänger in Afrika, mußte der Reisende wegen des Durchzugsrechtes und des Lohnes für die Lastträger lange Verhandlungen führen; nur seiner Festigkeit verdankte Gordon Laing die Abminderung der Forderung der Negerkönige. Auf seinem weiteren Wege besuchte der Major dann Toma, wo man noch niemals einen weißen Mann gesehen hatte, Balandeco, Roketchnick, dessen Lage der Reisende zu 8° 30′ nördlicher Breite und 12° 11′ westlicher Länge Greenwich bestimmte, Maboung, jenseits eines großen Flusses, der nördlich von dem Rokelle verläuft, und Ma Yosso, die bedeutendste Stadt an der Grenze von Timanni.

Der Reisende fand in diesem Lande auch eine eigentümliche Institution, eine Art Freimaurerbund, den man ›die Pourrah‹ nannte und von dessen Vorhandensein sich Caillié schon an den Ufern des Rio Nunez überzeugt hatte.

»Die Macht desselben«, behauptet Laing, »übertrifft sogar die der Fürsten der verschiedenen Stämme. All sein Tun und Treiben ist in Dunkel gehüllt und von tiefem Geheimnis umschleiert. Seine Maßnahmen werden ohne Prüfung von den Behörden gebilligt, und seine Urteilssprüche haben allenthalben rechtliche Geltung. Ich suchte vergeblich den Ursprung und die Veranlassung zu dieser merkwürdigen Vereinigung zu erforschen; allem Anschein nach sind dieselben den heutigen Timanniern, vielleicht den Mitgliedern der Pourrah selbst, unbekannt, was in einem Lande, dem jede Überlieferung durch Schriften oder Lieder abgeht, ja nicht auffallen kann.«

Timanni soll nach dem, was Laing darüber erfahren konnte, in vier Distrikte zerfallen, deren Häuptlinge sich alle den Titel eines Königs beilegen.

Der Erdboden ist hier sehr fruchtbar und würde gewiß große Mengen von Reis, Yamswurzeln sowie Kassavebrot, Erdnüsse und Bananen liefern, wenn die Bewohner nicht gar so träge, gleichgültig, ausschweifend und habgierig, und vorzüglich nicht so über alle Maßen trunksüchtig wären.

»Meiner Ansicht nach«, sagte Laing, »würden z. B. Hacken, Dreschflegel, Rechen, Schaufeln und andere Geräte zum gewöhnlichen Gebrauche bei diesem Volke willigen Absatz finden, wenn man sich die Mühe nähme, die Leute über die Verwendung derselben zu belehren. Diese Dinge dürften ihrem und unserem Interesse förderlicher sein als Gewehre, aufgekrempte Hüte und Scharlachkleider, welche man ihnen jetzt ausschließlich zu liefern pflegt.«

Trotz dieses menschenfreundlichen Wunsches des Reisenden hat sich hierin doch auch bis heute noch nichts geändert. Die Neger huldigen noch derselben Leidenschaft für stärkere Liqueure, und auch jetzt sieht man ihre Duodezfürsten, welche Hüte, ähnlich den Windbälgen der Accordions, auf dem Kopfe tragen, ohne Hemd, wohl aber mit blauen, mit kupfernen Knöpfen besetzten Röcken geschmückt; ja, diese Kleidung vertritt bei ihnen sogar die Rolle des eigentlichen Festgewandes.

Das Gefühl der Mutterliebe scheint bei den Weibern des Landes nicht besonders entwickelt; wenigstens boten dem Reisenden zwei Frauen ihre Kinder zum Verkaufe an und überhäuften ihn mit Schimpfreden, weil er darauf nicht eingehen wollte. Einige Tage später erhob sich sogar ein wahrer Tumult gegen Laing als einen der Weißen, deren Unterdrückung des Sklavenhandels das Gedeihen des Landes empfindlich geschädigt hätte.

Die erste Stadt, der man bei dem Eintritt nach Kouranko begegnet, ist Ma Boum. Wir können nicht umhin, hier beiläufig Major Laings Empfindungen mitzuteilen, welche der erste Anblick der Tätigkeit ihrer Einwohner in ihm erregte.

»Ich zog bei Sonnenuntergang in die Stadt ein«, erzählt er, »und erhielt bezüglich der Einwohner derselben sofort einen

recht günstigen Eindruck. Jene kamen von der Arbeit zurück; man sah es ihnen an, daß alle den Tag über tätig gewesen waren. Die einen hatten die Felder zur bevorstehenden Ernte, welche die bald zu erwartenden Regen noch begünstigen sollten, bearbeitet; andere trieben Herden in ihre Umzäunung, von denen jedes Tier durch das glatte, weiche, gute Aussehen dafür zeugte, daß sie sich auf fetten Weiden gütlich getan hatten. Eben verhallte der letzte Hammerschlag des Schmiedes; der Weber maß das Leinwandstück, das er seit dem Morgen gefertigt, und der Gerber ordnete seine Messer und übrigen gewerblichen Hilfsmittel und barg sie in einem Sacke. Am Eingang der Moschee stand der Muezzin, der mit ernster Stimme und in gemessenen Intervallen sein ›Allah Akbar‹ wiederholte und die gläubigen Muselmanen zum Abendgebete rief.«

Wenn ein Marilhat oder Henri Regnault dieses Bild zeichneten und dazu eine Landschaft, in der der letzte Sonnenglanz mit dem grünlichen und rötlichen Abendschein verschmilzt, dann könnte man wohl den so oft gebrauchten Titel ›Rückkehr vom Felde‹ auch für diese Darstellung als Unterschrift anwenden.

»Dieser Anblick«, fährt der Reisende fort, »bildete im Verein mit der umgebenden Natur und dem Gefühle, das er erregte, einen recht wohltuenden Gegensatz im Vergleich mit dem Lärmen und der Verwirrung, die zur nämlichen Stunde gewöhnlich in einer timannischen Stadt herrschen; doch darf man sich vom Schein auch hier nicht blenden lassen, und ich muß zu meinem Leidwesen hinzufügen, daß das Auftreten der Kourankonier die gute Meinung keineswegs bestätigte, welche ich zuerst von ihnen gewonnen hatte.«

Der Reisende begab sich nun nach Koufoula, wo er recht freundlich aufgenommen wurde, zog durch ein schönes Land, dessen Hintergrund die Berge von Kouranko bildeten, und rastete in Simera, wo der Chef der Stadt dem ›Guiriot‹ befahl, die Ankunft der Reisenden durch Gesang zu verherrlichen; die schlecht gebauten und erbärmlich mit Stroh gedeckten Häuser ließen hier aber überall den Regen durchdringen, so daß Laing nach einem Gewitter, da der Rauch aus den Wohnräumen auch nur durch jene engen Zwischenräume im Dache abziehen konnte, nach seinen eigenen Worten weit mehr einem halbgereinigten Schornsteinfeger ähnlich sah als dem weißen Fremdling des Königs von Simera.

Laing suchte von hier aus die Quelle des Tongolelle, eines Nebenarmes des Rokelle, auf und verließ dann Kouranko, um nach Sulimana weiterzuziehen.

Komia, unter 9° 22′ nördlicher Breite, ist von hier aus die erste Stadt von Sulimana. Laing besichtigte Semba, eine reiche und stark bevölkerte Ortschaft, wo ihm Musikanten entgegenkamen, die ihn mit mehr ohrbetäubenden als harmonischen Fanfaren empfingen, und gelangte endlich nach Falaba, der Hauptstadt des Landes.

Der König überhäufte ihn daselbst mit Ehrenbezeugungen. Er hatte z. B. eine große Anzahl Truppen zusammengezogen, von denen er gleichsam Parade abnahm und die er verschiedene Manöver ausführen ließ, während das Rasseln von Trommeln, der schrille Ton der Geigen und anderer landeseigentümlicher Instrumente das Ohr des Reisenden zermarterten. Dann traten nacheinander verschiedene ›Guiriots‹ auf, die sich in Lobgesängen des Königs überboten oder die Ankunft des Reisenden feierten, indem sie die glücklichen Folgen hervorhoben, welche sie von seinem Erscheinen für das Gedeihen des Landes und das Aufblühen des Handels erwarteten.

Laing benutzte den günstigen Augenblick, um sich vom Könige die Erlaubnis zum Besuche der Nigerquellen zu erbitten. Dieser machte nur wiederholte Einwürfe wegen der Gefahren eines solchen Zuges; da der Reisende aber bei seiner Bitte beharrte, erteilte er ihm, »wenn denn sein Herz so sehr nach dem Wasser lechze«, endlich die Erlaubnis dazu.

Laing war noch nicht zwei Meilen von Falaba entfernt, als die Genehmigung zurückgezogen wurde, und er mußte auf diesen Ausflug, dem er mit Recht hohen Wert beilegte, verzichten.

Einige Tage nachher erhielt er dagegen die Erlaubnis, die Quelle des Rokelle oder Sale Kongo aufzusuchen, von dem man vor ihm nur den Lauf jenseits Rokon ein wenig kannte.

Von dem Gipfel eines Felsens aus erblickte Laing den Berg Loma, den höchsten der großen Kette, zu der er gehörte.

»Man zeigte mir aus der Entfernung«, sagt er, »die Stelle, wo der Niger entspringt; er schien mit meinem damaligen Standpunkt in gleicher Höhe, d. h. tausendsechshundert Fuß über dem Meere, zu liegen, denn die Quelle des Rokelle, deren Höhe ich eben gemessen hatte, lag schon tausendvierhundert Fuß darüber. Da ich die Lage von Konkodongore und die Höhe, auf der ich mich befand, die erste durch Beobachtung, die letztere durch Schätzung, bestimmt hatte, war es mir nicht schwer, die Lage des Loma zu berechnen. Ich werde nicht weit fehlgreifen, wenn ich für die Quellen des Niger 9° 25′ nördlicher Breite und 9° 45′ westlicher Länge annehme.«

Drei Monate lang hatte Major Laing sich in Sulimana aufgehalten und zahlreiche Ausflüge unternommen. Die Landschaft

bietet hier einen höchst pittoresken Anblick mit schönen Hügeln, geräumigen Tälern und fruchtbaren Wiesen, welche von dichten Wäldern oder einzelnen Baumgruppen eingefaßt sind. Der Boden gibt reichlichen Ertrag und verlangt nur wenig Bearbeitung; er liefert stets gute Ernten, und der Reis gedeiht vortrefflich. Ochsen und Kühe, Schafe, Ziegen, kleineres Geflügel und einige Pferde bilden die Haustiere der Sulimanas. Von wilden Tieren findet man Elefanten, Büffel, eine Art Antilope, Affen und Leoparden in großer Anzahl.

Falaba, dessen Name von Fala Ba, dem Flusse, an dem die Stadt liegt, herzuleiten ist, mißt etwa anderthalb Meilen in der Länge und eine Meile in der Breite. Die Häuser daselbst stehen, im Vergleich zu denen anderer Städte Afrikas, ziemlich dicht beieinander, und die Stadt mag gegen 6000 Bewohner zählen.

Ihre Lage als befestigter Platz ist recht gut gewählt. Erbaut auf einer Bodenerhebung inmitten einer während der Regenzeit gänzlich überschwemmten Ebene, umschließt sie eine Palisade aus sehr hartem Holze, die allen Kriegsmaschinen jener Völker hinreichenden Widerstand leistet.

Wunderbarerweise scheinen in diesem Lande Männer und Frauen die gewohnten Beschäftigungen geradezu vertauscht zu haben. Mit Ausnahme des Einsäens und der Ernte fallen den letzteren alle Feldarbeiten zu; sie erbauen die Häuser, betreiben das Maurerhandwerk oder sind Barbiere und Wundärzte; die Männer dagegen besorgen die Milchwirtschaft, melken die Kühe, nähen und reinigen die Wäsche.

Am 17. September brach Laing wieder nach Sierra Leone auf; er brachte vom Könige Geschenke mit und erreichte, nachdem ihm eine große Strecke weit eine zahlreiche Volksmenge das Geleit gegeben hatte, ohne Unfall die englische Niederlassung.

Laings Zug nach Timanni, Kouranko und Sulimana entbehrt immerhin nicht eines gewissen Wertes. Er eröffnete uns Länder, welche bis dahin noch keines Europäers Fuß betreten hatte, und unterrichtete uns über die Sitten, Erwerbszweige und den Handel der Einwohner ebenso wie über die Naturprodukte jener Gegenden. Gleichzeitig wurden der Lauf und die Quelle des Rokelle erforscht, und man erhielt zum ersten Male Kunde von der Quelle des Djoliba (Niger). Wenn der Reisende dieselbe auch nicht mit eigenen Augen gesehen, so befand er sich doch nahe genug, um ihre Lage annähernd richtig angeben zu können.

Die Resultate, welche Laing mit dieser Reise erzielt hatte, gaben seinem Eifer für weitere Entdeckungen nur einen verstärkten Anstoß. Er beschloß also, den Versuch zu wagen, bis Timbuktu vorzudringen.

Am 17. Juni 1825 schiffte sich der Reisende von Malta nach Tripolis ein und verließ diese Stadt mit einer Karawane, zu welcher auch Hatita, ein Targhi- oder Tuaregfürst und Freund des Kapitän Lyon, gehörte, der ihn bis Tuat begleitete. Nachdem er zwei volle Monate in Ghadames verweilt, verließ Laing diese Oase im Oktober und wandte sich nach Inçalah, dessen Lage er viel westlicher bestimmte, als man bisher angenommen hatte. In dieser Oase hielt sich der Major vom November 1825 bis zum Januar 1826 auf, gelangte dann nach Ouadi Touat, wollte von hier aus nach Timbuktu gehen, den Djenne- oder Dibbie-See besuchen, das Land Melli in Augenschein nehmen und dem Laufe des Niger bis zu dessen Mündung folgen. Dann gedachte er bis Sockatu zurückzukehren, den Tschadsee zu berühren und hoffte von hier aus bis zum Nil zu gelangen. Es war, wie man erkennt, ein weit angelegtes Projekt, dessen Durchführung freilich vielen Gefahren und Wechselfällen begegnen mußte.

Als die Karawane, der sich Laing angeschlossen, Touat verlassen hatte, wurde sie, nach Aussage der einen von Tuaregs, nach der von anderen von Berbichen, einem in der Nähe des Niger hausenden Stamme, überfallen.

»Laing, den man als Christen erkannte«, erzählt Caillié, der diese Nachrichten in Timbuktu sammelte, »wurde entsetzlich mißhandelt; man schlug ihn mit Stöcken, bis er scheinbar tot dalag. Ein anderer Christ, ich glaube jedenfalls ein Diener des Majors, wurde wirklich durch Stockschläge getötet. Die Mauren aus der Karawane Laings hoben jedoch dessen Körper auf und es gelang ihrer Sorgfalt, ihn ins Leben zurückzurufen. Sobald er das Bewußtsein wiedererlangt hatte, brachte man ihn auf sein Kamel, wo er festgebunden werden mußte, da er sich vor Schwäche unmöglich halten konnte. Die Räuber hatten ihm so gut wie nichts gelassen; der größte Teil seiner Waren war ihm entführt worden.«

In Timbuktu am 18. August 1826 angelangt, erholte sich Laing allmählich von seinen Wunden. Die Wiedergenesung ging zwar nur langsam vonstatten, doch ließen ihn wenigstens die Bewohner der Stadt in Frieden, was er wohl den von Tripolis mitgebrachten Empfehlungsbriefen und der aufmerksamen Fürsorge seines Wirtes verdankte, der selbst aus Tripolis stammte.

Nach dem, was ein Greis Caillié mitteilte, hatte Laing – ein Umstand, der höchst auffallend erscheint – die europäische Kleidung nicht abgelegt und sich überall als Abgesandten des Königs von England, seines Herrn, erklärt, der Timbuktu besuchen und die in dieser Stadt vermuteten Wunder beschreiben sollte.

»Es scheint«, fügt der französische Reisende hinzu, »als habe

Laing den Plan derselben vor aller Augen aufgenommen, denn der Maure erzählte mir in seiner naiven und treffenden Ausdrucksweise, daß er die ganze Stadt mit allem, was darin war, ›geschrieben‹ habe.«

Nachdem er Timbuktu eingehend besichtigt, ging Laing, der alle Ursache hatte, den Tuaregs zu mißtrauen, während der Nacht nach Cabra, um den Niger zu besuchen. Statt nach Europa durch die große Wüste zurückzukehren, wollte der Major lieber über Djennc und Sego zu den französischen Besitzungen am Senegal reisen; kaum ließ er darüber aber ein Wort gegen die ihn in Menge begleitenden Foulahs fallen, als diese erklärten, nicht zugeben zu dürfen, daß ein ›Nazarener‹ den Fuß auf ihr Gebiet setze, und sie, wenn er es doch wagen sollte, es ihm schon zu verleiden wissen würden.

Laing mußte also den Weg nach El Arouan einschlagen, wo er eine maurische Karawane zu treffen hoffte, welche Salz nach Sansanding beförderte. Er hatte Timbuktu jedoch kaum seit fünf Tagen mit der Karawane, an der er teilnahm, verlassen, als diese von dem fanatischen Scheikh Hamed ould Habib, dem Häuptling eines Stammes der Zaouats, überfallen wurde. Laing fesselte man sofort unter dem Vorwande, er habe das Gebiet des Stammes ohne Erlaubnis betreten. Zur Sühne sollte er sich zum Islam bekennen, welche Zumutung der Major auf das bestimmteste verweigerte. Der Scheikh und seine Helfershelfer berieten auf der Stelle über die Bestrafung ihres Gefangenen, und dieser wurde von zwei Sklaven erdrosselt, sein Leichnam aber in der Wüste liegen gelassen.

Das war alles, was Caillié durch Erkundigung an Ort und Stelle kaum ein Jahr später über den Tod des Major Laing erfahren konnte. Wir haben dem nur einiges aus dem Jahresbericht der Geographischen Gesellschaft hinzugefügt, denn mit dem Reisenden sind auch seine Reisetagebücher, gleichzeitig mit allen astronomischen Beobachtungen, verlorengegangen.

Im vorhergehenden wurde schon erwähnt, wie es Major Laing gelang, annähernd die Lage der Niger-Quelle zu bestimmen. Wir schilderten auch die Versuche Clappertons, den Mittellauf jenes Stromes zu erforschen. Jetzt ist also nur noch von den zum Zweck der Untersuchung des Unterlaufes und der Mündung des-

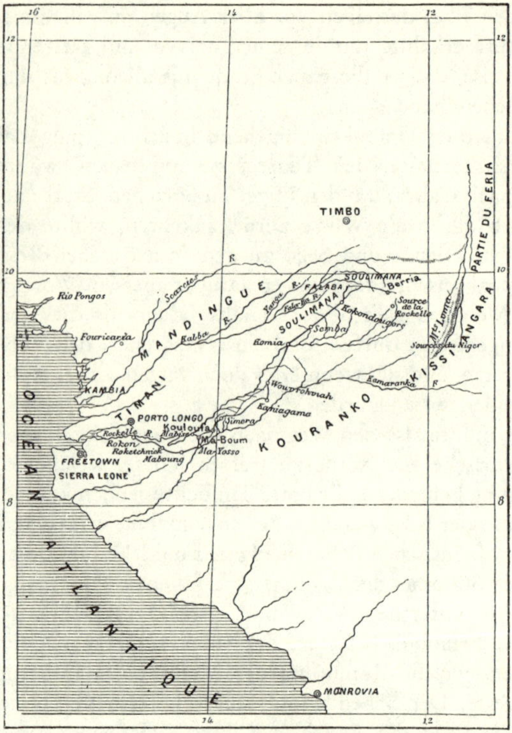

selben ausgeführten Reisen zu berichten. Den ersten und wichtigsten Schritt in dieser Richtung tat Richard Lander, der frühere Diener Clappertons.

Richard Lander und sein Bruder John hatten der englischen Regierung angeboten, sich zur Erforschung des Niger bis zu dessen Ausmündung nach Afrika zu begeben. Jene nahm ohne Zögern das Erbieten an, und die beiden Brüder schifften sich auf einem Kriegsfahrzeuge nach Badagry ein, wo sie am 19. März 1830 landeten.

Der Beherrscher des Landes, Adouly, den Richard Lander von früher her in bestem Andenken hatte, war eben sehr traurig gestimmt. Seine Hauptstadt hatte man niedergebrannt; seine Anführer und besten Soldaten waren im Kampfe gegen die Lagos gefallen und er selbst nur mit genauer Not dem Feuer entgangen, das sein Haus und seine Reichtümer verzehrte.

Jetzt galt es ihm, seinen Schatz aufs neue zu füllen; er beschloß, das auf Kosten der Reisenden zu tun. Zunächst erhielten diese die Genehmigung zu einem Zuge in das Landesinnere nur gegen Abtretung aller ihrer kostbarsten Waren. Außerdem mußten sie sich zur Bezahlung für ein Kanonenboot mit hundert Mann, für zwei Fäßchen Rum, zwanzig Barils Pulver und verschiedene andere Waren verpflichten, obwohl sie wußten, daß der ebenso habgierige wie trunksüchtige Fürst diese niemals liefern würde.

So wie der Herrscher mit dem schlimmsten Beispiele voranging, taten es ihm dessen Untertanen möglichst gleich, betrachteten die Engländer als gute Beute und benutzten jede Gelegenheit, sie zu berauben.

Am 31. März endlich konnten Richard und John Lander Badagry verlassen. Sie zogen über Wow, eine bedeutende Stadt, über Bidjie, wo Pearce und Morrison bei der vorhergehenden Expedition krank geworden waren, ferner über Jenna, Chow, Egga, lauter von Clapperton früher besuchte Ortschaften, über Engua, wo Pearce starb, Asinara, die erste ihnen begegnende Stadt mit Umfassungsmauern, Bohu, die alte Hauptstadt von Yarriba, Jaguta, Leoguadda, Itcho mit weitberühmtem Markte, und gelangten, geführt von einer ihnen vom Könige entgegengesandten Begleitmannschaft, am 13. Mai nach Katunga.

Nach herkömmlicher Sitte machten die Reisenden, bevor sie vom Könige empfangen wurden, an einem Baume Halt. Bald begaben sie sich aber, des Wartens müde, zu der Wohnung Ebos, des Chefs der Eunuchen und der einflußreichsten Persönlichkeit am Hofe des Fürsten. Mansolah, so hieß der letztere, empfing sie unter einem Höllenlärmen von Cymbeln, Trompeten und Pauken, aber so wohlwollend, daß er Ebo befahl, jedem den Kopf abschlagen zu lassen, der es wagen würde, die Reisenden zu belästigen.

Da John und Richard Lander aber trotzdem fürchteten, Mansolah werde sie nur bis zum Eintritt der Regenzeit hier aufzuhalten suchen, erwähnten sie auf Ebos Rat dem Könige nichts

von ihrer Absicht, den Niger zu erreichen. Sie gaben nur vor, es sei einer ihrer Landsleute vor zwanzig Jahren in Boussa gestorben und der König von England habe sie an den Sultan von Yaurie abgesendet, um nach den Papieren des Verschollenen zu suchen.

Obwohl Mansolah die Gebrüder Lander nicht mit derselben Auszeichnung wie früher Clapperton behandelte, ließ er sie doch, acht Tage nach ihrer Ankunft, unbehelligt weiterziehen.

Von der weitläufigen Originalschilderung der Stadt Katunga und von Yarriba überhaupt geben wir hier nur folgenden kurzen Abschnitt wieder:

»Hinsichtlich des Reichtums und der Volksmenge entsprach Katunga keineswegs unseren Erwartungen. Die weite Ebene, in welcher die Stadt liegt, steht, wenn sie auch recht schön zu nennen ist, an Fülle der Vegetation, Fruchtbarkeit und malerischen Fernsichten dem minder gerühmten und doch so herrlichen Lande Bohou gegenüber wesentlich zurück. Der Markt hier ist zwar so leidlich ausgestattet, alles ist aber ausnehmend teuer. Die niedrigen Volksmassen müssen auf tierische Nahrung so gut wie ganz verzichten oder sich mit dem widerwärtigen Fleische von Insekten, Reptilien und Würmern begnügen.«

Bei der Sorglosigkeit Mansolahs und dem schwächlichen Kleinmute seiner Untertanen ist es den Fellans oder Fellatahs gelungen, sich in Yarriba festzusetzen, in den befestigten Städten zu verschanzen und dort die Anerkennung ihrer Oberhoheit zu erzwingen, bis sie sich voraussichtlich einst die Herrschaft über das Land überhaupt anmaßen werden.

Die Gebrüder Lander reisten hierauf über Atoupa, Bumbum, eine Stadt, welche von den Kaufleuten häufig besucht wird, und über Moussu am gleichnamigen Flusse.

Jenseits dieser Stadt trafen sie wieder eine Eskorte, welche der Sultan von Borgou ihnen entgegengeschickt hatte.

Der Sultan Yarro empfing die Reisenden mit allen Zeichen von Befriedigung und Wohlwollen und schien vorzüglich erfreut, Richard Lander wiederzusehen.

Obwohl er dem Islam huldigt, nährt dieser Herrscher doch noch immer den alten Aberglauben seiner Vorväter. Fetische und Grigris hingen an seiner Tür, und in einer der Hütten stand ein viereckiger Sessel, dessen Vorder- und Rückseite von vier menschlichen, aus Holz geschnittenen Figuren getragen wurden.

Was die Bevölkerung von Borgou angeht, so weicht diese bezüglich der Natur, Sitten und Gewohnheiten von den Yarribanis sehr wesentlich ab.

»Die letzteren«, so heißt es in dem Berichte, »sind fast immer unterwegs von einer Stadt zur anderen; die ersteren verlassen ihre Wohnstätten nie, außer im Kriege oder wenn sie auf Raub ausziehen. Die einen sind feig, aber großprahlerisch, die anderen kühn, mutig, unternehmend, voller Energie und befinden sich

nur wohl, wenn sie einen Streit auszukämpfen haben. Die Yarribanis erscheinen im allgemeinen sanft, ruhig, höflich und ehrsam, aber kalt und teilnahmslos; die Borgunis dagegen hochmütig, stolz, zu eitel, um höflich, und zu scheu, um ehrlich zu sein; sie haben durchwegs eine leidenschaftliche Natur und sind ebenso ungestüm in ihrer Liebe wie unversöhnlich im Hasse.«

Am 17. Juni sahen die Reisenden endlich die Stadt Boussa. Sie erstaunten nicht wenig, dieselbe auf dem Festland liegend zu finden und nicht auf einer Insel, wie Clapperton angegeben hatte. Von Westen her zogen sie durch das Tor ein und wurden sofort dem Könige und der ›Midiki‹, d. i. der Königin, vorgeführt, welche ihnen versicherten, noch an demselben Morgen das Schicksal Clappertons beweint zu haben.

Der erste Besuch der Gebrüder Lander galt natürlich dem Niger, der am Fuße der Stadt vorüberfließt.

»Der Anblick des berühmten Flusses«, erzählt der Reisende, »wirkte auf uns geradezu enttäuschend. Schwarze, zerklüftete Felsen ragen aus der Mitte desselben empor und verursachen an der Oberfläche vielfache Wirbel und einander kreuzende Strömungen. Man versicherte uns, daß der Fluß oberhalb Boussa durch zwei fruchtbare Inseln in drei Arme geteilt sei, dann aber bis Funda ein einziges Bett habe. Hier ist der Niger an keiner Stelle über einen Steinwurf breit.«

Am 23. Juni verließen die Gebrüder Lander Boussa voller Erkenntlichkeit für den König, der sie reichlich beschenkt und aus Furcht vor Vergiftungsversuchen gewarnt hatte, von niemand Speisen anzunehmen als von den Gouverneuren der Städte, durch welche sie kämen. Sie gingen nun zu Lande am Niger bis Kagogie hinauf, wo sie sich in einem landesüblichen gebrechlichen Canot einschifften, während ihre Pferde nach Yaourie weitergeführt wurden.

»Wir mochten kaum einige hundert Klafter zurückgelegt haben«, sagt Richard Lander, »als sich der Fluß allmählich erweiterte; soweit wir sehen konnten, maß derselbe wenigstens zwei Meilen von einem Ufer zum andern. Er bot ganz den Anblick eines breiten, künstlich angelegten Kanals, so umschlossen sein Bett lotrechte, aber nicht sehr hohe Wände, über denen sich üppige Vegetation zeigte. Das an manchen Stellen nur sehr seichte Wasser ist an anderen tief genug, um eine Fregatte zu tragen. Kaum läßt sich ein pittoreskerer Anblick denken, als ihn die Bilder darboten, welche wir während der ersten Stunden erblickten; die beiden Ufer waren buchstäblich von Weilern und Dörfern überdeckt. Ringsum neigten sich mächtige Baumriesen unter der Last ihrer Laubkronen, deren dunkler Ton, eine Erquickung für die von der Sonne geblendeten Augen, mit dem schillernden Grün der Hügel und Ebenen angenehm kontrastierte. Plötzlich aber veränderte sich die Szene. Anstelle des niedrigen, tonigen, gradlinigen Ufers traten schwarze, zerrissene Felsen, und der weite Spiegel, der das Bild des Himmels zurückwarf, wurde durch zahllose Sandbänke in tausend kleine Kanäle geteilt.«

Etwas weiterhin stellte sich dem Strome eine dunkle Felswand so weit entgegen, daß nur eine enge Öffnung blieb, durch welche sich die schäumende Wassermasse drängte. Oberhalb dieser so gut wie unbefahrbaren Stelle nimmt der Niger wieder seinen ruhigen, majestätischen Lauf an.

Nach dreitägiger Fahrt erreichten die Reisenden ein Dorf, wo ihre Leute und Pferde sie erwarteten. Sie zogen nun ohne Aufenthalt durch ein allmählich emporsteigendes Land nach der Stadt Yaourie.

Hier wurden die Gebrüder Lander in einer Art Landgut von dem Sultan, einem dicken, schmutzigen und widerlichen Menschen, der das gute Leben zu lieben schien, empfangen.

Sehr ungehalten darüber, daß Clapperton ihn nicht besucht und bei der Rückreise auch Richard Lander es vermieden habe, ihm seine Aufwartung zu machen, erwies sich dieser Sultan wirklich empörend habgierig. Er wollte den Reisenden nicht einmal die nötigsten Provisionen liefern lassen und versuchte, sie durch allerlei Ränke und Schliche möglichst lange zurückzuhalten.

Hierzu nehme man noch, daß in Yaourie alle Lebensmittel sehr teuer waren und Richard Lander an Tauschwaren nichts mehr besaß als Nadeln, »welche garantiert superfein waren, den Faden nicht zu durchschneiden« – ohne Zweifel deshalb, weil sie überhaupt kein Öhr hatten, um einen Faden durch dasselbe ziehen zu können. So mußten die Reisenden auch diese als wertlos wegwerfen.

Dagegen machten sie ein gutes Geschäft mit mehreren alten Zinnbüchsen, welche Bouillonwürfel enthalten hatten, und deren Etiketten, obwohl sie fettig und schmutzig waren, den Eingeborenen ausnehmend gefielen. Einer der letzteren erzielte an einem Markttage ganz besonders günstige Erfolge, weil er am Kopfe nach vier Seiten hin die Aufschrift trug: »Ausgezeichnete konzentrierte Bouillon.«

Da er die Engländer weder nach Nyffe noch nach Bornu ziehen lassen wollte, erklärte der Sultan von Yaourie, daß ihnen nichts übrigbleibe, als nach Boussa zurückzukehren. Richard

Lander ersuchte infolgedessen brieflich sofort den König der letzten Stadt um die Erlaubnis, ein Boot ankaufen zu dürfen, um nach Funda zu fahren, da das Land von Fellans überschwemmt sei, welche alle schonungslos plünderten.

Am 26. Juli endlich traf ein Bote des Königs von Boussa ein, um sich über das auffallende Verfahren des Sultans von Yaourie und die Gründe zu unterrichten, warum er die Rückkehr der Engländer nach Boussa verzögerte. Nach fünfwöchentlicher Gefangenschaft endlich konnten die Gebrüder Lander die Stadt, welche jetzt fast ganz unter Wasser stand, verlassen.

Sie fuhren nun den Niger bis zu der Einmündung der Cubbie (der heutigen Kebbi, Anm. d. Hrsg.) hinauf und begaben sich dann nach Boussa, wo der König, erfreut, sie wiederzusehen, sie mit aufrichtiger Herzlichkeit aufnahm. Immerhin wurden sie hier länger, als in ihrer Absicht lag, aufgehalten, teils durch einen Besuch, den sie dem Könige von Wowou abstatten mußten, teils infolge der Schwierigkeiten, sich eine Barke zu verschaffen. Dazu kam die Verzögerung, welche die vom Könige von Boussa an die Fürsten der am Strome siedelnden Völkerstämme gesendeten Boten erfuhren, und endlich die Anfrage an den ›Beken rouah‹ (das schwarze Wasser), der die Reisenden heil und gesund bis zum Meere zu führen versprach.

Beim Abschiede von dem König konnten die beiden Brüder nicht umhin, ihm ihren Dank auszusprechen für sein Wohlwollen, seine Gastfreundschaft und Aufmerksamkeit, seine Beflissenheit, ihre Interessen zu wahren, und für den Schutz, den er ihnen unausgesetzt hatte angedeihen lassen, während sie sich im ganzen fast zwei Monate in seiner Hauptstadt aufgehalten hatten. Auch die Eingebornen bedauerten offenbar die Trennung, denn sie warfen sich, als die beiden Lander fortzogen, auf die Knie und riefen mit gen Himmel erhobenen Händen den Schutz ihrer Götter für die Fremdlinge an.

Nun begann die Talfahrt auf dem Niger. Gleich anfangs mußten die Reisenden bei der kleinen Insel Melalie anhalten, deren Häuptling ihnen eine wohlgenährte Ziege anbot, ein Geschenk, das sie natürlich gern annahmen. Die beiden Lander kamen nachher zu der großen Stadt Congi, ferner nach Inguazilligie, dem Kreuzungspunkte der Wege aller Händler, welche nach

Nyffe und den im Nordosten von Borgu gelegenen Ländern ziehen oder von da zurückkehren, und landeten an Patashie, einer großen, reichen, wunderschönen Insel, welche mit Palmenhainen und anderen prächtigen Baumarten bedeckt war.

Da sie sich hier nicht weit von Wowou befanden, sandte Richard Lander einen Boten an den König dieser Stadt, der sich weigerte, das für seine Rechnung erkaufte Boot zu liefern. Der Bote vermochte nichts auszurichten und die Reisenden mußten sich selbst zu dem Fürsten begeben, erhielten aber, wie sich erwarten ließ, ebenfalls nur nichtssagende Ausreden als Antwort. Jetzt blieb ihnen, um die Reise fortsetzen zu können, nichts anderes übrig, als die ihnen in Patashie nur geliehenen Boote zu stehlen. Am 4. Oktober setzten sie nach fortdauernder Verzögerung endlich die Fahrt fort und verloren bei der raschen Strömung bald Lever oder Layaba samt seinen elenden Einwohnern aus dem Gesichte.

Nahe diesem Orte steigen die Uferwände des Flusses fast lotrecht gegen vierzig Fuß hoch an. Die ohne Hindernisse dahinströmende Wassermasse hält die Richtung genau nach Süden.

Die erste Stadt, welche die beiden Brüder nun trafen, war Bajiebo, eine ausgedehnte Ortschaft, die hinsichtlich der Unsauberkeit, des Lärmens und der dort herrschenden Unordnung kaum ihresgleichen finden dürfte. Dann kamen sie zu dem von Nyffenern bewohnten Litchie und nach Madjie, wo sich der Niger in drei Arme spaltet. Nach Verlauf einiger Minuten, eben als sie eine neue Insel passierten, sahen die Reisenden plötzlich einen zweihunderteinundachtzig Fuß hohen Felsen vor sich, den Kesa oder Kesy, der senkrecht aus dem Wasser emporsteigt. Von den Eingebornen wird derselbe hoch verehrt, weil diese annehmen, daß ein guter Geist jenen als Lieblingswohnstätte erwählt habe.

Ein wenig vor Rabba, bei der Insel Bili, erhielten die Gebrüder Lander den Besuch des Königs ›des schwarzen Wassers‹, des Herrschers auf der Insel Zangoshie, der ein Canot von außerordentlicher Länge, ungewöhnlicher Sauberkeit und geschmückt mit scharlachrotem Tuch und goldenen Tressen benutzte. Am nämlichen Tage erreichten sie die Stadt Zangoshie,

gegenüber von Rabba und nach Sockatu die zweite Stadt der Fellans.

Der König in dieser Stadt, Mallam Dendo, war ein Vetter Bellos, ein blinder, schwächlicher Greis mit zerrütteter Gesundheit; überzeugt, daß er nur noch wenige Jahre zu leben habe, hatte er keine andere Sorge als die, den Thron seinem Sohne zu sichern.

Obwohl er Geschenke von ziemlichem Werte erhalten, zeigte sich Mallam Dendo doch sehr unzufrieden und erklärte, daß er, wenn ihm die Reisenden nicht nützlichere und wertvollere Geschenke machten, ihre Gewehre, Pistolen und Pulver beanspruchen werde, wenn sie von Zangoshie wegreisen wollten.

Richard Lander wußte sich kaum zu helfen als durch das Angebot der ›Tobe‹, eines Rockes, den ihm der König von Boussa hatte aushändigen lassen, was Mallam so außerordentlich entzückte, daß er sich zum Beschützer der Europäer erklärte und alles aufzubieten versprach, sie bis zum Meere zu schaffen, und sie gleichzeitig mit bunten, geflochtenen Gerten, zwei Säkken Reis und einem Bananenzweige beschenkte. Diese Zugabe kam gerade zur rechten Zeit, denn ihr ganzer Vorrat an Tuch, Spiegeln, Schermessern und Pfeifen war erschöpft, und die Engländer besaßen nichts mehr als Nadeln und einige silberne Armspangen zur Verteilung an die Häuptlinge, welche sie längs des Nigers treffen würden.

»Von Zangoshie aus gesehen«, sagt Lander, »erweckt der Anblick von Rabba die Vorstellung von einer sehr großen, schönen, reinlichen und gut gebauten Stadt, welche nicht zur Verteidigung eingerichtet, also auch ohne Mauern ist. Sie liegt unregelmäßig am Abhange eines Hügels, dessen Fuß der Niger bespült. An Ausdehnung, Bevölkerung und Reichtümern bildet sie die zweite Stadt der Fellans. Die Einwohner sind ein Gemisch von Fellans, Nyffenen, Ausgewanderten und Sklaven aus verschiedenen Ländern. Sie steht unter der Oberhoheit eines Gouverneurs, der den Titel König oder Sultan führt. Rabba ist berühmt durch sein Getreide, Öl und schönen Honig. Als unsere Leute den Markt daselbst besuchten, schien derselbe reichlich mit Rindvieh, Pferden, Maultieren, Eseln, Schafen, Ziegen und Geflügel versehen. Von allen Seiten bot man Reis, Getreide, Baumwolle, Tuche, Indigo, Geschirre und Zügel aus gelbem oder rotem Leder, Schuhe, Stiefel und Sandalen an. Zweihundert Sklaven, welche schon am Morgen angeboten wurden, waren auch am Abend nicht verkauft. Als gewerbfleißig ist Rabba zwar nicht bekannt, doch steht die Fabrikation von Matten und Sandalen in hoher Blüte, während alle anderen Gewerbe in Zangoshie entschieden weiter entwickelt sind.«

Die Regsamkeit und Arbeitslust letztgenannter Stadt macht hier im Lande der Faulenzer einen recht angenehmen Eindruck. Gastfrei und zuvorkommend, sind deren Einwohner durch die

Lage ihrer Insel gegen die Übergriffe der Fellans gesichert; ziemlich unabhängig, erkennen sie keine andere Regierung als die des Königs des ›schwarzen Wassers‹ an, und auch das nur, weil es in ihrem eigenen Vorteil liegt.

Am 16. Oktober endlich reisten Richard Lander und sein Bruder auf einer erbärmlichen Piroge, die ihnen der König sehr teuer verkaufte, weiter, nachdem sie sich einige Ruder, die ihnen niemand ablassen wollte, gestohlen hatten. Jetzt kamen sie zum ersten Male in die Lage, den Niger ohne fremden Beistand zu beschiffen.

Sie fuhren den Fluß hinunter und vermieden so weit als möglich alle größeren Städte, da sie nicht imstande gewesen wären, die meist unverschämten Forderungen der betreffenden Gouverneure zu befriedigen.

Bis Egga ging diese friedliche Ruderfahrt ohne Zwischenfall vonstatten. Nur in einer Nacht, als die Reisenden wegen vieler Ufersümpfe nicht landen konnten und sich vom Strome weiter hinabtreiben lassen mußten, brach ein fürchterliches Unwetter los, während sie von Flußpferdherden, welche sich auf dem Wasser tummelten, fast versenkt worden wären.

Der Niger strömte in einer Breite zwischen zwei und acht Meilen fortwährend nach Osten oder Südosten, und dabei so schnell, daß ihr Boot mit einer Geschwindigkeit von fünf bis sechs Meilen in der Stunde hinabgeführt wurde.

Am 19. Oktober kam Richard Lander an der Einmündung der Cudunia vorüber, welchen Fluß er bei seiner ersten Reise in der Nähe von Cuttup überschritten hatte, und nicht lange darauf gelangte er nach Egga. Er erreichte bald den Landungsplatz, indem er durch eine ausgedehnte, von unzähligen großen und sehr festen Canots besetzte Bucht hinfuhr, welch letztere, mit verschiedenen Waren beladen, mit Blut bestrichene und mit Federn geschmückte Vorderteile – ein Zaubermittel und Schutz gegen Diebe – hatten.

Der Chef, dem die Reisenden sofort zugeführt wurden, trug einen langen weißen Bart und würde ganz das ehrwürdige Aussehen eines Patriarchen gehabt haben, wenn er nicht immer wie ein kleines Kind gelacht hätte. Die Einwohner liefen in hellen Haufen zusammen, um die Fremdlinge von so seltsamem Aussehen zu bewundern, und diese mußten drei Mann als Wache vor die Türe stellen, um die Neugierigen in gebührender Entfernung zu halten.

»Mehrere Bewohner von Egga«, sagt Richard Lander, »verkaufen Leinwand und Tuch aus Benin und Portugal, was darauf schließen läßt, daß zwischen dieser Stadt und der Küste eine gewisse Verbindung bestehen mag. Die Einwohner sind sehr spekulativ, unternehmend und, ununterbrochen auf dem Niger auf und ab fahrend, mit dem Handel beschäftigt. Sie leben gleich in ihren Canots, wo ihnen eine Art kleiner Kajüte oder Schuppen als Wohnung dient. Die Überredungskunst der Landesbewohner, deren man sich bei uns nur unter wichtigen Verhältnissen bedient, machte uns zuerst wirklich Spaß; nach und nach wurde ihre Zudringlichkeit aber lästig. Sie verlangten von uns Zaubermittel zur Verhütung von Kriegen und anderen nationalen Unfällen, Talismane, um reich zu werden, solche zur Abwehr der Krokodile, welche zuweilen Menschen raubten, oder auch andere, um täglich reiche Fischzüge zu machen. Der letztere Wunsch wurde gegen uns von dem Chef der Fischer ausgesprochen und unter entsprechenden Gebeten, welche sich nach dem Werte des Dargebotenen richten, mit einem Geschenke begleitet ... Die Neugier des Volkes, uns zu sehen, übersteigt alle Grenzen, so daß wir keinen Schritt aus unserer Hütte tun können; um frische Luft zu schöpfen, müssen wir stets die Tür offen lassen und in der Hütte umhergehen, die einzige Bewegung, welche uns, gleich wilden Tieren im Käfige, gestattet ist. Die Leute betrachten uns mit stierem, aus Schrecken und Bewunderung gemischtem Ausdrucke, etwa wie man in Europa die Tiger in der Menagerie ansieht. Wenden wir uns nach der Tür zu, so weichen sie erschreckt und heulend zurück, sobald wir aber nach rückwärts gehen, nähern sie sich schweigend und mit größter Vorsicht, soweit ihre Furcht es zuläßt.«

Egga ist eine Stadt von bedeutender Ausdehnung und muß sehr viele Einwohner haben. Wie fast alle am Ufer des Niger erbauten Städte, wird dieselbe alljährlich überschwemmt. Man darf wohl voraussetzen, daß die Eingebornen besondere Gründe haben, ihre Wohnstätten an Stellen zu errichten, die uns ziemlich ungeeignet und gesundheitswidrig erscheinen würden.

Wahrscheinlich sind dieselben aber nur darin zu suchen, daß die Umgebungen hier aus fettem schwarzem Erdreich bestehen, welches ihnen alle zur Lebensnotdurft nötigen Erzeugnisse ohne große Mühe liefert.

Obwohl der Häuptling von Egga über hundert Jahre alt zu sein scheint, so war er doch immer voller Lust und Freude. Die hervorragendsten Persönlichkeiten der Stadt kamen in seiner Hütte zusammen und verbrachten ganze Tage unter fröhlichem Geplauder.

»Diese Gesellschaft Graubärte«, erzählt der Reisende, »lacht oft so laut aus vollem Herzen und freut sich über lustige Einfälle so außerordentlich, daß man fast stets die Vorübergehenden stehenbleiben und lauschen sieht, aber auch in das von innen heraustönende Gelächter mit einstimmen hörte; vom Morgen bis zum Abend donnerten uns von dorther unaufhörlich Beifallsbezeugungen ins Ohr.«

Eines Tages wollte der alte Häuptling seine Kunst als Sänger und Tänzer zeigen, um die Fremden zu überraschen.

»Trotz der Last seiner Lebensjahre lustig hüpfend und das weiße Haar schüttelnd«, heißt es in dem Bericht, »machte er unzählige Luftsprünge zum großen Vergnügen der Zuschauer, deren Gelächter, das einzige gebräuchliche Beifallszeichen der Afrikaner, der Eitelkeit des Greises höchlichst schmeicheln mußte, so daß er sogar eine Krücke zu Hilfe nahm, um die Vorstellung fortzusetzen. Er hinkte noch ein wenig hin und her, mußte aber aus Erschöpfung aufhören und sich neben uns auf die Schwelle der Hütte niederlassen. Um alles in der Welt wollte er uns seine Schwäche nicht merken lassen. Keuchend vor Anstrengung, suchte er doch möglichst ruhig Luft zu schöpfen und den pfeifenden Atem zu unterdrücken; er versuchte auch noch einmal zu tanzen und zu singen; die Natur forderte aber ihre Rechte, und seine schwache, zitternde Stimme war kaum vernehmbar. Inzwischen setzten andere Sänger und Sängerinnen, Tänzer und Musiker ihr ohrenbetäubendes Konzert fort, bis wir müde vom Hören und Sehen bei einbrechender Nacht sie baten, sich zurückzuziehen, zum großen Leidwesen des lustigen, eitlen Greises.«

Mallam Dendo riet den Engländern übrigens davon ab, weiter flußabwärts zu reisen. Egga, sagte er, sei die letzte Stadt von Nyffe; die Macht der Fellans reicht nicht weiter, und bis zum Meere hin würden wir nur wilde, barbarische, stets miteinander im Kriege liegende Völkerschaften treffen.

Diese Warnung und die Aussage der Einwohner gegen die beiden Lander, daß sie Gefahr liefen, ermordet oder gefangengenommen und als Sklaven verkauft zu werden, hatten deren Leute so erschreckt, daß sie sich weigerten, wieder auf das Boot zu gehen, und erklärten, nach Cape Coast Castle auf dem früher eingeschlagenen Wege zurückkehren zu wollen.

Die beiden Brüder hielten jedoch an ihrem ersten Entschlusse fest, jene gaben nach, und am 22. Oktober verließen alle

Egga, von dem sie sich mit drei Flintenschüssen verabschiedeten.

Einige Meilen jenseits desselben flatterte eine Möwe über ihren Köpfen hin und her, ein Zeichen von der Nachbarschaft des Meeres und die fast gewisse Verheißung, daß sie sich dem Ende ihrer mühseligen Reise näherten.

Nach und nach kamen sie an mehreren kleineren, halb unter Wasser stehenden Dörfern und an einer großen Stadt am Fuße eines Berges vorüber, der jene fast zu erdrücken schien; den Namen der Stadt konnten sie nicht erfahren. Ferner kreuzten sie eine ungeheure Menge Canots, deren Bauart denen von dem Bomy- und dem Calabarflusse entsprach; die Besatzungen der letzteren sahen mit höchstem Erstaunen die weißen Männer, wagten aber nicht, mit ihnen zu sprechen.

Die niedrigen und auf weite Strecken hin sumpfigen Ufer des Niger wurden bald höher, reicher und fruchtbarer.

Kacunda, wo die Bewohner von Egga Richard Lander haltzumachen empfohlen hatten, liegt an der Westseite des Stromes. Von einiger Entfernung aus gesehen, bietet dasselbe wirklich einen malerischen Anblick.

Beim Erscheinen der Reisenden gerieten die Einwohner in nicht geringe Aufregung. Ein alter Mallam, d. i. ein Priester und Lehrer des Islam, nahm jene aber unter seinen Schutz. Ihm hatten es die beiden Brüder zu verdanken, daß ihnen in der Hauptstadt eines von Nyffe unabhängigen Reiches ein recht guter Empfang zuteil wurde.

Was die Reisenden von dieser Stadt oder vielmehr von der Vereinigung von vier Dörfern sehen oder über dieselbe hören konnten, stimmte mit dem überein, was sie schon in Egga erfahren hatten. Richard Lander entschloß sich auch, von hier aus nur des Nachts zu reisen und die vier Flinten und zwei Pistolen, welche ihnen noch verblieben, mit Kugeln und Rehposten laden zu lassen.

Zur größten Verwunderung der Bewohner von Kacunda, welche eine so augenscheinliche Verachtung jeder Gefahr gar nicht begreifen konnten, verließen unsere Forscher die Stadt mit drei schallenden Hochrufen und »legten ihr Schicksal in Gottes Hand«.

Mehrere große Städte, an denen sie vorüberkamen, ließen sie sorglich beiseite. Der Lauf des Flusses änderte sich jetzt wiederholt und wandte sich zu einer Reihe hoher Hügel, erst von Süden nach Südosten und dann nach Südwesten.

Am 25. Oktober befanden sich die Engländer an der Einmündung eines großen Flusses. Es war das der Tchadda oder Benoue. Hier erhob sich eine ausgedehnte Stadt, längs der Niger- und der Benoue-Seite, das war Cutumcuraffi (das heutige Nomai, Anm. d. Hrsg.).

Endlich, nachdem sie fast in einem Wasserwirbel umgekommen und ihr Boot an einem Felsen zerschellt wäre, entdeckte Richard Lander einen bequemen, unbewohnten Platz am rechten Stromufer, wo er einmal zu landen beschloß.

Diese Stelle war immerhin kurz vorher besucht gewesen, wovon noch die Reste eines Feuers, zerbrochene Kürbisflaschen und auf dem Boden zerstreute Scherben von irdenen Gefäßen zeugten, neben welchen sich auch Schalen von Kokosnüssen und Dauben von einem Pulverfäßchen vorfanden, die man mit freudigem Gefühle auflas, da sie die Gewißheit gaben, daß die Bewohner der Gegend mit den Europäern wenigstens einige Verbindung unterhalten mußten.

Vor drei Leuten aus dem Gefolge Landers, welche sich in ein benachbartes Dorf begeben hatten, um Feuer zu holen, waren die Frauen erschreckt entflohen. Die ermüdeten Reisenden hatten sich eben auf die Matten gelagert, als sie sich plötzlich von einer Menge fast nackter Männer umringt sahen, welche mit Gewehren, Bogen, Pistolen, Messern und eisernen Lanzen bewaffnet waren.

Die Geistesgegenwart und Kaltblütigkeit der beiden Brüder verhütete allein einen scheinbar unvermeidlichen Kampf, dessen Ausgang nicht zweifelhaft sein konnte. Ihre eigenen Waffen niederlegend, gingen sie auf den Anführer des wütenden Haufens zu.

»Als wir näher kamen«, sagt Lander, »gaben wir ihm mit den Armen alle erdenklichen Zeichen, um den Wilden und seine Begleiter abzuhalten, auf uns zu schießen. Der Köcher schwankte an seiner Seite, der Bogen war gespannt und ein auf unsere Brust gerichteter Pfeil zitterte, zum Abschießen fertig, als uns nur noch wenige Schritte trennten. Die Vorsehung wandte das drohende Unheil ab, denn eben als der Häuptling die gespannte Sehne losschnellen wollte, sprang ein dicht neben ihm stehender Mann hinzu und hielt ihm die Arme. Wir standen ihm jetzt Auge in Auge gegenüber und reichten ihm, zitternd wie Espenlaub, die Hand. Der Häuptling sah uns scharf an und – fiel in die Knie. Sein Gesicht nahm einen gar nicht zu beschreibenden Ausdruck an, in dem sich Furcht und Schrecken mischten und alle guten und bösen Leidenschaften zu kämpfen schienen; endlich ließ er den Kopf auf die Brust herabsinken, ergriff die dargebotene Hand und fing bitterlich an zu weinen. Von jetzt ab war die Freundschaft besiegelt, alle feindseligen Gedanken verdrängt, und an deren Stelle trat das denkbar beste Einvernehmen.

»Ich glaubte, ihr wäret aus den Wolken gefallene Kinder des Himmels«, sagte der Häuptling, um seine plötzliche Sinnesänderung zu erklären.

»Es war unser Glück«, fügt Lander hinzu, »daß unsere weißen Gesichter und unser ruhiges Auftreten diesem wilden Volke solchen Respekt einflößten. Einige Minuten später wären wir mit mehr Pfeilen gespickt gewesen als der Igel Stacheln hat.«

Der Ort, wo sich dieser Auftritt zutrug, ist der berühmte Marktflecken Bocqua, von dem die Reisenden öfter reden gehört hatten und wohin von der Küste her viele Händler kommen, um gegen Waren von den Weißen die aus Funda, am entgegengesetzten Ufer des Stromes, hierhergebrachten Sklaven einzutauschen.

Hier erhielten die Reisenden nun recht erfreuliche Nachrichten. Das Meer sollte nur zehn Tagemärsche entfernt sein. Die Schiffahrt dahin, fügte der Häuptling von Bocqua hinzu, sei ohne alle Gefahr; nur die Uferbewohner wären »recht schlechte, böse Menschen«.

Dem Rate ihres neugewonnenen Freundes folgend, passierten die Reisenden die schöne und große Stadt Atta (das heutige Idah, Anm. d. Hrsg.), ohne an Land zu gehen, und gönnten sich erst einige Tage Ruhe in Abbazaca, wo der Niger sich in drei Arme teilt und der Häuptling der Stadt sie durch seine unersättliche Habgier belästigte. Weiter fuhren sie an zwei oder drei Dörfern vorüber, obwohl man ihnen Zeichen machte, ans Ufer zu kommen; wahrscheinlich nur, um die Neugier der Eingebornen zu befriedigen, konnten eine Landung aber bei dem Dorfe Damuggo nicht umgehen, wo ein kleiner Mann in einer Soldatenweste sie in englischer Sprache anrief: »Hollah! He! Engländer, kommt hierher!« Es war das ein Bote des Königs von Bonny, der sich hier aufhielt, um für seinen Herrn Sklaven einzukaufen.

Der Häuptling der Stadt, welcher noch niemals Weiße gesehen hatte, empfing die Reisenden sehr gut, ließ ihnen zu Ehren öffentliche Lustbarkeiten anstellen und hielt sie unter lauter Festlichkeiten bis zum 4. November zurück. Obwohl der um Rat gefragte Fetisch vor Erreichung des Meeres tausend Gefahren prophezeite, stellte dieser Fürst ihnen doch ein anderes Boot, die nötigen Ruder und einen Führer zur Verfügung.

Die unheimliche Vorhersage des Fetischs sollte nur zu bald in Erfüllung gehen. John und Richard Lander fuhren jeder in einem besonderen Boote. Als sie zu einer großen Stadt – wie sie später hörten, Kirri – kamen, wurden sie von langen Kriegscanots angehalten, von denen jedes vierzig Mann in europäischer Kleidung (bis auf den Mangel an Beinkleidern) trug.

An langen Bambusstangen flatterten an denselben englische Flaggen; außerdem waren sie mit Stühlen, Tischen, Flaschen und anderen Gegenständen wunderlich aufgeputzt. Die schwarzen Matrosen führten jeder eine Flinte, und im Vorderteil jedes Bootes befand sich ein langes vier- oder sechspfündiges Geschütz.

Die beiden Brüder führte man nach Kirri, wo über ihr Schicksal Rat gepflogen wurde. Glücklicherweise sprachen einige Mallams oder mohammedanische Priester zu ihren Gunsten und bewirkten auch die Rückgabe eines Teiles der ihnen geraubten Sachen, von denen die meisten freilich mit dem inzwischen versenkten Boote Richard Landers untergegangen waren.

»Zu meiner großen Freude«, schreibt Richard Lander, »entdeckte ich wenigstens die Kiste mit unseren Büchern und eine mit den Tagebüchern meines Bruders wieder; auch der Arzneikasten war noch vorhanden, freilich mit Wasser gefüllt. Ein großer gestickter Nachtsack, der vorrätige Kleidungsstücke enthielt, war geöffnet und geplündert; wir besaßen nur noch ein einziges Hemd, je ein Paar Beinkleider und einen Rock; mehrere wertvolle Gegenstände blieben verschwunden. Meine Journale, mit Ausnahme eines Notizbuches, in dem ich von Rabba aus einige

Beobachtungen aufgezeichnet hatte, waren verloren. Ferner fehlten vier Gewehre, vier Seitengewehre und zwei Pistolen. Neun Elefantenzähne, gerade die schönsten, welche ich je gesehen, die Geschenke der Könige von Wowou und Boussa, eine Menge Straußenfedern, einige schöne Leopardenfelle, verschiedene Sämereien, alle Knöpfe, Kaurimuscheln, unsere Nadeln, die wir nötiger brauchten als Geld, um dafür Nahrungsmittel zu kaufen, alles war verschwunden und, wie die Leute behaupten, im Niger versunken.«

Das war in der Tat ein Schiffbruch am Eingang zum Hafen! Ganz Afrika von Badagry bis Boussa durchzogen zu haben, den Gefahren der Schiffahrt auf dem Niger entgangen zu sein, sich glücklich den Händen so vieler habsüchtiger kleiner Fürsten entzogen zu haben, um sechs Tagereisen vom Meere vielleicht alles scheitern zu sehen, in die Sklaverei geschafft oder zum Tode verurteilt zu werden, gerade wo man in Europa die wunderbaren Resultate der Reise nach so vielen Strapazen, so vielen überstandenen Gefahren und besiegten Hindernissen zu verkünden hoffte; den Lauf des Nigers von Boussa aus erforscht zu haben und so nahe daran, auch seine Mündung kennenzulernen, im letzten Augenblick sich von erbärmlichen Strompiraten aufgehalten zu sehen, das war doch zu viel, und die beiden Brüder mögen recht bittere Gedanken während jener langandauernden Verhandlungen über sie gehabt haben.

Wurden ihnen die gestohlenen Gegenstände auch zum Teil wieder ausgeliefert, und der Neger, der die Feindseligkeiten eröffnet hatte, zur Sühnung seiner Tat mit dem Tode bestraft, so betrachtete man die beiden Brüder immerhin als Gefangene; sie sollten zu Obie, dem Könige von Eboe, geführt werden, der über ihr Schicksal entscheiden sollte.

Offenbar waren die Räuber selbst hierzulande fremd und nur ausgezogen, um zu stehlen und zu plündern. Sie gedachten jedenfalls noch in anderen Ortschaften wie in Kirri ihr Handwerk zu treiben, wenn sie nicht mächtige Flottillen antrafen, die sich nicht ohne Gegenwehr plündern ließen. Alle Stämme längs des Nigers zeigten sich übrigens gegeneinander höchst mißtrauisch, und kein Handelsgeschäft ward anders als mit den Waffen in der Hand abgeschlossen.

Nach zweitägiger Fahrt kamen die Canots vor Eboe an einer Stelle an, wo sich der Strom in drei Flüsse spaltet, die jeder noch sehr groß sind und flache, sumpfige, mit Palmen bedeckte Ufer haben.

Einen Tag später, am 8. November, rief einer der Leute von der Mannschaft, als er Eboe erblickte: »Das ist meine Heimat!«

Hier erwarteten die Forscher neue Schwierigkeiten. Obie, der König von Eboe, war ein junger Mann von geweckt em intelligentem Aussehen, der die Reisenden freundlich empfing. Seine Kleidung, im ganzen der des Königs von Yarriba nicht unähnlich, war mit so vielen Korallen verziert, daß man ihn mit Recht hätte den ›Korallen-König‹ nennen können.

Offenbar ging Obie die Erzählung des Überfalls, bei dem die Engländer ihre Waren eingebüßt hatten, recht nahe; leider entsprach die Hilfe seinerseits aber nicht dem Mitleid, das er empfand, und er ließ die Fremden fast Hungers sterben.

»Die Bewohner von Eboe sind, gleich den meisten Afrikanern, ungemein sorgloser Natur und bauen nichts als Yams, Mais und Bananen. Sie besitzen Ziegen und Geflügel, aber wenig Schafe und Rindvieh. Die sehr umfangreiche Stadt liegt in einer offenen Ebene und beherbergt eine zahlreiche Bevölkerung; als Hauptstadt des Königreichs führt sie nur den Namen ›das Land Eboe‹. Ihr Palmöl wird geschätzt. Sie bildet schon seit langen Jahren den Hauptsklavenmarkt, wo die Eingebornen sich versorgen, welche dieses Geschäft an der Küste zwischen dem Bonny- und dem Calabarflusse betreiben. Zu Hunderten kommen sie dann auf dem Strome hierher, und die meisten bewohnen gleich ihre Canots, welche vor der Stadt angelegt werden. Fast alles Palmenöl, welches die Engländer in Bonny und dessen Nachbarschaft kaufen, stammt von hier, ebenso wie die Sklaven, welche spanische, portugiesische und französische Schiffe an der Küste verfrachten. Von verschiedenen Seiten wurde uns mitgeteilt, daß die Bewohner von Eboe Anthropophagen seien, eine Ansicht, welche unter den Stämmen der Nachbarschaft mehr verbreitet ist als unter denen aus dem tieferen Innern des Landes.«

Nach allem, was den Reisenden zu Ohren kam, erschien es ausgemacht, daß Obie sie nur gegen schweres Lösegeld wieder freilassen werde. Der Fürst gehorchte damit gewiß zum Teile den Einflüsterungen seiner Günstlinge, mehr aber trugen die Habsucht und das Drängen der Bewohner von Bonny und Brass dazu bei, welche sich darüber stritten, wer von ihnen die Fremden in ihr Land zurückbringen sollte.

Ein Sohn des letzten Häuptlings von Bonny, König Pepper (Pfeffer), ein gewisser Gun (Flinte), der Bruder des Königs Boy (Junge) und deren Vater Forday, der Brass im Verein mit dem König Jacket (Jacke) regiert, waren die hitzigsten. Sie brachten zum Beweise ihrer Rechtlichkeit Zeugnisse bei, die sie von europäischen Kapitänen, mit denen sie Geschäfte gemacht, erhalten.

Eines dieser Schriftstücke, unterzeichnet James Dow, Kapitän der Brigg ›Susanne‹ aus Liverpool, und datiert vom ersten Flusse in Brass, September 1830, lautet wie folgt:

»Kapitän Dow erklärt hiermit, niemals erbärmlichere Kerle getroffen zu haben als die Landeseingebornen im allgemeinen und deren Lotsen im besonderen.«

In demselben Tone geht es weiter; der Kapitän schildert sie als verächtliche Schurken, welche versucht hätten, sein Fahrzeug an den Klippen der Flußmündung scheitern zu lassen, um sich dessen Fracht zuzueignen. Der König Jacket wird als Erzspitzbube und verschmitzter Dieb dargestellt. Boy allein machte eine rühmliche Ausnahme und verdiente einiges Vertrauen.

Nach endlosen Verhandlungen erklärte Obie, daß er nach Gesetz und Landesgebrauch das Recht habe, die Gebrüder Lander und deren Gefolge als sein Eigentum zu betrachten; da er aber dieses Vorrecht nicht mißbrauchen wolle, so werde er sich begnügen, dieselben gegen englische Waren im Werte von zwanzig Sklaven einzutauschen.

Diese Entscheidung, deren Zurücknahme Lander vergeblich bei Obie durchzusetzen suchte, brachte die Brüder erst in volle Verzweiflung, welche bald einer derartigen Gleichgültigkeit und Apathie Platz machte, daß sie ganz unfähig wurden, überhaupt etwas zur Wiedererlangung ihrer Freiheit zu unternehmen. Fügt man dieser gedrückten Stimmung noch die physische Schwäche und den Mangel an Nahrung hinzu, so begreift man wohl, wie herabgekommen die beiden Reisenden sich fühlen mochten.

Ohne alle Hilfsmittel, ihrer Nadeln, Kaurimuscheln und

Tauschwaren beraubt, sahen sie sich in die traurige Notwendigkeit versetzt, ihre Nahrung zu erbetteln.

»Wir hätten aber«, schreibt Lander, »ebensogut Bäume oder Steine anflehen können; wenigstens hätten wir dabei die Erniedrigung erspart, abgewiesen zu werden. In den meisten Städten und Dörfern von Afrika wurden wir als Halbgötter betrachtet, infolgedessen allgemein mit Verehrung, mindestens mit Achtung behandelt. Hier aber, ach, welcher Unterschied! wirft man uns mit den verächtlichsten Wesen, mit elenden Sklaven zusammen, und wir sind in diesem unaufgeklärten Lande der Gegenstand des Spottes einer Horde Barbaren.«

Endlich erlöste Boy die Reisenden, indem er sich verpflichtete, Obie das Lösegeld für die beiden Brüder und deren Gefolge zu bezahlen. Er selbst erwies sich sehr bescheiden und verlangte für seine Mühe und die Gefahren des Transportes bis Brass nur den Wert von fünfzehn Silberbarren oder fünfzehn Sklaven und ein Tönnchen Rum. Obgleich auch das eigentlich eine sehr hohe Forderung war, so zögerte Lander doch keinen Augenblick, eine Anweisung über sechsunddreißig Barren an Kapitän Lake, den Befehlshaber eines an der Mündung des Brassflusses stationierten englischen Schiffes, zu unterzeichnen.

Das Canot des Königs, auf dem sich die beiden Brüder am 12. November einschifften, trug sechzig Personen, darunter vierzig Ruderer. Es war mit einem Vierpfünder im Vorderteile ausgerüstet, hatte starke Vorräte an großen Messern, Schießbedarf und Waren aller Art und war aus einem einzigen Stamme über fünfzig Fuß lang ausgehöhlt.

Die endlosen Felder, welche sich längs der Stromufer hinzogen, sprachen für eine größere Bevölkerung, als es zuerst schien. Das Land war flach, offen, abwechslungsreich, und der schwarze Boden erzeugte Bäume und Sträucher in verschiedensten Farbtönen.

Am 14. November gegen sieben Uhr abends verließ das Canot den Hauptarm und lief in den Brassfluß ein. Eine Stunde später bemerkte Lander zu seiner größten Freude die Wirkung der Flut.

Etwas weiter hin traf Boys Canot mit denen von Gun und Forday zusammen. Der letztere, ein Greis von ehrwürdigem Aussehen und sehr ärmlich, halb nach einheimischer Mode ge-

kleidet, hatte eine ausgesprochene Vorliebe für Rum, den er in unglaublichen Mengen vertilgte, ohne daß man an seinem Benehmen und seiner Sprache etwas davon bemerkte.

Es war ein eigentümlicher Zug, der die Engländer bis zur Stadt Brass begleitete.

»Die Canots«, sagt Lander, »glitten in regelmäßigen Abständen hintereinander her und hatten jedes drei Flaggen aufgezogen. Am Bug des ersten stand König Boy, den Kopf mit langen Federn geschmückt, welche bei jeder Bewegung schwankten, und mit phantastischen, auf schwarzem Grunde weiß erscheinenden Flecken bemalt. Er stützte sich auf zwei ungeheure Lanzen mit Widerhaken, die er von Zeit zu Zeit in den Boden des Canots niederstieß, als wollte er ein wildes, gefährliches Tier zu seinen Füßen töten. Im Vorderteile der Canots führten Priester verschiedene Tänze auf und machten die tollsten Verrenkungen. Alle waren ebenso bunt bemalt wie der König Boy, und um dem ganzen die Krone aufzusetzen, beschäftigte sich Gun, der sich einmal an der Spitze, einmal am Ende des Zuges befand, damit, den imposanten Eindruck der Flottille durch unaufhörliches Feuern mit seiner Kanone zu erhöhen.«

Brass selbst besteht aus zwei Städten, deren eine Forday, die andere dem König Jacket gehört. Vor der Landung nahmen die Priester allerlei mysteriöse Zeremonien vor, welche sich offenbar auf die Weißen bezogen. Ob das Resultat der Fetischbefragung den Fremden günstig ausfiel, mußte das Benehmen der Eingebornen gegen sie dartun.

Als er kaum einen Fuß ans Land gesetzt, bemerkte Lander zu seiner größten Freude einen weißen Mann am Ufer. Es war das der Kapitän eines spanischen Schoners, der am Flusse vor Anker lag.

»Unter allen schmutzigen und widerlichen Ortschaften«, heißt es in dem Berichte, »möchte wohl keine in der Welt diese übertreffen oder dem Auge des Fremden einen elenderen Anblick bieten. In dem abscheulichen Brass ist alles nur Unrat und Schmutz. Hunde, Ziegen und andere Tiere lagern auf den kotigen Straßen; auch jene sehen verhungert aus und wetteifern mit den unglücklichen menschlichen Geschöpfen mit blassen hageren Zügen und häßlichem Aussehen, deren Leib von großen Pusteln bedeckt ist und deren Hütten infolge von Vernachlässigung und Unreinlichkeit in Trümmer fallen.«

Eine andere Ortschaft, von den Europäern die Stadt der Lotsen genannt, wegen der großen Menge von solchen, die daselbst wohnen, liegt an der Mündung des Flusses Noun oder Nun, siebzig Meilen von Brass.

Der König Forday erhob dagegen Einspruch, daß die beiden Brüder die Stadt verließen, bevor sie ihm nicht vier Barren Silber ausgeliefert hätten. Es wäre Brauch, sagte er, daß jeder weiße Mann, der nach Brass auf dem Flusse käme, diesen Tribut entrichte. Hier galt kein Widerstreben, und Lander stellte eine neue Anweisung auf Kapitän Lake aus.

Um diesen Preis erhielt Richard Lander die Erlaubnis, sich auf dem Canot des Königs zu der an der Mündung des Flusses liegenden englischen Brigg zu begeben. Sein Bruder und die übrigen Leute des Gefolges sollten erst nach der Rückkehr des Königs freigegeben werden.

Wie groß waren aber, als er auf die Brigg kam, das Erstaunen und die Beschämung Landers, als er erfuhr, daß Kapitän Lake ihm alle und jede Unterstützung verweigerte! Er übergab ihm deshalb seine Instruktionen vom Minister, um ihn zu überzeugen, daß er kein Betrüger sei.

»Wenn Sie glauben«, sagte der Kapitän, »es mit einem Schwachkopf oder einem Toren zu tun zu haben, so täuschen Sie sich! Ich gebe keinen Strohhalm auf Ihr Wort oder Ihre Anweisung! Was kümmert mich der ganze Handel! Der Teufel soll mich holen, wenn ich auch nur einen Heller hergebe!«

Fluchend und schwörend stieß Lake gegen die Engländer noch die gröbsten Beleidigungen aus.

Betäubt von Schmerz über diese unerwartete Weigerung und das unerklärliche Auftreten eines Landsmannes, ging Lander in das Canot Boys zurück, ohne zunächst zu wissen, was er beginnen sollte, und bat diesen dann, ihn nach Bonny zu bringen, wo sich eine Menge englische Schiffe befinden mußten. Der König wollte davon aber nichts wissen. Richard Lander blieb also nichts übrig, als einen Versuch zu machen, den Kapitän zu erweichen, den er nun darum bat, zehn Flinten herzugeben, womit sich der König vielleicht begnügen würde.

»Ich habe Ihnen schon erklärt, daß ich nicht einen Feuerstein hergebe«, erwiderte Lake, »lassen Sie mich also in Ruhe!«

»Aber mein Bruder und acht andere Personen sind noch in Brass«, fuhr Lander fort, »und wenn Sie den König bestimmt nicht bezahlen wollen, so bestimmen Sie ihn wenigstens, jene an Bord kommen zu lassen, sonst wird mein Bruder noch Hungers sterben, und alle werden als Sklaven verkauft, bevor ich durch ein Kriegsschiff Hilfe bekommen kann!«

»Wenn Sie jene an Bord schaffen können«, versetzte der Kapitän, »will ich nichts dagegen haben; ich wiederhole Ihnen aber, daß Sie von mir nicht den Wert eines Zündhütchens dazu erhalten können!«

Endlich gelang es Richard Lander, Boys Zustimmung zur Abholung seines Bruders und der anderen Leute zu erhalten. Der König wollte dieselben zwar nicht vor Empfang einer Abschlagszahlung losgeben und war nur mit Mühe zu bewegen, von dieser Forderung abzustehen.

Als Kapitän Lake hörte, daß Richard Landers Gefolge aus kräftigen, zum Ersatz seiner verstorbenen oder durch Fieber geschwächten Matrosen geeigneten Leuten bestand, wurde er etwas zuvorkommender. Es dauerte jedoch nicht lange Zeit, als er erklärte, wenn auch John und die übrigen noch nicht da wären, binnen drei Tagen absegeln zu wollen.

Obwohl Richard Lander ihm überzeugend nachwies, daß die Ärmsten in diesem Falle als Sklaven verkauft werden würden, so ließ jener sich doch nicht beeinflussen.

»Desto schlimmer für sie«, entgegnete er achselzuckend, »ich kann aber nichts dagegen tun und werde auf keinen Fall länger warten!«

Zum Glück ist eine solche Unmenschlichkeit nur selten. Ein solcher Elender, der nicht nur seinesgleichen, sondern sogar Leute, die weit über ihm stehen, in dieser Weise behandelt, verdient wirklich an den Pranger gestellt zu werden.

Am 24. November endlich, da eine starke vom Meere herwehende Brise das Wasser am Ufer gewaltig aufregte und eine Überfahrt fast unmöglich machte, kam John Lander an Bord.

Boy hatte ihn mit Vorwürfen und Beleidigungen überhäuft. Nachdem er die beiden Brüder und deren Gefährten mit seinem letzten Gelde von der Sklaverei losgekauft, sie in seinem Canot weggeschafft und – wenn auch sehr unzureichend – ernährt hatte, nachdem ihm soviel Rum und Rindfleisch zugesagt worden war, als er trinken und essen könnte, seinen erhofften Verdienst so verschwinden und sich gleich einem Diebe behandelt zu sehen, das entschuldigt wohl, wenn er darüber unwirsch wurde, und mancher hätte es seinen Gefangenen viel teuerer vergelten lassen, wenn ihm so viele Hoffnungen zunichte wurden, und er so viel Geld nutzlos ausgegeben hätte.

Trotzdem entschloß sich Boy, John an Bord der Brigg zurückzuführen. Kapitän Lake empfing den Reisenden ziemlich freundlich, erklärte aber mit aller Bestimmtheit, den König heimzusenden, ohne ihm einen Heller zu verabfolgen.

Dieser ahnte wohl denselben Ausgang; sein hochtrabendes Wesen hatte einem unterwürfigen, fast kriechenden Auftreten Platz gemacht. Man trug ihm ein reichliches Mahl auf, das er kaum berührte.

Trostlos über die Knickerei und das Mißtrauen des Kapitän Lake, suchte Richard Lander, der seinen eingegangenen Verpflichtungen unmöglich nachkommen konnte, alle seine Habseligkeiten durch, wobei er noch fünf silberne Armbänder und einen im Lande verfertigten Säbel, den er aus Yarriba mitgebracht, vorfand, und bot diese Gegenstände dem Könige Boy an, der sie vergnügt annahm.

Endlich ermannte sich der König, seine Beschwerde bei dem Kapitän selbst vorzubringen. Mit einer wahren Donnerstimme, die man aus diesem schwächlichen Körper kaum zu hören geglaubt hätte, rief dieser jedoch kurzweg:

»Ich will aber nicht!«

Er begleitete diese Worte mit einer solchen Flut von Schwüren und Flüchen, daß der arme Boy den Rückzug antrat, und da er das Schiff segelfertig sah, eiligst in sein Canot zurückkehrte.

So endigte die Reise der Gebrüder Lander. Noch auf der Reede liefen sie zwar Gefahr, unterzugehen, das sollte jedoch ihr letzter Unfall sein. Sie kamen nun glücklich nach Fernando Po und nachher an den Calabarfluß; hier schifften sie sich auf der ›Carnarvon‹ nach Rio de Janeiro ein, wo der Kommandant der Flottillenstation, Admiral Baker, sie auf einem Transportschiff unterbrachte.

Am 9. Juni landeten sie in Portsmouth. Nachdem sie einen Reisebericht an Lord Goderich, den Sekretär für das Departement der Kolonien, übermittelt, ließen sie es ihre erste Sorge sein, diesem auch das Benehmen des Kapitän Lake zu melden – ein Benehmen, welches das gute Vertrauen der englischen Regierung zu jenem nicht bloß erschütterte, sondern in das gerade Gegenteil umkehrte. Sofort erging der Befehl, die versprochenen Summen, als eine gerechte und begründete Forderung, auszuzahlen.

»So war also« – wir tun wohl am besten, hier gleich das Urteil eines befähigten Kenners, Desborough Cooleys, wiederzugeben – »das geographische Problem, welches jahrhundertelang die gelehrte Welt beschäftigt und zu so viel Mutmaßungen Veranlas-

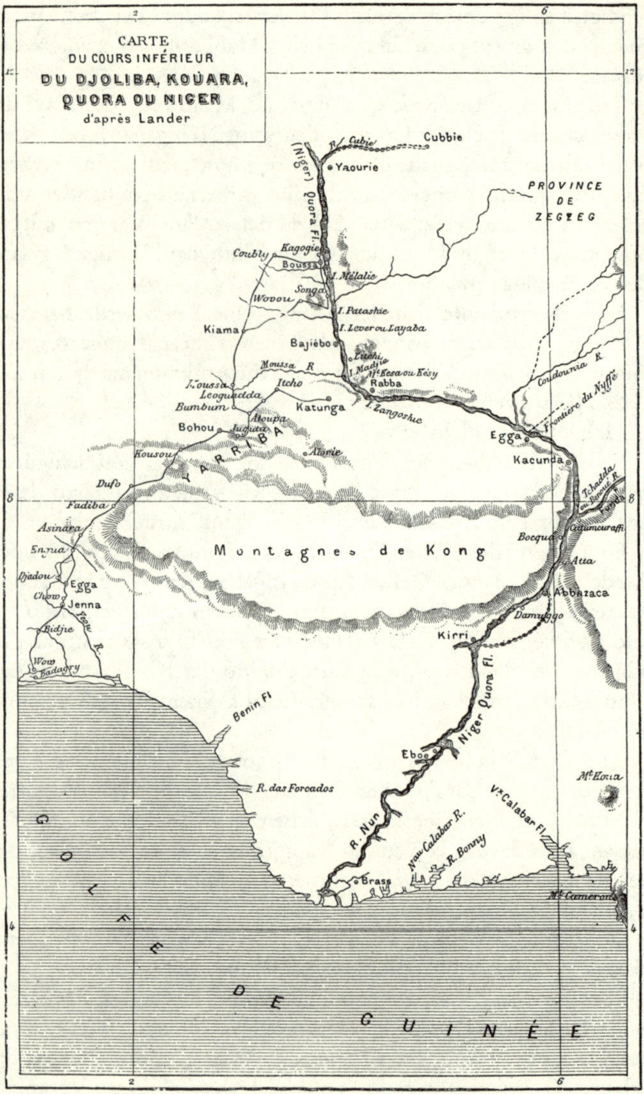

CARTE
DU COURS INFÉRIEUR
DU DJOLIBA, KOUARA,
QUORA OU NIGER
d'après Lander
Cubbie
R. Cubie
Yaourie
(Niger) Quora Fl.
PROVINCE
DE
ZEGZEG
Kagogie
Coubly
Boussa
I. Mélalie
Songa
Wowou
I. Patashie
Kiama
I. Lever ou Layaba
Bajièbo
Moussa R.
Rabba
Itcho
Leoguadda
Bumbum
Katunga
Zangoshe
Coudounia R.
Frontière du Nyffé
Bohou
Atoupa
Egga
Kousou
YARRIBA
Alorie
Kacunda
Dufo
Fadiba
Tchadda ou Benoue R.
Funda
Asinara
Cutumcuraffi
Bocqua
Montagnes de Kong
Atta
Djadou
Egga
Chow
Jenna
Abbazaca
Damuggo
Bidjie
Kirri
Wow
Badagry
Benin Fl.
Niger Quora Fl.
Eboe
R. das Forcados
Mt. Houa
Vx Calabar Fl.
R. Nun
Nau Calabar R.
R. Bonny
Brass
Mt. Camerons
GOLFE DE GUINÉE

sung gegeben hatte, endgültig und vollständig gelöst. Der Niger, oder wie ihn die Eingebornen nennen, der Djoliba oder Korra, verbindet sich nicht mit dem Nil, verliert sich nicht im Sande der Wüste oder im Gewässer des Tschadsees; er fällt in vielen Armen in den Ozean, an der Küste des Golfes von Guinea, und zwar an derjenigen Stelle der Küste, welche als Cap Formosa bekannt ist. Der Ruhm dieser von der Wissenschaft allerdings vorausgeahnten Entdeckungen kommt voll und ganz den Gebrüdern Lander zu. Die weiten Landstrecken, durch welche sie von Yaouri bis zum Meere reisten, waren vor ihrem Zuge noch gänzlich unbekannt gewesen.«

Als Landers Entdeckungen mit allen Einzelheiten in England bekannt wurden, traten mehrere Kaufleute zusammen, um die Naturschätze jener Länder auszubeuten. Sie rüsteten im Juli 1832 zwei Dampfschiffe, die ›Korra‹ und die ›Alburka‹, aus, welche unter Führung Lairds, Oldfields und Richard Landers den Niger bis Bocqua hinauffuhren. Die Erfolge dieser Expedition waren freilich sehr kläglicher Art. Mit den Eingebornen kam es zu gar keinen Handelsgeschäften, und die Mannschaften wurden dazu noch durch das Fieber dezimiert. Endlich erhielt auch Richard Lander, der wiederholt flußauf- und -abwärts gefahren war, am 27. Januar 1834 von den Eingebornen eine tödliche Verwundung, der er am 5. Februar in Fernando Po erlag.

Drittes Kapitel
Die Polar-Expeditionen

1

Auf der Suche nach dem Südpol – Der Walfänger Weddell – Die südlichen Orkaden – Südgeorgia – Neu-Shetland – Die Bewohner von Feuerland – John Biscoë und das Enderby- und Grahamland – Die Expedition Dumont d'Urvilles mit der ›Astrolabe‹ und der ›Zelée‹ – Coupvent-Debois auf dem Pic von Teneriffa – Die Magelhães-Straße – Ein neues Postamt – Vom Packeis eingeschlossen – Louis-Philippe-Land – Quer durch Ozeanien – Adélie- und Clarieland – Neuguinea und die Torres-Straße – Rückkehr nach Frankreich – James Clark Ross – Victorialand

Man versteht unter dem Namen der antarktischen Länder (in Frankreich wird der Begriff weiter gefaßt als bei uns. Anm. d. Übers.) alle jene im Großen Ozean zerstreuten Inseln, welche meist den Namen berühmter Seefahrer tragen, dazu die Prinz-Eduards-, die Hawaii-Inseln nebst Neugeorgien u. a. m.

In diesen Meeresteilen hatte William Smith, der Kapitän der Brigg ›William‹, auf der Fahrt von Montevideo nach Valparaiso im Jahre 1818 Süd-Shetland, ein unfruchtbares, kahles, schneebedecktes Land entdeckt, auf dem sich aber zahllose Herden von Seekälbern vorfanden, deren Felle als Pelzwerk verwendet werden und die man bisher nur in den südlichsten Meeren angetroffen hatte. Auf diese Nachricht hin beeilten sich die Walfänger, die neu entdeckten Küsten aufzusuchen, und man berechnet, daß auf diesem Archipel 1821 und 1822 nicht weniger als 320 000 Seekälber gefangen wurden und daß die Quantität des gewonnenen See-Elefanten-Öles in derselben Zeit 940 Tonnen erreichte. Da man aber Männchen und Weibchen ohne Schonung vertilgte, wurden die neuen Jagdgründe bald genug erschöpft. Die zwölf Hauptinseln nebst den unzähligen, der Vegetation fast ganz entbehrenden Klippen, welche jenen Archipel bilden, waren dabei schnell untersucht und aufgenommen worden.

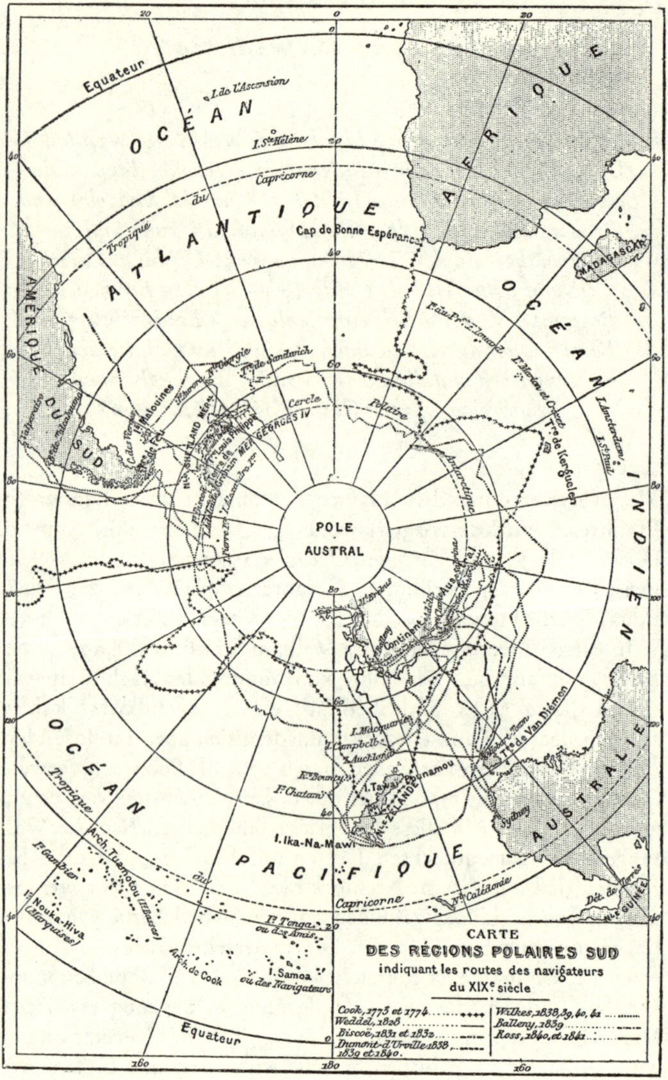

CARTE
DES RÉGIONS POLAIRES SUD
indiquant les routes des navigateurs
du XIXe siècle

Zwei Jahre später entdeckte Botwell die südlichen Orkaden; später sahen oder glaubten Palmer und andere Walfänger doch unter demselben Breitengrade mehrere Landmassen zu sehen, welche die Namen Palmer- und Trinityland erhielten.

Bald folgten in jenen hyperboräischen Gebieten noch andere größere Entdeckungen, und die Hypothesen von Dalrymple, Buffon und anderen Gelehrten des 18. Jahrhunderts, nach denen für die den Nordpol umschließenden Landmassen als Gegengewicht ein südlicher Kontinent vorhanden sein sollte, fanden durch die Arbeiten unerschrockener Forscher eine unerwartete Bestätigung.

Zu derselben Zeit erhielt ein Lotse der königlichen Marine, James Weddell, von einem Handelshause in Edinburgh die Leitung einer Expedition, welche zwei Jahre in der Südsee bleiben und Seekalbfelle sammeln sollte. Diese bestand aus der Brigg ›Jane‹, von 160 Tonnen, mit Kapitän Weddell, und dem Kutter ›Beaufort‹, von 65 Tonnen, geführt von Mathieu Brisbane.

Diese beiden Fahrzeuge verließen England am 17. September 1822, verweilten kurze Zeit bei Bonavista, einer der Inseln des Grünen Vorgebirges, und ankerten am 11. Dezember im Hafen St. Helena an der Ostküste Patagoniens, woselbst wichtige Beobachtungen bezüglich der Lage dieses Hafens angestellt wurden.

Am 27. Dezember stach Weddell wieder in See, steuerte in südöstlicher Richtung und kam am 12. Januar in Sicht eines Archipels, den er ›die südlichen Orkaden‹ nannte. Diese Inseln liegen unter 60° 45′ südlicher Breite und 45° westlicher Länge von Greenwich.

Nach Aussage dieses Seemannes bietet jene Gruppe einen noch abschreckenderen Anblick als Neu-Shetland. Von welcher Seite man sie auch betrachten mag, überall bemerkt man nur schroffe, vollkommen kahle Felsen, emporsteigend aus dem empörten Meere, auf welchem gewaltige Eisschollen mit Donnergekrach gegeneinanderstoßen. Ein Schiff in diesen Gewässern schwebt jeden Augenblick in drohender Gefahr, und während der elf Tage, welche Weddell hier unter Segel zubrachte, um die Inseln, Eilande und Klippen dieses Archipels aufzunehmen, fand die Mannschaft keinen Augenblick Ruhe, war dagegen immer in Gefahr, Schiffbruch zu erleiden.

Von den Felsgesteinen der Inseln wurden Proben mitgenommen und bei der Rückkehr dem Professor Janneson in Edinburgh übergeben, der in denselben Urgebirgs- und vulkanische Formationen erkannte.

Weddell begab sich nun weiter nach Süden, durchschnitt den Polarkreis unter 30° östlicher Länge von Greenwich und begegnete bald zahlreichen schwimmenden Eisbergen. Nach Überschreitung des 70. Grades zeigten sich diese aber selten und verschwanden endlich ganz; die Witterung wurde milder, zahllose Scharen von Vögeln umschwärmten das Schiff, und ganze Herden von Walfischen tummelten sich in dessen Kielwasser. Die eigentümliche und unerwartete Zunahme der Temperatur verwunderte natürlich alle, und das um so mehr, als es immer wärmer wurde, je weiter sie nach Süden vordrangen. Die Umstände gestalteten sich so günstig, daß Weddell jeden Augenblick ein Land in Sicht zu bekommen hoffte, was indessen nicht der Fall war.

Am 20. Januar befand sich das Fahrzeug unter 36° 15′ östlicher Länge bei 74° 15′ südlicher Breite.

»Ich hätte nach Südwesten zu«, sagt Weddell, »gern weitere Forschungen angestellt, in Rücksicht auf die schon vorgeschrittene Jahreszeit und den Umstand, daß wir tausend Meilen Seeweg wieder rückwärts machen mußten, der gewiß vielfache Eishindernisse bot, konnte ich den so günstigen Wind nicht anders benutzen, als mit dessen Hilfe zurückzukehren.«

Ohne ein Anzeichen von Land in jener Richtung gefunden zu haben, segelte Weddell mit steifem Südwinde bis zum 58. Breitengrad nach Norden hinauf und nach Osten bis etwa hundert Meilen von den Hawaii-Inseln. Am 7. Februar schlug er nochmals einen südlichen Kurs ein, segelte fünfzig Meilen weit durch Treibeis und kam am 20. Februar bis 74° 15′ hinab. Von den Masten aus erblickte man nach allen Seiten ein offenes Meer mit nur vier darin schwimmenden Eisinseln.

Diese Fahrten nach dem Süden hatten ganz unerwartete Resultate geliefert. Weddell war 240 Meilen weiter nach dem Pole vorgedrungen als alle seine Vorgänger, Cook eingeschlossen. Er gab dem von ihm erforschten Teile des antarktischen Meeres den Namen Georgs IV. Merkwürdigerweise hatte – es verdient diese Erfahrung wohl beachtet zu werden – das Eis sich vermindert, je weiter er nach Süden vordrang; fortwährend herrschten dabei Nebel und Gewitterstürme; die Atmosphäre enthielt stets sehr viel Feuchtigkeit; das Meer war tief und offen und die Temperatur überraschend mild.

Noch bemerkenswerter dürfte sein, daß die Bewegungen der Magnetnadel in diesen hohen südlichen Breiten ebenso langsam vor sich gingen, wie Parry dasselbe in den arktischen Gebieten beobachtet hatte.

Die beiden durch einen Sturm getrennten Schiffe Weddells trafen nach zwölfhundert Meilen langer, gefährlicher Fahrt durch Eisfelder in Neugeorgia wieder zusammen. Diese im Jahre 1675 von La Roche entdeckte, 1756 von dem Schiffe ›Der Löwe‹ besuchte Insel wurde seinerzeit doch erst durch Cooks Untersuchung näher bekannt; seine Angaben über das ungemein häufige Vorkommen von Seekälbern und Walrossen veranlaßten viele Reeder, dieselbe aufsuchen zu lassen. Vorzüglich waren es Engländer und Amerikaner, welche die Felle der erlegten Tiere nach China beförderten, wo sie diese nicht unter 25 bis 30 Frcs. das Stück verkauften. Binnen wenigen Jahren belief sich die Zahl der erlegten Tiere auf 1 200 000 Stück, womit dieselben hier freilich als ziemlich ausgerottet zu betrachten waren.

»Die Länge des Südteiles«, sagt Weddell, »beträgt gegen dreißig, die mittlere Breite etwa drei Meilen. Die Küste desselben ist von Buchten so zerrissen, daß sich die Ufer der letzteren an manchen Stellen gegenseitig zu berühren scheinen. Die Berggipfel streben alle steil empor und sind fortwährend mit Schnee bedeckt. In den Tälern dagegen zeigt sich während des Sommers eine kräftige Vegetation, vorzüglich gedeiht hier eine als Futter brauchbare Grasart, deren Halme durchschnittlich zwei Fuß Länge erreichen. Säugetiere gibt es nicht, dagegen beherbergt die Insel große Mengen von Vögeln und Amphibien.«

Man sieht hier zahllose Herden von Pinguinen, welche mit hochgetragenem Kopf und einem gewissen Stolze am Strande auf und ab spazieren. Man glaubt, um das Bild eines alten Seemannes, Sir John Narboroughs, zu gebrauchen, auf den ersten Anblick eine Schar Kinder mit weißen Schürzen vor sich zu haben. Ferner sieht man hier viele Albatrosse, Vögel von sechzehn bis siebzehn Fuß

Flügelspannweite, deren Volumen aber, wenn sie der Federn beraubt werden, auf die Hälfte zusammenschrumpft.

Weddell besuchte auch Neu-Shetland und fand, daß die zu diesem Archipel gehörende Insel Bridgeman einen noch tätigen Vulkan bildet. Er konnte jedoch, da das Eis alle etwa zugänglichen Stellen des Ufers absperrte, nirgends landen und sah sich gezwungen, nach Feuerland zu segeln.

Während seines zweimonatlichen Aufenthaltes daselbst überzeugte sich Weddell von den vielerlei Vorteilen, welche diese Küste den Seefahrern bot, und unterrichtete sich eingehend über den Charakter der Einwohner.

Im Innern des Landes erhoben sich einige schneebedeckte

Berge, von denen keiner 3000 Fuß zu übersteigen schien. Den Vulkan, welchen andere Reisende vor ihm und vorzüglich Basil Hall im Jahre 1822 entdeckt hatten, konnte er zwar nicht finden, sammelte aber eine Menge jedenfalls aus demselben herstammende Laven. An seinem Vorhandensein konnte Weddell um so weniger zweifeln, als er schon bei Gelegenheit einer früheren Reise, im Jahre 1820, den Himmel über Feuerland so auffallend gerötet gesehen hatte, daß er sich diese außergewöhnliche Färbung nur durch einen Vulkanausbruch zu erklären vermochte.

Die Reisenden, welche Feuerland bisher besucht hatten, stimmten über die Temperatur dieses Polargebietes nur sehr wenig überein. Weddell schreibt diese Abweichungen der verschiedenen Jahreszeit ihres Aufenthaltes und den dabei zufällig herrschenden Windrichtungen zu. Nach seinen Erfahrungen übersteigt die Luftwärme bei Südwind niemals zwei bis drei Grad; bei Nordwind wird es hier aber ebenso warm, »wie im Juli in England«.

Von Tieren fand der Seefahrer vorwiegend Hunde und Fischottern, ihm zufolge die einzigen Säugetiere des Landes.

Die Beziehungen zu den Eingebornen gestalteten sich recht freundlich. Anfangs umschwärmten diese das Schiff, wagten aber nicht, es auch zu betreten; später wurden sie jedoch weit zutraulicher. Dieselben Szenen, welche sich bei der Fahrt des ersten Schiffes durch die Meerenge (das ist die Magelhäesstraße) zutrugen, wiederholten sich trotz der langen Zwischenzeit ganz genau auch jetzt. Brot, Madeirawein und Rindfleisch, das man ihnen anbot, rührten die Eingebornen gar nicht an. Als wertvollste Objekte galten ihnen das Eisen und Spiegel, vor denen sie zur großen Belustigung der Mannschaften ergötzliche Grimassen schnitten und sich in geradezu unglaublicher Weise drehten und verrenkten.

Übrigens genügte schon ihre äußere Erscheinung, um allgemeine Heiterkeit zu erwecken. Mit ihrer dunklen Kupferfarbe, den blauen Federn, welche sie trugen, mit dem von parallelen roten und weißen, einem Matratzenüberzuge nicht unähnlichen, Linien bedeckten Gesichte sahen sie so urkomisch aus, daß sie die Witzeleien und das Gelächter der Engländer wirklich herausforderten. Da sie mit den Bruchstücken eiserner Faßreifen, die man ihnen anbot, nicht zufrieden waren und diese Geschenke von Leuten mit so großen Schätzen als knauserige Gabe betrachteten, nahmen sie einfach alles weg, was ihnen paßte. Diesen Diebereien wurde zwar bald ein Ziel gesteckt, es führte das aber zu manchem lächerlichen Auftritte, der vorzüglich ihre Nachahmungsgabe in helles Licht setzte.

»Ein Matrose hatte einem derselben«, erzählt Weddell, »einen mit Kaffee gefüllten Zinntopf gegeben, den jener auf der Stelle austrank, aber auch ohne zu fragen zurückbehielt. Als der Matrose das Abhandensein des Gefäßes bemerkte, fragte er überall danach, aber trotz seiner Bemühungen, sich verständlich zu machen, fand sich niemand, der ihm den gestohlenen Gegenstand wieder zugestellt hätte. Nach Erschöpfung aller erdenklichen Mittel rief der Mann, eine drohende Haltung annehmend, mit lauter Stimme: ›Kupferfarbiger Spitzbube, was hast du mit meinem Topfe gemacht?‹ Der Wilde ahmte darauf seine Stellung nach und wiederholte englisch ganz mit demselben Tone: ›Kupferfarbiger Spitzbube, was hast du mit meinem Topfe gemacht?‹ Die Nachahmung war so täuschend, daß die ganze Mannschaft hellauf lachte, außer dem Matrosen, der sich auf den Dieb stürzte, diesen durchsuchte und dabei richtig sein Zinngefäß wiederfand.«

Bei dem rauhen Klima, ohne Kleidungsstücke, ohne Nahrung, inmitten unfruchtbarer Bergzüge, ohne Tiere, welche ihnen kräftige Speise liefern könnten, führen die Fuegier (Feuerländer) ein wahrhaft erbärmliches Leben. Die Jagd ist nicht ergiebig, der Fischfang unzureichend; so sind sie angewiesen, zu warten, bis vom Sturme einmal ein riesiger Walfisch auf den Strand geworfen wird, über den sie begierig herfallen, ohne sich erst mit dem Abkochen des Fleisches zu bemühen.

Interesse bietet auch die Reise des Walfischfahrers John Biscoë in den Jahren 1830–1832.

Unter seinem Befehl verließen die Brigg ›Tula‹, von hundertachtundvierzig Tonnen, und der Kutter ›Lively‹ den Hafen von London am 14. Juli 1830. Die beiden den Herren Enderby gehörigen Schiffe waren zum Robbenfang bestimmt und mit allen für eine so lange und schwierige Fahrt nötigen Gegenständen ausgerüstet. Biscoës Instruktionen lauteten daneben aber auch dahin, bei seiner Fahrt auf Entdeckungen in den antarktischen Meeren auszugehen.

Die beiden Fahrzeuge liefen die Malwinen an, segelten am 27. November wieder weiter, suchten vergeblich die Aurora-Inseln und wandten sich nach den Hawaii-Inseln, deren südlichste sie am 1. Januar 1831 umschifften.

Unter dem 59. Breitengrade begegneten sie kompakten Eismassen, welche ihnen nach Südwesten – in welcher Richtung sich verschiedene Anzeichen eines Landes bemerklich machten – den Weg vollständig versperrten. Sie mußten infolgedessen nach Osten umkehren, wobei sie dem Rande des Eisfeldes entlang bis 9° 34′ westlicher Länge hinsegelten. Erst am 16. Januar konnte Biscoë den 60. Grad südlicher Breite überschreiten. Im Jahre 1775 hatte Cook da in einer Ausdehnung von 250 Meilen offenes Wasser gefunden, wo eine undurchdringliche Eisschranke alle Versuche Biscoës vereitelte.

Während er nach Südosten bis 68° 51′ der Breite und 10° östlicher Länge vordrang, fiel ihm die Entfärbung des Wassers, das Erscheinen verschiedener ›Eaglets‹ (d. s. junge Adler) und Kaptauben, und dazu noch die Richtung des Windes auf, der aus Südsüdwest wehte, lauter fast sichere Zeichen der Nähe eines großen Landes.

Leider verhinderte ihn das Eis, tiefer nach Süden zu gelangen. Biscoë konnte nur nach Osten weitersegeln, wobei er sich immer in der Nähe des Polarkreises hielt.

»Am 27. Februar endlich«, sagt Desborough Cooley, »erblickte er unter 65° 57′ südlicher Breite und 45° östlicher Länge deutlich ein weit ausgedehntes, bergiges, schneebedecktes Land, dem er den Namen Enderby beilegte. Er gab sich nun alle erdenkliche Mühe, zu demselben zu gelangen, die Eismassen aber machten jede Annäherung unmöglich. Inzwischen trennte ein unerwarteter Windstoß die beiden Schiffe und trieb sie nach Südosten, wobei jenes Land, das von Osten nach Westen über zweihundert Meilen lang war, noch lange Zeit in Sicht blieb. Das schlechte Wetter und der klägliche Gesundheitszustand seiner Mannschaft zwangen Biscoë jedoch, nach Van-Diemens-

Land zu steuern, wo sich die ›Lively‹ mit ihm erst nach einigen Monaten wieder vereinigte.«

Die Forscher waren mehrmals Zeugen der blendenden Erscheinung des Südlichtes, eines wunderbaren Schauspiels, das wohl jeder, der es sah, niemals vergißt.

»Zuerst«, erzählt Biscoë, »schossen die glänzenden Strahlen des Südlichtes, flammenden Säulen gleich, über unseren Köpfen empor, verwandelten sich dann plötzlich in schimmernde, feine Fransen und wanden sich hierauf schlangenähnlich durch die Luft; oft schienen die Lichtbündel nur einige Ruten hoch über uns zu glühen, jedenfalls aber gehörten sie noch der Erdatmosphäre an.«

Das bergerfüllte, schneebedeckte Land erstreckte sich von Osten nach Westen unter 66° 30′ der Breite hin; leider vermochte man sich demselben nicht auf kürzere Entfernung als zehn Meilen zu nähern, da es überall mit Eis umgeben war.

Von Van-Diemens-Land, das er am 14. Januar 1832 verließ, steuerte Biscoë mit seinen beiden Fahrzeugen nach Südosten. Zu wiederholten Malen erweckten auf dem Meere schwimmende Seegrasmassen, Schwärme von Vögeln, welche sich niemals weit vom Lande entfernen, und niedrig ziehende Wolken Biscoës Hoffnung auf irgendeine neue Entdeckung; immer verhinderte ihn aber die stürmische Witterung, solchen Anzeichen weiter nachzuspüren. Am 12. Februar endlich bemerkte er unter 66° 27′ der Breite und 84° 10′ der Länge wiederum ganze Scharen von Albatrossen, Pinguinen und zahlreiche Walfische; am 15. wurde dann tief im Südosten Land entdeckt; am nächsten Tage fand man, daß dasselbe eine Insel bildete, die zu Ehren der Königin von England den Namen Adelaïde erhielt. Auf derselben erhoben sich, etwa eine Meile vom Strande, mehrere konische Spitzberge mit sehr breiter Basis.

Im Laufe der folgenden Tage überzeugte man sich, daß jene Insel nicht isoliert lag, sondern zu einer langen, einem hoch aufgeschichteten Lande vorgelagerten Inselkette gehörte. Dieses, in der Richtung von Ostnordost nach Westsüdwest etwa 250 Meilen lange Land erhielt den Namen Graham, während der Inselkette der ihres Entdeckers Biscoë beigelegt wurde. Von Pflanzen oder Tieren fand sich auf dem Lande keine Spur.

Um seine Entdeckung gewissermaßen zu sanktionieren, ging Biscoë am 21. Februar zur Besitzergreifung desselben auf das große Land und bestimmte zu 64° 45′ südlicher Breite und 66° 11′ westlicher Länge von Paris die Lage eines hohen Berges, dem er den Namen Mount William gab.

»Man befand sich hier«, heißt es in dem Bulletin der Geographischen Gesellschaft von 1833, »in einer tiefen Bucht mit so friedlichem Wasser, daß beide Schiffe, wenn es hier Robben gab, damit hätten befrachtet werden können, vorausgesetzt, daß es möglich gewesen wäre, nach dem Felsenrande zu gelangen, um dieselben zu jagen. Das Wasser war überall sehr tief, denn selbst dicht am Ufer erreichte die Sonde bei zwanzig Faden noch keinen Grund. Die Sonne schien so warm, daß der Schnee auf allen Uferfelsen schmolz, ein Umstand, der das gänzliche Fehlen von Robben desto auffallender erscheinen ließ.«

Von hier aus segelte Biscoë nach Süd-Shetland, das vielleicht mit Grahamland in Verbindung steht, rastete darauf noch einmal bei den Malwinen, wo die ›Lively‹ verlorenging, und kehrte endlich nach England zurück.

Als Belohnung für seine Mühen und als Aufmunterung zu weiteren Versuchen erhielt Kapitän Biscoë die großen Preise der Geographischen Gesellschaften von London und Paris.

Infolge dieser Reisen entstand ein lebhafter Streit über das Vorhandensein eines südlichen Kontinents und über die Möglichkeit, von den bereits entdeckten Inseln aus noch jenseits des ersten Eisringes weiter nach Süden segeln zu können. Zwei Mächte beschlossen fast gleichzeitig, zur Lösung dieser Fragen Expeditionen abzusenden. Frankreich vertraute die Führung der seinigen Dumont d'Urville an; England wählte James Ross.

Im Jahre 1837 legte der Kapitän Dumont d'Urville dem Marineminister den Plan zu einer neuen Reise um die Erde vor. Die Dienste, welche er von 1819 bis 1821 während einer hydrographischen Reise und von 1822 bis 1825 auf der ›Coquille‹ unter Kapitän Duperrey geleistet, endlich die von ihm von 1826 bis 1829 auf der ›Astrolabe‹ innegehabte Stellung nebst seinen Kenntnissen und reichen Erfahrungen berechtigten ihn wohl, der Regierung seine Anschauungen zu unterbreiten und die Aussicht zu eröffnen, daß es ihm gelingen werde, die Kennt-

nis jener von ihm und anderen Forschern doch schon vielfach besuchten Länder zu vermehren, welche jetzt noch immer Lükken zeigte, deren Ausfüllung vom Gesichtspunkte der Hydrographie, des Handels und der Wissenschaft im allgemeinen gleich wünschenswert erschien.

Der Minister zögerte keinen Augenblick, Dumont d'Urvilles Vorschlag anzunehmen, und bemühte sich, wohlunterrichtete und verläßliche Mitarbeiter auszuwählen. Die beiden Korvetten ›L'Astrolabe‹ und ›La Zelée‹ wurden ihm, ausgerüstet mit allem, was man bei den von Frankreich wiederholt veranstalteten Reisen als notwendig und nützlich erkannt hatte, zur Verfügung gestellt.

Die Instruktionen, welche der Befehlshaber der Expedition vom Vizeadmiral Rosamel erhielt, wichen von den früher seinen Vorgängern erteilten insofern ab, als ihm aufgegeben wurde, nach dem Südpole vorzudringen, soweit die Eisverhältnisse das zuließen. Er sollte gleichzeitig die von ihm im Jahre 1827 begonnene Untersuchung der Fidschiinseln vervollständigen, nach einem Besuch des Salomon-Archipels vor dem Schwanenflusse in Australien und bei Neuseeland vor Anker gehen, die Insel Chatam und den von Lütke erforschten Teil der Karolinen anlaufen, um von da nach Mindanao, Borneo und Batavia zu segeln, von wo aus er um das Kap der Guten Hoffnung nach Frankreich zurückkehren sollte.

An die Instruktionen selbst schlossen sich einige hochinteressante Bemerkungen an, Beweise des hohen Gesichtspunktes, von dem aus die Regierung die ganze Angelegenheit betrachtete.

»Seine Majestät«, sagte Admiral Rosamel, »hat hierbei nicht allein die Fortschritte der Hydrographie und der Naturwissenschaften im Auge gehabt, seine königliche Fürsorge für die Interessen des französischen Handels und für die Ausbreitung der Fahrten unserer Reeder hat ihn den Umfang Ihrer Mission und die Vorteile, welche man durch dieselbe zu erzielen hofft, unter erweitertem Gesichtspunkte betrachten lassen. Sie werden eine Menge Punkte besuchen, deren Erforschung, insofern als sie unseren Walfischjägern gewisse Hilfsmittel bieten können, von hoher Wichtigkeit erscheint. Sie werden sich deshalb bemühen, alle Nachrichten zu sammeln, welche dieselben bei ihren Fahrten leiten und letztere selbst erfolgreicher machen können. Sie werden in Häfen ankern, wo unser Handel schon Fuß gefaßt hat und das Erscheinen eines Kriegsschiffes vielleicht von Nutzen sein könnte, und in anderen, wo die Erzeugnisse unserer Industrie voraussichtlich bisher unbekannte Absatzgebiete finden dürften und über welche Sie nach Ihrer Rückkehr gewiß schätzenswerte Auskunft zu erteilen imstande sind.«

Dumont d'Urville erhielt, außer den persönlichen Glückwünschen und Ermutigungen von Louis Philippe, die unzweideutigsten Beweise lebhafter Teilnahme von der Akademie der moralischen Wissenschaften und von der Geographischen Gesellschaft. Leider war das nicht der Fall von seiten der allgemeinen Akademie der Wissenschaften, obgleich Kapitän d'Urville schon seit zwanzig Jahren für die Bereicherung des naturhistorischen Museums rastlos gewirkt hatte.

»Ob aus Kastengeist oder nur infolge ungünstiger Vorurteile gegen mich«, schreibt d'Urville, »jedenfalls zeigten sie wenig Interesse für die in Vorbereitung begriffene Expedition, und die Ausdrücke, in welchen ihre Instruktionen abgefaßt waren, erschienen ebenso frostig, wie sie dieselben etwa einer ihnen völlig unbekannten Persönlichkeit gegenüber hätten anwenden können.«

Man muß wirklich bedauern, unter den erbittertsten Gegnern dieser Expedition den berühmten Arago, sonst ein ausgesprochener Freund aller Polarforschungen, zu sehen.

Anders verhielt es sich dagegen mit verschiedenen fremden Gelehrten, von denen in erster Linie Humboldt und Krusenstern zu nennen sind, welche d'Urville ihre warmen Glückwünsche zu der neuen Expedition und den für die Wissenschaft zur erhoffenden Fortschritten darbrachten.

Nach mancherlei durch die Ausrüstung der beiden Fahrzeuge, welche den Prinzen Joinville nach Brasilien bringen sollten, verursachten Verzögerungen konnten die Korvetten ›Astrolabe‹ und ›Zelée‹ am 7. September 1837 endlich Toulon verlassen. Am letzten Tage desselben Monats ankerten sie auf der Reede von Santa Cruz bei Teneriffa; d'Urville zog es vor, an dieser Stelle haltzumachen, weil er hier Weinvorräte einnehmen zu können hoffte und einige Beobachtungen der magnetischen Intensität nebst verschiedenen Höhenmessungen vornehmen wollte, die man ihn im Jahre 1826 nicht ausgeführt zu haben beschuldigte, obwohl es allgemein bekannt sein mußte, daß ihm dies zu jener Zeit durch die Verhältnisse unmöglich gemacht worden war.

Trotz der Ungeduld der jüngeren Offiziere, hier die Freuden des Lebens auf festem Lande einmal zu kosten, mußten sie sich doch einer viertägigen Quarantäne unterwerfen, welche auf die Nachricht von dem Vorkommen mehrerer Pestfälle im Lazarett von Marseille angeordnet worden war.

Ohne auf die Einzelheiten bei Besteigung des weltbekannten Pics (von Teneriffa) durch Du Bouzet, Coupvent und Dumoulin einzugehen, möge es genügen, hier einige begeisterte Sätze Coupvent-Desbois' wiederzugeben:

»Am Fuße des Kegels angelangt«, sagt dieser Offizier, »kletterten wir noch eine Stunde lang über Aschenfelder und Steingeröll empor und erreichten endlich das ersehnte Ziel, den höchsten Punkt dieses ungeheuren Vulkans.

Da lag der rauchende Krater nun vor uns, eine hohle, schwefelige, mit Bimsstein und Felstrümmern bedeckte Halbkugel von etwa 400 Metern Durchmesser und 100 Metern Tiefe. Das Thermometer, welches um fünf Uhr morgens im Schatten fünf Grad zeigte, ist zersprungen, weil wir es auf dem Boden an eine Stelle gebracht hatten, wo schwefelige Dämpfe ausströmten. An den Wänden und im Grunde des Kraters dampfen zahlreiche Fumarolen, welche Schwefel, die Grundlage des Gipfels, absetzen. Die Gewalt der ausströmenden Dämpfe erkennt man an fortwährend hörbaren, schwachen Detonationen. Der Boden ist an manchen Stellen so heiß, daß man den Fuß kaum einige Minuten lang auf dieselben setzen kann. Jetzt laßt eure Blicke ringsum schweifen, betrachtet die drei übereinandergetürmten Berge – erscheinen sie nicht wie die Arbeit von Riesen, welche eine Treppe in den Himmel bauen wollten? Seht da die gewaltigen erstarrten Lavaströme, welche von einem Punkte ausgeflossen sind und Bergkämme bilden, die ihr wenige Jahrhunderte vorher nicht ungestraft betreten hättet! Seht in der Ferne den da- und dorthin zerstreuten Archipel der Canarien im Meer, das an den Küsten der Insel brandet, deren Gipfel ihr jetzt bildet, ihr Pygmäen! ... Schaut um euch, wie Gott das All überblickt, und ihr habt den Lohn für alle Mühen, ihr Reisenden, welche die Bewunderung großartiger Naturschauspiele 3704 Meter über das Meer hinaufgelockt hat!«

Es sei hier eingeschaltet, daß die Forscher auf dem Gipfel des Pics den weit lebhafteren Glanz der Sterne, die leichtere Fortpflanzung des Schalles und jene Schwere der Gliedmaßen nebst Kopfschmerzen beobachteten, welche unter der Bezeichnung ›Bergkrankheit‹ allgemein bekannt ist.

Während ein Teil des Stabes diese wissenschaftliche Promenade unternahm, durchstreiften einige andere die Stadt, in der nur eine ziemlich bescheidene, die ›Alameda‹ genannte Alleestraße und die Kirche der Franziskaner erwähnenswert erscheinen. Dagegen bietet die Umgebung mehr Interessantes, darunter die merkwürdigen Aquädukte, welche der Stadt Wasser zuführen, und der Wald von Mercedes, der, wie d'Urville wollte, eigentlich richtiger ein Dickicht genannt werden sollte, denn er besteht nur aus Gesträuch und mächtigen Farnkräutern.

Die Bevölkerung schien heiteren Temperaments, aber entsetzlich träge, genügsam, aber über alle Maßen unsauber und von unglaublich leichtfertigen Sitten.

Am 12. Oktober lichteten die beiden Fahrzeuge wieder die Anker, um so schnell als möglich zu den Polargebieten zu gelangen. Nur aus humaner Rücksichtnahme entschied sich d'Urville dafür, vor Rio einmal zu halten. Der Zustand eines schon brustkrank an Bord gekommenen Seekadetten verschlimmerte sich mit jedem Tage so sehr, daß ein Aufenthalt in den eisigen Regionen dessen Ende offenbar beschleunigt hätte. Das war der Grund, um dessentwillen der Kommandant von seiner Reiseroute abwich.

Die beiden Schiffe ankerten am 13. November auf der Reede von Rio, nicht in der Bai, verweilten daselbst aber nur einen Tag über, d. h. so lange, als die Landung des jungen Duparc und die Einnahme einiger frischer Nahrungsmittel Zeit beanspruchten, und segelten dann nach Süden weiter.

Schon lange wünschte d'Urville die Magelhães-Straße einmal zu untersuchen, weniger aus hydrographischem Interesse – denn die im Jahre 1826 von dem englischen Kapitän King begonnenen und erst 1834 von Fitz-Roy zu Ende geführten gewissenhaften Aufnahmen ließen nach dieser Seite kaum etwas zu tun übrig –, aber mit besonderer Berücksichtigung der Naturgeschichte, welche noch eine Fülle neuer Beobachtungen sammeln zu lassen versprach.

Gleichmäßig interessant erschien es, sich über die jeden Augenblick drohenden Gefahren durch Sturmböen und dergleichen zu unterrichten, von denen die früheren Seefahrer so viel erzählten.

Ferner reizte es seine Neugier, die berühmten Patagonier, über welche unzählige Fabeln und Widersprüche verbreitet waren, aus eigener Anschauung gründlich kennenzulernen.

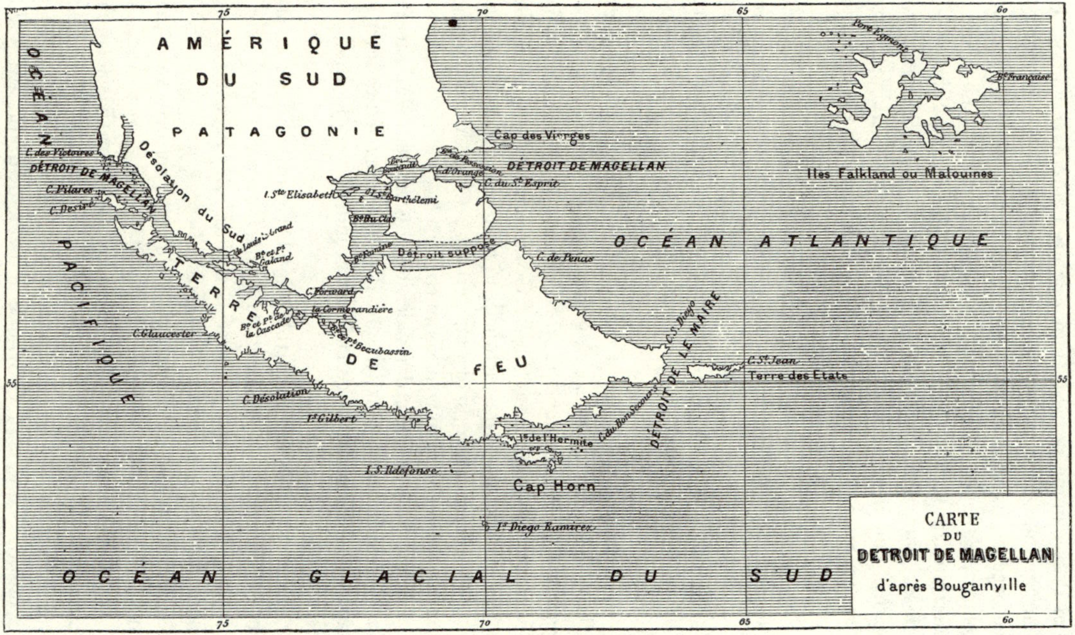
CARTE
DU
DÉTROIT DE MAGELLAN
d'après Bougainville
AMÉRIQUE DU SUD
PATAGONIE
OCÉAN PACIFIQUE
OCÉAN ATLANTIQUE
OCÉAN GLACIAL DU SUD
TERRE DE FEU
DÉTROIT DE MAGELLAN
Désolation du Sud
Cap des Vierges
C. des Victoires
C. Pilares
C. Desiré
C. du St Esprit
C. d'Orange
I. Ste Elisabeth
I. St Barthélemi
Détroit supposé
C. de Peñas
C. Forward
la Cormorandière
C. Glaucester
C. Désolation
Is Gilbert
Is de l'Hermite
C. du Bon Secours
DÉTROIT DE LE MAIRE
C. S. Diego
C. St Jean
Terre des Etats
I. S. Ildefonse
Cap Horn
Is Diego Ramirez
Iles Falkland ou Malouines
Port Egmont
Be Française
75
70
65
60
55

Noch ein anderer Grund gab den Ausschlag, daß d'Urville den Port Famine dem Staatenlande als Halteplatz vorzog. Bei dem Studium der Berichte früherer Forscher, die sich in die Südsee begeben hatten, war der Kommandant zu der Überzeugung gelangt, daß der geeignetste Zeitpunkt zur Fahrt nach diesen Meeresteilen das Ende des Januars und der Monat Februar sein müsse. Nur dann herrschte vermutlich vollkommenes Tauwetter, und man vermied damit das Risiko, die Mannschaften den nutzlosen Anstrengungen und Gefahren einer zur unrechten Zeit unternommenen Fahrt auszusetzen.

Sobald er hierüber schlüssig geworden, teilte er dem Kapitän Jacquinot seine Pläne mit und steuerte zu dem Kanal. Am 12. Dezember befanden sich beide Korvetten in Sicht des Kaps der Jungfrauen, und Dumoulin begann mit Hilfe der jüngeren Offiziere unter Segel die schöne Reihe seiner hydrographischen Aufnahmen.

In der sehr gewundenen Fahrstraße der Meerenge entwickelte d'Urville so viel Kühnheit, Kaltblütigkeit, Geschick und Geistesgegenwart – so haben andere wörtlich über ihn geurteilt –, daß er die meisten Matrosen auf andere Gedanken brachte, denn diese hatten vorher, als sie ihn gichtleidend nur mühsam im Hafen von Toulon gehen sahen, spöttisch gerufen: »Mit dem Männchen werden wir nicht allzu weit kommen!«

Als die Schiffe aber, dank der unausgesetzten Wachsamkeit des Befehlshabers, glücklich aus der Meerenge heraussegelten, hatte sich die Anschauung der Leute gründlich verändert, und sie riefen nun:

»Dieser Teufelskerl muß toll sein! Da sind wir hart an den Felsen, Klippen und am Lande vorbeigefahren, als wäre er sein Lebelang hier hin und her gesegelt! ... Und wir, wir glaubten schon, daß ihm der Tod im Nacken säße!«

Es erscheint hier am Platze, einige Worte über den Aufenthalt im Port Famine einzufügen.

Die Landungsstelle ist bequem; man findet bei derselben eine schöne Quelle und Holz in Überfluß; die Klippen liefern Mies- und Tellermuscheln sowie Trompetenschnecken in großer Menge, und das Land erzeugt Sellerie und eine dem Huflattich ähnliche Art Salat. Andere Hilfsmittel liefert auch der Fischfang

in der Bucht; während der ganzen Zeit unseres Aufenthaltes fing man mit Schleppnetzen und Angeln so viele Stinte, Seebarben, Schmerlen und Trichterfische, daß diese allein zur Beköstigung der ganzen Mannschaft ausreichten.

»Als ich wieder unter Segel gehen wollte«, sagt d'Urville, »brachte mir der Oberbootsmann ein kleines Fäßchen, das seine Leute an einem Baume am Strande hängend gefunden hatten, neben dem noch ein Pfahl mit der Aufschrift Post-Office gestanden hatte. Da ich bemerkte, daß sich Papiere in dem Fäßchen vorfanden, ließ ich dasselbe an Bord schaffen und nahm von jenen Einsicht. Sie enthielten Bemerkungen von Kapitänen, welche die Meerenge passiert hatten, über die Zeit ihrer Vorbeifahrt, über die damalige Witterung und dergleichen, verschiedene Ratschläge für etwaige Nachfolger und Briefe nach Europa und den Vereinigten Staaten.

Es scheint, als ob die Idee dieses Postamtes unter freiem Himmel von dem amerikanischen Kapitän Cunningham ausgegangen sei, der sich dazu, im April 1833, einfach einer an einem Baume aufgehängten Flasche bediente, sein Landsmann Water-House vervollständigte im Jahre 1835 diese primitive Anlage durch Hinzufügung eines Pfahles mit obiger Inschrift. Endlich segelte der englische Kapitän Carrick, der Kommandant des Schoners ›Mary-Ann‹, von Liverpool im März 1837 auf dem Wege nach San Blas in Californien durch die Straße und kehrte auf dem Heimwege, am 29. November 1837, das heißt, sechzehn Tage vor uns, durch dieselbe zurück; er vertauschte die Flasche mit dem Fäßchen und ersuchte seine Nachfolger, sich desselben zur Einlegung der Briefe zu bedienen, die sie irgendwohin befördert zu sehen wünschten. Ich beabsichtige, diese wirklich nützliche und in ihrer Einfachheit doch so sinnreiche Anlage noch dadurch zu verbessern, daß ich am Gipfel des Vorgebirges eine Inschrift mit hinreichend großen Buchstaben werde anbringen lassen, um die Aufmerksamkeit der Seefahrer zu erregen, welche, wenn sie im Port Famine auch nicht vor Anker gehen wollen, doch wenigstens aus Neugier ein Boot absenden werden, um zu sehen, was sich in dem Behälter, den ich habe an den Pfahl selbst befestigen lassen, etwa vorfinden möchte. Allem Anscheine nach werden wir von dieser Vervollkommnung den ersten Nutzen haben und unsere Angehörigen angenehm überrascht sein, von uns aus diesem wilden, öden Lande gerade in dem Augenblicke Nachricht zu erhalten, wo wir nach den Eisregionen des Südpols aufbrechen.«

Zur Zeit der Ebbe ist die Mündung des Sedgerflusses, der im Port Famine mündet, durch Sandbänke versperrt; dreihundert Meter weiter landeinwärts bildet die Ebene einen weit ausgedehnten Sumpf, aus dem gewaltige Baumstämme und riesige, unter dem Einflusse der Witterung gebleichte Tierknochen herausragen, welche von den furchtbaren Platzregen, die den Fluß von Zeit zu Zeit anschwellen, bis hierher geführt wurden.

Den Sumpf umrahmt ein herrlicher Wald, und Dornenbüsche

machen jedes Eindringen in denselben fast unmöglich. Die häufigst vorkommenden Bäume in demselben sind Buchen mit zwanzig bis dreißig Meter hohen und fast einen Meter dicken Stämmen, ferner die sogenannte Winters-Rinde, welche lange Zeit anstelle des Zimmets Verwendung fand, und eine Art Berberitze.

Die größten Buchen, welche d'Urville sah, hatten einen Umfang von fünf und eine Höhe von fünfzig Metern.

Leider begegnet man in dem Uferlande weder Säugetieren noch Reptilien und man findet auch keine Land- oder Flußmuscheln; eine oder zwei Arten Vögel neben Flechten und Moosen sind alles, was ein Naturforscher hier sammeln könnte.

Am 28. Dezember 1837 wurden die Anker gelichtet, ohne einen der Patagonier zu Gesicht bekommen zu haben, deren Bekanntschaft Offiziere und Mannschaft gar zu gern gemacht hätten.

Die Schiffe landeten hierauf in Feuerland, wo Dumoulin die Reihe seiner Aufnahmen fortsetzte. Niedrig, offen und mit Felsen bedeckt, welche als Richtpunkte für Vermessungen dienten, bot dasselbe an dieser Stelle keine besonderen Gefahren. Ferner passierte man nacheinander die Insel Magdalena, die Bai Gente grande, die Insel Elisabeth, den Hafen Oazy, wo man mit dem Fernrohre ein größeres Patagonier-Dorf erkennen konnte, und den Hafen Peckett, in dem die ›Astrolabe‹ bei drei Faden Wasser auf den Grund stieß.

»In dem Augenblicke, als man bemerkte, daß wir aufliefen«, sagt Dumont d'Urville, »entstand unter der Mannschaft eine gewaltige Bestürzung und wurden verschiedene verzweifelte Ausrufe laut. Ich befahl mit sicherer Stimme Schweigen und rief, ohne mich von dem Vorkommnis irgendwie beunruhigt zu zeigen: ›Das hat ja nichts zu bedeuten, da wird es noch ganz anders kommen!‹

Später erinnerten sich meine Matrosen dieser Worte noch häufig genug. Es erscheint für einen Kapitän vor allen Dingen wichtig, auch bei den handgreiflichsten Gefahren, selbst gegenüber solchen, die er für unvermeidlich hält, stets die größte Ruhe und unerschütterliche Kaltblütigkeit zu bewahren.«

Im Hafen Peckett bekam man endlich Patagonier zu Gesicht.

Offiziere und Matrosen beeilten sich nach Kräften, an Land zu kommen. Dort wartete an der Landungsstelle eine Menge berittener Eingeborner.

Sanft und friedlich, beantworteten sie zuvorkommend alle an sie gerichteten Fragen. Mit großer Gemütsruhe betrachteten sie alles, was sie sahen, und schienen nach den Gegenständen, die man ihnen zeigte, kein besonderes Verlangen zu haben. Diebesgelüste waren ihnen offenbar nicht eigen, denn so viele ihrer auch an Bord kamen, würde doch nicht das geringste heimlich weggenommen.

Ihre mittlere Größe schien 173 Zentimeter zu betragen, doch sah man auch weit kleinere; ihre Gliedmaßen waren stark und rund, aber nicht besonders muskulös, und die Füße meist klein. Charakteristisch an ihnen ist die auffallende Breite der unteren Gesichtsteile, denen gegenüber die Stirn niedrig und abgeflacht erscheint. Längliche, schmale Augen, vorspringende Wangenbeine und eine abgeplattete Nase verleihen ihrem Typus viel Ähnlichkeit mit dem der Mongolen.

Alles deutet bei ihnen auf Schlaffheit und Indolenz, nichts auf Kraft und Gewandtheit. Wenn man sie stehend oder gehend so zusammengesunken sieht, mit ihren nach vorn zusammenknikkenden Pferden, so glaubt man eher Frauen aus einem Harem vor sich zu haben, als Wilde, welche gewöhnt sind, allen Unbilden rauher Witterung zu trotzen und gegen Schwierigkeiten aller Art anzukämpfen, um nur das Leben zu fristen. Mitten unter ihren Hunden und Pferden auf Fellen ausgestreckt, kennen sie keinen angenehmeren Zeitvertreib als den, sich das Ungeziefer abzusuchen, von dem sie strotzen. Zu Fuße zu gehen, sind sie so wenig gewöhnt, daß sie zu Pferde stiegen, um Muscheln am Strande zu suchen, obwohl dieser kaum fünfzig bis sechzig Schritte entfernt war.

Unter ihnen lebte auch ein Weißer von elendem Aussehen; er gab zwar vor, aus den Vereinigten Staaten zu stammen, sprach aber nur sehr unvollkommen englisch, und man erkannte ihn leicht als einen deutschen Schweizer.

Niederhauser – so hieß der Mann – war nach den Vereinigten Staaten ausgewandert, um Schätze zu sammeln; da sich das Geschick ihm nicht günstig zeigte, ließ er sich durch die verlokkenden Vorspiegelungen eines Robbenjägers betören, der seine Mannschaft zu vervollständigen wünschte. Er wurde, wie dies Gebrauch ist, nebst sieben Kameraden und dem nötigen Proviant auf einer öden Insel von Feuerland ausgeschifft, um Robben zu jagen und deren Felle zuzubereiten.

Vier Monate später erschien sein Schiff wieder, nahm die erbeuteten Felle ein, ließ neuen Proviant zurück – und war für immer verschwunden. Niemand wußte, ob dasselbe gescheitert war oder der Kapitän seine Leute einfach im Stiche gelassen hatte.

Als die Zeit verstrich und diese Bedauernswerten sich ohne Lebensmittel sahen, bestiegen sie ihr Boot und fuhren in die Meerenge ein, wo sie bald mit Patagoniern zusammentrafen. Niederhauser blieb bei diesen, während die anderen ihre Fahrt fortsetzten. Er wurde von den Wilden freundlich aufgenommen, fügte sich gänzlich deren Lebensgewohnheiten, füllte sich den Magen tüchtig an, wenn die Jagd reiche Beute lieferte, und schnürte sich den Gürtel fester, wenn er in Zeiten des Mangels den Hunger nur mit einigen eßbaren Wurzeln stillen konnte.

Müde dieses elenden Lebens, bat Niederhauser jetzt aber d'Urville, ihn an Bord aufzunehmen, denn er könne diese Entbehrungen, sagte er, nicht einen Monat länger aushalten. Der Kapitän gewährte die Bitte und schiffte ihn als Passagier ein.

Während seines dreimonatigen Aufenthaltes bei den Patagoniern hatte sich Niederhauser einigermaßen deren Sprache angeeignet, und d'Urville benutzte diesen Umstand, um die patagonischen Ausdrücke für ein vergleichendes Wörterbuch aller Sprachen zu erfahren.

Das Kriegskostüm der Feuerländer besteht aus einem ledernen Helm mit mehreren Erzplatten, über dem ein schöner Busch von Hahnenfedern weht, einem Überwurf von Büffelhaut mit gelben Streifen und aus einer Art zweischneidigem Pallasch. Der Häuptling des Stammes im Hafen Peckett ließ sich bewegen, ein Bild von sich anfertigen zu lassen, ein Beweis von geistiger Überlegenheit gegenüber seinen Untertanen, welche das aus Furcht vor irgendwelcher Zauberei stets verweigerten.

Am 8. Januar wurden die Anker gelichtet, die andere enge Stelle trotz der Strömung ohne Beschwerde passiert, und nach-

dem sie zwei Drittel der Ausdehnung der Magelhães-Straße untersucht, wandten sich die Schiffe nach den Polarregionen und nahmen die ganze Ostseite von Feuerland auf, eine Lücke, deren Ausfüllung in hydrographischem Interesse sehr erwünscht schien, da bis jetzt noch keine spezielle Karte der genannten Insel existierte.

Staatenland ward ohne Unfall umschifft. Am 15. Januar sah man nicht ohne eine gewisse Erregung das erste Eis, zwischen dem die Schiffe nun bald dahinsegeln sollten.

Die schwimmenden Eisschollen sind an und für sich nicht die gefährlichsten Feinde in diesen Gegenden; der Nebel – ein dichter Nebel, den auch das schärfste Auge nicht zu durchdringen vermag – umhüllt die beiden Fahrzeuge, lähmt deren Bewegung und setzt sie, obschon sie beigelegt haben, doch jeden Augenblick der Gefahr aus, gegen irgendeinen gewaltigen Block zu stoßen. Die Temperatur sinkt; an der Meeresoberfläche zeigt der Thermometrograph nur noch zwei Grad, weiter in der Tiefe fällt er bis unter Null. Bald wirbelt ein halbgeschmolzener Schnee herab. Alles deutet darauf hin, daß man jetzt auf die antarktischen Meere einfährt.

Am 20. Januar zu Mittag befindet man sich unter 63°3′ südlicher Breite und 49°56′ westlicher Länge. Nicht fern von hier hatte Powell die ersten kompakten Eisfelder getroffen. Man gewahrt bald eine gewaltige Eisinsel von zweitausend Meter Länge, siebzig Meter Höhe und glatt abgeschnittenen Wänden, welche unter der wechselnden Einwirkung des Lichtes einem Lande zum Verwechseln ähnlich aussieht.

Walfische und Pinguine verfolgen unablässig das Schiff, um welches weiße Möwen in Scharen flattern.

Am 21. ergibt die Messung 62° 53′ südlicher Breite, und d'Urville hofft schon in den nächsten Tagen den 65. Grad zu erreichen, als man ihm in der Nacht, gegen drei Uhr morgens, die Meldung macht, daß der Weg durch Packeis versperrt erscheint, das nirgends eine fahrbare Straße erkennen lasse. Die Halsen werden sofort gewechselt, und man segelt langsam, denn der Wind hat sich abgeschwächt, in östlicher Richtung weiter.

»Auch fanden wir Gelegenheit«, heißt es in dem Berichte, »das wundervolle Schauspiel, das sich vor unseren Augen entrollte, mit Muße zu genießen. Ernst und über alle Beschreibung großartig und die Einbildungskraft mächtig anregend, erfüllt es doch das Herz unwillkürlich mit Entsetzen. Niemals fühlt der Mensch so sehr wie hier seine gänzliche Ohnmacht ... Es ist eine neue Welt, die sich vor seinen Blicken auftut, aber eine starre, schauerliche, schweigende Welt, wo ihm von allen Seiten Vernichtung droht. Wenn ihn hier das Unglück ereilte, sich allein überlassen zu sein, würde nichts, kein Trost, kein Funken von Hoffnung, seinen letzten Augenblicken die Bitterkeit nehmen können. Dieser Gedanke erinnert unwillkürlich an die berühmte Inschrift über dem Tor zu Dantes Hölle:

›Lasciate ogni speranza, voi ch'entrate.‹«
(Laßt alle Hoffnung draußen, ihr, die ihr hier eintretet.)

D'Urville unternimmt jetzt eine andere merkwürdige Arbeit, die, verglichen mit anderen von derselben Natur, einen großen Nutzen haben könnte. Er läßt nämlich die Grenzlinie des Packeises genau aufnehmen. Wenn das auch andere Seefahrer getan hätten, hätte man genauen Aufschluß über die Richtung und Vorwärtsbewegung der Eismassen des Südens erlangen können, ein Punkt, über den jetzt noch ziemliche Dunkelheit herrscht.

Am 22. bemerkte man, nach Umschiffung einer vorspringenden Spitze, daß die Grenze des Packeises nach Südsüdwest und später nach Westen verlief. In dieser Gegend erblickt man auch ein hohes bergerfülltes Land. Dumoulin hat dessen Aufnahme begonnen, und d'Urville glaubt darin Morells Neu-Süd-Grönland zu erkennen, als man seine Formen sich verändern und es am Horizont allmählich verschwinden sieht.

Am 24. segeln die zwei Korvetten über eine mit schwimmenden Schollen bedeckte Wasserfläche und gelangen zu einer anderen Stelle, wo das Eis offenbar im Schmelzen ist. Bald aber verengert sich der vorher freie Weg, es treten wieder zahlreiche Blöcke auf, und man muß sofort kehrtmachen, um nicht eingeschlossen zu werden.

Alles deutet jedoch darauf hin, daß der Rand des Packeises in Zersetzung begriffen ist; die Eisinseln brechen mit furchtbarem Krachen zusammen, von den Schollen rieselt in feinen Fäden das Wasser – das ist das Tauwetter; die Jahreszeit ist also noch nicht weit genug vorgeschritten, und Fanning behält damit recht, wenn er sagt, daß man in diese Gegenden vor dem Monat Februar nicht gehen solle.

D'Urville beschließt deshalb, nach Norden zu steuern, um die New-South-Orkney-Inseln anzulaufen, deren Karte noch unvollständig und wenig verläßlich ist. Der Kommandant wünschte die Aufnahme dieses Archipels vorzunehmen und daselbst einige Tage zu verweilen, bevor er wieder einen Kurs nach Süden einschlug, um sich da zu derselben Jahreszeit wie Weddell zu befinden.

Drei Tage hindurch segelte d'Urville längs des nördlichen Randes dieses Archipels hin, ohne einen Landungsplatz zu entdecken, dann nahm er am 4. Februar seinen Weg nach Süden wieder auf und traf unter 62° 20′ der Breite und 39° 28′ östlicher Länge von neuem auf das Packeis.

Wenige Minuten vor zwölf Uhr mittags gewahrt man eine Öffnung in demselben und fährt aufs Geratewohl hinein.

Dieses kühne Manöver gelang beiden Fahrzeugen, welche trotz heftigen Schneetreibens in eine Art kleines Bassin von zwei Meilen Breite eindringen konnten, das freilich ringsum von hohen Eismauern eingeschlossen war.

Man mußte hier an einem Eisberge festlegen. Als Befehl zum Ankern gegeben wurde, rief ein junger Novize von der ›Zelée‹ ganz naiv: »Ist denn hier ein Hafen? Ich glaubte nicht, daß jenseits des Eises auch noch Menschen wohnten.«

Übrigens war alle Welt an Bord beider Schiffe in diesem Augenblicke seelenvergnügt. Einige junge Offiziere von der ›Zelée‹ hatten mit ihren Kameraden von der ›Astrolabe‹ eine Bowle Punsch geleert. In seinem Bett hörte der Befehlshaber die lauten Ausbrüche der Freude. Ihm erschien freilich die Lage nicht in so rosenrotem Licht. Er sagte sich, daß dieses Wagnis doch sehr unklug gewesen sei. In eine Sackgasse eingeschlossen, bot sich ihm kein anderer Weg aus derselben als der, durch den er hereingekommen, und ohne Wind im Rücken zu haben, konnte er auch diesen nicht benutzen.

In der Tat wurde d'Urville um elf Uhr durch heftige Stöße und ein schabendes Geräusch erweckt, als wenn die Korvette auf Felsen getroffen wäre. Der Kommandant stand sofort auf und sah, daß die von einer Strömung fortgetriebene ›Astrolabe‹ gegen eine Eiswand gedrängt worden war, wo sie den Stößen anderer, schneller dahintreibender Schollen ausgesetzt lag.

Mit anbrechendem Tage sah man sich rings vom Eise umschlossen. Nur nach Norden zu fand sich ein dunkelblauer Streifen freien Wassers. Man schlug augenblicklich diese Richtung ein, aber gleichzeitig legte sich auch schon ein dicker Nebel um die beiden Korvetten. Als dieser sich auflöste, starrte vor dem Schiff eine Barriere kompakten Eises, auf deren anderer Seite auf Sehweite hinaus offenes Wasser lag.

D'Urville beschloß, sich durch das Hindernis Bahn zu brechen, ging ein Stück zurück und ließ die ›Astrolabe‹ dann mit möglichster Wucht auf dasselbe stoßen. Zwei bis drei Schiffslängen drang diese zwar in das Eis ein, dann lag sie aber unbeweglich; nun sprangen die Mannschaften auf das Eis und bemühten sich mit Äxten und Hauen, mit Meißeln und Sägen, den Weg frei zu machen.

Schon hatten sie den Rest der Eisbahn beinahe überwunden, als der Wind umschlug und ein hohler Seegang sich bemerkbar machte, der das Schiff nach Ansicht aller Offiziere zwang, in das Innere der Eismassen zurückzukehren, da man bei weiter auffrischendem Winde befürchten mußte, an dem Packeise festgehalten und von Wogen und treibenden Schollen zertrümmert zu werden.

Zwölf bis fünfzehn Meilen hatte die Korvette so nutzlos zurückgelegt, als ein auf den Wanten befindlicher Offizier in der Richtung nach Nordnordost eine Durchfahrt entdeckte. Sofort wendete man nach dieser Seite; auch da erwies es sich aber als unmöglich, hindurchzusegeln, und als darüber die Nacht hereinbrach, blieb kein anderer Ausweg übrig, als die Schiffe an einem Eisberg zu verankern. Das entsetzliche Krachen, welches den Befehlshaber schon in vergangener Nacht munter erhalten hatte, wiederholte sich nun mit solcher Heftigkeit, daß man die Korvette dadurch zugrunde gerichtet zu sehen fürchtete.

Nach einer Unterredung mit dem Kapitän der ›Zelée‹ drang d'Urville noch einmal nach Norden vor, doch verging der ganze Tag, ohne eine wesentliche Veränderung in der Lage der beiden Schiffe herbeizuführen; am folgenden Tage wurde der Seegang, während halbgeschmolzener Schnee herabfiel, so stark, daß er das ganze Eisfeld, in dem die Fahrzeuge gefangen lagen, aufhob und zerbrach.

Jetzt forderten die Eisschollen, welche fast hin und her hüpften, noch größere Aufmerksamkeit, und man mußte das Steuerruder in eine Art Balkenhütte einschließen, um dasselbe gegen die Stöße der Eismassen zu schützen.

Außer einigen, durch die fortwährend blendende Rückstrahlung des Lichtes von dem Schnee verursachten Augenentzündun-

gen blieb der Gesundheitszustand der Mannschaften ein recht erfreulicher, was dem Kommandanten um so lieber war, als hier jeder Mann dringend gebraucht wurde. Am 9. Februar konnten die Korvetten, von einer steifen Brise unterstützt, aus ihrer gefährlichen Lage loskommen und ein vollkommen eisfreies Meer auffinden. Dem Packeis waren sie auf eine Strecke von zweihundertfünfzig Meilen gefolgt.

Ein außergewöhnliches Glück war es zu nennen, daß die Schiffe, außer dem Verluste einiger Sparren und eines nicht geringen Teiles der Kupferverkleidung, ernsthaftere Havarien nicht erlitten hatten; jedenfalls zogen sie jetzt nicht mehr Wasser als vorher.

Am nächsten Tage schien die Sonne und gestattete eine Beobachtung anzustellen, aus der sich die augenblickliche Position zu 62° 9′ der Breite und 39° 22′ westlicher Länge ergab.

Noch immer fiel Schnee, die lebhafte Kälte hielt an, und der heftige Wind währte noch die drei folgenden Tage. Dieses ununterbrochene schlechte Wetter und die länger werdenden Nächte überzeugten d'Urville von der Notwendigkeit, auf die Weiterfahrt zu verzichten. Als er sich unter 62° südlicher Breite und 33° 11′ der Länge etwa da befand, wo Weddell im Jahre 1823 hatte ungehindert segeln können, ihm aber nur undurchdringliche Eismassen entgegentraten, schlug er den Weg nach den New-South-Orkneys ein.

Übrigens hatte der nun einmonatige Aufenthalt im Eise und Nebel des antarktischen Ozeans doch auch die Gesundheit der Mannschaft erschüttert, und es schien nutzlos für die Wissenschaft, diesen gefährlichen Kreuzzug noch länger fortzusetzen.

Am 20. kam jener Archipel in Sicht; noch einmal wurde d'Urville durch Eis gezwungen, weiter nach Norden zurückzuweichen, er konnte aber doch zwei Boote absenden, welche auf der Insel Weddell eine reiche geologische Sammlung, einige Proben von Flechtenarten und etwa zwanzig Pinguine und Chionis zusammenbrachten.

Am 25. Februar kam die Insel Clarence in Sicht, welche die östlichste Spitze des New-South-Shetland-Archipels bildet, ein hohes, steiles und außer am Ufer überall mit Schnee bedecktes Land; dann fuhr man mit vollen Segeln nach der Elefanteninsel, welche der vorigen fast ganz glich, aber viele Bergkuppen aufwies, die sich in schwarzen Farbentönen von den Schnee- und Eisfeldern abhoben. Die Eilande Narrow, Biggs, O'Brien und Aspland wurden nach und nach angelaufen; sie boten aber nirgends am Ufer einen Raum, wo ein Mensch nur den Fuß hinsetzen konnte. Später sah man den kleinen Vulkan Bridgeman, an dem zwei Boote vergeblich die Naturforscher an Land zu setzen versuchten.

»Die allgemeine Bodenfärbung«, heißt es in dem Berichte, »ist rötlich wie die von gebrannten Ziegelsteinen und zeigt graue Flecken, welche von Bimssteinen oder verhärteter Asche herrühren mögen. Am Meeresstrande bemerkt man hier und da große, schwarze Blöcke, wahrscheinlich von Lava. Übrigens besitzt das Eiland keinen wirklichen Krater, aber überall, und vorzüglich längs des westlichen Ufers, wirbeln dichte Dampfwolken aus dem Boden desselben empor; am nördlichen Ufer bemerkt man auch zwei zehn bis zwölf Meter hoch aufsteigende Fumarolen; an der Ost- und Südseite fehlen solche mehr, ebenso auf den höchsten, ebenen und runden Berggipfeln des Eilandes. Die ganze Masse desselben muß in jüngerer Zeit große Veränderungen erfahren haben, da die ganze Erscheinung mit der Beschreibung Powells aus dem Jahre 1828 so wenig übereinstimmt.«

D'Urville steuerte bald wieder nach Süden und erkannte am 27. Februar im Südosten einen ausgedehnten Landstreifen, den er wegen Nebel und dichtem Schneetreiben nicht anzulaufen vermochte. Jener konnte etwa in der Breite der Insel Hope, das heißt unter 62° 57′ liegen. Er näherte sich demselben so weit als möglich und beobachtete zuerst ein niedriges Stück Land, dem er den Namen Joinville-Land gab; weiter im Südwesten eine ausgedehnte Berglandschaft, die er Louis-Philippe-Land benannte; und zwischen diesen, inmitten eines von Eis verstopften Kanals, eine Insel, welche Insel Rosamel getauft wurde.

»Alsdann«, sagt d'Urville, »gestattete uns der klarer gewordene Himmel, alle Unebenheiten von Louis-Philippe-Land deutlich zu unterscheiden. Es erstreckte sich von dem Bransfield-Berge im Norden 72° nach Osten bis nach Südsüdwesten, wo man es noch am Horizonte erblicken kann. Vom Bransfield-Berge an nach Süden bildet es eine hohe, gleichförmige Landschaft, freilich nur ein ungeheurer Gletscher ohne besondere Unebenheiten. Im Süden aber erhebt sich das Land in Form eines schönen Kegels (der Jacquinot-Berg), der den Bransfield an Höhe zu erreichen, vielleicht gar zu übertreffen scheint; von da aus verläuft das Land in Form einer Bergkette, welche im Südwesten mit einem alle übrigen noch überragenden Gipfel endigt. Die Wirkung des Schnees und des Eises aber, ebenso wie der Mangel jedes zum Vergleich dienenden anderen Objekts, verleiten gar zu leicht dazu, die Höhe solcher Protuberanzen zu überschätzen.

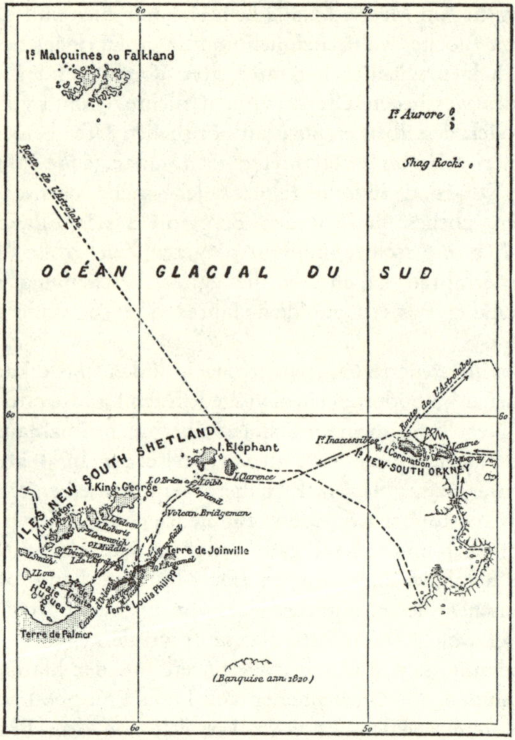

Wir erkannten wirklich aus den von Dumoulin vorgenommenen Messungen, daß alle Berge, die uns erst so riesig und mindestens den Alpen oder Pyrenäen ähnlich zu sein schienen, nur eine sehr mittelmäßige Höhe hatten. Der Bransfield-Berg z. B. maß nur 632 Meter, der Jacquinot 648 und der letzterwähnte, der d'Urville-Berg, der höchste von allen, 931 Meter. Mit Ausnahme einzelner vor der größeren Landmasse gelegener Eilande und einiger schneefreier Vorsprünge bildet das übrige nur eine zusammenhängende Eismasse; unter solchen Verhältnissen ist es selbstverständlich unmöglich, die eigentliche Gestalt des Landes anzugeben, da man nur die Linie seiner Eiskruste abzeichnen kann.«

Am 1. März ergibt die Sonde nur 180 Faden Tiefe und einen felsigen Grund. Die Temperatur an der Oberfläche des Meeres beträgt 1,9, im Grund desselben 0,2 Grad. Am 2. März entdeckt man, ziemlich entfernt von Louis-Philippe-Land, eine Insel, welche den Namen der ›Astrolabe‹ erhält. Am nächsten Tage wird eine große Bucht oder vielmehr ein Kanal, dem man den Namen Orleans-Kanal beilegt, zwischen Louis-Philippe-Land und einer hohen felsigen Küste aufgenommen, die nach d'Urvilles Ansicht den Anfang der bisher nur unzuverlässig bekannten Trinityländer bilden sollte.

Vom 26. Februar bis zum 5. März blieb d'Urville in Sicht dieser Küste, segelte in geringer Entfernung von derselben hin, mußte aber wegen fortwährenden Regens und kaum durchsichtiger Nebel wiederholt seinen Kurs ändern. Alles deutete jetzt übrigens auf ziemlich rasches Tauwetter hin; gegen Mittag stieg die Temperatur bis fünf Grad über Null; überall rannen kleine Wasserfäden von dem Eise, und ganze Blöcke lösten sich ab, die mit Donnergepolter ins Meer stürzten; dazu wehte unaufhörlich eine scharfe westliche Brise.

Das war auch der Grund, warum d'Urville seine Untersuchungen nicht noch länger fortsetzte. Das Meer rollte schwer, der Regen ließ nur selten nach und der Nebel niemals. Er mußte sich also von dieser gefährlichen Küste entfernen und nach Norden steuern, wo er vom nächsten Tage ab die westlichen Inseln der Neu-Shetland-Gruppe aufnahm.

Hierauf schlug d'Urville den Weg nach Conception ein. Die Fahrt ging freilich nur unter großen Beschwerden vor sich, denn trotz aller Vorsichtsmaßregeln wurde die Besatzung, vorzüglich die der ›Zelée‹, ziemlich heftig vom Skorbut befallen. Jetzt begann d'Urville auch die Höhe der Wellen zu messen und mußte sich dabei überzeugen, daß der Vorwurf, er habe dieselbe früher viel zu hoch geschätzt, wirklich berechtigt war.

Um jeden Zweifel an den Ergebnissen seiner Beobachtungen auszuschließen, nahm er bei dieser Arbeit seine Offiziere zu Hilfe, und es ergab sich, daß die vertikale Höhe der Wellen bis elf Meter, ihre Länge vom Kamm bis zum Grund bis sechzig Meter betrug, was also für die ganze Welle eine Breite von hundertzwanzig Metern ergeben würde. Diese Messungen erteilten die Antwort auf Aragos ironische Behauptung, der von seinem Kabinett aus keiner Welle mehr als fünf bis sechs Meter Höhe zugestehen wollte. Man darf aber keinen Augenblick darüber im Zweifel bleiben gegenüber dem berühmten, aber leidenschaftlichen Physiker, die an Ort und Stelle ausgeführten Messungen der Seefahrer als richtig anzuerkennen.

Am 7. April ging die Division in der Bai von Talcahuano vor Anker. Hier sollte sie einmal die Ruhe finden, deren die vierzig Skorbutkranken der ›Zelée‹ so nötig bedurften. Von hier aus segelte d'Urville nach Valparaiso, ankerte später, ganz Ozeanien durchfahrend, am 1. Januar 1839 in Guahana, wandte sich hierauf nach den Malayen-Ländern, erreichte im Oktober noch Batavia und kam von dort nach Hobart-Town, von wo aus er am 1. Januar 1840 zu einer neuen Reise durch die antarktischen Gebiete aufbrach.

Zu jener Zeit kannte d'Urville weder die Fahrt Ballenys noch wußte er etwas von der Entdeckung des Sabrina-Landes. Seine Absicht ging nur dahin, südlich von Tasmanien hinabzusegeln, um zu sehen, unter welchem Breitengrade er auf das Eis treffen würde. Das Gebiet zwischen dem 120. und 160. Grad östlicher Länge war, so glaubte er, noch nicht erforscht worden. Hier meinte er also vielleicht eine neue Entdeckung machen zu können.

Anfangs verlief diese Fahrt nur unter sehr mißlichen Umständen. Der Seegang war sehr stark, die Strömungen drängten ihn nach Osten, der Gesundheitszustand auf den Schiffen ließ viel zu wünschen übrig, und kaum erreichte er den 58. Grad der Breite, als alles auf die Nachbarschaft des Eises hindeutete.

Die Kälte wurde ziemlich lebhaft; der Wind sprang nach Nordwesten um, und das Meer ward ruhiger, ein fast sicheres Vorzeichen von benachbarten Land- oder ausgedehnten Eismassen. Man neigte aber mehr der ersteren Annahme zu, denn die Eisinseln, denen man begegnete, erschienen umfänglicher, als sie im freien Meere zu entstehen pflegen. Am 18. Januar erreichte man den 64. Grad der Breite und begegnete bald ungeheuren Eisblöcken mit glatt abgeschnittenen Wänden, deren Höhe zwischen dreißig und vierzig Metern schwankte und deren Breite tausend Meter überstieg.

Am nächsten Tage, am 19. Januar 1840, kam ein neues Land in Sicht, das den Namen Adélie-Land erhielt. Die Sonne schien warm, und alles Eis schien verschwinden zu sollen; zahlreiche Bäche rieselten von dem Gipfel der Eisberge herab und stürzten in glitzernden Wasserfällen ins Meer. Der Anblick des Landes war sehr eintönig; es verlief mit Schnee bedeckt von Osten nach Westen und schien sich in sanftem Abhange nach dem Meere zu senken. Am 21. gestattete der Wind den beiden Schiffen, sich demselben zu nähern. Man fand da zahlreiche Spalten und Rinnen, welche durch das Schmelzwasser entstanden waren.

Je weiter man kam, desto gefährlicher wurde die Fahrt. Eisinseln bedeckten das Meer in solcher Menge, daß oft zwischen

ihnen kaum ein hinreichend breiter Kanal übrig blieb, in dem sich die Korvette bewegen konnte.

»Ihre lotrechten Mauern übertrafen unsere Masten bei weitem an Höhe«, sagt d'Urville; »sie hingen zuweilen über unseren Schiffen, deren Dimensionen im Vergleich zu jenen enormen Massen geradezu lächerlich winzig erschienen. Das Schauspiel, welches sich unseren Blicken bot, war ebenso großartig als erschreckend. Es hatte den Anschein, als befände man sich in den engen Gassen einer Stadt von Riesen.«

Bald gelangten die Korvetten in ein geräumiges, von den Küsten und den Eisinseln, die sie eben umschifft hatten, gebildetes Bassin. Nach Südosten und Nordwesten dehnte sich das Land bis über Sehweite hinaus. Es konnte wohl tausend bis zwölfhundert Meter Höhe haben, nirgends zeigte sich aber ein besonders hervorspringender Gipfel. Endlich sah man, inmitten der grenzenlosen Schnee-Ebene, einige Felsen. Die beiden Kapitäne sandten sofort Boote ab mit dem Auftrage, einige handgreifliche Beweise ihrer Entdeckung zu holen. Einer der damit beauftragten Offiziere äußert sich wie folgt:

»Es war gegen neun Uhr, als wir zu unserer großen Freude auf dem westlichen Teile des westlichsten und höchsten Eilandes das Land betraten. Die Schaluppe der ›Astrolabe‹ war schon vor uns angekommen und die Leute aus derselben kletterten an der steilen Felswand empor. Sie verjagten dabei viele Pinguine, welche sehr verwundert schienen, sich auf dieser Insel, deren einzige Bewohner sie bildeten, so keck belästigt zu sehen ... Ich befahl einem Matrosen, die dreifarbige Flagge auf diesem Lande aufzupflanzen, das vor uns noch keines Menschen Fuß betreten hatte. Nach altem Gebrauche, dem die Nationen stets gehuldigt haben, nahmen wir von dem Lande wie von der benachbarten Küste, welche zu betreten das Eis uns verhinderte, im Namen Frankreichs Besitz ... Das Tierreich schien hier einzig und allein durch die Pinguine vertreten; trotz aller Nachsuchungen fanden wir nicht einmal eine Muschel. Der Felsen war vollständig kahl und zeigte nicht die geringste Spur von Flechten oder Moosen. Wir sahen uns also auf das Mineralreich beschränkt.

Jeder ergriff seinen Hammer und bemühte sich, von dem Felsen etwas loszusprengen. Die Granitmasse erwies sich jedoch so hart, daß wir davon nur Splitterchen abzulösen vermochten. Als wir unsere Umgebung etwas in Augenschein nahmen, entdeckten die Matrosen verschiedene durch den Frost abgesprengte Felsstücke, die sie nach den Booten schafften. Bei genauerer Prüfung überzeugte ich mich von deren vollständiger Übereinstimmung mit den Gneisfragmenten, die wir im Magen eines am Vortage erlegten Pinguins gefunden hatten. Das kleine Eiland, auf dem wir gelandet waren, gehörte mit acht oder zehn anderen zu einer Gruppe zusammen; dieselben liefen alle in eine abgerundete Kuppe aus und zeigten fast die nämliche Gestalt. Diese Inselchen sind von der nächsten Küste fünf- bis sechshundert Meter entfernt. Am Strande sahen wir noch einige ganz freie Gipfel und

einen Vorberg, dessen Basis selbst keinen Schnee mehr trug ... Alle diese sehr nahe beieinander liegenden Eilande scheinen eine Kette zu bilden, die sich parallel mit der Küste in der Richtung von Osten nach Westen hin erstreckte.«

Am 22. und 23. wurde die Untersuchung des Uferlandes fortgesetzt; an letzterem Tage zwang das der Küste vorgelagerte Packeis die Schiffe aber, nach Norden zurückzuweichen; gleichzeitig erhob sich ein ebenso unerwarteter als entsetzlicher Schneesturm, der die Fahrzeuge dem Untergange nahe brachte. Die ›Zelée‹ erlitt umfängliche Beschädigungen des Segelwerkes; am nächsten Tage konnte sie sich jedoch bei dem Begleitschiffe wieder einfinden.

Während dieser Zeit war das Land sozusagen nicht aus dem Gesicht verloren worden. Am 29. mußte d'Urville jedoch wegen des unaufhörlich herrschenden steifen Ostwindes auf die weitere Erforschung des Adélie-Landes verzichten.

Am 30. Januar beobachtete man eine ungeheure Eismauer, über welche die Ansichten sehr auseinandergingen. Die einen hielten dieselbe für eine kompakte, mit keinem Lande in Verbindung stehende Eismasse; die anderen – und zu diesen gehörte d'Urville selbst – glaubten, daß diese hohen Berge eine feste Unterlage, entweder Land oder Felsen, vielleicht auch nur Untiefen in der Nähe eines Landes hätten. Man gab derselben unter 128° der Länge den Namen Clarie-Küste.

Am 17. Februar gingen die beiden Korvetten vor Hobart-Town vor Anker.

Am 25. stachen sie wieder in See und segelten nach Neuseeland, wo die hydrographischen Aufnahmen der ›Uranie‹ vervollständigt wurden; dann steuerten sie nach Neuguinea, wo sie sich überzeugten, daß die Luisiaden von demselben durch keine enge Wasserstraße getrennt seien; ferner untersuchten sie mit größter Sorgfalt, inmitten der Strömungen, Korallenriffe und immerwährender Gefahren, ernsthafte Havarien zu erleiden, die Torres-Straße, gelangten am 20. nach Timor und kehrten, nach kurzem Aufenthalte in Bourbon und St. Helena, am 6. November nach Toulon zurück. –

Durch die Nachricht von der in so großem Maßstabe organisierten Entdeckungs-Expedition fühlte sich England wirklich betroffen und entschloß sich auf das Drängen gelehrter Gesellschaften, eine Expedition nach jenen Gegenden zu entsenden, welche seit Cooks Zeiten nur die Kapitäne Weddell und Biscoë besucht hatten.

Der Kapitän James Ross, welcher das Kommando derselben erhielt, war der Neffe des berühmten John Ross, des Erforschers der Baffin-Bai. Geboren im Jahre 1800, befand sich James Ross schon seit seinem zwölften Jahre zur See; er hatte im Jahre 1818 seinen Onkel bei dessen erster Erforschung der arktischen Länder begleitet; von 1819 bis 1827 nahm er unter Parrys Befehl an vier nach denselben Regionen entsendeten Expeditionen teil, und von 1829 bis 1833 hatte er seinen Onkel überhaupt nicht verlas-

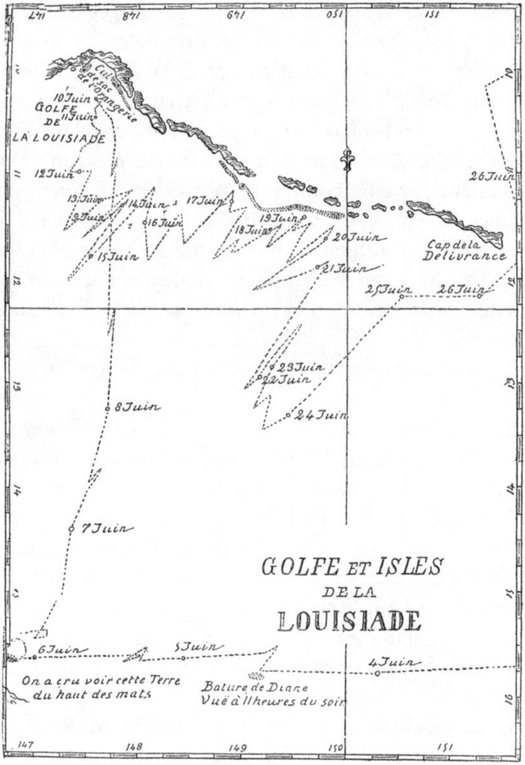

sen. Mit wissenschaftlichen Untersuchungen beschäftigt, entdeckte er den magnetischen Nordpol; dabei machte er auch, mit Schlitten oder zu Fuß, sehr weite Ausflüge über das Eis. Er gehörte also jedenfalls zu denjenigen Offizieren der britischen Marine, welche mit den Polarfahrten am vertrautesten waren.

Man übergab ihm zwei Schiffe, die ›Erebus‹ und die ›Terror‹; als Zweiter Offizier diente unter ihm ein gleichfalls sehr erfahrener Seemann, der Kapitän Francis Rowdon Crozier, der Gefährte Parrys im Jahre 1824 und James Ross' in der Baffin-Bai 1835, derselbe, welcher später Franklin bei Aufsuchung der nordwestlichen Durchfahrt begleitete. Auf ein mutigeres Herz,

auf einen gewiegteren Seemann konnte die Wahl gar nicht fallen. Die Instruktionen, welche James Ross von der Admiralität erhielt, wichen sehr wesentlich von denen d'Urvilles ab. Die Erforschung der antarktischen Gebiete bildete bei diesem nur eine Teilarbeit gelegentlich seiner Reisen um die Erde, dagegen das Hauptziel und einzigen Zweck der Fahrt von James Ross. Von den drei Jahren, die er von Europa wegblieb, sollte er den größten Teil in den antarktischen Regionen zubringen und das Reich des Eises nur verlassen, um erlittene Havarien auszubessern oder seine erschöpfte oder erkrankte Mannschaft wieder zu stärken.

Schon die Schiffe waren mit Rücksicht hierauf ausgesucht; stärker als die d'Urvilles, mußten sie auch wiederholten Stößen von Eisschollen besseren Widerstand leisten können, und ihre Besatzung bestand dazu aus lauter Seeleuten, welche die Polarregion schon kennengelernt hatten.

Die ›Erebus‹ und die ›Terror‹, unter dem Befehle von Ross und Crozier, verließen England am 29. September 1839 und landeten nach und nach bei Madeira, den Inseln des Grünen Vorgebirges, St. Helena und am Kap der Guten Hoffnung, wo zahlreiche magnetische Beobachtungen angestellt wurden.

Am 12. April erreichte Ross die Kerguelen und schaffte dort sofort seine Instrumente an Land. Die wissenschaftliche Ausbeute hier fiel sehr reichlich aus; aus der die Grundlage der Insel bildenden Lava grub man zum Beispiel fossile Bäume aus und entdeckte mächtige Steinkohlenlager, die ihrer Ausbeutung noch immer entgegenharren. Der 29. war ein zu gleichzeitigen Beobachtungen auf der ganzen Erde bestimmter Tag. Glücklicherweise entstand gerade an diesem Tage einer jener magnetischen Stürme, die man in Europa schon kennengelernt hatte. Die Instrumente ergaben auf den Kerguelen dieselben Erscheinungen wie in Toronto in Kanada – ein Beweis für die ungeheure Ausdehnung dieser Meteore und für die unglaubliche Geschwindigkeit, mit der sie sich verbreiten.

Bei seiner Ankunft in Hobart-Town fand er als Gouverneur dort seinen alten Freund John Franklin. Ross erfuhr hier von der Entdeckung des Adélie-Landes und der Clarie-Küste durch die Franzosen, wie von der gleichzeitigen Auffindung derselben Länder durch die Expedition des Amerikaners Wilkes. Der Letztgenannte hatte sogar eine Skizze der von ihm aufgenommenen Länder hinterlassen.

Ross entschied sich aber dahin, das antarktische Gebiet erst unter 170° östlicher Länge zu betreten, weil Balleny in dieser Richtung das Meer im Jahre 1839 bis zum 69. Grade der Breite eisfrei gefunden hatte. Er segelte also nach Auckland, dann nach den Campbell-Inseln, erreichte, nachdem er gleich seinen Vorgängern wegen des treibenden Eises unzählige Kreuz- und Querfahrten gemacht, jenseits des 63. Grades die Grenze des Packeises und überschritt den Polarkreis am 1. Januar 1841.

Was das Treibeis betrifft, so glichen dessen Schollen in keiner Weise denen vom Nordpol, wovon sich James Ross leicht über-

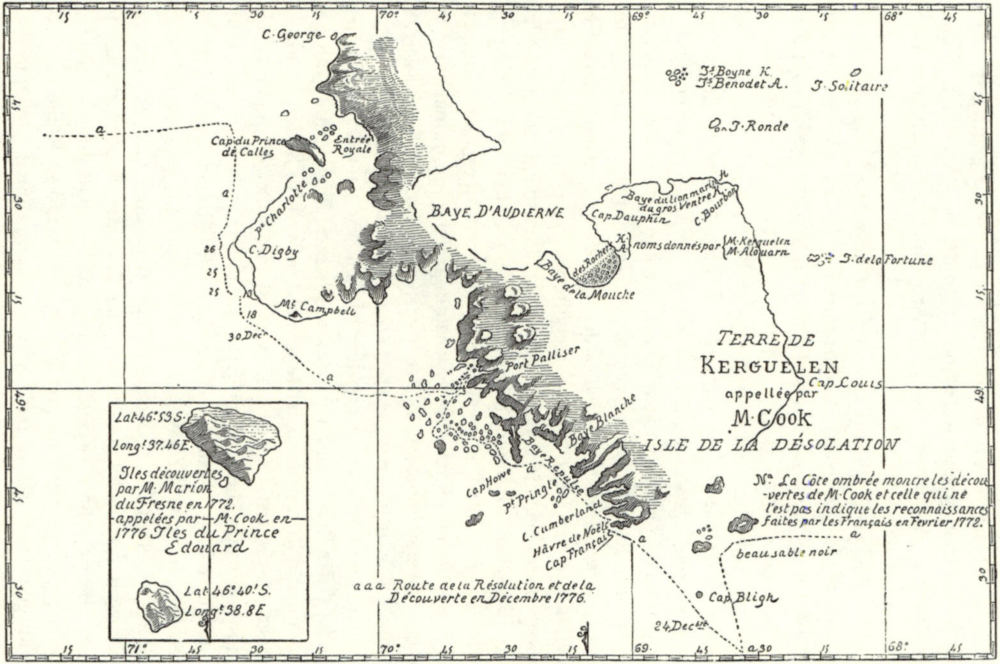
C. George
Cap du Prince de Calles
Entrée Royale
Pte Charlotte
C. Digby
Mt Campbell
30 Dec
BAYE D'AUDIERNE
Baye de la Mouche
des Rochers
Cap Dauphin
Baye du lion marin
du gros Ventre
C. Bourbon
noms donnés par M. Kerguelen M. Alouarn
Is Boyne K.
Is Benodet A.
I. Solitaire
I. Ronde
I. de la Fortune
TERRE DE KERGUELEN
appellée par M. Cook
ISLE DE LA DÉSOLATION
Cap Louis
Port Palliser
Baye Blanche
Baye Repulse
Cap Howe
Pt Pringle
C. Cumberland
Hâvre de Noël
Cap François
Cap Bligh
24 Decbre
beau sable noir
Na. La Côte ombrée montre les découvertes de M. Cook et celle qui ne l'est pas indique les reconnaissances faites par les Français en Fevrier 1772.
a a a Route de la Résolution et de la Découverte en Décembre 1776.
Lat. 46°. 53 S.
Long.e 37.46 E.
Iles découvertes par M. Marion du Fresne en 1772, appelées par M. Cook en 1776 Iles du Prince Edouard
Lat. 46°. 40'. S.
Long.e 38.8 E.

zeugen konnte. Es sind ungeheure Blöcke mit lotrechten regelmäßigen Wänden. Die Eisfelder, hier weniger eben als im Norden, bilden ein wahres Chaos, und deren zwanzigmal gesprengte und wieder zusammengefrorne Trümmer nehmen, nach Wilkes bildlichem Ausdruck, das Aussehen eines umgepflügten Landes an.

Das Packeis erschien Ross »nicht so furchtbar, wie Franzosen und Amerikaner das geschildert hatten«. Anfangs konnte er sich freilich nicht weit in jenes hineinwagen, sondern wurde von dem Sturme gezwungen, sich in offener See zu halten. Erst am 5. konnte er sich ihm unter 66° 45′ der Breite und 174° 16′ westlicher Länge wieder nähern. Diesmal lagen die Umstände so günstig wie nur irgend möglich, da Wind und Seegang vereinigt dieselben zu entfernen strebten. Dank der Festigkeit seiner Fahrzeuge konnte Ross es wagen, sich einen Weg durch dasselbe zu brechen. Je weiter er aber nach Süden vordrang, desto dichtere Nebel herrschten, und die wiederholten Schneefälle trugen noch mehr dazu bei, diese Fahrt höchst gefährlich zu machen. Was den Forscher vorzüglich bestimmte, keine Mühe und Gefahr zu scheuen, war der Widerschein eines offenen Meeres am Himmel, eine nur selten täuschende Erscheinung, denn am 9., nachdem er mehr als zweihundert Meilen durch das Packeis zurückgelegt, fuhr er wirklich in ein gänzlich eisfreies Meerbecken ein.

Am 11. wurde etwa hundert Meilen vor dem Schiffe, unter 70° 47′ der Breite und 172° 36′ westlicher Länge, Land wahrgenommen. Noch niemals hatte jemand so weit im Süden Land gesehen. Es waren Bergspitzen von neun- bis zwölftausend Fuß Höhe – wenn diese Angaben nicht übertrieben sind, wie man nach den Beobachtungen d'Urvilles auf Graham leicht vermuten konnte –, vollständig mit Schnee bedeckt, von denen lange Gletscher bis weit ins Meer hinausragten. Hier und da erhoben sich wohl auch schwarze Felskuppen über den Schnee; die Küste war aber so sehr vom Eise verbarrikadiert, daß man unmöglich an derselben landen konnte. Diese merkwürdige Reihe von gewaltigen Pics erhielt den Namen Admiralitätskette, und das Land selbst nannte man Victoria.

Im Südosten zeigten sich einige kleine Inseln; die Schiffe wendeten sich nach dieser Seite, und am 12. Januar gingen die

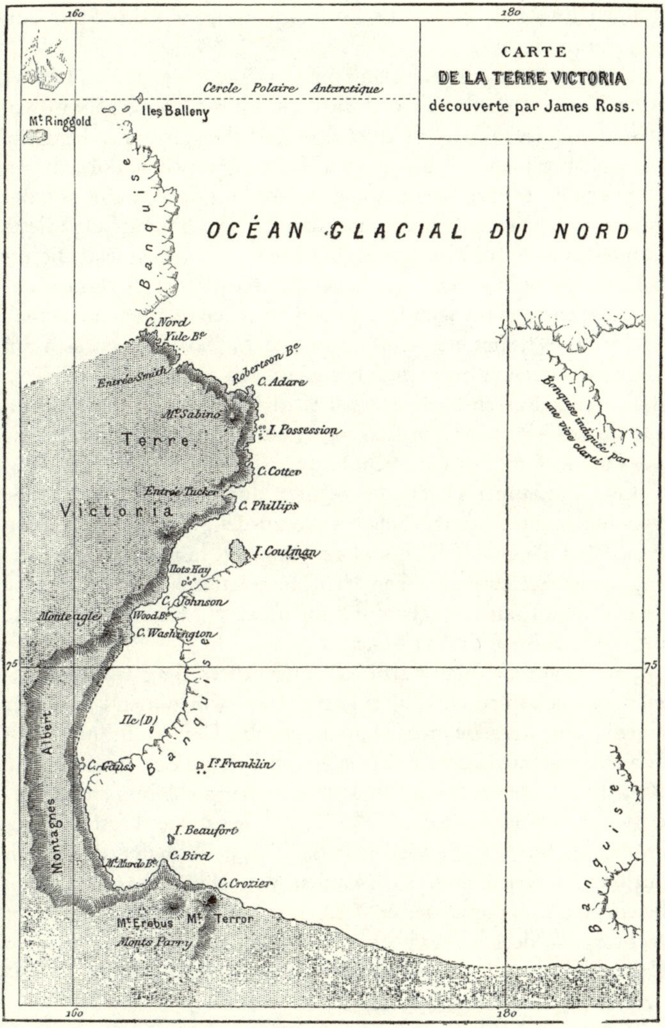
CARTE
DE LA TERRE VICTORIA
découverte par James Ross.
160
180
Cercle Polaire Antarctique
Iles Balleny
Mt Ringgold
Banquise
OCÉAN GLACIAL DU NORD
C. Nord
Yule Be
Robertson Be
Entrée Smith
C. Adare
Mt Sabino
I. Possession
Terre
Victoria
C. Cotter
Entrée Tucker
C. Phillips
Banquise indiquée par une vive clarté
I. Coulman
Ilots Kay
C. Johnson
Monteagle
Wood Be
C. Washington
75
Banquise
Ile (D)
Albert
C. Gauss
Is Franklin
Montagnes
I. Beaufort
C. Bird
Mt Murdo Be
C. Crozier
Mt Erebus
Mt Terror
Monts Parry
Banquise

beiden Kapitäne in Begleitung mehrerer Offiziere an einem jener vulkanischen Eilande an Land und nahmen von demselben im Namen Englands Besitz. Es fand sich übrigens keine Spur von Vegetation darauf.

Ross erkannte sehr bald, daß die Ostküste des größeren Landes nach Süden verlief, während die Nordküste sich nach Nordwesten fortsetzte. Er folgte also dem östlichen Strande, bemühte sich, nach Süden hin bis jenseits des magnetischen Pols, dessen Lage er zu 76° der Breite annahm, vorzudringen, dann auf der Westseite zurückzukehren und damit die Umschiffung dieses Landes, das er für eine große Insel hielt, zu vollenden. Die erwähnte Bergkette setzte sich längs der Küste fort. Ross bezeichnete deren hervorragendste Gipfel mit den Namen Herschel, Wehwell, Wheatstone, Murchison und Melbourne; das sich am Ufer fortsetzende Eis nahm aber mehr und mehr an Breite zu, so daß er die Einzelheiten der Küste aus den Augen verlor. Am 23. Januar überschritt er den 74. Grad, eine südliche Breite, die vor ihm noch niemand erreicht hatte.

Eine Zeitlang wurden die Schiffe durch Nebel, Windstöße von Süden und heftige Schneefälle zurückgehalten. Sie fuhren dann aber längs der Küste weiter. Am 27. Januar landeten die englischen Seeleute an einer kleinen vulkanischen Insel, der sie den Namen Franklin gaben und die unter 76° 8′ südlicher Breite bei 168° 12′ östlicher Länge liegt.

Am nächsten Tage wurde ein ungeheurer Berg wahrgenommen, der sich in regelmäßiger Form etwa zwölftausend Fuß über einem sehr ausgedehnten Lande erhob. Der vollständig mit Schnee bedeckte Gipfel hüllte sich von Zeit zu Zeit in eine dicke Rauchsäule, deren Breite im Durchmesser nicht unter dreihundert Fuß betrug, während sie in Form eines umgestürzten Kegels an der höchsten Stelle vielleicht das Doppelte maß. Als sie sich auflöste, gewahrte man einen kahlen, von lebhaften roten Gluten beleuchteten Krater, dessen Glanz selbst das helle Tageslicht nicht zu verdecken vermochte. Der Schnee reichte bis zu dem Krater hinauf, nirgends aber konnte man eine Lavaschicht entdecken.

Wenn der Anblick eines Vulkans stets ein großartiges Schauspiel ist, so mußten doch der dieses Riesen, der den Ätna und den

Pic von Teneriffa an Höhe übertrifft, seine außerordentliche Tätigkeit, seine Lage inmitten des Polareises auf die Seefahrer einen noch viel überwältigenderen Eindruck machen.

Er erhielt den Namen Erebus, während der Name des zweiten Schiffes, Terror, einem erloschenen, östlich von dem ersteren gelegenen Krater erteilt wurde – gewiß eine recht gut gewählte Bezeichnung.

Die beiden Fahrzeuge fuhren fort, dem Lande nach Süden hin zu folgen, bis eine Eiswand, welche die Masten der Schiffe um hundertfünfzig Fuß überragte, ihren Weg absperrte. Weiter rückwärts bemerkte man noch eine andere Bergkette, die Parry-Berge, welche über Sehweite nach Südosten hin verliefen. Ross segelte bis zum 2. Februar längs der Eiswand hin, wobei er bis 78° 4′, d. h. bis zum südlichsten Punkte auf dieser Reise, gelangte. Dreihundert Meilen weit war er dem von ihm entdeckten Lande gefolgt, als er es bei 191° 23′ östlicher Länge verließ.

Aller Wahrscheinlichkeit nach wären die beiden Fahrzeuge aus dem furchtbaren Packeis niemals wieder herausgekommen, wenn es ihnen nicht mit Hilfe günstiger starker Winde gelungen wäre, sich einen Ausweg zu erzwingen.

Am 15. Februar wurde unter 76° der Breite ein neuer Versuch gemacht, den magnetischen Pol zu erreichen. Dabei aber wurden die Seefahrer unter 76° 12′ der Breite und 164° östlicher Länge aufgehalten, zwar nur fünfundsechzig Meilen von dem Punkte, wohin Ross den magnetischen Pol verlegte, aber unter Umständen, die es ihnen, im Hinblick auf den drohenden Zustand des Meeres und den trostlosen Anblick der Umgebung, nicht ratsam erscheinen ließen, etwa zu Lande bis dahin vorzudringen.

Nachdem Ross die im Jahre 1839 von Balleny entdeckten Inseln aufgesucht, befand er sich am 6. März im Mittelpunkte der von Lieutenant Wilkes bezeichneten Berge.

»Aber«, sagt der Bericht, »weit entfernt, hier Berge zu finden, ergab die Sonde vielmehr bei sechshundert Faden noch keinen Grund. Als sie in allen Richtungen und in einem Kreise von achtzig Meilen Durchmesser um jenes angebliche Zentrum und bei so klarem Wetter gesegelt waren, daß sie auf weite Entfernungen hin alles deutlich unterscheiden konnten, kamen die Engländer zu der Überzeugung, daß mindestens in der angegebenen Lage ein antarktischer Kontinent, mit seinen zweihundert Meilen weit nachgewiesenen Küsten, in Wirklichkeit nicht existiere. Lieutenant Wilkes hatte sich offenbar durch Wolkenbildungen täuschen lassen, vielleicht durch ungeheure Nebelbänke, welche in diesen Gegenden ungeübte Augen gar zu leicht irreführen.«

Die Expedition kehrte darauf nach Tasmanien zurück, ohne einen Kranken an Bord oder die geringste Havarie erlitten zu haben. Sie ruhte hier aus, regulierte die Instrumente und brach zu einer neuen Fahrt auf. Sydney, die Bai der Inseln an Neuseeland, ferner die Insel Chatam, bildeten die ersten Stationen, wo Ross anhielt, um magnetische Beobachtungen vorzunehmen.

Am 18. Dezember wurde unter 62° 40′ südlicher Breite und

146° östlicher Länge das Packeis angetroffen. Das war dreihundert Meilen weiter nördlich als im vorhergehenden Jahre. Die Schiffe trafen zu zeitig ein. Nichtsdestoweniger wünschte Ross den furchtbaren Gürtel zu durchbrechen. Dreihundert Meilen weit drang er in denselben ein, sah sich dann aber von so kompakten Eismassen aufgehalten, daß an ein weiteres Vordringen nicht zu denken war. Erst am 1. Januar 1842 überschritt er den Polarkreis. Am 19. desselben Monats wurden die beiden Schiffe von einem entsetzlichen Orkan überfallen, als sie eben das freie Meer erreichten. Die ›Erebus‹ und die ›Terror‹ verloren ihre Steuer, wurden von treibenden Schollen umringt und schwebten vierundzwanzig Stunden in Gefahr, verschlungen zu werden.

Die Einschließung der Expedition im Eise dauerte nicht weniger als sechsundvierzig Tage. Am 22. erreichte Ross endlich die große Wand festliegenden Eises, die sich von dem Vulkan Erebus an, wo sie fast zweihundert Fuß in der Höhe maß, merklich gesenkt hatte. An der Stelle, wo Ross sie jetzt wiedersah, erreichte sie nur noch hundertsieben Fuß. Man untersuchte diese Wand noch hundertfünfzig Meilen weiter als im Vorjahre nach Osten zu. Das war das einzige geographische Resultat dieser beschwerlichen Reise von hundertsechsunddreißig Tagen, welche freilich an dramatischen Situationen reicher war als die erste.

Die Schiffe begaben sich nun nach dem Kap Hoorn und segelten bis Rio de Janeiro hinauf, wo sie alles fanden, was ihnen notwendig oder nützlich war.

Sobald sie hinreichenden Mundvorrat eingenommen, stachen sie wieder in See und liefen die Malwinen an, von denen aus am 17. Dezember 1842 die dritte Fahrt angetreten wurde.

Dem ersten Eise begegnete Ross in der Nähe der Insel Clarence, und am 25. Dezember sah er sich durch das Packeis aufgehalten. Er steuerte deshalb nach Neu-Shetland, vervollständigte seine Erforschungen von Joinville- und Louis-Philippe-Land, welche beide Dumont d'Urville entdeckt hatte, benannte die Berge Haddington und Penny, überzeugte sich, daß Louis-Philippe-Land nur eine große Insel sei, und besuchte die Bransfield-Meerenge, die dieselbe von den Shetland-Inseln trennt.

Das waren die merkwürdigen Ergebnisse der drei Reisen von James Ross.

Um endlich über den Anteil zu urteilen, der jedem der Forscher der antarktischen Gebiete zukommt, so kann man nur sagen, daß d'Urville der erste gewesen sein wird, der den antarktischen Kontinent überhaupt sah; daß James Ross den südlichsten und interessantesten Teil desselben untersucht habe.

Ist der vermeintliche Kontinent aber wirklich auch vorhanden? D'Urville ist davon nicht gerade überzeugt, und Ross glaubt nicht an denselben. Die Entscheidung hierüber wird man indes den kühnen Forschern überlassen müssen, die auf der Fährte jener mutigen Bahnbrecher in den gefährlichsten Gegenden der Erde bald auf neue Untersuchungen ausziehen werden.

II

Die Erforschung des Nordpols – Anjou und Wrangell – John Ross' erste Expedition – Die Baffin-Bay geschlossen! – Edward Parrys Entdeckungen während seiner ersten Reise – Die Erforschung der Hudsonbay und Auffindung der Fury- und Hekla-Straße – Parrys dritte Reise – Vierte Reise. Im Schlitten über das Eis, im offenen Meere – Erste Reise Franklins – Unglaubliche Leiden der Forscher – Zweite Expedition – John Ross – Vier Winter im Eise – Die Fahrt von Dease und Simpson

Wir hatten bereits Veranlassung, von der großen Rührigkeit auf geographischem Gebiete zu sprechen, zu welcher Peter I. den Anstoß gab. Eines der dadurch zuerst erreichten Resultate war Berings Entdeckung der Meerenge, welche Asien von Amerika trennt. Das freilich erst nach Verlauf von dreißig Jahren nachfolgende wichtigste Ergebnis war die Untersuchung des Liakow-Archipels oder Neu-Sibiriens im Polarmeere.

Im Jahre 1770 hatte ein Kaufmann namens Liakow auf dem von Norden herabtreibenden Eise eine große Rentierherde ankommen sehen. Er sagte sich daraufhin, daß diese Tiere nur aus einem Lande kommen könnten, wo sie hinreichende Weide-

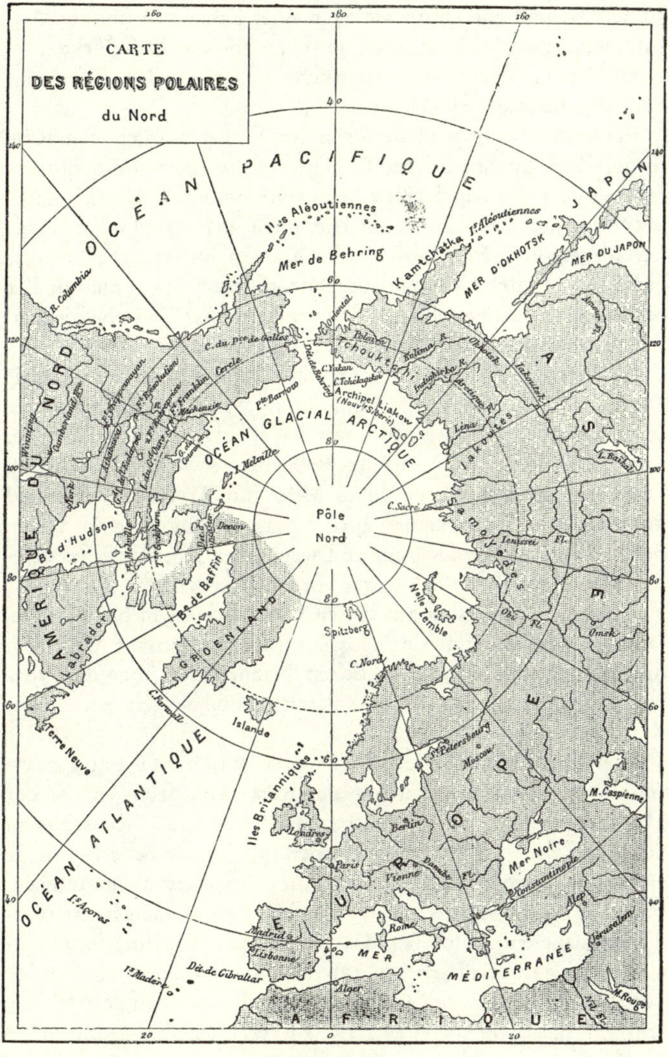
CARTE
DES RÉGIONS POLAIRES
du Nord
OCÉAN PACIFIQUE
Iles Aléoutiennes
Mer de Behring
Kamtchatka
Is Aléoutiennes
JAPON
MER D'OKHOTSK
MER DU JAPON
AMÉRIQUE DU NORD
R. Columbia
C. du Pce de Galles
Tchouktchi
OCÉAN GLACIAL ARCTIQUE
Archipel Liakow (Nouvle Sibérie)
Pte Barrow
Mackenzie
I. Melville
Devon
Bie d'Hudson
Be de Baffin
Labrador
GROENLAND
Pôle Nord
Spitzberg
Nelle Zemble
C. Nord
C. Sacré
Samoyèdes
Iakoutes
Lena
Ienissei Fl.
Obi Fl.
Omsk
L. Baïkal
ASIE
C. Farewell
Islande
Terre Neuve
OCÉAN ATLANTIQUE
Iles Britanniques
Londres
Paris
Berlin
Vienne
Danube Fl.
St Petersbourg
Moscou
EUROPE
M. Caspienne
Mer Noire
Constantinople
Alep
Jérusalem
Madrid
Lisbonne
Rome
MER MÉDITERRANÉE
Is Açores
Is Madère
Dét. de Gibraltar
Alger
AFRIQUE
M. Rouge
Nil Fl.

plätze zu ihrer Ernährung fanden. Einen Monat später reiste er zu Schlitten ab und entdeckte nach einer Fahrt von fünfzig Meilen, zwischen den Mündungen der Lena und der Indighirka, drei große Inseln, deren unerschöpfliche Lager fossilen Elfenbeins bald Weltberühmtheit erlangten.

Im Jahre 1809 war Hedenström beauftragt worden, eine Karte derselben zu bearbeiten. Er hatte oft wiederholte Schlittenfahrten über das zugefrorene Meer unternommen, sah sich dabei aber stets durch halbgeschmolzene, nicht mehr tragfähige Schollen aufgehalten. Er schloß daraus auf ein weiter draußen vorhandenes offenes Meer und begründete diese Annahme mit der ungeheueren Menge zehn Grad warmen Wassers, welche die großen Ströme Asiens dem Eismeere zuführen.

Im März 1821 drang der Lieutenant (und spätere Admiral) Anjou auf dem Eise bis zweiundvierzig Meilen nördlich von der Insel Kotelnoï vor und sah unter 76° 38′ Dunstmassen, die bei ihm den Glauben an ein offenes Polarmeer erweckten. Bei einem anderen Ausfluge sah er dieses Meer mit Treibeis erfüllt und kehrte mit der Überzeugung zurück, daß es unmöglich sei, wegen der geringen Dicke des Eises und wegen der Existenz jenes offenen Meeres (zu Schlitten) weiter vorwärts zu dringen.

Während Anjou sich mit diesen Untersuchungen beschäftigte, sammelte ein anderer Marineoffizier, der Lieutenant Wrangell, die Erzählungen und verläßlichen Nachrichten über das Vorhandensein eines dem Kap Yakan gegenüber gelegenen Landes.

Von dem Häuptling eines Tschuktschenstammes hatte er erfahren, daß man in der Nähe der Küste von gewissen vor der Mündung eines Flusses gelegenen Riffen aus bei schönem Sommerwetter weit, weit im Norden mit Schnee bedeckte Berge erkennen könne; im Winter waren diese natürlich nicht zu sehen. Früher kamen über das zugefrorene Meer wohl auch Rentierherden von diesem Lande her. Der erwähnte Häuptling hatte einmal selbst eine Rentierherde auf demselben Wege nach Norden zurückkehren sehen und war ihr im Schlitten einen ganzen Tag lang gefolgt, dann aber wegen der Eisverhältnisse gezwungen gewesen, sein Unternehmen aufzugeben.

Sein Vater hatte ihm auch erzählt, daß ein Tschuktsche mit

mehreren Begleitern einmal in einem Lederboote dahin gesegelt sei; er wußte aber weder, was diese dort vorgefunden hatten, noch was überhaupt aus ihnen geworden wäre. Er vermutete, daß jenes Land bewohnt sein müsse, und erzählte in bezug darauf, daß an der Insel Aratane einst ein toter Walfisch auf den Strand geworfen worden sei, der von Lanzen mit Schieferspitzen durchbohrt war, eine Waffe, deren sich die Tschuktschen niemals bedienten.

Diese Mitteilungen erschienen merkwürdig genug, um Wrangells Verlangen, nach jenen unbekannten Gebieten vorzudringen, nur noch zu verstärken; sie sollten jedoch erst in unseren Tagen richtiggestellt werden.

Von 1820 bis 1824 unternahm Wrangell, der sich an der Mündung der Kolyma dauernd aufhielt, vier Schlittenreisen über das Eis. Zunächst untersuchte er die Küste von der Mündung der Kolyma bis zum Kap Tchelagskoï und mußte dabei bis fünfunddreißig Grad Kälte aushalten.

Im zweiten Jahre wollte er versuchen, wie weit er über das Eis hinauf gelangen könne, und kam dabei bis einhundertvierzig Meilen vom Lande weg.

Im dritten Jahre reiste Wrangell im März ab, um die Angaben eines Eingebornen zu prüfen, welcher das Vorhandensein eines Landes weit draußen im Meere behauptete.

Er erreichte dabei ein Eisfeld, auf dem er ohne Hindernisse vorwärts gelangen konnte. Später erwies sich das ›Ice-field‹ freilich weniger widerstandsfähig. Da es dem Eise an Festigkeit mangelte, eine Karawane zu tragen, so belud man zwei kleine Schlitten mit einem Nachen, einigen Planken nebst den nötigsten Geräten und wagte sich nun auf das unter den Füßen krachende Eis hinaus.

»Zuerst zogen wir«, sagt Wrangell, »sieben Werst weit über eine Salzschicht; dann aber unterbrachen breite Spalten die Oberfläche, über welche wir nur mit Hilfe unserer Planken gelangen konnten. Hier sah ich auch kleine Hügel von so dünnem Eise, daß der geringste Stoß hinreichte, diese zu zertrümmern und den Hügel in ein rundes Loch zu verwandeln. Das Eis, auf dem wir uns bewegten, war ohne Halt, kaum einen Fuß dick und außerdem mit zahlreichen Löchern durchsetzt. Das Aussehen des Meeres glich damals einem ungeheueren Morast; das kotige Wasser, welches aus den sich in allen Richtungen durchschneidenden Sprüngen emporquoll, der mit Sand und Erde vermengte schmelzende Schnee, jene kleinen Hügel, von welchen einzelne Wasserfäden herabrannen, alles trug dazu bei, diese Täuschung zu verstärken.«

Wrangell hatte sich zweihundertachtundzwanzig Kilometer von der Küste entfernt und dabei den Rand des offenen sibirischen Meeres berührt, jener ausgedehnten ›Polynja‹ – so lautet der Name, den er den weiten Strecken offenen Wassers gab –, auf welche Leontjew schon 1764 und Hedenström 1810 hinwiesen.

Zur vierten Reise brach Wrangell von dem Kap Yakan, d. h. dem den Ländermassen im Norden am nächsten gelegenen Punkte, auf. Seine kleine Gesellschaft überschritt das Kap Tchelagskoï und wandte sich dann nach Norden; ein heftiger Sturm brach aber das nur drei Fuß dicke Eis auf und versetzte die Reisenden in die höchste Gefahr. Bald auf einer noch zusammenhaltenden großen Scholle hintreibend, bald halb im Wasser auf einer beweglichen Planke, welche einmal nur schwankte, ein andermal gänzlich überflutet wurde, oder auf einem Eisblocke zusammengedrängt, der ihnen als Fähre diente und den die Hunde schwimmend fortschleppten, erreichten sie endlich das Ufer quer durch Eisschollen, welche im Meere donnernd und krachend aufeinanderprallten. Ihre Rettung verdankten sie nur allein der Schnelligkeit und Kraft der Hundegespanne.

So endeten die Versuche, die zur Erreichung der Länder im Norden Sibiriens angestellt wurden.

Die polare Kalotte der Erde wurde aber gleichzeitig von einer anderen Seite mit ebensoviel Energie, aber mit noch mehr Ausdauer angegriffen.

Man erinnert sich, mit welchem Eifer und welcher Ausdauer die vielgenannte Nordwest-Passage aufgesucht worden war. Die Friedensverträge von 1815 hatten kaum Veranlassung gegeben, eine Menge englischer Schiffe außer Dienst zu stellen und sehr viele Offiziere auf Halbsold zu setzen, als die Admiralität, bestrebt, die Karriere mancher verdienstvollen Seeleute nicht zu unterbrechen, auf Mittel sann, für dieselben Verwendung zu finden. Diese Umstände gaben Veranlassung, die Aufsuchung einer nordwestlichen Durchfahrt wieder aufzunehmen.

Die ›Alexandre‹ von 250 Tonnen und die ›Isabelle‹ von 395 wurden unter dem Befehle von John Ross, einem bewährten Offizier, und von Lieutenant William Parry von der Regierung abgesendet, um die Baffin-Bay zu untersuchen. Mehrere Offiziere, wie James Ross, Back und Belcher, die sich durch die Polarfahrten einen geachteten Namen erwerben sollten, gehörten zu den Besatzungen. Die Schiffe gingen am 18. April unter Segel, ankerten bei den Shetland-Inseln, suchten vergebens nach dem untergegangenen Bass-Lande, das man nach 57° 28′ nördlicher Breite verlegte, und trafen am 26. Mai auf das erste Eis. Am 2. Juni kam die Küste von Grönland in Sicht. An der auf den Karten nur lückenhaft verzeichneten Westküste fand man sehr beträchtliche Eismassen, und der Gouverneur der dänischen Niederlassung Whale-Island versicherte den Engländern, daß die Strenge der Winter seit den elf Jahren, während der er das Land bewohnte, bemerkbar zugenommen habe.

Bisher hatte man geglaubt, daß das Land jenseits des 75. Breitengrades unbewohnt sei. Die Reisenden erstaunten deshalb nicht wenig, einen ganzen Eskimostamm über das Eis ankommen zu sehen. Diese Halbwilden kannten kein anderes Volk als ihr eigenes. Sie betrachteten die Engländer, ohne sich in ihre

Nähe zu wagen, und einer derselben rief die Schiffe mit lauter, fast feierlicher Stimme an.

»Wer seid ihr? Woher kommt ihr? Von der Sonne oder vom Monde?«

Obgleich dieser Stamm in gewisser Hinsicht weit unter den Eskimos stand, welche die häufige Berührung mit Europäern schon zu zivilisieren begonnen hat, so kannte er doch den Gebrauch des Eisens, aus dem es einzelnen seiner Mitglieder sogar gelungen war, Messer herzustellen. Dasselbe rührte, soviel glaubte man zu begreifen, von einem Berge her, dem jene Leute es entnahmen. Wahrscheinlich war es Meteoreisen.

Während der ganzen Reise legte John Ross – und hierüber täuschte sich die öffentliche Meinung in England auch schon vor dem Bekanntwerden der Ergebnisse derselben nicht – neben ausgezeichneten seemännischen Tugenden doch eine unglaubliche Gleichgültigkeit und Flüchtigkeit an den Tag. Er schien sich im ganzen sehr wenig um die Lösung der geographischen Probleme zu kümmern, welche die Ausrüstung der Expedition veranlaßt hatten.

Ohne sie zu untersuchen, segelte er an den Wolstenholme- und Walfisch-Baien ebenso wie an dem Smith-Sunde, der sich im Grunde der Baffin-Bay befindet, und noch dazu in so großer Entfernung, vorüber, daß nichts davon zu erkennen war.

Als er dann an der Westseite der Baffin-Bay hinabsegelte, zeigte sich den spähenden Blicken der Forscher ein tief eingeschnittener Meeresarm, dessen Breite kaum unter fünfzig Meilen betragen mochte. Die beiden Schiffe fuhren am 29. August in denselben ein, sie hatten aber kaum dreißig Meilen zurückgelegt, als Ross Befehl zum Umkehren gab unter dem Vorwande, er habe deutlich eine hohe Bergkette gesehen, die sich im Hintergrunde erhöbe und der er den Namen Croker-Berge beilegte. Diese Ansicht teilten freilich die Offiziere, die nicht den geringsten Hügel wahrgenommen hatten, keineswegs, weil der Meeresarm, auf dem sie sich befanden, nichts anderes war als der von Baffin getaufte Lancaster Sound, der nach Westen zu mit dem Meere zusammenhängt.

So mochte es sich überhaupt mit allen Buchten dieser so tief eingeschnittenen Küste verhalten, an der man übrigens meist in solcher Entfernung hinsegelte, daß Einzelheiten unerkennbar blieben. So machte die Expedition, an der Einfahrt nach Cumberland angekommen, gar keinen Versuch, diesen so wichtigen Punkt eingehender zu erforschen, und Ross kehrte, gleichgültig gegen den Ruhm, den er hätte erwerben können, nach England zurück.

Der Leichtfertigkeit und Vernachlässigung seiner Aufgabe angeklagt, antwortete Ross mit stolzem Selbstbewußtsein:

»Ich wage mir zu schmeicheln, die Zwecke meiner Reise in allen wichtigen Punkten erfüllt zu haben, da ich die Existenz einer Bai, die sich von Discö bis zur Cumberland-Enge erstreckt, nachgewiesen und die Frage wegen einer nordwestlichen Durchfahrt in dieser Richtung für immer entschieden zu haben glaube.«

Schlimmer konnte man sich allerdings kaum täuschen.

Der Mißerfolg dieses Versuches konnte aber die Forscher nicht entmutigen. Die einen sahen darin die eklatante Bestätigung der Entdeckungen des alten Baffin, andere wollten in den unzähligen Einfahrten, in denen das Meer so tief und die Strömung so stark war, etwas anderes als Baien erkennen. Für sie waren das Meerengen, und die Hoffnung, die ersehnte Durchfahrt aufzufinden, schien nicht verloren.

Von solchen Anschauungen frappiert, rüstete die Admiralität sofort zwei kleine Fahrzeuge aus, die Bombarde ›Hekla‹ und die Brigantine ›Griper‹. Am 5. Mai 1819 verließen diese die Themse unter der Führung des Lieutenants William Parry, der mit seinem früheren Chef bezüglich der Nordwest-Passage ebenfalls nicht übereinstimmte. Ohne außergewöhnliche Vorkommnisse gelangten die Schiffe bis zu dem Sunde Sir James Lancasters; nach siebentägiger Einschließung inmitten starker, in einer Länge von vierzig Meilen aufgehäufter Eismassen segelten sie in jene Bai ein, die nach John Ross von einer Bergkette abgeschlossen sein sollte.

Nicht allein jene Berge existierten aber nur in der Einbildung des genannten Seefahrers, sondern alle Anzeichen deuteten mit voller Verläßlichkeit darauf hin, daß man sich in einer Meerenge befand. Bei dreihundert Faden zeigte sich noch kein Grund; allmählich machte sich ein hoher Seegang bemerkbar; und im Laufe eines einzigen Tages begegnete man nicht weniger als achtzig großen Walfischen.

Als die Reisenden am 31. Juli in der Possession-Bay, die sie im vergangenen Jahre besucht hatten, an Land gingen, fanden sie noch ihre eigenen Fußspuren wieder, ein Beweis für die geringe Menge Schnee und den wenigen Reif des letztvergangenen Winters.

In dem Augenblicke, als die Schiffe mit vollen Segeln und unter günstigem Winde in den Lancaster Sound einfuhren, schlugen wohl aller Herzen schneller.

»Es ist leichter«, sagt Parry, »sich die ängstliche Erwartung vorzustellen als zu beschreiben, die sich in diesem Augenblick auf allen Gesichtern malte, während wir mit immer zunehmender Geschwindigkeit in die Meerenge unter auffrischender Brise einfuhren; den ganzen Nachmittag über standen Offiziere und Matrosen auf den Stengen, und ein uninteressierter Zuschauer, wenn es unter den gegebenen Verhältnissen einen solchen hätte geben können, müßte sich amüsiert haben über die Begierde, mit welcher jede neue Meldung aufgenommen wurde; bisher lauteten alle sehr günstig, selbst für unsere ehrgeizigsten Hoffnungen und Wünsche.«

Die beiden Ufer liefen parallel zueinander weiter, so weit das Auge ihnen, etwa bis auf fünfzig Meilen, zu folgen vermochte. Die Höhe der Wogen, das Fehlen des Eises, kurz alles bestärkte die Engländer in der Annahme, daß sie das offene Meer erreicht und die gesuchte Durchfahrt gefunden hätten, als eine Insel, an der ungeheure Eismassen aufgetürmt lagen, ihnen den ferneren Weg versperrte.

Ein Meeresarm von etwa zehn Meilen Breite öffnete sich jedoch im Süden derselben. Hier hoffte man nun einen von Eis weniger verstopften Weg zu entdecken. Merkwürdigerweise hatten sich die Bewegungen der magnetischen Nadel, je weiter nach Westen man durch den Lancaster Sound vordrang, immer mehr verstärkt; jetzt bei einem Kurs nach Süden schien das Instrument alle seine Eigenschaften verloren zu haben, und man sah infolge merkwürdiger Ursachen die richtende Kraft der Magnetnadel sich so weit verringern, daß sie der von den Schiffen geübten Anziehung nicht mehr die Waage hielt, so daß dieselbe eigentlich nur noch den Nordpol der ›Hekla‹ oder der ›Griper‹ anzeigte.

Der Meeresarm erweiterte sich, je mehr die Fahrzeuge nach Westen vordrangen, und das Ufer verlief deutlich nach Südwesten zu; nach Zurücklegung von hundertzwanzig Meilen in dieser Richtung sahen sie sich plötzlich durch eine Eisbank aufgehalten, welche jedem weiteren Vordringen ein Ziel setzte. Sie fuhren also zu der Barrowstraße zurück, zu der der Lancaster Sound eigentlich nur die Schwelle bildet, und sahen jetzt dasselbe Meer eisfrei, das sie wenige Tage vorher voller Schollen gefunden hatten.

Unter 72° 15′ der Breite entdeckten sie einen neuen, etwa acht Meilen breiten Wasserarm, den Wellington-Kanal; vollständig frei von Eis, schien dieser durch keine Landmasse verschlossen zu sein. Alle diese Meerengen überzeugten die Seefahrer, daß sie inmitten eines ausgedehnten Archipels segelten, und ihr gutes Vertrauen gewann dadurch neue Nahrung.

Die Fahrt bei fortwährendem Nebel war indes ziemlich schwierig; die Anzahl kleiner Inseln und Untiefen nahm immer mehr zu, die Eismassen türmten sich höher an, doch nichts konnte Parry entmutigen, seinen Weg nach Westen fortzusetzen. Auf einer größeren Insel, die den Namen Bathurst erhielt, fanden die Matrosen Reste von Eskimohütten und Spuren von Rentieren. An dieser Stelle wurden magnetische Beobachtungen vorgenommen, welche zu der Überzeugung führten, daß man im Norden des magnetischen Poles vorübergekommen sei.

Bald kam eine andere große Insel, Melville, in Sicht, und trotz der Hindernisse, welche Eis und Nebel dem Vordringen der Expedition in den Weg stellten, gelang es dieser doch, den 110. Grad westlicher Länge zu überschreiten und damit die von dem Parlamente ausgesetzte Belohnung von hunderttausend Pfund Sterling zu verdienen.

Ein in der Nähe dieses Punktes gelegenes Vorgebirge erhielt deshalb den Namen Munificenz-Kap; eine schöne Reede in der Nachbarschaft wurde die Hekla- und Griper-Bai genannt. Im Grunde dieser Bai, dem Winter-Harbour, verbrachten die beiden Schiffe den Winter. Abgetakelt, von wattierten Matten eingehüllt, lagen sie unter einer dicken Schneedecke, während im Inneren derselben Öfen und Caloriferen aufgestellt wurden. Die Jagd hatte keine anderen Erfolge, als daß verschiedene Teilnehmer der Expedition dabei einige Glieder erfroren, denn bis auf Wölfe und Füchse hatten alle übrigen Tiere die Insel Melville gegen Ende Oktober verlassen.

Wie sollte man nun die lange Winternacht ohne gar zu große Langeweile verbringen?

Die Offiziere kamen auf den Gedanken, ein Theater zu errichten, auf dem die erste Vorstellung am 6. November stattfand, an dem Tage, da die Sonne für drei volle Monate von dem Horizonte verschwand. Nachdem dann zur Feier des Weihnachtsfestes ein besonderes Stück geschrieben worden war, gründeten sie eine Wochenschrift, welche die Zeitung für Nordgeorgien, eine Winter-Chronik, ›The North Georgia Gazette and Winter Chronicle‹, genannt wurde. Diese Zeitschrift, deren Redaktion Sabine besorgte, erschien in einundzwanzig Nummern und hatte nach der Heimkehr auch noch die Ehre, durch den Druck veröffentlicht zu werden.

Im Monat Januar machte sich der Skorbut bemerkbar, und die Heftigkeit, mit der die Krankheit anfangs auftrat, verursachte nicht geringe Besorgnisse; die verständige Anwendung von antiskorbutischen Mitteln und die tägliche Verteilung von frischem Senf und Kresse, welch letztere Parry gelang, in der Nähe seiner Öfen aufzuziehen, schnitten das Übel bald an der Wurzel ab.

Am 7. Februar erschien die Sonne zum ersten Male wieder, und obwohl gewiß noch mehrere Monate vergehen mußten, bevor an eine Abreise zu denken war, wurden doch schon die Vorbereitungen zu derselben getroffen. Am 30. April stieg das Thermometer bis null Grad, und die Matrosen, welche diese so niedrige Temperatur schon für Sommerwetter hielten, schickten sich an, die Winterkleider abzulegen. Der erste weiße Rainfarn erhob das Haupt am 12. Mai, und am nächsten Tage bemerkte man Spuren von Rentieren und Moschusziegen, welche wieder nach Norden auszuwandern begannen. Die größte Freude und eine ganz außerordentliche Überraschung bereitete den Seeleuten aber ein Regen, der am 4. Mai fiel.

»Wir waren«, sagt Parry, »so entwöhnt, Wasser in seinem natürlichen Zustande, und vorzüglich solches vom Himmel herabfallen zu sehen, daß diese einfache Erscheinung für uns zum Gegenstand der lebhaftesten Neugier wurde. Ich glaube bestimmt, daß sich niemand an Bord befand, der nicht an Deck gekommen wäre, um das so interessante und uns so neue Schauspiel zu genießen.«

Während der ersten Hälfte des Juni unternahm Parry in Begleitung mehrerer Offiziere einen Ausflug über die Insel Melville, deren nördliches Ende er dabei erreichte. Bei seiner Rückkehr zeigte sich schon überall einige Vegetation, das Eis begann zu zerfallen, und alles deutete darauf hin, daß die Abfahrt nun bald stattfinden könne, was dann endlich am 1. August geschah; in der offenen See waren die Schollen aber noch lange nicht geschmolzen, und die Fahrzeuge vermochten nach Osten nicht weiter vorzudringen als bis zum Ende der Insel Melville. Der äußerste Punkt, den Parry in dieser Richtung erreichte, liegt unter 74° 26′ 25″ der Breite und 113° 46′ 43″ der Länge. Die Rückkehr ging ohne Unfall vonstatten, und gegen Ende November trafen die Schiffe glücklich wieder in England ein.

Die Ergebnisse dieser Reise waren sehr beträchtlich; es wurden durch dieselbe nicht allein sehr ausgedehnte Gebiete der Polarregion erschlossen, sondern man hatte auch wertvolle physikalische und magnetische Beobachtungen angestellt und ebenso über die Kälteerscheinungen, über das arktische Klima und das animalische und vegetabilische Leben in jenen Gegenden Auskunft erlangt.

Bei einer einzigen Fahrt erreichte Parry mehr als alle, die ihm im Laufe von dreißig Jahren auf seiner Fährte folgen sollten.

Sehr befriedigt von diesen Erfolgen Parrys, vertraute ihm die Admiralität im Jahre 1821 das Kommando zweier Schiffe, der ›Hekla‹ und der ›Fury‹, an, das letztere nach dem Modell der ›Hekla‹ erbaut. Diesmal erforschte der Seefahrer die Ufer der Hudsonbai und mit größter Sorgfalt auch die Küsten der Halbinsel Melville, nicht zu verwechseln mit der Insel gleichen Namens. Man überwinterte auf der Winter-Insel, nahe der Ostküste jener Halbinsel, und griff dabei auf dieselben Unterhaltungen zurück, die sich bei der früheren Fahrt so gut bewährt hatten. Die angenehmste Zerstreuung in der Monotonie des Winters bot jedoch der Besuch einer Gesellschaft Eskimos, welche am 1. Februar über das Eis ankamen. Ihre Hütten, die man bisher nicht bemerkte, waren am Ufer errichtet; man stattete diesen auch vielfache Besuche ab, und der achtzehnmonatige Verkehr der Besatzung mit ihnen trug nicht wenig dazu bei, eine ganz andere Anschauung über diese Völker, ihre Lebensweise und ihren Charakter zu verbreiten, als man sie bisher gehabt hatte.

Die Untersuchung der Fury- und Hekla-Engen, welche die Halbinsel Melville von dem Cockburn-Lande trennen, nötigte die Reisenden, noch einen Winter über in den arktischen Gebieten zu verweilen. Wenn dazu auch noch bessere Maßnahmen getroffen wurden, so verlief diese Zeit doch in etwas gedrückterer Stimmung, weil Offiziere und Matrosen das Gefühl grausamer Enttäuschung nicht überwinden konnten, sich gerade in dem Augenblicke aufgehalten zu sehen, wo sie nach der Beringstraße abzusegeln hofften.

Am 12. August öffnete sich wieder ein Weg durch das Eis. Parry wollte seine Schiffe nach Europa zurücksenden und auf dem Landwege eine Untersuchung der von ihm entdeckten Länder vornehmen; er mußte jedoch den Vorstellungen des Kapitän Lyon nachgeben, der ihm die ganze Tollkühnheit dieses verzweifelten Planes vor Augen legte. Die beiden Fahrzeuge kehrten also nach einer Abwesenheit von siebenundzwanzig Monaten nach England zurück und hatten während dieser Zeit von hundertacht Mann nur fünf verloren, obwohl sie zwei Winter nacheinander in den hyperboräischen Regionen zubrachten.

Gewiß erreichten die Ergebnisse dieser zweiten Fahrt die der ersten nicht an Bedeutung, dennoch darf man sie keineswegs für wertlos ansehen. Man wußte nun, daß die eigentliche Küste Amerikas nicht über den 70. Grad hinaufreichte, daß der Atlantische Ozean mit dem Polarmeere durch eine Menge Meerengen und Kanäle zusammenhängt, von denen die meisten, wie die der Fury, der Hekla, Fox' und andere, freilich vielfach durch Eismassen verschlossen sind, welche heftige Strömungen in denselben aufhäufen.

Wenn das an der Südostspitze der Halbinsel Melville gesehene Eis hier permanent zu lagern schien, so war das mit dem am Eingange der Regent-Straße offenbar nicht der Fall. Es bot sich demnach einige Aussicht, in das Polarbecken vordringen zu können. Die ›Fury‹ und die ›Hekla‹ wurden deshalb noch einmal ausgerüstet und Parry zur Führung überlassen.

Diese Reise war leider die mindest glückliche von allen, welche der erfahrene Seemann unternahm, nicht, weil er sich dabei seiner Aufgabe nicht gewachsen gezeigt hätte, er wurde jedoch das Opfer unglücklicher Zufälligkeiten und mißlicher Verhältnisse. So bedrängte ihn z. B., als er kaum in die Baffin-Bay eingelaufen war, eine so ungeheuere Masse Eis, daß er die größte Mühe hatte, nur den Eingang zu der Prince-Regent-Straße wieder zu erreichen. Wäre er hier drei Wochen früher eingetroffen, so hätte es ihm vielleicht gelingen können, längs der Küste Amerikas hinzusegeln, jetzt blieb ihm aber nichts anderes übrig, als sofort Anstalten zu treffen, um unter den geringsten Beschwerden den Winter zu verbringen.

Für diesen Offizier, der schon gewöhnt war, den Winter der Polarzone auszuhalten, hatte das nichts Erschreckendes an sich. Er kannte die nötigen Maßregeln zur Erhaltung der Gesundheit der Mannschaften, selbst zur Sicherung eines gewissen Wohlbehagens, und war nicht in Verlegenheit wegen Beschäftigungen und Zerstreuungen, welche so mächtig dazu beitragen, die Langweile einer dreimonatigen Nacht zu verkürzen.

Mancherlei von den Offizieren erteilte Unterrichtskurse, auch Maskeraden und Theatervorstellungen, nebst einer gleichmäßigen Wärme von 50° Fahrenheit (= 10° C) erhielten die Leute so frisch und munter, daß Parry, als ihm das Tauwetter am 20. Juli 1825 die Wiederaufnahme seiner Operationen gestattete, keinen einzigen Kranken an Bord hatte.

Er schlug nun einen Weg längs des östlichen Ufers der Einfahrt in die Prince-Regent-Straße ein; da trieben aber zahlreiche Schollen heran und drängten die Fahrzeuge gegen das Land. Die ›Fury‹ wurde so schwer beschädigt, daß sie, obschon vier Pumpen stets in Tätigkeit blieben, kaum flott erhalten werden konnte. Parry machte zwar den Versuch, sie wieder instand zu setzen; nachdem sie aber mit großer Beschwerde auf ein ungeheures Stück Eis gehoben worden war, entstand ein heftiger Sturm, der die temporäre Unterlage zertrümmerte und das Schiff auf den Strand warf, wo man es endgültig aufgeben mußte. Seine Besatzung wurde von der ›Hekla‹ mit aufgenommen, die infolge dieser Katastrophe den Rückweg nach England einschlug.

Der gegen Gefahren so abgehärtete Parry ließ sich auch hierdurch von weiteren Projekten nicht abhalten. Wenn es sich unmöglich erwies, das Eismeer auf diesem Wege zu erreichen, so konnte es doch noch andere dahin geben. Vielleicht bot z. B. die ungeheure Meeresfläche zwischen Grönland und Spitzbergen eine minder gefährliche Straße, die von Eisbergen, welche sich ja nur an Küsten bilden, weniger heimgesucht war.

Die frühesten Fahrten in diese Gegenden, von denen man Kenntnis besitzt, sind die Scoresbys, der diese Meere zum Zwecke der Walfischjagd lange Zeit besuchte. Im Jahre 1806 gelangte er dabei sehr hoch nach Norden, ja so hoch, wie es auf diesem Wege noch keinem Schiffe gelungen war. Er befand sich nämlich am 24. Mai unter 81° 30′ der Breite und 16° östlicher Länge von Paris, das heißt, ziemlich genau im Norden von Spitzbergen. Das Eis erstreckte sich in der Richtung nach Ostnordosten hin. Zwischen dieser Richtung und dem Südosten war das Meer auf einer Strecke von dreißig Meilen vollkommen frei, und auch auf die Entfernung von hundert Meilen Land nicht zu sehen.

Man muß bedauern, daß sich der Walfänger diesen günstigen Umstand nicht zunutze machte, um noch weiter nach Norden vorzudringen; unzweifelhaft hätte er manche wichtige Entdekkung gemacht oder vielleicht gar den Pol selbst erreicht.

Was nun geschäftliche Rücksichten dem Walfänger Scoresby nicht zu unternehmen gestatteten, das wollte Parry auszuführen versuchen.

Er segelte mit der ›Hekla‹ am 27. März 1827 von London ab, kam nach dem norwegischen Lappland, nahm in Hammerfest Hunde, Rentiere nebst Booten ein und setzte seine Fahrt nach Spitzbergen weiter fort.

Der Hafen Smeerenburg, den er anzulaufen gedachte, war noch mit Eis erfüllt, und die ›Hekla‹ kämpfte gegen dasselbe bis zum 27. Mai. Parry verließ alsdann sein Schiff in der Hinlopen-Straße und fuhr mit zwei Booten nach Norden weiter, auf welchen er Ross und Crozier, je zwölf Mann Besatzung und Lebensmittel für einundsechzig Tage mitnahm. Nach Hinterlassung eines Lebensmitteldepots auf den Sieben Inseln lud er den übrigen Proviant und die Boote auf Schlitten, welche für diesen Zweck ganz besonders hergerichtet waren. Er hoffte auf diese Weise über das feste Eis zu gelangen und jenseits desselben ein wenn auch nicht ganz freies, doch wahrscheinlich fahrbares Meer erreichen zu können.

Das Packeis bildete aber nicht, wie Parry vorausgesetzt, eine vollkommen gleichartig zusammengesetzte Masse. Dazwischen fanden sich sowohl breite offene Spalten, über die er setzen mußte, als auch steile Hügel, die man mit den Schlitten nur schwer erklimmen konnte. So kam er in vier Tagen nur vierzehn Kilometer nach Norden vorwärts.

Am 2. Juli wies das Thermometer +1,7° C im Schatten und 8,3° C in der Sonne.

Der Weg über die holprige, jeden Augenblick von offenen Wasserkanälen unterbrochene Oberfläche war äußerst mühsam, und dazu litten die Augen der Reisenden nicht wenig unter dem grellen rückstrahlenden Lichte.

Trotz aller Hindernisse aber drangen Parry und seine Gefährten mutig weiter, als der erstere am 20. Juli bemerkte, daß sie erst bis 82° 37′, d. h. nur neun Kilometer weiter nach Norden gekommen waren als drei Tage vorher. Allem Anscheine nach unterlag also die ganze Eismasse der Wirkung einer Strömung nach Süden, denn der Reisende war überzeugt, während jener Zeit mindestens zweiundzwanzig Kilometer über das Eisfeld zurückgelegt zu haben.

Parry verheimlichte anfangs seinen Leuten diese Beobachtung, bald wurde es allen aber offenkundig, daß sie sich nur mit der Differenz zweier entgegengesetzter Geschwindigkeiten nach Norden hinbewegten; nämlich mit der, in welcher sie selbst alle Hindernisse überwanden, abzüglich der anderen, welche das ›Ice-field‹ nach Süden entführte.

Die Expedition erreichte indessen eine Stelle, wo das morsche Eis Menschen und Schlitten kaum noch zu tragen vermochte. Hier fand sich ein furchtbarer Haufen von Schollen, welche, von den Wogen emporgehoben, mit entsetzlichem Geräusche aufeinanderstießen. Die Mundvorräte gingen zur Neige; Ross war verwundet, Parry litt an einer heftigen Augenentzündung, und der Wind schlug auch noch um – das alles zwang die Engländer, nach Süden zurückzukehren.

Diese kühne Fahrt, während der das Thermometer niemals unter 2° Kälte herabsank, hätte vielleicht von Erfolg sein können, wenn sie in weniger vorgeschrittener Jahreszeit unternommen worden wäre. Wenn die Reisenden früher aufbrachen, so mußten sie wohl über 82° 40′ hinauskommen, da sie Regen, Schnee und Feuchtigkeit, die untrüglichen Vorzeichen des sommerlichen Tauwetters, nicht aufgehalten hätten.

Als Parry wieder bei der ›Hekla‹ eintraf, hörte er, daß das Schiff in der größten Gefahr geschwebt habe. Unter heftigen Winden hatten Eisschollen die Ankerkette zerrissen und jenes auf den Strand geworfen. Nachdem man dasselbe wieder flott gemacht, war es zu dem Eingange der Waygat-Straße geschafft worden.

Parry segelte nun ohne Unfall zu den Orkaden, hielt sich kurze Zeit an diesen Inseln auf und lief am 30. September wieder in London ein.

Während Parry einen Durchgang durch die Baffin- oder die Hudsonbay suchte, um in den Pazifischen Ozean zu gelangen, waren verschiedene Expeditionen organisiert worden, um die Entdeckungen Mackenzies zu vervollständigen und den Verlauf der Nordküste Amerikas zu bestimmen.

Die Führung dieser Reisen wurde einem verdienstvollen Offizier, Franklin, anvertraut, dessen Name mit Recht so berühmt geworden ist. Doktor Richardson und Georges Back, damals Midshipman in der Kriegsmarine, begleiteten ihn nebst zwei Matrosen.

Am 30. August 1819 in der Faktorei von York, am Ufer der Hudsonbay, angelangt, reisten die Forscher, nachdem sie sich von Pelzjägern alle ihnen nützlich erscheinende Auskunft verschafft, am 9. September von da ab und erreichten am 22. Oktober das sechshundertundneunzig Meilen entfernte Cumberland-House. Die günstige Jahreszeit neigte sich zu Ende. Franklin begab sich inzwischen mit Georges Back zu dem Fort Chippewayan am westlichen Ende des Athabaska-Sees, um die Vorbereitungen für die im nächsten Sommer auszuführende Expedition zu überwachen. Diese Reise von achthundertsiebenundfünfzig Meilen legte er mitten im Winter und bei Temperaturen von vierzig bis fünfzig Grad unter Null zurück.

Zu Anfang des Frühjahres traf Doktor Richardson im Fort Chippewayan mit dem Reste der Expedition ein, und diese brach am 18. Juli 1820 in der Hoffnung auf, vor Eintritt der schlechten Jahreszeit an der Mündung des Coppermine-Flusses einen günstigen Platz zur Überwinterung zu finden. Dabei hatten Franklin und seine Begleiter freilich die Schwierigkeiten des Weges und die Hindernisse, welche die Strenge des Klimas bereitete, zu gering veranschlagt.

Wasserfälle, Untiefen in den Seen und Flüssen, nicht fahrbare Stellen und das seltenere Vorkommen von eßbarem Wilde hielten die Reisenden so sehr zurück, daß die kanadischen Führer am 20. August, als die Teiche sich schon wieder mit Eis zu bedecken anfingen, sich beklagten, und als sie Scharen wilder Vögel nach Süden ziehen sahen, überhaupt verweigerten, noch weiter mitzugehen. Franklin mußte, so sehr ihn diese Böswilligkeit erbitterte, doch seine Pläne aufgeben, und an der Stelle, wo er sich befand, d. h. fünfhundertundfünfzig Meilen vom Fort Chippewayan am Ufer des Winterflusses, ein hölzernes Haus erbauen lassen, das den Namen Fort Entreprise erhielt. Dasselbe liegt unter 64° 28′ der Breite und 118° 6′ der Länge.

Nach vollendeter Einrichtung der Wohnung bemühten sich die Reisenden, soviel als möglich Lebensmittel einzusammeln, und sie bereiteten aus Rentierfleisch jene Konserve, welche in ganz Amerika als ›Pemmican‹ bekannt ist. Zuerst zeigten sich sehr viele Rentiere; man zählte deren an einem Tage über zweitausend Stück; dies lieferte jedoch den Beweis, daß jene auf der Auswanderung nach milderen Gebieten begriffen waren. Obwohl das Fleisch von hundertundachtzig dieser Tiere zubereitet worden war und der benachbarte Fluß ebenfalls noch verschiedene Nahrungsmittel lieferte, so sollten doch auch diese beträchtlichen Vorräte nicht ausreichen.

Auf die Nachricht von der Ankunft weißer Männer in ihrem Lande siedelten sich nämlich mehrere ganze Indianerstämme vor den Toren des Forts an und ließen keine Gelegenheit vorüber, zu betteln und die Ankömmlinge herzhaft auszubeuten. Auch die Ballen mit Wollendecken, der Tabak und andere Tauschwaren wurden bald genug erschöpft.

Beunruhigt, die Expedition nicht ankommen zu sehen, die ihm weiteren Proviant zuführen sollte, schickte Franklin am 18. Oktober Georges Back mit einigen Kanadiern nach Fort Chippewayan.

Eine solche Fußreise mitten im Winter erheischte eine Unerschrockenheit und Opferwilligkeit, von der die nachfolgenden wenigen Zeilen eine kleine Vorstellung geben.

»Ich hatte«, sagt Back, »bei meiner Rückkehr die Freude, meine Reisegenossen nach einer Abwesenheit von etwa fünf Monaten in bestem Wohlsein wieder anzutreffen. In jener Zeit hatte ich elfhundertundvier Meilen in Schneeschuhen und ohne einen anderen Schutz während der Nacht in den Wäldern zurückgelegt als den einer Decke und eines Damhirschfelles, während das Thermometer häufig bis 40, einmal sogar bis 57° unter Null herabsank; zuweilen mußte ich dabei zwei bis drei Tage ohne Nahrung aushalten.«

Diejenigen, welche im Fort zurückgeblieben waren, hatten ebenfalls schwer an der Kälte zu leiden, welche noch um drei Grad diejenige übertraf, welche Parry auf der Melville-Insel ertragen mußte, obwohl diese dem Pole um neun Breitengrade näher liegt. Die Wirkungen dieser niedrigen Temperatur machten sich nicht nur bei den Menschen bemerkbar; selbst die Bäume waren dabei bis ins innerste Mark gefroren, so daß eine Axt in ihnen kaum einen Abdruck hinterließ.

Zwei Dolmetscher aus der Hudsonbay waren mit Back nach Fort Entreprise gekommen. Der eine derselben besaß eine Tochter, welche für das schönste Wesen galt, das man jemals habe sehen können. Obwohl erst sechzehn Jahre alt, hatte sie doch schon zwei Ehemänner gehabt. Einer der englischen Offiziere zeichnete ihr Bild zum großen Leidwesen der Mutter, welche fürchtete, daß der ›große Häuptling der Engländer‹ sich bei Betrachtung dieses Porträts in das Original verlieben könnte.

Am 14. Juni 1821 war der Coppermine-Fluß hinlänglich frei von Eis, um auf demselben hinabfahren zu können. Man schiffte sich also ein, obschon die Lebensmittel fast vollständig aufgezehrt waren. Zum Glück gab es an dem grünen Ufer des Flusses viel Wild, und man erlegte unter anderem genug Moschusochsen, welche für alle hinreichende Nahrung lieferten.

Die Mündung des Coppermine wurde am 18. Juli erreicht. Die Indianer kehrten, aus Furcht, ihre Feinde, nämlich Eskimos, zu treffen, sofort nach Fort Entreprise um, während die Kanadier es kaum wagten, mit ihren Booten auf das freilich ziemlich aufgeregte Meer zu fahren. Franklin wußte sie jedoch zuletzt dazu zu bestimmen; er konnte aber nicht über die Turn-Again-Spitze hinausgelangen, das ist ein unter 68° 30′ der Breite liegendes Vorgebirge, das sich am Eingang eines großen, mit vielen Inseln besäten Golfs befand, dem Franklin den Namen Golf der Krönung Georges IV. beilegte.

Franklin war den Hood-Fluß stromauf gefahren, als er sich von einem zweihundertfünfzig Fuß hohen Wasserfalle aufgehalten sah; den Rest des Weges mußte er also zu Lande zurücklegen und mitten durch über zwei Fuß tiefen Schnee ein unbekanntes, unfruchtbares Land durchwandern. Die Strapazen und Leiden der Rückreise kann man sich leichter denken als sie zu beschreiben sind. Am 11. Oktober kam Franklin zu dem Fort Entreprise zurück, freilich bis zum äußersten entkräftet, da er seit fünf Tagen nichts gegessen hatte. Das Fort war verlassen. Ohne alle Vorräte und krank, glaubte Franklin sein letztes Stündchen gekommen. Am nächsten Tage zog er jedoch schon aus, die Indianer und seine vorausgegangenen Gefährten zu suchen; der Schnee lag aber so dick, daß er wieder zu dem Fort umkehren mußte. Achtzehn Tage lang lebte er einzig und allein von einer Abkochung der Knochen und Häute der im vorigen Winter getöteten Tiere. Am 29. Oktober endlich traf Doktor Richardson mit John Hepburn, aber ohne die anderen Teilnehmer der Expedition ein. Als die Männer sich wiedersahen, erstaunten sie alle schmerzlich über ihre Magerkeit, die Veränderung der Stimme und die entsetzlichste Schwäche, die ihnen als unverkennbares Zeichen des nahen Endes erschien.

»Doktor Richardson«, sagt Cooley, »überbrachte auch noch traurige Nachrichten. Während der ersten beiden Tage nach der Trennung der Gesellschaft in drei Abteilungen hatte die seinige nicht das geringste zu essen gefunden; am dritten Tage war Michel mit einem Hasen und einem Rebhuhn zurückgekommen, welche unter alle verteilt wurden. Der nächste Tag verging aber wieder bei absolutem Fasten. Am 11. bot Michel seinen Begleitern ein Stück Fleisch an, das seiner Aussage nach von einem Wolfe herrühren sollte, bald aber erlangten diese die Überzeugung, daß es Fleisch von einem der Unglücklichen war, die den Kapitän Franklin verlassen hatten, um zu Richardson zurückzukehren. Michel wurde jeden Tag unverschämter. Man hegte gegen ihn wohl den Verdacht, er habe irgendwo Nahrungsmittel versteckt, die er für sich allein aufbewahrte. Da hörte Hepburn, als er mit Holzschlagen beschäftigt war, einen Schuß, und als er sich darauf umwandte, bemerkte er, wie Michel zu dem Zelte stürzte; bald darauf fand man Hood tot mit einem Schusse in den Hinterkopf, und niemand konnte daran zweifeln, daß Michel dessen Mörder war. Von diesem Augenblicke an wurde jener noch frecher und verschlossener als je, und da er an Kraft den überlebenden Engländern weit überlegen und außerdem gut bewaffnet war, so erblickten diese ihre Rettung nur in seinem Tode. Ich entschloß mich also«, erzählt Richardson, »überzeugt, daß uns nur dieser schreckliche Ausweg blieb, alle Verantwortlichkeit auf mich zu nehmen, und jagte Michel, als er zu uns zurückkehrte, eine Kugel durch den Kopf.«

Mehrere der Indianer, welche Franklin und Richardson begleiteten, waren Hungers gestorben, und die beiden Häuptlinge nahe daran, jenen in das Grab zu folgen, als am 7. November endlich drei von Back abgeschickte Indianer die erste Hilfe brachten. Sobald sie sich ein wenig gekräftigt fühlten, begaben sich die beiden Engländer in das Etablissement der Kompagnie, wo sie Georges Back fanden, dem sie bei derselben Expedition zweimal das Leben verdankten.

Die Ergebnisse dieser Reise, welche fünftausendfünfhundert Meilen umfaßte, waren von hoher Bedeutung für die Geographie, die Kenntnis des Erdmagnetismus und der Meteorologie, und die Küste Amerikas hatte man damit auf eine weite Strecke hin, bis zur Turn-Again-Spitze, kennengelernt.

Trotz aller Leiden und Entbehrungen, welchen sie stets heldenmütig trotzten, zögerten die Forscher doch nicht, eine neue Reise anzutreten und noch einmal die Erreichung der Küste des Polarmeeres zu versuchen.

Gegen Ende des Jahres 1823 erhielt Franklin den Auftrag, die Küste im Westen des Mackenzie-Flusses zu besichtigen. Alle Agenten der Kompagnie sollten dazu Lebensmittel, Bóote und Führer bereithalten und die Reisenden überhaupt, soweit es ihnen möglich wäre, allseitig unterstützen.

In New York wohlwollend aufgenommen, gelangte Franklin auf dem Hudson nach Albany, fuhr von Lewiston aus den Niagara bis zu dessen berühmten Fällen hinauf, erreichte hierauf das Fort St. Georges am Ontario und segelte über diesen See nach Yorck, der Hauptstadt von Oberkanada; darauf passierte er den Simcoë-, Huron- und Oberen See, wo sich ihm vierundzwanzig Kanadier anschlossen, und traf seine Boote am 20. Juni 1825 auf dem Methye-Flusse wieder.

Während Doktor Richardson die Ostküste des Großen Bärensees aufnahm und Back die Vorbereitungen zur Überwinterung leitete, begab sich Franklin zu der Mündung des Mackenzie. Die Fahrt ging sehr bequem vonstatten, und nur das Mündungs-Delta des Flusses bot einige Schwierigkeiten. Das Meer war eisfrei; schwarze und weiße Walfische sowie ganze Seehundherden tummelten sich auf dessen Fläche. Franklin landete an der kleinen Insel Garry, deren Lage er zu 69° 2′ der Breite und 135° 41′ der Länge bestimmte, eine wertvolle Angabe, weil sie beweist, wieviel Vertrauen die Aufnahmen Mackenzies eigentlich verdienen.

Die Rückkehr verlief ohne Schwierigkeiten, und am 5. September trafen die Reisenden wieder in dem Fort ein, welches Richardson Fort Franklin genannt hatte. Der Winter verging unter Vergnügungen, Belustigungen und Ballfestlichkeiten, an welchen Kanadier, Engländer, Schotten, Eskimos und Indianer von vier verschiedenen Stämmen teilnahmen.

Am 22. Juni fand die Abreise statt, und am 4. Juli wurde die Gabelung erreicht, wo die Arme des Mackenzie sich trennen. Hier bildete man auch aus der Expedition zwei Abteilungen, welche die Ufer des Polarmeeres nach Osten und nach Westen zu untersuchen sollten. Kaum hatte Franklin den Strom verlassen, als er in einer großen Bucht eine zahlreiche Gesellschaft Eskimos antraf. Diese schienen sich zuerst über alle Maßen zu freuen, wurden aber bald zudringlich und versuchten sich der Boote zu bemächtigen. Die Engländer benahmen sich bei dieser Gelegenheit mit außerordentlicher Langmut und verhüteten dadurch ein nutzloses Blutvergießen.

Franklin entdeckte und benannte den Clarence-Fluß, der die Besitzungen Rußlands von denen Englands scheidet. Unfern von diesem erhielt ein anderer Wasserlauf den Namen Canning. Am 16. August, erst auf halbem Wege zum Eis-Kap, kehrte Franklin, weil sich der Winter so zeitig anmeldete, zurück und fuhr in den schönen Peel-Fluß ein, den er für den Mackenzie ansah. Er erkannte seinen Irrtum erst, als im Osten desselben eine Gebirgskette sichtbar wurde. Am 21. September kehrte er in das Fort zurück, nachdem er binnen drei Monaten zweitausendachtundvierzig Meilen durchmessen und dreihundertvierundsiebzig Meilen der amerikanischen Küste aufgenommen hatte.

Richardson war inzwischen auf einem tiefen, weniger eiserfüllten Meere, meist in Gesellschaft friedlicher und gastfreundlicher Eskimos, vorgedrungen. Er gelangte zu der Liverpool- und der Franklin-Bay und entdeckte gegenüber der Mündung des Coppermine ein Land, das vom Kontinent durch einen kaum zwanzig Meilen breiten Kanal getrennt war und dem er den Namen Wollaston beilegte.

Am 7. August kehrten die Boote, nachdem sie bis zu der schon bei einer früheren Reise untersuchten Krönungs-Bai gelangt, wieder um und trafen, ohne irgendwelchen Unfall erlitten zu haben, am 1. September bei Fort Franklin ein.

Beschäftigt mit der Schilderung der Parryschen Fahrten, mußten wir einstweilen diejenigen beiseite lassen, welche zu derselben Zeit John Ross unternahm, dem seine sonderbare Untersuchung der Baffin-Bay in den Augen der Admiralität allen Kredit geraubt hatte.

John Ross nun wünschte lebhaft, sein früheres Ansehen als mutiger und erfahrener Seemann wieder zu gewinnen. Entzog ihm auch die Regierung ihr Vertrauen, so fand er solches doch bei Felix Booth, einem reichen Reeder, welcher ihm ein Dampfschiff, die ›Victory‹, anvertraute, mit dem er am 25. Mai 1829 nach der Baffin-Bay abfuhr.

Vier Jahre lang blieb man ohne Nachrichten von dem verwegenen Seemanne, bei der endlichen Heimkehr zeigte es sich aber, daß seine Ernte an Entdeckungen der von Parrys erster Fahrt wenigstens gleichkam.

Durch die Barrowstraße und den Lancaster Sound in den Prince-Regent-Kanal eindringend, fand John Ross die Stelle wieder auf, wo die ›Fury‹ vier Jahre vorher zurückgelassen worden war.

Weiter nach Norden vordringend, überwinterte Ross im Felix-Hafen – so genannt zu Ehren des Patrons der Expedition – und erfuhr hier, daß das von ihm gefundene Land eine große, im Süden mit Amerika zusammenhängende Halbinsel bilde.

Im April 1830 fuhr James Ross, der Neffe des Führers der Expedition, mit Booten aus, um die Küsten desselben sowie die des König Wilhelm-Landes aufzunehmen.

Im November mußte man sich zu einer zweiten Überwinterung entschließen, da es nicht möglich gewesen war, das Schiff mehr als einige Meilen weiter nach Norden zu führen; deshalb wurde der Sheriff-Hafen als Lagerplatz erwählt. Die Kälte erreichte ganz außerordentliche Grade, und von allen Wintern, welche die Besatzung der ›Victory‹ im Polareise verlebte, war dieser der strengste.

Den Sommer 1831 widmete man verschiedenen Untersuchungen, welche den Beweis lieferten, daß zwischen den beiden Meeren keine Verbindung bestehe. Auch diesmal glückte es nur, mit dem Schiffe wenige Meilen nach Norden, bis zum Hafen Decouverte, zu dampfen. In Folge eines zweiten, sehr strengen Winters mußte man dasselbe aber hier im Eise verlassen.

Sehr froh, noch Vorräte von der ›Fury‹ gefunden zu haben, ohne welche sie Hungers gestorben wären, erwarteten die Engländer unter täglich zunehmender Ermattung und unglaublichen Leiden und Entbehrungen die Wiederkehr des Sommers. Im Juli 1833 wurden die Winterquartiere endgültig verlassen; man zog zu Lande den Prince-Regent-Kanal, ferner die Barrowstraße entlang, womit die Nachbarschaft der Baffin-Bay erreicht wurde, als ein Schiff in Sicht kam. Es war die ›Isabelle‹, welche Ross einst selbst befehligt hatte und auf der die Schiffbrüchigen von der ›Victory‹ Aufnahme fanden.

England hatte während dieser Zeit seine Kinder niemals vergessen und jedes Jahr eine Expedition zu deren Aufsuchung ausgesendet. Im Jahre 1833 führte eine solche Georges Back, der Gefährte Franklins. Dieser drang vom Fort Revolution am Ufer des Sklaven-Sees nach Norden vor, bezog, nachdem er den Thloni Tcho Deseth-Fluß entdeckt, Winterquartiere und traf Anstalt, im folgenden Jahre bis zum Polarmeere weiterzuziehen, wo man Ross vom Eise zurückgehalten glaubte, als er von dessen unvermuteter Heimkehr Nachricht erhielt.

Im nächsten Jahre unterwarf derselbe Reisende den schönen, von ihm schon früher entdeckten Fisch-Fluß einer gründlichen Untersuchung und bekam die Königin-Adelaide-Berge sowie die Booth- und James-Ross-Kaps zu Gesicht.

Im Jahre 1836 stand er an der Spitze einer neuen Expedition, welche diesmal zu Wasser ausgeführt wurde, und suchte vergeblich, die Entdeckungen von Ross und Franklin miteinander zu verknüpfen.

Die Durchführung dieses Unternehmens sollte drei Offizieren der Hudson-Bai-Kompagnie, Peter William, Dease und Thomas Simpson, vorbehalten bleiben.

Diese brachen am 1. Juni 1837 vom Fort Chippewayan auf, fuhren den Mackenzie-Fluß hinab und erreichten am 9. Juli das Gestade des Meeres, auf dem sie bis 71° 3′ der Breite bei 156° 46′ westlicher Länge bis zu einem Kap vordringen konnten, welches den Namen Georges Simpsons, des Gouverneurs der Kompagnie, erhielt.

Thomas Simpson zog von hier aus mit fünf Mann in westlicher Richtung zu Lande weiter bis zur Barrow-Spitze, welche schon einer der Offiziere Beecheys, von der Beringstraße herkommend, gesehen hatte.

Die Besichtigung und Aufnahme der Küste Amerikas von der Turn-Again-Spitze bis zur Beringstraße war hiermit vollendet, es blieb keine unbekannte Gegend mehr übrig als die Strecke zwischen der Ogle- und der Turn-Again-Spitze; diese sollte das Ziel der Forscher bei der nächsten Reise bilden.

Im Jahre 1838 vom Coppermine ausgehend, folgten sie der Küste nach Osten und erreichten am 9. August die Turn-Again-Spitze; da das Eis aber das weitere Vordringen der Boote nicht gestattete, so überwinterte Thomas Simpson, entdeckte Victoria-Land und setzte, am 12. August 1839 am Back-Flusse angelangt, bis zum Ende des Monats die Untersuchung von Boothia Felix fort.

Die Linie der Küste des Kontinents war hiermit überall festgestellt, doch mit welchen Mühen und Anstrengungen, mit wie vielen Opfern und doch mit welcher Opferfreudigkeit! Wie wenig fällt das Leben des Menschen ins Gewicht, wenn es sich um den Fortschritt der Wissenschaft handelt! Aber welcher Uneigennützigkeit, welchen Eifers bedarf es von Gelehrten, Seeleuten und Forschern, die alles, was wir sonst das Glück des Erdenlebens nennen, freudig aufgeben, um je nach ihren Kräften zur Erweiterung der menschlichen Kenntnisse, zur Förderung aller humanen Ziele beizutragen!

Mit der Schilderung dieser letzten Reisen, durch welche die Entdeckung der Erde vollendet wurde, schließt dieses Werk.

Die Gestalt und Bildung der Erde ist nun bekannt, die eigentliche Aufgabe der Entdecker erfüllt. Die Erde, soweit sie der Mensch bewohnt, ist ihm vertraut geworden. Es bleibt ihm nichts mehr als die Ausnützung der unerschöpflichen Hilfsquellen der Gebiete, zu denen er jetzt leichten Zugang hat.

Wie reich an Lehren aller Art ist die Geschichte der Entdeckungen zweier Jahrtausende!

Wenn wir die Weltkarte des Hekatäos, der fünfhundert Jahre vor der christlichen Zeitrechnung lebte, zur Hand nehmen, was zeigt uns wohl diese?

Die bekannte Erde umfaßt kaum das Becken des Mittelmeeres. Ihre der Form nach sehr falsch wiedergegebene Landmasse besteht aus dem kleinsten Teile Europas, aus Vorderasien und dem nördlichen Afrika. Rings um dieselbe fließt ein Strom ohne Anfang und ohne Ende, der den Namen Ozean führt.

Stellen wir nun neben diese Karte, neben dieses ehrwürdige Denkmal der Wissenschaft des Altertums, eine Planisphäre der Erde aus dem Jahre 1840. Jetzt erscheint das Gebiet, welches Hekatäos nur sehr unvollkommen kannte, als ein verschwindendes Fleckchen auf dem großen Erdenrund.

Jetzt also ist alles bekannt, klassifiziert, katalogisiert und bezeichnet! Sollen die Ergebnisse so ehrenvoller Arbeit aber etwa in einem sorgfältig hergestellten Atlas vergraben werden, wo sie nur die Gelehrten von Fach aufsuchen?

Nein! An uns ist es, die von unseren Vätern um den Preis so unendlicher Mühen und Gefahren eroberte Erdkugel nun auszunützen, ihr erst den vollen Wert zu geben. Die Erbschaft ist zu verlockend, um nicht mit frohen Händen zuzugreifen!

An uns ist es, mit allen durch die vorgeschrittenen Wissenschaften gebotenen Hilfsmitteln zu studieren, urbar zu machen und auszubeuten! Jetzt darf es keine brachliegenden Gebiete, keine undurchdringlichen Wüsten, keine unbenützten Flüsse, keine unergründlichen Meere, keine unersteigbaren Höhen mehr geben!

Wir überwinden alle Hindernisse, welche die Natur noch bietet. Die Landengen von Suez und Panama sperren uns die Wege: wir durchschneiden sie. Die Sahara erschwert den Verkehr zwischen Algier und dem Senegal: wir legen eine Eisenbahn durch dieselbe. Der Kanal zwischen England und Frankreich hindert zwei befreundete Völker, sich die Hand zu drükken: wir treiben einen Schienenweg unter demselben hin!

Das ist unsere und unserer Zeitgenossen schöne Aufgabe. Ist sie denn weniger wertvoll als die unserer Vorgänger, daß sich noch keine anerkannte Feder derselben bemächtigt hat? Für uns liegt dieses Feld, so anziehend dessen Bearbeitung auch unzweifelhaft ist, zu weit außerhalb des vorherbegrenzten Rahmens dieses Werkes. Wir wollten eine ›Geschichte der Entdekkung der Erde‹ schreiben – das ist geschehen, unsere Aufgabe ist erfüllt.

SPITZBERG
Nouvelle Zemble
Nlle Sibérie
Cercle
Polaire
E U R O P E
A S I E
Christiania
Stockholm
St Pétersbourg
Mer du Nord
Copenhague
Londres
Berlin
Bruxelles
Paris
Vienne
Madrid
Rome
Mer Noire
Constantinople
Lisbonne
Alger
Tunis
Mer Méditerranée
Maroc
Tripoli
le Caire
Téhéran
Hérat
Caboul
Boukhara
Pékin
Mer Jaune
Mer de Japon
Mer d'Okhotsk
Yeddo
Calcutta
Mer d'Oman
Golfe du Bengale
Mer de la Chine
Sumatra
Bornéo
Java
ÉQUATEUR
MER DES INDES
AFRIQUE
Madagascar
AUSTRALIE
Cap de Bonne Espérance
Tasmanie
OCÉAN GLA
Régions inconnues
Mers explorées
Terres explorées

Arctique
Mer de Baffin
GROENLAND
Islande
Baie d'Hudson
AMÉRIQUE DU NORD
Terre Neuve
Londres
Paris
Madrid
Lisbonne
Maroc
OCÉAN ATLANTIQUE
G. du Mexique
Mer des Antilles
PACIFIQUE
ÉQUATEUR
Caracas
Quito
AMÉRIQUE DU SUD
Lima
Sucre
Rio de Janeiro
Assomption
Santiago
Montevideo
Buenos Ayres
Is. Malouines
Nle Georgie
Cap Horn
Is. Shetland du Sud
L DU SUD
Antarctique

Register

Zeichenerklärung: B = Berg; F = Fluß; I = Insel; L = Land; Prov. = Provinz; S = See;
( ) = heute gebräuchliche Namen

Jules Verne im Diogenes Verlag

»Jules Verne war der letzte seherische Schriftsteller. Was er ersann, ist Wirklichkeit geworden.«
Eugène Ionesco

»Die Welt kennt sechs Kontinente: Europa, Afrika, Asien, Amerika, Australien und Jules Verne.«
Claude Roy

Die Hauptwerke, ungekürzt und originalgetreu, mit allen Illustrationen der französischen Erstausgabe. Zur Zeit lieferbar:

Reise um die Erde in achtzig Tagen
Roman. Aus dem Französischen von Erich Fivian

Fünf Wochen im Ballon
Roman. Deutsch von Felix Gasbarra

Von der Erde zum Mond
Roman. Deutsch von William Matheson

Zwanzigtausend Meilen unter Meer
Roman in zwei Bänden. Deutsch von Peter Laneus und Peter G. Hubler

Reise zum Mittelpunkt der Erde
Roman. Deutsch von Hansjürgen Wille und Barbara Klau

Das Karpathenschloß
Roman. Deutsch von Hansjürgen Wille und Barbara Klau

Zwei Jahre Ferien
Roman. Deutsch von Erika Gebühr

Die großen Seefahrer und Entdecker
Eine Geschichte der Entdeckung der Erde im 18. und 19. Jahrhundert

Lukas Hartmann

Bis ans Ende der Meere

Die Reise des Malers John Webber
mit Captain Cook
Roman

London 1781. Der Maler John Webber überbringt der Witwe von James Cook im Auftrag der Admiralität ein Porträt ihres Mannes. Doch die Witwe weist das Geschenk empört zurück: Sie erkenne ihren Mann darauf nicht. Webber ist schockiert, doch kann er die Frau verstehen. Schon bei der Rückkehr des Schiffes ›Resolution‹ verhängte die Admiralität ein absolutes Redeverbot über die näheren Umstände des tragischen Todes von Cook. Und auch das Porträt verfolgt nur einen Zweck: Das Andenken des großen Kapitäns muss ein heroisches bleiben, als nobler Entdecker für England sollte er in die Geschichte eingehen. Doch Webber kennt die Wahrheit dieser vierjährigen dritten und letzten Weltumsegelung Cooks, und all die quälenden Bilder, die er nicht zeichnen durfte, werden ihn Zeit seines Lebens verfolgen.

»Die unheimliche Zwangsläufigkeit, mit der die Schicksale seiner Figuren vorgegeben scheinen, stellt Hartmann mit der unspektakulären Virtuosität des Könners dar.« *Frankfurter Allgemeine Zeitung*

»Lukas Hartmann entfaltet eine große poetische Kraft, voller Sensibilität und beredter Stille.«
Neue Zürcher Zeitung

John Vermeulen
Zwischen Gott und der See

Roman über das Leben und Werk
des Gerhard Mercator
Aus dem Niederländischen von
Hanni Ehlers

Gerhard Mercator gilt als der Begründer der modernen Kartographie. Mit seiner Erfindung der »Mercator-Projektion« gelang es erstmals, die Kugelform der Erde auf eine zweidimensionale Karte zu übertragen. Nur knapp der Inquisition entkommen, verließ Mercator 1552 das niederländische Löwen und suchte mit seiner Familie Zuflucht im liberalen Duisburg.
John Vermeulen beschreibt den Menschen hinter dem brillanten Wissenschaftler, sein Lebensdrama, seinen Kampf gegen Intrigen und Ignoranz in dem Jahrhundert, in dem die Welt neu erfunden wurde. – Ein pralles Melodram und eine informative Geschichtsstunde in einem.

»In einer überwältigenden Mischung aus zeitgeschichtlichem Wissen und überbordender Fiktion läßt der Autor die schillernde Figur Mercators lebendig werden. Vermeulen beschert uns Literatur, wie sie im besten Falle sein sollte: fesselnd, unterhaltsam, lehrreich, intelligent und damit die Phantasie des Lesers befeuernd.«
Emmanuel van Stein / Kölner Stadt-Anzeiger

»John Vermeulen hat einen packenden Roman geschrieben – über ein bewegtes Jahrhundert und einen brillanten Wissenschaftler, der das Gesicht der Welt für immer verändert hat.« *Brigitte, Hamburg*

Daniel Defoe
Robinson Crusoe

Seine ersten Seefahrten,
sein Schiffbruch und sein
siebenundzwanzigjähriger Aufenthalt
auf einer unbewohnten Insel
Mit einem Nachwort von
Ulrich Greiner

Das Leben und die seltsamen Abenteuer des Robinson Crusoe, eines Seemannes aus York, welcher siebenundzwanzig Jahre ganz allein auf einer unbewohnten Insel vor der amerikanischen Küste nahe des großen Orinoco lebte, wohin er nach einem Schiffbruch, bei dem die ganze Besatzung außer ihm selbst ums Leben kam, verschlagen wurde.
Der erste moderne englische Roman und gleichzeitig ein zeitloses Leitbild der Weltliteratur, das einen beispiellosen Einfluß auf die Romanliteratur ausgeübt hat.

»Dem *Robinson* des Daniel Defoe ist etwas gelungen, was nur wenigen Romanen der Weltliteratur gelang: Eingang zu finden in die Volkskultur, ins kollektive Bewußtsein. Die Geschichte kennt jeder, ihren Autor kennen nur wenige.« *Ulrich Greiner*

»Hat sich auf der Schiffsreise nichts Erzählenswertes ereignet? Ich lese jetzt eine alte Ausgabe von *Robinson Crusoe,* dort ereignet sich, wie es natürlich ist, auf den Schiffsreisen immerfort etwas.« *Franz Kafka*

»Eines der meistgelesenen und schönsten Bücher der Welt.« *Hermann Hesse*

Robert Louis Stevenson im Diogenes Verlag

Robert Louis Stevenson wurde 1850 als Sohn eines Leuchtturmingenieurs in Edinburgh geboren, gab eine juristische Karriere zugunsten der literarischen Aktivität auf, heiratete die zehn Jahre ältere Amerikanerin Fanny Osbourne, reiste – auf der Suche nach einem Kurort für sein Lungenleiden – rastlos um die Welt: durch ganz Europa, Amerika und in die Südsee, wo er 1894 starb.

»Mit Stevenson hielten die stilistischen Forderungen der französischen Naturalisten, in exotischen Zauber gehüllt, ihren Einzug in die englische Literatur. Man darf sagen, daß hier die Anfänge der bedeutendsten Prosa unseres Jahrhunderts zu suchen sind. Nordamerikaner, Russen, Engländer, Franzosen und Italiener – wir alle haben dem Beispiel dieses Mannes einiges zu verdanken, der sein Metier mit der stoischen Unbefangenheit eines vom ganz natürlichen Glauben an das Leben und die Phantasie erfüllten Jungen ausübte.« *Cesare Pavese*

»Stevenson war mein Lehrmeister in der Stilkunst.«
James Joyce

Die Schatzinsel
Roman
Aus dem Englischen von Rose Hilferding

Dr. Jekyll und Mr. Hyde
Erzählung
Deutsch von Marguerite und Curt Thesing

H. G. Wells
im Diogenes Verlag

H. G. Wells, nach und mit Jules Verne Vater und Meister der Science-fiction und Weltfriedensphilosoph, hat Erzählungen von beispielhafter utopischer Dichte und Hellsicht geschrieben. In den phantastischen Dimensionen der Zukunft und der Vergangenheit ist das Alltägliche vom Wunderbaren nicht zu trennen. Wells entführt die Leser in atemberaubende neue Welten, in denen das Schreckliche mit dem Skurrilen, das Seltsame mit dem Märchenhaften verschmilzt.

»H. G. Wells: eine geniale Künstlernatur, die im höchsten Maße den Stempel des großen Gelehrten besitzt. Das Interessante an Wells ist, daß er nicht, wie so mancher seiner Zeitgenossen, aufhörte zu wachsen. Wer nachts nicht schläft, kann ihn wachsen hören.«
G. K. Chesterton

»Ich bewundere Wells als Schriftsteller ungemein, und er hat mich schon sehr früh beeinflußt.«
George Orwell

Krieg der Welten
Roman. Aus dem Englischen von G.A. Crüwell
und Claudia Schmölders

Die Geschichte unserer Welt
Deutsch von Otto Mandl, Helene M. Reiff
und Erna Redtenbacher

Meistererzählungen
Deutsch von Gertrud J. Klett, Lena Neumann
und Ursula Spinner. Ausgewählt von Antje Stählin

Jack London
im Diogenes Verlag

Jack London wurde 1876 in San Francisco geboren. Nach einem abenteuerlichen Leben als ›König der Austern-Räuber‹, Schiffsjunge, Tramp, Student, Goldsucher, Sozialist, Kriegsberichterstatter und Südseefahrer erwarb er sich auch als Schriftsteller einen Namen. Er starb 1916 in Kalifornien.

»Jack London hat jenen besonderen Geist, der schaut, was der gewöhnlichen Herde verborgen bleibt, und darüber hinaus die Gabe, in die Zukunft zu blicken.«
Anatole France

Der Seewolf
Roman. Aus dem Amerikanischen
von Christine Hoeppener

Meistererzählungen
Deutsch von Erwin Magnus
Mit einem Vorwort von Herbert Eisenreich

Wolfsblut
Roman. Deutsch von
Günter Löffler

B. Traven
Das Totenschiff
Roman

Dies ist die Geschichte des Seemanns Gerard Gale, der in den Kneipen Antwerpens sein Schiff verpaßt, mittel- und staatenlos durch Europa gejagt wird und schließlich in Barcelona auf dem Totenschiff ›Yorikke‹ anheuert – einem jener schwimmenden Särge, die mit Fracht und Mannschaft zum Untergang bestimmt sind, um dem Besitzer die Versicherungsprämie einzubringen.

»*Das Totenschiff* ist ein Seemannsbuch, das auf eine Art mit der verlogenen Seemannsromantik aufräumt, daß buchstäblich nicht eine Phrase übrigbleibt.«
Die Weltbühne, Berlin

»Der Roman hat bis heute nichts von seiner Lebendigkeit eingebüßt. Spannend ist die Handlung, bis zur Stilschlamperei wirklichkeitsnah die Sprache. Immer noch erfrischend boshaft sind die polemischen Attacken auf die Politik im Dienste des Kapitalismus, bedenkenswert die sozialen Anklagen und die hellsichtige Analyse der Weltlage nach Ende des Ersten Weltkriegs.«
Jochen Hieber/Frankfurter Societäts-Druckerei

»Traven ist ein episches Talent größten Ausmaßes.«
Kurt Tucholsky

Laurens van der Post im Diogenes Verlag

»Im Zeichen ungewisser Prognosen über den afrikanischen Kontinent kommt einer Stimme Bedeutung zu, welche vom ›ursprünglichen‹ Afrika auf Grund persönlicher Kenntnis berichtet: Laurens van der Post. Van der Post nahm die Mythen- und Märchenwelt der Buschleute bereits ›mit der Muttermilch‹ auf: durch seine Kinderfrau, die zu den Buschleuten gehörte. Als Offizier der englischen Armee sowie im Dienste der englischen Regierung, die ihn mehrere Male als Afrikaexperten einsetzte, kam er erst mit dem kolonisierten und später mit dem sich ›zivilisierenden‹ Afrika in Kontakt. Schon seine ersten Bücher schlagen das Thema an, welches sein gesamtes Werk durchzieht: der Zusammenprall einer in magisch-mythischen Bezügen ruhenden Welt mit unserer Zivilisation im Zeichen von Industrialisierung und Ratio.« *Neue Zürcher Zeitung*

Flamingofeder
Roman. Aus dem Englischen
von Margarete Landé

Die verlorene Welt der Kalahari
Reisebericht. Deutsch von
Leonharda Gescher

Wenn Stern auf Stern aus der Milchstraße fällt
Roman. Deutsch von Brigitte Weidmann

Das Herz des kleinen Jägers
Roman. Deutsch von
Leonharda Gescher

Durchs große Durstland müßt ihr ziehn
Roman. Deutsch von
Brigitte Weidmann

Ray Bradbury im Diogenes Verlag

Ray Bradbury, geboren 1920 in Waukegan, Illinois, ist einer der bekanntesten und schöpferischsten Schriftsteller Amerikas. Seine erste Erzählung verfaßte er mit elf Jahren. *Fahrenheit 451, Die Mars-Chroniken* und *Der illustrierte Mann* machten ihn weltberühmt. 1966 verfilmte François Truffaut *Fahrenheit 451* mit Oskar Werner und Julie Christie in den Hauptrollen. Bradbury hat über 500 Kurzgeschichten und 10 Romane geschrieben und sich daneben in jeder literarischen Gattung profiliert. Ray Bradbury, der in seinem langen Leben sozusagen jede Auszeichnung erhalten hat, die man in Amerika erringen kann (darunter auch einen Stern auf dem Hollywood Walk of Fame und zuletzt, 2007, den Special Citation Pulitzer Prize), lebt in Los Angeles.

»Einer der größten Visionäre.« *Aldous Huxley*

Der illustrierte Mann
Erzählungen. Aus dem Amerikanischen von Peter Naujack

Fahrenheit 451
Roman. Deutsch von Fritz Güttinger
Auch als Diogenes Hörbuch erschienen, gelesen von Rufus Beck

Die Mars-Chroniken
Roman in Erzählungen. Deutsch von Thomas Schlück
Auch als Diogenes Hörbuch erschienen, gelesen von Rufus Beck

Das Böse kommt auf leisen Sohlen
Roman. Deutsch von Norbert Wölfl

Der Tod ist ein einsames Geschäft
Roman. Deutsch von Jürgen Bauer

Halloween
Roman. Deutsch von Dirk van Gunsteren

Schneller als das Auge
Erzählungen. Deutsch von Hans-Christian Oeser

Space Opera
in drei Leinenbänden in Kassette
Enthält: *Fahrenheit 451, Die Mars-Chroniken, Der illustrierte Mann*

Gesammelte Erzählungen
Ausgewählt von Daniel Keel und Daniel Kampa

Das Weihnachtsgeschenk
und andere Weihnachtsgeschichten. Ausgewählt von Daniel Keel und Daniel Kampa. Deutsch von Otto Bayer, Margarete Bormann, Peter Naujack und Christa Schuenke

Meistererzählungen der Weltliteratur im Diogenes Verlag

● **Ambrose Bierce**
Auswahl und Vorwort von Mary Hottinger. Aus dem Amerikanischen von Joachim Uhlmann. Mit Zeichnungen von Tomi Ungerer

● **Giovanni Boccaccio**
Meistererzählungen aus dem Decamerone. Ausgewählt von Silvia Sager. Aus dem Italienischen von Heinrich Conrad

● **Anton Čechov**
Ausgewählt von Franz Sutter. Aus dem Russischen von Ada Knipper, Herta von Schulz und Gerhard Dick. Mit einem Nachwort von W. Somerset Maugham

● **Raymond Chandler**
Aus dem Amerikanischen von Hans Wollschläger

● **Nikolai Gogol**
Ausgewählt, aus dem Russischen und mit einem Vorwort von Sigismund von Radecki

● **Franz Kafka**
Mit einem Essay von Walter Muschg sowie einer Erinnerung an Franz Kafka von Kurt Wolff

● **Gottfried Keller**
Mit einem Nachwort von Walter Muschg

● **Jack London**
Aus dem Amerikanischen von Erwin Magnus. Mit einem Vorwort von Herbert Eisenreich

● **Frank O'Connor**
Aus dem Englischen und mit einem Nachwort von Elisabeth Schnack

● **Luigi Pirandello**
Aus dem Italienischen von Percy Eckstein, Hans Hinterhäuser und Lisa Rüdiger. Mit einem Nachwort von Lisa Rüdiger

● **Edgar Allan Poe**
Ausgewählt und mit einem Vorwort von Mary Hottinger. Aus dem Amerikanischen von Gisela Etzel

● **Joachim Ringelnatz**
Ausgewählt von Winfried Stephan

● **Arthur Schnitzler**
Herausgegeben und mit einem Nachwort von Hans Weigel

● **Muriel Spark**
Aus dem Englischen von Peter Naujack und Elisabeth Schnack

● **Stendhal**
Aus dem Französischen von Franz Hessel, M. von Musil und Arthur Schurig. Mit einem Nachwort von Maurice Bardèche

● **Leo Tolstoi**
Ausgewählt von Christian Strich. Aus dem Russischen von Arthur Luther, Erich Müller und August Scholz

● **Mark Twain**
Mit einem Vorwort von N.O. Scarpi

● **H.G. Wells**
Ausgewählt von Antje Stählin. Aus dem Englischen von Gertrud J. Klett, Lena Neumann und Ursula Spinner